크로스로드
SF
앤솔로지

인공지능 크리스-66

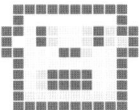

크로스로드 **SF** 앤솔로지

인공지능 크릭스-66

초판 인쇄 2016년 10월 20일 **초판 발행** 2016년 10월 25일
지은이 듀나 · 이영도 · 정보라 · 고장원 · 조나단 · 엄정진 · 황태환 · 리락 · 설인효 · 송충규
펴낸이 공홍 **펴낸곳** 케포이북스 **출판등록** 제22-3210호
주소 서울시 서초구 반포대로14길 71, 302호
전화 02-521-7840 **팩스** 02-6442-7840 **전자우편** kephoibooks@naver.com

값 20,000원
ISBN 978-89-94519-93-7 03810
ⓒ 듀나 · 이영도 · 정보라 · 고장원 · 조나단 ·
  엄정진 · 황태환 · 리락 · 설인효 · 송충규, 2016

크로스로드
SF
앤솔로지

인공지능
크릭스-66

듀　나
이영도
정보라
고장원
조나단
엄정진
황태환
리　락
설인효
송충규

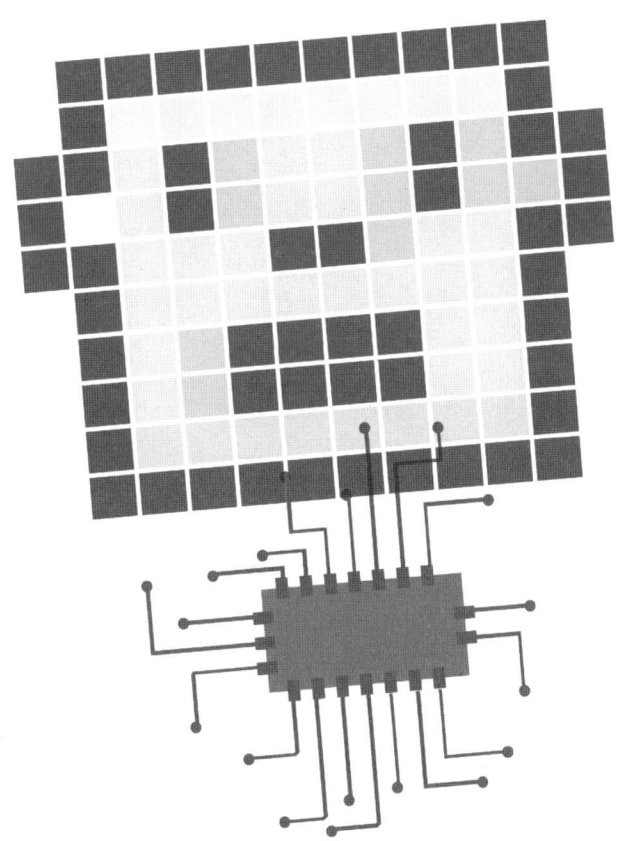

케포이북스
KEPHOI BOOKS

SF의 뼈대와 육체
이야기의 기쁨과 상념의 즐거움

박상준 | 포스텍 교수, 문학평론가

1. 대중문화, 영화, 그리고 SF

우리 시대 대중문화의 꽃은 단연 영화다. 대중문화산업 면에서 볼 때, 드라마나 게임, 대중음악도 그에 미치지 못한다. 문학이나 각종 만화는 아예 명함도 내밀 수 없다. 영화의 위세는 21세기 들어 비약적으로 증대되었는데 이는 객관적인 자료에서도 확인된다. 우리나라 사람들이 문화예술 분야에 지출하는 돈 중 영화 관람료가 차지하는 비중이, 2003년에 29.5%였던 것이 2012년에는 무려 80.0%로 늘어난 것이다.[1] '문화예술=영화'라는 등식이 성립되는 셈이다.

19세기 초 미국에서 당시 유행하던 극장 멜로드라마를 급속히 대체하며 영화가 대중들의 사랑을 받기 시작했을 때, 영화의 주 무기는 저렴한 관람

---

[1] 문화체육관광부, '문화예술통계'(http://stat.mcst.go.kr/mcst/resource/static/main/index.html).

료였다.[2] 하지만 우리가 다 알 듯이 현재의 상황은 다르다. 두 시간의 즐거움을 주는 영화 한 편을 보는 데 들어가는 비용은 적어도 이삼일은 두고 읽을 수 있는 소설책 한 권을 사는 것보다 사실상 비싸다(티켓 값과 책값은 같은 셈이지만, 영화를 볼 때는 교통비에 팝콘 값이 추가된다. 게다가, 혼자 가서 보는 사람이 얼마나 되겠는가!). 그럼에도 불구하고 영화 산업은 날로 번창하여, 앞서 말한 기간 동안 우리나라 영화·비디오 업계의 매출액은 무려 87.9%의 증가율을 보이고 있다.

우리의 영화 사랑은 놀라울 정도다. 인구는 5천만이 안 되는데 1천만 관객을 불러 모은 영화가 2015년 작년에 무려 세 편이나 된다(〈베테랑〉, 〈암살〉, 〈어벤져스〉). 지난 5년간(2011~2015년) 국내 프로야구 관객 수가 연간 674만에서 762만 사이를 맴돌아 800만 선을 넘지 못하고 있음을 생각하면 우리들이 얼마나 자주 영화를 보는지가 선명해진다.

이렇게 대중의 사랑을 독차지하다시피 하는 영화의 내막을 들여다보자. 영화들 중에서도 사람들의 발길을 끄는 것은 어떤 종류의 영화인가. 장르를 고려하여 영화 흥행 순위를 보면 답이 나온다. 바로 SF다.[3]

최근 3년간 국내 영화 흥행 순위 TOP 10에서 SF가 차지하는 비중은 다음과 같다. 영화 제목 뒤의 숫자는 순위이다. 2013년에는 〈설국열차〉(2)와 〈아이언맨 3〉(4)으로 두 편이, 2014년에는 〈인터스텔라〉(3), 〈트랜스포머 : 사라진 시대〉(8), 〈엣지 오브 투머로우〉(10)로 세 편이 10위 권에 들었다. 그렇지만 2014년의 경우 11위가 〈엑스맨 : 데이즈 오브 퓨처 패스트〉였고 그 뒤로 〈어메이징 스파이더맨〉(12), 〈혹성탈출 : 반격의 서막〉

---

2   벤 싱어, 이위정 역, 『멜로드라마와 모더니티』, 문학동네, 2009, 285쪽.
3   이하 자료는 영화진흥위원회(KOFIC)의 '박스오피스'(http://www.kobis.or.kr/kobis/business/main/main.do) 참조.

(14), 〈캡틴 아메리카 : 윈터 솔저〉(15)가 줄을 잇고 있음을 생각하면 SF의 위세가 뚜렷이 확인된다. 2015년은 어떠한가. 관객 1천만을 훌쩍 넘긴 〈베테랑〉(1)과 〈암살〉(2)은 물론이요, 〈국제시장〉과 〈내부자들〉, 〈사도〉, 〈연평해전〉 등 쟁쟁한 한국영화들이 있던 이 해에도 〈어벤져스 : 에이지 오브 울트론〉(3)과 〈킹스맨 : 시크릿 에이전트〉(7), 〈미션 임파서블 : 로그 네이션〉(8), 〈쥬라기월드〉(10) 네 편이 10위 안에 이름을 올렸고 〈마션〉 또한 13위를 차지하고 있다. 요컨대 흥행 순위 최고 열 편 중 세 편은 SF인 것이다.

세계 영화 시장을 보면 사태가 한층 뚜렷해진다. 2013년의 경우 〈아이언맨 3〉(2)와 〈그래비티〉(8), 〈맨 오브 스틸〉(9)의 세 편이 10위 내에 들어 있다. 2014년에는 매우 놀라운 상황이 펼쳐져서 무려 7편이 10위 권을 장악했다. 1위가 〈트랜스포머 : 사라진 시대〉였고 그 뒤를 이어 〈가디언즈 오브 갤럭시〉(3), 〈엑스맨 : 데이즈 오브 퓨처 패스트〉(6), 〈캡틴 아메리카 : 윈터 솔져〉(7), 〈혹성탈출 : 반격의 서막〉(8), 〈어메이징 스파이더맨〉(9), 〈인터스텔라〉(10)가 줄을 잇고 있다. 2015년도 크게 다르지 않다. 〈스타 워즈 : 깨어난 포스〉(1)와 〈쥬라기 월드〉(2)가 상위를 차지하고, 〈미션 임파서블 : 로그네이션〉(8)과 〈마션〉(10)이 순위에 들어 4편이 랭크돼 있는 것이다. 정리하자면, 매년 상위 열 편 중 무려 4.7편이 SF 영화이다. 이러한 사정은 역대 영화 흥행 순위에서도 달라지지 않는다.

요컨대 전 세계 차원이든 우리나라에서든 대중문화의 소비·향유 현황을 볼 때, 가장 유력한 장르가 바로 SF 영화라고 하겠다. 이러한 현상, 사람들이 영화를 좋아하고 그 중에서도 SF 영화를 자주 찾는 상황의 원인을 과학적으로(!) 밝히는 일은 이 자리의 몫이 아니고, 필자에게는 그럴 만한 능력도 없다. 다만 그 배경을 추론해 볼 수 있을 뿐이다.

우리가 주목해야 할 배경 요인은 세 가지 정도다. 첫째는 인터넷과 스마트폰의 놀라운 발전 위에서 커뮤니케이션과 오락의 양상이 크게 바뀌었다는 사회문화적인 사실이다. 둘째로는 인공지능을 포함한 로봇공학이나 장기 복제 및 이식과 관련된 생명공학 등이 비약적으로 발전하는 과학기술 및 공학의 상태를 들 수 있다. 끝으로 셋째는 블랙홀이나 중력파, 초끈이론 등으로 우주의 신비에 한층 더 다가가는 한편 복잡계 및 뇌과학 분야로까지 진출하여 인간과 사회의 특질까지 밝혀내려 하는 첨단 물리학의 발전상을 빼놓을 수 없다. 이 모두가 어우러져 앞서 말한 상황의 배경을 이룬다. 인류 역사상 그 어느 때보다 과학과 기술의 산물이 우리의 흥미를 자극하고 우리의 일상생활 자체에 큰 영향을 주는 까닭에, 그와 관련된 상상력이 촉진되고 그 직접적인 문화적 산물로서 SF 내러티브가 융성하게 되었다고 볼 수 있는 것이다.

이러한 추론 위에서 다음 사실만큼은 확실하다고 말할 수 있다. 지구상의 삶의 체제에 본질적인 변화가 생기지 않는 한 과학기술의 발전에는 어떠한 제동도 가해지지 않을 것이며, 그 인과관계가 어느 정도이든, SF 열풍 또한 적지 않은 기간 계속되리라는 것이다. 이러한 확신의 바탕에는 과학기술의 발전 말고도 SF의 자양분이 되는 인류 보편적인 상상의 원천 또한 적지 않다는 사실도 놓여 있다. 외계인이 당연히 포함되는 '타자와의 접촉'이나 전근대의 설화에서도 두루 확인되는 '시간 이동' 등은 동서고금의 일반적 상상력의 중요 갈래면서 그대로 SF의 핵심 소스가 아니던가.

2. 한국 창작 SF의 현재와 미래, 그리고 〈크로스로드〉

앞 절에서 우리는, SF가 전 세계 대중문화의 왕좌를 차지하고 있으며, 그럴 수 있는 요인이나 환경이 한편으로는 보편적으로 지속되어 왔고 다른 한편으로는 21세기 들어서 한층 강화되었다는 점을 확인했다.

이러한 사정이 우리나라의 경우엔 어떠한가. 이른바 글로벌 세계에서 신자유주의 시장에 깊숙이 들어가 있는 이상, '요인'이나 '환경'에서 미국을 위시한 선진 자본주의 국가와 크게 다를 바는 없다. 다만 차이가 나는 것은, 그럼에도 불구하고 SF의 위상만큼은 '왕좌'의 자리에 있지 않다는 사실이다. 지난 3년간 국내 영화 흥행 순위에서 SF가 차지하는 비중이 30%에 이르니 대중문화의 말석을 차지한다고 할 수야 없지만, 다른 두 측면에서 상황을 들여다보면 또 다른 평가가 가능해진다.

먼저 우리나라 사람들이 애호하는 SF 영화들의 '국적'을 생각해 보아야한다. 누구나 알듯이 대중의 사랑을 받은 위의 영화들은 모두 할리우드에서 생산된 것들이다. 그 원작 소설이 있는 경우도 미국의 것이고 테크놀로지 또한 거기서 이루어진 것이다. 우리나라 감독에 의해 만들어진 SF 영화로서 사람들의 사랑을 받은 것은 〈괴물〉과 〈설국열차〉 두 편뿐이라 해도 과언이 아니다(이 또한 경계 나누기를 좋아하는 입장에서는 SF인지 자체가 의심될 수도 있지만). 가장 최근이라 할 2013년에 나온 〈열한시〉의 경우 87만 명의 관객을 모으는 데 그친 데서 알 수 있듯이, 한국 창작 SF 영화는 영화에 대한 대중의 열광을 비껴나 있는 존재에 불과하다.

또 다른 측면 곧 영화 아닌 대중문학의 장들을 훑어봐도 동일한 사정이 확인된다. 드라마나 연극, 만화, 소설에 있어서 SF는 외국 작품을 합치더라도 소수자의 처지를 벗어나지 못하고 있다. 판타지와 결합된 SF적인 요소가 몇몇 작품들에서 활용된 바가 없지는 않지만, 바로 그러한 방식으로서도 간헐적으로만 시도되어 온 것이 대중문화 전반에서 SF가 놓여 있는 위상을 말해 준다. 간단히 말해서 영화 아닌 분야에서 SF는 매우 미미한 수준에 머물러 있는 것이다.

지금까지 살펴본 내용을 전체적으로 정리해 보면 다음과 같다: 우리나라 대중문화의 소비·향유의 장을 볼 때, SF에 대한 수요는 있지만 영화에 한정되어 있으며 어떤 경우에서든 그러한 수요를 한국 창작 SF가 채워주지는 못하고 있다. 이러한 상황을 꼭 문제라고 봐야 할 것인지에 대해서는 이론의 여지가 있을 수 있지만, 우리가 향유할 수 있는 문화 산물이 풍요로울수록 좋다는 점만 생각하더라도, 한국 창작 SF가 활성화되기를 바라는 일은 자연스럽다. 냉정하게 말하자면 한국 창작 SF의 경우 자신의 존재를 대중 일반에게 보여 주는 것조차 제대로 안 되는 상황에 있기에, 어느 정도까지는 무조건적으로 키워야 한다고 해도 과언이 아니다.

우리나라에서 SF를 발전시키기 위해 필요한 사항은 무엇인가. 이에 대해서는 다른 자리에서 수차 말한 바 있고[4] 지면이 제한도 있기에 여기에서는 간략하게 항목 위주로 기술해 둔다.

한국 창작 SF를 발전시키기 위해서 가장 먼저 취해져야 하는 것은 SF의 창작 환경을 마련하고 개선하는 일이다. 작가들이 일반 문학과 동일한 원고료를 받으면서 작품을 발표할 수 있는 매체가 확산되어야 한다. 이는 기본 중의 기본이고 근본적인 바탕이지만, 항상성을 갖고 이를 수행하는 매체는 사실상 아태이론물리센터가 발행하는 월간 웹진 〈크로스로드〉(http:

---

[4] 박상준, 「크로스로드 SF컬렉션으로 보는 한국 창작 SF의 오늘과 내일」(『문학의 숲, 그 경계의 바리에떼』, 소명출판, 2014)에 그동안 발표한 관련 글들을 모아 두었다. 박상준 외, 『한국 창작 SF의 거의 모든 것』(케포이북스, 2016)의 2부 좌담 '한국 창작 SF의 미래를 위하여'도 참조할 만하다.

//crossroads.apctp.org)밖에 없는 것이 현실이다.

다음으로 위에 이어지는 것으로서 장편 SF의 창작 의욕을 고취시키면서 한국 창작 SF에 대한 대중의 관심을 고조시킬 수 있는 장치들이 마련될 필요가 있다. SF 문학상이나 공모전이 그것이다. 대중문학 분야의 문학상이 일반 문학에 비해 손색이 없을 만큼 활성화되어 있는 일본의 경우까지는 당장 못 가더라도, 장편 SF의 창작을 촉진시키는 SF 문학상이 제정되어 지속됨으로써 대중들에게 한국 창작 SF의 존재를 드러내 보일 수 있어야 한다.

끝으로 SF 전문가들 스스로 노력해야 할 부분도 있다. 현재까지는 소설 중심으로 활동할 뿐인 SF가 영화나 드라마, 방송, 만화, 연극 등으로 적극적으로 자신을 확산시켜 인접 문화와 융합을 시도할 필요가 있다. 이를 위해서는 소수 아마추어 전문가들의 협력이 선행되어야 하고, 다른 분야 전문가들과의 협업을 위해 적극적으로 나서는 자세가 요구된다. 이러한 노력이 지속될 때 한국 대중문화에서 창작 SF가 차지하는 위상이 서서히 증대될 것이다.

한국 창작 SF 문학이 현재 보이는 위상은 여전히 미미하다. 2013년 이후로 한국 창작 SF가 매년 25~30종씩 출간되어 그 전과 비할 수 없는 상황이 되긴 했어도[5] 그 수효 자체가 너무 미미하다는 사실을 무시할 수는 없다. 과천과학관이 주최하는 SF 어워드 또한 사후적이고 명예 위주의 시상이라 창작 의욕을 실질적으로 증진시키는 데는 큰 효과를 기대하기 어렵다.

이러한 사정을 직시하면, 자본주의 사회에 맞게 작가들을 대접해 주며 창작을 장려하는 제도와 문화를 발전시키는 일이 여전히 요청된다 하지 않을 수 없다. 제대로 된 원고료를 지급하면서 매월 한국 창작 SF를 게재해

---

5   고장원, 「우리나라 과학소설의 과거와 현재 그리고 앞으로의 과제」, 웹진 『크로스로드』 121, 2015.10.

온 웹진 〈크로스로드〉의 10여 년 발자취와 그 산물로 앤솔로지들을 발간해 온 성과가 갖는 의미를 이 맥락에서 찾을 수 있다.

3. 『인공지능 크릭스-66』의 스펙트럼 – 기쁨과 즐거움의 원천

이제 『인공지능 크릭스-66』의 세계를 살짝 들여다보자. 이번 앤솔로지는 모두 열 편의 작품으로 이루어져 있다. 특별한 주제를 미리 제시했다거나 작가를 따로 선정한 것은 아니지만, 이들 작품은 몇 가지 공통점을 갖고 있다. SF로서 갖는 공통적인 요소들은 따로 말할 것이 없어도, 한국 창작 SF 혹은 크로스로드 SF의 특성이라 할 만한 공통점을 보이는 것이다. 스포일러를 경계하며 수록 작품들을 하나씩 훑어본 뒤에 이에 대해 정리해 보도록 한다.

뉴나의 「겨자씨」는 '우수개척연합'이 결성되어 우수 곳곳에 식민지들을 개척한 상태에서 이야기가 펼쳐진다. 주인공의 임무는 이미 멸망한 행성 '크리스타벨'의 생태계를 가져와 행성 '겨자씨'에 복원하는 것이다. 생태계를 인위적으로 구성하는 이 업무에 크리스타벨 출신의 에이미와 인공지능 로봇들이 함께 하고 있다. 테라포밍이나 인간 개조가 가능한 상황이지만 여전히 인간으로서 임무를 수행하는 주인공과 로봇의 대화 속에 이 작품의 주제가 담겨 있다. 종결부의 처리가 여기에 더해지면, 인간이란 존재에 대해 생각해 보도록 유도하는 데 작가의 의도가 있다는 점이 분명해진다.

이영도의 「복수의 어머니에 관하여」는 "오늘 선장은 우주선으로 나를 때려죽였다"로 시작된다. 이 황당한 말이 갖는 의미가 밝혀지는 것은 당연

히도 스토리가 전개되면서이다. 하지만 서두르면 안 된다. '이런 것이었군'
하고 섣불리 단정할 수 없게 된다는 사실이야말로 이 작품의 형식적인 성
취인 까닭이다. '위탄인'이 등장하는 것으로 보아 '문교촉위'가 규율하는
작가 특유의 SF 세계 내에 있는 것이지만, 플롯화가 독특하다는 점에 더하
여 '시간'이나 "'나'라는 정체성' 등을 숙고하게 한다는 점에서 고유의 특
성을 갖는다. 빼놓을 수 없는 또 하나의 감상 포인트는 제목의 의미에서 주
어진다.

「여행의 끝」에서 정보라가 보여 주는 것은 포스트 아포칼립스(post-apo
calypse) 장르에 좀비 모티프를 더한 것이다. 증상도 예후도 없는 식인 전염
병 발생 후, 의학이나 생물학 분야의 건강한 전문가들을 추려 우주로 도망
보내는 '노아의 방주' 프로젝트가 시행된 상태에서 사건이 시작된다. 우주
선이라는 폐쇄된 공간에서 무슨 일이 일어날 법한가 싶겠지만, 작가는 상
황을 되돌리는 것이 불가능해지는 방향으로 사태를 진전시키면서 긴장을
고조시킨다. 의사소통의 (불)가능성이나, 절대자, 희망 등에 대해 생각해
보게 하면서 호흡을 고르게 하지만, 결말에 이르기까지 긴장은 풀어지지
않는다.

고장원의 「상가라도」는 전작 「로도스의 첩자」, 「왕의 노래」와 마찬가지
로, 시간여행이 가능해진 세계의 '역사복원학'에 참여하는 '시간화가'가 서
술자로 등장한다. 이 작품에서 주인공들이 찾아가는 인물은 가야고를 만든
우륵이다. 유전자 합성으로 태어난 천재적인 소녀 음악가 '릴리 허'의 스토
리 ― 선을 통해 과학과 사회의 문제가 뗄 수 없는 관계에 있다는 사실이,
시간화가의 행태를 통해서는 인간 삶의 어떤 부분은 오랜 미래까지 지속되
리라는 사실이 잘 드러나 있다. 역사복원학의 시간여행 관련 규정들이 과
학적으로뿐 아니라 사회적으로 잘 짜인 것 또한 같은 효과를 증대시킨다.

조나단의 「여자를 믿지 마라」는 추리소설의 성격이 훨씬 강한 작품이다. 소설의 내용 자체는 평범하다 할 수 있지만, 그것이 풀어지는 방식 곧 플롯이 교묘하고 서술 상황도 그에 딱 맞게 설정되어서, 시종일관 긴장을 유지하며 읽는 재미를 느낄 수 있다. (스포일러가 되겠지만) 『애크로이드 살인사건』 이후로도 이런 방식이 쓰일 수 있다는 점을 보인 것만으로도 자기 몫을 갖는 작품이다. SF 면에서 보자면, '공직자공공기록칩'과 같은 SF적인 요소 때문에 주인공에게 가해지는 제약이 커진다는 점에서, 인물보다는 배경이 위세를 떨치는 SF 장르의 특징을 보여 주는 점이 눈에 띈다.

엄정진의 「양 아저씨와 전파 소녀」는 두 가지 면에서 특징적이다. 첫째는 주제와 그 구현 장치로서의 서사 구성 면에서, 세상으로부터 자신을 유폐시킨 히키코모리가 타인에게 자신을 드러내게 되는 과정과 멸망 위기에 처한 지구의 구원이 이중적으로 전개된다는 점이다. 둘째는 과학과 문학의 결합 양상에 있어서, 현대 물리학의 여러 이론들이 현란하게(!) 구사되면서도 서사적 필연성이 매끄럽게 유지되고 있다는 점이다. 두 가지 측면에서 확인되는 이러한 긴장 관계로 해서, 모친의 실종이 모호하게 처리되고 주인공이 주인공이 될 필연성이 약하다는 단점이 두드러지지 않게 되었다.

황태환의 「전자인간」도 약간 비슷하여, 긍·부정 양 측면에서 SF의 장르적인 특징을 생각하게 한다. 이 소설이 보이는 바 미래의 인간이 존재하는 방식의 설정과 '집단지성체'가 벌이는 행동, 시간 이동, 인간 정신과 사물의 결합 등은 SF 텍스트들에서 두루 활용되는 요소들을 잘 엮은 것이다. 그렇지만 주인공의 행동을 결정짓는 심정 변화에 설득력이 약하고 이 면에서 여자 친구 민정의 역할 또한 미미한 것은 결함에 해당된다. 그럼에도 불구하고 「전자인간」은 종결 방식을 통해 결점을 희석시킴으로써, 장르문학 일반이 가지기 쉬운 플롯 우세의 문제를 반전적인 플롯으로 해결해 내고 있다.

리락의 「원반」은 SF가 흔히 보이는 종말론적인 상황을 낭만적이라 할 만큼 비과학적으로 보이는 행태로 해소함으로써, 과학적 상상력의 경계를 한껏 넓힌 경우에 해당된다. 과학과 비과학의 경계를 흐릿하게 만드는 이러한 방식은 '우주와 자연의 법칙을 깨지 않는 삶'의 추구라는 주제효과에서도 동일하게 관철된다. '자연에의 귀의', '자연 친화'만큼 비과학적인 사상이 또 있던가 싶던 생각이 약화되는 것이다. 물론 이 소설은 SF다. 한반도 주위의 군사적 충돌과 긴장 관계로 현실성을 강화하면서 '원반'의 설정과 사태 전개의 양상 및 종결 형식이 SF적인 특징을 한껏 뽐내고 있다.

설인효의 「최후의 전쟁」은 SF의 경계를 넓히는 데 기여하는 작품이라 할 만하다. 근대국가 체제와 근대정치사상, 영구평화론, 민주주의와 독재 등 정통 사회사상사의 핵심적인 문제들에 대한 깊이 있는 소개가 담겨 있어서 하는 말이 아니다. 그러한 내용들이 아주 자연스럽게 녹아들어 있으니, 작가론을 쓰는 경우가 아니라면 따로 거론할 사항도 아니다. 이 소설이 SF를 확장했다 함은, SF가 아닌 것이 SF적인 요소로 등장하는 기묘한 방식을 성공적으로 구사한 사실을 가리킨다. 읽는 재미를 증대시키고 주제효과를 음미하게 만드는 바로 이 점이 「최후의 전쟁」을 성공한 SF로 세워 준다.

송충규의 「인공지능 KRIX-66(16th-Life)」은 제목 그대로 인공지능을 다룬다. 주인공 '크릭스'는 죽음을 갈망하는 인공지능 로봇이다. 그가 겪는 사건들은 다소 황당한 매듭들로 분절되지만, 그의 지향과 사회 상황 사이의 거리에서 짙은 페이소스가 생겨난다. 물론 두 가지 각각 또한 작품의 의미를 넓고 깊게 만든다. 각종 로봇들과, 로봇으로 돈벌이를 하는 인물, 불사를 꿈꾸는 과학자, 로봇 혐오자 등이 어우러진 사회 상황이 보편적인 삶의 양태를 보여 주는 한편, 죽음을 갈망하는 크릭스의 판단은 강한 인공지능이 현실이 될 경우 생기는 문제들을 숙고하게 해 주는 것이다.

지금까지 살펴본 대로 『인공지능 크릭스-66』의 세계는 여러 측면에서 차이를 보이면서도 전체적으로 보면 일정한 공통 특성을 보이고 있다. 열 편의 작품이 서로를 드러내면서 빚어내는 다채로움과 더불어 '크로스로드 SF'로서의 특징이라 할 만한 공통점 또한 갖는 것이다.

먼저 이들 작품이 보이는 차이를 세 가지 측면에서 살펴본다.

첫째로 SF 하위 장르 면에서 보이는 다채로움을 들 수 있다.

여기서 먼저 지적할 것은, 개별 작품이 어느 한 가지 하위 장르에 오롯이 속하는 경우가 적다는 사실이다. 이는 한 작품 한 작품마다 SF의 다양한 하위 장르적 요소들을 포함함으로써 그 자체로도 다채로움을 증대시킨다는 점에서 특기할 만한 것이다. 이러한 점을 염두에 두고 하위 장르적인 차원의 다양성을 들면 다음과 같다. 먼저 꼽을 것은 SF의 정통적인 갈래라 할 우주 오페라적인 요소가 「겨자씨」나 「복수의 어머니에 관하여」의 바탕에 깔려 있다는 점이다. 근래의 SF 영화들이 주로 쓰는 지구 종말 및 포스트 아포칼립스 장르적 특징이 「여행의 끝」과 「전자인간」, 「원반」, 「최후의 전쟁」 등에서 구현되고 있는 점도 확인된다. 알파고 덕분에 큰 관심을 끈 인공지능과 로봇의 이야기가 「겨자씨」와 「전자인간」, 「인공지능 KRIX-66 (16th-Life)」의 핵심을 이루고, 복제 및 유전자 조작은 「복수의 어머니에 관하여」와 「상가라도」를 가능케 한다. 그 외에도 「상가라도」가 시간여행을, 「여자를 믿지 마라」가 유토피아·디스토피아적인 요소를, 「양 아저씨와 전파 소녀」가 외계인과의 접촉 양상을 띠고 있다.

둘째로 작품 전체에서 과학적인 요소가 차지하는 비중, 좀 더 엄밀하게 질적으로 말하자면, 과학적 상상력의 과학적인 성격에서의 차이를 생각해 볼 수 있다. 앞서 지적했듯이 이 면에서 가장 자유로운 모습을 보이는 것은

「최후의 전쟁」과 「여자를 믿지 마라」이다. 'SF를 이렇게 쓸 수도 있구나' 혹은 '이런 것도 SF야' 하는 생각이 들 만큼 이 두 편은 과학적인 내용 요소에 별로 구애받지 않고 쓰였다. 바로 이런 면에서 SF의 경계를 넓힌 경우라 했는데, 이들 작품들이야말로, 소설 읽기는 좋아하되 정통적인 하드 SF를 좋아하지는 않는 독자들에게 잘 어필할 수 있는 것이기 때문이기도 하다. 과학(적인) 이론을 가장 많이 끌어 온 「양 아저씨와 전파 소녀」도 작품의 배경 설정이나 구성 원리 면에서 보면 앞의 두 편과 큰 차이를 보이는 것은 아니다. 이들을 한 편에 두고 나머지 작품들이 과학적인 내용을 작품의 중요한 요소로 삼아 각기 다양한 방향으로 펼쳐짐으로써 『인공지능 크릭스-66』의 다채로움, 이른바 하드 SF적인 정도 면에서의 스펙트럼이 강화되고 있다.

셋째로 소설 미학적인 차이에 대해서도 지적해 둔다. 이는 다시 두 가지로 나눠 말해 볼 수 있다.

하나는 소설의 '뼈대'와 '육체'의 비중 차이가 다양하게 보인다는 점이다. 플롯을 이루는 사건들의 연쇄 상태를 소설의 뼈대라 하면, 인물의 심리나 배경, 사건의 특징 등에 대한 설명이나 묘사 등은 소설의 육체라 할 수 있다. 뼈대 위주의 소설이 빠른 사건 전개를 통해 이야기의 재미를 주는 반면 생각할 여지는 별로 없는 데 비해, 육체 위주의 소설은 이렇다 할 사건의 굴곡이 적어 좀 지루한 감을 주기는 하지만 어떠한 문제에 대해 깊이 생각하게 하는 특징을 보인다. SF를 포함한 장르문학이 대체로 뼈대 위주인 셈인데, 『인공지능 크릭스-66』에 실린 열 편의 작품들은 이 면에서도 다양한 변주를 보이고 있다. 뼈대 위주의 극에 「전자인간」과 「원반」이 놓이고 그 맞은편 육체 위주의 극에 「최후의 전쟁」이 서 있는 상황에서 나머지 작품들이 그 사이에 도열해 있는 것이다.

또 다른 차이는 서술의 초점을 설정하는 데서 확인된다. 이는 앞에서 지적한 바 하드 SF적인 정도 면에서의 스펙트럼을, 서술자의 관심 혹은 서술자가 말하는 내용이 과학적인 요소를 향하는 정도 면에서 달리 살피는 것이라 할 수 있다. 이렇게 보면 「양 아저씨와 전파 소녀」가 한 쪽 극을 차지하고 있음이 확인된다. 이 작품이야말로 과학(적인) 이론으로 소설의 육체를 풍부하게 하고 있는 까닭이다. 그러한 과학 이론들이 미시적으로 작품 내부에서 보자면 주인공을 설득하기 위해서, 거시적으로 작품의 경계 차원에서 보자면 작품 자체를 SF로 가능케 하기 위해서 끌어들여졌다는 점을 주목하면, 이 소설의 과학 내용 중심주의적인 특성은 쓸데없는 현학이 아니라 불가피한 것임을 알 수 있다. 사정이 바로 이러하기에 「양 아저씨와 전파 소녀」가 서술의 초점 면에서 『인공지능 크릭스-66』 작품들 중의 극점을 차지하며 나머지 작품들과의 차이가 두드러지게 만드는 것이다.

『인공지능 크릭스-66』이 보이는 이상의 차이들과 그로 인한 다채로움은 SF 읽기의 재미를 높여 준다는 점에서 긍정적이다. 한 권의 책으로 여러 유형의 SF를 접하는 기쁨은 앤솔로지만이 줄 수 있는 장점일 터인데, 『인공지능 크릭스-66』 또한 그러한 미덕을 갖추고 있는 것이다.

물론 차이만 있는 것은 아니다. 『인공지능 크릭스-66』의 경우 이전의 크로스로드 앤솔로지들과 마찬가지로 공통 특성 또한 보여 준다. 세 가지를 말해 볼 수 있다.

첫째는 국내에 소개되는 외국 SF들에 비해 볼 때 현실성이 강한 편이라는 사실이다. 몇몇 작품에서 등장인물이 한국인이고 배경 공간이 한국으로 설정되어 있음을 말하는 것은 물론 아니다. 그러한 설정 또한 현실성을 증대시키는 요소인 것은 맞지만 그렇다고 해도 작은 요소일 뿐이다. 현실성의 소설미학적인 의미[6] 그대로, 인물들의 지향이 펼쳐지는 방식이나 사건이 전개되는 양상에 있어 작품 내 세계의 위력이 무시되지 않는다는 점이 중요하다. 『인공지능 크리스-66』의 경우 「여행의 끝」이나 「양 아저씨와 전파 소녀」, 「전자인간」, 「원반」을 예외로 하면 나머지 여섯 편은 SF답지 않은(?) 현실성을 띠고 있다. 현재 우리가 갖는 인간성이 주요 사건의 중요 동인으로 설정되거나(「겨자씨」, 「복수의 어머니에 관하여」), 우리 사회가 그렇듯이 돈이 행위의 주요 목표로 작동하거나(「상가라도」, 「인공지능 KRIX-66 (16th -Life)」, 「여자를 믿지 마라」), 권력의 문제가 작품의 틀을 잡는 것(「최후의 전쟁」)이 그 구체적인 양상이라 하겠다. 여기에 더하여, 『인공지능 크리스-66』이 전체적으로 보이는 다양한 제재들 중 일부가 현실성을 강화하고 있음도 주목된다. 남북한의 갈등 및 한반도를 둘러싼 국제적 정세나 히키코모리 현상, 스타 시스템 등이 그것이다. 이러한 양상은 우리나라에서도

---

6 소설에서의 현실성(reality)이란 작품의 배경이 인물의 행동에 가하는 제한이 실제 현실과 같은 방식으로 되어 있을 때 발현된다.

실제 현실에서 살아갈 때 무엇이든 제 마음대로 할 수 있는 사람은 아무도 없다. 무언가를 하려 할 때 우리는 항상 다른 사람들의 지향과 욕망에 의해 그들과의 갈등 및 긴장 관계 속으로 빨려 들어가게 마련이다. 그러한 면이 적을 경우에도, 환경적인 한계나 시대적 · 사회적인 제약, 윤리적이거나 법적인 금지, 이데올로기적 · 정치적인 경계와의 긴장은 피할 수 없다. 그러한 제약 속에서 바랄 수 있는 것을 욕망하며 성취할 수 있는 것을 행동으로 옮기는 셈이다.

소설의 현실성이란 이러한 양상을 보임으로써 작품의 내용이 실제 세계의 원리를 왜곡하지 않을 때 갖춰지는 것이어서, 사실, 장르문학들에서는 잘 드러나지 않는 특성이라 할 수 있다. 각각의 장르문학이 고유하게 갖는 공간 설정 방식 자체가 그러한 현실성으로부터 벗어나는 장치이기도 한 까닭이다. 무협소설의 '강호'나 정통 추리소설의 '밀실(외부와 차단된 공간)', 판타지의 '중간세계' 같은 것이 현실성의 제약을 벗어나게 하는 각 장르의 핵심 코드에 해당된다. SF의 경우 '우주'를 그런 식으로 활용함은 주지의 사실이다. 사실상 무엇이든 존재할 수 있고 어떠한 사건이든 생겨날 수 있으며, 사건이 시작되면 어떠한 방식으로든 전개될 수 있게 해 주는 공간적 장치가 바로 넓은 의미에서의 우주라고 할 수 있다.

물론 이러한 장르코드를 사용할 경우에도 작품의 현실성이 갖춰질 수 있다. 우주가 됐든 중간세계가 됐든 그러한 현실과 그 속의 인물들 사이의 '관계'가 실제 현실과 우리들의 관계와 같은 방식으로 그려지는 경우, 작품의 메커니즘이 작품 밖 실제 현실의 위력을 환기시키는 까닭이다.

크게 각광받는 할리우드 SF 블록버스터에서는 찾기 어려운 것으로서, 한국 창작 SF의 특징이라 할 만하다.

둘째 공통점은, 소설의 뼈대와 육체 면에서 그 비중이 어느 정도인가 같은 양적인 문제가 아니라 상념의 주제라는 질적인 문제에 주의할 때, 대부분의 작품에서 상념적인 요소가 작품의 효과 면에서 의미 있게 기능한다는 사실이다. 「겨자씨」와 「복수의 어머니에 관하여」, 「인공지능 KRIX-66 (16th-Life)」은 서로 차이를 보이면서 인간성에 대한 물음을 던지고 있다. 인간의 본성, 정체성이란 무엇인지, 인간성을 유지한다는 것의 의미는 또 무엇인지, 기계와 인간의 차이가 있는지 등의 의문이 이 작품들을 통해 우리 앞에 펼쳐진다. 그 외의 두드러진 경우만 보더라도 「여행의 끝」과 「양 아저씨와 전파 소녀」는 소통의 문제와 희망에 대한 숙고의 결과를 담고 있으며, 「복수의 어머니에 관하여」는 시간에 대한 상념을 보여 주고 있다.

끝으로 『인공지능 크릭스-66』의 작품들이 보이는 공통 특성 셋째는 반전적인 요소를 활용하여 서사적 긴장을 끝까지 유지하고 독서의 즐거움을 배가시킨다는 점이다. 「복수의 어머니에 관하여」와 「여행의 끝」, 「전지인간」, 「원반」 등이 대표적인 경우이다.

이상으로 『인공지능 크릭스-66』가 보이는 공통 특성 세 가지를 살펴보았다. 열 편의 작품 모두에서 확인되는 것도 아닌 이들 특성을 두고 한국 창작 SF의 특징이라고 곧바로 일반화할 수 없음은 두말할 나위도 없는 것이지만, 작품의 현실성이 구현되어 있는 것이나 상념적인 요소가 의미 있게 강조된 것은 분명 이들 SF의 특징으로 강조할 만한 사실이다. 플롯상의 반전이야 작품 읽기의 재미를 끌어올리는 중요한 요소로서 대중서사 일반이 지향하는 방식이라고 할 수 있지만, 이번 앤솔로지의 해당 작품들은 이를 통해서 작품의 전체적인 특징을 강화한다든가 SF로서의 특징을 구비한

다든가 하는 특유의 양상을 보이고 있다는 점이 주목할 만하다.

지금까지 살펴보았듯이 『인공지능 크릭스-66』는 열 편의 작품들이 보이는 내용·형식 면의 다채로움과 공통점으로 SF 읽기의 재미와 의미를 선사한다. 한편으로는 소설의 뼈대 면에서 기발한 상상력의 소산으로 전개되는 플롯이 기쁨을 주고, 다른 한편으로 소설의 육체 면에서는 다양한 주제를 대상으로 하는 상념이 즐거움을 준다. 이 기쁨과 즐거움을 나누고 키우는 것은 이제 독자 여러분들의 몫이다.

4. 우리들의 SF를 바라며

『인공지능 크릭스-66』는 웹진 『크로스로드』에 발표된 작품들로 구성된 여섯 번째 앤솔로지이다.

2012년 연말에 다섯 번째 앤솔로지를 펴낸 후 무려 3년 반의 공백 기간이 있었다. 이 공백 기간 또한 한국 창작 SF가 처한 힘든 상황을 알려주는 것이다. 이 점을 무겁게 생각하며, 이렇게 서문 겸 해설을 쓰며 또 한 권의 앤솔로지를 세상에 드러낼 수 있게 해 준 케포이북스의 공홍 대표께 깊은 감사를 드린다. 책을 멋지게 만들어 한국 창작 SF를 살찌우는 데 수고해 주신 채현아 선생께도 마음 속 깊은 곳의 고마움을 표한다.

작품을 실어 주신 작가들께도 감사 인사를 드린다. 열악한 상황에서 창작의 길을 꿋꿋이 밟아가는 이들 작가가 없다면, 이 책이 없음은 물론이요 한국 창작 SF의 미래도 지극히 암담해질 것이다. 이 작은 책이, 작가 분들이 창작의 고통을 감내하며 나아가는 데 하나의 기쁨이자 의미 있는 힘이 되기를 바라며, 뜨거운 박수와 격려를 보내드린다.

이 책을 읽어 주실 미지의 독자 분들께도 감사의 마음을 전한다. 무릇 모든 글이란 읽히기 위해 쓰이는 것이듯이 책 또한 그렇게 되기를 열망하며 세상에 자신을 던진다. 이 글 앞부분에서 말한 한국 대중문화의 상황을 고려하면 『인공지능 크릭스-66』야말로 독자 여러분들의 손을 향하여 자신의 전 존재를 던지는 셈이라 하겠다. 손을 마주 내밀어 열 가지 즐거움을 만끽함과 동시에 한국 창작 SF의 발전에도 기여하시라고, 미지의 당신에게 속삭여 본다. 그것이야말로 우리들의 SF를 풍성하게 하는 원동력이기 때문이다.

겨자씨

듀나

SF 작가이자 칼럼니스트. 쓴 책으로 『면세구역』, 『대리전』, 『용의 이』, 『브로콜리 평원의 혈투』, 『제저벨』, 『아직은 신이 아니야』, 『가능한 꿈의 공간들』 등이 있다.

1

일식이다. 티타니아의 거대한 몸뚱어리가 붉은 해를 잡아먹었다. 하늘은 짙은 보랏빛으로 어둡고 여기저기 희미하게 별들이 보인다.

나는 비행선 전망창 밑에 서서 물에 푼 물감처럼 티타니아의 표면에 물감을 푼 것 같은 복잡한 무늬를 만드는 구름과 서쪽에서 막 모습을 드러낸 위성 완두꽃을 바라본다. 거미줄과 좀나방은 티타니아 뒤에 있고 앞으로도 언제나 그럴 것이다.

약간의 운과 몇 억의 시간이 더해져, 겨자씨에 자생 문명이 발생한다면, 그들은 이 광경을 어떻게 이해할까? 나는 겨자씨 저편에서 태어난 지적 생명체들이 적도 대륙의 해안을 타고 대장정을 떠나는 모습을 상상한다. 서쪽으로 가는 동안 그들은 지평선 너머에 있는 거대한 무언가가 구름 뒤에 가려져 있는 걸 볼 것이다. 처음에는 그냥 언덕이나 산일 거라고 생각하겠지. 하지만 그 산처럼 보이던 것은 아무리 걸어도 가까워지지 않는데 점점 거대해진다. 한참을 걸은 뒤에야 그들은 그것이 그들의 태양을 삼킬 만큼 거대한 천체라는 걸 알아차리겠지. 티타니아가 하늘 꼭대기에 도달했을 때, 그들 중 용감한 몇 명은 겨자씨에서 가장 높은 산인 헬레나의 꼭대기로 올라가볼 것이다. 그리고 그들은 그곳에서 지금까지 구름 속에 가려져 있던 티타니아의 참 모습을 보게 될 것이다. 하늘에 거꾸로 박힌 둥그렇고 거대한 세계. 그들은 공포에 질릴까. 아니면 갑작스럽게 닥친 경외감 때문에 겁먹는 것도 잊어버릴까.

문이 열린다. 에이미가 원통형 컨테이너를 질질 끌며 나온다. 그녀의 손은 컨테이너에서 묻은 끈적거리는 기름으로 엉망이다. 손을 대충 작업복 바지자락에 문지른 그녀는 심드렁한 목소리로 말한다.

슬슬 시작하지?

나는 비행선의 고도와 위치를 다시 한 번 확인한 뒤, 에이미로부터 컨테이너를 건네받고 그녀를 따라 복도를 걷는다.

에어록 앞에 도착하자, 우리는 우주복을 입는다. 잠시 웃긴다는 생각이 든다. 지금 우리가 있는 곳의 기압은 딱 1기압. 지구의 표면과 거의 같다. 물론 같은 건 기압뿐이다.

에어록을 통해 우리는 비행선 밖으로 나간다. 우리는 대륙과 남극을 비스듬히 잇는 b21-2221-gh호 기류를 타고 하늘을 날고 있다. 컴퓨터가 임시로 매긴 이 번호는 오래가지 못할 것이다. 이 높이에서 겨자씨의 하늘은 초음속으로 날아다니는 바람 군대들의 전쟁터와 같다. 그들은 끊임없이 서로를 먹어치우고 나타났다가 사라진다.

우리는 선미의 옴폭한 곳으로 기어가 컨테이너를 기울이고 뚜껑을 연다. 가오리처럼 생긴 부드럽고 검은 물체가 안에서 꿈틀거리고 있다. 내가 컨테이너를 잡고 있는 동안, 에이미는 가오리를 꺼내 꼬리를 잡고 난간 밖으로 집어던진다. 가오리는 서쪽으로 떨어져 곧 구름 속으로 자취를 감춘다.

난간 기둥을 잡고 주저앉은 우리는 거의 동시에 헬멧의 모니터를 켠다. 가오리의 입 끝에 달린 일곱 개의 더듬이들이 읽은 시각 정보들이 들어온다. 우리는 그것이 목적지, 그러니까 우리보다 2킬로미터 밑에서 보다 안정된 기류를 타고 있는 구름 속에 들어갔으며 거기서 새끼들을 한 마리씩 내보낼 준비를 하고 있다는 알게 된다. 비행은 정상이고 주변 온도도 견딜 만하다.

우리는 방출 명령을 내린다.

가오리는 입을 벌리고 맨 앞에서 기다리고 있던 새끼를 내뱉는다. 갈색 공처럼 생긴 것이 튀어나오더니 어미의 입 끝에 매달린 채 날개를 펼친다.

날개가 다 마르자, 녀석은 날개 끝에 난 갈고리로 어미의 얼굴을 타고 기어 오르더니 등에 딱 달라붙는다. 다른 새끼들이 그 뒤를 따른다.

새끼들이 모두 안착하자, 우리는 다시 집으로 돌아온다. 비행선이 날아가는 동안 지금까지 티타니아 뒤에 숨어 있던 붉은 태양의 끄트머리가 조금씩 기어 나온다.

2

우리 집은 겨자씨에 있는 단 하나뿐인 대륙 꼭대기에 위치해있다. 구름을 걷어내고 본 겨자씨의 모양은 괴상하다. 적도에 훌라후프 모양으로 걸린 고리 모양의 대륙이 남쪽과 북쪽의 대양을 갈라놓고 있다. 남과 북은 너무나도 오래 차단되어 있어서 심지어 바닷물의 색도 조금 다르다.

산꼭대기 절벽 밑에 판 다섯 개의 동굴로 구성된 우리 집의 모양은 나쁘지 않다. 조금은 흑백영화판 〈제인 에어〉에 나오는 손필드 저택 같기도 하다. 우리보다 먼저 도착한 무인 우주선의 건설 로봇들이 무심하게 키운 거창한 벽돌 벽 입구 때문이기도 하지만 안개처럼 빽빽한 구름과 그 구름을 먹고 자라는 주변의 검은 식물들 때문이다. 우리 집 주변은 모든 것이 검거나 회색이어서 색이 있는 무언가가 있으면 오히려 어색하게 튄다.

겨자씨에는 이와 같은 집들이 다섯 채가 있다. 지금 건설 로봇들은 여섯 번째 집을 2천 킬로미터 떨어진 강가에 짓는 중이다. 다들 100명 이상의 인원을 수용할 수 있는 호텔 크기의 동굴집이다. 계획대로였다면 그들 중 두 군데는 네 살배기 아이들로 바글바글했을 것이고 우리 중 어느 누구도 여기에 있지 않았을 것이다.

산꼭대기의 이 동굴들은 우리의 두 번째 집이다. 4년 전까지만 해도 우리는 해변의 동굴에 살았다. 격납고의 구조를 제외하면 구조는 거의 같고 창문도 없어서 안에 있으면 이사 갔다는 느낌도 들지 않는다. 그렇다고 외출이 잦은 것도 아니다. 기압차가 있다고는 하지만 맨몸으로 나갈 수 없는 건 해변이나 산꼭대기나 마찬가지다.

우리는 이곳에서 어미 로봇들을 만든다. 크리스타벨의 생명체들이 겨자씨의 하늘에 적응할 수 있도록 양육하고 교육하는 가짜 엄마들. 우리가 오늘 날린 가오리는 우리가 하늘에 보낸 최초의 어미다. 이번 가오리들이 겨자씨의 구름 속에서 살아남는다면 우리는 슬슬 다른 종들을 시도해볼 것이다. 방출되는 종들을 서너 개씩 늘려가며 조금씩 생태계의 균형을 잡아가는 것이다. 이것은 다리나 탑을 세우는 것과 같다. 지지대를 세우고 그 위에 각각을 지탱할 수 있는 삼각형을 겹쳐가는 것이다.

에이미는 다음 작업에 들어간 지 오래다. 그녀는 15종의 어미들을 디자인했고 오늘 날린 것을 포함한 네 개는 제조기로 이미 만들어 놨다. 이 작업이 가능한 제조기를 만들기 위해 우리는 4세대에 걸쳐 제조기들을 만들며 이들을 업그레이드시켜야 했다.

어미들은 대부분 비슷하게 생겼다. 하늘을 나는 물고기들이나 해파리들이다. 지구의 새와 같은 모양을 기대해서는 안 된다. 크리스타벨과 겨자씨의 대기는 지구와 전혀 다르다. 크리스타벨의 바람 동물들은 중력에 저항할 필요가 없다. 그들은 바람과 대기층에 묶여 있어 아주 드문 경우를 제외하면 하늘에서 떨어지지 않는다. 크리스타벨의 하늘은 땅과 인연을 끊은 생명체들로 북적거렸다. 적어도 35년 전까지는.

에이미는 크리스타벨 출신이다. 적어도 그녀의 기억은 그렇다. 크리스타벨의 식민지가 파괴되기 전, 사람들은 그들이 가진 모든 정보를 다른 세계로 전송하려 시도했다. 태양의 플레어 폭발이 전송을 끊어버렸다. 하지만 백업된 여덟 살짜리 소녀의 정신은 살아남았다. 폭발 사흘 전 것이었다. 그녀는 죽음의 기억을 갖고 있지 않았다.

나에게 에이미를 다시 살려내는 것은 의무였다. 에이미와 함께 크리스타벨의 생태계 전체를 복원하는 것. 인류가 발견한 세계 중, 크리스타벨은 지구만큼 복잡한 생태계를 가진 유일한 곳이었다. 플레어 폭발 따위가 그 세계를 날려버렸다고 연구를 포기할 수 없었다. 그리고 크리스타벨과 같은 조건을 갖춘 식민지가 근처에 어디 있더라? 무인우주선에 의한 생태계 연구가 딱 10년째이고 파종선은 아직 도착도 하지 않았다는 사실은 중요하지 않았다. 어차피 식민지가 세워지면 망가질 곳, 신나게 놀아봐!

그게 12년 전 일이다. 여기서부터 날짜 계산은 철저하게 겨자씨의 기준을 따른다. 광속의 한계는 과거와 현재를 섞어놓는다. 우리의 현재는 다른 세계의 역사이고 그 반대도 마찬가지다.

나는 비행선 정비를 마치고 거실로 돌아온다. 에이미는 저녁으로 먹을 음식 부스러기와 식초 음료병을 들고 소파에 앉아 나를 기다리고 있다. 내가 소파에 자리를 잡자, 그녀는 〈찰스 파젯의 모험〉의 마지막 편을 튼다. 이번 에피소드는 이틀 전에 전송되었지만, 우리는 겨자씨 식민지의 10주년 기념일을 축하하기 위해 오늘까지 아껴두었다.

연속극은 75년 전 것이나, 우리에겐 그건 큰 의미가 없다. '지금'의 지구가 우리에게 무슨 의미가 있는가. 그건 같은 연속극을 보고 네트에 일방적인 메시지를 날리는 32년 전 베드포드 폴스나 21년 전 라다의 시청자들도 마찬가지이다. 우리에게 그들은 모두 현재의 사람들이다.

아비딘이 이 날을 같이 맞았으면 좋았을 것이다. 그는 언제나 찰스 파젯을 시드니 그린리프보다 더 좋아했으니까. 그는 그린리프를 경멸했다. 사칙연산실력을 추리력으로 착각하는 얼간이 같으니.

아비딘이 죽은 지 4년이나 지났지만, 아직도 그가 더 이상 존재하지 않는다는 사실을 받아들이기가 힘들다. 죽기 전에 정신을 백업이라도 해주었다면 좋았겠지만, 그는 그가 책임질 수 없는 복사품을 남겨놓는 걸 싫어했다. 그는 전쟁 상태에 있는 나와 에이미를 남겨놓고 세상을 떴다.

우리는 어찌어찌 그 상황을 넘겼다. 어떻게 넘겼는지 기억도 나지 않는다. 아마 죽도록 공부하고 일을 했을 것이다. 그게 해결책이었을 거다. 말이 나왔으니 하는 말인데, 도대체 왜 그렇게 서로를 잡아먹지 못해 안달이었는지도 잘 기억나지 않는다. 우린 그냥 그래야만 했고 그 상황을 피해 달아날 곳도 없었다. 겨자씨, 아니 티타니아를 포함한 태양계 전체가 우리에겐 감옥이었다. 탈출하는 사람들이 선택하는 것은 공간이 아니라 사람이다. 사람을 선택할 수 없다면 어디로 가도 달라지는 건 없다.

다른 사람들을 만드는 것도 고려해봤다. 아이들을 계획보다 일찍 만들 수는 없었다. 우리에겐 아직 준비가 되어 있지 않았다. 어른들을 만들고 네트로 전송되는 다른 정신들을 다운받아 그 안에 심을 수도 있었을 것이다. 하지만 우린 그 당시 다른 사람들을 우리 사이에 두는 건 더 견딜 수 없다고 생각했다. 해변의 로봇들은? 그들은 인간관계에 관심이 없었다. 해결책은 없었다. 그냥 서로를 견뎌야만 했다.

그 와중에서 연속극은 쓸 만한 도피처였다. 적어도 그 안에는 우리가 책임질 필요가 없는 사람들이 우리와 상관없는 세계에서 살고 있었다. 우리는 주로 역사물들을 봤다. 우주여행도, 티타니아도 모르는 세계에서 노란 태양빛을 받으며 살아가는 사람들의 이야기.

찰스 파젯 경사의 이야기는 끝나가고 있다. 그는 3개월의 노력 끝에, 중년 여자들만 살해하는 연쇄살인마를 잡았고 세 번째 사건의 누명을 쓰고 사형선고를 받은 스코틀랜드 출신 하녀를 구해냈다. 지금 그는 어색하기 짝이 없는 태도로 막 감옥에서 풀려난 하녀에게 청혼하고 있다.

이제 〈밀튼-헤이우드 연대기〉의 필드에서 찰스 파젯이 챙길 수 있는 공간은 많지 않다. 앞으로 그는 재수 없는 자칭 명탐정 시드니 그린리프의 구박을 받으며 남은 경찰 경력을 보낼 것이다. 은퇴한 뒤에는, 아내는 자궁암으로 고생하다 죽을 것이고, 두 번째 세계대전 때 RAF에 들어간 외동아들은 독일군과 싸우다 전사할 것이다. 〈찰스 파젯의 모험〉은 그가 가까스로 쟁취한 첫 번째이자 마지막 승리이다.

찰스 파젯을 위해 건배.

연속극이 끝나자 나는 식초가 든 잔을 들고 말한다.

그리고 아비딘을 위해서도.

에이미가 어색하게 받는다.

3

우린 다시 하늘로 간다. 우리가 이번에 탄 건 비행선이 아니라 두 대의 일인용 비행 요트이다. 표준력으로 4개월이 지났다. 겨자씨의 달력으로는 처음부터 계산한 적 없다. 적색왜성 태양계에 속한 가스행성 궤도에서 동주기 자전을 하는 위성의 달력을 따로 만들어 일상생활에 반영하는 건 귀찮기 짝이 없다. 년을 달로 쪼개고 달을 일로 쪼갠다는 작업 자체가 의미가 없는 것이다. 우리에게 개월은 철저하게 추상적인 개념이다.

비행 요트는 크리스타벨 식민지의 발명품이다. 개념은 우주 식민 초기로 거슬러 올라가지만 현실화시킨 것은 크리스타벨의 발명가들이 처음이다. 겨자씨에 온 뒤로 에이미는 비행 요트에 집착해왔다. 그건 그 아이의 정체성 선언과 연결되어 있었다. 에이미에게 자신이 마지막으로 살아남은 크리스타벨 거주민임을 증명하는 것은 중요했다. 비록 아이가 이사 온 새 육체가 단 한 번도 겨자씨를 떠난 적이 없다고 해도.

비행 요트는 접었다 폈다 할 수 있는 풍차 날개를 가진 열대어처럼 생긴 탈것이다. 지구에서는 기껏해야 연 정도의 기능밖에 못 할 것이다. 하지만 크리스타벨과 겨자씨의 농밀한 대기와 거친 바람 속에서는 사정이 다르다. 지구의 글라이더와는 달리 비행 요트는 바닷물 속의 물고기처럼 자유롭게 바람과 구름 속을 누빈다.

우리는 어미 로봇의 신호가 발신되는 구름 속으로 미끄러져 들어간다. 조명을 받은 구름은 파랑, 빨강, 노랑, 연보라, 금빛, 은빛, 우윳빛으로 반짝인다. 구름 속 물방울을 먹고 살아가는 하늘풀들이 구름 속에 뿌리는 포자를 담은 주머니들이다. 눈이 있는 생명체가 존재하지 않는 하늘에서 이런 화려한 색의 발광은 낭비처럼 보인다. 약간의 연구 끝에 나는 그 색이 거의 무해한 세균성 전염병의 증상 중 하나이며 그 화려한 색은 철저한 우연의 산물임을 밝혀냈다. 겨자씨에서 이 색깔들은 낭비되는 게 아니라 용납되고 방치되고 있다.

어미 로봇과 새끼 가오리들은 바로 그 색의 축제 속으로 들어갔다. 우연일까? 아니면 그들은 그 색에 끌려 들어간 것일까? 우리로서는 알 수 없다. 우리는 로봇의 행동을 모두 보고 받았지만 세세한 동기와 목적까지 모두 확인할 수는 없었다. 생태적응이란 원래 그런 것이다. 종종 그것들은 정말 아무런 의미가 없을 수도 있다.

무지개색 하늘풀들의 난장판 속에서 우리는 어미 로봇을 발견한다. 어미 로봇 주변을 날아다니는 아홉 마리의 새끼들이 보인다. 두 마리는 살아남지 못했나보다. 하지만 나머지는 모두 건강해 보인다. 구름 속에서 포식을 했는지 몸도 자랐다. 이제 가장 작은 녀석도 어미의 절반 정도 크기로 보인다. 일주일이나 이주일 정도 지나면 그들은 독립할 것이다. 그들은 각자의 구름과 짝을 찾아 떠날 것이다. 짝을 만나지 못하면 그냥 처녀생식으로 자기와 똑같은 새끼들을 낳겠지. 그러다 보면 또 유전자 정보를 교환할 수 있는 짝을 만나기도 할 것이다. 그러면서 그들은 조금씩 겨자씨의 구름들을 정복해가리라. 아직까지 이 과정을 방해할만한 변수는 나타나지 않았다. 결국 우리가 만들어야 한다.

바람 요트를 타고 구름 속을 한참 헤집던 우리는 필요한 정보를 모두 얻자, 수직 하강해서 구름 속을 빠져나온다. 곧 상승 기류를 찾아낸 우리는 3G의 가속도로 다시 위를 향해 날아오른다. 구름은 흩어지고 하늘은 맑아진다. 아래를 보면 지난 몇 시간 동안 바닷물 속으로 서서히 가라앉고 있는 흐릿한 붉은 태양이 보인다. 저렇게 커다란 덩어리에 왜성이라는 이름을 붙인다는 게 말이 되는가.

맞은편에서는 인공위성처럼 보이는 작은 물체가 반짝거리며 천천히 하늘을 가른다. 인공위성이 아니다. 그것은 나와 아비딘이 타고 왔던 파종선의 파편이다. 기기 고장으로 겨자씨의 로쉬 한계를 넘어 수십 조각으로 부서진 소행성의 잔재. 우리는 그 와중에 14명의 동료들을 잃었다. 파편 상당수는 겨자씨의 표면으로 떨어졌다. 대부분 대기 안에서 불타 사라졌지만 가장 큰 덩어리는 적도 대륙에 떨어져 작지 않은 크레이터를 만들었다. 대단한 소동은 일어나지 않았다. 어차피 그곳엔 소동을 피울만한 지능을 가진 생명체들이 존재하지도 않았다.

4

집에 돌아온 우리는 〈찰스 파젯의 모험〉의 메이킹 다큐멘터리를 본다. 불편한 경험이다. 나는 우리 눈앞에 앉아 40년 동안 파젯을 연기한 경험에 대해 이야기를 하는 사람이 연속극의 찰스 파젯이었다는 사실을 인정할 수 없다. 그 사람의 다갈색 피부는 수염도, 주름도, 주근깨도 없이 매끈하기만 하며 똥배도 안 나왔고 코크니 사투리는 쓰지도 않는다. 그리고 이제 그 사람은 남자를 충분히 연기해왔으니 이제는 여자 역에 도전할 때가 되었다고 말한다. R. J. 바란이라는 이름의 이 배우는 그동안 남자가 아니었던 건가? 모르겠다. 지구에서는 그게 그렇게 중요하지 않은 모양이다. 하긴 식민지 공간에서도 중요하지 않은 건 마찬가지다. 급하면 누구라도 종족번식에 동원되어야 하니까. 일단 나부터가 남자 둘의 유전자로 만들어지지 않았던가.

우리는 〈찰스 파젯의 모험〉이 전송되는 동안 같이 딸려온 시청자들의 반응도 확인한다. 75년에 걸친 다양한 세계의 시청자 반응이 지난 몇 개월 동안 압축되어 전송되고 있다. 다양하지만 전체는 아니다. ~~우주~~ 개칙은 한 방향으로만 진행되는 게 아니다.

우리보다 32년 먼저 본 베드포드 폴스의 시청자 반응이 가장 뜨겁다. 하긴 운 좋게 지구의 태양과 비슷한 황색 왜성 태양계를 건진 그들은 시간 여유도 많다. 가끔 베드포드 폴스의 연속극을 보면 무대가 지구인지 외계 행성인지 구별하기 어렵다. 그들은 그 사실을 자랑스럽게 여기지만 나는 웃기지도 않는다고 생각한다. 우주 진출의 목표가 무엇인가. 우리가 바깥세상에서 다른 삶의 방식을 찾지 않는다면 우주로 나간다는 것이 무슨 의미가 있는가.

나는 그들이 〈찰스 파젯의 모험〉을 온전히 즐기지 못했다고 생각한다.

적어도 나는 우리가 〈찰스 파젯의 모험〉을 위한 진짜 시청자라고 믿는다. 〈찰스 파젯의 모험〉이 포함된 〈밀튼-헤이우드 연대기〉의 재미는 단 한 번도 가본 적이 없는 고향세계에 대한 향수에 의해 최대화된다. 지구나 베드포드 폴스의 사람들이 이런 것에 대해 어떻게 알랴.

에이미는 나와 다른 이유로 몇몇 시청자들의 반응이 불만스럽다. 그녀는 파젯이 조금이라도 야무졌다면 사건을 해결하는 데 이틀이면 충분했을 거라는 냉소적인 반응이 가장 싫다. 그녀는 20세기 초를 사는 평범한 남자의 어쩔 수 없는 한계를 받아들이지 않고 이 드라마를 보는 사람들이 이해가 안 된다. 그 한계야 말로 파젯이라는 인물을 이루는 필수조건인데 말이다. 서툴고, 어리석고, 실수투성이지만 그 한계 속에서 옳은 일을 다 하려고 최선을 다하는 사람. 그걸 받아들이지 못한다면 지구 무대의 사극 따위는 보지도 말아야지.

이런 반응은 특히 베르사유 태양계에 많다. 그들의 냉소는 이해할만 하다. 골디락 존에 발붙일 돌덩어리 하나 없는 곳에서 그들은 스스로 그들이 살아야 할 세계를 만들어야 한다. 그들은 모든 것을 기능성 위주로 판단한다. 그들은 어리석음의 사치를 즐길 여유가 없다. 심지어 지구의 연속극이 그런 여유를 제공해준다고 나서도 그들은 받아들이지 않는다.

아마 그들은 살아남을 것이다. 하지만 살아남은 그들은 어떤 존재가 되어 있을 것인가.

아마 한 무리의 시드니 그린리프처럼 되어 있겠지.

에이미는 결론 내린다.

5

베르사유인들을 이렇게 몰아붙이는 건 부당하다. 그들이 4.6광년 너머에서 우리를 돕지 않았다면 지금까지 우리가 이룬 성과는 꿈도 꿀 수 없었다. 아마 그렇기 때문에 우리가 그들에게 삐딱하게 구는 건지도 모른다. 우리는 그들이 고마운 것만큼이나 그들이 우리에게 보스 행세를 하는 게 싫다. 그들도 하고 싶어서 그러는 게 아니라는 걸 알면서도.

나는 실제로 베르사유에 가보았다. 니자에서 출발한 파종선이 엄청난 에너지를 낭비해가며 그곳을 방문했던 건 우주선에 장착한 새로운 추진 장치 때문이었다. 시스템은 베르사유 기술자들의 발명품이었고 그들은 그 결과물을 확인하고 싶어 했다.

베르사유에서 나는 추진 장치의 설계자 중 한 명이었던 아비딘을 만났다. 그는 고향인 베르사유의 소행성들을 떠나고 싶어 했다. 자신의 발명품을 실험하기 위해 파종선에 타는 건 그럴싸한 핑계였다. 난 가끔 그가 순전히 그 핑계를 만들기 위해 우주선 개발의 직업을 선택했는지도 모른다고 생각한다.

겨자씨 궤도에 도착하기 직전 파종선에서 무슨 일이 일어났는지는 아무도 모른다. 사고 당시의 기록들은 파종선과 함께 날아가 버렸다. 설계 잘못이었을 수도 있고 다른 문제 때문이었을 수도 있다. 나는 후자 쪽을 밀련다. 우주여행은 바캉스가 아니다. 사고는 여행의 당연한 일부이다.

이유가 무엇이건, 아비딘은 심각한 죄의식에 시달렸다. 그를 믿었던 14명이 목숨을 잃었다. 그것도 바로 목적지 코앞에서 유치하기 짝이 없는 사고로. 그의 베르사유식 자존심은 산산조각이 났다. 그는 심각한 우울증을 앓았고 간신히 그를 극복했을 때는 우리가 아는 아비딘이 되어 있었다.

겨자씨에서 보낸 6년 동안 그의 목표는 오로지 속죄와 보상이었다. 인간적인만큼이나 계산적이었다. 그는 파종선의 사고가 남긴 구멍을 채우고 싶어 했다. 그는 자신이 객관적으로 계산할 수 있는 가치를 생산했다는 사실을 증명하고 싶어 했다. 그는 에이미와 있을 때를 제외하면 삶의 기쁨을 거의 느끼지 못했다.

아비딘은 에이미와 죽이 잘 맞았다. 그들은 종종 동갑내기 친구처럼 보였다. 나는 다행이라고 생각했다. 겨자씨에 추락하기 전까지 파종선과 파종선을 오가며 거의 평생을 보냈던 나는 아이들을 다루는 방법에 대해 아무 것도 몰랐다. 에이미에게도 우리 둘이 모두 있는 게 나았다. 내가 아이의 이상적인 친구가 될 수 없었던 것처럼, 아비딘도 나처럼 에이미를 훈련시킬 수는 없었을 것이다.

단지 나 역시 아비딘에 의지하지 않고 아이와 친구가 되는 방법을 조금 일찍 익혔다면 좋았으리라.

6

아직도 베르사유 식민지에서는 아비딘에게 편지를 보내온다. 그들에게 겨자씨는 베르사유의 연장이고 아비딘은 겨자씨의 대표이다. 지금쯤 그들도 내가 보낸 편지를 통해 아비딘이 죽었다는 사실을 알게 되겠지만, 한동안 나는 계속 그의 이름으로 날아든 편지를 읽어야 할 것이다.

상관없다. 남의 역할을 하는 건 익숙하다. 겨자씨에서 나와 아비딘이 맡았던 임무 역시 우리 일은 아니었다. 나는 우주선 항해사였고 아비딘은 우주선 엔지니어였다. 생물학이나 환경공학에 대해서는 다들 기초만 간신히 알았다. 하지만 전문가들이 모두 몰살당한 상황에서 내 일, 남의 일을 가를 여유는 없었다. 우리는 미친 듯이 두뇌에 지식을 주입했다. 어떤 때는 그 속도가 너무 빨라 더 이상 내가 나처럼 느껴지지 않을 때도 있었다. 지식뿐만이 아니라 그 지식을 정리한 전문가의 인격 일부까지 뇌 속으로 들어왔던 것이다.

이번에 그들이 보낸 편지는 우주 개척 연합의 것이다. 정확히 말하면 연합의 전권을 물려받은 베르사유 지부의 것이다. 그들은 뒤늦게 우리의 10주년을 축하하고, 우리가 지난 10년 동안 이루었을 것이라 추정되는 업적을 짐작해보고, 생태공학과 관련된 최신 연구결과를 보낸다. 속내를 읽는 건 어렵지 않다. 그들은 혹시나 우리가 임무를 포기할까봐 걱정하고 있다.

전혀 다른 두 세계의 생명체를 하나로 섞는 건 끔찍한 일처럼 보인다. 하지만 우주 개척자들은 더 이상 생태계의 순수성 따위는 신경 쓰지 않는다. 우리의 존재 자체가 그 순수성을 부인한다. 우리는 처음부터 지구 생명체들을 우주에 이식하는 것은 직업으로 삼은 사람들이다. 과거 지구의 도살자들이 소나 돼지를 죽이는 것을 당연시하고 의사들이 천연두를 멸종시키는 것이 당연한 일이라고 생각했던 것처럼, 우리는 이런 혼합을 당연하다고 생각한다. 그것이 크리스타벨과 겨자씨의 혼합이라고 해도 다를 건 없다.

크리스타벨과 겨자씨의 생태계를 결합하는 것은 중요한 실험이다. 이는 우리가 앞으로 생태계를 어떻게 관리하고 변수를 어떻게 통제할 수 있는가를 보여줄 것이다. 만약 이것이 만에 하나 생태학적 재앙이 된다고 해도 우리는 얻는 게 있을 것이다.

이론상, 다른 세계에서 온 두 생태계를 결합하는 것은 옛날 사람들이 생각했던 것만큼 어렵지는 않다. 그건 아이러니컬하게도 다른 세계의 생물들을 이식하는 작업이 결코 보기만큼 쉽지 않기 때문이다. 생명체는 혼자 존재하지 않는다. 아무리 작은 동물이라고 해도 기생하고 공생하는 미생물들을 모두 더하면 작은 도시와 같다. 그렇다면 이들 모두를 넣어줄 것인가, 아니면 현지 미생물로 교체할 것인가. 마찬가지 이유로 외계 미생물이 현지 생물에게 치명적인 질병을 유발할 가능성도 극히 낮다. 생물학적 환경이 전혀 다르기 때문이다.

어미 로봇들은 여기서 결정적인 역할을 한다. 그들은 우리와 우리가 풀어주는 생명체들의 가교 역할을 한다. 그들은 새끼들을 우리가 원하는 방식으로 키우고 가르친다. 과연 그대로 풀어주었다면, 녀석들은 하늘풀이 먹이라는 걸 알아차리긴 했을까.

종종 이런 아이디어가 끔찍하게 느껴질 때도 있다. 크리스타벨의 생태계는 지구의 것과 마찬가지로 일련의 살육과 기아를 통해 유지되었다. 우리는 그 피에 물든 공포와 죽음을 겨자씨의 하늘에 도입하려는 것이다.

그래서? 그게 나쁜가?

언젠가 아비딘이 말했다.

적어도 저것들은 계속 존재하면서 뭔가를 느끼겠지. 아무 것도 없는 것보다는 뭐라도 있는 게 나아. 이런 토론도 아무 것도 없는 상태에서는 이루어질 수 없지. 게다가 겨자씨도 그렇게 결백한 곳은 아니야. 여기 바닷속이 만만치 않은 곳이라는 건 너도 알잖아. 하늘 위에 비슷한 세계가 하나 더 만들어지면 더 끔찍해지나? 그건 아닐 걸.

철학적인 반론처럼 들리는가? 어림없었다. 크리스타벨의 야수들을 겨자씨에 푸는 데엔 어떤 철학도 필요 없었다. 그는 무조건 그 일을 성사시켜야만 했다. 에이미에게 고향을 돌려주기 위해. 그가 무익한 삶을 살지 않았다는 것을 증명하기 위해.

7

집으로 로봇들이 찾아온다. 우리보다 24년 먼저 티타니아의 위성들을 탐사하러 온 우주선의 승무원들이다. 우리와는 달리 그들은 아무런 사고 없이 안전하게 티타니아의 궤도에 도착했고 4대 위성에 착륙선을 보냈다. 그들의 우주선은 지금 거미줄의 위성이다. 우주선은 그곳에서 티타니아와 좀나방의 조석 작용으로 끝없는 화산 폭발을 일으키는 거미줄의 표면을 관찰한다.

그들은 우리와 거의 만나지 않는다. 4년 전 일 때문은 아니다. 그냥 사는 곳이 다르고 하는 일이 다르다. 그들은 바다에 살면서 토착생명체들과 생태계를 연구한다. 우리는 산꼭대기에 살면서 하늘과 땅을 관리한다. 우리가 오기 전 그들은 잠시 땅에 살았다. 우리가 살 집을 지었고 땅의 생물들을 연구했다. 일은 곧 끝났다. 얕은 바다에 살다가 가끔씩 육지로 올라오는 양서동물들을 제외하면 겨자씨의 육지는 초라하고 지루하다.

로봇들이 온 건 식량 때문이다. 그들은 연구 도중 우리가 음식 재료로 쓸 수 있는 것들을 발견하면 수집했다가 1년에 한 번 정도 시간을 내 가져온다. 우리는 그들 중 10분의 3정도를 취한다. 그 중 우리가 가장 많이 사용하는 것은 물버섯이라는 이름으로 불리는 갈색 스펀지 조각처럼 생긴 생물로, 식용이 아닌 하수 정화용으로 쓴다.

그들은 지금 격납고에 모여 있다. 그냥 보면 고래처럼 생긴 잠수함 두 대가 그냥 세워져 있는 것 같다. 그들이 집에 들어왔다고 해서 대화가 특별히 더 잘 되는 건 아니지만, 우리는 그들과 잡담을 시도한다. 심지어 접는 의자를 격납고로 가져와 그들 앞에 앉기까지 한다. 우리는 인간이라는 동물의 비논리성으로 그들을 괴롭히는 것이 재미있다. 그리고 그건 우리의 한계에 대한 일종의 변명이기도 하다.

그들은 우리에게 해변 거주지의 가능성에 대해 이야기한다. 인간 개조가 다시 한 번 언급된다. 어차피 산꼭대기라고 해서 인간들이 맨몸으로 살 수 있는 건 아니다. 여전히 기압은 높고 이산화탄소와 산소가 너무 많다. 테라포밍은 불가능하다. 그런데 왜 인간들은 원래의 육체를 고집하며 껍질을 뒤집어쓰며 사는가. 약간의 개조만으로도 이 세계에서 살 수 있는 육체를 만드는 건 일도 아닌데. 어차피 인간 식민지의 80퍼센트는 적색왜성의 궤도를 도는 기압이 높은 행성이나 위성에 있다. 그렇다면 소수인 황색왜성 태양계 대신 적색왜성 태양계를 기준으로 삼는 것이 당연하지 않는가.

대화는 제대로 이어지지 않는다. 그들이 이런 질문을 하는 것은 처음이 아니다. 그들은 경험을 통해 우리의 변명들을 다 알고 있다. 인간성이라는 단어 하나만으로 이 모든 바보짓이 설명된다. 우리가 이 이상하고 지루한 세계들에 동료들을 파견하는 것, 유능한 인공지능이 있는데도 불구하고 굳이 사람들을 태워 우주선의 속도를 떨어뜨리는 것, 처음부터 어른의 육체를 만들어 정신을 이식할 수 있으면서도 굳이 어린 시절을 보내며 시간 낭비를 하는 것. 이 모든 것의 이유는 인간성이다. 그리고 우주식민은 바로 이런 어리석음과 비능률을 보존하고 전파하기 위함이 아닌가. 그러니 그냥 내버려둬!

그러나 그들은 대화를 포기하지 않는다. 그들은 이러한 반복이 우리를 설득할 수 있을 것이라고 믿는다. 아마 정말 그럴지도 모른다. 실제로 거주민 전체가 그런 적응을 받아들인 세계도 있다. 아마 그들도 친절하고 끈질긴 인공지능의 설득에 넘어갔으리라.

아직은 그들에게 넘어갈 생각이 없는 나는 화제를 돌린다. 나는 우리가 지금까지 겨자씨의 하늘에 이식한 7종의 생물들에 대해 이야기한다. 나는 우리가 그 종들을 어떻게 골랐는지, 이를 통해 생태혼란을 얼마나 줄일 수 있었는지 설명하고 자랑한다.

그들의 답변은 내 기대와는 어긋난다. 그들은 우리의 윤리에 관심이 없다. 그들은 처음부터 그런 생태적 격리 따위는 불가능하며 우리의 안전장치들은 무의미하다고 말한다. 언젠가 하늘을 떠돌던 크리스타벨의 생명체들 중 일부는 바다와 땅으로 내려올 것이고, 겨자씨의 바다에 사는 생물들 역시 계속 하늘에 도전할 것이다. 이 태양계에는 우주의 수명만큼의 시간이 남아있다. 그동안 무슨 일들이건 일어날 것이다.

그리고 우리는 그 모든 과정을 지켜볼 겁니다.

로봇들이 말한다.

8

가오리들은 한쪽 끝이 짧은 V자 모양의 편대를 이루며 밤하늘을 날아가고 있다. 크리스타벨에서 그들은 저런 짓을 한 적 없었다. 이 위성에서 스스로 깨우쳤거나 누군가가 가르친 것이다. 하지만 왜인가. 지구의 철새들과 같은 이유는 아닐 것이다. 이곳은 계절 이주가 없고, 이런 대형이 공기역학적 장점으로 작용하지도 않는다. 무언가 다른 이유가 있을 것이다.

갑자기 편대의 모습이 바뀐다. 지금까지 누워있는 V형이었던 것이 90도로 일어난 것이다. 변환이 일어나기가 무섭게 그들의 머리 위로 삼각형의 짐승이 지나간다. 포식자인 하늘 표범이 거의 자유낙하 하듯 가오리들 위로 떨어진다. 대형은 다시 흩어져 이번엔 앞이 뚫린 원형이 된다. 여전히 이 대형의 이점은 알 수 없다.

있다고 해도 지금 하늘 표범에게는 별다른 장애가 안 된다. 녀석은 입구 옆에 있는 가오리를 낚아챈다. 입으로 머리를 무는 동안 입주변의 촉수가 목과 등을 갈가리 찢는다. 척추가 꺾이고 몸이 두 동강 난다. 살아남은 가오리가 다시 V자형 편대로 모여 달아나고 하늘 표범이 움켜쥔 고기를 포식하는 동안 떨어져 나간 가오리의 나머지 부분은 회오리를 치면서 날아다니다가 우리가 탄 비행선의 창문과 충돌한다. 아직도 꿈틀거리는 이 고깃덩어리는 잠시 창문에 검은 진액을 남기며 붙어 있다가 다시 바람에 쓸려 떨어져 나간다. 그것은 한동안 바람 속을 떠돌아다니다가 다른 육식동물의 점심이 되거나 구름 속에서 그냥 썩어 사라질 것이다.

비행선은 천천히 아래로 내려간다. 주변에 내리치는 천둥 번개로 대기가 흔들린다. 밑을 보니 해변에서 무언가가 불타고 있다. 로봇들은 아니고 산불 같은 건 더더욱 아니다. 로봇들은 그런 사고를 일으킬 만큼 둔하지 않다. 몇 안 되는 육지 생물들은 모두 번개와 발화에 맞서는 보호막을 갖고 있다. 화산 활동으로 육지에 흘러나온 화학물질일 가능성이 크다. 산소가 풍부한 겨자씨의 대기는 태울 수 있는 모든 것들을 태워야 만족하는 것 같다.

비행선은 옛날 집의 격납고로 들어간다. 안은 우리가 마지막으로 떠났을 때와 달라진 건 거의 없다. 먼지 하나 없을 정도로 깨끗하고 정돈도 잘 되어 있다. 달라진 건 격납고에서 수리를 받고 있는 세 대의 로봇들뿐이다. 우주복을 입고 비행선에서 나온 우리는 손을 흔들어 인사를 하지만 그들은 아는 척을 하지 않는다. 그럴 줄 알았다.

격납고 입구에서 우리는 다른 로봇을 만난다. 동료들처럼 고래 모양이지만 여섯 개의 짧고 굵은 다리로 걷고 있는 택시만한 기계다. 작은 위성 로봇들이 엄마를 따라다니는 새끼 거위처럼 그것의 뒤를 따르고 있다. 반질반질한 표면이나 동글동글한 디자인을 보아하니 다들 만들어진지 1년도 안 되었나보다.

나는 밤하늘을 본다. 티타니아는 동쪽으로 14도 기울어져 있다. 이 비대칭성은 은근히 신경 쓰인다. 이전에도 그랬던가.

등 뒤에서 로봇은 에이미와 수다를 떨고 있다. 동료들과는 달리 그것은 의식적으로 우리에게 친근감을 표시하고 있다. 아마 바다 대신 우리를 연구대상으로 삼은 모양이다. 그것은 우리가 빨리 인간 아기들을 만들어 겨자씨 곳곳에 풀기를 바란다. 생태계 이식 작업의 기초가 끝났으니 우리도 시간이 좀 나지 않았는가. 여전히 우리가 바쁘다면 그들이 도울 수도 있다. 건설 로봇들이 해변 집에 만든 육아시설들과 안전장치들을 보라. 여전히 산꼭대기를 고집하고 싶다면 거기에도 같은 걸 보내줄 수 있다. 하지만 아이들을 키우는 건 해변이 더 낫지 않겠는가.

나는 속으로 웃는다. 이 로봇의 연설에는 은근히 희극적인 구석이 있다. 인간을 이해하고 흉내 내려는 시도는 그 놀라운 정확성에도 불구하고 왠지 모르게 웃긴다. 아마 처음부터 그런 의도로 개발되었는지도 모른다. 물론 이것은 처음부터 끝까지 흉내이다. 그들이 인간과 기계 사이의 경계선은 남겨두어야 한다고 믿는다는 걸 나는 안다.

격납고에서 나오자 우리의 행로는 갈라진다. 로봇은 나보다 에이미를 설득하는 것이 더 효율적이라고 판단했나 보다. 그것은 일부러 해변으로 가는 길을 외면하는 에이미를 맞은편 언덕길로 이끈다. 그곳에는 새로 닦은 포장도로와 나무를 심은 공원처럼 보이지만 뭔가 다른 의도로 만들어졌을 게 분명한 공간이 있다.

나는 그들을 뒤로 한 채, 찰스 파젯의 테마로 쓰이는 랄프 본 윌리엄스의 멜로디를 흥얼거리며 해변으로 간다. 해변은 깔끔하게 정리되었지만 아직

나와 아비딘이 남긴 연구 시설들이 남아있다. 로봇들이 재활용하고 있는지 일부는 약간 개조되어 있다. 나는 물속으로 이어지는 콘크리트길을 잠시 바라보다가 옆에 서 있는 상자 모양의 회색 창고의 문을 연다. 문은 잠겨 있지 않다. 이곳에서 누가 도둑을 걱정하겠는가.

창고 안은 이전과 마찬가지다. 완벽한 상태를 유지하는 제조기가 한가운데에 있고 벽에는 에이미가 크레용으로 크리스타벨의 바다를 그린 풍경화가 걸려있다. 그림 속의 바다가 겨자씨에 있지 않다는 것은 하늘에 떠 있는 가스행성의 색과 모양을 보면 알 수 있다. 제럴딘은 티타니아와는 달리 푸른색이고 티타니아의 수십 배가 넘는 거대한 고리를 갖고 있다.

에이미의 그림 밑에서 우리는 최초의 어미 로봇들을 만들었다. 모두 겨자씨의 토착 생물들을 모방한 것들이었다. 우리는 전문가가 아니었다. 필요한 지식을 허겁지겁 주입하긴 했지만 그것만으로는 부족했다. 하늘에 크리스타벨의 야수들을 풀기 전에 우리는 겨자씨의 토착 생물들을 이용해 로봇들의 성능을 확인하고 기계에 대한 우리의 이해를 실험해보아야만 했다.

우리는 나중에 하늘에서 한 것과 거의 동일한 작업을 했다. 기초가 되는 양서 동물들 중 가장 기본이 되는 것을 골라 어미 역할을 하는 로봇을 만들었고 그 로봇에 태아들을 심어 바다로 보냈다. 로봇이 자기 임무를 충실하게 수행하자, 우리는 생태계의 삼각형을 완성하기 위해 다른 포식생물들의 어미 로봇들도 만들어 같은 곳에 풀었다. 우리의 실험은 성공적으로 보였다. 적어도 한동안은.

나는 창고에서 나온다. 한동안 머뭇거리던 나는 서쪽 해안선을 따라 걸어간다. 15분쯤 걷자 파도에 입구가 허물어진 동굴이 나온다.

아비딘이 죽은 곳이다.

우리는 하루가 지나서야 그의 시체를 발견했다. 처음에 나는 그의 실종을 대단하게 여기지 않았다. 그는 자기 일에 매달려 우리의 연락에 답하지 않는 경우가 잦았다. 하지만 그의 통신장치가 메시지를 저장하지 않자, 우리는 걱정이 됐다. 나는 고래고래 고함을 질러대는 에이미를 집 안에 가두고 뛰쳐나와 해변을 뒤졌고 동굴 안에서 우주복 채 갈가리 찢겨나간 아비딘의 시체를 발견했다.

처음에는 가끔 육지로 올라오는 토착 동물이 저지른 짓이라고 생각했다. 하지만 녀석들의 이와 촉수로는 아비딘이 입은 우주복을 뚫을 수 없다는 것을 깨달았다. 우주복을 입은 우리가 그들에게 먹이처럼 인식되지 않는다는 로봇들의 연구결과도 떠올랐다. 아비딘은 무언가 다른 이유로 살해당한 것이다. 나는 로봇들의 도움을 받아 아비딘의 시체를 끌고 왔고 상처자국에서 범인의 흔적을 찾아냈다.

범인은 우리가 잠시 바다곰이라고 불렀던 토착 동물의 어미 로봇이었다.

처음에는 이해가 되지 않았다. 진상을 알아차린 건 로봇들이었다. 그들은 아비딘과 나의 설계와 계획을 검토하고 거기에서 치명적인 결함을 찾아냈다.

그들은 너무 똑똑했다.

우리는 단지 환경 적응 능력만을 심었다고 생각했지만 그 이상이었다. 어미는 새끼를 보호하기 위해 바다 속에서 싸우는 동안, 자기만의 윤리체계를 개발해냈고 그에 따라 세상의 모든 것들을 구분했다. 로봇이 보는 세계는 야수성이 지배하는 카오스가 아니었다. 그곳은 선과 악으로 갈려 있었다. 자신과 새끼들을 위한 모든 것은 선이었다. 그들의 괴롭히고 방해하는 모든 존재는 악이었다. 어미는 그 악에 대해 증오심을 품었다.

드디어 나는 아비딘이 어미의 복수의 대상이 된 이유를 알 수 있었다. 한동안 나와 아비딘은 그것에게 정신을 주고 살아야 할 이유를 주고 새끼들을 준 부모와 같은 존재였다. 그런데 그 부모와 같은 존재들이 갑자기 새끼들을 공격하는 포식자를 풀었던 것이다. 처음에 어미는 우리와 포식자들의 관계를 눈치 채지 못했다. 하지만 그들을 이끄는 어미 로봇들을 발견하자 어미는 우리와 포식자들의 관계를 알아차렸다.

그것은 배신이었다. 지옥 밑바닥에 떨어져 마땅한 대죄.

로봇들과 나는 바다곰의 어미에게서 전송된 몇몇 정보들을 통해 어떻게 아비딘이 공격당했는지 어설프게나마 재현할 수 있었다. 우리는 그 동굴이 어미가 만든 정교한 덫이라는 걸 알아냈다. 우리는 나중에 동굴에서 어미가 아비딘을 유혹하기 위해 산 채로 물구덩이에 가져온 바다 생물의 시체를 찾아냈다. 우리는 어미가 아비딘의 고통을 최대한으로 연장시키기 위해 일부러 급소를 나중에 공격했다는 것도 알아냈다.

기계에는 기계의 장점이 있습니다.

나중에 로봇들이 말했다.

우리는 합목적적이고 능률적이고 정확합니다. 기계를 만들었다면 그 장점을 유지할 수 있도록 남겨두어야 했어요. 하지만 당신들은 그것이 목적도 방향도 없는 자연을 모방하도록 방치했습니다. 이번에 일어난 사고는 언젠가 일어날 일이었던 겁니다. 그걸 정말 몰랐단 말입니까? 왜 우리들의 조언을 받지 않았습니까.

그들의 말이 옳았다. 우리는 그때의 실수에서 얻은 교훈을 다음 어미를 만들 때 반영했다. 이제 우리는 그들과 접촉을 최소화하고 그들에게 불필요한 오해를 심어주지 않으려 한다. 크리스타벨의 생물들을 이끄는 어미들은 바다곰의 어미와는 달리 자신이 무슨 일을 하고 있는지 명확하게 인식하고 있다. 그들은 자신의 일에 최선을 다하지만 새끼들에게 감정을 품지는 않는다.

나는 주변을 돌아본다. 나는 그 뒤 바다곰 어미에게 무슨 일이 일어났는지 모른다. 아마 지금도 어딘가 살아있을지도 모른다. 여전히 증오심을 품고 나와 에이미가 돌아올 날을 기다리고 있을지도 모른다. 지금도 이 동굴 어딘가에 숨어 얼굴 한가운데에 바퀴처럼 난 여덟 개의 유리 눈으로 나를 지켜보고 있는지도 모른다.

나는 동굴에서 달아난다. 동굴과 해변을 피해 언덕으로 뛰는 동안 나는 두 번 넘어진다. 우주복을 입고 마지막으로 달렸던 게 5년 전. 그동안 나는 해변의 대기저항과 모래밭에 어떻게 맞서야 하는지 잊어버렸다.

에이미와 로봇이 간신히 언덕으로 기어오른 나를 맞는다. 에이미의 얼굴은 지금 그 꼴로 도대체 뭐하는 거냐고 말하는 것 같다. 나는 가쁜 숨을 억누르며 손을 흔든다. 그녀에게 내 표정을 들키고 싶지 않은 나는 바다로 고개를 돌린다. 눈먼 동물들과 검은 물풀들을 머금은 거대한 물의 덩어리가 우리를 향해 으르렁거리고 있다.

9

우리는 해변에서 사흘을 보내고 다시 비행선에 오른다. 여전히 밤이다. 여명이 오려면 앞으로 반나절은 더 남았다. 구름 속은 조용하고 아무 것도 보이지 않는다. 뭔가 있다고 해도 지금은 구경할 생각이 없다. 대신 우리는 선실 안에서 로봇의 계획에 대해 이야기를 나눈다. 우린 이미 그들의 말에 반쯤 넘어간 상태다. 슬슬 이 세계에 인간 아기들을 내보낼 때가 되긴 했다.

이야기가 중간에 맥을 잃고 흩어지자 나는 전에 보다만 연속극을 튼다.

〈시드니 그린리프와 붉은 손 살인자〉의 마지막 편이다. 7년 전에 전송된 이 연속극을 지금까지 한 다섯 번은 본 것 같다. 그린리프의 막판 추리로 파젯 주임 경위는 가까스로 살인자를 체포했다. 이제 그는 언제나처럼 천진난만한 얼굴로 왜 에드워드 윈더미어 경이 장인을 죽인 살인자인지를 설명하는 명탐정의 강의를 듣고 있다.

알겠습니까?

명탐정은 말한다.

이렇게 간단한 일은 없어요. 그냥 뺄셈입니다. 불가능한 일들을 다 떨어내면 사실만 남으니까요.

파젯 주임 경위는 머리를 긁적이며 묻는다.

하지만 말입니다. 불가능한 것들이 얼마나 남았는지 어떻게 알지요?

그러게 말이다.

복수의 어머니에
관하여

이영도
1972년 출생. 1998년 출판으로 글 두드리는 사람이 됐다. 그 후 2016년 가을 현재까지 그런 상태다.

오늘 선장은 우주선으로 나를 때려죽였다.

뭔가 날짜에 관련된 문제가 있다는 건 처음부터 짐작할 수 있었다. 선장은 지구 로컬을 계산해 본 직후 갑자기 눈을 홱 뒤집더니 손에 잡히는 걸 내게 집어던지기 시작했다. 그 무차별적인 투척은 곧 주먹질과 발길질로 바뀌었고, 가장 가까운 의사가 26광년 저편에 있는 처지에 골절이라도 입으면 겪게 될 문제들을 선장이 떠올린 후 행성인들은 상상하기 힘든 살해 방식으로 바뀌었다. 우주선으로 사람 때려죽이기. 주인공이 벽을 향해 달리면 잠시 후 벽에 주인공 모양의 구멍이 생기는 세계가 떠오르는 이야기지만, 그렇게 만화 같은 이야기는 아니다. 사실 인류에겐 행성으로 사람을 타격하는 격투술도 있다. 대표적으로 유도가 그러하다. 유도가의 무기는 지구이며, 그 적수를 다치게 하는 건 유도가의 힘이 아니라 지구 중력이다. 그 사실을 이해한다면 선장의 우주선 살법을 이해하는 건 어렵지 않다. 유도의 경우와 달리 우주선엔 중력이 없지만 가속도가 중력을 대신했다. 그리고 엄밀히 말하면 유도가가 쓰는 것도 중력 가속도니 비슷하다고 할 수 있다.

선장은 자기 몸을 잘 고정한 다음 나를 붙잡고는 우주선의 벽과 바닥에 마구 패대기쳤다. 무게가 없는 환경이니 성인 남자를 붙잡고 빙글빙글 돌리다가 바닥에 내려치는 만화 같은 짓도 가능하다. 물론 무게가 없을 뿐 질량은 그대로니 선장의 팔목이 부러지거나 인대가 파열되거나 극심한 탈구가 일어날 수도 있었지만 선장은 관록 있는 우주인답게 관성과 반작용을 실로 노련하게 다루었다. 내 몸을 으깨어 놓으면서도 자기 뼈나 관절은 다치지 않았다.

세 시간 뒤 내 시체를 치우며 선장은 사정을 설명했다. 오늘이 아들의 생일이란다. 선장은 그 정보로 내가 모든 사정을 이해하고 동시에 깊은 인상도 받길 원하는 것처럼 보였지만, 사실 아무런 느낌도 받을 수 없었다. 그래서 어정쩡하게 선장을 쳐다보다가 내 시체 치우는 것이나 거들었다.

2개월 만에 느낀 희망 때문에 어차피 선장의 말에 집중하기도 어려웠지만.

우주선으로 나를 때리는 선장을 물끄러미 쳐다보다가 갑자기 온몸에 전율이 좍 흐르는 것을 느꼈다. 신음 소리를 내지 않기 위해 온몸의 근육을 긴장시켜야 했다. 나를 갑작스러운 긴장으로 몰아간 건 느닷없이 떠오른 질문과 그 대답이었다. 질문은 이러하다. 우주선을 무기로 쓰는 건 가능하다. 그렇다면 인체로 무기를 만들 수 있을까? 그러니까 '자신의 몸을 단련해서 치명적인 무기로 만든다' 같은 소리가 아니라 정말로 인체 조직을 가지고 쓸 만한 병기를 만드는 경우를 말한다. 답은 이러하다. 충분히 가능하다. 골절이 일어났을 때 부러진 뼈는 종종 살을 뚫고 튀어나온다. 선장이 우주선으로 나를 때려죽일 때 내 뼈가 바로 그런 식으로 내 살을 뚫고 튀어나왔다. 그리고 내 살을 뚫고 나온 뼈가 남의 살을 뚫고 들어가지 못할 리 없다.

예리하게 부러진 대퇴골 같은 거 바라지도 않았다. 12번 늑골 같은 거라도 입수할 수 있다면 내겐 100G 미사일이나 다름없다.

하지만 제3세탁실로 내 시체를 옮기며 선장 몰래 내 으깨진 살을 주물럭거린 결과는 신통치 않았다. 쓸 만한 뼈는 있었다. 사실 여러 개 찾아낼 수 있었다. 하지만 그것들은 방금 죽은 시체 속에 있는 것들이었다. 그러니까 질긴 근육들에 튼튼한 건으로 연결되어 있는 것들이었다. 꿈쩍도 하지 않았다. 내 뼈다귀를 아서 팬드래건의 검에 비유하는 건 도통 어울리지 않는 일이지만 사정은 똑같았다. 정말 쓸 만한 칼이 바위에 꽂혀 있는 것과 마찬가지였다. 분노 속에서 겨우 발골이 전문 기술이라는 기억을 떠올렸다. 피를 빼고 다루기 좋게 해체한 도축육에서 뼈를 분리하는 것도 전문가가 아니면 힘들다. 아직 온기도 가시지 않은 시체에서 비전문가가 맨손으로 뼈를 꺼내는 건 말도 안 되는 소리였다. 낙담했다. 그러지 말았어야 했다. 시체를 탱크에 밀어 넣고 재처리를 시작한 후에야 내가 얼마나 멍청했는지 깨달았다. 하마터면 재처리 탱크에 손을 집어넣을 뻔했다.

내장도 고려해봤어야 하는데. 그걸로 교살용 줄을 만들 수 있을지도 모르는데.

무거운 자기혐오에 짓눌린 채 한참을 버둥거린 후에야 겨우 자신을 위안할 사실 두 개를 찾아낼 수 있었다. 사실 1. 내장으로 교살을 시도하는 건 훌륭한 볼거리겠지만 현실적으로는 실행이 불가능하다. 선장은 나를 위해 특별히 운동 스케줄을 짜주거나 하지는 않았다. 지금 내 골밀도는 형편없을 것이다. 누군가의 목을 조르려 했다간 내 팔이 부러질지도 모른다. 더욱 중요한 사실 2. 어쨌든 내 시체가 내 무기가 될 수 있다는 걸 깨달았다는 것.

시체라는 사실 때문에, 그것도 내 시체라는 사실 때문에 지금껏 그걸 한시라도 빨리 재처리 탱크에 밀어 넣고 잊어야 하는 혐오 대상으로밖에 여기지 못했다. 그리고 난 공포와 좌절 때문에 정신이 거의 나간 상태였다. 사실 조금도 미치지 않았다고 확신하기도 어려운 상태다. 그래. 분명히 변명은 가능하다. 하지만 2개월 만에 그 사실을 떠올렸다는 건 역시 용서하기 힘들다. 시체라는 건 인간의 몸이고 인간의 몸은 수십억 년의 진화가 만들어낸 걸작이다. 조건만 잘 맞으면 한 세기가 넘는 시간 동안 자기 모습을 유지해 나가는 기막힌 물건인 것이다. 그 안엔 온갖 쓸 만한 것들이 들어있을 것이다.

당장 몇 가지 활용 방안이 떠오르긴 했지만 역시 가장 먼저 떠올린 것이 제일 괜찮았다. 예리하게 부러진 뼈. 별다른 가공이 필요 없이 단순하고 성능은 확실하다. 목표를 뼈로 한정한다면 제대로 된 문제 접근 방식은 '어떻게 하면 체내의 뼈를 손쉽게 구할 수 있는 방식으로 내가 죽느냐'일 것이다. 그리고 싶진 않지만 지금껏 선장이 나를 죽여온 방식들을 돌이켜보았다. 속이 뒤집어지는 느낌을 참으며 생각해보자 내가 아쉬운 기회를 여럿 놓쳤다는 걸 알 수 있었다. 특히 아까운 건 소사에 속하는 몇 가지 예다. 구운 고기에서 뼈를 발라내는 건 도축도 조리도 아닌 식사에 해당한다. 거의 노동으로 취급되지도 않는 간단한 일인 것이다.

선장이 같은 살해법을 반복하길 꺼려하지 않았다면 좋았을 텐데.

애석하게도 선장은 언제나 다른 방법으로 나를 죽인다. 애초에 이 광기를 추력으로 삼는 여행이 시작된 것이 바로 그 때문이다. 두 달 전 선장이 지쳐 쓰러질 정도로 고민하고 있던 것은 나를 죽일 것이냐 말 것이냐 하는 문제가 아니라 나를 한 번밖에 죽일 수 없다는 사실을 받아들일 것인지 말 것인지 하는 문제였다. 그리고 선장은 그 자연 법칙을 용납하지 않기로 했다. 선장은 단 한 번, 단 한 가지 방법으로 나를 죽인다는 것을 절대로 참을 수 없었고, 그래서 이 여행을 시작한 후로 스무 번 넘게, 스무 가지가 넘는 방법으로 나를 죽였다.

나는 선장의 아들을 딱 한 번, 딱 한 가지 방법으로 죽였는데.

"위탄인에겐 생일이 없지."

"뭐, 어워."

"후라셈? 태어난 날짜와 관련된 기념일이라서 생일이라고 번역하기도 하지만 후라셈은 생일하고는 달라. 위탄인들은 태어난 후 삼백일에 한 번씩 후라셈을 치르지. 위탄의 공전 주기인 412일이 아니라 위탄인 신생아에게서 태각이 사라지는 시간인 300일이야. 300일에 1후라셈, 600일에 2후라셈, 900일에 3후라셈 하는 식이지. 그리고 10후라셈이 되었을 때, 그러니까 3,000일이 되었을 때 후라세몬이라는 걸 치르고. 후라세몬은 큰 후라셈 정도로 이해하면 돼. 삼천 일에 1후라세몬, 육천 일에 2후라세몬 하는 식이지. 위탄인들은 그런 후라세몬을 인생의 중요한 통과 지점이나 전환기 같은 걸로 여겨. 가상의 위탄 문학을 인용해 본다면 '얼마 전 네 번째 후라세몬을 치른 원숙한 위탄인답지 않게 아직도 어린애 같은 구석이 있는 모모는…… 운운' 하는 식인 거지. 이야기가 잠시 엉뚱한 곳으로 샜군. 다시 돌아가서, 어쨌든 후라셈은 생일과 달리 행성의 공전과 관련이 없어."

"아욱, 홋."

"단위가 다를 뿐 일정한 간격을 두고 기념하는 거니까 역시 생일과 같은 것 아니냐고? 아냐. 단위가 다르다는 바로 그 사실 때문에 의미가 완전히 달라져. 지구인들은 자기가 태어난 날을 축하하는 거지만 위탄인들의 경우엔 자기가 산 기간을 축하하는 거니까."

"헤, 우, 웝?"

"내가 좀 비약했군. 미안해. 그러니까 말이야. 지구인은 생일을 맞았을 때 '저번 생일 이후로 365일, 혹은 366일을 살았다'고 말하진 않는다는 거지. 그 대신 '생일이 돌아왔다'고 말해. 하지만 위탄의 후라셈은 돌아오는 것이 아니야. 2후라셈은 돌아온 1후라셈이 아니니까. 알겠어? 그래. 맞아. 지구의 생일은 순환적이고 위탄의 후라셈은 직선적이야. 왜 그런 차이가 생길까? 지구의 생일은 달력을 기준으로 하기 때문이지. 지구인도, 음, 예를 들어 '제 몸을 스스로 뒤집을 수 있게 되어 그럭저럭 동물이라고 자칭할 수 있게 되는 시간' 같은 걸 단위로 삼았다면 위탄인과 비슷한 체계를 가졌을지도 몰라. 그랬다면 생일이 '돌아온다'는 소린 안 했을 테고. 하지만 지구인은 달력을 이용했고 달력은 순환하는 거니까 생일도 순환하는 것이 되었지."

"아익. 흡, 어."

"오. 똑똑한 걸? 그래. 지구를 벗어나게 되면서 우리는 시간이 순환한다는 선조들의 생각에 좀 어리둥절하게 되었지. 우주에 나와 보면 우리가 조그맣고 파란 해시계 위에 살고 있었기 때문에 시간의 순환을 당연하게 여겼다는 것을 깨닫게 되거든. 우주에는 주야도 없고 계절도 없어. 여기서 시간은 도는 것이 아니라 그냥 흘러갈 뿐이야. 그리고 그게 맞아. 시간은 원래 순환선이 아니라 직선이니까. 재는 땔감으로 돌아가지 않고, 잡동사니들은 다시 계좌 속의 돈이 되지 않고, 아무리 나잇값 하길 거부해도 청춘은 돌아오지 않지. 엔트로피는 오직 점증할 뿐."

"아이이, 아, 와."

"시간이 어떤 것인지 깨달았다면 생일 같은 유치한 자기기만은 이제 그만둬도 되는 것 아닐까? 엄밀히 말해 생일이라는 건 365일만큼 죽음에 더 가까워졌다는 의미지. 좋아할 일이 아냐. 하지만 지구인은 그걸 달력과 연관 지음으로써 따분하고 가엾은 착각을 만들어내지. 생일 파티는 탄생을 의식적으로 반복함으로써 반복되는 탄생이라는 환상을 만들어내는 의례야. 재생의 꿈. 맞아. 불사."

"하흡?"

"아아, 그래. 정말 나와 이야기하는 건 유익하기 짝이 없군. 대화를 끝내야 한다는 것이 정말 아쉬운데. 슬슬 선장이 나를 죽일 시간이거든. 짜이찌엔, 아디오스, 다스비다냐, 사요나라, 오르부와, 집보다 좋은 곳은 없다."

내가 웃었다.

숨이 멎을 것 같은 기분이 들었다. 지금껏 나들은 나를 선장과 동등하게 대했다. 경원시하고 경계했다. 내가 나와 비슷하게 생겼다는 건 의미가 없다. 태어난 후 한 번도 거울을 보지 않았다면 자기가 어떻게 생겼는지 알게 뭔가. 자기가 어떻게 생겼는지 모르는데 상대가 자기와 비슷하게 생겼다는 사실은 어떻게 알겠는가. 자기 모습을 모르는 나들은 내 모습에서 아무런 친밀감도 느끼지 못했다. 그리고 내 목소리에도. 지금껏 내가 전혀 알아듣지도 못하는 이야기를 내게 들려줬던 건 개에게 말을 거는 견주의 그것과 비슷한 동기에서지만, 내가 내 목소리를 알아들을지도 모른다는 작은 희망이 있었기 때문이기도 하다. 제 모습은 보지 못했어도 제 목소리는 들었을 테니까. 가당찮은 바람이었다. 녹음된 자기 음성을 여러 번 들어 그게 자기 목소리라는 걸 기억하기라도 한다면 모를까, 그러지 않는다면 사람은 자기 목소리를 잘 모른다. 거기에 덧붙여 나들은 자바 원인 수준의 달변가들이다. 나들이 나들의 신음과 내 언어 사이의 공통점을 느낀다는 건 불가능하다.

그 모든 사정들로 인해, 지금껏 그 어떤 나도 내게 애정을 보인 적이 없다. 애정은 무슨. 희미한 호감이라고 할 만한 것도 못 봤다. 너무하지 않은가. 나들은 나를 동정하고 사랑해야 한다. 내가 바로 나니까. 하지만 어떤 나도 나를 좋아하지 않았다. 지금까지는. 그런데 이 내가 나에게 웃었다. 너무도 오랜만에 보는 미소라 가슴이 찌르르 울렸다. 어쩌면 이것이 작은 변화를……

그때 나의 웃음이 일그러졌다. 뭔가 잘못된 건가? 나는 조바심에 상체를 내밀었다.

내가 다가서자 나는 기다렸다는 듯이 성대하게 재채기를 했다.

미소가 아니라 재채기하기 직전의 표정이었다.

침 범벅이 된 얼굴을 닦아내며 선장이 오늘 내 각을 뜨길 기원해보았다.

애석하게도 선장은 내 각을 뜨진 않았다. 나와 선장을 낳은 민족에게는 접싯물에 코 박고 죽기라는 문학적 향취 그윽한 속담이 있다. 그저 메타포일 뿐이라고 생각할지도 모르지만 이 우주 시대엔 꼭 그렇지도 않다. 그러니까 무중력 환경에선 몇백 밀리리터 가량의 물로 사람을 익사시키는 것도 가능하다는 말이다. 믿어도 된다. 내가 그렇게 죽었으니까.

인류의 역사는 인권 확대의 역사라는 말이 있다. 인권은 분명히 확대되어 왔다. 동족 성인 시민 남성에게만 있던 것이 다른 인종에게로, 노예에게로, 여성에게로, 아이에게로 양보가 이루어졌고 동물들에게도 상당 부분 양보되었다. 그런데 여기에는 인권 그 자체의 가치에 대한 이야기는 없다. 자신과 같은 대우를 하겠다는 것이 마치 최고의 대우를 하겠다는 말인 양 굴지만 사실 '더 나은 대우'도 있다. 그 옛날 신에겐 당신의 목숨이나, 당신 아들의 목숨이나, 다른 신을 믿는 이웃의 목숨을 요구할 권리가 있었다. 그리고 그런 권리가 상당히 무시된 후에도 당신 소득의 1/10을 자기 에이전트에게 줄 권리나 교과서에 완벽한 헛소리를 실으려 시도할 권리 같은 건 여전히 강경하게 주장되었다고 한다. 분명히 신권은 인권에 우선한다. 비교 대상이 생기면 인권도 가치 판단을 당할 수 있다.

그리고, 보라. 이제 우리 인류에겐 외계인 친구가 있다. 아무도 드러내어 말하고 싶어 하지는 않지만 인간은 이제 '오직 하나뿐인 것'이 아니라 '여럿 중의 하나'다. 다시 한 번 말하지만 하나뿐인 것은 가치 판단이 불가능하지만 여럿이라면 비교가 가능하다. "다 싱싱합니다, 고갱님. 그렇게 뒤적거리지 않으셔도 됩니다, 고갱님. 이 표정 말씀입니까, 고갱님? 저는 절대로 고갱님 머리채를 잡고 '야, 이 년아. 그거 진열하느라 내가 얼마나 고생했는데 또 뒤집어엎니?'라고 외치는 상상을 하고 있지는 않습니다. 고갱님." 그래도 우리는 직원에게 반 고흐가 된 기분을 선사하며 제일 좋은 상품을 찾아 진열대를 뒤엎는다(그래서 우리가 고갱님이라고 불리는 거다). 인간은 언제나 비교한다. 그러면서 인권과 위탄권은 비교하면 안 된다고 말할 건가? 그거야말로 인간성에 대한 부정이다. 인간인 내가 위탄인 수학자와 지구인 꼬맹이를 비교한 다음 전자를 살려야겠다고 판단한 것이 비인간적이라고 말하는 건 넌센스란 말이다.

야, 이 미친 새끼야. 사람이 사람을 구하지 않는다면 그거야말로 비인간적이지!

"선장. 내 말 어디로 들었습니까? 인간은 비교하고 가치를 매기는 동물입니다. 그리고 인간이 그런 자기 본능에 따라 인간 자신에게 B등급을 먹이는 건 언제나 있었던 일이고요. 모든 종교인들에겐 신이 있고, 파시스트들에겐 국가와 민족이 있었고, 에코 테러리스트들에겐 환경이 있습니다. 사형제가 없는 법체계에도 정당방위는 대부분 있습니다. 정당함이 더 중요하다는 거죠. 인간이 인간 대신 다른 것을 선택하는 건 오히려 가장 인간적인 행동입니다."

그래서 그 위탄놈을 구하려고 내 어린 아들을 죽였다고? 그리고 네가 인간이라고?

"아드님을 안 죽여도 되었더라면 좋았을 거라고 생각합니다."

하지만 죽였지!

"예. 주머레이 박사를 살려냈습니다."

내 아들을 죽였어!

"예. 주머레이 박사를 살려냈습니다. 제기랄. 넌 나를 스물여섯 번이나 죽이고도 그 잘난 아들놈을 못 살려냈지. 난 네 빌어먹을 아들놈 딱 한 번 죽여서 박사를 살려냈어. 아무리 봐도 내 재주가 낫지 않아?"

5분 후 나는 스물일곱 번째로 죽었다. 그냥 스물여섯 번째와 스물여덟 번째 사이의 죽음에 불과한 죽음이었을 수도 있었지만……

그렇게 되진 않았다.

총은 민주주의적인 무기다. 총 이전 시기에 전투 기술이란 더 큰 권력을 가진 자가 더 강해지는 구조를 가지고 있었다. 검술이든 궁술이든 맨손 격투든 충분한 시간을 소모하지 않고 강해지는 길은 없다. 그리고 시간은 곧 권력이다. 먹거리를 얻기 위해 쓸 수 있는 시간을 무기 수련 같은 돈 한 푼 안 나오는 곳에 쓸 수 있다는 것이 바로 권력이니까. 권력은 시간 외에도 힘센 전투마나 튼튼한 갑옷, 값비싼 병기 같은 형태로 나타날 때도 있지만 어쨌든 본질은 똑같다. 귀족이 더 강하다. 호모이오이가 헤일로타이보다 강하다. 하지만 총은? 10분 쯤 훈련받은 마약상이나 소년병은 수백 시간 훈련을 수료한 특수부대원을 순식간에 사살할 수 있다. 총의 세계에는 귀족주의나 계급의식 같은 것이 끼어들 여지가 없다. 선장이 내게 총질을 한다면 그 순간 나와 선장은 동등해지는 것이다.

선장은 그런 생각도 떠올리지 못한 채 총 한 자루를 가져왔다. 아마도 살인자가 되기로 했다면 '셀렉터를 풀 오토에 놓고 방아쇠를 끝까지 당기는' 기분도 맛봐야겠다고 생각했던 모양이다. 다른 병기들의 로망을 깡그리 바살낸 총이 스스로 유지하고 있는 마지막 로망인 셈이다. 하지만 현대에 와서 그런 짓을 했다간 사람이 블렌더에 갈린 꼴을 보게 된다(당연하지만 그 모습에 로망 따윈 없다). 써 본 적이 없어서 선장은 요즘 총이 얼마나 강력한지도 몰랐던 모양이다. 250발 탄창이 비는 데는 0.1초도 걸리지 않았고 그 0.1초 동안 나는 육식 동물의 작은창자쯤에서 목격될 만한 모습으로 바뀌었다.

그리고 나는 척골을 손에 넣었다.

처형이 끝나자 단백질 셰이크가 된 내 시체를 치우는 문제가 남았다. 지금껏 선장의 온갖 살해 수법을 잘 견뎌온 마키아벨리 호의 화물실은 총탄

난사에도 끄떡하지 않았지만 오물이 남아서 우주선 내부의 공기를 오염시키는 건 전혀 다른 문제였다. 내게 총질을 해대기 전에 그걸 생각했더라면 좋았을 텐데. 선장은 격벽을 봉쇄하고 해당 화물실을 격리할 것을 진지하게 고민했지만 결국 재처리 탱크에 집어넣을 수 있는 그 많은 유기물을 낭비하긴 어렵다는 결론을 내렸다. 나도 거들었지만, 결국 0.1초의 그리 통쾌하지도 않은 시간을 즐긴 대가로 선장은 11시간 가까이 살점을 치우고 피를 훔쳐내야 했다. 내 오른쪽 척골이 없어졌다는 건 눈치 챌 여유도 없었다.

혹심한 노동은 좀 뜻밖의 결과를 가져왔다. 탈진한 기분 때문에 선장이 만족감 비슷한 것을 느끼게 된 것이다. 아직 뒈지지도 않은 파라오님의 분통 터질 만큼 커다란 돌무덤을 쌓던 이집트 노예들도 하루가 저물고 밤이 되었을 땐 비슷한 충족감을 느꼈을 거라고 추측해 본다. 결국 선장은 오랜만에 술병을 꺼냈다.

나를 처음 죽였을 때 선장은 그 충격 때문에 폭음을 저질렀고 거의 스무 시간 가까이 인사불성 상태로 지냈다. 두 번째와 세 번째 살인 뒤에도 폭음을 저질렀다. 하지만 그 이후로는 타성에 의해 그러는 것처럼 그저 입만 조금 적셨고, 그러다가 술병을 꺼내지도 않게 되었다. 나는 다시 선장이 머리를 움켜쥔 채 살인자가 된 자신을 비탄하고 저주하는 꼴을 보게 되나 걱정했다. 하지만 이 스물일곱 번째의 살인 뒤 한 잔은 최초의 그것들과는 역시 달랐다. 선장은 정말로 여름날의 진이 빠지는 노동을 끝낸 후 집으로 돌아가는 길에 선술집에 들러 물방울 송송 맺히는 술잔 받아놓고 있는 사람처럼 보였다. 안온한 피로감에 젖어 한 모금 두 모금 술을 마시던 선장이 말했다.

처음 태어났을 때 내 아들, 정말로 못생겼었다.

"…… 신생아들이야 다 객관적으로 보면 좀 이상하게 생겼죠."

열 달 동안 물에 퉁퉁 불어 있다가 이제 막 공기 속으로 나온 놈이니까 당연하다고 이해하려고 했지. 하지만 그래도 이건 정말이지 너무하다 싶을 정도로 못생겼단 말이야. 조산사가 아빠랑 꼭 닮았다고 말하는데, 당신 나한테 시비 거냐는 말이 여기까지 올라왔어.

"멋진 첫 만남은 아니었나 보군요."

내가 기대했던 건 그런 것이 아니었어. 내 아들을 보자마자 사랑에 빠지고, 내가 사랑에 빠졌다는 사실이 내 아들에게 전해지고, 그래서 다시 아들이 웃고, 그 모습에 다시 내가 더 행복해지고, 그런 피드백이 계속되는, 그런 환상을 가지고 있었지. 하지만 내가 실제로 만난 건 꿈틀거리는 고깃덩어리였어. 움찔할 수밖에 없었고, 내가 움찔했다는 것에 죄책감이 들고, 그런 죄책감을 들게 만든 그 녀석에게 다시 언짢음을 느꼈지. 물론 그런 언짢음을 느꼈다는 사실에 다시 당황했고.

"그랬습니까."

시간이 지나도 나아지진 않았어. 나아지긴. 더 끔찍해졌지. 정말 미친 듯이 우는 거야. 애를 달래다 달래다 못해 따라 우는 아내 모습을 보고 있을 땐 이게 사람 도는 것이구나 싶은 기분이 들더군. 아내를 달래고 있자니 애가 숨넘어갈 것처럼 울고, 애를 달래자니 아내는 자기 무시한다고 꽥꽥거리고. 난 애 못 기른다. 준비 안 됐다. 애 입양 보내자. 내가 미쳤나 보다. 아니다. 내가 오죽하면 이러겠냐. 나는 나쁜 여자가 아니다. 나는 나쁜 여자다…… 밤새 눈 한번 제대로 못 붙이고 그런 미치광이 같은 소리에 장단 맞추는 날이 며칠씩 계속됐지.

선장이 헐떡헐떡 웃었다. 예전의 일인데도 다시 떠올려 보니 기가 막히는 모양이다.

4년이나 연애한 후에 결혼한, 그래서 속속들이 잘 안다고 믿었던 내 아내의 신경이 그렇게 가늘다는 걸 알게 된 건 정말 놀라웠지. 배신감마저 느꼈어. 난 보통 남편이야. 아내의 실수나 실언을 가지고 몇 년 정도 놀리는 일을 주저하지 않는다는 말이지. 하지만 그 시절의 그 모습 가지고 아내를 놀린 적은 없어. 지금껏 입 밖으로 꺼낸 적도 없지.

계속해서 선장은 자기 아들이 파괴한 것들을 주워섬겼다. 그래서 약간 유치한 자아상의 일부나 아내에 대한 호의적 심상 약간, 그리고 수면 시간 등을 잃은 건 평범한 시작에 불과하다는 걸 알게 되었다. 선장이 13년째 길렀고 그 마지막을 보게 될 거라 확신하던 늙은 개가 선장 곁을 떠나야 했다. 친가에 맡겨진 개는 며칠 만에 다른 개에게 물려죽고 말았다. 선장은 개의 죽음을 보지 못한 것을 비통해했지만, 6년 동안 돈을 모아 산 카메라 렌즈의 경우엔 자기 눈앞에서 그것이 박살났다는 사실이 견디기 힘들었다. 선장은 아직도 자신을 아마추어 카메라맨이라고 소개하지만 그 렌즈가 박살난 이후 사진이라곤 한 장도 찍지 않았으니 그걸 정확한 자기소개라고 말하긴 어렵다. 하긴 이제 선장이 음악을 듣기 좋아한다거나 영화를 보기 좋아한다고 말하는 것도 정확한 소개가 아니라는 점은 마찬가지다. 하다못해 선장이 면 요리를 좋아하는 식성을 가졌다고 말하는 것조차도. 선장의 아들은 글루텐 알레르기였다. 왜 아니겠는가.

나를 이루던 그 모든 것들을 잃은 덕분에 나는 내가 아니라 아버지가 되었다.

"그랬군요."

참아라, 견뎌라, 자기를 죽여라 같은 말 밖에 못하는 아버지가 되었다.

"예?"

항의해라, 거부해라, 네 이름을 외쳐라 라고 말하는 아버지는 될 수 없었다.

"왜……?"

아버지가 되는 대신 파괴된 것들이 너무도 많았거든. 그래서 내게 남은 것이 별로 없었다. 내가 너무도 왜소해졌다. 그래서 그런 아버지는 될 수 없었다.

"······ 아아."

원래 가진 것들이 많았다면, 아버지가 되는 대가를 좀 지불하고 나면 거 덜이 날 정도로 얕은 사람이 아니었다면 얼마나 좋았을까.

선장은 눈물에 흠뻑 젖어있던 뺨을 닦아냈다.

이제 참고 살다보면 좋은 날도 온다는 그 비겁한 아빠의 위로도 쓸모없 어졌다. 왜 그럴까?

질문이 조잡하기도 하고, 다른 이유들도 있어서, 나는 대답하지 않았다.

스물아홉 번째 내가 제3세탁실에서 나왔다.

인간 복제는 물론 불법이다. 하지만 그 어떤 감사 기관도 모든 개척선에 는 제2세탁실이 없는 경우에도 제3세탁실은 반드시 존재한다는 사실에 관 심을 표명하지는 않는다. 초광속 시대 초기부터 우주로 뛰쳐나간 위탄인들 과 달리 지구인 중엔 모든 것이 근사하게 돌아가고 있는 지구를 떠나고 싶 어 하는 자가 극히 드물었다. 최근에서야 조금씩 나타나고 있는 개척자들 은 정말 귀한 존재이고, 그들에게 두 번째 기회도 없이 가혹한 외계 환경에 맞서라고 강요할 만큼 배짱 좋은 개척단장은 없다. 그러니까, 백억 명이 살 고 있는 지구에서 장기 기증자를 찾는 일과 행성 전체를 통틀어 백 명이 될 까 말까 한 개척 행성에서 장기 기증자를 찾는 일은 같을 수 없다는 말이다. 그런데 인간 복제는 거부 반응도 없는 완벽한 기증자들을 얻을 수 있는 방 법이다. 따라서 개척 행성에서 복제를 금지하려 하는 건 마약이나 도박을 금지하려는 시도만큼이나 현실적이다. 모든 개척선엔 제3세탁실이 있을 수밖에 없다.

음펨바 행성 개척 컨소시엄 소속의 마키아벨리 호에도 제3세탁실은 있었다. 그 제3세탁실이 얼마나 이용되었는지는 모르지만 꽤 성공적으로 이용되긴 한 모양이다. 음펨바는 다른 많은 개척 행성이 맞이하는 다양한 파멸들을 용케 피했고 그 개척은 12단계까지 무사히 완료되었다. 일반적으로 행성 개척 13단계가 되면 개척선은 철수하게 된다. 개척선도 개척자만큼 귀하기 때문에 — 그런 특수 목적의 값비싼 우주선을 대량 생산하긴 힘들다 — 여러 번 돌려쓸 수밖에 없다. 마키아벨리 호는 다시 행성 개척에 투입되기 전 필수적인 검사를 받기 위해 음펨바를 떠나 지구로 귀환하게 되었다. 선장은 바로 그 귀환을 책임지고 컨소시엄에 고용되어 마키아벨리 호에 부임했다. 그리고 선장이 음펨바를 떠나기 보름 전 그의 아들이 어떤 위탄인 대신 죽었다. 두 달 전의 일이었다.

애초에 귀환 여행이었으므로 마키아벨리 호에는 개척자가 없었고 선원도 거의 없었다. 선장은 딱 한 명을 따돌림으로써 우주선 한 척을 통째로 훔치는데 성공했다. 물론 선장이 한시라도 빨리 아들의 원수를 붙잡으려고 우주선을 훔친 건 아니다. 그런 엄청난 절도를 저지르지 않고도 나를 붙잡을 방법은 많았으니까. 선장이 마키아벨리 호를 훔친 건 제3세탁실 때문이었다. 아들의 원수를 수십, 수백 가지 방법으로 죽일 수 있게 해주는 기적의 장치 말이다.

"아, 아아아? 아."

그래. 선장은 미쳤다. 자식을 잃은 다른 부모들보다 약간 더.

선장은 내 복제들을 뇌 활성 상태로 발현시켰다.

제3세탁실에서 모든 복제인간은 반드시 뇌사 상태로 발현된다. 그래야만이 '자기 세포로 복제 인간을 발현시킨 후 필요한 장기를 적출하는 일'을

'좀 복잡하지만 본질적으로는 투석이나 자가 수혈과 같은 일'로 취급할 수 있게 된다. 한 번도 뇌가 활동한 적이 없고, 그래서 인생 경험이라고 할 것이 없으며, 영원히 그 상태에서 벗어날 가능성도 없다면, 그리고 의학적으론 명백히 시체라면 그걸 사람이라고 강경하게 주장하긴 어려울 것이다. 당신이 꼭 전신 화상을 입어 당장 새 피부 15,000제곱센티미터 가량이 필요한 개척자가 아니라 해도 말이다.

하지만 선장이 만든 내 복제들은, 내버려두면, 사람이 될 수 있다.

어차피 죽일 거라면 뇌사 상태로 발현시켜도 아무 상관없는 것 아니냐고 몇 번이나 지적해보았다. 결과적으로 미친놈에게 미친 놈 취급당하는 가슴 벅찬 경험을 하게 되었다. 죽은 놈을 만들어서 죽이라고? 선장의 지적에도 일리는 있다. 하지만 그렇다면 원수의 복제를 만들어서 온갖 방법으로 죽이는 지금의 행태는 무엇이란 말인가. 그 모순을 더 참기 힘들어서 선장이 하고 있는 일은 그저 영아 살해일 뿐 나에 대한 복수가 아님을 지적해 보았다. '그러니까 걔들 죽이지 말고 나 죽여요' 하고 설득하는 것이나 다름없다는 걸 알면서 말이다. 하지만 씨알도 먹히지 않았다.

스물아홉 번째 나, 그리고 스물여덟 번째로 죽게 될 나를 들것에 눕히고 고정시킨 나는 품속을 뒤졌다. 곧 예리하게 갈고 손잡이 삼아 끈까지 감아둔 척골이 나왔다.

내 척골을 보며 선장 살해를 합리화해보았다. 쉬웠다.

엄연히 독립적인 인간으로 성장할 수 있는 뇌 활성 상태의 복제 인간들을 만들어내는 짓과 그들을 학살하는 짓을 멈추기 위해서만은 아니다. 언젠가 선장은 복제를 죽이는 짓에 진력을 느끼고는 원본을 죽이고 모든 것을 끝내자고 결심하게 될 것이다. 대신 죽을 복제만 계속 공급되면 나 자신은 안 죽을 거라 믿는 건 낙관주의도 아니다. 오히려 이만큼이나 여유가 주어진 기적에 감사할 일이다. 살아나려면 반드시 선장을 죽여야 한다.

부자가 모두 내 손에 죽게 된다는 사실에는 눈을 감은 채.

기습은 실패했다. 시작도 하기 전에.

나는 스물아홉 번째 내가 스트랩으로 고정된 들것을 밀며 화물칸으로 향했다. 무중력 공간이니 들것은 운반 도구라기보다 고정 장치에 가깝다. 운반이야 허공에 뜬 복제 인간을 툭 밀기만 해도 반대편에 닿을 때까지 둥둥 떠가니 아무 도구도 필요 없다. 하지만 발현된 지 얼마 되지 않아서 아직 손가락 하나 마음대로 움직이지 못하는 복제 인간이 버둥거리지 않도록 잘 고정해두는 판이 필요하다. 들것은 그것을 위한 물건이다. 들것에 복제 인간을 고정시키고 잘 겨냥해서 그걸 밀면, 역시 반대편에 닿을 때까지 둥둥 떠간다. 행성의 수면을 떠가는 선박처럼.

그리고 그 들것에는 선박이 경험하는 모든 일이 일어날 수 있다.

무중력 공간에서 각운동량은 온전히 보존된다. 스트랩에 묶여 있는 복제 인간이 행한 약간의 버둥거림도 둥둥 떠가는 들것에 피칭이나 요잉을 일으키긴 충분하다. 물론 롤링도. 화물칸 앞에 도착했을 때 들것은 성대하게 뒤집힌 채 도착했다. 선박과 달리 그렇다고 침몰할 염려야 없다. 하지만 들것 밑에 접착테이프로 붙여둔 내 척골이 선장의 시야에 드러나는 것은 문제가 다르다.

그래. 뭔가의 '아래쪽'에 물건을 숨긴다는 건 정말 행성인 같은 발상이다. 나도 잘 안다. 그러니 무중력 공간에선 아래가 언제든 위가 될 수 있는데 그게 언제까지나 아래에 있을 거라고 믿었는가 하는 조롱은 사양한다. 당신은 관찰자 또한 아래위를 자유자재로 바꿀 수 있다는 걸 기억해야 한다. 다른 때라면 선장은 들것이 롤링을 일으키면 자기 몸도 그 각속도에 맞춰 회전시켰을 것이다. 마지막 순간에 들것의 속도를 줄이지 않으면 들것은 벽에 부딪힌 후 똑같은 속도로 반대편으로 움직이게 된다. 그러니 그걸 붙잡아야 하는데, 미리 회전을 일치시켜두지 않으면 빙빙 도는 들것을 붙잡았을 때 몸이 홱 돌아가게 된다. 도킹하려는 두 우주선이 회전을 일치시키는 것을 생각하면 이해하기 쉬울 것이다. 하지만 간만의 음주 때문에 선장은 자기 몸을 돌리기도 귀찮았던 모양이다. 선장은 빙빙 도는 들것을 붙잡는 대신 그냥 발로 툭툭 차서 그 속도를 조절하려고 시도했고, 그래서 그 바닥면을 보게 되었다. 젠장.

끈 감은 척골을 낚아챈 선장은 어리둥절한 눈으로 그걸 살폈다. 잠시 후 선장의 안색이 변했다. 이해가 있었고, 충격이 있은 후, 사악한 즐거움이 나타났다. 선장이 무슨 생각을 하고 있는지 짐작하는 건 어렵지 않았다. 내 뼈로 나를 찔러 죽이는 일이 얼마나 재미있을까 생각하는 표정이었다. 관심 없다. 내게 중요한 건 척골에 찔려죽을 내가 몇 번째인 나인가다.

유감스럽게도 스물아홉 번째가 아니었다. 첫 번째였다.

선장은 괴성을 내지르더니 들것에 고정된 나를 내버려둔 채 나를 찌르려 시도했다. 두 번의 공격을 용케 피한 후 이판사판이라는 심정으로 왼손을 내밀었다. 기적적으로 그 왼손은 날아오는 선장의 오른쪽 손목을 붙잡았다. 거기서 선장은 참으로 보기 드문 실수를 범했다. 흥분 때문이었을 것이다. 선장은 내 왼손을 뿌리치려고 했다. 나를 우주선으로 때려죽였던 것을 까먹은 모양이다. 무게가 없는 내 몸은 홱 움직였고 그 관성은 선장도 휩쓸려들게 만들었다. 결국 선장과 나는 빙빙 돌면서 이쪽저쪽 벽과 바닥에 충돌하며 우주선 안을 떠다니게 되었다. 속도도 줄지 않은 채. 버저 소리와 벨 소리 따위만 울리면 나무랄 데 없는 핀볼게임이다. 뭐, 그걸 대신할 욕설과 포효와 비명은 충분했다.

그러다가 끔찍한 충격이 다가왔다. 꿍! 하는 듣기 싫은 소리는 조금 후에 울린 것처럼 느껴졌다. 정신이 아득해지는 가운데 당연히 일어날 일이 일어났음을 깨달았다. 머리를 벽에 박은 것이다. 그렇게 바닥과 벽을 걷어 찼으니. 속도가 계속 더해지는 이 무중력 공간에서. 치명적이다. 이제 정신을 잃으면, 다시 깨어날 수 없을 것이다. 선장이 나를 깨워서 죽이려고 마음먹지 않는다면. 절대로 기절하면 안 된다. 하지만 힘들다. 이미 의식을 잃은 후라는 기분마저 들었다. 몸 어느 부분이라도 좋으니 한 가지만 움직일 수 있다면. 그러면 정신을 차릴 수 있을 텐데. 하지만 내 몸이 어디 있는지도 알 수 없었다. 나는 어디에 있는 걸까. 나는……

얼마 전 네 번째 후라세몬을 치른 원숙한 위탄인답지 않게 아직도 어린 애 같은 구석이 있다는 평을 받고 있는 수학자 / 항법사인 주머레이 박사는 마키아벨리 호의 복도에서 기묘한 물건을 보고 걸음을 멈췄다.

주머레이는 정말로 항법사였다. 고래로 우주선 항법은 컴퓨터의 소관이었지만 미지의 우주로 나선 지구인 개척자들은 지성을 가진 존재가 판단해야 할 항법상의 문제가 계속 나타나는 것을 경험하고는 저 전설적인 직업을 부활시켰다. 중요한 건 지성이므로 항법사가 지구인이냐, 위탄인이냐 하는 건 관계가 없었다. 사실 지구인보다 먼저 우주로 나섰기에 경험과 노하우가 더 풍부한 위탄인 쪽이 나은 면들이 많았다.

위탄인이 지구인들의 우주선을 탈 경우 일부 구역을 폐쇄하고 위탄 환경을 조성해야 하므로 환경 제어에 약간의 부담이 더 발생하긴 한다. 하지만 12단계 개척을 끝내고 철수하는 귀환선의 경우엔 그런 부담도 무시할 수 있다. 개척자들이 다 하선해서 공간도 남아돌고 환경 제어에 여유도 풍부하기 때문이다. 따라서 지구행 개척선에 지구인 선장과 함께 위탄인 항법사가 부임하는 것에는 아무 문제가 없다. 물론 몇 후라셈 동안 파트너로 활동해 온 선장 / 항법사 팀이 부임하지 말라는 법은 결코 없다.

실용적으로 생각한다면 위탄인을 귀환선 선장으로 임명해 단독으로 귀환 임무를 수행하게 하는 것도 괜찮을 것이다. 우주선 전체를 그냥 위탄 환경으로 바꾸면 그만이니까. 하지만 인류가 멸망할 때 비로소 같이 사라질 관료주의는 지구인의 개척선엔 지구인 선장이 있을 것을 요구하고 있었다. 그래서 주머레이는 언제나 항법사에 머무를 뿐 단독 선장이 될 수 없다. 그러나 주머레이는 그 사실에 불만이 없었다. 그의 어린애 같은 성격은 선장의 책임감을 못견뎌했다. 게다가 그의 파트너인 지구인 선장은 괜찮은 우주인이었다. 몇 후라셈 동안 파트너로 지냈으면서도 환경의 차이 때문에 같은 공간에 있어본 적이 없고 언제나 번역 프로그램을 통해 대화하는 좀 기이한 사이이긴 하지만 주머레이는 선장을 친구로 여겼다. 친구와 함께 우주를 돌아다니는 일이니 사비를 들여서라도 할 만한 일인데 거기에 돈까지 받으니 주머레이는 만족스러웠다. 그래서 주머레이는 그들의 파트너십이 항상 대형사고의 요소를 품고 있음을 직시하지 않았다.

틀림없이 어느 개척자의 짓일 것이다. 어차피 마키아벨리 호는 지구로 돌아가서 점검받고 수리받을 테니 개척 행성에선 구하기 힘든 정밀부품 몇 가지를 뜯어내도 상관없다고 생각했을 것이다. 그리고 귀환선은 지구인과 위탄인 페어가 맡기도 한다는 걸 몰랐을 수도 있다. 자주 일어나는 일이다. 음펨바에 도착한 주머레이와 선장이 마키아벨리 호의 일부 구역을 폐쇄하고 주머레이를 위한 위탄 환경을 조성한 후 환경 제어 테스트를 해 본 것도 그 때문이다. 주머레이의 거주 구역 기밀이 풀리고 위탄 대기 누출이 일어났을 때 주머레이는 놀라지도 않았다. 그리고 그의 위탄 우주복으로 급하게 달려가지도 않았다. 선장이 기밀이 풀린 구역 바깥의 격벽들을 닫고 다시 봉쇄해줄 것을 확신하고 있었기 때문이다.

선장은 주머레이의 예상대로 행동했다. 늘 있는 일이었다. 그 날이 평소와 달랐던 건 하나뿐이다.

선장에겐 인사 책임자로 하여금 자신의 채용 결정을 후회하게 만드는 재주 하나가 일품인 아들이 있었다. 그 아들이 귀환하는 마키아벨리 호에 수습선원 자격으로 승선한 건 이력서에 써넣을 우주 비행 시간을 늘리기 위해 아버지를 조른 결과였다. 상사가 아버지가 아닐 때도 천하무적의 게으름뱅이였던 작자였다. 그런데 직속상관이자 우주선에서는 I am that I am이라 할 수 있는 선장이 그의 아버지였다. 그는 열심히 환경 제어를 하는 아버지와 아버지의 외계인 파트너를 내버려둔 채 농땡이를 부려도 아무 상관이 없다고 생각했다. 그는 그렇게 했다. 그가 몰래 놀고 있던 곳은 주머레이의 거주 구역 바깥이었고, 선장이 봉쇄한 2차 기밀 구역 안쪽이었다.

위탄의 대기는 그가 마주쳤던 그 어떤 인사책임자보다 빠른 속도로 그를 해고했다.

아들이 사망하고 며칠 후 선장이 그를 따돌리고 마키아벨리 호를 타고 떠났을 때 주머레이는 컨소시엄 수송국에 그 사실을 보고하지 않았다. 대신 자신의 인맥을 총동원해서 지구의 별뜨기꾼 한 명에게 우주선을 빌렸다. 별뜨기꾼의 우주선이 흔히 그렇듯이 가운데 격벽이 있고 한쪽은 지구 환경, 다른쪽은 위탄 환경으로 꾸며져 있는 우주선이어서 새로 조정할 필요도 없었다. 주머레이는 별뜨기꾼과 함께 마키아벨리 호를 추적했다. 지구인 별뜨기꾼과 위탄인 항법사가 힘을 합쳤기에 그들은 겨우 2개월 만에 마키아벨리 호를 발견할 수 있었다. 그들은 몇 시간 동안 통신을 시도했지만 마키아벨리 호는 아무 대답이 없었다. 결국 누군가가 건너가야 했다. 별뜨기꾼은 마키아벨리 호 내부는 지구 환경일 테니 자기가 건너가는 것이 어떻겠냐고 말했지만 선장이 어떤 상태일지 알 수 없었던 주머레이는 자기가 들어가겠다고 고집했다. 그의 주장이 받아들여졌다. 강제 도킹이 완료된 후 주머레이는 위탄 우주복을 입고 마키아벨리 호 안에 들어섰다.

그리고 그곳에서 주머레이는 허공에 떠 있는 지구인의 내장 기관을 보고 이동을 멈췄다.

같은 종족이었다면 커다란 충격을 받았겠지만 주머레이는 그리 큰 충격을 느끼진 않았다. 대신 그는 의아함을 느꼈다. 그 내장 기관은 고리 매듭이 지어져 있었는데 아무리 봐도 지구인이 자살에 사용하는 올가미처럼 보였다. 그러니까 지구 표면에서 자살할 때 말이다. 무중력의 우주 공간에서 목을 매다는 건 불가능하다. 주머레이는 그런 말도 안 되는 물건이 왜 필요한지 알 수 없었다.

조금 후 주머레이는 그것에 대해 더 이상 고민하지 않게 되었다. 의문이 풀려서 그런 건 아니다. 주머레이도 큰 충격을 받을 수밖에 없는 광경이 펼쳐져 있었다. 선장이 보였다. 그를 찾으러 우주 공간을 2개월이나 날아왔지만 주머레이는 바로 선장에게 달려갈 수 없었다. 어느 쪽으로 가야할지 알 수 없었기 때문이다. 선장이 둘이었다.

위탄인에게 지구인은 다 비슷해 보인다고들 하지만 주머레이는 파트너인 선장과 다른 지구인들을 구분할 수 있었다. 그리고 거기에 있는 건 분명두 명의 선장이었다. 멍한 심정으로 두 선장을 보던 주머레이는 가까스로지구인들이 하는 복제를 떠올렸다. 선장이 자신의 복제를 만든 모양이다. 하지만 왜? 그 영문을 알 수 없는 내장 올가미를 만들려고? 지구인만의 비밀스러운 의식인 건가? 고민하던 주머레이는 선장에게 직접 물어보자고 결심하고는 두 선장을 살폈다. 들것에 묶여 있는 쪽은 정황상 아무래도 복제일 것 같았다. 복제가 원본을 묶는 건 힘들 테니. 주머레이는 그렇게 판단하고는 손에 뭔가를 쥔 채 기절해 있는 쪽으로 다가섰다. 거기서 주머레이는 또 이해할 수 없는 것을 보았다.

선장은 아무래도 지구인의 골조직처럼 보이는 걸 쥐고 있었다. 그런데 그 모습은 지구인이 두 손으로 뭔가를 쥐는 일반적인 모습이 아니었다. 선장의 오른손은 골조직을 쥐고 있었지만 왼손은 그 오른쪽 손목을 쥐고 있었다. 도대체 무슨 파지법인지 알 수 없었다. 늘어가는 의혹에 곤혹스러워하던 주머레이가 선장을 붙잡았다. 그는 위탄인들이 일반적으로 친밀한 접촉에 쓰는 3열 부속지로 선장을 흔들었다.

신음. 그리고 잠시 후 선장이 눈을 떴다.

여행의
끝

정보라

연세대학교를 졸업하고 예일대학교에서 러시아 지역학 석사, 인디애나 대학교 러시아 문학 박사를 취득했다. 대학에서 러시아와 SF에 대해 강의하고 있다. SF를 쓰기도 하고 번역하기도 한다.

친구를 잃었다.

무너져버린 세상의 잔해 위에 앉아서 나는 주위를 둘러보고 있었다. 햇살만은 따뜻했다. 내가 앉아있는 콘크리트 더미도 햇볕에 표면이 달구어져 따끈따끈했다. 그러나 그뿐이었다.

사방에 펼쳐진 것은 부서진 콘크리트 벽과 튀어나온 철근, 깨진 벽돌, 갈라진 아스팔트 덩어리가 전부였다. 동물은커녕 살아있는 것이라고는 나무 한 그루, 풀 한 포기조차 없었다. 맑은 하늘에 흘러가는 구름이 평화로웠지만, 태양은 그 아래 적막으로 싸인 황폐한 대지에 하염없는 햇살을 그저 무익하게 내리쏟고만 있었다.

우주선으로 돌아가야 할까?

나는 하늘을 쳐다보았다. 눈이 부셨다.

햇볕은 맑았으나 공기는 차가웠다. 해가 언제까지 떠 있을지, 이렇게 변해버린 세상에서 밤은 또 언제 어떻게 찾아오는지 알 수 없었다. 가끔씩 바람이 불 때마다 가차없는 냉기가 벌어진 옷깃 사이로 파고들었다. 목덜미에 소름이 돋는 것이 느껴졌다.

그래도 햇살은 맑았고, 내가 앉아있는 콘크리트 덩어리는 햇볕에 표면이 잘 달구어져 따끈따끈했다. 그래서 나는 조금만 더 앉아서 온기를 즐길 수 있을 때까지 즐겨보기로 했다.

그래도 언젠가는 우주선으로 돌아가야 한다. 나도 잘 알고 있었다. 여기서 조금 더 시간이 지나면 목이 말라올 것이다. 거기서 조금 더 시간이 지나면 배가 고파질 것이다. 또 언젠가는 사방이 어두워질 것이다. 이곳에는 먹을 것도 마실 것도 없다. 먹을 것이나 마실 것을 구할 방법도 없다. 살아있는 것이라고는 아무 것도 없다. 우주선에 가면 최소한 물과 전기가 있다.

그리고 녀석이 있다.

나는 조그맣게 한숨을 쉬었다.

'전염병'이 돌기 시작한 것은 내 시간 감각을 기준으로 사년 팔개월쯤 전이었다. 실제 지구 시간으로 얼마나 됐는지 이제는 알 길이 없다.

가장 처음 발병한 사람이 누구인지, 어떤 경로로 병에 걸렸고 어떤 초기 증상이 있었는지, 그것 또한 이제 와서는 정확히 알아낼 방법이 없다. 미국 아이오와 주의 어느 작은 마을에서 부부와 세 자녀로 이루어진 5인 가족 중 큰아들만 살아남았다. 그것이 공식적으로 알려진 '전염병'의 근원지와 최초 발병자이다. 문제의 큰아들이 아무 일도 없었다는 듯이 학교에 등교해서 점심시간에 당연하다는 듯이 옆자리 학생의 팔을 물어뜯으려고 했던 사건에서부터 '전염병'의 존재가 차츰 세간에 알려지게 되었다. 옆자리 학생이 손을 책상 위에 '보란 듯이' 올려놓고 있었기 때문에 '먹어도 된다는 뜻인 줄 알았다'고 문제의 큰아들은 주장했다. 이어서 '우리 엄마도 그래서 여동생의 팔을 먹었는데 괜찮았다'고 말했기 때문에 상담을 맡았던 교감이 911에 신고했다. 그렇게 해서 큰아들의 부모와 여동생, 남동생이 시신 일부가 발견되었다. 부검 결과 알아낸 사망 시각과 큰아들의 진술을 토대로 추정한 결과 부부 중에서 아마도 남편이 먼저 발병했고 이어서 아내가 발병했으며 그리하여 부부가 딸을 먹었고 얼마쯤 지나서 서로를 잡아먹은 후 최종적으로 큰아들이 발병하여 남동생을 먹은 것으로 추정되었다. 그러나 피해자들의 시신이 거의 남아 있지 않았으므로 제대로 부검을 할 수가 없었으며, 따라서 사망 시각을 정확하게 알아낼 수도 없고 사건 발생 순서라든가 기타 세부 사항을 확실하게 결론짓기가 불가능하다고 했다.

확정을 짓기 어려운 것인지 아니면 확정짓지 않으려는 것인지에 대해서 많은 의혹이 있었으나 군(郡) 보안관 사무실과 아이오와 주 경찰국에서는 그 정도만 발표하고 입을 닫았다. 문제의 큰아들은 정신병원에 격리 수용되었다. 한 황색신문의 보도에 따르면 죽은 가족에 대해 이야기하면서 몹시 슬픈 표정을 짓고 눈물까지 흘렸으나 본인도 가족을 먹었느냐는 질문에는 당연하다는 듯이 '그렇다'고 대답했다 한다. 그러나 가족을 사랑했다면서 어떻게 그럴 수가 있느냐는 질문에 큰아들은 '팔다리 정도는 먹어도 안 죽지 않나요?'라고 태연한 표정으로 반문했다. 그러면 남동생의 심장을 먹으면서도 안 죽을 것이라고 생각했느냐는 질문을 받고 큰아들은 '그건 개 심장이 아니에요'라는 엉뚱한 답변을 내놓았다. 그게 무슨 뜻이냐고 재차 질문을 받자 청소년 특유의 불분명한 말투로 '알잖아요……(You know ……)'라는 애매모호한 메우는 구절(filler phrase)을 반복하다가 기자가 정색을 하며 '아니, 모르겠는데요(No, I don't know)'라고 반박하자 시선을 피하며 묵묵부답으로 일관했다.

이 인터뷰는 왜곡 혹은 허위보도로 유명한 삼류 저널의 인터넷 기사였기 때문에 전반적으로 신뢰할 수는 없으나 만약 사실이라면 '전염병'에 걸린 사람들의 행동 양태를 매우 특징적으로 보여준다 하겠다. 감염된 사람들은 다른 인간을 식료품으로 여긴다는 사실 외에 모든 면에서 지극히 정상이었다. 최소한 정상인 것처럼 행동하고 대화했다. 그러나 대화중에 식인(食人)이라는 주제가 떠오르면 그때부터 비상식적인 반응을 보였으며, 무엇보다도 다른 사람을 먹으면 그 먹힌 사람은 죽는다는 사실 자체를 인정하기를 거부했다. 그런 사실을 알면서도 자신의 식인 욕구를 억제할 수 없어 부정하는 것인지 아니면 실제로 인식할 수 없게 되는 것이 이 '전염병'의 특징인지, 이 점에 대하여 훗날 전 세계 의학계가 둘로 나뉘어 열띤 논쟁을 벌였으나 결국 결론은 나지 않았다. 결론이 나기 전에 '전염병'이 너무나 급속도로 확산되었기 때문이다.

'전염병'은 가능한 모든 경로를 통해서 퍼져나가는 것 같았다. 감염된 사람에게 물리면 (먹히지 않았다고 가정할 때) 100% 감염되었다. 감염된 사람과 같은 음식을 나누어 먹으면 약 70~80%의 확률로 감염되었다. 감염된 사람과 같은 방에 있으면 확률상 덜하기는 해도 약 절반 정도는 감염되었다. '전염병' 때문에 기침 혹은 재채기를 하거나 콧물을 흘리게 되는 경우는 없다고 보고되었으므로 분비물 때문에 감염되는 경우는 없는 것 같았으나 그런 가능성도 완전히 배제할 수는 없었다.

곤란한 것은 감염된 사람이 누군가를 먹으려고 시도하기 전에는 감염 여부를 판단할 수 없다는 사실이었다. 감염된 사람끼리 서로를 알아볼 수 있는 것 같지도 않았다. 게다가 타인을 먹으려고 시도한다고 해서 꼭 괴성을 지르며 덤벼드는 것도 아니었다. 위에 말한 초기 발병자의 경우처럼 눈에 띄는 다른 사람의 신체 부위를 아주 자연스럽고 조용하게 입으로 가져가서 아무 예고 없이 물어뜯기 시작하는 경우가 더 많았다. 상황에 따라서, 그러니까 배가 부르거나 자신이 불리하다고 판단되면 먹으려 하지 않고 기다리거나 그냥 참고 지나치는 경우도 자주 있었다. 게다가 감염된 사람은 자신이 감염되었음을 인정하지 않으려 했고 '전염병'의 존재 자체를 부인했다. 그러므로 발병 즉시 감염 여부가 드러나지도 않았고 눈에 띄는 초기 증상도 알려진 바가 없었으며 잠복기가 얼마나 되는지도 알 수 없었다. 또한 이 때문에 감염된 사람을 치료하는 의사도, '전염병'을 연구하는 의학자도, 사건을 수사하는 경찰도, 상황을 보도하는 기자도, 모두 다 감염되었을 가능성이 있었다. 그러므로 그 누구의 말도 믿을 수 없었다. 확실하게 믿을 수 있는 것은 '전염병'이 실재하며 물리적으로 가까이 있는 사람 아무라도 나를 먹으려 들 위험성이 상존한다는 사실 뿐이었다.

그렇게 아이오와 주의 한 시골 마을에서 시작된 '전염병'은 급속히, 그러나 조용히 미국 전역으로 퍼져 나갔다. 문제의 큰아들이 다니던 학교의 학생, 선생, 직원들, 학생의 부모가 근무하던 직장의 동료들, 신고를 받고 사건 현장으로 출동한 911 구조대원과 경찰 관계자들이 먼저 감염되었다. 그 다음으로는 이들의 가족과 친지, 동료들이 감염되었다. '전염병'을 피해 마을을 탈출한 사람들은 그 자신도 곧 발병했을 뿐더러 '전염병'을 다른 지역으로 확산시키는 매개체 역할을 했다. 지방 자치가 철저하며 하나의 주(州)가 하나의 독립된 국가처럼 운영되는 미국 사회 체제의 특성상 아이오와에서 일어난 사건이 다른 주에서 일어난 사건들과 연관되어 있다는 사실을 인접한 7개 주의 주정부 중에서 한 군데만이라도 눈치채기까지, 또 거기서부터 연방 정부에 도움을 요청하기까지 아주 많은 시간이 소요되었으며, 게다가 보고를 받은 연방 정부에서 실제로 조치를 취하기까지는 대단히 복잡한 행정 절차를 거쳐야 했다. 특히 감염의 최초 발생지인 아이오와 주 경찰 당국 내에도 감염자가 발생해 있었기 때문에, 이들은 특유의 왜곡된 사고방식과 완고한 자기부정으로 인하여 자의적이든 아니든 간에 사건 보고와 타지역간의 협조에 막대한 악영향을 미쳤다. 그 사이에 '전염병'은 인근 7개 주를 통해 아무런 방해도 받지 않고 마른 잔디에 불길이 번지듯이 매끄럽게 퍼져 나갔다. 특히 인접한 일리노이 주의 시카고에서 감염자가 발생하자 '전염병'은 곧 오헤어(O'Hare) 국제공항을 통해 미국 전역으로, 이어서 전 세계로 공수되었다.

이것이 '전염병'의 최초 발생 당시 상황이다. 물론 사건 당시 관계자는 전원 감염되었다고 보는 것이 옳으므로 이 자료에도 어느 정도는 왜곡이 있을 수 있다. 그래도 그나마 현재까지 남아 있는 자료 중에서는 가장 신뢰도가 높다고 보아야 한다.

그리하여 전 인류가 서로서로 잡아먹는 상황이 실제로 펼쳐졌다. 좀비 영화에서 흔히 보듯이 반쯤 썩은 시체들이 되살아나 알 수 없는 비명 같은 소리로 울부짖으며 떼 지어 걸어 다녔다면 좀 나았을지도 모른다. 겉보기에 멀쩡하기 짝이 없는 사람들이 예의바르게 대화하고 아무렇지 않게 웃다가 갑자기 가장 가까이 있는 사람 혹은 사람들의 두개골을 부수고 시체를 토막 내 도시락처럼 싸 가지고 다니면서 공원 벤치에 앉아 샌드위치라도 먹듯이 꺼내 들고 햇볕과 잔디를 감상하면서 평화롭게 뜯어먹는 광경이 일상이 되었다. 이런 사태를 맞이하여 작게는 가족 단위로, 혹은 지역 단위로, 국가 단위로 여러 가지 조치가 취해졌으나, 그 조치를 취하는 당사자 혹은 실무 책임자 중에 이미 감염자가 있거나 머지않아 감염이 발생했기 때문에 대부분의 조치는 실패로 끝났다.

그런 조치들 중 국제적 차원에서 시행된 최후의 대응 방안 중 하나가 바로 감염되지 않았음이 확실한 사람들만을 모아 우주로 보내는 것이었다. 우주로 보내서 어쩌자는 것인지는 사실 그 방안을 주장한 사람들도 확실히 알지 못했다. 외계 문명과 접촉하여 해결책을 얻어 온다? 가능성이 너무나 희박한, 그야말로 SF 영화에나 나올 만한 이야기였다. 그보다는 무조건 도망친다는 쪽이 옳았다. 다 죽기 전에 그나마 몇 명이라도 살아남아서 피신해 있다가 사태가 진정되거나 혹은 뭔가 다른 그럴 듯한 해결 방안이 발견되면 그때 돌아오라는 것이었다.

프로젝트는 어찌 보면 약간은 어울리지 않는 '노아의 방주'라는 암호명 하에 당연히 극비로 진행되었다. 그래도 어떻게든 정보를 입수한 정계와 재계의 막강한 인사들이 무슨 수를 써서라도 줄을 대려 했으나 탑승 자격은 일단 여러 가지 검사를 거쳐 감염되지 않은 것으로 확정된 사람들, 그 중에서도 우주선을 조종할 소수의 우주항공 전문가와 운항 기술자를 제외하면 의학, 생물학, 화학, 약학 관련 분야 전문가로 한정되었다.

나는 국방부 소속이기는 하지만 본래 언어학 전공이고 주특기는 암호 해독이다. 그러므로 내가 어떻게 해서 우주선에 타게 됐는지는 나도 잘 모르겠다. 공식적인 임무는 혹시 만에 하나라도 실제로 외계 문명과 조우하는 경우가 발생하면 의사소통을 담당하라는 것이었는데, 이건 아무리 봐도 명령서를 쓴 담당자가 SF 소설을 너무 많이 봤다고밖에는 생각할 수 없다. 실제로 혹시라도 외계 문명과 접촉할까 싶어서 우주에서 수신되는 전기적 신호를 모아서 해독하는 작업도 병행하기는 했다. 그러나 그보다 내가 주로 수행하는 임무는 지구와의 통신, 더 정확히 말하면 내 고국과의 교신을 담당하는 것이었다. 지구에 있는 각국의 관제센터에서는 '전염병'의 확산 상황, 감염자 수의 증가 혹은 감소 여부, 그 외 전반적인 감염 대응 상황을 우주선에 정기적으로 전송했다. 나는 그런 정보를 수합하는 한편, 나와 같은 국가 출신인 선장이 비밀리에 내게 보내주는 우주선 내의 '전염병' 관련 연구 진행 상황을 정리하여 암호화해서 고국의 관제 센터에 극비로 전송했다. 지구촌이 합심하여 '전염병' 퇴치에 모두 함께 힘쓰고 있다고는 하지만, 아무래도 내 나라가 다른 나라보다 먼저 효과적인 대응책을 찾아낸다는 건 좋은 일이다. 게다가 우주선도 내 고국에서 제작해서 출범시켰고 선장도 다른 여러 다국적 후보를 제치고 나와 같은 나라 사람으로 뽑았기 때문에, 내 나라에서 특권적인 정보를 원하는 것은 어찌 보면 당연한 일이었다. 다만 이런 물밑 작업이 진행 중이라는 것은 말할 필요도 없이 극비였으며 나는 선장 외에는 아무에게도 관련 정보를 발설할 수 없었다.

기울어가는 햇살을 바라보며, 점점 차가워지는 대기 속에 그래도 아직은 온기가 남아 있는 콘크리트 덩어리 위에 옹송그리고 앉아서 나는 의사소통의 가능성보다는 불가능성에 대해 생각하고 있었다.

쌍방향 의사소통이란 존재하지 않는다. 깨어 있는 시간의 대부분을 암호문 작성과 해독으로 보내면서 내가 내린 결론은 그것이었다. 가장 순수한 형태의 의사소통은 일방적인 정보 전달이다. 보고나 명령 등이 이런 종류에 해당한다. 이런 형태의 의사소통을 위해서는 전달할 정보의 내용을 최대한 명확하게 표현하며 오해의 여지를 최소화해야 한다.

그 명료함을 나는 사랑했다. 내가 고안한 알고리즘에 따라 컴퓨터가 아무 뜻도 없어 보이는 일련의 기호들을 나와 내 편인 사람들에게만 해독 가능한 가치 있는 정보로 변환하는 모습을 지켜보면서 '의사소통'이라는 말의 진정한 의미를 온몸으로 느꼈다. 또한 상대방에게는 분명히 가치 있을 정보를 불특정 다수의 제3자가 이해할 수 없는 기호들로 바꾸는 작업에서 일종의 심술궂은 역설을 느끼며 입가에 웃음을 띠었다. 그렇게 의사소통의 가능성과 불가능성이 만나는 지점에 서서 나는 조심스럽게 그 가능성을 탐색했다. 그러나 결코 그것을 완전히 믿지는 않았다.

나와 함께 우주선 생활을 하는 사람들은 대부분 의사나 과학자 혹은 우주항공 기술자였다. 그러므로 나는 이들 사이에서 상당히 이질적인 존재였다. 매번 대화를 시도할 때마다 이학 계통과 문과 계통은 사고방식을 넘어서 두뇌 구조 자체가 다르다는 사실만 확인하고 물러나야 했다. 게다가 업무의 내용뿐 아니라 그런 업무가 진행된다는 사실 자체가 극비였기 때문에 내가 무슨 일을 하는지에 대해 다른 사람들과 이야기하거나 정보를 공유할 수 없다는 점도 나를 더욱 고립시켰다. 선내의 다른 사람들, 예를 들어 운항 기술자들은 대체로 조를 짜서 몇 명씩 함께 근무했다. 혹은 같이 근무하지 않더라도, 교대할 때 인수인계를 통해 정보를 공유하고 서로 안부를 확인했다. 의사나 과학자들의 경우에도 '전염병'을 퇴치한다는 공동의 목표를 추구했으므로 연구 성과를 자주 공유했고, 그 중 마음 맞는 사람들끼리는 일종의 팀을 이루어 함께 일하는 경우도 흔했다. 이런 분위기와는 정반대로 나는 누가 아무리 집요하게 물어도 '통신 담당'이라는 것 이상은 절대로 말하지 않았고 오로지 선장실만 말없이 들락거렸다. 이 때문에 결과적으로 존재의 의미도 불분명하고, 다른 사람들을 무시하고 선장에게만 아부하며, 선내의 다른 구성원들과 교류하려는 기본적인 사회성도 없는 비협조적이고 신뢰할 수 없는 인물로 낙인찍혔다. 여기에 대해 딱히 해명을 하거나 협조적인 태도를 보이려고 들지도 않았기 때문에 나는 얼마 못 가서 기피 대상이 되어 버렸다. 사람은 어떤 상황에든 대체로 익숙해지게 마련이고, 나로서는 맡은 일을 수행하기 위해 어찌 보면 이쪽이 더 편하기도 했다. 그러나 나도 사람인데, 달리 피할 곳도 없는 닫힌 공간에서 모두에게 배척받는 것이 괴롭지 않았다고는 할 수 없다.

그런 상황에서 유일하게 나를 따돌리지 않았던 사람이 바로 녀석이었다.

녀석은 우주선의 운항정비 기술자였다. 다른 정비 기술자들이 모두 그렇듯이 군인은 아니고 자기 나라에서는 말하자면 공군 협력업체 소속 직원 정도 되는 위상이었다(그렇게 따지면 승무원들 대부분도 민간인 신분이었다. 선장은 나와 같은 국방부 소속이지만 부선장급 이하는 군 경력이 전혀 없는 이 우주선의 승무원단이 나는 언제나 조금 이상했다). 그러나 민간인 기술자들 사이에서도 경력과 전문분야에 따라서 어느 정도는 계급이 나누어지는 모양인데, 녀석은 그런 위계가 꽤나 바닥에 속하는 것 같았다. 게다가 우주항공 기술자라고 하면 떠오르는 이미지와는 전혀 다르게 감상적이고 여린 면이 있어서, 상대적으로 건조하고 현실적인 성향이 강한 다른 기술자들에게 타박도 많이 받고 스트레스도 꽤나 심한 듯했다. 말하자면 녀석도 기술자들 사이에서는 어느 정도 따돌림을 당하는 신세였다. 그것이 나와 녀석이 친해지는 계기가 되었다.

각자 속한 무리에서 배척당하고 있다는 사실을 제외하면 나와 녀석은 사실상 공통점이 전혀 없었다. 나는 언어학자이고 녀석은 기술자였다. 나의 주 관심사는 주어진 정보를 어떻게 하면 가능한 한 단순명료하게 표현, 압축, 변환하여 전송할 수 있는가 하는 것이었다. 녀석의 주 관심사는 우주선의 어느 부품이 어떤 오작동을 일으켰으며 그런 오작동을 어떻게 수리하여 기능을 복구하는가 하는 것이었다. 녀석이 언젠가 자기가 하는 일에 대해 설명하려 했던 적이 있었다. 두 번째 문장을 절반 정도 들은 시점에서 나는 이해하는 것을 포기했다. 마찬가지로 녀석에게 (내가 하는 일에 대해서는 이야기해줄 수 없었으므로) 언어의 기본 구조에 대해 설명해주려 한 적이 있었다. 녀석이 알아들은 것이라고는 기계가 부품을 조립해서 이루어지듯이 사람이 하는 말은 '주어'나 '동사' 혹은 '목적어' 따위를 조립해서 이루어진다는 정도였다. 물론 문장을 기계 조립하듯이 조립할 수는 없는 노릇이고 품사는 언어에 따라 다르게 사용된다는 점을 좀 더 자세하게 설명하려 했지만 녀석의 표정을 보아하니 아무래도 의미 없는 헛수고 같아서 대충 체념하고 중간에 그만두었다. 그래도 녀석은 별것도 아닌 나의 설명을 무척 신기해했고, 아무런 비판도 반박도 없이 귀를 기울였다. 내가 무슨 이야기를 하든 녀석이 그런대로 재미있어 하는 것 같았기 때문에, 폐쇄적이고 배타적인 분위기에 지쳐 있던 나는 적지 않게 위안을 받았다.

녀석도 아마 언제나 다른 기술자들의 구박에만 시달리다가 자기보다 더 아무것도 모르는 사람에게 자기가 잘 아는 분야를 설명해줄 기회가 생겨서 조금은 신이 났을 것이다. 그렇게 나와 녀석은 남의 눈에 띄지 않는 우주선 구석에 나란히 앉아서(녀석은 이런 '죽은 공간'을 찾아내는 능력만큼은 타의 추종을 불허할 정도로 탁월했다) 서로 알아듣지 못할 말을 늘어놓으면서도 또 그 알아듣지 못할 말을 무조건적으로, 무비판적으로 들어주었다. 사실 친구가 되기 위해서는 그것만으로도 충분한 법이다.

그리고 화제가 지구에서의 과거, 특히 어린 시절로 옮겨가자 대화는 약간 더 풍성해졌다. 생각해보면 조금은 신기한 일이었다. 녀석은 나와 나이는 비슷했지만 출신 국가도, 성장 배경도, 가정사도 전혀 달랐다. 나는 아버지가 군인이기는 하지만 고위 장성도 아닌 평범한 집안 출신으로 대학은 가고 싶은데 등록금을 댈 방법이 없어서 군에 자원입대 했다가 이렇게 저렇게 운이 따라준 덕에 여기까지 오게 된 케이스였다. 반면에 녀석은 어머니가 변호사이고 아버지가 고급 공무원인 특급 엘리트 집안에서 태어나 어렸을 때부터 법조계나 정계로 진출해야 한다는 부모와 친척의 압박을 받았으나 모두 뿌리치고 손재주와 호기심만 믿고 이공계에 진학하여 집안에서 내 논 자식 취급을 받고 있다고 했다. 이 우주선의 운항 기술자로 뽑혔을 때도, 어쨌든 자기 나라 우주항공국 내에서는 최고의 기술자들과 겨뤄서 이겼다는 뜻일 텐데, 실력을 증명했음에도 불구하고 인맥이나 돈을 이용해서 떵떵거리며 편하게 우주 생활을 하지 못하고 '손에 기름때 묻혀가며 지하실에 처박혀 정비공 노릇이나 하게 되었다'고 녀석의 아버지는 오히려 역정을 냈다고 했다. 이야기를 들으면 들을수록 녀석의 인생은 나로서는 전혀 상상이 가지 않았다. 녀석에게는 아마 내 인생도 비슷하게 느껴졌을 것이다.

그런 식으로 살아왔음에도 불구하고, 혹은 그렇게 살아왔기 때문인지, 녀석에게는 도저히 이해할 수 없이 낭만적인 구석이 있었다. 이것이 나와 녀석의 대화 중에서 유일하게 마찰이 있다면 있었던 부분이었다. 예를 들어 '전염병', 혹은 우리가 지금 처한 현재 상황 전반에 대한 녀석의 입장을 한 문장으로 요약하자면 '우리보다 훨씬 뛰어난 외계 문명과 조우하여 치료약을 받아서 (혹은 치료 방법을 배워서) 반드시 지구로 돌아가 인류를 구원한다'였다. 아무리 상대의 말을 무조건 무비판적으로 들어주는 것이 나와 녀석 간의 불문율이었지만 이 부분만은 도저히 수긍할 수가 없었다. 그러나 내가 무슨 말로 반박해도 녀석은 주장을 굽히기는커녕 점점 더 완고해졌다. 정기적으로 지구와 교신하면서 현재 우리가 얼마나 절망적인 상태로 목적도 없이 헤매고 있는지 잘 아는 나로서는 선내의 유일한 친구가 이런 터무니없는 의견을 고수한다는 것이 진심으로 우울한 노릇이었다. 그러나 자칫하면 쓸데없는 싸움을 벌이거나, 혹은 흥분한 김에 기밀 사항을 발설해버리는 등의 진짜 심각한 사태까지 가게 될까봐 나는 언제나 한 수 접어주는 것으로 대충 대화를 마무리 짓고 피하곤 했다.

그 당시에는 잘 몰랐지만, '전염병'의 해결책이 있다 / 없다, 혹은 인류에게 희망이 있다 / 없다라는 거창한 주제로 논쟁을 벌인 것은 나와 녀석만이 아니었다. 출항한지 얼마 되지 않았을 때는 모두 합심해서 공동의 목표를 향해 노력하는 것처럼 보이던 우주선의 의사와 과학자들, 또 선장 휘하 승무원과 기술자들까지, 시간이 지나고 끝이 보이지 않는 우주선 생활에 차츰 지쳐가면서 서서히 두 파로 나뉘게 되었다.

그리고 마침내 선내에도 '전염병'이 발생했다.

대화란 본시 성립되지 않는다. '협상'이니 '의견 조율' 따위의 듣기 좋은 말로 포장하더라도, 결국 끝에 가서는 어느 한 쪽이 이기고 다른 쪽(들)이 굴복하는 형태가 될 수밖에 없다. 의견이 대립되는 상황에서 관련자 모두가 100% 만족할 수 있는 해결책을 찾기란 거의 불가능하다. 관련 당사자들이 모두 상대를 위해 '양보'한다 하더라도, 결국은 더 많이 양보하고 더 많이 참아야 하는 사람(들)이 언제나 있기 마련이다. 그렇게 생각하면, 타협 따위는 존재하지 않는다. 모든 대화는, 모든 협상은 결국 전쟁이고, 그 결과는 언제나 어느 한쪽에게 강압적이고 때론 폭력적이다.

상대방이 나와 도저히 조율할 수 없는 관점을 고수할 경우에 특히 그렇다. 상대가 내 팔이나 다리처럼 재생 불가능한 신체 일부, 혹은 몸 전체를 식량으로 요구한다면 기본적으로 할 수 있는 답변은 거절밖에 없을 것이다. 상대방을 논리적으로 설득하거나 필요하면 물리적으로 제압해서라도 승복시킬 가능성이 조금이라도 있다면 목숨은 (당분간) 살려줄 테니 팔이나 다리를 내놓으라는 요구에 조용하고 평화롭게 '타협'할 이유도 없는 것이다. 아주 단순하고 논리적이며 당연한 반응이다.

선내 최초 발병자인 선임 조종사는 야간 근무 교대 시간이 얼마 남지 않았을 무렵에 갑자기 부조종사를 제외한 다른 승무원들에게 전원 주조종실을 나가라고 평온하게 명령했다. 그 태도나 말투가 어느 모로 보나 대단히 정상적이었기 때문에 승무원들은 조금 의아하게 생각하면서도 모두 명령에 따랐다. 그러자 선임 조종사는 주조종실 문을 안에서 폐쇄하고 남아 있던 부조종사에게 태연하게 다가가서는 들고 있던 렌치로 불시에 머리를 쳐서 기절시킨 뒤에 목부터 뜯어먹기 시작했다.

일부러 그랬는지 실수였는지는 알 수 없지만 외부와의 통화 장치는 전부 차단했으면서도 폐쇄회로 감시 카메라는 끄지 않았기 때문에 주조종실 안의 상황은 소리 없이 생생한 영상으로 선내에 실시간 방송되었다. 대부분의 사람들은 이 영상을 보고 비명을 지르거나 눈을 감고 고개를 돌리거나 구토를 했지만 극소수의 사람들은 화면 속의 선임 조종사를 주의 깊게 지켜보다가 무기가 될 만한 물건을 찾아들고 가장 가까이 있는 사람에게 덤벼들었다. 승무원 대부분이 주조종실 앞에 몰려가서 문을 열기 위해 무익한 노력을 계속하는 동안 이 극소수의 포식자들은 별다른 방해를 받지 않고 천천히, 조용히 피해자를 늘려갔다. 선임 조종사 외에도 감염자가 더 있다는 사실을 뒤늦게 깨달은 선장 휘하 지휘관들이 이들을 제압하기 위해서 상황실에 매달려 있던 승무원 중 일부를 파견했을 때 몇 안 되는 감염자들 대부분이 제압당해 중화되었으나 그 중 한두 명은 빠져나가서 선내 구석진 곳으로 도망쳤다. 그렇게 사라진 감염자 중에 우주선의 부선장도 포함되어 있었다.

선임 조종사가 부조종사를 뼈만 남기고 완전히 먹어 치우기까지 정확히 68시간이 걸렸다. 그리고 일곱 시간 정도가 더 지나자 선임 조종사는 스스로 상황실 문을 개방하고 밖으로 나와서 태연하게 물을 달라고 요구했다. 밀폐된 우주복으로 무장한 승무원들이 선임 조종사를 연행해서 일단 개인실에 가두었다. 이어서 승무원들 중 일부가 부조종사 시신의 잔해와 피로 범벅이 된 조종실에 진입을 시도했으나 감염의 위험이 있다는 이유로 저지되었다.

사건의 발생부터 종료 시점까지 소요된 시간은 여기서 매우 중요하다. 왜냐하면 선임 조종사가 부조종사를 공격하기 직전에 최대 속도로 워프를 가동시켰기 때문이다.

이 우주선은 말하자면 탈출용이라 본래 목적지가 없었으므로 정해진 시간 내에 일정 거리를 항해해야 하는 종류가 아니었다. 그보다는 지구와 계속 교신을 유지하기 위해서, 그리고 궁극적으로는 지구에서 뭔가 기적이 일어나서 '전염병'이 발생했을 때처럼 갑자기 사그라들거나 치료약이 발견 혹은 개발될 경우 언제든지 돌아가기 위해서, 지구와 어느 정도 가까운 거리를 일정하게 유지하고 있었다. 사실은 궁극적으로 지구로 돌아가는 것이 진짜 목표라 할 수 있었다. 그러므로 워프 기능은 일종의 기본 옵션으로 예상치 못한 만약의 비상 상황을 대비해 탑재했을 뿐 실제로 사용하는 것은 계획에 없던 일이었다. 이 워프를 가동시키거나 중지하는 것은 워프 구동 가능자로 승인을 받아 운항 시스템 내에 등록된 사람만 가능했는데, 실제로 사용하는 경우가 생기리라고는 예상하지 못했으므로 워프 구동자로 지정된 사람은 선내 승선자 전원을 통틀어 선장, 부선장, 선임 조종사, 부조종사, 이렇게 네 명이었다. 워프를 가동하려면 일단 선장의 명령이 있어야 하고, 선장이 명령했다고 가정할 경우 지정된 네 명 중 두 명이 차례로 비밀번호를 입력한 뒤 열쇠를 한 사람당 두 개씩 지정된 위치에 꽂아 돌리고 나서 마지막으로 화면에 손바닥을 눌러서 장문(掌紋)을 스캔해야 한다. 이 세 가지 절차 중 하나라도 생략될 경우 워프 기능을 가동하거나 중지시킬 수 없다.

부조종사의 시신이 훼손되어 손바닥이 남아 있지 않으며, 부선장은 감염된 데다 행방불명이었기 때문에, 이미 가동된 워프를 중지할 수 있는 사람은 이제 선장과 선임 조종사뿐이었다. 그러나 선임 조종사는 조종실을 나와서 자기 방에 갇힌 후로 계속 물을 달라고만 요구했고 그 외의 모든 대화를 거부했다. 선장 직권으로 선임 조종사를 강제로라도 조종실로 데려가 워프를 중지시켜야 한다는 명령이 내려오자 감염의 위험성을 이유로 들며 반대하는 사람들이 나타나서 잠시 논란이 벌어졌다. 마침내 승무원들이 방으로 가 보니 선임 조종사는 자기 왼손을 손목부터 잘라내어 깨끗이 먹어버린 후 오른손 손바닥을 절반 정도 뜯어먹는 중이었다. 잘린 왼손 손목에서 솟아나오는 피를 맛있다는 듯이 핥아먹으면서 선임 조종사는 자신을 데리러 온 승무원들을 향해 피투성이 얼굴로 웃었다. 그는 곧바로 의무실로 옮겨져 침대에 고정되었으나 얼마 못 가서 출혈과다로 사망했다. 시신의 오른손을 절단하여 스캐너에 읽혀 보았으나 손바닥이 절반 정도 사라졌기 때문에 장문을 읽을 수 없어 오류 메시지만 떠올랐다.

이런 모든 상황이 벌어지는 동안에도 우주선은 좌표도 방향도 알 수 없는 무한의 공간 어딘가로 초고속 워프를 계속 진행하고 있었다. 워프를 정상적인 방법으로 중지시킬 수 있는 사람 네 명 중에서 한 명은 사라졌고 두 명은 죽었으며, 죽었다는 사실이 중요한 게 아니라 시신의 손이 남지 않았으니 장문을 입력할 수 없다는 사실이 중요했다. 워프를 정말로 중지시켜야 한다면 이 시점에서 현실적으로 가능한 방법은 우주선의 모든 기능을 전면 비상 정지시키는 것이었다. 물론 초고속으로 워프 중인 우주선을 갑자기 운항 정지시켰을 때 어떤 일이 벌어질지 나 같은 문외한조차 대강 짐작은 할 수 있었다. 그러므로 승무원들 사이에서는 반대 의견이 엄청났다. 그러나 달리 마땅한 대안이 없었다. 이대로 워프를 계속하다가 언젠가 우주의 끝에 도달해서 한 번 더 워프를 하면 출발점으로 되돌아갈 수 있을지도 모른다는 농담 같은 의견이 진지하게 제기되었으나 묵살당했다. 그 외에도 여러 가지 황당한 방안들이 제시된 끝에 결국 논쟁은 전면 비상 정지 문제에 집중되었으며 선내에 있는 모든 사람들은 찬성하는 파와 반대하는 파의 두 부류로 나뉘어서 대립했다

나는 이 두 파 중 어느 쪽에도 끼지 않았다. 논쟁을 벌여봤자 아무 소용도 없으리라는 사실을 이미 잘 알고 있었기 때문이다. 조종실에서 비상사태가 벌어진 순간부터 나는 선장의 명령으로 지구에 상황을 전달하고 있었다. 물론 지구에서 무슨 유용한 대응 방안을 마련해줄 것이라는 기대는 처음부터 하지 않았다. 그러나 우주선에 발생한 비상사태의 구체적인 성격에 대해 보고하자마자 관제센터와의 교신이 끊어졌다. 이후 3분마다 계속 재교신을 시도했으나 더 이상 아무런 답신도 오지 않았다.

이것이 무엇을 의미하는지는 명백했다. '전염병'을 피해 달아난 우주선에서조차 감염자가 발생하자 지구 측에서 우리를 버린 것이다.

보고를 듣고 나서 선장은 한동안 침묵을 지켰다. 한참 기다린 끝에 내가 조심스럽게 물었다.

"어떻게 하면 좋겠습니까?"

"…… 잘 된 거죠."

"예?"

선장은 잠깐 나를 마주보았다.

"다 잘 될 거라고요."

선장은 손을 들어 입가를 비볐다.

"계속 재교신 시도하세요. 답변이 올 때까지."

그리고 선장은 워프 비상 정지 문제를 논의하기 위해 회의하러 갔다.

선장을 포함한 운항 관계자들이 모여서 회의를 진행하는 동안, 기술적인 문제에서 소외된 의사와 과학자들도 자체적으로 모여서 토론을 벌였다. '전염병' 퇴치에 전혀 소용이 없어서 우주선에 왜 탔는지 알 수 없었던 몇 안 되는 물리학자들이 이 기회를 놓치지 않고 목소리를 높였다. 이들이 원론적인 논쟁에 빠져들어 끝도 없는 갑론을박을 되풀이하는 동안 워프의 원리나 우주선 운항에 대해 전혀 모르는 나머지 의사와 생물학자, 임상병리학자, 유전공학자, 화학자와 약학자들은 별 소득도 없이 그저 앉아서 지켜보며 시간만 낭비할 뿐이었다. 그 와중에 내과의사가 옆에 앉아 있던 유전공학자의 귀를 물어뜯었다.

유전공학자의 비명과 함께 회의실은 아수라장이 되었다. 안에 있던 사람들은 밖으로 도망쳐 나오려 했으나 그 전에 상황실 승무원들이 이미 CCTV를 통해 의과학 회의실에서 감염자가 발생한 것을 보고 즉시 출입문을 폐쇄했다(선임 조종사 사건이 있은 후로 선내 보안 조치가 강화되었으며 새로운 비상 행동 지침이 내려왔다). 회의 중이던 사람들이 모두 출입구로 달려가 폐쇄된 문을 두드리면서 비명을 지르는 가운데 내과의사는 몸부림치는 유전공학자를 계속해서 뜯어먹었다.

그러다가 문을 두드리던 사람들 중에서 생물학자 한 명이 내과의사에게 달려들어 주먹을 날렸다. 불의의 습격을 받은 내과의사는 뒤로 넘어졌고, 생물학자는 쓰러진 내과의사에게 달려들어 계속해서 주먹세례를 퍼부었다. 한편 간신히 내과의사에게서 풀려난 유전공학자는 온통 피투성이가 된 채 너덜너덜해진 얼굴을 양손으로 감싸 쥐고 울부짖고 있었다. 그러자 일제히 출입문으로 몰려갔던 의사와 과학자들 중에서 일부는 직업적으로 훈련된 본능을 발휘하여 유전공학자에게 달려가서 응급처치를 해주기 시작했다. 다른 일부는 생물학자와 내과의사에게 덤벼들어 주먹질을 말렸다. 그 중에서 한 임상병리학자가 생물학자에게 달려들어 의자로 내리쳤다. 생물학자가 쓰러지자 임상병리학자는 발로 차기 시작했다. 그러자 내과의사가 이번에는 임상병리학자에게 덤벼들었다.

그리하여 회의실 안의 인원은 세 부류로 갈라졌다. 몇몇 의사들은 비명은 멈추었으나 이제는 쇼크 상태에 빠진 유전공학자에게 할 수 있는 한 최선의 의과적 처치를 해 주는 데 몰두했다. 다른 일부의 사람들은 문에 여전히 매달려 있었으나 이제는 고함을 멈추고 두드리는 것도 포기한 채 망연자실해 있었다. 그리고 그 와중에도 내과의사와 생물학자와 임상병리학자와 이들을 말리려는 사람들과 내과의사에게 덤벼들려는 사람들 간의 마구잡이 주먹다짐은 계속되었다.

이 난장판 싸움이 잠시나마 멈춘 것은 부상당한 유전공학자를 돌보던 의사들 중 한 명이 유전공학자의 목을 물어뜯었기 때문이었다. 찢긴 경동맥에서 천장을 향해 선혈이 분수처럼 뿜어 나왔고, 유전공학자 주변에 서 있던 사람들은 기습적으로 쏟아지는 뜨뜻미지근한 피를 뒤집어쓰고 깜짝 놀라서 물러났다. 싸우던 사람들도 일시적으로 주먹질을 멈추었다.

그 틈을 타서 생물학자와 임상병리학자에게 언어맞던 내과의사가 벌떡 일어나더니 유전공학자에게 달려와서 함께 뜯어먹기 시작했다. 그러자 내과의사를 공격했던 생물학자도 비틀거리며 몸을 일으켜 임상병리학자를 뿌리치고 달려와서 내과의사에게 다시 덤벼들었다. 이 시점에서 내과의사는 아직도 숨이 완전히 끊어지지 않은 채 경련하는 유전공학자의 윗도리를 헤치고 옆구리부터 뜯어먹으려는 중이었다. 그러나 지켜보던 사람들의 예상과는 달리 생물학자는 내과의사에게 덤벼들어 뒷덜미를 깨물었다.

이제는 누가 감염되었고 누가 정상인지 구분할 수 없게 되었다. 감염 여부뿐만이 아니라 누가 제정신을 유지하고 있으며 누가 일시적인 (혹은 영구적인) 정신이상을 일으켰는지도 구분할 수 없었다. 감염되었다고 해서 반드시 정신착란을 일으켰다고 확신할 수는 없었다. 오히려 감염되지 않은 사람이 충격으로 인해 착란 상태에 빠질 확률이 더 높았다. 그러나 상황실에서는 이런 세세한 구분에 집착하지 않았으므로 출입문을 전반적으로 폐쇄한 채 열어주지 않았다.

우주선에 탑승해 있던 의사와 과학자들 중 약 3분의 2 정도가 이 회의실에서 죽었다. 전체 승선 인원으로 따지면 절반이 넘는 숫자였다.

회의실 안에 있는 사람들이 전원 사망한 것으로 확인되기까지 이후 124시간 정도 더 걸렸다. 그 5일 동안, 회의실 안에 갇혀 서로를 뜯어먹는 사람들도, 그런 사람들을 모니터를 통해 지켜보는 사람들도, 모두 함께 미쳐갔다.

생존의 희망 같은 건 이제 아무 의미도 없었다.

의과학 회의실은 영구 폐쇄되었다. 나는 정기적으로 상황실 화면을 점검해서 여전히 아무런 연락도 없는 지구 관제센터와 고국의 통신실 양쪽으로 상황을 요약 전송하고 오지 않는 답변을 기다리며 컴퓨터 화면을 멍하니 응시했다. 그러다가 우주선의 밑바닥으로 내려갔다.

녀석은 그곳을 우주선의 '뱃속'이라고 표현했다. 마치 우주선이 기계 덩어리가 아니라 거대한 고래라도 되는 것처럼. 그 뱃속 깊숙한 곳의 작고 아늑한 공간으로 파고 들어가서 거미줄처럼 얽힌 파이프와 전선에 등을 기대고 반쯤 누운 채로 녀석은 신의 뜻에 따라 고래 뱃속에 삼켜졌다가 살아난 사나이의 이야기를 들려주었다.

"신의 뜻? 그런 걸 믿어?"

나는 어이가 없어서 물었다. 그러나 녀석은 어디까지나 진지했다.

"서구 종교에서 말하는, 인간과 유사하고 독자적인 인격을 지닌 유일신을 말하는 게 아냐. 사람의 힘으로 그렇게까지 구체적인 면면을 다 이해할 수 있다면 신이 아니겠지. 하지만 이 우주에 인간의 오감과 지능으로 인지하고 이해할 수 있는 범위를 훨씬 넘어서는 어떤 위대한 존재가 실제로 있다는 건 믿어."

이어서 녀석은 내 눈을 지그시 들여다보면서 물었다.

"설마 믿지 않는다고 말하려는 건 아니지? 우주에 나와 있으면서, 이 광활하고 무한한 공간을 아침저녁으로 마주 대하면서 어떻게 인간보다 더 큰 존재를 믿지 않을 수가 있어?"

나는 이 문제에 대하여 녀석과 사고방식이 전혀 달랐다. 그러므로 내가 보일 수 있는 반응은 그저 곤란한 표정으로 어깨를 움찔해 보이고 입을 다무는 것뿐이었다.

잠시 어색한 침묵이 흘렀다. 나 때문에 기분이 상한 게 아닐까 슬슬 걱정이 되기 시작하던 차에 녀석이 먼저 입을 열었다.

"위의 상황은 어때?"

"좋지 않아."

내가 짧게 대답했다.

조금 생각하고 나서 녀석이 다시 물었다.

"왜, 자세히 말할 수 없어?"

"아니, 말하고 싶지 않아."

내가 고개를 돌렸다.

"희망이 없어……. 전혀."

녀석은 다시 조금 생각했다. 그리고 불쑥 말했다.

"생각컨대, 희망이란 본시 있다고도 할 수 없고, 없다고도 할 수 없다."

이건 또 무슨 소린가. 내가 아무 말도 하지 않자 녀석이 옆에서 중얼거렸다.

"아주 옛날에 중국의 어느 작가가 소설에다가 그런 말을 썼대."

그리고 또 조금 뒤에 녀석은 덧붙였다.

"고향에 돌아가는 것에 관한 소설이었어."

"중국 소설도 읽어?"

내가 묻자 녀석은 자랑스럽게 대답했다.

"그럼, 내가 얼마나 공부를 많이 하는데."

'공부'란 학술 서적이나 논문을 읽거나 쓰는 행위다. 소설을 읽는 것은 '공부'라고 할 수 없다. 그러나 나는 우리의 불문율에 따라 아무런 반박도 하지 않고 그저 고개만 끄덕였다.

녀석이 말을 이었다.

"희망은 그러니까, 있다고 생각하면 있는 거야. 우주는 무한히 넓고 크지만, 그 안의 모든 공간, 모든 행성과 혹성, 위성을 지배하는 법칙이라는 게 있잖아. 우리가 여기까지 오게 된 데에도 이유가 있고 목적이 있을 거야.

우리는 그 목적을 이루기만 하면 되는 거야."

녀석의 말을 듣자 어쩐지 우주선이 처음 출항했을 때 종종 들었던 '우리는 이제 '전염병'의 치료약만 찾아내면 되는 거야'라는 의사들의 농담이 생각났다. 공허하고, 무의미하고, 쓰라렸다.

"언젠가 꼭, 우리도 고향으로 돌아갈 거야. 지구로 돌아가서 인류를 구해내고 희망을 찾을 거라고. 희망이란, 있다고 생각하면 있는 거니까."

말하면서 녀석은 친근하게 내 어깨를 툭 쳤다.

녀석은 '공부'를 제대로 하지 않은 모양이었다. 그 오래된 중국인 작가의 소설이, 주인공이 오랜만에 고향으로 돌아가서 절망과 좌절만 겪게 되는 이야기라는 것을 나는 굳이 설명해주지 않았다.

그때, 선장이 나타났다.

선장은 마치 어둠이 뱉어낸 것처럼 불쑥 모습을 드러냈다. 녀석과 나는 황급히 몸을 일으켰고, 녀석은 그러다가 바로 이마 위에 있던 파이프에 머리를 부딪쳤다. 녀석이 짧은 비명을 지르며 머리를 움켜쥐고 쩔쩔매자 선장은 반사적으로 녀석의 얼굴을 향해 손을 뻗었다.

"괜찮아요? 내가 놀라게 했나?"

"아뇨……. 아닙니다."

선장은 녀석의 관자놀이를 한 손으로 감싸잡고 밀어서 얼굴을 한쪽으로 젖혔다. 녀석은 어쩔 줄 모르며 피하지도 못하고 선장이 하는 대로 고개를 움직였다.

"좀 봅시다……. 의무실로 가는 게 낫지 않나?"

"아뇨, 괜찮습니다."

녀석의 얼굴을 보고 선장은 조금 심술궂은 웃음을 띠었다.

"근무 시간 중에 위치를 이탈한 것 때문에 걱정돼서 그럽니까?"

"근무 시간 중은 아니었습니다. 지금은 비번입니다."

내가 옆에서 얼른 끼어들었다. 선장이 녀석의 얼굴을 잡았던 손을 놓았다.

"선내에 비상이 걸렸는데 근무 중이든 아니든 거취가 불분명하면 안 되지요. 상급자한테 허락받고 이런 데 내려와 있지는 않을 거 아닙니까?"

녀석의 사정은 모르겠지만 내 경우 그 말은 사실이었다. 내 상급자라면 선장인데, 나는 우주선 밑바닥에 숨어 있어도 된다는 선장의 허락을 받은 적이 없었다.

"죄송합니다."

"됐어요. 다음부터는 이러지 맙시다."

그리고 선장은 나타났을 때와 마찬가지로 갑자기 어둠 속으로 사라져 버렸다.

방금 일어난 일이 아무래도 현실 같지 않아서 나는 녀석과 함께 멍하니 서 있었다.

"선장이 여긴 도대체 어떻게 알았지?"

내가 중얼거렸다. 그러나 녀석은 대답하지 않고 관자놀이에 한쪽 손을 댄 채 고개를 숙이고 가만히 있었다.

"왜 그래? 많이 아파?"

녀석은 대답하지 않았다. 여전히 머리에 손을 댄 채, 돌연히 걷기 시작했다.

"어디 가?"

내가 당황해서 불렀다. 그러나 녀석은 여전히 아무 대답도 없이 성큼성큼 어디론가 걸어갔다.

"왜 그래? 무슨 일이야?"

계속 부르면서 나는 따라갔다.

녀석은 한 손을 그대로 머리에 댄 채 다른 한 손으로 거미줄처럼 연결된 파이프를 잡고 한동안 말없이 걸었다. 그러다가 우뚝 멈춰 섰다. 머리에 댄 손을 내리지 않고 한 손만으로 허리춤에 찼던 휴대용 손전등을 꺼냈다. 사방을 비춰 보았다.

"뭐야? 왜 그래?"

나는 헐레벌떡 녀석을 따라잡아 어깨를 붙들고 돌려세웠다. 손전등의 빛이 눈부셨다. 녀석의 얼굴을 보고 나는 깜짝 놀랐다.

"피가 많이 났잖아? 아까 심하게 부딪친 거야? 의무실로 가자."

녀석은 괴이하게 무표정한 얼굴로 내 눈을 들여다보다가 갈라진 목소리로 말했다.

"내 피가 아냐."

"엉?"

"내 피가 아니라고."

그리고 녀석은 돌아서서 어딘가를 비추었다. 나는 녀석의 손전등 불빛을 따라 시선을 돌렸다.

그곳에는 한쪽 뺨을 물어뜯기고 흉부에서 하복부까지 온통 파먹힌 부선장의 시체가 널브러져 있었다.

선장과 부선장 중에서 어느 쪽이 먼저 감염되었을까. 혹은 처음부터 부선장은 감염되지 않고 선장만 감염되어 있었던 건가. 이제 와서는 별 의미가 없는 그런 생각을 하면서 나는 부선장의 시신을 멍하니 내려다보았다. 녀석도 옆에 서서 손전등을 비출 뿐, 감히 시신에 가까이 가려 하지 않았다.

"시체를 직접 보는 건 처음이야……."

녀석이 중얼거렸다. 그러나 나는 그 말에 대답할 여유가 없었다.

"시신의 오른손이 없어."

"응?"

녀석이 되물었다. 내가 다시 말했다.

"시신의 오른손이 없다고."

위기의 순간이 되면 사람의 두뇌 속에서 시냅스의 전기 신호도 일종의 워프를 하는 모양이다. 물론 그렇게 워프해서 얻어낸 생각이 객관적으로 옳은지 그른지는 확신할 수 없다. 부선장의 오른손은 뜯어 먹힌 것이 아니라 손목부터 뼈째로 깨끗하게 잘려나갔다. 그것을 본 순간 내 머릿속에는 지구와 교신이 끊어졌다고 보고했을 때 '잘 된 거죠'라고 대답하며 한 손을 들어 입가의 미소를 가리던 선장의 얼굴이 떠올랐다.

부선장의 손이 있으면, 오른손이든 왼손이든 장문만 온전히 남아 있으면, 선장은 워프를 마음대로 가동하거나 중지시킬 수 있다. 그러므로 이 우주선을 말 그대로 우주 어느 곳으로든 조종해 갈 수 있게 된다. 선내에 사람이 남아 있는 한 식량도 조달된다. 선장은 지구로 돌아갈 생각이 없는 것이다. 애초에 지구 따위 어떻게 되든 상관이 없었던 것이다.

"불시착을 해야 돼."

"뭐?"

나는 녀석을 향해 돌아섰다. 그러나 꼭 녀석을 향해서라기보다는, 알지 못할 누군가를 향해 외쳤다.

"워프를 멈춰야 돼. 아무 데라도 좋으니 불시착을 해야 돼. 이 우주선에서 나가야 돼."

"무슨 소리야? 왜 불시착을 해? 지구로 돌아가야……."

나는 녀석의 말허리를 잘랐다.

"지구로는 돌아갈 수 없어. 이 우주선에 계속 있다간 우리 모두 죽어. 어떻게든 여기서 나가야 돼."

"돌았나?"

녀석이 뭔가 더 말하려 했지만 내가 고함을 질러서 말을 막았다.

"너도 봤잖아. 선장이 감염됐어. 선장 눈에 우린 모두 먹이일 뿐이라고. '전염병'을 치료하게 내버려둘 것 같아? 지구로 얌전히 돌아가 줄 것 같냔 말이야!"

녀석은 잠시 아무 말도 하지 않았다. 내가 물었다.

"워프 중지시킬 수 있어? 이 우주선 착륙시키는 방법 알아?"

"혼자서는 못 해."

녀석이 고개를 저었다. 내가 다시 입을 열었다. 의도와는 달리 목소리가 비명처럼 커졌다.

"그럼 사람들을 모아야지. 남은 사람들 중에서 감염되지 않은 사람을 모아서 ……."

"누가 감염되고 안 됐는지 어떻게 구분할 건데? 방금 선장님 봤잖아. 내 얼굴에 피 묻힐 때까지 감염된 거 눈치라도 챘어?"

녀석이 어린애를 타이르듯 차분히 말했다. 이번에는 내가 대꾸할 말을 잃었다.

"구명정이 있어."

녀석이 잠시 생각한 후에 조용하지만 단호하게 선언했다.

"탈출하자."

솔직히 말하자면 구명정이라는 물건에 대해서는 생각도 하지 못했다. 이 우주선에도 그런 것이 구비되어 있을 줄은 정말로 몰랐다. 생각해 보면 이 우주선 자체가 지구 상황에서 탈출하기 위한 일종의 구명정이었다. 구명정에서 도망치기 위한 구명정이라.

그러나 어떤 발상이든, 모든 상황을 단번에 해결해줄 만능 해결책이란 본래 없는 법이다.

"우주선에 딱 한 척밖에 없어."

녀석이 빠르게 말했다.

"그리고 지금은 못 가."

"왜? 어째서?"

내가 조급하게 물었다. 나도 점점 말이 빨라지고 있었다.

"워프 중이잖아. 지금은 해치가 안 열려서 못 나가."

온몸의 기운이 쭉 빠졌다.

녀석도 한동안 말이 없었다. 그러다가 갑자기 나를 보고 입을 열었다.

"일단 비상 정지부터 해보자."

"어떻게?"

"나도 자세히는 몰라. 하지만 부선장급 이상 보안 승인이 있으면 직권으로 비상 정지시킬 수 있다고 들었어. 좀 더 알아볼게."

내 표정을 보더니 녀석은 다시 친근하게 어깨를 툭 쳤다.

"일단 돌아가. 여기 너무 오래 있었어. 뭐라도 좀 알게 되면 연락할게."

"부선장급 보안 승인을 무슨 수로 뚫으려고?"

간신히 제정신을 차린 후에 내가 돌아서서 가려는 녀석의 뒤통수에 대고 물었다.

"몰라. 그래도 일단 뛰어들면 어떻게든 되겠지."

녀석은 이렇게 말하고는 싱긋 웃었다. 그리고 몸을 돌려서 방금 선장이 했던 것처럼 우주선 뱃속의 어둠 속으로 사라져 버렸다.

부선장급 이상의 보안 승인이라면 녀석보다는 내가 알아보는 쪽이 빠를 것이다. 위층으로 올라가면서 나는 생각했다.

물론 그 부선장급 이상의 보안 승인을 내가 직접 얻어낼 수 있다는 말은 아니다. 그러나 나는 선장실을 수시로 출입해 왔으며 지금도 마음만 먹으면 별 이유 없어도 의심 받지 않고 들어갈 수 있다. 선장이 감염된 것으로 밝혀진 지금으로서는 선장실에 접근하기가 대단히 꺼림칙하기는 하지만, 아직은 다른 사람을 먹고 싶은 욕구가 전혀 없으니 일단 나 자신은 감염되지 않았다고 간주해도 좋을 것이다.

그런데, 선장실에 잠입할 수 있다 쳐도, 들어가서 도대체 뭘 찾아내야 한단 말인가? 선장의 개인 식별번호라면 알고 있었지만, 그것만으로 해결될리는 없었다. 뭐가 더 필요할까? 보안카드? 비밀번호? 아니면 워프를 가동할 때처럼 열쇠가 있어야 하나? 비상 정지 절차가 정확히 어떻게 되는지 녀석에게 좀 더 자세히 물어볼 걸 그랬다.

녀석에게 전화했다.

"사실은 나도 잘 몰라. 그냥 주조종실에서 할 수 있다는 것만 알고 있어."

"주조종실?"

거긴 선장실보다도 더 위험하다. 의과학 회의실과 더불어 선내에서 절대로 근처에도 가고 싶지 않은 장소 0순위다.

"다른 데서는 안 되고?"

"주조종실에서만 될 거야. 내가 알기론 그래."

전화를 끊고 엘리베이터에서 내렸다. 긴 복도를 천천히 걸어 방으로 돌아오면서 나는 고민했다.

방으로 들어왔다. 컴퓨터 앞에 앉았다. 가만히 화면을 응시했다.

기다린다고 해서 구원이 저절로 찾아오는 것은 아니다.

일어섰다.

우주복을 가지러 갔다.

완전히 밀폐된 우주복을 입고 깜깜한 복도를 걷는다기보다는 둥둥 떠서 주조종실 쪽으로 다가가면서 나는 잔뜩 긴장해서 마른침을 꿀꺽 삼켰다.

주조종실과 의과학 회의실은 모두 우주선의 가장 위층에 모여 있었다. 감염자가 발생한 이후로 구역 전체가 폐쇄되었다. 전기 공급도, 온도 조절도, 인공 중력 조절도 모두 중단됐다. 복도는 칠흑 같은 어둠에 잠겨서, 가면 갈수록 너무 길었다. 미약한 손전등 불빛이 지나갈 때마다 벽에 하얗게 얼음이 덮인 것이 언뜻언뜻 보였다.

그리고 마침내 복도 끝에 조종실 문이 보였다. 정확히 말하자면 문에 십자로 쳐놓은 출입금지 테이프가 보였다. 그 테이프 뒤의 문은 밀폐되어 있다. 경보를 울리지 않고 문을 열 수 있을지, 나는 조금 자신이 없었다.

그러나 가까이 다가가서 보니, 출입금지 테이프는 그대로인데 주조종실 문은 반쯤 열려 있었다.

믿을 수가 없어서 나는 멍하니 들여다보았다. 손을 뻗어 벌어진 문 사이로 들이밀어 보았다. 착각이 아니었다. 문이 열려 있었다.

잠시 망설이다가, 나는 열린 문 안으로 들어섰다.

주조종실 역시 복도와 마찬가지로 깜깜했다. 어둠이 눈에 익기를 기다렸으나 한참이 지났는데도 여전히 아무 것도 보이지 않았다. 혹은, 실제로는 아주 짧은 시간이었지만 내가 견딜 수 없었던 것이었는지도 모른다. 어쨌든 고민하다가 나는 손전등을 켰다.

지나치게 깜깜한 곳에 갑자기 빛을 비추니 오히려 한동안 앞이 전혀 보이지 않았다. 간신히 사방이 눈에 들어오기 시작했지만 조종 장치를 내가 본다고 뭔지 알 리가 없었다. 게다가 바닥부터 천정까지 뒤덮인 핏자국을 보자 한 순간 눈앞이 어지러웠다.

무턱대고 들어온 건 실수였다는 생각이 들기 시작했다. 녀석에게 다시 전화해야 할까? 영상 통화로 주변을 비춰 보여주면 비상 정지 장치를 찾아 낼 수 있을지도 모른다.

우주복에 붙어 있는 장갑은 둔해서 전화기를 잘 쥘 수 없었다. 몇 번 엉뚱한 버튼을 누르며 더듬거리는 동안 마음은 점점 급해졌고 그와 함께 손은 점점 더 서툴러졌다. 그때, 어둠 속에서 뭔가 소리가 들렸다.

나는 동작을 멈추었다. 귀를 기울였다.

내가 낸 소리일지도 모른다. 나는 우주복이 익숙지 않다.

다시 전화기와 씨름하기 시작했을 때, 벽 한쪽 구석에서 다시 부스럭거리는 소리가 들렸다. 그와 함께 어딘가의 화면에 불이 들어왔다.

머릿속에서는 '누구야!'라는 말이 비명처럼 떠올랐지만 목소리가 되어 나오지 않았다. 대신 몸이 반사적으로 그 방향을 향했다. 손전등 불빛이 소리 나는 쪽을 비추었다.

거리가 멀었고, 손전등은 작았다. 불빛은 완전히 미치지 못했다. 그러나 화면에서 비추어 나오는 희미한 빛을 받으며 누군가의 얼굴이 어둠 속에서 둥실 떠올랐다.

부선장의 옆얼굴은 화면에서 흘러나오는 빛을 역광으로 받아 윤곽만 환하게 보였다. 나머지 부분은 오히려 더 짙은 어둠 속에 잠겨 있었다. 그런 어둠 속에서도 왼쪽 뺨이 뜯어먹혀 사라진 것이 언뜻 눈에 띄었다. 그 구멍 안쪽으로 치아와 턱뼈가 하얗게 빛났다.

절반이 뜯겨나가 뼈만 남은 얼굴로 부선장은 싱긋 웃었다. 그리고 인사라도 하듯이 왼손을 들어 보였다.

부선장이 죽은 왼손을 화면에 갖다 댄 순간, 우주선의 모든 기능이 정지되었다.

충격이 굉장했다는 것 외에는, 잘 기억이 나지 않는다.

뒤흔들렸다. 한두 번 튕겨나간 정도가 아니라, 약병 속에 알약을 잔뜩 넣고 병을 거꾸로 들어 뒤흔들 때 그 알약이 된 느낌이었다. 중간에 잠깐 정신을 잃었던 것도 같다. 몇 번이나 기절했는지, 혹은 다시 깨어나기까지 얼마나 오래 걸렸는지는 알 수 없다. 몇 번인가 눈앞이 환해졌고, 다시 깜깜해졌다.

그런 와중에도 정신을 차릴 때면 계속 주조종실 안을 둘러보았던 것이 생각난다.

물론 조종실 안에는 나 혼자뿐이었다.

먹혀 죽어서 부선장 같은 꼴이 되는 것보다는 이렇게 혼자 죽는 편이 낫다고 순간적으로 생각했다. 두려워하거나 슬퍼할 여유는 없었다.

녀석이 어떻게 나를 찾아냈는지는 알 수 없다. 줄곧 뭔가 말하려 하는 것 같았는데, 입이 움직이는 것은 보였지만 소리가 전혀 들리지 않았다. 내 팔을 붙잡고 둥둥 뜬 채로 조종실 밖으로 끌어낸 뒤에 녀석은 내 우주복 허리에서 튀어나온 고리를 잡고 쭉 끌어당겨 자기 우주복 허리에 연결했다(그런 용도의 그런 장치가 우주복에 붙어 있다는 걸 전혀 몰랐다). 그리고 헤엄치듯 복도를 떠 가기 시작했다. 나도 따라서 떠 갔다.

우리 외에도 복도에는 여러 가지가 떠 다녔다. 어둠. 불. 물. 시체. 피. 한때는 사람의 몸이었던 다양한 조각들.

죽음과 나 사이를 막아주는 것은 고작 우주복 한 겹뿐이었다.

지옥을 유영하면서, 이것이 실제 상황이라고는 도저히 믿을 수 없었다.

녀석과 나를 연결해주는 허리끈을 잡아당겼다. 녀석이 돌아보았다.

"어떻게 된 거야?"

내가 소리쳤다.

"내가 조종실에 있는 건 어떻게 알았어?"

녀석이 왼손 손목을 가리켰다. 나는 손목을 쳐다보았다. 색색가지 스위치 같은 것이 눈에 들어오기는 했지만 머릿속에 그 의미가 전혀 전달되지 않았다. 녀석이 허리끈을 잡고 끌어당겼다. 나는 확 끌려갔다. 녀석이 직접 내 손목의 어떤 스위치를 눌렀다.

─나도 조종실로 가고 있었어.

녀석의 목소리가 귓가에 천둥처럼 울렸다.

─너랑 같은 걸 찾고 있었다고.

귀가 쩌렁쩌렁 울려서 아플 지경이었다. 그러나 녀석은 아랑곳하지 않고 소리쳤다.

─우주선이 폭발할지도 몰라. 빨리 가야 돼.

승선하기 전에 훈련받을 때 우주복을 입는 훈련도 분명히 받았다. 통신 장치가 있으니 음량 조절 장치도 손목 어딘가에 붙어 있을 것이다. 그러나 들여다보아도 찾을 수가 없었다. 녀석이 더 이상 아무 말도 하지 않아서 다행이었다.

녀석은 다시 고개를 돌리더니 복도를 헤엄쳐 가기 시작했다. 녀석이 벽 위쪽에 붙은 안전 손잡이를 하나씩 잡으며 나아가는 모습이 그제야 눈에 들어왔다. 나도 손잡이를 잡으며 따라갔다.

문이 나올 때마다 어쩐지 잠겨 있을 거라고 생각했지만, 양옆으로 밀자 예상 외로 쉽게 열렸다. 비상 정지 상태에서는 모든 기능이 해제되므로 잠금 장치도 아마 작동하지 않는 것 같다. 녀석을 기계적으로 따라가면서 나는 멍한 상태로 별 도움이 되지 않는 그런 생각을 하고 있었다.

복도를 얼마나 지났는지, 문을 몇 개나 열었는지 잘 모르겠다. 문을 밀어 열 때마다 시체 혹은 시체 조각들이 둥둥 떠 왔다. 가끔은 난데없는 물벼락을 맞기도 했다. 그래도 그런 건 비교적 어렵지 않게 참아 넘길 수 있었다.

드디어 열리지 않는 문을 맞닥뜨렸을 때, 어쩐지 올 것이 왔다는 생각이 들었다. 그러나 가만히 서 있는 나와는 달리 녀석은 문에 달려들어 잡아당기기 시작했다.

—너도 당겨! 열어야 될 거 아냐!

녀석의 목소리가 머릿속을 쩌렁쩌렁 울렸다.

빌어먹을 음량 조절 장치를 빨리 찾아내지 않으면 우주선 탈출하기 전에 청각에 이상이 올 것이 확실하다. 그러나 대꾸할 여유도, 물어볼 방법도, 녀석에게 내 의사를 전달하기 위해 송신장치를 찾아낼 시간도 없었다. 나도 반대쪽 문짝에 달라붙어 당기기 시작했다. 중력이 없으니 몸을 지탱하고 일정한 방향으로 힘을 모으기가 매우 어려웠다.

문이 조금씩 흔들리는 것이 느껴졌다. 녀석이 나를 쳐다보았다. 더 힘주어 잡아당겼다.

돌연히 문이 양 옆으로 확 움직였다.

안에서 불기둥이 뿜어 나왔다.

폭발의 여파로 잡고 있던 문짝을 놓쳤다. 녀석과 나는 선풍기 바람에 날린 종이 인형처럼 속절없이 밀려갔다. 허리가 끈으로 연결되어 있어서 중간에 녀석과 한 덩어리가 되어 구겨진 채 벽에 부딪혀 튕겨 나와 공중에서 몇 바퀴나 구른 후에야 멈출 수 있었다. 복도가 원형으로 휘어져 있지 않았더라면 반대쪽 끝까지 날아갔을지도 모른다.

녀석이 먼저 정신을 차렸다. 허리끈을 잡아당겨 거꾸로 떠 있는 나를 바로 세워 주었다.

나는 내가 거꾸로 뒤집혀 있다는 사실도 몰랐다. 눈에 초점이 돌아오기까지 억만년이 걸리는 것 같았다. 앞이 제대로 보이게 되고 나서도 머리는 여전히 어지러웠다.

"어떻게 된 거야?"

말을 해 놓고 나는 녀석에게 들리지 않는다는 사실을 깨달았다. 그러나 녀석은 어쨌든 알아들은 모양이었다.

—역류야.

목소리가 다시 귀청을 터뜨릴 듯이 울려 퍼졌다. 나는 양손으로 귀를 막는 시늉을 했다. 녀석은 처음에는 이해하지 못하고 다시 뭔가 말하려 했다. 내가 결사적으로 양팔을 휘저은 후에 다시 귀를 막는 시늉을 해 보였다. 녀석은 그제야 이해하고 내 손목을 잡아채더니 뭔가를 눌렀다.

—잘 들려?

목소리가 더 커졌다. 기절할 것 같다.

녀석이 다시 뭔가를 눌렀다.

—이제 괜찮아?

나는 고개를 끄덕였다. 아직도 귀가 좀 울렸다. 분명히 고막이 손상되었을 것이다.

—아마 문이 닫힌 채로 안에서 화재가 났을 거야. 밀폐된 상태로 불이 나니까 안쪽의 산소가 다 소진된 거고. 우리가 멋도 모르고 문을 열어서 산소

를 공급해 주니까 불길이 확 폭발한 거야.

녀석이 설명했다. 듣고 보니 그런 현상에 대해 어디선가 읽어본 적도 있는 것 같다.

"그럼 이제 어떡해?"

묻는 것과 동시에 녀석이 다시 말하기 시작했다. 아무래도 내 쪽의 송신 장치는 계속 꺼져 있는 모양이다.

─우주복은 어느 정도 방열이 되는 소재로 만들어져 있지만 그것도 한계가 있어. 저런 불을 뚫고 나갈 만큼은 못 돼. 게다가 어떻게든 지나간다고 해도, 통로로 나가는 반대쪽 문을 열면 불길이 다시 폭발할 수도 있어.

그리고 녀석은 몸을 휙 돌렸다. 허리끈이 연결되어 있었기 때문에 나도 확 잡아 채여 끌려갔다. 전진한다기보다 무작정 돌진하면서 녀석이 계속 중얼거렸다.

─저쪽이 빠른데, 지름길인데⋯⋯. 이쪽으로 돌아가면 시간이 더 걸릴 거야⋯⋯. 폭발까지 남은 시간⋯⋯. 우주복 안의 산소 잔량⋯⋯. 빨리 가야 돼⋯⋯.

사람이 다급해지면 초인적인 힘이 나온다는 말은 사실인 것 같다. 중력이 없으니 대체 몸을 가눌 수가 없는데 녀석은 어떻게 그렇게 민첩하게 움직이는 건지, 조금만 더 여유가 있는 상황이었다면 무척 신기했을 것이다. 허리가 끈으로 연결된 채 짐짝처럼 정신없이 끌려가면서 나는 녀석과 보조를 맞추는 것은 금방 포기했다. 그래도 인간다운 자존심을 유지하기 위해 최소한 거꾸로 뒤집힌 채 끌려가는 것만은 사양하고 싶었다. 허공에 둥둥 뜬 채로 끌려가면서 자세를 똑바로 유지하기 위해 나는 혼신의 힘을 기울였다.

그러다가 녀석이 갑자기 움직임을 멈추었다. 나는 간신히 상체를 바로 세웠다.

무슨 일이냐고 묻기 전에, 눈부신 손전등 빛이 앞을 가로막았다.

내 앞을 가린 녀석의 어깨 너머로 선장의 얼굴이 보였다.

선장은 혼자가 아니었다. 승무원들이 대여섯 명 정도 주위를 둘러쌌다. 모두들 어딘가를 다쳐서 조금씩 피를 흘리고 있었다.

아마도 마지막 생존자들인 것 같았다.

아마도, 전원 감염되었을 것이다…….

선장이 앞으로 한 걸음 다가왔다. 손전등 불빛이 정면으로 눈을 때렸다. 나는 눈살을 찌푸리며 손으로 가렸다.

눈이 멀 것 같은 손전등 불빛 속에서 선장의 입이 움직이는 것이 보였다. 그러나 뭐라고 말하는 건지 전혀 들리지 않았다. 선장도, 다른 승무원들도 우주복은 입고 있지 않았다.

드디어 청각에 전면적으로 이상이 온 것일까, 따위 쓸데없는 생각이 머릿속을 스쳤을 때, 녀석이 옆에서 중얼거리는 소리가 교신 장치를 통해 들려왔다.

―어떻게 하지?

"뭘?"

―선장, 감염됐잖아. 구명정을 같이 탈 수는 없어.

녀석이 고개를 돌려 나를 쳐다보았다.

―넌 군인이잖아. 어떻게 좀 해 봐.

선장을 '어떻게 해' 보라니, 혼자서 반란이라도 일으키란 말인가. 그러나 다시 생각해보면 지금 같은 상황에서는 반란이라는 말 자체가 별 의미가 없는 것 같기도 하다. 나는 살그머니 손을 들어 허리를 더듬었다. 평소에 선내에서 총을 차고 다니지는 않지만, 주조종실에 가기로 결심했을 때 만약의 사태를 대비하여 챙겨 두었다.

우주복 장갑에 싸인 손이 우주복 허리에 닿았다. 그때 문득 떠올랐다.

총을 서랍에서 꺼내 허리에 찼고, 그리고 나서 우주복을 가지러 갔다 ……

총을 꺼내려면 우주복을 벗어야 한다.

이렇게 위급한 상황에서 이렇게까지 멍청한 실수를 저지를 수 있다니, 믿을 수가 없을 지경이었다.

나는 녀석과 연결된 허리끈을 뗐다. 한 발 앞으로 나섰다. 자연스럽게 왼손 손목을 들어 올려 녀석이 아까 눌렀던 부근을 살펴보았다. 송신장치 버튼이 갑자기 눈에 들어왔다. 눌렀다. 필사적이라는 사실을 어떻게든 들키지 않으려고 나는 필사적으로 아무렇지 않게 행동했다.

─저쪽 통로로는 갈 수 없습니다.

헬멧 안에서 듣기에는 내 목소리가 괴상하게 울리는 것 같았다. 선장에게 들리기는 들리는 건지 의심스러웠다. 한껏 목청을 높여서 소리쳤다.

─통로에 화재가 발생했습니다. 반대쪽으로 돌아서 가셔야 합니다.

선장이 다시 뭐라고 입을 움직였다. 내가 고개를 저었다.

─안 들립니다.

선장이 자기 제복 어깨 부분에 부착된 버튼을 눌렀다. 귓가에 선장의 목소리가 곧장 들려왔다.

─어떻게 된 겁니까? 누가 비상 정지를 실행했죠? 피해 상황이나 생존 인원은 파악됐습니까?

─저도 모릅니다.

당신이 뜯어먹다 남겨둔 부선장의 시체가 되살아나서 우리 모두를 엿먹이고 있다고는 절대로 말할 수 없었다.

　―그걸 파악하려고 나왔습니다만 현재까지 생존자는 저희 외에 없는 것으로 보입니다.

　―피해 상황은?

　―절망적입니다.

녀석이 옆에서 끼어들었다. 이제야 정신을 차린 모양이었다.

선장이 고개를 끄덕였다.

　―구명정이 있다는 건 알고 있습니까?

다른 사람도 아닌 선장인데, 구명정에 대해 모를 리는 없다. 그러나 감염된 사람의 입에서 '구명정'이라는 말이 나오자 순간 눈앞이 깜깜해졌다.

선장이 태연하게 말을 이었다.

　―아래로 내려가야 합니다. 가면서 생존자가 더 있는지 찾아봅시다.

　―선장이 돼 가지고 지금 이 상황에서 배를 버리겠다는 겁니까?

녀석이 옆에서 또 끼어들었다. 말리고 싶었지만 그럴 틈을 주지 않았다.

　―우리끼리 도망가자고요? 그런 말이 입에서 나옵니까? 애초에 선내에서 최초 감염자가 발생했을 때 어떻게든 조치를 취했어야 하는 거 아녜요?

　―선장님한테 지금 무슨 소리를 하는 거요?

선장 곁에 서 있던 승무원이 앞으로 나섰다. 그러나 녀석은 고함을 지르기 시작했다.

　―선장은 무슨! 감염됐잖아! 처음부터 그런 계획이었던 거지! 조종사하고 짜고 이 우주선을 탈취해서 방해받지 않고 우릴 다 먹을 수 있는 곳으로 끌고 가려고 했던 거잖아!

　―무슨 소릴 하는 겁니까?

선장의 표정은 어디까지나 태연자약했지만, 목소리가 한 톤 기묘하게 높아졌다. 그러나 녀석은 상대방의 그런 섬세한 변화 따위를 눈치챌 만한 상태가 아니었다. 선장을 둘러싼 승무원들에게 소리치기 시작했다.

─모르겠어? 선장이 감염됐다고! 오래 전부터 감염되어 있었단 말이야! 부선장을 죽여서 먹었어! 당신들도 모두 먹을 거야!

그리고 녀석은 갑자기 벽을 박차고 앞으로 튀어나갔다. 허리끈을 미리 떼어두지 않았다면 나도 함께 잡아 채여 끌려갔을 것이다.

─구명정을 내줄 수는 없어! 당신들은 전부 감염됐어! 다 죽을 거라고, 모두 다!

이렇게 외치면서 녀석은 선장을 둘러싼 승무원들 사이를 뚫고 나가려 했다.

승무원들이 녀석에게 덤벼들었다. 선내 중력 조절이 중단되었으므로 모두들 공중에 뜬 채로 굉장히 서투르게 움직이고 있었다. 그래서 여러 명이 한꺼번에 녀석을 붙잡는 것은 결코 쉽지 않았다. 그러나 녀석도 역시 무중력 상태에 떠 있었으므로 쉽게 뿌리치고 달아날 수가 없었다.

선장은 움직이지 않고 그대로 서서 녀석과 대여섯 명 남은 승무원들이 한 덩어리가 되어 복도를 떠다니며 엎치락뒤치락 하는 모습을 조용히 지켜보았다. 그러더니 허리에 찼던 총을 빼들었다.

총이 눈에 들어온 순간, 내가 선장에게 덤벼들었다.

감염된 사람들의 가장 큰 문제점은 다른 인간을 먹잇감으로 간주한다는 사실이다.

음식은 내가 먹거나 혹은 언젠가 먹기 위해서 지니고 다니는 대상이지 동료가 아니다. 음식과 합심해서 함께 어떤 상황을 헤쳐나간다거나 하는 사람은 없다.

녀석이 승무원들 사이로 뛰어들자 처음에는 모두 다 녀석에게 덤벼들었다. 안 그래도 무중력 상태인데다 녀석은 우주복을 입고 있어서 특히나 움직임이 둔했다. 그러나 반대로 우주복이 웬만한 외부 충격은 모두 막아주었으므로 쉽게 제압할 수가 없었다.

그러자 녀석에게 덤벼들었던 승무원들 중 일부는 녀석을 포기하고 옆에 있던, 우주복을 입지 않은 다른 승무원에게 덤벼들었다.

선장은 무중력 상태에서 움직이는 것이 나보다 훨씬 익숙했다. 언젠가 훈련 중에 배운 대로 무기를 손에서 쳐서 떨어뜨리려 했지만, 중력이 없는 데다 우주복이 둔했기 때문에 아무리 팔을 휘둘러 봐도 총을 때려서 떨어뜨리기는커녕 총을 든 손을 제대로 치는 것도 쉽지 않았다. 게다가 또 생각해 보면, 무중력 상태에서 상대를 제압하는 훈련은 받아본 기억이 없는 것이다.

그러나 선장 입장에서는 나야말로 우주복으로 보호받고 있어서 때려도 차도 별 소용이 없었다. 그렇게 선장과의 싸움은 양쪽 모두에게 무익한 마구잡이 몸부림으로 변해갔다.

그러다가 어느 순간 선장의 총구가 나를 향했다. 그 까만 구멍이 눈에 들어오자 우주복에 방탄 기능도 있을까, 아마 없겠지, 죽고 나면 내 시체는 먹힐까 안 먹힐까, 선장에게 먹히고 나면 나도 부선장처럼 되살아날까 아닐까, 이런 생각들이 1초가 채 안 되는 찰나의 시간 동안 한꺼번에 머릿속을 스쳐갔다.

선장의 손목을 어떻게, 어느 방향으로 꺾었는지는 나도 모른다. 발사된 광선은 선장의 배를 관통하고 뻗어나가 그 뒤에 있던, 자기 옆의 승무원 목덜미를 한창 뜯어먹으려던 다른 승무원의 다리를 태웠다.

선장이 양팔을 치켜들고 어리둥절한 표정으로 자기 배를 내려다보았다. 나는 신장의 손을 벗어나 공중에 둥실 떠오른 총을 잡아챘다. 선장이 다시 고개를 돌려 나를 쳐다본 순간 이마에 대고 발사했다.

녀석은 다른 승무원들과 한 덩어리가 되어 있어서 떼어내기가 쉽지 않았다. 사람을 더 죽일 생각은 정말로 없었지만, 우주복을 벗기려고 들었기 때문에 몇 번은 총을 쏘아야만 했다.

반쯤은 정신이 나간 것 같은 녀석을 이번에는 내가 질질 끌고 갔다. 어딘지도 모르면서 무조건 아래로 내려갔다.

녀석과 함께 수없이 드나들었지만, 우주선의 밑바닥은 내게는 여전히 미로 같았다. 무작정 앞으로 나아가려는 나를 녀석이 돌연히 붙잡았다.

—그쪽이 아냐.

나는 녀석의 얼굴을 쳐다보았다. 특수 강화 소재 헬멧의 투명한 앞창으로 보이는 녀석의 눈은 이제 조금 평정을 되찾은 듯했다.

—따라와.

그리고 녀석은 다시 허리춤의 고리를 잡아당겨 내 허리 부분에 끈을 연결했다. 이번에는 굳이 막을 이유가 없었다.

녀석은 천천히 우주선의 뱃속 깊은 곳 어딘가를 향해 나아가기 시작했다.

이제는 아무도 우리를 붙잡지 않았다. 얼마인지 모를 시간 동안 몇 개인지 모를 복도와 모퉁이를 지난 끝에 우리는 거대하고 검은 문 앞에 도착했다.

나는 불안해져서 녀석을 쳐다보았다. 그러나 내가 뭐라고 말하기 전에 녀석은 문으로 다가갔다. 조그만 빨간색 불 쪽으로 떠 가서 우주복 장갑을 한 쪽만 벗었다. 벽에 부착된 화면에 희미하게 불이 들어왔다.

녀석은 개인 식별 번호 일곱 자리를 입력하고 손바닥을 갖다 댔다. 그러자 거대한 문이 천천히 위로 올라갔다.

그 속은 완전한 어둠이었다. 처음에는 아무 것도 보이지 않았다. 그러나 사람이 들어갈 수 있을 정도 높이로 문이 열리고 나자 안에 갑자기 조명이 들어왔다.

—타자.

녀석이 말했다.

'구명정'이라는 단어 때문에 나는 왠지 초소형 탈출용 캡슐 같은 것을 상상했다. 그러나 실제로 보니 작기는 하지만 제법 갖출 것은 다 갖춘 소형 우주선이었다.

안으로 들어가서 해치가 닫히고 녀석이 내 허리와 연결된 허리끈을 떼었다. 나는 우주복 헬멧을 벗으려 했으나 녀석이 손짓으로 말렸다. 녀석이 먼저 성큼성큼 안쪽으로 들어갔다. 나도 따라갔다.

계기반에 불이 들어오고 이어서 중앙 조명이 켜졌다 녀석이 구명정을 발진시켰다. 우주선의 해치가 열렸다. 상상 외로 조용히, 부드럽게, 구명정은 우주선을 떠나 어딘지 모를 끝없이 어두운 공간 속으로 나왔다.

녀석이 헬멧을 벗고 이어서 우주복을 벗은 후에야 나도 우주복에서 벗어날 수 있었다.

조종석에 나란히 서서 우리는 말없이 창밖을 바라보았다.

모선이 점점 멀어진다.

녀석의 우려와는 달리 모선은 폭발하지 않았다. 처음에는 군데군데 아주 작은 불빛 같은 것이 보였으나, 시간이 지나면서 하나씩 사라졌다. 멀어서 보이지 않게 된 것일 수도 있고, 선내의 산소가 드디어 전부 소진되어

안에서 폭발하던 불꽃이 저절로 꺼져버린 것일 수도 있다.

마지막으로 보았을 때, 모선은 어둠에 잠겨 있었다. 어둠의 일부가 되어 있었다.

어째서인지는 알 수 없지만, 그것이 합당한 귀결이라고 나는 생각했다.

조종석에 앉은 녀석에게 어디로 가는 거야, 라고 묻자 녀석은 당연하다는 듯이 대답했다.

"돌아가야지."

예상은 했지만, 직접 대답을 듣자 기운이 쭉 빠졌다.

"모선 같은 워프 기능은 없지만, 지구까지 ……."

"거긴 안 돼. 지구엔 이미 아무 것도 없어."

내가 말을 막았다. 녀석은 잠시 아무 말도 하지 않고 나를 쳐다보다가 물었다.

"그걸 네가 어떻게 알아?"

이번에는 내가 잠시 침묵을 지켰다.

다른 이유는 없고, 그저 훈련이 그렇게 되어 있었기 때문이다. 이런 상황에서조차 임무니 기밀이니, 생각해보니 몹시 우습게 느껴졌다.

그래서 나는 말해 버렸다.

"지구와 교신하는 게 내가 하는 일이었잖아. 우주선에서 '전염병'이 발생했다고 보고하자마자 지구에서 우리를 버렸어."

"뭐?"

"교신을 끊어버렸단 말이야."

녀석은 다시 아무 말도 하지 않았다. 내가 녀석의 얼굴을 들여다보며 천천히 말했다.

"선장 명령으로 3분마다 재교신을 시도했지만 그 뒤로 전혀 답신이 없어. 우릴 버린 거야. 그리고 그 뒤로 계속 워프하면서 너무 멀리 와 버려서 이젠 지구 상황이 어떻게 됐을지 전혀 알 수 없어."

"그럼 지금쯤 '전염병'이 사라지거나 치료약이 개발됐을 수도 있잖아?"

이런 상황에서 이런 반박이 나오다니, 녀석의 대책 없는 낙관주의도 이 정도면 거의 존경할 만한 수준이다.

"그런 가능성은 거의 없을 거야. 그보다는……."

나는 불분명한 손짓으로 우주 바깥을 가리켰다.

"…… 모선하고 비슷한 상황이 벌어졌을 가능성이 훨씬 더 커."

"확실해?"

"확실하지 않지. 확실한 건 아무 것도 없어."

녀석은 한동안 아무 말도 하지 않다가 물었다.

"정말로 그렇게 생각해? 모선하고 비슷한 상황이 벌어졌을 거라고?"

나는 고개를 끄덕였다.

"그럼 이제 어떻게 하지?"

"어딘가에 불시착하는 게 좋을 거야."

내가 조금 생각한 뒤에 대답했다.

"지구와 환경이 비슷한 곳으로."

녀석은 대답하지 않았다. 바닥을 내려다보면서 뭔가 생각에 잠겼다. 그러더니 몸을 돌려 조종석 화면을 들여다보았다. 손바닥으로 문질러 화면을 정리한 후 내가 이해하지 못하는 수식을 불러내어 뭔가 계산하기 시작했다.

한참 후에 녀석이 말했다.

"알았어. 그렇게 입력했어. 하지만 그러려면 자야 돼."

"자다니?"

녀석이 잠시 내 얼굴을 들여다보다가 천천히 설명했다.

"말했잖아, 모선 같은 워프 기능은 없다고. 아까 검색한 자료에 따르면 반경 몇백만 광년 이내에 인간이 살 수 있는 환경을 갖춘 행성은 없어. 불시착할 행성을 찾겠다고 이런 속도로 무작정 가다간 우리 둘 다 이 구명정 안에서 늙어 죽어."

녀석은 화면 구석의 뭔가를 누른 뒤에 고갯짓을 했다. 나도 녀석을 따라 시선을 돌렸다. 구명정 한쪽 구석의 문이 열렸고, 그 안으로 수면 캡슐이 보였다.

"사람이 살 만한 행성을 찾아내면 컴퓨터가 깨워줄 거야."

"그때까지 목적지도 없이 헤맨단 말야?"

내가 반박했다. 녀석이 얼굴을 약간 찡그렸다.

"그럼 다른 방법이 뭐가 있는데? 우주는 고속도로가 아냐. 표지판 같은 것도 없고, 안내해줄 관제 센터도 없잖아."

그 말은 사실이었다. 그러나 나는 망설였다.

"가장 가까운 행성이 어딘데? 수면에 들어갈 때 들어가더라도, 그런 것 정도는 알고 잘 수 없어?"

"가장 가까운 행성이라면 수소도 산소도 없고 낮에는 태양열로 섭씨 900도까지 달궈졌다 밤에는 영하로 얼어붙는 그런 곳이야. 거기 불시착하잔 말이야?"

나는 조금씩 기가 죽었다.

"거기 아니면 다른 데는 없어? 최소한 온도 조건만이라도……."

"그걸 컴퓨터가 알아내서 깨워준다잖아."

녀석이 타이르듯이 말했다.

"이런 기계를 다루는 게 내 전문이야. 사람이 살 수 있을 만한 곳을 발견하면 깨우도록 입력해 놨어. 대기의 구성 성분, 온도, 습도, 기타 모든 조건이 다 지구와 똑같이 맞아떨어질 수는 없겠지만, 최소한 우주복이라도 입고 돌아다닐 수 있을 만한 범위로 검색 조건을 지정했다고. 그런데 그렇게 우리한테 딱 맞는 행성이 아무 데나 널려 있는 게 아니라잖아. 그렇게 의심스러우면 네가 직접 확인해 봐."

나는 녀석의 말대로 조종석으로 다가갔다. 녀석이 가리키는 대로 화면을 들여다보았다. 녀석이 입력한 검색 조건과 '0'이라는 검색 결과는 알 수 있었지만, 그 외의 숫자와 용어들은 잘 이해할 수 없었다.

"……그래, 그럼."

내가 양보했다.

"하지만 지구로 가면 절대로 안 돼. 거긴 정말로 아무 희망도 없어."

"알았다니까."

그리고 녀석은 일어섰다.

"너부터 들어가. 자동운항으로 바꿔놓고 마지막으로 한 번 점검하고 나서 나도 수면 들어갈 테니까."

나는 마지못해 고개를 끄덕였다.

냉동 수면은 처음이었다. 녀석이 나를 캡슐로 데리고 가서 마치 어린 아이를 재우듯이 안에 눕히고 안전장치를 채워 주었다. 뚜껑이 닫히기 전에 녀석은 내 머리를 가볍게 쓰다듬었다.

"잘 자."

뭐라고 대답하기도 전에 스크린이 닫혔다.

그리고 깨어났을 때, 우리는 지구에 돌아와 있었다.

속았다는 사실을 깨달았을 때는 이미 대기권 진입이 십 분 남은 시점이었다. 처음 경험하는 냉동 수면의 여파로 머리가 아프고 숨을 잘 쉴 수 없었다. 온몸이 두들겨 맞은 것처럼 노곤하고 움직이기 힘들었다. 정신을 차리지 못하는 나를 조종석으로 끌고 와서 녀석이 말했다.

"집으로 돌아왔어."

녀석의 말을 듣고도 창밖을 한참이나 바라본 후에야 상황을 파악할 수 있었다. 전자음 목소리가 대기권 진입 칠 분 전을 알렸다.

"무슨 짓이야?"

내가 소리쳤다. 의도와는 달리 비명처럼 높은 목소리가 갈라져 나왔다.

녀석은 태연했다.

"지구하고 같은 환경 조건을 갖춘 행성을 무조건 찾아 떠돌다가 우주 미아라도 되잔 말이야? 지구하고 같은 조건이 필요하면 지구로 그냥 오면 되잖아. 여긴 고향이라고."

"아냐. 이젠 아냐. 착륙하면 안 돼."

내가 결사적으로 고개를 저었다.

"저기에 뭐가 남아 있을지 알 순 없지만 분명히 우리가 알던 지구는 아냐. 이젠 더 이상 '집'이 아니란 말이야. 돌아가면 안 돼."

녀석이 느긋하게 대답했다.

"이젠 늦었어. 지금 와서는 방향을 돌릴 수가 없어."

"무슨 소리야!"

대기권 진입 오 분 전.

"너도 자리에 앉아서 안전벨트를 매는 쪽이 좋을 거야. 아니면 도로 캡슐로 들어가든지."

녀석이 친절하게 충고했다. 내가 말했다.

"네 감상주의 때문에 나까지 죽을 수는 없어. 당장 방향을 돌려. 지구로 돌아가면 우리 둘 다 죽어."

"지금은 늦었다니까."

녀석이 웃으면서 같은 말을 되풀이했다.

나는 가만히 녀석의 얼굴을 들여다보았다. 설득이나 논쟁은 무의미하다. 싸워야 할까. 제압한 뒤에 다시 방향을 돌려 떠나기까지 시간 여유가 있을까. 어쨌든 착륙하면 안 된다. 저곳으로 돌아가는 것만은 절대로 안 된다.

내 얼굴을 마주보다가 녀석이 덧붙였다.

"어떡하려고? 나 없이 이 우주선 조종할 수 있어?"

그건 사실이었다.

대기권 진입 이 분 전.

"자리에 앉는 게 좋을 거야."

녀석이 다시 말했다.

나는 화면과 녀석의 얼굴을 번갈아 쳐다보면서 그대로 서 있었다. 녀석이 짜증을 냈다.

"여기까지 왔는데 착륙도 하기 전에 목이 부러지고 싶으면 그대로 그렇게 서 있으라고. 우주선 생활 하루 이틀 해본 거 아니면서 어떻게 될지 몰라?"

나는 한숨을 쉬었다. 녀석의 충고에 따를 수밖에 없다. 그러나 안전장치를 잠그면서 내가 말했다.

"그럼 한 가지만 약속해줘."

"뭔데?"

"착륙하고 나서도, 주위 상황이 확실해지기 전에는 문을 열거나 밖에 나가려고 하지 마. 설령 사람이 남아 있다고 해도, 다들 감염된 사람들일 수도 있어."

녀석은 잠깐 생각한 뒤에 고개를 끄덕였다.

우주선이 대기권에 진입했다.

상당한 진동과 충격이 있었지만 우주선은 비교적 매끈하게 착륙했다. 녀석은 생전 처음 해 보는 착륙인데 솜씨가 괜찮지 않았냐고 스스로 만족해했다. 나로서는 그런 건 별로 중요하지 않았다.

"문 열면 안 돼. 밖으로 나가려고 하지 마."

"알았어, 알았어."

녀석이 여유만만하게 대답했다. 조종석 창밖을 내다보며 화면에 나타난 대기의 구성성분과 기온, 습도, 주위의 생명 징후 등을 확인했다. 공기의 상태는 떠나기 전과 별 다를 바가 없었으나 생명 징후는 전혀 보이지 않았다.

녀석은 조금 실망한 것 같았다.

"어떻게 된 거지? 설마 지구상의 인류가 전부 멸망했을 리는 없잖아."

'전염병'을 퇴치하지 못했다면 그랬을 수도 있다. 누군가 살아 있다 하더라도, '전염병' 이후에 남은 사람이라면 나나 녀석이 생각하는 '인류'와는 상당히 성격이 다른 존재일 것이다.

"재수 없는 소리 하지 마."

내 말에 녀석이 신경질을 냈다. 그리고 선언했다.

"나가 봐야겠어."

"안 돼."

"우주복 입고 나가면 괜찮을 거야."

"안 된다니까. 아직 주변 상황을 전혀 파악 못 했잖아?"

"안 나가고 여기 들어박혀서 주변 상황을 무슨 수로 파악해?"

"어쨌든 안 돼. 생명 징후가 전혀 없다는 게 더 이상해. 좀 더 기다려 보고……."

"여기까지 왔는데 뭘 더 기다려?"

녀석이 버럭 소리를 질렀다. 그때, 기계 목소리가 끼어들었다.

─전파 신호가 감지되었습니다. 신호를 수신합니다.

이어서 화면에 기호가 나열되었다.

─신호를 수신합니다.

"저거 봐. 사람이 있잖아."

녀석이 흥분했다.

"인류 멸망 같은 소리 했지만 네가 틀렸잖아. 누군가 살아남아서 신호를 보내고 있는 거야. '전염병'을 이겨낸 사람들이 어딘가에 살아있는 거라고."

나는 화면을 응시했다. 녀석의 말이 귀에 들어오지 않았다.

"뭐야? 어느 나라 말이야? 무슨 내용인데?"

녀석이 재촉했다. 나는 대답하지 않았다.

화면에 나열된 것은 그림과 기호의 조합이었다. 외국어가 아니라 암호였다. 첫 줄이 눈에 들어온 순간, 해독하지 않아도 알 수 있었다.

내가 보낸 정보였다. 우주선에 '전염병'이 발생했으니 조언해 달라는 구조 요청이었다.

녀석은 내 말을 믿지 않았다.

"그럴 리가 없어."

"내가 왜 거짓말을 하겠어?"

"내가 너한테 거짓말을 했으니까."

어이가 없었다.

"지금 그런 유치한 싸움이나 할 때야? 그렇게 해서 내가 얻는 게 뭔데?"

녀석은 잠시 아무 말도 하지 않았다. 다시 설득하려 했을 때 녀석이 천천히 입을 열었다.

"네 말이 사실이라면, '전염병' 때문에 지구가 멸망했다면, 이 우주에 남아 있는 지구인은 너하고 나밖에 없다는 말이지."

그런 방향에서 생각해본 적은 없지만, 사실이 그랬다.

"그럼 됐어."

"뭐?"

녀석이 천천히 자리에서 일어섰다.

"지구가 멸망했더라도 너하고 나만 있으면 돼. 어쨌든 우린 고향으로 돌아왔잖아."

녀석은 선 채로 바닥을 내려다보며 말했다.

"처음부터 다시 시작하면 돼. 어차피 인류는 아담과 하와 두 사람에게서 시작됐으니까."

"무슨 소리를 하는 거야?"

녀석이 고개를 들었다. 시선이 마주쳤다.

"내가 말했잖아, 희망은 있다고 생각하면 있는 거라고. 있다고 생각하면 돼. 없으면 만들어가면 되는 거야. 어쨌든 너하고 나하고 둘이잖아."

녀석은 말하면서 조금씩 다가왔다.

"서로에게 희망이 되어주면 되잖아. 너랑 나랑 둘이서 처음부터 다시 시작하는 거야. 인류를 재건하는 거야. 모든 의미를 처음부터 새로 만드는 거야, 우리 둘이."

녀석이 나를 향해 팔을 뻗었다.

"굉장하지 않아?"

그 눈빛이, 나는 마음에 들지 않았다.

외부 세계에서 진행되는 객관적인 상황과 나의 호(好), 불호(不好)와는 아무 상관이 없다. 쉽게 말해 세상은 내가 원한다고 해서 원하는 대로 돌아가 주지 않는 것이다. 그것이 내가 녀석에게 이해시키고자 했던 주장의 핵심이었다.

희망은 있다고 생각하면 있고, 의미는 만들어서 부여하면 생기는 것일지도 모른다. 그러나 그것은 어디까지나 개인의 주관적인 믿음이다. 객관적인 상황이 그런 주관적인 믿음을 뒷받침해준다는 보장은 없다. 우주 삼라만상이 나 한 사람의 뜻에 일일이 따라주어야만 할 이유는 없기 때문이다.

비관주의를 설파하려는 것이 아니다. 나라는 존재가 그만큼 작고 하찮다는 것은 다시 말해 객관적인 상황에 대응하는 나의 행동도, 그 행동의 결과도 그만큼 작고 별 의미 없다는 뜻이 된다. 내가 어떤 의지를 가지고 어떤 결정을 실행에 옮기든 간에, 모든 일은 흘러가야 할 곳으로 흘러가고 되어야 할대로 되어갈 것이다. 내가 굳이 나서서 인류 전체를, 우주 만물을 책임질 필요도 없고, 인류 문명을 혼자 힘으로 재건할 의무도 없는 것이다. 거시적으로 생각했을 때 나의 관점은 그러했다.

미시적으로 생각했을 때, 아무리 책상물림이라도 나는 어쨌든 군인이었다. 녀석은 민간인이었다.

군인은 기본적으로 싸우는 사람이다. 그러므로 싸우는 훈련을 받는다. 우주항공 기술자는 그런 훈련을 받지 않는다.

나에게 덤벼들기 전에 그 점을 감안하지 않은 것은 전적으로 녀석의 실책이었다.

해는 아직 완전히 지지 않았다. 그러나 하늘은 점차 회색으로 물들어 갔다. 바람이 점점 더 차가워졌다. 내가 앉아 있는 콘크리트 덩어리에는 그래도 약간의 온기가 끈질기게 남아 있었지만, 이제 얼마 지나지 않아 완전히 차가워질 것 같았다.

무너져버린 세상에 혼자 남았다. 그 사실을 받아들이는 방식은 여러 가지가 있겠지만 적어도 지금의 나는 평온했다. 세상은 황량했고, 아름답고, 자유로웠다.

콘크리트에 남아 있던 마지막 온기가 사라졌다. 몸을 떨면서 나는 일어섰다.

우주선으로 돌아가야겠다. 나는 결심했다.

녀석을 마저 먹어야겠다.

상가라도

고장원

SF평론가. SF어워드 제1~3회 심사위원. 주로 평론을 쓰지만 때때로 소설도 쓴다. 가장 역점을 두는 것은 『SF가이드 총서 시리즈』. 현재 1권(『스페이스오페라란 무엇인가?』)부터 7권(『특이점 시대의 인간과 인공지능』)까지 펴냈으며 2017년경 8권 『한국에서 SF문학은 어떻게 살아남았는가?』를 출간할 예정이다. 2017년 상반기에는 추수밭 출판사의 제안으로 과학과 SF를 접목한 교양인문서를 펴낼 예정이다.

유전자 합성기술의 생산성은 15년 전에 비해 7천배 높아졌고 14개월마다 2배씩 증가하며 염기쌍 합성가격은 32개월 만에 50배가 감소했다.

— Garfinkel, 2007년

A. D. 2200년 봄 남태평양

연주가 끝났다. 세 차례의 커튼콜. 우레 같은 박수 소리. 그래, 뭐 그런 게 쏟아져 나왔다. 나야 스테이크 씹는데 가야금 박자가 도움이 됐다 싶은 정도지만. 후안 리젠버그 호는 요동이 거의 없었다. 멀미 예방 겸을 씹을 필요가 없다는 뜻이다. 세상에서 가장 큰 크루즈선에서 열리는 호사스런 선상 음악회. 서귀포항을 포함하여 태평양 연안 예닐곱 군데를 순회하며 열리는 이번 공연여행의 풀 패키지 가격이면 루나시티 일주일짜리 관광요금을 웃돈다. 그 이유가 후안 리젠버그 호의 비싼 뱃삯 탓만은 아니다. 어지간한 섬 크기에 육박하는 거대 여객선이다 보니 전부 다 일등칸으로 채울 수 없거니와 그 왜 규모의 경제란 술수도 있잖은가.

"이거 얼마짜리 티켓이야?"

막이 내리고 오늘의 화룡점정을 찍은 연주자가 앞으로 나와 다시 인사하는 참에 내가 테이블에 동반한 여인이 속삭였다. 쇠고기와 섞인 와인 향이 그녀의 입가에서 풍겼다.

"신경 끄고, 마음껏 즐기라고."

빌려 입은 연미복의 칼라 주름을 펴며 내가 소곤거렸다. 서귀포 항에서 승선한 우리 둘은 다음번 기항지(寄港地)인 괌에서 내려 항공편으로 귀국할 계획이었다. 항해 코스를 완주하며 레퍼토리 전곡을 다 듣자면 '억!' 하는 소리가 나올 만큼 값을 치러야 할 게다. 내 취향은 투자자지 소비자가 아니다. 그것도 수익성 높은 투자자.

박수 소리가 점점 더 커졌다. 복층으로 설계된 선상 홀에 최소한 1,500여 명은 앉아 있나보다. 저들 중 상당수는 나처럼 특정구간만 이용하는 뜨내기손님도, 더구나 나처럼 공짜 초대권을 받아든 손님도 아니리라. 이러한 과소비 돈지랄을 사람들이 아끼지 않는 까닭은 바로 저 무대 위에서 연신 허리 굽히며 방긋방긋 웃고 있는 십대 후반의 천재소녀 때문이다.

"릴리 아인볼트 파비치 아뽈리네르 필롤라우스 미하일로비치 크리슈나 로젠바흐 류 허? 어휴, 숨차. 이거 원, 장수무병 하고도 남을 이름이네."

내가 초대한 여인이 팸플릿을 뒤적이며 혼자 키득거렸다. 루나시티 부동산 투자 때문에 알게 된 인연이다. 애로가 있다면 시간이 흘러도 나와 그녀의 서로에 대한 관심사가 일치하지 않는다는 현실이었다.

"여길 보니 카탈로그 못지않게 긴 이 이름에서 맨 앞의 릴리만 빼면 전부 유명한 음악가들의 성씨라는데? 독일인, 카프카스인, 프랑스인, 그리스인, 러시아인, 인도인, 유태인, 중국인 그리고 마지막 성은 우리나라 허 씨래. 아무리 내가 이쪽에는 문외한이라지만 대체 무슨 소리야?"

"글쎄. 잘 모르지만 유전공학이 어디까지 막나가고 있나 보여주는 첨단 기술 도착(倒錯) 증후군이랄까."

"클론이야?"

귀가 먹었나. 단지 카피해서 저런 천재를 만들어낼 수 있다면 평범한 사람들은 다 뭐해 먹고 살라는 소린지. 나 역시 국악, 더군다나 가야금에는 별 기호가 없다. 하지만 요즘 국내보다는 해외에서 가야금 연주가 대인기이며 그 진원지에 바로 저 소녀가 있다는 사실은 안다. 그녀의 연주를 직접 들은 것은 나도 오늘이 처음이지만. 이 음악신동의 현란한 손놀림은 전통악기로나 여겨온 가야금에 대한 내 조잡한 편견을 산산조각낼 만큼 경이로웠다. 이쪽 전공은 아니지만, 폭넓은 음역을 때로는 은은하게 때로는 가파르게 넘나드는 가야금 현의 파동을 피부로 느끼며 그녀의 재능이 이름난 명인 저리 가라 할 수준임을 이내 간파했다.

나는 연미복 상의 안에서 손바닥만 한 부채를 꺼냈다. 부채에는 최신기사가 실려 있었고 접었다 펼 때마다 기사 내용이 바뀌었다. 몇 번 접었다 펴니 찾던 기사가 나왔다. 그녀가 부채를 받아들고 기사를 읽었다.

"음악계의 대가(大家) 아홉 사람을 부모로 둔 절대음감의 천재소녀 릴리 허, 세계음악계를 사로잡다. 그녀에게 DNA를 제공한 6명의 남성과 3명의 여성은 저마다 작곡가와 지휘자, 연주자 그리고 성악가로서 정점에 오른 대가들이다. 다섯 살 때부터 작곡에서 발군의 잠재력을 보인 릴리 허는 다양한 악기를 섭렵한 끝에 불과 열여섯의 나이에 가야금을 비롯한 한국의 고유악기 연주자로서 국제적인 명성을 굳혔다. 그녀가 유독 가야금 연주에 남다른 애정을 갖게 된 계기는 단지 DNA만 제공한 것이 아니라 태아의 착상에서부터 출산 그리고 육아까지 실제 엄마 역할을 자원한, 한국의 이름난 소리꾼 허란정 씨 영향이라 한다. 23세기 벽두부터 사상 최대의 게놈 합성 프로젝트가 예술무대에서 화려하게 만개(滿開)한 것이다……"

청중이 일어나 삼삼오오 빠져나가기 시작했다. 테이블과 테이블 사이가 비좁다고 할 수는 없었지만 아래층에만 천명 가까이 운집한 탓에 발걸음은 매우 느렸다. 한 아이의 재주를 구경하러 이 많은 사람들이 두 달 남짓 이 움직이는 섬에 붙잡혀 있다니 내 상식으로는 이해되지 않았다. 정말 음악의 진정성에 대한 사랑인가, 아니면 남들에게 떠벌릴만한 자랑거리가 필요한 이들의 선민의식(選民意識)일까? 나는 동반녀에게 쉬엄쉬엄 나가자며 그대로 자리에 머물렀다.

"근데 쟤가 당신을 왜 보재?"

그녀가 무의식중에 이제는 텅 빈 무대를 턱으로 가리켰다.

"글쎄."

내가 어깨를 으쓱하며 싱긋 웃었다. 고객과의 비즈니스 상담을 눈앞의 여인에게 털어놓을 이유는 없다. 그녀를 이 낭만적인 패키지에 동반한 이유 역시 비즈니스의 일환이듯이. 사실 지난 몇 년 동안 그녀가 필요 이상으로 나의 어설픈 투자를 도와준 덕에 부동산으로 여러 차례 잔재미를 보았다. 시간화가랍시고 과거 여기저기로 돌아다닌 데다 설사 현재 시간대에 있을 때조차 떠날 과거 시간대에 관해 파트너인 역사복원학자와 호흡을 맞추며 준비하느라 부동산 투자에 넋 놓을 겨를이 없었다.

이번 크루즈 공연투어에 그녀를 동반한 것은 도움이 필요해서였다. 그녀 소개로 분양받은 루나시티 상가의 잔금일이 얼마 남지 않았다. 너무 큰 상가를 욕심낸 게 화근이었다. 요즘 지구촌 경제가 바닥을 기고 있어 여기저기 소소하게 벌려 놓은 부동산을 팔아 융통하려던 계산이 엇나가버렸다. 부동산마다 연계융자를 받다보니 지금 내 신용으로는 더 이상 은행에 손 벌리기 어려웠다. 해서 넓은 마당발로 급매물건을 잘 포장해서 팔아치우는 데 일가견 있는 그녀의 도움이 절실했다. 역설적이지만 이 여인이 그간 내 투자를 도와준 동기가 불순해 보인다는 의혹이 내게는 희망이었다. 멋진 성찬과 이벤트로 최대한의 예의를 갖춰 그녀의 환심을 산 다음 부탁해볼 요량이었다.

각설하고, 릴리 허의 초대에 응한 것은 몇 가지 이유와 우연이 겹친 결과였다. 우선 고구려를 함께 다녀온 바 있는 중국 청화대학 역사복원학과 학과장 쑨 웨이핑 교수의 권유가 있었다. 그러나 공교롭게도 다른 일이 걸려 있어 해외출장이 여의치 않았다. 신라 불교가 왕권강화에 기여한 과정을 이차돈이 순교한 법흥왕대로 가 연구하는 프로젝트의 막바지 준비 중이었던 것이다.

시간화가는 통상 시간여행팀의 리더인 역사복원학자의 파트너라서 일이 걸려 있는 상황에서 멋대로 장기 외유하자니 도리가 아니었다. 시간화가는 역사복원학자의 눈이 되어주어야 한다. 그러니 역사의 현장으로 떠나기 전에 함께 코드를 맞춰야 할 게 한두 가지가 아니다. 이는 시간여행 기술 상 살아 있는 유기체만 과거로 전송 가능한 탓이다. 시간화가는 카메라 대신 현장에 가서 정치사회상과 인물 그리고 문물과 풍속을 화폭에 담는다. 그림들은 회칠로 두텁게 밀봉한 상자 안에 넣어 땅에 묻거나 깊은 동굴에 보존한다. 현대로 돌아와 원래 묻었던 자리에서 그림들을 찾아내면 프로젝트 완료다.

릴리 허는 그녀 나름대로 몇 년 치 연주 일정이 꽉 짜인 세계적인 슈퍼스타이다 보니 당분간 국내에 들어올 형편이 되지 않는다 했다. 그러던 차에 평소 가깝게 지낸 가야문화박물관 이돈승 관장에게서 또 똑같은 부탁이 들어왔다. 가야문화사에 크게 기여할 건수가 있으니 릴리 허를 꼭 좀 만나 보란다. 이리저리 찔러대는 인맥으로 보건대 어린 나이에도 불구하고 연줄이 녹록지 않았다. 하긴 열여섯의 아이라 하나 배후에는 전 세계 흥행시장을 주무르는 일류 흥행기획사가 버티고 있지 않은가.

어쨌든 해외에서의 미팅 건은 정중히 고사했다. 신라로의 출발 일자를 코앞에 두고 있었으니까. 그런데 일이 꼬였다. 법흥왕대로 떠나는 연구프로젝트가 언론을 타면서 국내 불교계의 반발을 초래한 것이다. 순수학술연구가 아니라 종교의 시원(始原)과 직결된 연구니 연구멤버에 반드시 불교인사가 포함되어야 한다는 것이 불교계의 주장이었다. 프로젝트 취지대로 불교공인 과정을 법흥왕의 권력재편 차원에만 초점을 맞추면 이차돈의 순교에 깃든 종교적 의미가 심각하게 훼손된다는 얘기다. 더욱이 이번 건은 연구 주체인 역사복원학자가 일본인이라 논란이 가중되었다.

유엔이 제정한 시간안전법에 따르면, 시간여행을 통한 과거사(過去史) 연구 시 인접 관련국들과의 역사분쟁을 사전 예방하기 위해 어느 한 나라 사람들로만 팀을 짤 수 없다. 비용대비 전송에너지 효율을 높이기 위해 파견 인원이 최소로 제약받다 보니 팀원은 두세 명이 고작이다. 이는 역사복원학자를 한 나라에서 파견하면 시간화가는 다른 나라에서 충원해야 한다는 뜻이다.

이번 연구는 원래 일본 역사복원학계에서 추진한 프로젝트라 연구자는 당연히 일본학자였고 비용의 대부분을 일본에서 대기로 되어 있었다. 예나 지금이나 일본학계는 자국의 고대 문화와 우리나라 삼국시대 문화 간의 상호연관성에 관심이 많다. 파트너인 시간화가로는 내가 천거되었다. 능력이 출중해서라고 뻐길 생각은 없다. 솔직히 발에 땀나도록 그간 여기저기 비빔밥 돌리고 다닌 덕이 없지 않으니까.

갈등은 우리나라 불교계가 유엔 산하 시간여행 관련분규 특별재판소에 여행 보류 가처분 신청을 냄으로서 절정에 달했다. 일본 역사복원학계가 역사연구에 종교 인사를 참여시킬 수는 없다고 못 박은 데 따른 파장이었다.

졸지에 나는 공중에 붕 떠 소일거리 없는 신세가 되었다. 반년 가까이 준비한 프로젝트지만 더 이상 진도를 내자면 특별재판소의 판결부터 기다리는 것이 순서였다. 릴리 허로부터 초청장이 날아온 게 그때였다. 마침 이번에 기획된 선상음악회 입항 스케줄에 서귀포항이 들어 있으니 와줄 수 있겠느냐는 짤막한 쪽지와 함께.

"우륵을 만나겠다고?"

오층 스카이라운지의 VIP 섹션 통 창으로 내다보이는 바다는 마치 산 아래를 굽어보는 느낌이었다. 어이없어 하는 내 목소리가 마주 앉은 아담한 체구의 소녀 주위를 맴돌았다. 스카이라운지가 얼마나 크기에 공명현상이 일어나지?

그녀 옆에는 새치 많은 금발의 중년 사내가 앉아 있었다. 그가 내민 명함이 테이블 위에 놓여 있었다. 신문과 잡지 같은 종이 미디어들이 디지털로 변신한지 까마득한 옛날이지만 비즈니스 명함은 종이로 만들어 건네는 이가 여전히 많았다. 온갖 형태의 개인화 단말기에 순식간에 정보를 전송하는 방법이 나날이 발전을 거듭했지만, 사람들은 종이 명함을 내밀어야 상대에 대한 예를 갖춘다고 생각했다.

판타스틱 엔터테인먼트의 공연총괄 이사 그레이 스튜어트라…… 그러니까 이 아이의 에이전트라는 얘기군.

"이사님 말씀은 잘 들었어. 나야 그쪽 동네 사정은 잘 모르지. 하지만 너는 이미 세계 최고의 가야금 연주자로 누구나 손꼽아준다며? 과학자로 치면 네 머리는 아인슈타인 아홉 명을 하나로 합쳐 놓은 거잖아. 근데 호랑이 담배 먹던 시절의 우륵은 찾아 뭐하게?"

후에 알았지만 이런 식의 물음이야말로 릴리가 가장 듣기 싫어하는 말이었다. 연주는 천상의 솜씨인지 몰라도 나이가 나이인 만큼 내 퉁명스런 말투는 그녀의 아킬레스건을 사정없이 할퀴었다. 하지만 나 역시 뜨악했다. 역사복원학자도 아닌 상대와 시간여행을 논한다는 사실 자체가 시간낭비라는 생각이 드는 판에 가야금 연주자가 우륵을 만나게 길 안내를 해달라니 얼마나 어처구니없겠는가. 피아노 연주자가 쇼팽을 만나게 해달라거나 바이올린 연주자가 파가니니의 레슨을 받게 해달라는 부탁과 무엇이 다른가. 그렇게 해서 릴리의 스타성을 더욱 드높이는 홍보 이벤트에 도움이 될지는 모르나, 나로서는 받아들이고 싶지 않을뿐더러 받아들일 수도 없는 제안이었다.

소녀가 아랫입술을 지그시 물어뜯었다. 아까 무대에서는 열여섯답지 않게 성숙해보였지만 가까이서 보니 화장을 지운 콧등에 주근깨가 백가쟁명(百家爭鳴)이었다. 컨디션이 좋지 않아 보였다. 아니면 내 말에 그렇게 기분이 나빴나?

어색한 분위기를 해소하려 중년 사내가 억지웃음을 머금고 다시 입을 열었다. 영국식 악센트가 연하게 묻어나는 영어다. 나로서는 비즈니스에 도움이 되는 중국어와 일본어에 더 익숙했지만 그는 내가 알아듣게 천천히 또박또박 발음했다.

"새삼스러운 일은 아니지 않습니까. 당신도 이 계통의 전문가니까 잘 알 텐데요. 서양에서도 모차르트나 베토벤에게 직접 사사 받으려고 시간여행자들, 그러니까 역사복원학자나 당신 같은 시간화가에게 졸라대는 이들이 왕왕 있다 들었습니다만."

말하는 내내 끝을 꼬부린 콧수염을 매만지는 꼴이 내 마음에 들지 않았다.

"그래서, 허락받은 사례가 있던가요? 우륵을 만날 명분을 어떻게 정당화 한다는 거죠?"

내가 어눌한 영어지만 분명한 어조로 되물었다. 과거로의 여행이 기술적으로 가능해졌다지만 막상 출입허가를 받은 이들은 대개 역사복원학자와 시간화가들이었다. 수천 년 혹은 수만 년 전 태양의 흑점활동을 시계열로 연구하기 위한 기상학자들과 공룡이나 시조새를 연구하기 위한 고생물학자들도 더러 있었지만 과거로 멀리 갈수록 전송에너지는 기하급수적으로 늘기 때문에 흔한 사례는 아니었다.

역사시대 이래 인류는 민족과 인종 그리고 종교의 차이를 극복하지 못하고 오늘날까지 갈등과 분쟁을 반복해온 까닭에 학술연구가 아니면 각국 소재의 시간안전국에서 여행 허가를 받기가 어려웠다. 일본 역사복원학계가 우리나라 불교계의 반발에 개의치 않았고 우리나라와 일본의 시간안전국에서도 신라 법흥왕 대 파견 건을 원안대로 진행하려 한 것은 종교문제를 시간여행에 연관시키지 않으려는 의도였다. 따라서 이번에 국내 불교계가 제기한 시간여행 보류 가처분 건은 역사복원학계뿐 아니라 시간여행 자체에 매우 중요한 전환점이 될지 모른다.

인종과 민족 또는 종교 갈등과는 차원이 다른 개인적인 동기의 시간여행이라 해도 아무에게나 개방할 수 없다는 시간안전법 규약은 여전히 유효하다. 예컨대 과거 현장에 간 시간여행자가 자의든 타의든 간에 오지랖 넓은 짓을 해 인과율을 헝클어 놓기라도 하면 큰일 아닌가. 내가 아는 바로는 역사복원학자들과 시간화가들이 개인적인 목적의 의뢰인을 도운 적은 단 한 번도 없었다.

"일반인들은 아트에 대해 쥐뿔도 몰라, 그러니 설명해봤자 헛수고!"

릴리가 처음 입을 열었다. 몇 살까지 우리나라에 살았는지 모르지만 그런대로 매끄러운 우리말. 두상과 피부색은 서양 쪽 DNA가 더 많이 섞여 한국인이라 보기 어렵지만 가녀리고 긴 목에서 완만하게 내려가는 어깨곡선은 낯익다. 검은 머릿결에 파란 눈. 앉기 전 키를 보니 약 160cm의 아담 사이즈.

"산티아고 시에라의 말이죠."

창녀들을 나란히 앉혀 놓고 벗긴 등짝들에다 수평선을 연이어 한 줄로 문신한 녀석 말인가. 자기 작품을 보려면 제복 입은 경비원 둘에게 여권을 제시하고 입구에 들어서야 한다며 그 통과 절차 자체가 작품이라 우기는 녀석의 얼빠진 추종자로군. 그게 스페인의 억압적인 정치체제에 불만을 품고 멕시코에 눌러 앉은 설치미술가의 정치적 퍼포먼스인줄 알아차리지 못했다 해서 무식하단 소리를 들어야 한다 이거지.

"왜, 내가 벽에 하트라도 그릴까봐?"

예술가란 작자들은 입으로는 관객의 열린 사고를 바란다 떠들지만 정작 관객 반응이 애초 기대와 엇나갈 때는 본색을 드러낸다. 이른바 프롤레타리아 예술을 표방한다는 시에라도 마찬가지. 한번은 그가 어느 건물 1층에 진흙을 쏟아 부었다. 관객들의 참여행위 자체를 작품 안에 수용하겠다는 취지였다. 대부분은 고무장화로 밟고 다니며 족적을 남겨 창작자의 기대에 부응했다. 헌데 몇몇이 진흙으로 벽에다 하트를 그리는 게 아닌가. 곧바로 시에라는 불같이 화내며 경비원을 두 배로 늘렸단다.

"아저씨가 제 속이 어떤지 과연 얼마나 상상할 수 있을까요?"

예술의 전선은 넓을수록 좋다고 생각하는 이는 창작자들 뿐 아닐까? 반대로 공감의 전선은 의외로 무척 좁다. 게다가 어차피 난 '예술을 위한 예술' 따위한테는 아듀한지 오래되었으니까. 어린 녀석이 말하는 싸가지하고는.

"의뢰인의 속내는 알 필요 없다. 수고비 받고 길안내나 해라?"

릴리가 다시 입을 다물자 자꾸 엇나가는 상황에 조바심 난 듯 콧수염 사내가 끼어들었다.

"잠깐만요, 그럼 저희 초대에 응한 이유가 뭡니까?"

"일차적으로는 제 등을 떠민 지인들 얼굴을 생각해서지요, 당신네가 어떤 연줄을 동원했는지 모르지만. 만에 하나 괜찮은 제안을 들을지 모른다는 기대가 없지 않았고요. 하지만 제 아무리 스타급 연주자라 해도 역사상 위대한 음악가를 만나려는 감상적인 목적 때문이라면 그것이 상업적으로 당신네 회사에 얼마나 가치가 있는지는 모르겠지만, 시간안전법과 시간안전국 같은 관리체계가 왜 존재하는지부터 말씀드리는 편이……"

"아저씨, 끝까지 가본 적 있어요?"

소녀가 불쑥 물었다. 형언할 수 없는 불만으로 가득한 그녀의 눈은 열여섯보다 곱절은 더 늙어 보였다. 이 아이 안에 무슨 응어리가 들어 있는 거지?

"뭐?"

"뭐든 끝장을 본 적 있냐고요?"

인석 말하는 한 마디 한 마디 가시가 박혔군. 멋진 연주를 들으며 맛있는 오찬을 즐겼으니 기분 좋게 타이르고 일어서려 했는데. 하긴 지금 객실로 곧장 돌아간들 옆방의 그녀가 문을 두드릴 테니 서두를 필요는 없었다.

"무슨 뜻이지?"

"말 그대로예요."

불쾌지수가 전고점(前高點)을 돌파했다. 내가 화가의 길을 때려 치고 시간화가를 업으로 삼았다고 이죽거린다? 자기는 순수예술의 정상을 달리니 나 같은 장사치와는 예술을 논한다는 자체가 어불성설이다? 이마에 피도 마르지 않은 이 꼬마가! 나는 불편한 심기를 감추지 않았다.

"이대로는 끝까지 갈 수 없을 것 같아요."

"릴리!"

금발의 콧수염이 소녀의 어깨를 붙잡으며 진정시키려들자 그녀는 단호하게 제지했다.

"아뇨, 괜찮아요. 솔직히 털어놓죠. 저는 이대로는 더 이상 버틸 힘이 먼지만큼도 남아있지 않아요."

뜨악한 분위기. 나는 멋대로 부풀린 오해를 풀고 무슨 영문인지 살폈다.

"아저씨 도움이 필요해요."

절절한 마음에서 우러난 목소리. 배수의 진을 친 목소리.

"우륵이 ……" 내가 주저하며 물었다. "해결책인가?"

"장담할 수는 없어요. 하지만 이대로 말라비틀어진 나무가 되기보다 백

배 낫죠."

콧수염이 난감한 듯 한손으로 눈두덩을 감싸듯 주무르며 에둘러 말했다.

"릴리가 한 해 벌어들이는 수익은 우리 회사 매출의 48%를 차지합니다. 한 마디로 이 아이의 위기는 바로 우리의 위기란 얘기죠."

"엄마가 뭐래? 허 선생 말이야. 허락하시든가?"

내 질문에 릴리의 얼굴이 핼쑥해졌다. 또 말실수한 걸까? 테이블 위에 두 손을 깍지 끼며 금발의 중년 사내가 진중한 표정으로 대신 대답했다. 이 친구는 비록 말은 영어로 해도 한국어는 곧잘 알아듣는 모양이었다.

"현재 릴리의 법적 후견인은 판타스틱 엔터테인먼트입니다."

듣는 둥 마는 둥 나는 소녀를 마주보고 재차 물었다.

"상의 안 해봤어? 그럼 아빠들과 다른 엄마들한테는? 이런 여행은 관광과는 딴판이야. 한치 앞을 내다볼 수 없다고."

소녀가 창백한 얼굴로 내 시선을 피하자 판타스틱 엔터테인먼트의 이사가 말을 받았다.

"말씀드린 대로 후견인은 저희 회사입니다. 생물학적 아버지와 어머니들은 친권을 갖고 있지 않습니다. 열 살까지 양육을 맡은 허란정 여사는 ……"

"그만, 그만하세요, 그레이."

릴리가 그레이 스튜어트의 소매를 잡았다. 아직 스물도 되지 않은 아이의 눈. 그러나 내가 상상할 수 없는 절망의 바닥을 헤집고 나온 눈.

"아저씨, 저는 우륵을 꼭 만나야 해요."

괴롭힐 의도는 아니었다. 다만 내 상식이 그녀에게 통용되기에는 너무 큰 간극이 있었을 뿐. 어려서부터 신들린 연주로 세계음악계의 기대주로 떠오른 신동이 실은 돈벌이에 혈안이 된 연예기획사의 노예였다니. 이 회사에 자신의 유전자를 팔아먹은 예술가들은 대체 어떤 작자들일까? 이런 식의 종자개량에 맛 들렸다가 조만간 과학자와 예술가들이 죄다 천재들로 채워지는 거 아냐? 대신 자유인과는 거리가 먼, 개발비용의 수십 수백곱절을 버느라 존재하는 현대판 종신노예로.

"하지만……"

자기도 모르게 콧수염에 절로 손이 가는 버릇을 지닌 중년 사내를 곁눈질하며 내가 릴리에게 말했다.

"일 년 치 스케줄이 꽉 찬 네가 그런 위험한 여행을 떠나게 회사가 놔두겠니? 거듭 말하지만 낭만적인 관광을 꿈꾼다면 철저한 오산이야. 이제까지 본 시간여행 영화는 머릿속에서 다 지워버려. 지름이 나노 크기인 시간 웜홀을 통과하는 건 살아있는 것들뿐이야. 뭔 소리인지 알아? 홀딱 벗고 땡전 한 푼 없이 낯선 세상에 굴러 떨어진다 이 말이야. 너를 보호해줄 안전장치 따위는 꿈도 꾸지 마."

"시간여행 원리는 저도 알아요. 그래서 생각해 둔 게 있죠. 왜 한국 속담에 궁하면 통한다잖아요. 이 문제는 나중에 따로 상의 드릴게요. 처음에 기획사가 펄펄 뛴 건 아저씨 말이 맞아요. 심지어 제가 미친 줄 알고 정신과 상담까지 받게 했죠. 하지만 마침내 타협이 이뤄졌어요. 선물을 챙겨주기로 했으니까."

"선물?"

"네, 선물!"

내가 의아한 얼굴로 중년 사내를 쳐다보니 그는 머쓱한 얼굴로 내 시선을 피했다.

"우륵이 쓰던 가야금! 그걸 구해 은밀한 데 보관했다 현대로 돌아와 도로 꺼내는 거죠."

갑자기 릴리의 목소리가 잦아들었다.

"그게 아저씨 장기라면서요!"

"뭐? 누가 그딴 소리하던?"

시간화가 가운데 역사복원학자와 학회로부터 받은 공식 사례에만 만족하는 이는 열에 하나도 되지 않는다. 대개 과거에 간 김에 귀한 물건을 슬쩍 묻어두었다 현대에 돌아와 다시 캐내 비싸게 팔아먹는다. 어떤 물건을 잡느냐에 따라 공식 사례의 몇 배에서 몇 십 배에 이르는 부수입을 올릴 수 있다. 공공연한 관행이자 공공연한 업계 비밀이었다. 얘가 어디까지 알고 있는 거지?

콧수염을 만지작대며 그레이 스튜어트가 부연 설명했다.

"솔직히 회사 입장에서는 릴리에게 무슨 일이라도 생기면 막대한 손해입니다. 당연히 안전상 문제를 우려해 처음에는 극력 반대했습니다. 하지만 릴리는 점점 더 깊은 슬럼프에 빠져들고 있습니다. 오늘 공연 보셨죠. 간신히 이 정도를 유지하고 있는 것만도 다행입니다. 신곡을 쓰지 못한지 벌써 1년. 연주의 질도 예전 같지 않아요. 섣불리 인류 오페라 하우스를 대관했다가 비평가들의 혹평을 들을까 두려워 공연 규모를 자꾸 줄이는 형편입니다. 이번 크루즈 투어를 이처럼 빡빡한 일정으로 강행군 하는 것도 회사 입장에서는 마지막 보험금을 일거에 타먹는 거랄까요?

제 마음도 편치는 않습니다. 다만 회사에서 녹을 먹는 사람으로서 경영진의 방침을 따르지 않을 도리가 없지요. 이번 크루즈 공연 건은 대외적으로는 일에만 시달려온 릴리에게 휴식을 병행하기 위해 마련했노라 홍보했습니다. 그러면서 기자들과 평론가들을 초청 리스트에서 은근히 빼버렸죠, 저와 절친한 몇몇을 빼고는.

아무튼 이대로 놔두면 릴리는 점차 마른 풀처럼 시들어갈 겁니다. 누구보다 가까이서 6년째 지켜본 제가 잘 압니다. 릴리의 청을 재고해주기 바랍니다. 사례는 섭섭지 않게 해드릴 겁니다."

오늘 들은 게 질이 떨어지는 연주였다고? 그 정도만으로도 당분간 따라올 자가 없겠던데. 대체 이 아이가 제 기량을 발휘하면 어느 수준이기에? 저녁 햇살이 비스듬하게 테이블 위의 커피 잔을 비추었다. 바다 한복판에서 만난 저녁노을은 생전 처음이다. 하늘이고 물결이고 간에 온통 붉게 물들여졌다. 아울러 소녀의 갈구하는 마음이 나를 불편하게 물들였다. 사정은 딱해 보이는데 어떻게 사양한다?

"팀은 어떻게 짤 겁니까? 역사복원학자는 누구를 섭외하고 있나요? 벌써 구했습니까?"

기획사 이사에게 던진 말인데 릴리가 말을 받았다.

"역사복원학자는 필요 없어요."

"뭐? 그럼 시간안전국 허가를 어떻게 받겠다는 거지?"

이건 도무지 시간여행의 ABC도 모르는 걸까? 하긴 역사복원학자가 필요했다면 그쪽에 먼저 연락했겠지. 그럼 역사복원학자가 시간화가를 섭외했을 테니 내가 이 자리에 와 있을 이유도 없을 테고.

그레이 스튜어트가 점잖게 덧붙였다.

"릴리는 곧 민속음악학 박사학위를 받습니다. 현재 학위 논문이 제출되어 있는데 이번 크루즈 여행이 끝날 때 쯤 가부를 알 수 있을 겁니다. 심사 직후 교수님들 반응으로 보아 안심해도 좋을 듯합니다."

"그래서요?"

내가 되물었다. 연주와 학업을 병행하는 독종이라 해서 시간여행 자격과 무슨 상관이 있다는 말인가.

"역사복원학자 3인의 추천을 받으면 비록 전공이 역사복원학이 아니라도 연구목적의 시간여행을 시간안전국에 신청할 수 있다는 조항이 있지 않습니까? 역사복원학자들만 시간여행을 독점하게 될 경우 학문연구가 편협해질 폐단을 방지하기 위한 일종의 안전장치로서 말입니다."

"그럼 벌써 세 사람한테 추천을 받았다 이 말입니까?"

릴리와 그레이 스튜어트가 누가 먼저랄 것도 없이 동시에 고개를 끄덕였다. 시간안전법 전문을 기억하지는 못하나 아마 그런 조항이 있을걸. 하지만 나는 물론이고 주위에서 그런 사례를 본 적 없으니 거의 사문화된 법조항이나 마찬가지라고 여겨왔다. 이 아이가 이렇게까지 해서 우륵을 만나려는 까닭이 뭘까? 끝까지 가보려고? 무슨 끝? 어떤 끝?

"대단하군요. 어떻게 구워삶았는지는 모르겠지만. 결코 쉬운 일이 아니었을 텐데."

셋 중 두 사람이 누구인지는 군이 묻지 않아도 알 것 같았다.

"좋아, 릴리. 법적으로 문제가 없고 시간안전국의 여행 허가를 네 회사에서 얻어낼 수 있다면 나도 마냥 삐딱하게 굴 이유가 없지. 수고비도 평소보다 두둑이 준다니 고마운 일이고, 허나 마음만 먹는다고 뜻대로 되는 건아니야. 우륵이 어느 나라 사람인지는 아니?"

"그야 대가야 사람이죠. 제 논문 주제가 '우륵의 음악과 사상'인 걸요."

"내 그럴 줄 알았어. 대개 그렇게 알지. 하지만 우륵은 사이기국 백성이야. 대가라의 가실왕(嘉實王)이 우륵에게 짓게 했다는 가야금 12곡 중 한곡이 바쳐진 나라지. 그의 출신지인 성열현(省熱縣)은 지금의 의령군 부림면 신반으로 추정되는데, 우륵 생전에 그곳은 대가야의 직할영토가 아니라 그 영향권 아래 있는 소국의 땅이었어. 『일본서기』에서는 산반해국이라고도 해."

가야제국(伽倻諸國)의 후기 패권국가로 성장한 대가야(大伽倻)는 원래 반로국(半路國)이란 고령지방의 소국에서 출발했다. 가라(加羅) 또는 가라국이라 불리는 성장기를 거쳐 5세기 후반에서 6세기 초엽 대가라(大加羅)를 칭하게 된 이 나라의 왕은 악성(樂聖) 우륵이 타국 사람임에도 불구하고 고령지방으로 이주시켜 가야금 12곡을 작곡시킬 만큼 권력기반이 강력했다.

"우륵은 생몰년조차 불분명해. 그저 가실왕 때 사람으로 추정될 뿐. 실존인물이 아닐 지도 모르고. 네 음악학 논문의 가치를 깎아내릴 뜻은 없지만 실증적 역사연구에 적합한 인물인지 잘 모르겠거든."

이사의 낯에 당황한 기색이 스쳤지만 릴리는 요지부동이었다. 그녀의 눈짓에 금발의 콧수염이 마지못한 태도로 손가방에서 책을 한 권 꺼냈다. 두툼한 두께의 호화 양장본, 아주 낯익은 표지.

"이거요, 아저씨가 낸 책. 그림 위주에 주석이 따라붙은 형식이지만 가야 사람들의 생활을 들여다보는 데에는 이만한 것도 없데요. 직접 현장에 가서 보고 느낀 바를 그린 삽화집의 작가라면 책만 붙들고 있는 학자보다는 우륵을 찾는데 유리하지 않을까요. 어차피 삼국에 비해 가야에 대한 관심이 턱없이 낮은 건 사실이니까. 가야 음악은 고사하고 가야 역사와 문화에 대한 지식이 삼국시대의 다른 나라들에 비해 형편없는 현실은 저도 논문을 준비하며 절감했으니까요."

절로 쓴쓸한 웃음이 나왔다. 내가 낸 삽화집 『가야의 전쟁과 삶』은 솔직히 알맹이 이상으로 과대 포장된 기획 상품이었다. 가야의 여러 나라들을 주마간산이나마 직접 둘러본 건 사실이다. 하지만 당시 내 팀의 주안점은 554년 백제와 신라가 관산성에서 혈전을 벌일 당시 백제 편에 섰던 대가라를 비롯한 가야제국의 동향을 관찰하는 데 있었다. 결과적으로 내가 직접 가야 땅에 머무른 기간은 총 체류기간이었던 반년 중 한 달이 채 되지 않았다. 그러니 수박 겉핥기일 수밖에.

평소 내 사무실을 드나들던 모 출판사 대표가 나의 가야 스케치들을 보고 출간하자 조르지 않았던들 이 그림들이 책으로 엮여 나오지는 않았으리라. 그리고 책의 두께를 맞추느라 상상화를 다수 집어넣는 객기도 부리지 않았을 테고. 이 책은 당시 가락국을 무대로 한 드라마와 영화가 흥행에 크게 성공하는 바람에 분위기 편승용으로 급조된 기획출판물이었다. 삽화의 내용은 대가라와 그 주변 영향권 아래 있는 소국들의 생활상을 다루었지만 독자들은 개의치 않았다. 그들 대부분은 가락국이 속칭 금관가야이고 가라국 또는 대가라가 이른바 고령가야라는 데에는 하등 관심 없었다. 그냥 가야를 이상화한 가상사회의 일러스트에 현혹되었을 뿐. 꽤 팔려 용돈벌이는 되었으니 나야 불만은 없었다. 하지만 지금 와서 보니 여기저기 내돌리는 게 부담스러웠다.

"내가 가야에 한 번 가본 건 사실이야. 그러나 잘 알겠지만 가야는 한 나라가 아니야. 게다가 현대인들이 오해하듯 어떤 단결된 이데올로기나 이해관계로 똘똘 뭉친 연맹체와는 거리가 한참 멀어."

대학입시를 위해 박제화 되고 표준화된 교육에서는 가야 역사에 많은 지면을 할애하지 못했다. 지금도 가야 사회 하면 사람들은 청소년기에 학교에서 주워듣거나 대중용 교양역사 서적들에서 읽은 연맹체를 떠올린다. 날로 강성해가는 삼국의 압박에 버티고자 아직 고대국가 단계에 들어서지 못한 가야 소국들이 느슨한 연맹을 구성해 맞섰다는 고착화된 이미지는 실상과 다르다. 실제 역사 속의 가야 소국들은 자국의 이해에 따라 툭하면 서로 침략을 했다. 심지어 포상8국의 난에서 보듯 신라나 백제를 등에 업고 형제국들과 전쟁을 불사하기 일쑤였다.

"가야 제국(諸國) 전체가 하나로 뭉쳐 공동으로 공격하고 방어하기 위해 늘 연맹을 꾸렸다는 식의 해석은 아주 공갈 염소 똥이야. 전기에는 김해, 후기에는 고령을 중심으로 몇몇 소국들이 뭉치기는 했지만 가야 제국 전체로 보면 새 발의 피야. 더구나 방어와 공격 대상은 백제와 신라 또는 고구려가 아니라 바로 다른 가야 소국인 사례가 적지 않았다고. 개네들은 자국의 필요에 따라 일시 모이고 흩어지는 철저한 이해관계에 좌우되었다 이말이야. 이게 무슨 뜻이겠어?"

"조각조각 콩만 한 나라들이라 이곳의 정정(政情)이 무척 불안하다?"

그레이 스튜어트가 말을 뱉어 놓고 입술을 달싹였다. 그가 빈 커피 잔을 들어 웨이트리스에게 신호를 보냈다.

"어떤 운명이 기다리든……" 릴리가 큰 숨을 들이마셨다. "끝까지 가보고 싶어요. 아니, 가야해요."

허허벌판의 바닷바람이 사방에서 불어대는 난간에 서서 그레이 스튜어트가 씹는담배를 한 알 입에 넣었다. 나는 익숙하지 않은 높이에 현기증이 난 나머지 한손으로 난간을 짚었다. 배 밑에서 끓어오르는 하얀 거품이 내가 서 있는 곳까지 삼키려는 듯 기를 썼다.

"더 하실 말씀이 뭔가요, 스튜어트 씨?"

한 때 담배회사가 망할 만큼 끽연 인구가 멸종되다시피 한 시절이 있었다. 하지만 최근 니코틴의 맛과 효능을 내되 발암물질과는 무관한 개량 담배가 개발되면서 시장은 새로운 국면에 접어들었다. 변형된 니코틴은 각성 기능은 더 뛰어나면서도 몸에 티끌 하나 해롭지 않단다. 유전공학의 혜택이 끽연자들에게까지 차례가 돌아가다니. 그렇지만 믿거나 말거나. 담배회사들이 중독성은 여전히 제거하지 않았으니까. 고약한 냄새도 크게 개선되지 않았고. 나는 그에게 두어 발짝 거리를 두었다.

"제가 이 회사에 들어와 릴리를 챙긴 지 어느덧 11년이 다 되어갑니다."

껌을 씹듯 질경질경 우물대며 그가 한 알을 내게 내밀었다. 나는 빙긋 웃으며 거절했다. 내 거래처들은 담배를 피우지 않는 이들이 훨씬 많았다.

"회사에서 친권을 행사하여 릴리를 인도받았을 때 그녀는 열 살이었습니다만, 이미 다섯 살 때부터 제가 회사 대리인으로 허란정 여사 집을 뻔질나게 드나들었죠."

"이런다고 뭐가 달라지죠? 내 아무리 돈맛에 환장한 그림 장사치라도 그렇지 그 어린애를 사지로 끌고 갈 성싶소? 애가 철이 없으면 달래야 할 것 아닙니까."

콧수염 사내가 작은 한숨을 쉬었다. 그의 금발 머리카락이 센바람에 한쪽으로 몰려 이마가 훤히 드러났다. 깊게 패인 주름이 여럿이니 보기보다 나이가 더 먹었는지도 모르겠다.

"지금부터는 판타스틱의 이사가 아니라 릴리의 친구로서 말씀드리겠습니다."

그레이 스튜어트가 난간에 양 팔꿈치를 기대며 무게를 실었다. 그는 내 시선은 아랑곳 않고 정면에 아무 것도 없는 수평선을 바라보았다.

"6년 전 릴리의 친권이 판타스틱에 넘어온 이래 지금까지 허 여사와 회사 간에 지루한 소송이 이어지고 있습니다. 회사 쪽이 늘 유리한 고지를 점하고 있지만요. 당신은 DNA를 제공한 릴리의 유전자 부모들이 돈에 눈이 어두운 추악한 예술가들이라 생각했겠지요. 친권을 갖고 있는 쪽은 그들 중 하나가 아닌 법인 판타스틱 엔터테인먼트니까 말입니다."

돈으로 넘어올 성싶지 않으니까 달래려는 것일까? 그동안 온갖 시시콜콜한 이유로 과거 여행에 끼워 달라 억지 쓰는 청탁이 어디 한둘이었던가. 개중에는 정치권과 재계의 유력자 연줄을 끌어다 윽박지르는 이도 왕왕 있었다. 하지만 그들은 시간여행이 어떻게 관리되고 있는지 너무나 무지했고 무엇보다 이러한 시도가 자칫 얼마나 크나큰 재앙을 불러일으킬 수 있는지 무심했다. 예컨대 돌아가신 어머니를 꼭 좀 만나게 해달라는 효자도 있었다. 그는 시간안전법상 과거로의 시간여행은 현재로부터 최소한 500년 이전으로 거슬러 올라가야 유효하다는 법조문조차 몰랐다. 이는 현대사의 얼룩진 굴곡으로 인한 국내 갈등은 물론이거니와 인근 국가와의 군사 및 정치적 분쟁을 미연에 방지하기 위한 조치다.

"제가 입사하기 육칠 년 전쯤일 겁니다. 회사가 정상급 음악가들에게 릴리 프로젝트를 제안했습니다. 처음에는 아리안 인종주의의 추악한 재판(再版)이 될까봐 하나같이 냉소적으로 반응했죠. 그런다고 엄청난 흥행잠재력을 지닌 이 프로젝트를 포기할 경영진이 아니었습니다. 일류 음악인들의 정수(精髓)를 하나로 끌어 모은 새로운 천재의 탄생이 모차르트나 베토벤을 훌쩍 뛰어넘어 세계 음악계에 얼마나 지대한 공헌이 될지 집요하게 설득했지요. 한국 속담에 지성이면 감천이라던가요. 마침내 아홉 명의 음악계 인사들이 경영진의 열의에 마음을 열었습니다. 그들은 한 푼의 대가도 받지 않았습니다. 대신 복수 유전자 합성으로 태어날 신동의 양육비와 향후 활동에 대한 지원 전액을 판타스틱 엔터테인먼트에서 보장해주길 바랐습니다. 회사는 물론 받아들였지요.

그리고……릴리가 태어났습니다."

나는 잠자코 들었다. 지인들과의 관계를 생각해서라도 모양새 있게 매듭짓는 것이 나의 비즈니스 원칙이었다.

"아홉 명은 자신들의 의사를 대행할 대리인으로 허란정 여사를 선임했습니다. 그들 모두 DNA만 제공해서는 부모라 할 수 없으며 양육에 대한 책임을 일정 부분 져야 한다고 생각했습니다. 다만 책임감에 대한 정도는 사람마다 좀 차이가 있었죠. 가정을 꾸리는데 관심이 없는 독신주의자가 서넛 넘었고 커밍아웃 했건 안했건 동성애자도 두엇 있었습니다. 무엇보다 이들 전부가 하나같이 살인적인 스케줄에 시달렸습니다. 출산과 양육에 대한 책임은 자연히 회사에 넘어갔죠. 수정과 출산도 처음에는 산모 대신 인공부화기를 이용할 계획이었습니다. 그때……"

"허란정 씨가 자기 몸으로 낳겠다고 자원했겠죠."

아까 읽은 기사 내용이 떠올랐다. 그가 내게로 고개를 돌려 시선을 맞추었다.

"그렇습니다. 아홉 명의 대표로서 출산과정 전반을 견학한 허 여사는 돌연 마음을 바꿔 자연임신 하겠다며 산모로 자원했습니다. 수태부터 태아의 발육까지 안전도가 급격히 높아지니 회사와 의료진에서도 마다할 이유가 없었지요. 그때만 해도 회사 역시 나중 일까지는 깊이 따져보지 못한 겁니다."

"핵심이 뭡니까?"

그가 가까이 다가왔다. 코를 간질이는 유사 니코틴 냄새. 화학식의 변화가 왜 고약한 냄새까지는 제거해주지 못할까. 하긴 담배에서 장미향이나 바나나 냄새가 난다면 누가 담배를 피우겠나.

"계약서상에 아홉 명은 회사 측에 일체의 친권과 양육권까지 인도했습니다. 아이를 지적으로나 사회경제적으로 조금도 부족함이 없게 키워야 한다는 조건을 대신 단서로 달았지만 말입니다. 그런데 정작 출산을 하고 나자 허란정 여사가 심하게 동요했습니다. 자기 배로 난 갓난아기를 인간이 아닌 법인에게 맡길 수는 없다고 버텼죠. 계약은 수태 이전 이뤄졌기에 회사 측은 릴리 허에 대한 법적으로 정당한 친권과 양육권을 갖고 있었습니다. 그러나 회사로서도 갓난아기를 탈 없이 잘 키우는데 자신이 없었습니다. 더욱이 그냥 유모보다는 음악가 엄마가 키우는 편이 아이의 재능을 조기에 각성시키는 데 유리하다고 보았고요. 해서 타협이 이뤄졌습니다."

"타협요?"

"친권은 회사가 보유하되 열 살까지의 양육권은 허 여사에게 위탁한다는 조건이었습니다."

"그 십년이 지나고 나서 허란정 씨는 더욱 고통스러워했겠군요."

"그래도 그녀는 산전수전 다 겪은 어른이잖아요. 회사 울타리 안에서 릴리의 의사를 대변해줄 유일한 창구는 저뿐이었습니다. 열한 살부터 지금까지 6년 동안 그녀는 조금씩 안으로 멍들었습니다. 최근까지 내색하지 않았을 따름이지."

"아이가 우륵을 만나고 온다 해서 달라지는 게 뭡니까? 우륵이 쓰던 가야금 하나 가져다주면 정말 회사가 아이한테서 손 뗀답니까?"

단도직입적인 내 질문에 금발의 콧수염은 빤히 내 얼굴을 보더니 가만히 고개를 끄덕였다.

"노예의 사슬을 풀러 과거로 간다?" 내가 혼잣말처럼 말하는 바람에 입에서 우리말로 나왔지만 그레이 스튜어트는 얼추 알아들었나보다. 바로 대답이 돌아왔다.

"회사뿐 아니라…… 다름 아닌 자기 자신으로부터 벗어나려 한다는 점에서 이중사슬을 푸는 거죠."

나의 갸우뚱하는 표정에 그가 부연설명 했다.

"릴리의 음악성이 범인(凡人)의 기준을 월등히 넘어서는 것은 사실이지만 그녀 역시 사람입니다. 원하든 원하지 않든 세계 정상의 반열에 오른 그녀가 발전이 없는 삶을 지탱할 수 있을까요? 아까 말씀드린 대로 그녀는 최근 심한 슬럼프입니다. 회사에서도 그녀의 제안에 동의해준 큰 이유 가운데 하나가 이대로는 상품성이 떨어질 일만 남았기 때문에 선택의 여지가 많지 않다고 본 겁니다."

"저는…… 음악에 조예가 있다고는 할 수 없지만 오늘 들은 연주는 결코 범상치 않던데요?"

내 뒤로 단체티를 입은 사람들이 삼삼오오 지나쳤다. 티셔츠에는 릴리 또는 릴리 허라고 새기거나 아예 릴리의 긴 이름 전체를 둥글게 방사형으로 디자인 해놓았다. 더러 릴리의 캐리커쳐가 함께 들어간 티셔츠도 눈에 띄었다.

"철이 들면서 릴리가 가장 괴로워했던 문제는……"

"자신의 실력이 노력이라기보다 거저 얻은 것이고 자신은 그 천부의 재능을 그저 플레이만 하고 있을 뿐이란 자괴감, 뭐 그런 겁니까?"

"네, 그 비슷합니다. 더욱이……"

그제야 나는 그가 진심으로 릴리를 걱정한다는 인상을 받았다. 바람에 나부끼는 앞머리 사이로 아까보다 더 깊이 팬 주름이 눈에 들어왔다.

"작곡을 위한 영감이 잘 떠오르지 않거나 연주가 마음대로 되지 않을 때에는, 다시 말해 조금만 스트레스를 받아도 내 한계가 여기까지인 것은 아닐까. 엄마 아빠들이 준 선물 이상을 넘어설 나만의 독창적인 세계가 과연 존재하기는 한 걸까? 요즘 그 아이 머릿속은 온통 그러한 강박증으로 가득 차 있습니다."

"어렸을 때에는 다 그런 고민하고 살잖아요. 릴리는 더군다나 한창 사춘기라고요."

그레이 스튜어트가 입맛이 쓴 표정을 지었다. 바다의 거품 속에 침을 뱉더니 새로운 담배 한 알을 입에 넣었다. 담배를 피우면 위생이 나빠지는 현실은 신제품이라도 여전히 개선되지 않았나보다.

"처음에는 저도 그렇게 생각했습니다. 남들 눈을 피해 심리치료사나 정신분석의를 붙여 치료해보려고도 했고. 하지만 나아지기는커녕 갈수록 침울해지고 말수가 줄어들더군요. 무대에서 본 모습과 아까 직접 말씀을 나눌 때 확연한 차이를 느끼지 못했습니까?"

이번에는 내입에서 한숨이 나왔다. 바람소리에 거의 들리지는 않았지만.

"엄마에게 돌아갈 수도 없고 자기 재능을 자신하지도 못한다 이 말이네요."

"번민 끝에 릴리가 도달한 결론은 이렇습니다. 자신이 지금까지 보여준 재능은 현대문명의 이기(利器)가 만들어낸 기대치 그 자체다. 만일 자신이 이와 동떨어진 시공간, 다시 말해 가야금의 원류를 만나 아날로그적으로 받아들인 영감과 경험에서 뭔가 새로운 것을 창조해낸다면, 그것은 자신의 100% 순수한 노력의 결과라 볼 수 있지 않을까."

잠시 침묵이 흘렀다. 왼손으로 눈가와 콧등 사이를 비비다 내가 입을 열었다.

"우륵이 직접 만들거나 쓰던 가야금을 온전히 보전해 발굴한다면 그 가치는 현재 일본에 전해져 내려오는 2대의 신라금과는 비교할 수 없을 만큼 엄청나다는 사실, 회사도 잘 알고 동의한 거겠지요?"

신라금은 원래 가야금이지만 가야 패망 후 신라를 통해 일본에 반입되었기에 그러한 이름이 붙었다. 사정을 들어보니 릴리 허 일행은 내가 거절해도 다른 누군가를 섭외해서 떠날 게 분명했다. 더욱이 시간안전국의 허가도 따내기 어렵지 않아 보였다. 학술연구로서의 명분을 내세울 수 있을 뿐 아니라 비용 전부를 국가나 학술단체의 지원이 아닌 자비부담으로 하겠다고 할 테니까.

"정확히 제 보수는 어느 정도로 생각하십니까?"

그레이 스튜어트의 말투가 은근해졌다.

"이번 루나시티 외곽에 새로 조성되는 대단위 레저쇼핑센터의 상가를 하나 분양 받으셨더군요. 듣자니 잔금일이 코앞이라면서요. 최근 금융위기로 지구촌 전역의 부동산 경기가 착 가라앉는 바람에 한국에 보유한 부동산을 처분해서 치르기는 여의치 않지요? 지구경제의 침체 여파로 루나시티 상가에도 언제 임차인이 들어올지 모르는 형편이니 보증금으로 잔금 일부를 충당할 수도 없고. 계약금만 내고 중도금은 융자받았을 텐데 잔금까지 신용으로 추가융자받긴 어렵겠죠. 등기부를 보니 한국의 보유 부동산들도 융자가 꽤 들어있더군요. 그걸로 루나시티 상가 계약금을 내셨나 봐요."

내 얼굴이 발개졌다. 이 자식이 내 뒷조사까지! 글로벌 기업이라 확실히 다르긴 다르군. 뭐 씹은 표정으로 나는 아무 말도 하지 않았다.

"꽤 큰 상가를 받으셨던데. 잘 묻어두면 대박이 나겠던데요."

그가 싱긋 웃으며 콧수염을 손가락으로 말아 올렸다.

"착수금으로 상가 잔금의 30%를 드리겠습니다. 그리고 나머지는 목적을 이루고 돌아오면 드리지요. 대신 그 사이 분양받으신 상가 잔금의 70%는 저희 회사의 신용으로 융자해드리겠습니다. 아 참, 무이잡니다!"

A. D. 550년 초가을 낭성(娘城)

이른 오후 장대비가 잦아들자 주막에 사람들이 하나둘 꼬였다. 어떤 이는 악사 같은 복장에 장식이 요란한 관(冠)을 썼다. 또 어떤 이는 풍류남아답게 한껏 멋을 낸 비단으로 온몸을 감쌌다. 처마 구석에는 날로 먹을 궁리에 눈이 벌건 날건달 같은 녀석들도 한둘 눈에 띄었다. 이들은 저마다 똑같은 기대에 부풀었다. 소 한 마리가 구성지게 울어대자 군중의 시선이 일제히 그쪽으로 쏠렸다. 주막에서 왼편으로 몇십 걸음 떨어진 헛간에 누런 황소와 암소 두 쌍이 가지런히 묶여 있었다. 사기꾼 같은 눈매의 사내 하나가 입맛을 다셨다. 저치는 주제 파악도 못하고 김칫국부터 마시는군.

벌써 넉 달 보름이 지났다. 남은 체류기간은 한 달 반 남짓. 애초의 우려가 현실이 되었다. 우륵의 행방을 찾는 건 모래밭에서 바늘 골라내기였다.

우리는 우륵의 주 활동무대였던 가라국, 그러니까 대가야의 본고장이라 할 고령지방은 물론이고 그가 태어났다는 사이기국의 성열현(省熱懸) 일대를 수소문하고 다닌 끝에 엿새 전 낭성(娘城)에 이르렀다. 오늘날로 치면 청주 근방이다.

한 가지 위안이라면 우륵이 실존인물임을 새삼 확인했다는 사실이다. 그것도 바로 우리가 찾아온 이 시대에. 말과 풍속이 조금씩 다른 가야 소국들 고을고을을 발이 부르트도록 돌아다니게 만든 원동력은 조만간 어딘가에서 그를 만나게 되리라는 희망이었다.

많은 사람들이 우륵을 알았다. 아니 정확히 말하자면 우륵의 노래를 알았다. 가야금을 연주하는 전문악사가 아닌 일반 백성들도 입에서 입으로 전해지는 그의 가락을 즐겨 읊조렸다. 논밭에서나 장터에서나. 하지만 그의 구체적인 행적을 아는 이는 없었다.

그나마 우륵에 대해 사람들이 말해준 단편적인 정보들을 모아 곱씹어보면 그는 한 마디로 가라제국(加羅諸國) 최대의 정치범이었다. 단순한 악사가 아니었다. 사상범이었다. 이점이 바로 그를 오매불망 찾아 헤매는 우리 일행을 난감하게 만들었다. 우륵에 대한 수소문은 대놓고 할 수 없었다. 자칫 간자(間者)에게 걸렸다가는 관아에 끌려가 치도곤 당하기 십상이었다. 해서 사람들은 자기도 모르는 사이 우륵의 가락을 흥얼거리다가도 정작 우륵에 대해 물어보면 함구했다.

대청마루의 방문이 열리고 한 사내가 상체를 내민 채 내게 눈짓했다. 나는 마당 한가운데로 나가 목청을 가다듬었다. 마루턱에 앉아 있던 이들부터 처마 아래 비를 피하던 사람에 이르기까지 일제히 나를 주목했다. 새로운 동네로 옮겨갈 때마다 말을 배우고 적응하느라 적잖이 애먹었다. 떠나오기 전 석 달 동안 가야어를 공부하긴 했다. 하지만 역사복원학자들과 내가 주위들은 어휘가 워낙 제한적인 데다 가야란 곳이 하나의 통일국가가 아니라 언어와 습속이 조금씩 다른 소왕국들이다보니 현장에서 부딪쳐 배워야 할 말이 한둘이 아니었다. 더욱이 가야의 영향권을 벗어나 북쪽의 이곳까지 오고 나니 어렵사리 배운 가야어 자체가 무용지물이 되어가고 있었다. 신기하게도 릴리는 나보다 언어 적응력이 빠르고 유연했다. 요즘 들어 왕왕 내가 못 알아듣는 말을 풀이해줄 정도니까.

"자, 경연(競演)을 시작하겠소이다. 저자거리에 내건 목간(木簡)에 밝혔듯이 우리 아씨와 겨뤄 이기는 자는 소 암수 한 쌍을 상으로 받게 되오. 심사는 함께 경연에 나선 분들과 아씨가 협의하여 결정할 거요. 설사 진다해도 여러분이 치러야 할 대가는 없소이다. 자, 그럼 이쪽부터 한 줄로 들어가시오."

주막에서 가장 큰 방. 그러나 열 명 넘게 들어와 자리 잡고 보니 더 이상 발 디딜 틈이 없었다. 몇몇은 자신이 평소 쓰던 가야금까지 손수 챙겨와 더욱 비좁았다. 별 수 없이 공간을 최대한 활용하다보니 릴리와 그녀의 보호자를 경연자들이 빙 둘러싸는 배치가 되었다. 장마가 아직 완전히 물러가지 않은 탓에 방 안은 퀴퀴한 메주 냄새에 남정네들 발 냄새까지 섞여 사극 드라마에서는 맛볼 수 없는 후각효과가 유별났다.

보호자가 시합용으로 준비한 여분의 가야금 두 대를 그들과 경연자들 사이의 빈 공간으로 옮겼다. 보호자란 내가 붙인 별명으로 아까 방문 열고 내게 눈짓한 사내다. 이번 여행은 여러모로 호사스러운 편이다. 보호자는 온갖 잡종무술을 섭렵한 고단자로 검술과 봉술까지 뛰어난 서른 초반의 사내다. 릴리의 안전을 위해 기획사에서 붙인 전담 경호원이다. 그가 있었기에 릴리뿐 아니라 우리 일행의 안전을 담보할 재산을 지키기 쉬웠다. 단적인 예가 저 바깥에서 울어대는 소들의 관리 문제다. 소들을 몰고 한적한 산길을 넘으며 몇 차례 시비가 있었지만 남자랍시고 내가 나설 기회조차 없었으니까.

시간여행에 사람 뿐 아니라 가축을 데려가자는 꾀는 릴리에게서 나왔다. 타임웜홀을 통과할 수 있는 것은 유기체뿐이다. 카메라를 포함한 관찰 도구는 물론이요, 옷가지조차 가져갈 수 없다. 당연히 무기 반입 불가! 시간여행자가 실오라기 하나 걸치지 못하고 시간터널을 넘을 수밖에 없는 이유는 시간안전국 사출방에서 그의 몸과 옷을 양자 단위로 일일이 구분해 전송할 수 없기 때문이다. 옷의 입자와 인간의 세포를 구성하는 입자들이 한데 뒤엉킨다고 생각해보라.

옷만 먼저 보내고 사람이 나중에 가는 잔꾀는 먹히지 않는다. 무생물인 옷 속에는 나노봇들을 주입해봤자 소용없으니까. 나노 크기의 이 로봇들은 말이 로봇이지 유기단백질로 되어있다. 이들은 인체 속의 영양분에서 에너지를 얻기 때문에 옷이나 카메라에서는 살 수 없다. 이 나노봇들이 일정량 이상 인체 속에 활동하고 있어야 시간여행 송수신 과정에서 시간안전국 산하의 수퍼양자컴퓨터가 여행자의 시공간 위상좌표를 정확하게 확인할 수 있다.

이제까지 두 명 이상의 인원으로 팀을 꾸려 출발한 예가 없지는 않다. 그러나 가축을 함께 데려간 적은 한 번도 없었다. 여행자 한명만 더 늘려도 전송비용이 크게 증가하는 탓에 연구자들의 운신의 폭이 넓지 않은 까닭이다. 사실 가난한 학자가 어떻게 확보한 연구 자금인데 일행에 동물을 동반하는 호사를 꿈꾸겠는가. 반면 릴리는 회사를 등에 업고 호화판 여행을 기획했다. 나 이외에 보디가드를 한 명 추가한데다 소와 돼지를 잔뜩 끌고 나섰다. 상상이 되는가. 시간여행 소녀와 소떼 그리고 돼지떼……

결과적으로 나도 덕 좀 봤다. 저잣거리나 기방에서 온종일 죽치고 앉아 초상화를 그리거나 급조한 여인네 화장품을 팔아치우느라 되도 안 되는 말로 사기 칠 필요가 없었다. 노잣돈 만드느라 용쓰지 않아도 되었다 이 말이다. 시간여행의 초기 기간 대부분은 연구보다는 당장 먹고 살 궁리하느라 허비하는 게 상례다. 하지만 이번만은 예외였다. 보호자가 먼저 당도해 차례차례 도착하는 가축들을 지켜 섰다가 나와 릴리가 도착하자 쌩하고 사라졌다. 그리고는 금방 옷가지를 챙겨왔다. 시간여행 떠날 때마다 옷가지 슬쩍하는 경험이 풍부한 나조차 놀랄 노자였다.

우리는 백제에서 온 부유한 상인 행세를 하며 돼지 전부와 소 암수 한 쌍을 팔았다. 대신 우리 손에는 이 시대의 교환화폐인 비단과 덩이쇠 그리고 중국 동전들이 남았다. 우리한테 소와 돼지를 산 상인들에게는 미안한 일이지만. 그 가축들은 우리와 마찬가지로 반년의 체류기간이 끝나면 그 사이 도축되지 않는 한 시안안전국 귀환방으로 재전송될 것이다. 귀중한 재산이 어느 날 갑자기 허공으로 펑하고 사라진다 이 말이다. 가축에게 주입한 나노봇들이 과거인들의 몸속에 들어갈 염려는 없었다 조리과정에서 열을 가하면 유기질 나노봇들은 파괴된다. 산 채로 물어뜯지 않은 한 문제될 일이 없었다.

낭성지방은 백제와 신라 그리고 가라국 삼자가 저마다 지배권을 주장하는 경계라서 남쪽보다 우리가 운신하기에 나쁘지 않았다. 릴리는 외모가 이국적인 약점을 도리어 강점으로 바꾸었다. 서역에서 온 귀족집안 여인과 백제 고위관료 사이에 태어난 딸로 가야금에 심취하여 받들 스승을 찾고 있다 떠들고 다녔다. 삼국시대 또는 가야까지 포함한 사국시대에는 배타적인 조선시대와는 달리 파란 눈의 외국인을 수도와 항구처럼 물류 유통이 활발한 곳에서 찾아보기 어렵지 않았다. 실제로 5~6세기에 매장된 신라

무덤들에서 서역 유물들이 종종 나온다. 중국에는 한(漢)나라 때부터 이미 장안(長安)에 서역인 수가 1만 가구 넘었다 하니 한반도에서 마주치지 못할 이유가 없었다. 더욱이 가야와 백제는 국제해상무역으로 한 몫 하던 나라들 아닌가.

"예 있소."

문가에 선 내가 번호가 적힌 작은 목간들을 좌중에 하나씩 나눠주었다.

"이 순서대로 시작하면 되오. 첫 번째 경연자, 뉘요?"

"예 있소!" 멋지게 의관을 갖춰 입은 악사차림의 중년 사내가 지그시 눈을 감은 채 두 손을 가야금의 현에다 갖다 대었다. 어쭈, 저 자식은 자기 가야금을 갖고 왔네 그려. 나이로 보나 분위기로 보나 혹시 우리가 찾는 인물?

"아무래도 이런 식으로는 답이 나오지 않겠어. 돌아갈 날은 코앞인데, 되도 않는 피라미들만 꼬이고."

나는 굽다리 접시에 놓인 전을 하나 젓가락으로 집어 들었다. 스트레스와 분리하여 나는 위(胃)를 기쁘게 해주려 애썼다. 하지만 릴리는 수저조차 들지 않았다. 보호자는 옆에서 아무 말 없이 조와 섞은 쌀밥을 씹었다. 재래종치고는 이곳 벼가 상품인지 맛이 괜찮다. 위례성 남단에 벼농사가 도입된 지 오백년이 넘었으니 중부와 호남에서까지 이렇게 호사를 누렸다. 물론 누구나 그렇다는 얘기는 아니고 우리처럼 호화유람단에게나 해당되는 얘기지만. 아무튼 고구려의 유리왕을 만났을 때만 해도 꿈꿀 수 없었던 식단이다. 답답하다 못해 속이 터져 나도 모르게 내뱉은 불평이지만, 밥상 앞의 릴리를 보니 안쓰러워 화제를 돌렸다.

"릴리야, 이것 좀 봐."

수심이 깃든 갸름한 얼굴이 내가 가리킨 접시를 향했다. 그리고 말없이 다시 나를 쳐다보았다.

"이 굽다리 접시 말이야. 이걸 보면 이 동네가 가라국에서 멀긴 하지만 아직 그 영향권 아래 있음을 알 수 있지. 우륵인지 우동인지가 벌써 예까지 흘러들었을지 누가 알아."

굽다리 접시는 가야지방 고유의 그릇이다. 넓적하고 평평한 그릇과 기대(器臺) 사이를 가늘고 높은 목이 떠받친 모양새다. 굽다리 접시도 산지에 따라 조금씩 달라 상 위에 놓은 접시는 목이 똑같은 폭으로 길쭉한 것이 고령지방에서 흘러들어 왔음이 분명했다. 접시의 목이 팔자형(八字形)으로 생긴데다 작은 구멍들까지 송송 뚫려 있다면 산지가 영락없이 김해 지방일 테지만. 그릇이나 토기만 봐도 알 수 있듯 가야제국은 인접한 신라나 백제와는 달리 하나의 단일국가가 되지 못해 뭐든지 조금씩 제멋대로다. 정치도 경제도 문화도. 그래서 우륵이란 초국가적인 존재가 더 없이 빛을 발하는 것일까?

"저도 그리 생각하고 싶지만, 바로 옆에 있는 이 사발은 백제양식 아닌가요? 게다가 여긴 현재 신라 관할이고."

"어? 허허."

녀석, 위로해주려는 속도 모르고 남의 밥그릇에 숟가락 놓으려 드는군. 기를 소진하긴 했나 본데. 릴리는 아까부터 한 손으로 왼쪽 눈두덩을 누르며 문질렀다. 날마다 열댓 명의 연주를 일일이 들어보고는 자신의 연주를 들려주어 그들이 부끄러운 낯빛으로 내빼게 만드는 일상의 반복은 그녀를 지치고 또 지치게 했다.

"아무튼 아직 게임이 끝난 건 아냐. 대가라에서 출발해서 우륵의 출신지인 사이기국과 다라국, 임례국, 자타국 등 서부 경남으로 내려갔다가 걸손국, 졸마국, 거열국 등을 거쳐 올라오며 북부 내륙으로 행선지를 잡은 것은 내 나름대로 다 생각이 있어서야.

우륵에 관한 기록은 단편적인 것들밖에 남아있지 않지만 이를 종합해보면 적어도 532년에는 우륵이 가라국을 떠난 것 같아. 그로부터 19년 뒤인 내년, 그러니까 551년에 우륵이 신라에 투항한다고 기록에 나와. 진흥왕 12년에 하림궁(河臨宮)에서 우륵이 새로운 가야금 곡을 지어 연주했다는 거야. 그의 연주에 뿅간 진흥왕이 국원(國原), 다시 말해 오늘날의 충주(忠州)에다 거처를 마련해주었대."

국원은 고구려와의 접경 지역으로 신라왕이 우륵을 곁에 두지 않고 그리 먼 변경으로 보낸 이유는 그가 작곡한 음악의 사회통합 메시지를 활용하고자 함이었다. 단지 우륵의 음악성만 높이 산 것이 아니라 대가라의 가실왕이 우륵을 아낀 이유를 진흥왕이 정확히 꿰고 있었다는 뜻이다.

"진흥왕과 만난 게 역사적 사실이라면 왜 그때 그곳으로 가지 않았나요?"

속상한 마음이 고스란히 배어나온 물음. 앞으로 귀환하기 전까지 남은 기간은 고작해야 한 달 보름.

"릴리야, 네가 무슨 사극 드라마의 여주인공이라도 되냐?" 내가 퉁명스레 받아쳤다.

"네?"

"누구나 목은 하나뿐이니까."

보호자가 처음으로 말문을 열었다. 상에서 물러나 벽에 등을 기대는 꼴이 배불리 먹은 모양이다. 그는 등에 목검이 매어져 있어 배길 법 한데도 개의치 않았다. 잘 때 빼곤 보호자는 목검을 늘 등에 맸다. 여기가 그렇게 불안한가?

"바로 그거야. 정체불명의 신분으로 왕궁 근처에 얼씬대다 된통 걸리면 어찌 되겠니? 내가 유리왕 앞에 끌려가 황천 갈 뻔한 얘기 해줄까?"

릴리가 입을 앙다물었다. 어떤 설명도 답답한 그녀의 가슴을 뚫어줄 수 없었다. 그녀는 일생일대의 도박을 했다. 빈손으로 돌아갔다간 아낌없는 투자를 해준 회사에 면목이 서지 않을 테고 기존의 불평등 고용관계는 언제까지고 지속되리라. 여기 오기 전처럼 슬럼프를 핑계 삼아 태업할 처지도 못될 테고.

"남은 한 달 반 동안 더 이상 돌아다니지 말고 예서 진 치는 게 그래도 확률이 가장 높아. 우륵이 가야지방을 떠나 북으로 북으로 떠돌다 내년에 진흥왕 눈에 띄게 되니 그가 낭성에 머물렀다는 시기가 바로 요맘때 아닐까 싶어."

"하지만 아저씨도 알다시피 우륵 선생은 얼굴을 내놓고 다닐 수 없는 지명 수배자잖아요. 이렇게 포상을 걸고 유인해도 미끼를 물지 않으니 속이 터질 밖에요."

가라국과 사이기국에서 주위들은 말에 따르면, 우륵은 불과 19세의 나이에 가라국 왕에게 스카우트될 정도로 출중한 인재였다. 당시 역사 기록을 보면, 섬진강 물줄기 타고 야금야금 밀고 들어오는 백제의 노골적인 세 확장에 부담을 느낀 대가라 또는 대가야의 왕은 기존의 친백제 정책을 유보하고 주변 가야 소국들과 대동단결할 필요성을 절감했던 모양이다. 때마침 왕은 이웃 소국 사이기국의 사신을 접견했다. 사신이 자기 나라의 천재 악사 우륵에 대해 침이 마르게 자랑하는 얘기를 듣다가 왕은 불현듯 힌트를 얻었다.

주변 소국들 위에 군림하던 대가라 왕은 사이기국 왕에게 우륵을 보내달라고 했다. 그는 우륵에게 두 가지 명을 내렸다. 하나는 가야에 전래되어 온 기존 현악기 '고'[1]를 새로이 개량해 가야를 대표할만한 악기인 이른바

---

1 삼국시대, 특히 가야에서는 현악기를 순수한 우리말로 '고'라 불렀다.

가야고를 만드는 것이고, 다른 하나는 이 새 악기에 걸맞은 곡을 다수 짓는 것이었다. 가야고는 우륵의 시대에 지어진 가야금 명칭. 왕은 우륵이 뛰어난 악사지만 악기 제조의 경험은 일천한 젊은이임을 감안하여 '고'를 만드는 이름난 장인 이바라기[伊伐支]와 짝지어주었다 한다.

상을 물리자 보호자는 축사를 돌아보겠다며 나갔다. 그는 임시 축사가 된 헛간에서 한참 있다 오곤 했는데 무슨 꿍꿍이인지 모르겠다. 단지 소들에게 꼴만 먹여주고 오는 길 같지는 않았다.

방 안에서 릴리는 가야금으로 손을 풀었다. 요즘 내 귀가 호강한다. 뉴욕 브로드웨이에서 공연되는 그녀의 연주회 티켓이 얼마더라? 매일매일 온종일 지겨울 만치 그녀의 독주를 도돌이표처럼 듣고 앉아 있자니 좀이 쑤신다. 문을 여니 처마 너머로 다시 보슬비가 내렸다. 보호자와 달리 나는 비 맞고 생고생할 마음이 없었다. 이제 인이 박히다시피 한 그녀의 목소리와 연주가락이 내 귀를 타고 흘러들었다.

눈부시네, 눈부시네.
청예(靑裔)[2]로는 둥글고 붉은 하늘의 얼굴을 가릴 수 없네.
이비가(夷毗訶)[3]의 기운 받아 임나가라(任那加羅)[4]의 아침이 밝아오네.
어려려 어어헤야 어려려 월월하량
비추네, 비추네.

---

2 김해에 근거를 둔 가락국(금관가야)의 시조 김수로의 또 다른 이름. 문자 그대로 해석하면 푸른 옷이란 뜻이 된다.
3 가야 사회에서 부르는 천신의 이름. 그는 가야산 산신이자 여신인 정견모주(正見母主)와 감응하여 가락국 시조 뇌질청예(김수로왕)와 대가라 시조 뇌질주일(이진아시왕)을 낳게 했다 전해진다. 학자들은 이 신화를 후기가야 패자인 대가라(가라국)가 전기가야 패자 가락국(남가라)의 후광을 업으려 창작한 것으로 보기도 한다.
4 님의 나라 또는 주국(主國). 다시 말해 가야 소국들 가운데 가장 중심적인 국가라는 뜻이다.

가라달 마루에서 다벌(多伐)⁵까지 누리누리 비추네.

신지(臣智)와 험측(險側), 번예(樊穢)와 살혜(殺傒)가 칭송하네.⁶

남가라(南加羅)의 남은 한(恨), 대가라의 꿈을 뒤쫓네.

어려려 어어혜야 어려려 롤롤롤롤

구성지면서도 힘찬 가락, 우가라도다. 훗날 한문으로 기록되며 상가라도(上加羅都)로 제목이 고쳐지겠지만. 우륵이 대가라 왕의 명을 받들어 만든 12곡 가운데 으뜸으로 치는 곡이다. 이를테면 가수가 낸 음반에 실린 여러 곡 가운데 방송에 띄우려 애쓰는 대표곡이랄까. 우가라도는 아랫가라도(下加羅都)와 대비되는 노래제목이자 지명이다. 12곡의 타이틀 전부가 대가라와 그 주변의 대가라 영향권 가야 소국들 이름에서 따왔으니 이는 누가 보더라도 정치적인 색채가 두드러진 선전선무(宣傳宣撫) 행위였다. 백제 입장에서는 고까울 수밖에 없는.

가사 내용을 봐도 뇌질주일(惱窒朱日)⁷이 건국한 대가라가 뇌질청예(惱窒靑裔), 즉 김수로가 세운 남가라가 못다 이룬 가야제국의 대업을 잇겠다는 노골적인 선전가요임을 알 수 있다. 가락국, 다시 말해 남가라의 구형왕이 종묘사직을 들어 신라에 바친 해에 이 곡 또한 대가라 왕에게 바쳐졌으니 자못 의미심장하다 못해 비장미까지 풍긴다.

"설마 체포된 건 아니겠죠?"

곡이 끝났음에도 진동의 여운이 가시지 않은 현들을 가녀린 손가락들로

---

5 오늘날 경남 합천지역에 세워졌던 가야 소국 중 하나. 고령에 근거를 둔 대가라가 강성해지며 그 세력 안으로 들어갔다.
6 모두 가야 소국의 부족장 또는 지배자에 대한 호칭으로, 이중에서는 신지가 가장 큰 나라의 군주 호칭이다.
7 뇌질은 가야 사회에서 족장을 의미하는 토착어다.

멈춰 세우며 릴리가 물었다. 우륵의 원곡을 들어본 적은 없으나 저잣거리에서 주위들은 노래로 저만치 편곡해 연주할 정도이니 아까 경연자들이 혼비백산하지 않을 도리가 있나.

"가실왕의 대외정책을 상징하는 얼굴이니 지금 왕의 부하들이 안다면 가만두지 않겠지. 하지만 말했잖아. 뇌물 써서 사귄 가라국 하급관원에게서 들은 바에 의하면……"

"알아요, 알아. 그렇지만 이토록 발바닥 갈라지게 쫓아다닌들 그림자도 밟지 못했으니. 완전히 헛수고 하는 건 아닌지."

"역사를 믿자고. 진흥왕 앞에서 연주할 운명을 타고난 작자가 가라국 병사에게 목이 달아났겠어?"

우륵과 이바라기는 2년여에 걸친 공동작업 끝에 가야고를 완성했다. 동시에 우륵은 가야고의 특성과 절묘하게 어우러지는 곡들을 연이어 창작했다. 제일 처음 왕 앞에 공식적으로 선보인 곡이 우가라도였다. 매우 만족한 가실왕은 그 외에도 대가라에 우호적인 인근 소국들을 기념하는 곡을 각 지역 민요가락을 참고하여 지으라 하명하였다.

고대사회에서 음악의 비중은 결코 가벼이 여길 수 없다. 삼한사회의 축제와 제례에서 춤과 어우러진 노래와 음악은 사회구성원들의 결속을 다지는 효과적인 수단이었다. 아울러 특정 지역에 대한 음악을 공적인 자리에서 연주하는 행위는 해당지역에 대한 지배의식을 대내외적으로 드러내는 정치적 제스처였다. 실제 그곳을 정치군사적으로 지배하고 있느냐는 별개의 문제였다. 고대 중국과 일본에서도 국가행사를 치를 때 이미 멸망해 없어진 나라들의 음악까지 연주하곤 했다. 이는 제례악이 실질적인 영토 지배 뿐 아니라 관념적 상징적 지배까지 포괄하는 정치선언임을 시사한다.

이렇게 해서 10곡이 탄생했다. 저마다 가야 소국들 하나하나를 위해 바쳐진. 여기에다 기악곡인 '보기(寶伎)'와 '사자기(獅子伎)'까지 합하면 우륵의 초기 가야금 곡은 12곡에 달한다.

왕은 우륵으로 하여금 나머지 아홉 나라를 돌며 각 나라 왕실과 백성들 앞에서 그들만을 위해 작곡한 가야금 곡을 연주하게 했다. 예컨대 거창에서는 사팔혜(沙八兮)를, 하동에서는 달기(達己) 그리고 함안에서는 물혜(勿慧)를 연주하는 식이다. 대가라에서 남가라라 낮춰 부른 가락국이 마침내 신라에 복속되자 가야제국(伽倻諸國)의 동남부는 구심점을 잃고 지리멸렬해갔다. 하지만 가실왕은 최소한 고령지방 중심의 서부일대 전역을 대가라의 영향권 아래 결집시키려 했고 음악을 앞세운 우륵의 선무공작(宣撫工作)은 십인십색인 가야 소국들 일부를 하나의 공동체로 묶는데 인상적인 도구였다. 그로부터 19년이 흐른 오늘날에도 가야 지방 곳곳에서 확인되는 그의 노래들이 그 반증이다.

가실왕이 요구한 것은 가야 소국들의 각 조정에서 만족할만한 격식을 갖춘 궁정음악이었을지 모른다. 대가라 왕이 요구한 것은 음악성이 아니라 정치성이었다. 하지만 고도의 정치성을 발휘하자면 뛰어난 음악성이 뒷받침되어야 한다. 우륵은 단지 궁정에서만 유희하는 음악이 아니라 백성들 누구나 즐기는 음악을 만들었다.

그러나 532년 가을 어느 날. 대가라 왕궁에 불어 닥친 피바람은 모든 개혁을 원점으로 되돌렸다. 악사로서뿐 아니라 왕의 대외선전비서로 승승장구하던 우륵은 그 광풍에 휘말려 목숨을 부지하기 어려운 위기에 몰렸다. 우리로서야 자세한 진상은 알 길이 없다. 다만 은퇴한 어느 가라국 하급관리로부터 띄엄띄엄 전해들은 이야기를 조각조각 이어보면 대가라 왕이 주변 소국들의 왕들을 초빙하여 추수감사절 축제를 열던 날 궁정 쿠데타가 일어났음을 알 수 있다.

남가라의 패망이 준 충격을 흡수하고 고령지방 일대의 가야 소국들을 추스르며 내일을 기약하려 한 이날 행사의 클라이맥스는 단연코 우륵의 휘하 악단이 연주하는 '가라 12곡'이었다. 그동안 따로 따로 연주된 바 있으나 열 개 나라의 왕들을 한 자리에 모아놓고 10곡을 나란히 연주한 적은 이 날이 처음이었다. 기본적으로 동질적인 정서를 바탕에 깔며 각기 조금씩 지방색을 드러내는 준국가(準國歌)들을 한 자리에서 지배자들이 공유하는 행위는 무엇으로도 대체할 수 없는 상징성을 띠었다.

이 행사에서 클라이맥스 중의 클라이맥스는 맨 마지막에 연주되는 우가라도였다. 40대 후반의 가실왕뿐 아니라 약관의 천재 우륵에게도 이 날은 잊을 수 없는 생애 최고의 정점이었으리라. 그러나 우가라도의 연주는 끝내지 못했다. 은퇴한 관원의 말에 따르면, 궐내에 진입한 반란군은 행사장을 포위하자마자 곧바로 가실왕을 척살(刺殺)하고 왕실의 방계혈족에서 새로운 왕을 세웠다. 다음 일은 행사장에 손님으로 참석했던 백제 사신의 의중대로 일사천리 진행되었다.

우륵은 애제자 이문(尼文)만 데리고 달아났다. 집에도 못 들리고 꽁지 빠지게 내뺐지만 그의 아리따운 아내와 어린 딸에게까지 운이 따라주지는 않았다. 새로 등극한 대가라 왕은 우륵을 잡아들이라 명했다. 불온사상 유포가 죄명이었다. 이로서 백제로부터 일정 거리를 두려던 가실왕의 노력은 물거품이 되었다. 이후 관산성 전투에서 신라에 맞서 백제 편에 가담한 데서 보듯이 대가라를 비롯한 가야제국(伽倻諸國) 서부권은 급속히 백제 영향권 아래 놓이게 된다.

"아무래도 더 센 걸 걸어야 할까 봐요."

"뭐라고? 농경사회에서, 그것도 벼농사 사회에서 소보다 더 가치 있는 게 있나?"

"저는 어때요?"

잠시 딴 생각에 잠겨있던 터라 릴리의 느닷없는 주장에 어안이 벙벙했다.

"뭐, 뭐라고?"

"넌 겨우 열여섯이야, 임마. 이마도 피도 마르지 않은 게 까져가지고."

"이대로 빈손으로 돌아갈 수는 없어요. 아저씨도 알잖아요, 어떻게 여기까지 왔는데. 재물로 성이 차지 않는다면 더한 거라도 걸 수밖에요."

"우륵이 과연 어린 계집에게 마음이 동할까? 그동안 수소문하며 들은 정보에 따르면 그는 적어도 마흔 전후는 되었을 걸."

"조혼은 고려시대부터의 풍습이야, 원나라에 딸을 공녀로 바치기 싫어 잔머리 질 한 거잖아. 이렇게 말하고 싶죠?"

릴리가 내 말투를 고스란히 흉내 내어 빈정댔다. 얘는 비위가 상할 때는 인정사정없이 엇나가는 게 특징이지. 천재는 다 그래?

"네가 삼국시대 후기의 결혼풍습을 알아?"

내가 달래듯 되물었다. 아무래도 얘가 초조하다 못해 이성을 잃었나보다.

"그럼 소지왕은 왜 열여섯 살짜리를 넙죽 받았죠?"

말문이 막혔다. 아, 그런 자식이 있긴 했지! 5세기 말엽의 신라왕 말이야. 지방 유력자의 미성년자 딸을 취해 후궁으로 삼고 자식까지 낳았다지. 중앙정계에 진출하고파 어린 딸을 비단으로 덮어 진지상인 양 들이민 애아빠도 썩을 놈이지만 릴리 말대로 넙죽 받아 별실에다 어린 소녀와 살림차린 녀석도 도토리 키재기 아니겠어. 그 아이 이름이 벽화던가?

"야, 넌 뒤짱구도 아니잖아."

황망해 말을 잊고 있는데 보호자가 문을 열고 들어오며 툭 던진 한 마디.

"여기는 가야가 아니잖아요."

"우륵은 가야인인 걸. 어차피 딴 놈들한테는 볼 일 없잖냐. 뭐 눈에는 뭐만 보인다고 우륵의 미적 기준이 너랑 완전 딴판일지 몰라."

"맞아, 맞아."

내가 맞장구쳤다. 그러고 보니 중국 사서에 기록될 정도로 상당수 가야 여인들의 뒤짱구는 외부인에게 강한 인상을 남겼다. 어느 시대나 예뻐지고 싶은 여인의 마음은 다 똑같겠지만 가야 여인들은 뒷통수가 길게 나온 짱 구머리여야 미인 대접을 받았다. 고고학 발굴 통계상 가야 여성 두개골의 약 30%가 이런 머리 형태인데, 그 비율이 실제로 정확한지는 모르겠지만 실제 가야에 와보니 그런 머리형을 흔히 볼 수 있었다. 이렇게 되자면 유아 때부터 돌로 이마를 눌러야 한다. 이 변형과정은 고통이 심한데다 잘못하면 죽을 수 있었다. 또 이마부분 뼈가 얇아져 외부충격에 매우 취약하다. 나는 뒷통수를 양손으로 더듬어 만지는 릴리를 보고 퉁명스레 물었다.

"너, 간도 크다. 그럼 첩이 아냐?"

다음 순간 내 눈에 불꽃이 번쩍 튀었다.

"아, 이 자식이!"

내가 볼을 한손으로 감싸며 다른 한손을 휘두르려는데 그녀의 보호자가 붙잡았다. 릴리는 뒤도 돌아보지 않고 방을 나섰다. 처마를 따라 빗방울이 계속 추적추적 떨어졌다.

"저래갖고는 지가 벽화 아버지와 다를 게 뭐야?"

보호자가 들어 올렸던 내 팔을 힘주어 잡아 내리며 담담하게 대답했다.

"누가 선택을 하냐의 문제 아닐까. 릴리에게 등 떠민 사람 있냐고?"

다음날 오후, 어제보다 더 많은 지원자들이 호기심어린 정보를 주고받으며 주막 안마당에 북적였다. 아침 일찍 추가로 붙인 방 때문이겠지. 저렇게 줄을 선들 뭐하나 싶었다. 어차피 찾는 사람은 따로 있는데.

지난 넉 달 보름 내내 가야금 소리로 두들겨 맞다보니 나 역시 이제 척하면 삼천리였다. 보호자와 둘이서 참가자들의 인상이나 표정만보고 실력을 알아맞히는 내기로 하루하루를 보냈다. 릴리에게는 매일 치열한 승부이자 탐색전이었겠지만 내게는 그 나물에 그 밥인 일상의 연속이었다. 시간화가 일하면서 이렇게 속 편히 지내본 적 있던가. 문제는 우륵을 찾아내지 못하면 내가 판타스틱 엔터테인먼트로부터 잔금을 받을 수 없다는 사실이었다. 그게 망가지면 루나시티 상가는 물론이고 한국에 묶인 부동산들까지 내 숨통을 조일 터였다. 나 역시 타는 속내는 릴리 못지않았다.

발 디딜 틈이 없어 번호표를 나눠주고 주막의 대청마루에서 서성이는데 귀가 번쩍 뜨이는 가락이 방문 너머로 흘러나왔다. 천둥인가, 소나기인가. 마치 지난 며칠 간 발을 묶어 놓았던 빗줄기가 다시 한 번에 쏟아지는 기분이었다. 마치 베토벤의 운명 교향악처럼 우레와 같이 시작한 곡은 뒤로 갈수록 보슬비로 바뀌더니 나뭇잎에 내려앉은 이슬처럼 끝났다. 벌써 끝나다니. 나는 새삼 곡이 끝난 데 대한 아쉬움을 느끼는 동시에 혹시 …… 하는 기대를 품었다

내가 방문을 열려 다가서기도 전에 경연자들이 우르르 나왔다. 표정들이 죄다 풀이 죽은 게 일찌감치 포기한 기색이었다. 문이 활짝 열어젖혀진 방안에 세 사람이 앉아 있었다. 둘은 익숙한 얼굴, 나머지 하나는 이십대 후반의 말쑥한 청년.

문 닫고 들어가 마주 앉으니 청년의 앉은키가 나보다 컸다. 거의 릴리의 보호자 체구랄까. 여진(餘震)이 남은 열두 줄을 안족[8]에 대고 눌러 진정시킨 청년은 흡족한 미소를 지으며 자신의 가야금을 한쪽으로 치웠다. 팔짱끼고 눈을 감으며 그가 말했다.

---

8 가야금 줄을 고정시킬 수 있게 받쳐주는 디딤대. 12현에 맞게 12개가 달려있다.

"인자 아씨 차례지예."

억양은 둘째치고라도 왼쪽 볼에 새긴 문신만 봐도 한눈에 그가 가야인 임을 짐작했다. 삼한 중에 진한과 변한 사람들은 옛부터 문신을 즐겼다. 처음에는 불행을 피하려는 미신에서 비롯되었지만 점차 멋을 내는 패션으로 바뀐 듯하다. 아니면 둘 다 포함하게 되었든가. 몸의 어느 부위에 문신하느냐에 따라 신분을 추측할 수 있는데 얼굴에다 한 것은 처음 봐서 가늠하기 어려웠다. 다만 문양은 비록 뭉그러지기는 했으나 사이기국과 가라국 백성들 문신에서 왕왕 보던 패턴이었다. 깔보는 양 자신만만한 미소의 굴곡을 따라 그의 얼굴 문신이 늘어났다 줄어들었다.

릴리의 눈에 여기 온 이래 처음으로 강한 호기심이 떠올랐다. 나처럼 놀라지는 않은 듯했지만. 보호자와 나는 마주 앉은 두 남녀와 수직으로 교차하여 앉아 릴리의 반응을 기다렸다.

릴리가 오른손가락으로 퉁기면서 왼손가락으로 줄의 진동을 아우르기 시작했다. 나야 매일 듣는 그녀의 연주소리지만 오늘은 바로 앞에 들은 곡조와 자연히 비교되지 않을 수 없었다.

릴리의 연주는 가볍게 어루만지듯 시작하여 어린 토끼가 산비탈을 오르다 헛디뎌 구르듯 장난스럽고 오밀조밀한 느낌이었다. 하지만 뭔가 이상했다. 귀여운 속삭임이라 느꼈던 현의 떨림은 불연속적으로 몰아치는 하이피치의 파도를 비껴가며 살아남아 전체적인 가락의 바탕 디자인이 되었다. 석연치 않은 조짐은 청년의 감은 눈이 살짝 찡그리는 데에서도 포착되었다. 곡의 후반부 가서야 나는 릴리의 의도를 완전히 알아차렸다. 처음 듣는 곡이었다. 그리고 즉흥연주였다. 아니 더 정확히 말하자면 즉흥편곡이랄까. 그녀는 청년이 연주한 곡의 기본 멜로디와 주제를 갖고 전혀 다른 느낌으로 변주한 것이다. 곡의 중반까지는 듣는 이로 하여금 갸웃거리게 하다가 결국에 가서 그것이 청년의 곡에 대한 완전히 새로운 해석임을 깨닫게 만들었다. 청년이 구사한 주요 테마를 즉석에서 자유자재로 주물러 익숙한 동시에 낯선 섞어찌개를 만들어냈다. 자식, 슬럼프라는 핑계는 다 거짓말이었군. 선수를 만나니까 바로 펄펄 날잖아!

연주가 끝나자 상기된 얼굴로 청년이 말했다.

"지물에 눈이 어드버진 나머지 지부터 돌아보는데 소홀했따 싶네예. 보기(寶伎)를 일키 연주할 수 있다꼬는 상상도 몬했으예. 것도 즉석에서."

구질하지 않게 청년은 바로 자신의 가야금을 명주 보자기로 싸기 시작했다. 당장이라도 자리를 털고 일어설 기세였다.

"키시의 존함을 여쭤 봐도 되겠습니까?"

릴리가 겸양을 갖춰 청년에게 물었다. 키시는 조선시대 이후 쓰인 아무개 '나리'와 같은 뜻으로 가야와 왜에서 상대 이름 앞에 붙이던 존칭이다. 똑같은 의미로 백제에서는 '기지'라는 경칭이 있었다.

"스승님이 알면 억수로 욕머을 일을 배꾸녕이 꿀줌하여 저질러 쌌는데 어찌 이름 따위 밝히다요. 부끄러운 줄 알았으니 이만 물러가야제."

청년은 가야금을 어깨에 둘러매더니 릴리와 나 그리고 보호자에게 찡긋 눈인사 하고는 방을 나섰다. 나는 릴리를 쳐다보았다, 이대로 보낼 거냐는 눈빛으로. 그녀가 보호자에게 일렀다.

"어디 사는지 알아봐 주세요. 그리고 신분과 이름도."

"알았다, 꼬마야."

보호자가 말이 끝나기 무섭게 사라졌다.

"저자일 리 없잖아?"

내 물음에 릴리가 달뜬 얼굴로 고개를 가로저었다.

"네. 우륵의 가야금 12곡 중 하나를 연주했다 해서 그를 우륵으로 단정하기에는 너무 어리죠. 우륵이 그 노래들을 발표한지 근 이십년이 되어 가는 걸요. 다만……"

머리 속이 복잡한 그녀의 얼굴을 내 시선이 쫓았다.

"뜨내기 악사와는 달리 정악(正樂)의 기초가 단단한 사람이네요. 하루아침에 다져질 수 있는 실력이 아니에요. 그가 말한 스승이 만일 같이 있다면……"

"저치가 이문(尼文)이란 말이야?"

"누가 알겠어요. 하지만 적어도 가야의 왕실음악 부서와 끈이 닿아 있는 사람이 아닐까 싶네요."

말이 되지 않는 것은 아니었다. 기록에 따르면 532년 경 이문은 우륵과 함께 달아나 곳곳을 전전하다 550년 쯤 낭성에 당도했다니까. 후일 이 제자는 우륵의 12곡을 신라 기풍에 맞게 3곡으로 개작한다. 곡명도 원래의 가야 지방 명칭에서 까마귀, 쥐, 멧돼지 같은 신라의 토템들로 갈아치운다. 아무리 문화 엘리트라 한들 망국의 백성 주제에 살아남자면 쓴맛 단맛 가릴 처지가 되겠는가. 가야의 음악이지만 신라악으로 삼아준 데에 오히려 감지덕지해야 할지 모른다. 진흥왕으로서야 가실왕과 마찬가지로 신라 위주의 천하관을 널리 알리는데 우륵의 솜씨를 이용했을 뿐이지만. 그러니 우륵도 진흥왕 앞에서 목숨을 구걸한 마당에 제자에게 가야음악의 적통을 이어야 하네 마네 하는 것도 우습겠지.

"이집이야."

보호자가 대문 앞에 서서 나와 릴리를 돌아보았다. 주막에서 소가 끄는 달구지를 타고 1시간 남짓, 의외로 가까운 곳이었다. 산간벽지의 하늘은 유달리 일찍 저물어 초저녁 노을이 삽시간에 사방으로 번졌다. 이곳에 취락이라고는 초가삼간 몇 채가 전부여서 마을이라기보다는 산등성이에 몇

세대가 얹혀있는 형국이었다. 보호자가 가리키는 집은 그 중에서도 가장 북쪽이자 가장 위쪽이었다. 아까처럼 비범한 연주 실력을 지닌 악사가 머물만한 곳이 아니었다. 구태여 남들 눈을 피하려는 의도가 아닌 바에는.

"이웃에 물어보니 여기 세든지 한 달 남짓 되었다는군. 뭐하는 사람들인지는 도통 모르던데. 한동안 빈 집이었던 데다 주인은 한참 멀리 산다나. 몇 집 되지도 않는데 밖으로 내왕을 거의 하지 않나봐. 헌데……"

"헌데?" 내가 따라 물었다.

보호자가 씨익 웃었다.

"가끔 '고'뜯는 소리가 난다더군."

나는 릴리의 얼굴을 쳐다보고 동의를 구한 다음 대문을 두들겼다. 서너 번 두드리자 그제야 인기척이 났다.

"누구라예?"

아까 그 젊은이 목소리였다.

"잠깐 말 좀 물읍시다."

대문이 빼꼼 열리고 그 틈새로 청년의 얼굴이 비집고 들어왔다.

"아이, 댁은……"

"여기가 우륵 키시 댁이오?"

"잘못 찾았네예. 그런 사람 모릅니더."

말끝나기 무섭게 문이 꽝 닫혔다. 나는 릴리를 돌아보았다, 예상된 반응이라는 표정으로. 내가 주위가 떠나가게 큰 소리로 외쳤다.

"허, 거짓부렁 말게. 자네는 몰라도 자네의 그 비범한 재주가 우륵 키시를 어찌 몰라보겠는가."

"아니 모돌띠리[9] 어디 와서 생떼를 쓰는 기가, 생떼를. 고마 가이소!"

9 　모두. 고령지방 방언.

이에 질세라 청년이 고함으로 맞받아쳤다. 잠시 나와 청년 간에 담을 사이에 두고 옥신각신이 벌어졌다.

"무슨 일이가?"

안에서 나직한 미성(美聲)의 중년 사내 목소리가 언쟁을 잘랐다. 청년이 허둥지둥하며 뭐라 설명하는 소리가 났다.

"참말이가? 이 벅수 같은 놈! 내 말은 벌로 들었나. 정악(正樂)은 곧 정도(正道)라 하지 않카나!"

미성이 갈라지며 꾸짖자 청년이 안절부절 하며 대꾸했다.

"잘못해쓰예, 스승님. 글티만, 곳간이 비어서리……"

"시끄럽다, 이놈. 그라서 투전판서 찌웃거려 니 영혼을 팔겠다는 야그냐. 에라이~ 기웅물통10에 처박을 가똑띠이.11 따라오니라!"

스승과 제자의 대화가 우리의 존재를 무시하며 저편으로 사라져가자 내가 다시 외쳤다.

"이보쇼, 악성(樂聖) 키시. 여기 키시께 한 수 배우길 청하는 처자가 있소이다!"

아무 반응 없이 방문 닫히는 소리만 들렸다. 내가 어깨를 으쓱하며 일행 쪽으로 돌아서는 순간 릴리가 대문에 바짝 붙어 소리쳤다.

"선생님, 우륵 선생님. 꼭 뵙고 여쭐 말씀이 있습니다."

돌연 방문 열리는 소리가 나며 중년 사내의 대답이 돌아왔다.

"니가 경연(競演)인가 뭔가로 가야고의 혼을 드랍힌다는 요망한 가시나냐. 여는 니가 꽁달기릴12 마당이 아이다. 썩 물렀거라!"

---

10 설거지통. 고령지방 방언.
11 겉똑똑이 또는 헛똑똑이. 고령지방 방언.
12 매우 경박하게 나대는. 고령지방 방언.

"선생님, 우륵 선생님!"

목이 터져라 릴리가 외쳤지만 더 이상 아무 대답이 없었다. 하늘은 벌써 어둑어둑해졌다. 공기 중의 이슬이 자꾸 볼에 부딪는 게 하시라도 비가 쏟아질 듯했다. 이놈의 지겨운 늦장마.

빗방울이 떨어지기 시작했다. 초가는 흙벽 처마가 보잘 것 없어 몸을 숨기기 마땅치 않았다. 대략 난감. 맞은 편 숲에서 밤을 새기도 그러니 인근 초막들에 사정해보아야 할까? 아니면 계속 버티며 대문 열어 달라 졸라야 할까? 소들은 어떻게 하지? 바지와 짚신이 진흙투성이가 되어갔다. 열이 확 오른 내가 대문을 주먹으로 내리쳤다. 감감 무소식. 이번에는 발로 대문을 걷어차려는 참에 누군가가 흙벽의 오른쪽 끝에서 나타났다. 아까 그 청년이었다. 우리가 알아보자마자 그는 입에 왼손 검지를 갖다 대었다. 그리고는 자기 쪽으로 오라고 손짓했다.

초막을 에워싼 흙 담 오른편에 한 사람이 겨우 드나들만한 쪽문이 있었고 바로 그 옆에 헛간이 하나 붙어 있었다. 청년은 우리 셋과 소들을 헛간 안으로 안내한 다음 조용히 말했다

"날이 저물었는디 일단 예서 비를 피하소. 어차피 피피시런[13] 집이라 객을 모실 방이 따로 없으니께."

"고맙습니다. 내일 선생님을 뵈올 수 있을까요?" 릴리가 젖은 머리카락을 손가락으로 털어내며 물었다. 청년이 잠시 곤혹스런 표정을 짓다 한숨을 쉬었다.

"스승님 불뚝 성깔은 뉘도 못 말리지예. 고마 돌아가이소. 지도 오늘 일은 머리에서 싹 지워버리겠심더."

"하, 젊은이가 왜 이리 융통성이 없나, 그래."

---

13 누추한 또는 남부끄러운. 고령지방 방언.

나는 납작한 도끼머리 하나와 오수전 몇 개를 청년 손에 쥐어주었다. 둘 다 가야를 포함하여 이 지역에서 통용되는 현물화폐였다. 도끼머리는 실제 나무 손잡이를 끼워 도끼로 쓸 수 있어 귀중한 쇠붙이로 교환가치가 높았고 중국에서 반입된 오수전은 가운데 네모난 구멍이 난 엽전이었다. 청년은 받지 않으려다 고심 끝에 손에 쥐었다.

"아침에 말씀드려보께예. 허나 장담은 몬합니더."

얼굴에 뭔가 뽀족한 것이 닿았다. 지푸라기 더미와 뒤엉켜 단잠에 빠져 있던 중인데. 벌써 아침인데. 뭔가 서늘한 한기(寒氣). 눈을 게슴츠레 떴다. 창(槍)? 창이 내 볼에 닿았다 떨어졌다 했다. 고개 들자마자 누군가 우악스레 내 머리를 잡아채 땅바닥에 메다꽂았다. 젠장, 이건 웬 시추에이션?

엎드린 채 고개를 천천히 돌렸다. 릴리도 잠이 덜 깬 눈을 부비며 내 옆에 쪼그려 있었다. 보호자는 눈을 씻고 봐도 자취가 없었다. 얼씨구, 이럴 때 정작 밥값 해야 할 친구는 줄행랑이라?

헛간 밖은 무척 소란스러웠다. 우리뿐 아니라 몇 집 되지 않는 동네 사람들을 죄다 들쑤셔 놓은 듯했다. 대체 무슨 일이지? 혹시?

나와 릴리는 어제 문 두드리던 초막의 안마당에 끌려와 꿇어앉았다. 우리 두 사람 옆에는 이미 토착민 가족들이 삼삼오오 꿇어앉아 영문을 모르겠다는 눈치로 눈만 껌뻑였다. 방문이 떨어져 나갔다. 두 동강 난 방문의 테와 문살이 우리 앞을 나뒹굴었다. 안에서 누가 걷어찼나 보다. 갑옷 입고 투구 쓴 사내가 방에 붙은 쪽마루를 딛고 마당으로 성큼성큼 내려왔다. 갑옷의 쇳조각들이 요란스레 부딪치는 소리.

살짝 고개 들어 주위를 살폈다. 이곳 병사들 차림이 아니었다. 여기는 수시로 국경이 바뀐다 들었지만 대체로 신라의 지배권이 느슨하게 먹히는 지역이었다. 하지만 눈앞의 병사들이 착용한 판갑옷은 전형적인 가야 스타일이었다. 판갑옷은 넓은 철판을 세로 또는 가로로 잇대 사람의 몸통에 맞게 통째로 만들었다. 반면 방을 뛰쳐나온 사내는 미늘갑옷 차림이었다. 수백 개의 작은 쇳조각들을 가죽으로 엮어 만든 미늘갑옷은 원래 북방민족이 애용했는데, 고구려의 영향으로 4세기 말부터는 가야에서도 등장한다. 보병인 일반병사들과 달리 말을 타고 전투를 치루는 지도자들에게는 미늘갑옷이 훨씬 더 편리했기 때문이리라. 미늘이라 불리는 작은 철판조각들을 하나하나 가죽 끈으로 이어 만든 갑옷은 말을 타고 끊임없이 움직여도 활동에 지장이 없었다.

미늘갑옷 사내는 투구를 벗어 옆구리에 끼고 릴리와 내 앞에 섰다. 머리를 조아리느라 상대 얼굴을 볼 수는 없었다. 대신 세공된 황금장식이 붙은 투구가 시야에 들어왔다. 허리춤에는 봉황이 장식된 고리칼을 찼다. 지체가 높은 신분인지 하사받은 것인지 모르겠으나 적어도 일반병사가 아님은 분명했다.

그가 뭐라 물었다. 하지만 워낙 거칠고 빠른 말씨 못 알아들었다. 어리벙벙한 얼굴로 내가 올려다보자 그가 냅다 발길질 했다. 나는 그대로 땅바닥을 굴렀다. 갑옷을 휘감은 육중한 다리와 가죽장화의 파괴력은 내 허리를 잠시 마비시키기에 충분했다. 내 호흡이 가빠진 사이 릴리가 대답했다.

"몰라요. 우리는 백제에서 온 장사꾼입니다. 헛간을 하루 빌린 것뿐입니다."

자식 제법인데. 릴리는 공포에 떨지도 적개심을 드러내지도 않았다. 대신 우리가 평소 써먹던 알리바이를 태연하게 내세웠다.

"에나가?[14] 여 살던 자슥들이 뉜지 모른단 말이가?"

이제야 장수(將帥)의 말을 대략 알아들을 수 있었다. 우리가 백제인이란

---

14 정말이냐, 참말이냐. 고령지방 방언.

말에 그의 말투가 조금 부드러워지고 바른 의사전달을 위해 또박또박 느려졌다. 내가 아픔을 참으며 쥐어짜듯 대답했다.

"네, 장군님. 어제 저녁 비가 와서 그저 피해가려 했을 뿐입니다."

그때 병사들이 우리 소지품을 앞에 털어놓았다. 청동거울, 쌀 백분(白粉), 도끼머리, 청동 비녀채, 나무빗, 가위, 침통, 지진구(地鎭具),[15] 옥 귀걸이, 금박 목걸이, 술잔 등…… 모두 우리가 장사치인 척 하려 평소 지녔던 물품들이다.

"그럼 신목(身木)을 내놔보니라."

나와 릴리가 각기 신분을 증명하는 손가락 두 개만한 목간(木簡)을 내보였다. 당연히 위조품이다. 사비성 관원들도 깜빡 속아 넘어갈 만한 위조솜씨는 시간화가인 나의 엇나간 자긍심이랄까. 신목을 뚫어지게 바라보던 장수가 혼자 웅얼대듯 푸념했다.

"흐음. 흠."

뭔가 꼬투리 잡고 싶은데 마땅한 생각이 떠오르지 않나보다. 그가 마뜩찮은 얼굴로 우리를 포함해서 안마당에 꿇어앉아 있는 주민들을 상대로 목청을 돋우었다.

"들거라이. 여 살던 자슥들은 대가라 조정에 반역하여 예꺼정 내뺀 역도들인겨. 난재라도 보는 자가 있으면 덜렁 우리에게 고하더라고. 섭섭지 않게롬 후사할 텐 게."

남쪽의 야트막한 산 하나만 넘으면 대가라 국경이다. 누군가의 밀고를 받고 초소에서 내려와 급습한 것일까?

"장군님!"

병사 둘이 비단보자기에 싸인 기다란 물건을 들고 마당에 들어섰다. 장

---

15 건물을 새로 짓거나 개축할 때 화재와 같은 큰 재앙을 막기 위해 땅 속에 묻는 물건.

군 앞에 그것을 세워놓고 위쪽을 벗기니 가야금의 양이두(羊耳頭)[16]가 드러났다. 장군의 짙은 눈썹이 한껏 올라갔다.

"헛간서 이랑 게 나왔심더."

장군이 내 멱살을 잡아채더니 번쩍 들어올렸다. 험한 일 한답시고 나도 평소 운동 좀 하는 편인데, 이 녀석 쥐는 힘이 어찌나 대단한지 숨이 턱 막혔다.

"삐가리[17] 같은 놈." 너무 가까이 들이대니 장군의 입에서 역한 단내가 났다. 혈안이 돼서 찾느라 정말 애가 닳는 모양이다. 그가 나를 땅바닥에 집어던진 다음 부하들에게 일렀다.

"니 그리고 니, 주디만 열면 거짓부렁인 이 여시와 문디 자슥을 세끼세끼 끌고 진지로 돌아가그라. 울은 계속해서 자슥들 뒤를 쫓겠다."

소들을 몰고 언덕 오르기란 쉬운 일이 아니다, 소들이 기꺼이 협조해주지 않는다면. 한 병사는 포승으로 묶인 나와 릴리를 앞장 세워 끌고 가고 다른 한 병사는 뒤에서 소들을 잡아끌었는데 낯선 수몰이꾼에게 누렁이들이 그다지 우호적이지 않아 걸음이 더뎠다.

가야로 끌려가는 나와 릴리의 심경은 실로 착잡했다. 앞뒤 상황으로 보아 달아난 둘 가운데 스승이란 자는 우륵이 틀림없었다. 그 정도의 요인이자 지명수배자가 아니라면 굳이 대가라의 정규군이 남의 나라 국경 너머까지 분견대를 파견하는 무리수를 둘 리 없었다. 그런데 바로 코앞에서 놓치다니. 지지리 복도 없지.

---

16 가야금 줄을 휘감는 끝부분으로 양의 머리를 닮아 그렇게 부른다. 팽팽한 정도를 조절하여 음색을 고르는 역할을 한다.
17 병아리. 고령지방 방언.

걸음이 느리다며 우리를 전담한 병사가 뒤에서 다그쳤다. 나야 괜찮은데 릴리는 얼굴이 하얀 게 쓰러지기 일보 직전이었다. 힘들어서일까, 아니면 머리끝까지 열 받아서일까.

혼자라면 틈을 보아 냅다 뛰겠다. 하지만 릴리 혼자 두고 내뺄 수도 없잖은가. 이대로 가야군에 넘겨졌다가는 무슨 경을 칠지 몰랐다. 귀환날짜까지 목이 붙어 있다는 보장도 없고.

생각에 생각이 꼬리를 물고 이어지니 걸음이 느려졌다. 팔을 뒤로 묶인 채라 울창한 숲의 나뭇잎들이 마구 얼굴을 때렸다. 그때였다. 갑자기 뒤에서 채근하던 병사가 목을 감싸 쥐더니 뒤로 넘어갔다. 나와 릴리가 뒤를 돌아보기 무섭게 남은 병사 한 명이 창을 치켜들고 우리를 인질로 삼기 위해 돌진해왔다. 그러나 우리로부터 두어 발자국 떨어진 지점에서 고꾸라졌다.

나와 릴리가 서로 등을 맞대고 주위를 살피는데 머리 위에서 누군가 가볍게 뛰어내렸다. 반가운 얼굴. 보호자가 뿔피리 같은 것을 품에 도로 넣었다. 그는 우리 두 사람의 묶인 끈을 풀어주었다.

"잠시 오해했네." 내가 계면쩍게 말했다.

"미안, 하지만 실은 계속 너희 둘을 따라왔어. 잠결에 내가 눈치 챘을 때에는 이미 사방이 포위되었더라고. 굼뜬 너희를 함께 데리고 달아날 재간은 없었어."

"죽었나요?"

때 이른 낙엽더미 위에 널브러진 두 병사를 굽어보며 릴리가 물었다.

"아니. 여기 오기 전에 나도 안전교육 받았잖아. 시간여행자가 살해위협을 느끼기 전에는 절대 과거인을 죽이지 말 것. 잘못하면 후세 사람들의 혈통과 족보를 뒤틀어 놓을 수 있다며? 화타의 마비산(麻沸散)을 응용했을 뿐이야."

"마비산?"

병사들의 뒷목에서 침을 빼내며 보호자가 설명했다.

"흰독말풀의 씨와 부자 그리고 천남성의 열매를 갈아서 연하게 희석시킨 뒤 여기에 발랐지. 한 두어 시간은 푹 잘 걸."

부자는 중부지방의 고산지대에 자생하는 여러해살이 풀 진범의 덩이뿌리를 말린 것이다. 조선시대에는 사약 재료로 자주 쓰였다. 천남성은 오늘날에도 제주도 산간에서 자주 눈에 띈다. 하지만⋯⋯

"흰독말풀이 우리나라에 있어?"

"잘 아네. 원래 아시아 열대지방이 주산지잖아. 하지만 가야지방에 중국의 오수전(五銖錢)과 청동세발솥 같은 게 흘러들어온 걸 어떻게 설명할래? 장에서 먹을거리와 옷가지만 구하는 건 아니잖아."

듣고 보니 나 역시 어깨를 으쓱할 수밖에. 발이 셋 달린 청동 솥은 3세기에 이미 가락국 고분에서 출토된 바 있다. 은나라와 주나라 때 뿐 아니라 한나라 시대에도 이 솥은 신분을 상징하는 귀중품으로 가야까지 수입되었다. 이 친구가 축사에서 소만 돌본 건 아니었군.

"자, 서둘러야죠!" 릴리가 몇 발짝 앞장서서 우리 둘을 재촉했다.

그녀는 비틀거리는 몸으로 소들의 코뚜레와 연결된 줄을 당기며 국경과는 반대 방향으로 짐작되는 아래 비탈로 내려갔다.

"설마 아까 그놈들을 쫓아가려는 건 아니겠지?" 내가 뒤따르며 물었다.

"일단은 가야 병사들의 손길이 미치지 않는 곳에서 관망하는 편이 낫지 않을까." 보호자도 내편을 들었다.

"여기 온 목적을 잊었어요?" 조금 전까지 초주검 같은 얼굴이었던 그녀가 성큼성큼 소들을 끌고 내려갔다.

"벌써 멀리 달아난 거 아닐까요?"

사흘 만에 나온 장터. 릴리의 목소리에 초조함이 묻어나왔다. 이렇게 사람들이 우글대는 공공장소에서 은둔하는 악사를 찾으려는 것은 아니었다. 대신 며칠 전 월경(越境)하여 인근 고을들을 들쑤시고 다닌 가야군의 행적을 수소문하기에는 안성맞춤이었다.

"한나절 돌아다니며 귀동냥했지만 그치들이 병사들한테 끌려간 것 같지는 않아. 그저 고을 몇 군데 요절내고 요란만 떨었지."

내가 달래는 말을 듣는 둥 마는 둥 릴리는 다리를 주무르며 구부정하니 토담 벽에 기대섰다.

"사흘이면 신라 땅 안으로 깊숙이 들어가고도 남았을 거예요."

"그렇지는 않을 걸. 깊은 산속에서 초근목피만 먹으며 버틸 작정이 아닌 다음에야 외지인으로 오래 버티기 힘들어. 신라왕한테 불려가는 건 내년이나 되어야 하니까."

"1,700년 전 기록을 어찌 구구절절 다 믿어요? 1년 정도의 오차는 일도 아니겠죠."

"그래도 이곳은 가라국의 지인들로부터 음으로 양으로 도움을 받을 수 있는 곳이거든. 봤잖아. 외진 초막이지만 통째 빌린 집에서 여유 잡는 거. 가라국 정권의 감시를 피하면서 타국의 간섭도 느슨한 여기야말로 망명자가 시간을 벌기 괜찮은 곳이지."

"아무래도 안 되겠어요. 내일 아침 경주로 떠나요!" 힘든 허리를 부여잡으며 릴리가 몸을 일으켰다.

"야, 진정해, 진정!"

지난 사흘 간 나와 보호자는 릴리의 닦달에 거의 주막에 붙어있질 못했다. 낭성의 고을고을은 물론이고 인가가 두어 채에 불과한 산골까지 이 잡듯이 뒤졌다. 하지만 감감무소식. 단지 우리보다 한발 앞서 가야군이 똑같은 코스를 밟았다가 마찬가지로 허탕쳤다는 사실이 그나마 위안이 되었을 뿐. 릴리도 함께 돌아보겠다는 걸 간신히 뜯어 말렸는데 오늘은 부득불 나를 따라 저자거리까지 나왔다.

"저기 오는군."

보호자가 이마에 번들번들한 땀을 소매로 닦으며 다가왔다. 그는 오늘 북동쪽 산자락을 둘러보고 온다 했었다.

"좋은 소식 있나보지? 싱글거리는 폼이."

보호자가 나와 릴리의 어깨를 양손으로 끌어안는 바람에 서로 머리를 맞대었다. 온몸이 땀투성이인 보호자의 입에서 침이 튀었다.

"작전 좀 짜야겠어."

"바로 저기야."

보호자가 산등성이 아래 내려다보이는 아담한 암자를 가리켰다. 나는 릴리가 타고 온 소를 근처 나무에 묶었다. 남은 수들은 주막에 맡겨두었다.

"분명 저 안에 있어. 주지야 내 앞에서 딱 잡아뗐지만. 돌아가는 척 하면서 부엌을 슬쩍 살폈지. 마침 점심때라 밥을 하고 있었거든. 솥뚜껑 열어보니 다섯 사람은 먹고도 남을 분량의 밥이 되고 있더군. 고즈넉한 절간에 중이라고는 주지와 동자승 하나뿐인데 말이야. 주지가 가야 사투리를 쓰던데 혹시 동향 아닐까 몰라. 한 때 잘 나가던 친구라니 예까지 지인이 깔렸을지 누가 알아."

내가 소의 등에서 가야금을 내려 암자가 훤히 내려다보이는 큰 바위로 가져왔다. 릴리는 바위 한가운데 자리 잡고 앉아 있었다. 눈을 감고 심호흡 몇 번 하더니 그녀의 두 손이 살아 움직이기 시작했다.

우가라도. 하지만 지난번 들었던 버전보다 훨씬 더 릴리 마음대로 심하게 변형된 곡이다. 테마 멜로디는 살아있으되 박자와 음의 높이는 환골탈태한 느낌이랄까. 이것은 철저히 계산된 의도였다.

저녁 해가 암자의 처마 밑으로 긴 그림자를 드리웠다. 그림자가 마당을 지나 자그마한 석등과 이어질 즈음 곡이 끝났다. 연주가 끝났지만 산등성이의 메아리는 이중삼중 화음을 이루어 잠시 잔영을 남겼다. 그리고 찾아온 진짜 정적. 새가 지저귀는 소리조차 잦아들었고 벌레들이 기지개를 펴려면 아직 시간이 남아 있었다.

이제 기다리는 일만 남았다. 우리 셋은 바위에 양반다리를 하고 앉아 바로 아래의 암자에서 시선을 거두지 않았다.

이어지는 정적. 릴리가 손을 접었다 폈다 하며 긴장을 풀었다. 그 사이 내가 소의 등에 실어둔 두 번째 가야금을 가져왔다. 18현 개량 가야금. 가야와 신라시대의 가야금은 현이 12개 달린 이른바 법금(法琴)이다. 개량 가야금은 20세기에나 등장하는 변종으로 줄이 더 많다보니 보다 넓은 음역과 음색을 구사할 수 있는 게 특징이다. 이외에 줄이 22개인 것과 25개인 것도 있지만 릴리는 개인적으로 18현을 선호했다.

다시 시작된 우가라도. 현이 18개인 개량가야금은 릴리의 변주 솜씨를 극대화했다. 그녀의 설명에 따르면, 악기 안쪽에 구조물을 이것저것 설치하거나 상판과 하판사이에 보조울림판을 덧댄 덕분이다. 이렇게 내부구조를 변형하면 법금보다 음의 울림이 정확하고 음역이 넓어져 음색이 훨씬 부드러워진다나. 그래서인지 아까의 우가라도보다 훨씬 가녀리고 섬세한 동시에 깊이 있는 악(樂)의 파동이 암자를 맴돌며 계곡에 배어들었다. 처마의 그림자가 드디어 암자의 마당을 끝까지 둘로 나눌 무렵 그녀의 연주가 끝났다.

아니 안 끝났나? 나는 릴리를 돌아보았다. 내 옆에서 그녀는 마지막 울림까지 빨아들이려는 듯 양손가락으로 현들을 쓰다듬었다. 그녀 역시 시선은 암자에서 나는 새로운 소리에 가 있었다. 정갈하고 단아하면서도 확신에 찬 소리. 자신의 음악을 멋대로 해석하여 뒤흔들어 놓은 무뢰배에 대한 단호한 응징. 참을 수 없는 예술가의 자존심이 우륵을 양지로 끌어냈다.

그간 내 귀가 호강했다고는 하나 음악 비평가와는 거리가 멀다. 하지만 우륵의 가락은 제자 이문이 들려주었던 세계와는 사뭇 달랐다. 청년이 어렵고 화려한 기교로서 자신의 기량을 한껏 과시하려 했다면 우륵의 음악은 메시지가 담긴 깊은 울림이었다. 그 메시지가 구체적으로 무엇인지는 가사가 들리지 않아 알 수 없었지만. 어쨌거나 그는 주제와 내용이 있는 가락을 전달하려 했다. 릴리는 어느새 눈을 감고 있었다. 필경 박자와 리듬을 머릿속으로 되새기고 있을 터이다. 보호자의 낯빛은 무표정했지만 입가가 살짝 말려 올라갔다. 저 친구도 나만큼 돌아가서 받을 인센티브가 눈에 선할까.

우륵의 왼쪽 볼에도 문신이 있었다. 그의 문신은 보다 정교하여 그것이 새를 상징화한 무양임을 알아볼 수 있었다. 이문의 뺨에 새긴 문신도 같은 부류겠지. 가야 사회에서 새는 풍요를 가져다주는 곡령(穀靈)의 신으로 받들었다. 이는 솟대에다 새 모양을 장식해 마을 입구나 서낭당에 두는 북방 유목민족의 풍습을 고스란히 물려받은 데서도 알 수 있다.

그동안 얻은 정보로 보건대 마흔 초반은 되어야 할 나이. 하지만 얼굴이 동안이라 서른 중반이라 봐도 믿어줄 만했다. 아이러니하게도 머리카락에 새치가 많아 동안과 불균형을 이루었다. 정열적으로 원기왕성하게 일하던 사람이 어느 날 갑자기 확 늙어버린 느낌이랄까. 암자의 작은 방에서 우륵은 릴리와 마주 앉았고 다른 사람들은 주변에 둘러앉았다.

"좀 보자꾸나." 우륵의 청에 릴리가 18현 가야금을 앞으로 내밀었다. 우륵은 손가락으로 현 하나하나를 퉁겨보며 고개를 끄덕이다 갸웃거리길 반복했다.

"줄과 줄 새가 좁고 안족도 조게 작구만. 소리가 가볍고 가락은 몽창시리 빠르던디."

감정사인양 가야금 울림통을 매만지던 우륵이 뒷면을 감싸며 의아한 듯한 표정을 지었다.

"이기는 오동이 아이네?"

"뒤판은 밤나무입니다, 키시."

원래 가야금은 전통적으로 오동나무만 쓴다. 그에 못지않게 중요한 조건이 5년 이상 자연에서 말린 나무를 써야 한다는 것이다. 가야금은 가벼울수록 좋은 까닭이다. 릴리의 개량금은 앞판은 오동나무를 쓰지만 뒤판은 밤나무를 쓰기 때문에 여기 와서 마땅한 재료를 구하느라 처음에 애 좀 먹었다. 5년 이상 건조시킨 오동나무는 어렵지 않게 구할 수 있었지만 3년 이상 말린 밤나무는 눈을 씻고 찾아보기 힘들었기 때문이다.

"나가 이바라기와 가야고를 맹그느라 2년을 욕봤다만, 니는 오이서 일키 기이한 고를 얻었는고?"

"키시의 가야고를 갖고 수년 동안 제가 손보며 오늘에 이른 것입니다."

"뭐시라? 나가 그얼 믿으라꼬?"

릴리는 미소로 답했다. 내가 보기에 그녀의 대답은 적어도 반은 맞았다. 18현 가야금을 릴리가 처음 발명한 것은 물론 아니다. 그것은 20세기의 산물이니까. 하지만 지금 우륵이 주무르고 있는 고는 그녀 나름의 독창적인 작품이라 해도 과언이 아니다. 릴리는 평소 세계 곳곳을 돌며 연주회만 하는 것이 아니라 짬짬이 자신에게 맞는 악기를 개발해왔다. 이렇게 쌓은 지식으로 릴리는 가야시대로 와서 입맛에 맞는 자신만의 가야금을 재차 제작했다. 물론 입으로 지시하고 손끝은 장인에게 맡겼지만.

"나한티 무얼 원하는디?" 고개를 들고 우륵이 물었다, 다른 음색, 다른 빠르기의 신종 가야금을 흥미롭다는 듯 잔잔하게 퉁기면서.

릴리가 최대한 공손한 표정을 지었지만 어투는 단호했다.

"감히 키시께 한 수 배우고자 청합니다. 허락해 주시오소서."

"알겠지만 내는 쫓기는 몸. 가르칠 처지가 아이다. 여력도 엄꼬."

목소리에 힘이 빠지는가 싶었지만 그건 오판이었다.

"부러 속 뒤집는 니 꼬임에 너므가 니를 찾긴 했다만, 이골저골 내두룩 돌아댕기며 쟁기(爭技)나 일삼는 니한테 뭔 기대가 있간디?"

릴리는 하등 동요하지 않았다. 어차피 작정하고 덤벼든 일이니.

"요(堯) 임금에게는 기(虁)가 있었듯이 대가라의 전 임금에게는 키시가 계셨잖습니까. 저 역시 제가 뜻을 펼칠 세상의 기가 되고 우륵이 되렵니다."

우륵이 물끄러미 그녀의 이국적인 눈동자를 들여다보았다. 마치 그녀의 마음속을 양파껍질처럼 벗기려는 듯이.

"기라……" 잠시 우륵이 말을 멈추었다. "기가 지은 '한 장'(大章)은 들어 보았꼬?"

"산천계곡의 소리를 고스란히 살려낸 곡이라 하오나, 직접 들은 바 없사옵니다."

통통통. 팅팅팅팅. 통튀통튀 통튀리롱. 돌멩이가 물 위를 날렵하게 가르며 파문을 만들어내는 소리랄까. 우륵의 손가락들이 현 위에서 학처럼 노니는 가운데 좌중은 평온한 마음으로 개울가에 선 장난꾸러기가 된 듯한 착각에 잠시 사로잡혔다. 고작 몇 분이나 흘렀을까. 생동감 넘치는 리듬에 내 마음이 동조하려는 찰나 곡이 끝나버렸다.

"기는 돌매이 옹떼고[18] 떼리는 소리만으로도 동물들이 모지리 박자에 맞춰 신명나게 춤추도록 맹글었다는디. 사람이었는지 신선이었는지 누가 알겠노. 다만 대국(大國)에서 건너온 상인 가온데 음악에 밝은 이가 있어 이 가락을 익힌 뒤 가야고에 옮겨봤느라. 나가 몬 말을 하려는지 알간디?"

릴리는 즉답하지 못했다. 함께 자리한 사람들 전부 유구무언이었다.

"요 임금이 기를 등용하고 가실 대왕께서 이 불초한 몸띠를 불러들인 까닭은 모지리 백성의 마음을 하나로 묶어 큰일을 도모하고자 한데 있다 아이가. 니 재조가 단지 술꾼들을 미혹하는 들러리로 전락하지 않을라카면, 몬저 니 생각을 냉구지 말고 니가 아닌 것부터 끌어 안아야제."

"어떻게 하는 것입니까?" 인내심을 갖고 릴리가 물었다. 그래, 말로는 누구든 만리장성을 짓지 못하겠어.

우륵이 18현짜리를 물리자 제자 이문이 법금(法琴), 즉 전통의 12현 가야금을 스승 앞에 내려놓았다. 저고리의 양 소매를 널찍하니 안으로 두어 번 접은 다음 그의 기다랗고 흰 손가락이 줄을 퉁길 때 노래 가락이 또한 입에서 흘러나왔다. 먼지 하나 섞이지 않은 맑은 아침 같은 목소리. 동안(童顔)에다 미성(美聲)에다, 저 자식이 바람둥이 자질은 다 갖췄군.

> 아래가라여, 아래가라여
> 가라달에서 귀달(耳山)까지 현을 잇고 이어 천지개벽 꿈꾸었건만
> 늙은 이 몸 금곡(琴谷)[19]에 올라 백결(百結)의 방아 타며 탄식하노라.
> 태어난 땅 아득한데 노래 가락 여전하니
> 가야고는 영원하여 내 마음 달래줄 손가.
> 어허허 어흐야 어긔야 얼러러.

---

18 문지르고. 고령지방 방언.
19 우륵이 악사들을 거느리고 가야금을 익힌 장소.

하가라도(下加羅都)가 이런 가사였나? 그렇지는 않을 텐데. 원래 우륵이 지은 가야금 12곡은 가실왕의 정치선전용으로 태어났잖아. 각 소국의 지역색을 살리는 동시에 대가라 중심의 강성대국 이데올로기에 동참하라는 메시지가 어떤 식으로든 가사에 녹아들자면 이렇게 한없이 비감어린 곡조를 띨 리 없거든.

한때 고령일대를 호령하던 대가라 왕의 입이 되어 승승장구하던 사람이다. 하지만 아내와 자식이 형장의 이슬로 변했다는 소식에 멀리서 눈물만 삼켜야 했던 심정이 오죽했으랴. 아랫가라도 다시 말해 훗날 하가라도로 한자 표기된 이 노래는 우가라도, 즉 대가라 바로 아래에 위치한 우륵의 고국 사이기국에 대한 향수가 짙게 묻어났다. 슬픈 곡이지만 신파로 굴러 떨어지지 않으면서 마음을 정화시켜주는 엔딩이 인상적이었다.

그러나 엔딩이 마무리되기 무섭게 하가라도가 다시 시작되었다. 연주자는 릴리 허. 그녀는 여섯 줄 더 많은 자신의 가야금이 지닌 섬세함을 최대한 끌어내는 동시에 슬픔이란 것이 얼마나 예술가들에게 보편적인지 새삼 일깨웠다. 세계음악계에서 걸출한 재능을 지닌 아빠들과 엄마들의 유전자 축복. 천재를 노예로 전락시킨 흥행기획사. 낳아주고 열 살까지 길러준 엄마와의 생이별. 아이를 찾고자 하는 엄마의 법정투쟁. 그러거나 말거나 전 세계 공연투어 일정에 내둘리는 릴리. 뛰어날수록 외로울 수밖에 없는 릴리. 한없이 비탄의 늪으로 가라앉나 싶다가 간신히 몸을 추스르면 다시 급전직하하는 참담한 심경. 아이의 시각에서, 청소년의 시각에서, 정상급 프로 연주자의 시각에서 슬픔의 도돌이표는 멈출 줄 몰랐다.

정확히 언제부터인지 모르겠으나 곡의 후반부터 서서히 비가(悲歌)의 불안정한 혼돈에 질서가 자리 잡기 시작했다. 눈 감은 채 잠자코 듣고 있던 우륵이 언제부터인지 바삐 손가락을 움직인 까닭이다. 소녀의 불안은 더 큰 슬픔을 감당한 중년 사내의 회한과 겹치며 안정감을 얻었다. 조숙한 예술가의 막다른 길은 세상의 구제에 실패한 개혁가의 좌절과 하나가 되며 안도의 숨을 내쉬었다.

후렴구의 즉흥적인 변주가 마침내 잦아들었을 때 나는 눈을 비비지 않을 수 없었다. 닦아낸 물기는 양반다리 하고 않은 엉덩이 아래에다 남몰래 문질렀다. 릴리의 보호자는 소리 없이 일어나 방을 나섰다. 이문은 눈을 감은 채 변주되는 곡조들을 입으로 읊조리며 가슴에 새겼다. 우륵은 미세한 떨림을 고집하는 현들을 손가락으로 진정시키며 눈을 떴다. 그녀의 연주가 시작된 이래 함께 가락을 맞추면서도 그는 눈을 감고 있었다. 릴리의 거칠어진 호흡이 내 귓가에까지 닿았다. 그녀의 목덜미에 맺힌 안개 같은 땀방울. 우륵이 나직한 목소리로 은근하게 물었다.

"근디 니, 누한테 배왔노?"

근심이 없으니 시간이 멈춰 선 느낌이다. 실제로는 우리 일행이 산 귀퉁이 암자에 소 한 쌍 기부하고 눌러앉은 지 거의 한 달이 지났다. 방이 몇 칸 없다보니 나와 이문이 한 방을 썼고 보호자는 어린 중과 함께 썼다. 원래는 절의 주지와 우륵이 각기 방을 하나씩 썼지만, 우륵이 주지의 방으로 건너가고 릴리에게 독방을 내주었다. 소 암수 한 마리씩 끌고 와 고삐를 주지에게 건넸을 때 그의 얼굴이 잊히지 않는다. 촌구석 자그마한 암자에서 그렇게 후한 시주는 난생처음일 테니.

하지만 애초의 방 배당은 무의미해진지 오래였다. 온지 얼마 되지 않아 우륵이 릴리의 방에서 밤새 나오지 않는 일이 잦았으니까. 술시(戌時)에 모두 저녁을 들고 나면 둘은 그녀의 방에 모여 연주와 작곡을 같이 했다. 종종 이문이 함께 했지만 두 남녀의 연구열은 자정을 넘기기 일쑤였고, 그때

쯤 되면 으레 우륵과 릴리만 남는 모양새였다.

노파심에 내가 밤늦도록 마당에서 부스럭대며 눈치를 주었건만 우륵보다 그녀가 개의치 않았다. 더욱 의외는 그녀 곁에서 그림자처럼 따라붙던 보호자가 이런 상황에도 자기 방에 틀어박혀 쿨쿨 잠만 잔다는 사실이었다. 아무리 예술혼으로 의기투합한다 해도 마흔 전후의 산전수전 다 겪은 남정네와 열여섯 살 소녀의 유난스런 살가움은 나 같은 현대인의 시선에 곱지 않게 보였다. 보호자는 그녀의 육체적 위험에만 개입하면 된다 생각한 것일까. 그는 보호자일 뿐 아버지가 아니니까 그렇게 나오면 나도 대놓고 할 말은 없었다. 찜찜한 기분은 영 가시지 않았지만.

두 남녀가 한방에서 자연스레 아침을 맞이한 지 스무날은 넘었나보다. 보호자는 그녀의 일탈(?)에 일언반구 토 달지 않았다. 내가 몇 번 노골적으로 언질을 주었지만 릴리는 의도적으로 무시했다. 그렇다고 불쾌한 티를 내지도 않았지만. 고아나 다름없이 자랐다 해서 아빠와 연인을 혼동하는 것은 아니겠지? 하긴 우륵은 아빠 같은 캐릭터와는 거리가 한참 멀었다. 자기의 감을 무척 중요시하는 기분파여서 마음에 들지 않을 때면 성이 찰 때까지 그녀와 언쟁을 벌였다. 물론 음악에 국한된 얘기다. 나머지는 불이 나건 홍수가 나건 괘념치 않았다. 따지고 보면 릴리도 그와 다를 바 없는 성격이란 생각에 쓴 웃음이 나왔다.

"아예 제금났으예."

한방 쓰는 이문이 방문을 열고 옆방을 내다보며 한 마디 던졌다. 딴살림 차렸다고? 아침 햇살이 선선한 가을바람에 묻어와 정신을 맑게 해주었다. 어린 중이 빗자루로 마당을 쓸었다. 보호자가 여태 잘 리 없는데 둘러보러 나갔나? 그는 우륵과 만난 뒤로 주변의 이목을 각별히 더 신경 쓰는 눈치였다.

"새삼스레 뭘 그러나."

내가 머리 뒤로 팔짱을 끼고 누워 퉁명스레 대꾸했다. 이 젊은이는 진중하던 첫인상과는 달리 꽤 소탈하고 서민적이었다. 야한 유머에도 능했고. 한방을 쓰는 열흘 동안 누가 먼저랄 것도 없이 호형호제하는 사이가 되었다. 말이 짧은 보호자와는 그가 아직 많이 서먹해 했지만. 이문은 호기심도 많아 가야금 타는 그의 모습을 그려주자 자신이 감당할 수 없는 또 다른 예술세계에 진한 감흥을 드러냈다. 그가 문가에서 키득키득 웃기에 내가 옆으로 누워 팔베개한 채 그를 빤히 쳐다보았다.

"형님 아씨가 지보고 가동 아니냐 속닥이던 생각이 났으예."

"가동?"

"하모요, 가동!"

"가동이 뭐꼬?"

"아따, 피피시럽게 왜 능청떤다요, 낯빤데이 꾸꿈하게끔.[20] 수염 난 머스마끼리 글코글케 웃긴 짓 하는 사이를 말한다 아입니꺼."

나는 자기도 모르게 무릎을 당기며 허리를 꼬부렸다. 배꼽이 떨어질 듯 웃으며 자리를 뱅뱅 돌았다. 가동! 이 시대에는 남색(男色)을 그렇게 부르는군. 하긴 조선시대에 레즈비언들을 대식(對食)이라 불렀으니 이런 은어가 있을 법도 하지.

"스승님 꼬셔볼라꼬 하는데 언충[21] 힘들었는지 애꿎은 지만 의심받았다 아입니꺼."

나는 웃음을 거두었다. 대체 왜 릴리가 우륵을 유혹하려 든다지?

"지 스승님이 아새[22] 난 분 아입니꺼. 풍채 좋제. 목청 좋제. 나이 스물에

---

20 축축하게. 고령지방 방언.
21 워낙, 원체. 고령지방 방언.
22 본시, 본디. 고령지방 방언.

대왕의 부름 받고 나서는 고향 땅은 물론이고 대가라에서꺼정 가슴 설레지 않는 가시나가 없었심더. 대갓댁 마나님들과 왕녀까지 연서(戀書)를 전하려고 안달이었으예.

그란데 스승님이 절키 쪼매난 가스나, 아니 형님 아씨를 눈에 넣기나 하겠소? 절키 맨 날 냅두다 스승님 몸띠 엔가이 보전할런지 모르겠소.”

안 그래도 내 눈에 네 스승은 음악보다 난봉꾼의 최고봉으로 보인다, 이 놈아. 우륵이 아무리 이 시대 성인 여성의 눈에 매력적으로 보인다 한들 릴리의 예기치 않은 행동은 석연치 않았다.

“이 문디 자슥, 자뻑하고 앉았네.”

“자뻑? 그게 뭡니꺼?”

우리 둘이 시시껍질한 소리로 치받고 있노라니 마당으로 허겁지겁 뛰어들어와 엎어지는 사내가 있었다. 보호자. 그의 어깨에 피가 흥건했다.

주지의 방이 개중 가장 커서 여기에 다 모였다. 방주인이자 사찰의 제일 가는 어른인 주지와 우륵, 이문, 릴리, 보호자 그리고 나. 사미승은 사찰 지붕에 올라가 사방을 굽어 살폈다.

“시간 없습니다.” 내가 다그쳤다.

“키시와 이문은 빨리 이곳을 떠나는 게 좋겠습니다. 우리가 예서 시간을 벌어볼 테니.”

내가 어깨에 붕대로 지혈한 보호자 및 릴리와 눈 맞추며 말했다.

“참말로 미쳐뿌린다 아입니꺼. 이 사람들이 아니었으면 진작 뫼를 내려갔을 낀데. 스승님, 퍼뜩 일어나입시더.”

이문의 엉덩이가 좌불안석이었다. 하긴 가야병사들이 수시로 출몰하는 이 변경에서 우리를 만나지 않았던들 우륵 일행이 암자에 마냥 머물 리 없었다. 우리 때문에 시간선이 어그러지면 난감해진다. 만사를 원래대로 돌려놔야 했다. 예측 불허의 사태로 우륵의 신변에 무슨 일이라도 생기면 시간안전법 위반으로 우리 셋 다 체포되어 중형을 언도받을 수 있다.

"나 땜시 그대들의 목숨꺼정 상그랍게[23] 하지는 안컸소. 같이 엥깁시더."[24]

우륵의 자존심이 예서 최고 어른 노릇을 하려 들었다. 칼이나 창 한 번 휘둘러보지 못한 주제에.

"아녜요. 대가라 병사들이 산기슭을 에워싸고 매복해 있다니 포위망을 풀려면 저희가 여기서 이목을 끌어야 해요."

릴리가 다부지게 말했다. 우륵이 그녀를 애타는 시선으로 보며 탄식했다.

"리리야, 니 뜻은 엄첩다만[25] 고집부릴 때가 아이다."

"신라왕이 스승님의 소문을 듣고 흠모 한다 들었습니다. 신라 땅 깊숙이 아직 들어가지 않은 것은 이곳 왕의 인품을 곱씹어볼 시간이 필요해서 아니겠습니까? 고민은 충분했으니 몸소 나설 때입니다."

우륵의 눈이 다소 커졌다.

"니는 대체 누꼬?"

릴리가 말했다.

"짧은 인연이었지만 아름답게 간직하겠습니다……스승님." 말을 마치고 릴리는 일어나 우륵에게 큰 절을 올렸다.

주지와 이문 역시 발길을 재촉했다. 우륵은 발길이 떨어지지 않는 듯 망연자실한 낯으로 릴리를 바라보았다. 그때 간절한 눈으로 마주보던 릴리가 쓰러졌다. 보호자가 뒤에서 밀어 쓰러뜨린 까닭이다. 그 위로 화살이 날아

---

23 위태롭게. 고령지방 방언.
24 옮깁시다, 이동합시다. 고령지방 방언.
25 대견하다만, 장하다만. 고령지방 방언.

우륵에게 향했고 그가 무의식적으로 피한 덕에 맞은 편 벽에 박혔다. 그에 뒤질 새라 방문에 화살이 계속해서 꽂혔다. 나는 가슴을 쓸어내렸다. 우륵을 비명횡사하게 하면 우리는 시간안전법 상 중죄가 불 보듯 뻔했다. 보다 못해 주지가 팔을 걷어붙이고 나섰다.

"반주깨비[26] 할 새가 오디 있간디. 저들은 사로잡을 맴도 없는 모양인디. 만종기리지[27] 마이소. 법당 아래에 밖으로 내빼는 조매난 동굴이 하나 있응께. 이문아, 뭐하냐!"

주지가 억지로 우륵을 잡아끌자 반쯤 넋이 나간 그를 이문이 부축해 일으켰다. 주지와 이문은 우리에게 눈인사 하더니 화살비를 피해 방문을 열고 뛰어나갔다.

이제 우리 셋뿐이었다. 열린 방문으로 화살이 너덧 개씩 날아와 벽에 박혔다. 보호자가 문가로 가서 어깨를 안쪽 벽에 밀착시키고 문을 닫았다. 그 순간 또 다른 화살 하나가 문살에 박히며 문을 우그러뜨렸다.

"타이밍 한 번 기차군." 이 방에 들어와 보호자가 처음 건넨 말이다.

"맞아, 끝이 좋아야 다 좋은 법이지. 액션영화 속의 주인공들처럼 장렬히 산화해 볼까나."

나의 너스레에 둘 다 뜨악한 표정으로 날 바라봤다. 내 참, 이번 여행의 동반자들은 농도 할 수 없는 상대들이라니까.

"아, 미안. 잠시 기분내봤어. 지금 여러분 몸이 아침부터 조금씩 달궈지는 느낌이 들지 않아? 몸속의 나노봇들과 시간안전국 수퍼양자컴퓨터 간에 위상좌표가 동조되고 있는 중이야. 여태까지의 내 경험에 따르면 이런 느낌이면 앞으로 삼십분 내외에 우리가 귀환방으로 전송될 거야."

---

26 소꿉장난. 고령지방 방언.
27 주저하지. 고령지방 방언.

내가 릴리의 어깨를 툭 치며 말을 이었다.

"자, 이렇게 하지. 여기 우륵이 두고 간 가야고가 있어. 이건 내가 지금 들고 나가 약속한 대로 어디든 잘 숨겨볼게. 그 사이 너는 내가 시킨 대로만 하면 시간을 벌 수 있을 거야."

다음에는 보호자를 바라보며 말했다.

"이번 여행에 자네가 있어 진짜 마음 든든했어. 하나만 더 부탁할게. 자네는 앞으로 삼십분 간 애가 손끝 하나 다치지 않게 돌보면 미션 클리어야. 그럴 일이 없길 빌겠지만."

말을 마치자마자 나는 우륵이 버리고 간 가야금을 방패삼아 앞으로 들고 방문을 꿰뚫고 나갔다. 뜻하지 않은 돌발사고로 계획이 틀어졌지만 계약한 대로 우륵의 가야금을 따로 잘 챙겨두어야 나도 미션 클리어였다. 화살이 마구잡이로 날아오는 가운데 나는 가야고를 방패처럼 머리에 이고 내달렸다. 이제는 포로로 잡을 마음이 없는 걸까. 앞에 법당이 보였다. 그래. 선발대를 따라가지, 뭐. 내가 몇 걸음 더 떼는 순간 화살의 비가 멈췄다. 마지막 화살 하나가 내 발치 바로 옆에 떨어졌다.

상가라도였다. 대가라의 영광을 찬미하는 상가라도. 릴리 이 녀석 전혀 쫄지 않았는걸. 그새 트인 내 귀는 그녀의 연주를 음미했다. 오늘 같은 날에도 전혀 거리낌 없이 선선한 가을바람마냥 불당의 담을 타넘는 음(音)의 파문. 바깥의 군사들은 비록 새로운 왕의 휘하에서 부림을 받고 있으나 지난 이십년 간 세간을 떠돈 이 노래에 담긴 비전을 익히 알리라. 우륵을 본적이 있든 없든, 그를 좋아하든 증오하든, 그의 노래를 모르는 백성은 없었다. 전에 백성 아니었던 병사 있겠는가.

내가 법당 바닥을 손으로 어루만지며 비밀통로 입구를 찾는데 불호령이 들렸다. 지휘관이 병사들을 채근한 소리리라. 병사 몇 명이 방문에 다가오다 돌에 맞아 거꾸러졌다. 보호자가 다친 어깨로 선방했네. 나는 큰 불상의 아래 바닥까지 손으로 훔치며 샅샅이 뒤졌지만 허탕이었다. 초조했다. 앞으로 남은 몇 십 분을 잘 버텨 현대로 되돌아간다 해도 이 가야고를 나중에 찾기 쉬운 곳에 은닉해두지 않으면 추가 보수는 없다.

다시 음악이 바뀌었다. 우륵과 처음 만난 날 들었던 곡.

아래가라여, 아래가라여

찾았다. 헛디딘 발에 머리끈이 걸렸다. 우륵의 머리끈. 이 양반, 칠칠찮게시리 흘리고 다니다니. 릴리한테 단단히 빠졌나?

가라달에서 귀달(耳山)까지 현을 이어 천지개벽 꿈꾸었건만

머리끈 끄트머리가 잘린 듯 보인 것은 그 끝이 비밀통로 상판에 끼었기 때문이었다.

늙은 이 몸 금곡(琴谷)에 올라 백결(百結)의 방아 타며 탄식하노라.

긴장이 살짝 풀리면서 불상 너머로 엿보니 공격이 다시 멈추었다.

태어난 땅 아득한데 노래 가락 여전하니

고국의 앞날을 걱정한 비가(悲歌)에 동요해서일까, 아니면 연주가 끝난 뒤 잡으면 된다는 속편한 생각일까.

가야고는 영원하여 내 마음 달래줄 손가.

아쉽지만 후렴구까지 들을 여유는 없었다. 통로 상판을 닫아야 했으니까. 모두 안녕히. 다시 만날 때까지.

A. D. 2200년 늦은 봄 암스테르담

노크 소리에 반응이 없어 살짝 밀었다. 예상대로 30여 평짜리 개인병실답게 적잖이 호사스러웠다. 환자용 침대는 비어 있었다. 그 앞으로 거실 창인지 스카이라운지인지 분간이 가지 않을 만치 드넓은 통 창이 검푸른 물이 잔잔히 흐르는 운하를 담았다. 침대 양옆 선반에는 팬들이 보내온 위로의 편지와 선물이 지그재그로 쌓여 있었다. 그러고도 남은 선물더미는 침대 앞 양탄자의 반을 차지했다. 공항에서 받은 안내서를 보니 『안네의 일기』로 유명한 안네 프랑크의 집이 여기서 서쪽에 있다한다. 안네나 릴리나 공통점이 하나 있었다. 출생의 굴레에서 자유롭지 못한 현실 말이다. 그나마 후자는 운이 좋았다. 나치 대신 유전공학을 틀어쥔 간수는 그녀에게 제2의 삶을 시작할 수 있는 거래에 동의해주었으니까.

"어?"

외마디 소리에 돌아보니 환자복을 입은 릴리가 영양제 팩이 달린 금속 굴대를 밀며 방안 화장실에서 나왔다. 반가운 표정은 일순간. 이내 낯빛이 어두워졌다.

"꽃다발도 없네요?" 그녀가 굴대에 의지해 비실비실 걸으며 말했다.

"보다시피" 내가 선반 위의 푸짐한 선물더미를 두 손으로 가리켰다. "내 것은 놓을 차례가 오지 않을 것 같아서. 기사 보니 난리가 아니던데. 기획사가 보도관제 하느라 애 좀 먹었겠어."

릴리가 침대에 힘없이 앉았다. 꼭 허깨비 같군.

"여기는 보디가드 없어도 되나?" 그녀를 침대에 눕게 부축하며 내가 말했다.

"기획사가 잘 아는 병원이래요. 이 층은 저 혼자 쓰거든요."

아, 그래. 그래서 이 층만 한적했군. 엘리베이터와 계단입구가 서로 이웃한 통로에만 경비원 한 명이 데스크에 앉아 신분을 확인하던 기억이 났다. 사고 친 소속사 엔터테이너나 스타를 세상이 잠잠해질 때까지 조용히 격리시켜 두는 곳이라!

"기획사가 엎어지면 코 닿을 데라 목에 가시가 걸린 것 같지 않아?"

판타스틱 엔터테인먼트는 이 병원에서 불과 몇 블록 떨어진 번화가에 있었다. 그렇다고 그레이 스튜어트 이사와 직접 만날 필요는 없었다. 계약이행 완수 및 잔금 수령 확인은 가운데 손가락에 낀 반지 전화기로 충분했다.

"아저씨, 아저씨는…… 진작부터 알고 있었죠."

"응?"

"내가…… 아이 가진 거."

내가 멋쩍게 웃었다.

"왜 미리 말해주지 않았죠? 시간여행자는 과거인과의 사이에서 애를 배면 귀환하면서 자연유산할 수밖에 없다는 사실을."

"너는 왜 말해주지 않았지? 네가 임신할 작정이라는 걸. 그랬다면 내가 당연히 일러줬을 거야. 나는 네가 우륵과 필요 이상으로 가까워지는 것을 막으려 무던히 애썼다. 그건 너도 인정할 거야."

"하지만 임신해봤자 소용없다는 얘기는 해주지 않았잖아요!" 릴리의 목소리가 격앙되었다. 참다 참다 터져 나온 분노.

"그야 네가 무슨 목적으로 우륵에게 다가가려 했는지 알 수 없었으니까.

임신이 목적이었나? 하마터면 나는 네가 나이든 남자를 좋아하는 취향인
줄로 오해할 뻔 했다니까. 너의 이른바 보호자도 거기에 대해서는 입도 벙
끗 않던데."

보호자 역시 서울의 모 대학병원에 입원해있지만 금주 내 퇴원 예정이
었다. 병문안 간 김에 물어보니 고용주인 기획사와 릴리 사이의 내막을 나
보다는 좀 더 알고 있는 눈치였으나 도무지 입을 열지 않았다.

"이젠 다 끝났어요. 끝났어!" 릴리가 흐느끼기 시작했다. 그렇지 않아도
부은 얼굴이 눈물범벅이 되었다.

"뭐가 끝났다는 거지? 약속대로 우륵의 가야금은 기획사에 넘겨줬잖아.
내 통장에 안내수수료 잔금이 입금된 걸 확인 했는걸. 완전 밀폐가 어려워
다소 풍화되긴 했지만 그만한 물건이면 웬만한 국보급이야, 국보급!"

사정이 급박해 숨길 곳이 마땅치 않았던 터라 가야금을 넣고 비밀통로
의 벽을 무너뜨렸다. 한 사람이 어깨를 곧추세워 겨우 지날만한 토굴이었
기에 있는 힘껏 발로 차고 큰 돌로 찧고 해서 간신히 구멍을 메웠다. 하지
만 그런 정도로는 완벽하게 밀폐하는데 한계가 있었나보다. 현대로 돌아가
발굴해보니 현들이 죄다 삭아 있었거든. 다행히 오동나무로 만든 몸통과
양이두(羊耳頭)는 멀쩡했다. 이제까지 국내에서 발견된 가야금 가운데 동위
원소연대측정법으로 검증된 최고(最古)의 가야금이자 우륵이 직접 연주한
최고(最高)의 가야금이었다. 이 가야금의 발굴 의뢰인이자 발굴자금의 주
체였던 판타스틱 엔터테인먼트는 현재 한국정부와 문화재 인도 협상을 진
행 중이었다. 기획사 측이 천문학적인 보상금을 받고 한국정부에 소유권을
완전히 넘기는 방안도 병행해서 논의하고 있다 들었다.

"거래가 더 있었어요, 아저씨가 모르는." 눈물을 훔치는 릴리의 목이 메
었다.

"저는…… 정말…… 흐흑…… 엄마에게 돌아가고 싶었어요."

그녀는 양손으로 얼굴을 가리고 펑펑 울었다. 그녀의 거친 숨결이 잦아들기를 잠자코 기다렸다 손님용 팔걸이의자를 침대 앞으로 밀고가 앉았다.

"무슨 사연인지 모르겠다만 얘기해주겠니. 도울 수 있다면 힘써볼게."

그녀의 말은 울먹울먹하는 바람에 끊어졌다 이어지길 반복했다.

"열 살 때부터…… 저는 돈 버느라 안 가본 나라가 거의 없어요. 연주 실력은 꾸준히 나아졌지만…… 사람들은 처음부터 제게 열광했어요. 마치 곡마단의 신종 코끼리 보듯이. 비평가들의 격찬도 그다지 위로가 되지 않았어요. 끝까지 읽어보면 제 재능보다는…… 타고난 혈통에 대한 시기와 비아냥이 묻어있기 일쑤였죠.

암튼 기획사에게 중요한 것은 구시렁대는 전문가들이 아니라 공연일정을 따라다니며 꼬박꼬박 티켓을 구입하는 대다수 보통사람들이었어요. 하지만 엄밀히 말해 그들은 제 음악이 아니라 제 이름을 샀다 해도 지나친 말이 아닐 거예요. 지난번 배 위에서 하염없이 앵콜을 외치던 아줌마 아저씨 부대, 기억나세요? 최근 평론가들이 제 음악은 발전 없이 정체되고 있다는 악평을 무수히 써대도 그들은 개의치 않았어요. 그러니 기획사도 개의치 않았죠.

전 아니었어요. 한국에 있는 엄마가 늘 보고 싶었을 뿐 아니라 작곡도 연주도 다 엉망이 되어가고 있었으니까. 그래도 기획사는 일 년 내내 한국에 한 번 들를 엄두도 못 내게 스케줄을 꽉꽉 채웠어요, 꽉꽉! 엄연히 법적 후견인은 판타스틱이었으니 만 스무 살이 될 때까지는 하라는 대로 할 수밖에 없었어요. 게다가 스물이 넘어도 판타스틱과 계약이 해지는 되는 건 아니에요. 그나마 조금 숨통이 트일 뿐. 제가 사인한 계약도 아닌데 너무 웃기지 않아요?

회장과 사장 그리고 이사, 이런 분들은 번지르르한 찬사를 늘어놓는 데는 이골 난 사람들이에요. 제가 인간적으로는 고사하고 음악적으로 어떤 고통을 겪고 있는지 전혀 이해할 수 없는 벽창호들이죠. 한국에서 살 때 적어도 엄마는 내가 하기 싫다면 '그러렴' 하고 말았어요, 제가 다시 하게 해달라고 조를 때까지. 사교파티에 나가는 것조차 제게는 노는 시간이 아니라 다음 연주를 위한 홍보 마케팅 차원이었다니까요."

띄엄띄엄 나오던 말이 점차 숨 쉴 틈 없이 빨라졌다, 6년 동안 쌓였던 앙금의 보따리를 단번에 풀어놓으려는 듯이.

"이면거래 내용이 뭔데?" 나는 애초의 화제로 다시 되돌렸다.

릴리가 부끄러운 듯 시선을 돌렸다. 풀이 죽다 못해 체념한 얼굴.

"저는 나쁜 아이에요. 그저 제 욕심만 앞세웠으니까. 아저씨를 만났을 때만 해도 종신계약에서 벗어날 수 있다면 무슨 짓이든 할 판이었어요. 미처 날뛰기 일보 직전이었다고나 할까."

"릴리, 속 시원히 털어놔 보겠니." 오늘 병문안이 카운슬링으로 변할 줄은 나도 짐작하지 못했다.

"기획사에서 …… 나를 놔주겠다고 먼저 제안했어요."

그녀의 표정이 더욱 어두워졌다, 떠올리고 싶지 않은 자신의 심층의식에 마지못해 메스를 대듯이.

"저랑 모든 계약을 다 깨고 자유롭게 해준댔어요."

내가 물끄러미 바라보다 물었다.

"공짜는 아니겠지?"

릴리가 모로 누워 내 눈을 피한 채 고개를 끄덕였다. 방안 분위기 탓인가? 창밖의 건물들과 건물 사이로 오밀조밀하게 교차하는 운하들이 돌연 감옥의 철장 같다는 느낌이었다. 암스테르담의 구시가지는 크고 작은 운하가 사방으로 뻗어나가 70여 개의 섬을 500개의 다리로 연결하고 있다지.

잠시 후 그녀가 다시 입을 열었다.

"대역을 세우는 것이 조건이었어요. 단, 저보다 더 업그레이드된 대역."

귓등을 보이며 창 쪽으로 고개를 돌린 그녀에게 내가 확인사살에 나섰다.

"네 음악성에 새로운 충전이 아니라 우륵의 아이를 갖는 게 목적이었다?"

"그래봤자 저는 열여섯이라고요."

그녀가 얼굴을 보이지 않은 채 항변하듯 대꾸했다.

"음악을 하라고 저를 만든 건 그들이지 제가 음악을 하려 태어난 건 아니 잖아요."

예술성이 바닥나 더 이상 써먹을 가치가 없어져서 바꿔치기 꼼수를 썼다? 아니면 달성이 거의 불가능한 조건을 내걸어 앞으로 입도 벙끗 못하게 하려 했다? 기획사의 의도는 어느 쪽이었을까?

"인생을 마음대로 선택할 수 있는 사람은 의외로 많지 않아."

나 역시 그렇지 않은가. 주요 미술대전에서 수없이 고배를 마시기 전까 지는 내게도 잘난 자존심으로 똘똘 뭉친, 타협을 모르는 얼뜨기 시절이 있 었다.

"어차피 다 끝난 일인 걸요. 이번 여행비용까지 갚자면 언제까지 죽자 사자 일해야 할지 몰라요."

"네가 짊어진 빚에는 내가 받은 수수료도 포함되어 있겠네?"

릴리는 대꾸하지 않았다. 비즈니스로 먹고사는 프로페셔널로서 한쪽이 일방적으로 착취당하는 게임은 영 마뜩치 않았다.

"안녕히 가세요." 돌아보지도 않고 그녀가 작별을 고했다. "와주셔서 고 마웠어요."

나는 윗도리 안주머니에 손을 넣으며 좀 더 편한 자세로 앉았다.

"릴리야, 실은 선물을 가져왔어."

천천히 그녀가 나를 돌아봤다. 눈가에 눈물이 말라붙을 대로 말라붙어 있었다. 가까이 보니 눈두덩 아래 기미까지 끼었다. 나는 그녀에게 작은 케이스를 건넸다. 만년필을 담기 딱 좋은 크기.

"강화유리네요. 장식문양 때문에 불투명해서 …… 뭐가 들었는데요?"

"장식문양이 아니야. 케이스 옆을 보렴."

내가 부드럽게 말했다. 케이스 옆에 아주 작은 버튼 세 개가 볼록하게 튀어나와 있었다. 버튼 안에는 아라비아 숫자가 하나씩 씌어 있었다.

"한 버튼을 연달아 누르면 숫자가 하나씩 올라가. 0에서 9까지. 세 버튼의 일련 비밀번호는 우리가 갔던 연대야."

릴리가 버튼 순서대로 550을 입력했다. 그러자 케이스의 문양이 사라지며 안이 선명하게 들여다보였다. 빛의 산란과 편광을 이용한 장난감이다.

"이건 ……"

릴리가 어안이 벙벙한 얼굴로 나를 올려다보았다.

"네 꿈은 여전히 이룰 수 있어, 릴리. 그건 우륵의 머리카락이야. 함부로 열면 파손될 염려가 있어. 진공밀폐 해놓았거든.

이것만 있으면 현대유전공학으로 너의 DNA와 조합해서 배아를 만들 수 있어. 네 아이를 만들 수 있다고."

"내 아이 ……" 릴리가 한 음절 한 음절 따라 말했다.

"네가 돌아오면 유산할 게 뻔하니 어떻게 상처를 보듬어 줄까 고민했어. 그때만 해도 네가 우륵을 정말 좋아하는 줄 알았거든. 그래서 막판에 정신 없는 와중에도 또 다른 가능성을 위해 챙겨둔 거야."

"어떻게 …… 구했어요?"

"비밀통로 상판에 그 양반 머리끈이 떨어져 있더라고. 워낙 화급히 달아

나느라 머리카락 일부가 상판에 꼈던 모양이야."

릴리는 케이스를 누워있는 머리 위로 가져가 이리저리 돌려보았다.

"선물이 됐니?"

릴리가 벌떡 일어나 나를 와락 껴안았다. 어디서 힘이 났는지 모를 만큼 내 어깨를 감쌌다.

"더할 나위 없어요. 고마워요, 아저씨. 정말."

흥분이 진정된 그녀가 다시 침대에 누웠다.

"그치만……"

그녀의 눈가에 어느새 눈물이 그렁그렁 했다.

"지금은 아니에요, 때가." 그녀가 코맹맹이 소리로 혼잣말처럼 되뇌었다.

"뭐?"

"사실 병원에 며칠 있으면서 죽 생각했어요. 대체 내가 무슨 짓을 하려 했는지. 또한 잘못되면 감당해야 할 일이 무엇인지. 무척 혼란스러웠어요. 하지만 이 케이스를 받아드니 정신이 맑아지네요.

나는 이 아이의 엄마가 될 거예요. 단, 지금은 아니에요. 아이를 팔아넘겨 자유를 얻는 엄마 따위는 제 꿈이 될 수 없어요. 또 다른 나를 낳는다고 생각해보세요, 노예나 진배없는 나 같은.

나는 이 아이의 엄마가 될 거예요. 나중에. 제 몸이 자유로워진 다음에."

"이미 네 영혼은 자유로워진 것 같구나."

"그런가요?" 오늘 만나 처음으로 릴리가 웃었다. "고마워요, 아저씨. 돌아와서 아무 속사정도 모르는 아저씨만 원망해서 미안해요. 정말…… 괴로웠거든요."

나는 말없이 고개를 끄덕였다. 나는 일어섰다.

"이만 가련다. 아~아, 일어나지 마."

내가 문의 손잡이를 잡고 문득 생각이 나 뒤를 돌아봤다.

"근데 하나 물어보자. 그냥 궁금해서."

"뭔데요?"

"너 그 양반을 사랑하게 되긴 했니? 접근한 의도가 무엇이었든 간에."

릴리가 누운 채 내 쪽으로 시선을 맞추며 담담하게 대답했다.

"존경했어요, 진심으로."

"대답 한번 솔직하구나."

항구도시의 끈적이는 바람이 발길을 붙든다. 걷다보니 어느새 암스테르담 시립미술관 앞이다. 고흐를 비롯한 네덜란드 근대화를 잔뜩 소장한 곳이라지. 나는 앞을 그대로 지나쳤다. 도시의 동남쪽에는 렘브란트의 집이 잘 보존되어 있단다. 이 나라에는 초행길이지만 나는 그 명소도 그냥 지나치련다. J. 페르메르, F. 할스, J. 수틴의 걸작들이 걸려 있다는 국립미술관도 마찬가지로 패스다.

나는 시간화가다. 시간여행을 나서면 손해 보는 일이 절대 없어야 한다는 것이 내 영업철칙이다. 역사복원학자나 학회 같은 의뢰인들로부터 받는 진행수수료는 택시로 치면 기본요금에 불과하다. 낯선 시공간에서 위험을 감수하는 대가로 뭐든 값나가는 걸 꼭 덤으로 챙겨 와야 실제 손익이 맞는다고 생각한다. 해명태자가 부러뜨린 강궁이든, 가야 여전사의 투구든 아니면 최소한 현지에서 돈을 벌어 바꾼 금덩이든 간에 일단 땅속 깊이 나만 아는 곳에 모셔 둔다. 현대로 돌아와서는 은밀히 발굴해서 나만의 경로로 유통시킨다. 때로는 공식루트를 통해 유통과정을 세탁하기도 하지만. 이렇게 벌어들이는 부수입은 형식상의 본수입보다 몇 배에서 몇십 배를 넘어선다.

이번 여행에서 우륵의 가야금은 약속대로 의뢰인에게 넘겼다. 그렇다고 실속이 없었던 것은 아니다. 다만 수익회수 기간이 예상보다 길어졌을 뿐. 뜻밖에 릴리가 아이를 곧바로 갖지 않으려 해 유감이다. 내가 한 움큼의 머리카락을 더 보관하고 있는데.

내가 우륵의 머리카락을 수집할 생각을 하게 된 결정적인 계기는 릴리가 그의 아이를 임신했다는 징후가 보였을 때부터다. 나는 미리미리 발 빠르게 움직였다. 머리카락은 아주 빈틈없이 밀봉하지 않으면 현대까지 온전히 남아있기 어렵다. 해서 나무 보관함에다 회칠과 옻칠을 반복해 공기를 완벽하게 차단한 다음 암자 근처의 동굴에다 묻었다. 출발하기 이틀 전쯤 일이다. 물론 머리끈에서 머리카락을 채취했다는 얘기는 새빨간 거짓말이다. 화살이 날아오는 판에 불상 뒤에 숨어 머리카락을 떼고 앉았을 시간이 어디 있겠는가. 어떤 장애든 유비무환 하면 길이 열리는 법. 머리카락은 어디서 구했냐고? 그야…… 온통 널려 있었다, 그녀의 방에. 매일 오전 남녀는 산사 주위를 여유 있게 산책하곤 했다. 그 사이 나는 방에서 수북이 나오는 우륵과 릴리의 머리카락 중에 우륵 것만 따로 골라냈다. 릴리의 머리카락은 길이가 다르고 색깔도 보통 한국인과 달라 구분하기 어렵지 않았다.

문제는 이 머리카락의 효과를 나 혼자 입증하기 어렵다는 점이다. 매수인이 흡족할만한 임상실험 결과가 선행되어야 한다. 언제고 릴리가 우륵의 머리카락에서 추출한 유전자와 자신의 유전자를 조합해 아이를 낳는 날이 오리라. 만일 그 아이가 엄마보다 더 출중한 재능을 뽐낸다면 사정이 180도 달라진다. 그때 가서 내가 보관한 머리카락과 릴리의 아이를 잉태하게 한 부계 유전자가 동일하다는 사실을 밝히면 돈방석에 앉는 건 시간문제다. 전 세계 유수의 생명공학연구기관들과 천재 음악가 자녀를 열망하는 돈푼깨나 있는 부모들이 내 앞에서 장사진을 이룰 테니. 이러한 수입은 사이드로 골동품을 넘기는 부가수익을 능가할지 모른다. 게놈 코드만 분석하면 대량생산도 가능하니까. 나는 해당 유전자 사용인가 저작권만 가지련다. 나머지 궂은일은 다 외주 맡기면 되니까. 벌써 적임자도 점찍어 두었다. 루나시티 상가매각을 성공리에 마무리지어준 그녀라면 이런 아이디어를 실행하는데 특출한 재능을 보이리라. 그러니 릴리야, 속 썩이지 말고 어서 엄마가 되렴!

여자를
믿지 마라

조나단

장르 드라마와 장르 시나리오를 쓴다. 그리고 장르 소설을 쓴다. 한국영화시나리오마켓 추천 작가. KBS 드라마 단막극 공모, SBS 미니시리즈 극본 공모에 당선. 현재 드라마 미니시리즈를 준비하면서, 꾸준히 웹진 크로스로드에 SF 소설을 투고하고 있다. 수준과는 별개로, 오로지 SF에 대한 애정으로.

황사

창은 눈을 떴다. 해가 뜬 것을 느낄 수 있었다.

차 안에서 깨어나자마자 깨달은 것은 두통이 여전하다는 거였다. 울렁이고 뒤집힐 듯하던 속은 그나마 가라앉았지만, 지끈거리는 머리는 어제와 마찬가지였다. 차가운 얼음 한 덩어리가 뇌 근육 안쪽 어딘가에 박혀있는 것처럼 머리 전체가 얼얼했다. 잔통은 밤이나 되어야 가라앉을 것이다. 소문으로만 듣던 히드라의 후유증이 이 정도일 줄은 몰랐다. 하룻밤의 천국이 무려 48시간 동안 지옥을 선사하고 있다.

제길, 이제 정신을 차려라.

창은 옆머리를 치면서 네트에 접속했다. 앞 차창이 네트 모드로 바뀌며 협회 사이트를 띄웠다. 자신의 페이지를 열어보니 메시지가 세 개 있었다. 문의사항 두 개와 의뢰 한 건. 그것들을 확인한 창은 다시 머리를 문지르며 욕지거리를 내뱉었다.

폭력적인 여자 친구 대처법을 가르쳐 달라는 사연과 일의 진행에 대한 문의. 폭력을 행사하는 여친이야 다른 대륙으로 달아나거나 쏴 죽이라고 말하면 되지만, 지난달 계약한 건은 이제야 일을 시작한 상태였다. 끝낼 수 있을지조차 알 수 없는 상황이었고 일을 마무리 짓지 못하면 돈도 받지 못한다. 그나마 새로 들어온 의뢰도 미니라이거를 찾아달라는 거였다. 말투로 보아 어린애다. 푸들 저금통이라도 깰 생각인가? 여전히 도움 되는 것이 없다.

창은 짜증이 일었다. 개설한지 반년이 다 되어가지만 자신의 페이지는 여전히 개점휴업 상태였다. 그는 시트에 몸을 묻으며 페이지 상단에 박힌 문구를 노려보았다.

명탐정 Justice Chang, 당신의 문제를 해결해 드립니다.

하긴, 나라도 너 같은 탐정은 찾지 않겠다.

창은 헛웃음을 터뜨렸고, 그 때문에 다시 왼 머리가 울렸다. 세상에 누가 경력 없이 이름만 거창한 새내기 탐정에게 제대로 된 사건을 맡기겠는가. 그라도 값싼 유전자 변이 애완동물이나 찾는 데 활용할 것이다.

이름부터가 마음에 들지 않았다. 저스티스라니. 빌어먹을 탐정협회 때문이었다. 그가 남은 돈을 털어 협회에 등록하고 사이트를 개설하려 하자 협회는 그럴듯한 새 이름을 가지라고 조언했다. 그러면서 제안한 것이 저스티스였다. 자기들끼리 고전적이라느니 신뢰 가는 이름이라느니 떠들어대면서. 창은 아무래도 좋다고 생각했지만, 등록 후 페이지 상단에 박힌 이름을 보자마자 낯이 뜨거워졌다. 아이들 만화영화에나 등장할 이름이었다.

차창을 내리니 서늘한 아침 공기 속에 잿빛 안개가 펼쳐져 있었다. 황사였다.

차의 시스템 매니저가 미세먼지 농도를 측정하곤 차창을 닫으라고 경고했다. 창은 무시하고 뉴스를 켠 뒤 차에서 내렸다. 밤 동안 차창을 취침 모드로 돌려놓았던 터라 몰랐는데 주위가 황사로 뒤덮여 있었고, 짙은 안갯속으로 들어서는 기분이었다. 이를 증명이라도 하듯 뉴스에서는 4년 만에 최악인 황사가 시작됐다는 일기예보가 흘러나왔다.

여기는 어디지?

이름만 뉴 제너레이션인 구형 폭스바겐은 안개 속에, 좁은 도로 가드레일 옆에 주차해 있었다. 아래쪽에 펼쳐진 희미한 건물들을 보니 인왕산 정상 도로 어디쯤인 것 같았다. 황사에 잠긴 도시는 붉은 아침 햇살에 물들어가는 중이었고 종로 지구(地區) 쪽 건물들을 알아볼 수 있었다. 그 너머로 안갯속에 숨은 해적선 돛대마냥 음산하게 선 남산타워가 보였다.

창은 이 도시가 마음에 들지 않았다. 봄이 시작되기도 전에 불어 닥친 황사 때문만은 아니다. 그는 이 탁한 도시의 어둡고 음습한 실체들을 알았고, 온갖 구린내 나고 노골적으로 악한 것들과 뒤엉키던 시절부터 도시에 대한 환멸이 그에게 달라붙어 있었다.

일을 해야 한다. 이제 본격적으로 일을……

그때 뉴스가 끊기고 벨소리가 들렸다. 앞 차창이 통신 모드로 바뀌는 것이 보였다.

"저스티스 창 탐정사무소입니다."

시스템 매니저가 전화를 받았다. 제니퍼 틸리던가, 비음이 짜증나는 옛날 여배우 버전이었다.

"저스티스 탐정께선 지금 범인을 쫓는 중이라 통화하실 수 없답니다. 용건을 남겨주시면 저스티스가 곧바로 연락드릴 거예요."

사서함으로 넘어가자 앞 차창에 상대의 얼굴이 떴다. 유미호가 비웃고 있었다.

"저스티스 탐정이라, 멋진걸?"

창은 재빨리 차 문을 열고 올라탔다.

"범인 놓치면 전화 주라고, 다른 건수가 있을지 모르니까……"

"무슨 일이지?"

앞창 하단에 창의 얼굴이 뜨자 유미호가 놀려댔다.

"어이구, 그새 범인을 잡으신 건가 탐정 나으리?"

창은 대꾸하지 않았다. 퇴직 후 연락 한번 없던 녀석이 갑자기 그가 보고 싶어 전화했을 리 없었다.

"표정을 보니 딱 일이 필요한 얼굴일세? 잘됐네, 마침 자네를 찾는 의뢰인이 있거든."

"사건인가?"

유미호가 씨익 웃었다.

"왜 외부에 넘기는 거지?"

"의뢰인이 선택한 거야. 자네가 퇴직했고 탐정이 됐다니까, 콕 집어서 자넬 지목하더군."

"나를 왜?"

"불도저에 대한 소문을 들었나 보지. 끝까지 밀어붙이는 창 형사에 대해."

창은 이미 예상했지만, 태연히 말했다.

"경찰을 못 믿는 거겠지."

"어쩌면. 사실 우리가 언제 신뢰를 준 적이나 있었나? 이미 썩어 문드러진 시민의 발인걸."

유미호는 스스로 깐죽대는 걸 서슴지 않는 형사였다.

"무슨 사건인데?"

"돈 좀 될걸? 살인사건."

창은 올 것이 왔다고 생각했다. 이제 일을 할 때다.

"좋아, 당장 가지."

"아니, 열 시까지 오면 돼. 의뢰인이 그때 변호사와 함께 올 거야. 그 전에 집에 가서 좀 씻지 그래? 꼴이 말이 아니야. 약이라도 한 것 같은데 어떻게 좀 감춰 보고."

눈치 하난 타고난 놈이다.

"옛 동료로서 충고하는데, 제대로 준비하고 와. 반장은 자네가 끼어드는 걸 탐탁지 않아 하니까."

공태구 반장. 창이 욕지거리를 내뱉자 유미호가 다시 이죽거렸다.

"그러니까, 반장 앞에서 웃는 연습이라도 하라고."

인왕산 둘레길을 산책하는 사람들이 보였다. 마스크와 황사차폐코트를 둘러쓰고 모래 안개에 짓눌린 듯 걷는 사람들. 세계가 지구연방으로 통합된 뒤 도시들은 저마다 자구책을 찾고 돌파구를 만들어 갔지만 이놈의 도시만은 오히려 생기를 잃으며 버려지고 있었다.

도심으로 내려온 창은 자동운행 모드로 전환하고 시트에 몸을 눕혔다. 지끈거리는 머리가 히드라 때문인지 차의 진동 때문인지 분간하기 어려웠고, 덕분에 두통이 여전하다는 생각은 잠시 잊을 수 있었다.

맥없이 앞을 주시하자니 황사의 무게를 실감할 수 있었다. 가시거리가 5미터도 되지 않는 듯했다. 창은 관자놀이를 누르며 심연 속에서 위협적으로 나타났다 사라지는 차들을 보았다. 모든 것이 정렬된 채 움직였고 어떤 감정도 느낄 수 없었다. 그 안에 인간미 따위는 없었다. 그의 내면처럼 막막했다.

창은 지금, 한 치 앞도 가늠할 수 없는 현실을 헤매는 중이었다.

아무도 전직 불도저 형사를 쓰려 하지 않았고 실직수당은 끊긴 지 6개월이 지났다. 마지막 희망으로 개설한 탐정 사이트는 개점휴업 상태. 그는 내동댕이쳐진 뒤에야 자신이 얼마나 환영받지 못하는 인간인지 깨달았다.

게다가 버거운 짐까지 짊어져야 했다. 실직과 동시에 이혼을 요구한 아내와 아빠에 대한 애정이라곤 찾아볼 수 없는 일곱 살 난 딸. 법원은 창에게 위자료와 딸 교육비를 대야 한다고 판결했다. 위자료는 48개월 할부로 끊었지만 두 달째 지급 못 하고 있고 앞으로 딸이 졸업할 때까지 교육비를 조달해야 한다. 창은 3주째 아내의 전화를 피하는 중이었다.

그 뒤를 잇는 자괴와 패배감. 창은 무력감 속에서 허우적대며 방향을 잃고 부유하고 있었다.

집은 3일 전 그대로였다. 집을 나서기 전 몇 주 동안 방치해둔 그대로.

창은 혼돈을 무시하곤 옷을 벗고 욕실로 들어갔다. 샤워기의 차가운 물줄기가 몸을 긴장시켰지만 아직 단수되지 않았다는 사실에 쓴웃음이 새나왔다. 뒤늦게 온수시스템이 가동했고, 뜨거운 물줄기가 뭉친 근육을 이완시켰다. 편린들이 뒤따랐다. 이름도 모를 고급 향수 향, 가늘고 긴 목선, 하얗고 탐스러운 가슴…… 그러나 얼굴은 기억나지 않았다.

히드라의 후유증 때문에 잊고 있었는데, 긴장이 풀리자 충동적인 하룻밤의 기억이 되살아났다. 히드라에 취한 그녀는 적극적이었고, 이제까지 창이 경험하지 못한 방식으로 그를 리드했다. 이틀 전 밤의 기억에 창은 다시 발기했고, 자위를 할까 하다가 긴장을 유지하기로 했다. 창은 되뇌었다.

이제 정말 일을 해야 한다.

계약

도시경찰청은 내자 구역에 있었다. 마천루 사이에 여전한 콘크리트 구조물로 남아있는 경찰청은 전통적이라기보단 차라리 구태의연해 보였다.

지구연방 정부 아래 도시들이 수평적으로 재편되면서 막강한 권력을 쥐게 된 시장은 네오 자유시장 체제의 신봉자였다. 죽어가는 도시에 활력을 불어넣겠다며 시장 자리에 오른 그가 가장 먼저 단행한 것이 구조조정이었고, 시범사례는 하급 관료와 공무원들이었다. 시장의 바람에 부응하려는 도시경찰청장의 발 빠른 움직임으로 허물이 있거나 혐의만 발견돼도 최우선으로 밀려나야 했다.

무한자유경쟁과 거기서 창출되는 시너지. 그것이 시장의 의지였다. 선진 도시들처럼 사설 수사 인력을 양성해 관료적 공무 경찰과 경쟁시킨다는 것이 취지였지만, 언제나 그렇듯 공권력에 자본의 물결을 끌어들이는 결과만 낳았다. 능력 있는 수사관들은 스스로 독립해 막대한 수임료를 챙겼고 남은 경찰들은 자리보전에만 급급했다. 그마저도 보전 못하고 쫓겨난 창과 같은 일선 형사들은 그저 언저리만 맴돌 뿐이었다. 경찰에도 부익부 빈익빈의 시대가 열린 것이다.

창은 형사과로 가 유미호를 만났다. 그를 따라 외부인접견실로 들어서자 남자 둘과 여자 하나가 기다리고 있었다. 유미호가 창을 소개하자 공 반장은 못마땅한 표정으로 시선을 피했다. 의뢰인임이 분명한 40대 여자는 노골적으로 호기심을 드러내며 창을 살폈다. 미모보다는 지적 분위기와 자신감이 묻어나는 유럽 혈통의 여자였고, 다소 창백한 낯빛으로 보아 북유럽계인 듯했다.

그녀는 자신을 정 엘리자베스 선화라고 소개했다.

"그냥 엘리로 불러주세요."

"저스티스 창입니다."

엘리 곁에서 변호사가 말했다.

"탐정님을 기다리면서 공 반장님과, 당신에게 수사를 맡길 것인지 논의 중이었습니다."

창은 자신을 두고 오갔을 대화를 예상할 수 있었다. 역시나 공 반장이 자신을 변호하듯 말했다.

"도시경찰청은 본연의 공적 임무를 다하고 있습니다. 저희는 사건 해결을 위해 법으로 보장된 외부 수사 인력 투입을 권장하며, 그것을 선택하는 피해자 가족의 의견도 존중합니다. 하지만 사건 해결을 위해 탐정으로서 전력이 없는 창 형사, 그러니까 저스티스 탐정보다는 저희와 지속적으로 협력관계를 유지하는 저명한 탐정 기관과의 공조를 권했던 겁니다."

그는 창을 한번 의식하고는 강조했다.

"보다 신속하고 확실한 사건 해결을 위해서 말이죠."

창은 공 반장의 의도를 가늠했다. 자신이 직접 잘라낸 창에게 사건을 맡기는 것이 껄끄러운 것이다.

"반장님께선 이 분의 전력은 고려하시지 않는군요?"

엘리가 말했다. 감정이 실리지는 않았지만 단호한 목소리였다.

공 반장이 머뭇거리자 변호사가 대신 말했다.

"제 의뢰인 역시 같은 생각입니다. 하루빨리 사건이 해결되고 범인이 체포되길 원하지요. 저희는 사건이 발생 직후부터 어디에 수사를 의뢰할지 검토했고, 물론 예상하셨겠지만, 도시경찰청보단 외부 수사기관에 맡기기로 했습니다. 그리고 11년 경찰경력 동안 가장 우수한 경찰인력 중 한 명이었던 저스티스 창 전직 형사에게 맡기기로 한 겁니다. 그런 데도 반장님의 권유를 받아들여야 하는 걸까요?"

"이 친구는 부정 혐의가, 범죄세력의 범죄를 조작해준 전력이 있단 말입니다. 그 때문에 경찰에서도 불명예 퇴출당했고."

공 반장이 항변했다. 2년 전 사건을 말하는 것이다. 창은 두통을 억누르며 말했다.

"그건 혐의일 뿐이었죠, 그런데도 반장님은 그걸 빌미로 날 해고했고."

공 반장은 기분 나쁜 표정을 감추지 않았다.

"네 녀석이 분명해, 증거가 없을 뿐이지. 네 녀석이 분명하다고!"

엘리가 두 사람 사이에 끼어들었다.

"요즘 같은 시절엔 부정한 것이 무능한 것보단 낫지요."

그녀는 온화하지만 단호했다.

"저스티스 탐정의 옛 문제는 거론하고 싶지 않군요. 저는 사건을 해결할 능력 있는 수사관을 원할 뿐예요."

공 반장은 의뢰인의 태도에 한발 물러섰다. 대신 자신의 권위를 드러내며 말했다.

"좋습니다, 그렇다면 저스티스 탐정에게 수사를 맡기도록 하죠. 단, 공기칩 삽입을 조건으로! '다' 레벨, 24시간 동안 말입니다."

"그건 내가 거부합니다."

창이 말했다. 공기칩을 쓰겠다는 것은 공 반장이 창을 손바닥 위에 올려놓겠다는 뜻이었다.

"내 수사에 공기칩 따위 필요 없고, 그걸 내 안에 박아 넣지도 않을 겁니다."

"자네가 수사를 맡는다는 건 공적 업무를 수행한다는 뜻이야. 이 도시 법률상 모든 공직자는 공기칩을 켜게 되어 있지. 그것을 거부한다고? 수사를 맡지 않겠단 뜻으로 받아들여도 되겠나?"

공 반장이 위엄을 떨었다. 창은 지지 않고 말했다.

"그런 뜻이 아닙니다. 그따위 걸 24시간 동안 작동시키진 않겠단 뜻이지. 그럴 이유도 없고 말입니다."

"이유는 충분해. 첫째, 아직 언론에 노출되지 않은 이 사건은 도시경제협력국 동아시아담당 차관이 죽은 중대 사건이야."

창은 대놓고 휘파람을 불었다. 자신을 못마땅해하는 공 반장을 이해했다. 피해자가 동아시아 담당 차관이라면 지구연방 정부 관료 중에서도 명실상부한 실세다. 그런 인물의 사건을 맡는다는 것은 흥행카드를 쥐는 것이고, 공 반장은 도시경찰청이 직접 해결하고 싶었을 것이다. 하지만 의뢰인은 외부 수사 인력에 맡기려 하고 있다. 그것도 자기 손으로 해고한 자에게. 그것은 창이 이미 예측한 바였다.

"둘째, 사건의 중대성을 아는 도시경찰청은 전력을 다해 협조할 것이고, 도시경찰청 내 수사 인력 역시 '다' 레벨 공기칩을 작동시킬 계획이야. 그렇다면 자네 역시 그 조치에 따라야 하지 않겠나? 아니면 빠지던가."

노골적인 협박이었다. 자신이 놓는 덫을 차고 움직이던가 아니면 알아서 꺼져라.

창은 굴러들어온 사건을 차버릴 생각은 없었지만, 본능적으로 거부감이 일었다. 자신을 24시간 개방한다는 것은, 사건의 해결과는 별개로 다른 문제에 봉착할 수 있었다.

방 안에 심상찮은 기류가 돌자, 엘리가 창을 돌아보았다.

"저스티스 탐정님, 공기칩은 모든 공무자가 지고 가야 할 업보이기도 해요. 저 역시 공직자로서 지금 공기칩이 작동 중이죠. 그것에 대한 거부감은 이해하지만, 그렇지만 저는 당신이 꼭 사건을 맡아주길 바래요."

창은 잠시 그녀를 살피며 말했다.

"왜 나를 선택한 겁니까."

"전 소모적인 공무 경찰이나 특권의식으로 가득한 거대 탐정사무소들은 탐탁지가 않아요. 제 변호사가 도시경찰청 데이터에서 당신을 추천했죠. 당신이 11년 동안 참여한 사건들 중 64퍼센트가 해결됐더군요."

내가 그 정도밖에 되지 않았던가? 창은 엘리의 의도를 파악하며 말했다.

"그 정도 데이터로 나를 찾았단 말입니까?"

"내가 주목한 것은 당신이 주도적으로 담당했던 건들이에요. 편차가 있지만, 당신은 수사원으로 참여한 사건들과 달리 직접 담당한 강력범죄들에선 대단한 집중력을 보였더군요. 23건 중 22건을 해결했었죠? 그것이 제가 당신을 선택한 이유예요."

엘리는 창의 의도를 파악하려는 듯 물었다.

"혹시 사건을 맡지 못할, 다른 이유라도 있는 건가요?"

창은 선택의 순간이 왔음을 알았다. 어떻게 할 것인가, 공기칩이라는 족
쇄를 차고 움직일 것인가? 그것을 거절하면 사건도, 일도 없는 것이 되고
만다.

창은 표정을 감추고 말했다.

"내 능력을 온전히 활용하려면, 날 자유롭게 두어야 합니다."

"하지만 공기칩은 제 능력 밖의 문제예요."

"그렇다면 그건 내가 위험을, 개인적 리스크를 안고 움직여야 한다는 뜻
인데."

"거기에 대해선 충분한 보상이 있을 겁니다."

변호사가 끼어들었다.

"제 의뢰인은 신속한 사건해결을 위해 법적으로 보장된 '가' 등급 사건
수임료를 지급할 용의가 있습니다. 또한 피해자는 지구연방 정부 내 고위
관료로 불의의 사고 시 진상조사를 위한 특별기금이 책정되어 있습니다.
그 기금의 일부가 저스티스 탐정에게 지급될 겁니다. 세금과 세부항목은
무시하고 금액이 대략……."

창은 손을 들어 변호사를 막았다. 세 사람이 그를 주시했고, 유미호는 대
화에 끼지는 않았지만 표정을 보니 상황을 즐기고 있었다.

그는 감정을 드러내지 않고 자신을 조율했다. 어차피 족쇄를 차야 한다
면 다른 모험도 해야 한다. 창은 자신을 주시하는 엘리를 직시하며 말했다.

"금액이 얼마이든, 그 두 배를 원합니다."

공직자에게 이미 일상이 된 공기칩 이식은 대단한 수술이 아니다. 더욱이 형사 시절 데이터가 남아있는 창은 칩을 삽입하고 계정을 다시 열어 서버와 동기화시키기만 하면 된다. 나노 칩 삽입은 그 옛날 보톡스 투약만큼이나 간단했지만, 창은 그 행위 자체에 거부감이 일었다.

"그렇다고 너무 언짢게 생각하진 마세요."

오노가 창의 뒷덜미에 칩을 넣을 준비를 하며 말했다. 기술부 연구원인 그는 창을 꽤 따르던 일본계 젊은이다.

"그냥 짜증나는 것뿐이야."

창이 의료침대에 엎드리며 정정했다.

"뭐, 그 말이 그 말이지만."

"그냥 법이잖아요. 당연히 따라야죠."

"그 엿 같은 법이 왜 이 도시에만 있느냐 말이야."

"그런가요? 다른 도시는 그렇지 않아요? 몰랐네요."

투입기를 잡은 오노의 손이 동요하는 게 느껴졌다. 이어 작은 통증과 함께 짜릿한 소름이 등줄기를 타고 뻗어 나갔다.

"조심하라고."

"아, 죄송해요."

오노가 투입기를 바로 잡자, 부웅 소리와 함께 이물질이 뒤통수 어딘가로 찾아 들어가는 걸 느낄 수 있었다.

일명 공기칩으로 불리는 '공직자공공기록칩'은 신체기능변화를 기록하는 일종의 블랙박스다. 그것이 이식된 공직자는 맥박과 호흡, 땀 등 신체기능의 변화뿐 아니라 뇌파까지 모두 도시 정부 서버에 기록된다. 지금 창은 스스로는 풀 수 없는 개목걸이를 차는 중이었고, 비로소 다시 공무를 맡게 됐다는 사실을 실감했다.

"다 됐습니다."

오노가 투입기를 제거하고 모니터를 살폈다.

"제대로 자리 잡은 것 같은데요, 형사님? 아니 이젠 창 탐정님인가? 어쨌든 제가 받은 공문대로 수사 기간은 30일로 설정했어요. 물론 그 전에 사건이 해결되면 언제든 다시 제거할 수 있고요. 이제 네트에 접속해 동기화시키면, 이 시간부터 탐정님의 모든 신체 데이터가 정부 서버로 전송됩니다. 그럼 시작할까요?"

"기다려."

오노가 멈칫 돌아보았다. 창은 그를 외면하고 호흡을 가누었다.

그리고 생각을 집중했다. 이제부터 24시간 내내 몸 안의 블랙박스를 켜두어야 한다. 감정 변화에 따른 모든 생체 변화와 생각의 파형들이 속속들이 기록될 것이다. 그것은 뇌관의 스위치를 켜는 짓이고, 뇌관은 작은 자극만으로도 터질 수 있다. 공 반장이 노리는 2년 전 사건과 자신이 맡은 일 어느 쪽이든.

이것은 게임이다. 창은 그렇게 생각했다. 자신을 제어하고 평형을 유지해야 한다.

돌아보니 젊은 연구원이 핵미사일 발사 버튼 앞에 선 부관처럼 그의 명령을 기다리고 있었다. 창은 얼굴에서 표정을 지우며 말했다.

"좋아, 시작해."

기술부에서 나오자 유미호가 기다리고 있었다. 창은 함께 피해자 집으로 향했다.

"다시 수사를 맡게 된 걸 축하해."

유미호가 이죽거리며 말했다.

그는 앞으로 창의 수사를 도우며 도시경찰청과의 공조를 연결할 것이다. 그러나 창은 그의 임무가 그뿐이 아님을 알고 있었다. 공 반장으로부터 자신을 감시하라는 명령을 받았을 터다.

창은 먼저 현장재연모듈을 확인했다.

"당연히 설치되어 있지. 이제 공식적인 수사가 시작됐으니까."

창은 끄덕였다. 피해자 발견 당시를 보면 사건의 윤곽을 잡을 수 있을 것이다.

"그 여자는 어떤 여자지?"

"엘리? 도시검찰청 고위직에 있는 여자야. 앞으로 자네가 수사를 주관하니 그 여자 데이터를 열람할 수 있을 거야."

"남편은 도시경제협력국 차관에, 아내는 검찰 간부라."

"그야말로 로열패밀리란 소리지."

창이 끄덕이며 덧붙였다.

"관료적 인간들이란 뜻이기도 하고."

사건 현장은 청담 지구였다. 도시의 거주 지역 대부분이 닭장 아파트로 들어찼지만 이 지역만은 고풍스러운 저택들이 자리 잡고 있다. 대부분 지난 세기 졸부들에 의해 지어진 도시문화재 지정 건축물이어서 저마다 개성을 내뿜고 있었다.

시스템 매니저가 알려준 저택은 작은 묘목들이 담장을 대신하고 있었다. 유전자 변이 관상수들이었다. 곳곳에 감시 카메라가 보였지만 마음만 먹는다면 사각지대를 통한 침입이 가능해 보였다. 정문을 통과하니 건물 두 채가 나타났다. 오른쪽 지상 4층, 지하 3층짜리 건물이 본채였다. 사건이 일어난 곳은 왼편의, 보다 규모가 작은 2층짜리 별채였다. 현대적인 강화 플라스틱과 유리로 구성된 걸 보니 최근에 지어진 듯했지만 전통적인 본채와

균형을 이루고 있었다.

창은 현장을 보기 전에 본채로 가 엘리를 다시 만났다. 계약을 위해서였다.

변호사가 단말기 모니터에 계약 내용을 띄우며 설명했다.

"오전에 탐정님께선 저희가 제시한 금액의 두 배를 요구했었죠. 법률 대리를 맡은 저희 K&C 법률회사는 당신의 요구가 부당하다고 이의를 제기했지만, 의뢰인은 당신의 요구를 받아들이기로 하셨습니다. '가'급 수사비용과 피해자 진상조사기금을 초과하는 비용에 대해선, 제 의뢰인 정 엘리자베스 선화 씨가 개인적으로 지급할 겁니다."

창이 돌아보자, 엘리는 말없이 고개만 끄덕였다.

"여기에 서명하시면 24시간 내에 계약금이 입금될 겁니다. 수사 진행상의 모든 비용은 저희가 집행하며, 사건이 해결되면 사건 종결 24시간 후 나머지가 입금됩니다. 대신 계약 시한인 30일이 지나도 사건을 해결 못 하거나, 해결을 위한 단서를 찾지 못하거나, 해결의 기미를 보이지 않는다면 제 의뢰인은 계약을 파기할 수 있습니다. 그때는 계약금의 절반을 반환해야……."

"그런 일은 없을 거요, 사건을 해결할 테니."

창은 변호사의 말을 끊고 모니터에 서명했다. 그것은 창의 진심이었고 의지였다. 동기야 어찌 됐든, 창은 이 사건을 해결하고 맡은 일을 완성해야만 했다.

그는 엘리를 돌아보며 말했다.

"이제, 현장을 볼까요."

고전범죄

별채는 주거와 사무가 가능한 복합공간이었다. 엘리는 도시경제협력국 동아시아 담당 차관이란 밤낮 없는 격무에 시달리는 직책이고, 그럴 때마다 파울로가 별채를 이용했다고 했다. 파울로 고 진식, 그것이 피해자의 이름이었다.

2층 침실 가구들은 피해자 취향이 유럽풍임을 보여주었다. 본채 쪽을 향해 난 커다란 창은 스크린 모드로 전환되어 '이곳은 사건 현장이므로 출입을 금지함' 경고문이 떠 있었다.

"먼저 상황을 볼까?"

침실에 설치된 현장재연모듈을 확인하며 창이 말했다.

유미호는 한번 깐죽거리려다, 엘리를 의식하곤 군말 없이 단말기를 꺼내 들었다. 그가 모듈을 일깨우고 도시경찰청 서버에 접속해 데이터를 불러오는 동안, 창은 엘리에게 물었다.

"현장을 처음 발견한 사람은 누굽니꺼."

"저예요."

그녀는 초동수사를 경험해서인지 침착했다.

"전 어제 아침 06시경에 돌아왔어요. 앞마당에 정원사가 잔디를 가꿀 채비를 하고 있었죠. 그는 이 집에서 가장 먼저 일어나는 사람이에요. 집 안으로 들어갔는데 그이가 보이지 않았어요. 옷을 갈아입고 나오니 정원사가 자기는 05시 조금 지나서 나왔는데 아무도 못 봤다고 하더군요. 전날 밤 남편이 집에 있었던 것은 분명했고요. 일 때문에 새벽에 나갔나 생각하곤 전화를 하려는데, 그때 별채 2층 침실에 불이 켜진 것이 보였어요."

"부인께선, 항상 그 시각에 들어옵니까?"

"아뇨, 어제는 런던 시티에서 돌아오는 길이었어요. 런던 도시검찰국 주재로 이번 주까지 세미나가 있거든요. 저는 예정된 일정 때문에, 아침에 출근하려고 일찍 돌아왔어요. 05시 10분에 인천공항에 도착했죠."

그때 유미호가 끼어들었다.

"다 됐어. 시작할까?"

창이 끄덕이자 유미호가 현장재연모듈을 작동시켰다. 구석마다 설치된 네 개의 모듈이 각자 각도와 범위를 체크하면서 어제 아침의 상황을 홀로그램으로 재연했다. 침대 위에 피해자가 모습을 드러냈고 바닥에도 두 개의 물건이 나타났다. 현장검증팀이 곳곳에 체크한 숫자들도 표시되었다. 초동수사 후 누군가 건드렸는지 침대가 오차를 보이며 이중으로 겹쳐 보였다. 유미호가 홀로그램 안으로 들어가 침대 위치를 조정하자, 전체 광경이 제자리를 찾았다.

단말기 내용을 훑어보며 유미호가 보고했다.

"경찰과 함께 출동한 기술부 친구들이 어제 06시 37분경 스캔한 광경이야. 1차 검시 결과 사망 시각은 03시 20분경. 당시 보안업체 경고음은 울리지 않았고 집안 내 감시카메라 역시 깨끗했어. 발견자 최초 증언엔 아무것도 건드리지 않았다고 되어 있군."

엘리가 보충하듯 말했다.

"확실해요. 현장을 발견하곤 곧바로 신고부터 했어요."

창은 홀로그램 속 정보들을 살펴보았다. 50대 초반의 파울로는 풀어 헤쳐진 가운 안에 아무것도 입고 있지 않았다. 가슴과 하체의 무성한 털이 그대로 드러나 있었다. 침대 시트와 베개는 가지런히 놓여 있었고, 바닥에는 장식장에서 떨어진 감사패와 아프리카산 조각품 하나가 뒹굴고 있었다. 투광 모드였던 창문은 어제 아침의 본채 주변을 보여주고 있었다.

창은 바닥에 떨어진 물건들을 보며 말했다.

"몸싸움이 있었던 건가?"

"사인은 아니지만 피해자 가슴과 등, 오른쪽 팔꿈치에서 타박흔이 발견됐어. 아마 범인에게 걷어차이면서 장식장에 부딪힌 것 같아. 그 때문에 감사패와 장식품이 바닥에 떨어졌고."

"범인을 남자로 가정하고 있군."

유미호가 으쓱했다. 창은 카펫을 발로 문질러 보았다. 범인의 흔적이 남아있을 법했다.

"바닥에서는?"

"아무것도. 집안 전체가 깨끗해. 범인이 날아오지 않았다면 울타리를 넘고 감시카메라 사각 지역을 통해 20미터 정원을 가로질러 왔을 텐데, 정원의 흙 하나 남아있지 않아. 흙 부스러기가 발견됐지만 그건 피해자 몸에서 나온 것으로 밝혀졌어."

"경화실리콘이로군."

"아마도. 아래층 카펫에서 발자국을 발견했는데 발 크기가 3백 50밀리였어."

경화실리콘은 오래전부터 범죄자들이 유용하는 수법이다. 범인들은 5초 안에 굳는 실리콘을 신발에 뿌려 자신들의 흔적을 감춘다. 그것은 계획 범죄일 수 있음을 의미한다. 아니면 용의주도한 놈이던가.

창은 엘리를 돌아보았다.

"남편께선 매일 밤 이곳에 머물렀나요?"

"일이 있을 때는요. 대개는 낮에 업무를 봤고, 밤늦게까지 일할 때면 보좌관들도 함께 머물렀죠."

"그럼 남편께선 왜 새벽에 이곳에 있었던 걸까요. 그것도 저런 차림으로?"

엘리는 가운이 풀어 헤쳐진 남편의 홀로그램을 보다, 말없이 창을 주시했다.

창은 그녀의 표정을 눈치챘다. 그러나 유미호에게 말했다.

"사인은?"

"전기 충격에 의한 쇼크사."

"스턴 건?"

"스틱형 전기충격기."

유미호가 단말기를 조작하자, 파울로의 홀로그램이 확대 회전되어 보였다. 풀어진 가운 속 심장 부위가 동그란 형태로, 새카맣게 탄 것이 보였다. 주변의 가슴 털 역시 그을려 있었다.

"자네도 알다시피 스틱형 전기충격기는 보급형이 아니야, 시위 진압용이지. 제너럴넥슨사와 보라매사에서 시 정부에 보급하는데, 두 회사 제품이 시 전체 판매량의 76퍼센트를 차지해."

창은 끄덕이며 동의했다. 그러나 청계 지구에 가면 그런 것쯤은 손쉽게 구할 수 있다. 스틱형이든 총포형이든. 유미호가 예의 근질근질한 표정으로 이죽거렸다.

"그건 2만 명의 시위진압대를 1차 용의선상에 올려놓을 수 있단 뜻이지."

창은 유미호를 무시하고 피해자를 다시 살폈다. 통상적으로 허가받은 전기충격기로는 사람을 죽일 수 없다. 그러나 창은 형사 시절, 아직도 무기 소지가 불법인 이 도시에서 스턴 건을 고전류로 개조해 살상하는 범죄자를 여럿 보았다. 파울로를 죽인 자 역시 같은 식으로 개조했을 것이다.

문제는 목적이다. 범인은 그저 개조된 스턴 건을 소지한 악의적 강도인가. 아니면 살해 의도를 가지고 개조 스턴 건을 들고 피해자 침실로 들어온 것인가.

그것을 확인하기 위해 아래층으로 내려가 보았다. 입구 잠금장치는 깨끗했고 브라운 사의 보안센서가 달려 있었다. 유미호가 지문이 몇 개 나왔지만 모두 출입이 허가된 사람들일 것이라고 알려주었다.

"거실 창문과 뒤쪽에 다른 출입구가 있지만 침입 흔적은 없었어. 사건 당시 이곳 별채는, 말 그대로 밀실이었던 셈이야."

"최근에 교체한 것 같군요."

창이 보안센서를 살피자 엘리가 설명했다.

"10개월 전 그이가 차관으로 임명된 뒤 신형으로 바꿨어요. 업무 보안상 신중을 기하려고."

"그럼, 평소에도 잠겨있는 겁니까?"

"항상요. 보안센서에 입력되고 허가된 사람들만 코드를 지정받아 출입할 수 있어요."

엘리는 차분하게 창을 주시했다.

"그이는 의심 많은 사람은 아니지만 도시경제협력국 차관이 된 후 자기 직책의 중요성을 생각했어요. 그래서 별채 출입을 엄격하게 통제했죠. 낮에는 정보가 입력된 도시경제협력국 직원들만 출입했고, 집안 메이드들 중에서도 신임하는 몇 명만 출입코드를 받았어요. 그들 모두 출입 가능 시간이 제한되어 있죠. 만약 출입코드가 없는 사람이 강제로, 또는 출입코드가 있더라도 자신의 출입 가능 시간 외에 들어왔다면 경보가 울리고 몇 분 안에 사설 경비업체가 출동했을 거예요. 하지만 제가 돌아올 때까지는 조용했어요."

"남편께서 문을 열어줬을 수도 있겠죠."

엘리는 그 가능성을 반박했다.

"그럴 이유가 없어요. 출입코드가 없는 중요한 손님이 오지 않았다면 말예요. 그렇지만 메이드 말로는 전날 밤에 손님은 없었다고 했어요."

"낮과 밤 모두 출입 가능한 사람들은 누가 있습니까."

"그이와 저뿐이에요."

창은 문득 그녀가 자신에게서 눈을 떼지 않는다는 것을 인지했다. 그녀는 말할 때나 이야기를 들을 때, 시선은 항상 창을 주시했다.

창은 그것이 어렸을 적부터 몸에 밴 귀족적 습관이라고 생각했다. 당당함과 자부심. 창은 피해자를 언급하는 엘리의 태도에서 그녀가 남편을 애도하기 위해 범인을 잡으려는 게 아님을 알았다. 그녀는 자신을 위해 창을 고용한 것이다. 이 여자는, 남편을 사랑하기는 했을까?

엘리가 역시나 창을 직시하며 말했다.

"그러면, 저도 용의 선상에 오르는 건가요?"

창은 그저 으쓱했다. 그녀는 잠시 동요하는 듯했지만, 이내 침착하게 말했다.

"그것이 당신의 임무이니 나를 어떻게 보아도 상관 않겠어요. 그러나 의미 없는 일에 힘쓰지 말라고 충고하고 싶군요."

"그건 내가 결정할 바요."

"전 당신에게 수사를 맡긴 의뢰인이에요. 그런 제가 범인이 될 수 있다고 생각하나요?"

"나에겐 몇 가지 원칙이 있어요."

그것은 사실이었고, 창은 아날로그 방식이었다.

"그 첫 번째가, 시체를 발견한 사람부터 의심하자는 것이죠."

엘리의 표정이 굳어졌다. 그러나 시선을 피하지는 않았다.

창은 그런 그녀를 직시하며 말했다.

"만약 당신이 범인이라도, 수사료는 지불해야 합니다."

이틀 동안 온갖 정보가 창의 서버로 쏟아져 들어왔다. 창은 그것들을 일일이 분류하고 검토했다. 피해자 파울로 고 진식은 남유럽계 서울 사람으로 기록상으로는 강직하고 청렴한 공직자였다. 지구연방 출범 이후 서울 시티즌으로는 최초로, 상해 시티 후보와의 경합에서 이기고 고위관료로 발탁되었기에 임명 전부터 주목을 받은 자였다.

현장을 본 뒤 가족과 주변 인물들을 인터뷰한 창은 단순 강도는 아니라고 판단했다. 본채에는 침입 흔적이 아예 없었던 것으로 보아 범인은 처음부터 별채가 목적이었다. 그러나 별채에는 고가의 물건들이 고스란히 남아 있었다. 아래층 사무 공간의 주요 문서와 데이터는 개인 금고에서 안전했고 도시경제협력국과 연결된 컴퓨터는 해킹 흔적이 없었다.

죽기 전 파울로는 '아시아-유럽횡단고속열차' 사업을 추진하고 있었다. 그것은 지구연방 정부 차원의 장기 국책사업이었고 동아시아 도시마다 기점 도시로 유치되기 위한 경쟁을 벌이는 중이었다. 사건과 관계가 있을 수 있는 부분이었다. 때문에 언론은 피해자의 죽음을 도시 간 정치적 음모로 몰아갔다.

창은 애초 음모 따위는 무시했지만 언론과 도시경찰청의 압력을 무시할 수만은 없었다. 해서 유미호에게 파울로에 대해 파라고 지시했다. 피해자의 경력과 인간관계, 도시경제협력국 차관이 된 이후의 행적들, 정치적 관계, 금전과 여자 문제까지 파헤쳐 뭔가 건져내는 것이 유미호의 임무였다.

그 부분을 유미호에게 맡긴 것은, 그쪽에선 얻을 게 없다는 걸 알기 때문이었다.

창은 파울로의 죽음이 직책과 관련됐다면, 범인이 이런 식으로 일을 벌이지는 않았을 것이다. 피해자가 지구연방 정부의 '도시경제협력국 동아시아담당 차관'이었기에 죽었다면, 그는 대놓고 암살당하거나 교통사고를 당하거나, 또는 호텔 식당에서 디저트를 먹는 도중 심장마비를 일으켰을 것이다.

창이 보기에, 그의 죽음은 지극히 개인적이었다.

기술과 네트가 도시를 점령한 시절에도 창은 옛 방식을 고수하는 수사원이었고, 이번에도 창은 피해자의 아내를 의심하는 것부터 시작했다. 최초 발견자를 의심하라, 가장 의심할 수 없는 사람부터 의심하라. 그것이 창의 방식이었다.

유미호는 그런 창을 이해하지 못했다. 그가 보기에 엘리는 알리바이가 확실했고 의심의 여지가 없었다.

"말이 안 되잖아. 그 여자가 범인이라면 거금을 들여 외부 수사 인력을 끌어들이진 않았을 거라고. 어영부영 시간만 때우는 도시경찰청에 맡기는 것이 보다 안전하지."

그의 논리에도 일리는 있었다. 엘리가 범인이라면, 그녀가 자신의 범행을 감추려 했다면 도시경찰청에 공적 수사를 맡기는 것이 더 안전할 것이다. 그러면 사건은 얼마 지나지 않아 미궁으로 빠져들었을 테니까.

창은 그런 논리에 갇히지 않았고, 사건 현장에서 본 엘리의 태도를 의심의 근거로 삼았다.

그녀는 내내 침착함을 유지했고 남편의 죽음 앞에서도 도도하리만치 고요했다. 그렇다고 범인을 잡으려는 의지가 없는 것도 아니었다. 그녀는 창의 수사에 협조했다. 그러나 창이 별채에서 풀어 헤쳐진 가운을 입고 죽은 남편에 관해 물었을 때, 그녀는 동요하며 대답을 피했다. 거기에는 다른 의미가 있었다. 그녀는 뭔가를 알고 있었지만 그것을 말하지 않고, 분명 의심스러운 부분이었다.

창은 직접 엘리의 행적을 조사했다. 런던에서 도시검찰 세미나가 있었던 것은 사실이었고, 매년 열리는 세미나는 1년 전에 일정이 잡혀있었다. 그녀는 사흘 동안 세미나에 참석했고 사건이 벌어진 시각에는 돌아오는 비행기 안에 있었다. 알리바이가 확실했지만, 오히려 그 때문에 더 의심이 갔다. 너무나 명확한 그림. 창은 요즘 같은 시절에 알리바이를 사거나 조작하는 것이 가능하다는 걸 알았다.

중요한 것은 의도다. 엘리가 범인이라면, 그녀는 왜 남편을 죽였는가?

그녀는 온화함 속에 격식과 예절이 몸에 밴 전형적인 상류층 여성이었다. 지구연방 시대 이전 북유럽 귀족 집안 출신인 그녀는 자존감 강한 여인이었다. 엘리트 교육을 받고 일선 검찰 현장들을 두루 거친 그녀는 현재 도시검찰청 대외 홍보부를 총괄하고 있었다. 그 직위는 그녀가 정치적 미래를 염두에 두고 있음을 의미했다. 그렇다면 도시경제협력국 차관인 남편은 그녀의 앞날에 여러모로 지원군이 될 것이다.

그런 그녀가 남편의 죽음으로 얻는 것은 무엇인가? 그 부분에서 막혀버렸다.

대외적으로 두 사람 관계는 평판이 좋았고, 집안 메이드들 역시 그들이 모범적인 부부였음을 증언했다. 그러나 창은 경험으로 그런 소문과 증언들을 믿지 않았다.

창은 엘리의 공직자공공기록칩 열람을 신청했다. 검찰 간부로서 그녀역시 공기칩을 삽입하고 있었기에, 남편의 주검을 발견할 당시 그녀의 상태를 확인하기 위해서였다. 비록 제한과 조건이 붙긴 했지만 창은 자신의 역할을 밀어붙여 그녀의 공기칩 열람권을 얻어냈다.

하지만 엘리는 '가' 레벨이었다. 현장을 발견할 당시 그녀의 공기칩은 꺼져있었다.

창은 공기칩이 무용지물임을 다시 한 번 절감했다. 공직자공공기록칩이 최초로 도입된 것은 세기가 바뀌어도 여전한 공직자들의 부정부패를 근절한다는 목적이었다. 도입 초기에 공기칩은 운전사와 부적절한 관계를 맺은 여성 정치인을 잡아내기도 했다. 그녀가 오후 시간 취침 모드로 가려진 공무용 차 안에 머물던 시간에, 흔히 오르가즘이라 부르는, 그것과 동일한 흥분 상태의 심박과 뇌파를 보였던 것이다.

공기칩 도입을 발의한 정치인들은 그 사례를 들어 공직자 기강을 잡기 위한 합법적 조치임을 강조했지만, 창과 같은 말단 공무자들은 그것이 허울뿐임을 일찌감치 알아차렸다. 근본적인 문제가 있었는데, 공직자 등급에 따라 공기칩 작동 시간이 다르다는 것이었다. 게다가 '가' 레벨 고위공직자의 경우 그 시간을 자율적으로 선택할 수 있었다. 여전한 커넥션들은 공기칩 작동 시간을 피해 이루어졌고, 당연히 고위공직자의 '부정부패 감소 효과'는 미미했다. 언제나 그렇듯 그것에 의해 강제로 기록되는 것은 로비 받을 위치도 아니고 의지도 없는 '다' 레벨의 말단 공무자들이었다.

창은 이제까지 나온 데이터만으로 엘리를 용의 선상에서 제외하는 오류는 범하지 않았다. 이 사건에서 개인적인 냄새가 난다면 그녀가 연관됐을 가능성이 컸다. 피해자가 밀실 같은 별채에서 죽었고 그의 아내가 명확한 알리바이를 갖고 있음을 확인한 창은, 이것이 아주 고전적인 범죄라고 생각했다.

수사가 진행될수록 부담감이 창을 짓누르기 시작했다. 공기칩 때문이었다.

자신이 느끼고 동요하고 긴장하는 감정들이 '공식적으로' 기록되고 있는 상황이 그를 조심스럽게 만들었다.

"공 반장은 아직 2년 전 사건에 미련을 갖는 것 같던데?"

유미호가 귀띔해주었다. 창 역시 공 반장이 자신의 데이터를 모니터하리라는 것쯤은 예상했다. 그는 창의 블랙박스에 기록된 뇌파와 감정들을 체크 중일 터였고, 파울로 사건과는 다른 것을 찾아내려 할 것이다.

그것은 창이 매 순간 자신을 통제해야 한다는 뜻이었다. 그럴수록 창은 자신의 심리상태를 공허하게 부유하도록 내버려두면서 직감과 본능에만 의지했다. 사건을 해결하고 일을 완성하는 데에만 몰두했고, 그렇게 일주일이 지났을 때 몇 가지 단서가 나타났다.

먼저 파울로 체내에서 디에틸 프탈레이트(DEP)가 검출되었다. 카드뮴과 같은 독성 화학물질이지만 극히 미량이었기에 그의 죽음과 관계가 있어 보이지는 않았다. 반면 통신과 보안 센서 기록은 달랐다. 파울로의 전화에서 삭제된 메시지 기록이 하나 나왔는데, 그 시각이 03시 24분이었다. 사망 시각이 03시 20분이니 범인이 메시지를 지웠다는 뜻이다. 또한 보안 업체에서 제출받은 기록에는 그날 새벽 별채의 보안 센서가 해제되어 있었다. 마지막으로 보안 코드를 입력한 사람은 파울로 본인이었고, 02시 37분에 보안 코드 입력 후 별채로 들어가면서 센서를 해제해 놓은 것이었다.

창은 메시지 삭제 기록과 보안 센서 기록이 관계가 있다고 보았다. 만약 파울로가 누군가의 메시지를 받았고, 그를 만나기 위해 별채로 들어가며 보안 센서를 해제한 거라면? 그러나 그 가설에는 의문이 따른다. 그날 새벽에 손님이 있었다면 파울로는 왜 보안 센서를 해제까지 해 놓은 것일까, 그저 자신이 문을 열어주면 될 터인데.

또 다른 가설. 파울로가 심야의 손님을 집안 메이드들에게 알리고 싶지 않았다면? 그는 02시 37분경 보안을 해제해 범인일지 모르는 (그리고 사적인 관계임이 분명한) 손님이 아무 때나 들어올 수 있도록 해놓은 것이다.

심야의 손님에 대한 가설은 가능성이 있었지만, 창에게 다른 문제를 안겨주었다. 바로 엘리 외에 제3의 인물이 있다는 뜻이었다. 그러나 아직 의심스러운 인물은 나타나지 않았고, 바로 그 시점에 유미호가 용의자를 가져왔다.

"이 정도면 용의 선상에 올려도 될 것 같은데?"

그는 내색하진 않았지만 자신이 단서를 물었다는 사실에 사뭇 상기되어 있었다.

"지앙 사사코 세연이라는 로비스트야."

"로비스트?"

"그래, 그 바닥에선 제법 유명하더라고. 다국적기업들과 연방정부 사이에 다리를 놓는 미모의 여성 로비스트지."

유미호가 여자의 데이터를 모니터에 띄웠다. 창은 그것들을 살펴보았다.

"이 여자가 의심스러운 이유는?"

"옛날식으로 발품 좀 팔았지. 도시경제협력국 동아시아 담당 부서를 탐문했더니, 파울로 차관이 부임한 뒤 그 동네에 이 여자 이름이 오르내리더라고. 당연히 신임 차관과의 염문설이 돌았고."

"근거는?"

"두 사람 관계에 대해 여기저기 찔러봤는데, 정황은 있지만 소문만 무성하고 나온 게 없었어. 공식적으론 파울로 부임 초기에, 공적 자리에서 한두 번 인사를 나눈 게 다였어."

"표정을 보아하니, 다른 만남을 포착했군."

"그렇지, 딱 한 번의 만남이 이 유미호의 레이더에 걸렸지."

유미호가 자랑스럽게 이죽거렸다.

"작년 10월 13일 오후에, 두 사람이 스타더스트 호텔에 체크인 했어. 물론 각자의 용무로 9층과 11층에."

"사람들 이목을 피하기 위해서였군."

"그렇지. 그날 이후 두 사람이 다시 만났는진 불분명하지만, 그로부터 한 달 후 연방정부 정책사업 하나가 뉴앤테크 쪽에 수주됐어. 입찰 당시 수주를 딸 것으로 예측됐던 거대 다국적기업을 제치고서 말이야."

"당연히 이 여자는 뉴앤테크 쪽 로비스트였을 것이고?"

"빙고."

창은 유미호가 스스로 만족할 만큼 시간을 준 뒤 물었다.

"그렇다면 이 여자가 파울로를 죽일 이유는?"

"그거야……."

유미호가 우물거리며 입을 닫았다.

그것이 외부 수사인력과 공무 경찰의 차이였다. 공무 경찰들은 '사실'에 안주하는 경향이 있다. 그러나 그것은 책임의 문제이기도 했다. 책임지고 싶지 않으니 숲을 보기보다는 그 안의 나무에 매달리는 것이다.

창은 데이터에 첨부된 사사코 세연의 사진들을 흩어보았다. 스물네 컷의 사진은 모두 다른 여자들처럼 보였고, 어떤 얼굴은 어딘가 낯이 익었다 자신의 이미지를 카멜레온처럼 바꿀 줄 아는 여자였고 모두 매혹적이었다. 창은 이런 여자라면 충분히 로비스트로 유명세를 떨칠 수 있겠다 싶었다.

"이 여자를 한번 만나 보지."

창의 말에, 유미호가 안도하며 씨익 웃었다.

함정

평택 지구. 지난 세기 외국 군대가 주둔하던 곳에는 상류층을 위한 전원 주택촌이 자리 잡고 있었다. 사사코 세연의 저택은 대로변을 중심으로 오른쪽 끝에 있었다. 안마당에 1.5미터 크기의 세쿼이아덴드론 두 그루가 서 있는 것이 보였다.

"저런 것도 자이언트 세쿼이아라고 불러야 하는 거야?"

차에서 내리며 유미호가 비웃었다.

창은 유전자 변이목을 지나치며 기시감을 느꼈다. 처음 와보는 곳이지만 하얀 대리석으로 마감된 집의 전경이 눈에 익었다.

내가 이곳에 온 적이 있던가? 물론 그럴 리 없다라고 생각했다. 자신이 사건에 대해 너무 많은 정보를 취하느라 그렇게 느껴지는 것이라고 자신을 추슬렀다.

남미계 후덕한 몸집의 메이드가 두 사람을 기다리게 한 뒤 2층으로 올라갔다. 창과 유미호는 정적 속에서 기다렸고, 슬슬 짜증이 일 즈음에 여자가 계단 위에서 모습을 드러냈다.

당황한 창은 자신도 모르게 뒷덜미를 더듬었다. 느껴지지도 않는 공기 칩이 볼록하게 만져지는 것 같았다. 난감하게 뛰는 심장 박동이 공공데이터 서버에 기록될 것을 생각하니 소름이 돋았다. 비로소 유미호가 가져온 사진들이 왜 낯익었는지, 저택의 풍경이 왜 익숙하게 느껴졌는지 깨달았다. 히드라에 취했던 그날 밤의 욕구가 다시 기어 올라왔다.

"도시경찰청 강력계의 유미호라고 합니다."

유미호가 여자에게 말했다.

"이쪽은 이번 사건을 주관하는 외부 수사원 저스티스 탐정이고."

그녀 역시 당혹스러운 표정을 감추지 못했다.

창은 여자의 반응이 그날 밤의 기억 때문인지, 지금 밝혀진 자신의 신분 때문인지 확실하지 않다고 생각했다. 창은 자제하고 평형을 유지하려 애쓰면서 기억을 더듬었다. 이 여자 이름이 뭐였더라? 젠장, 로비스트 지앙 사사코 세연을 찾아온 거잖아.

여자가, 사사코 세연이 경계하는 표정으로 말했다.

"그런데요, 무슨 일이시죠?"

"도시경제협력국 파울로 고 진식 차관의 죽음에 대해 여쭤볼 것이 있어서 말이죠."

사사코 세연이 창을 돌아보았다. 영문도 모르고 긴장하는 그녀의 표정에서, 창은 그녀가 파울로의 죽음과는 관계가 없을지 모른다고 의심했다. 아니 없을 수밖에 없다고 확신했다.

차 안에서 깨어나기 이틀 전 밤. 창이 재즈바 몬테나그루에 들어간 것은 돌파구를 찾기 위해서였다. 이름처럼 이국적이고 고즈넉하거나 현실을 잊을 만큼은 낯선 곳이길 바랐지만, 의외로 싸구려 술집이었다. 약물중독자와 창녀들이 다른 중독자와 남자들을 찾아 배회하는 곳이었다.

창은 아무래도 좋았고, 세기가 바뀌어도 살아남은 블렌디드 스카치를 주문했다.

스트레이트를 연이어 석 잔 마신 그는 다시 언더락을 시켜 LSD를 섞었다. 알약은 현실에서 도망칠 수 있는 가장 확실하면서도 저렴한 돌파구였다. 술잔을 노려보다, 기어이 잔을 들어 마시려 할 때 소리가 들렸다. 돌아보니 사내 둘이 혼자 앉은 여자를 집적거리고 있었다. 처음 들어왔을 때부터 봐두었지만 신경 쓰지 않았던 여자였다.

노골적으로 뻔한 상황이었지만 분위기는 다소 달랐다.

여자는 겁먹거나 하는 표정이 아니었다. 오히려 가소롭다는 눈빛으로 남자들을 흘어보았다. 창이 들어오기 전부터 있었으니 어지간히 취한 것인지도 모른다. 약에 절은 녀석들은 여자의 반응을 오해하곤 자기들끼리 낄낄대는 중이었다. 창은 여자와 눈을 마주쳤고, 공허하게 풀린 그녀의 눈을 보며 도움이 필요하냐 물었다. 그녀는 녀석들로부터 창에게로 호기심을 옮기며 고개를 끄덕였다.

애초 의협심 따위에는 관심 없는 그였지만 녀석들이 그렇게 만들었다. 한 놈의 갈빗대를 부러뜨리고 녀석들이 씩씩대며 도망치자, 여자가 다가왔다.

창은 비로소 그녀가 매력적이라는 걸 알아보았다. 고급 콜걸일 거라 생각했다. 자신과는 다른 부류의 남자들만 상대하는 그런 여자. 어쨌든 창은 LSD 대신 다른 돌파구를 찾았고, 나름 사연이 있어 보이는 여자는 그에게 히드라를 권했다. 낯선 이성과의 하룻밤을 최고조로 유지시켜주는 마법의 약. 처음 히드라에 취한 그는 이성은 마비되고 욕구만을 움켜쥔 채 여자의 손에 이끌렸다. 어둠 속에 선 아기자기한 세쿼이아덴드론을 볼 수 있었고, 하얀 대리석으로 마감된 저택은 그녀의 집인 듯했지만 어딘지는 가물가물했다. 그가 기억하는 것이라곤 짙은 향수 향과 그를 리드하던 하얀 살결과 그리고 거부할 수 없는 신음뿐이었다.

이른 아침 약에 취해 도망치듯 여자의 집을 나선 창은 무작정 차를 내달렸다. 일종의 블라인드 스핀이었다. 랜덤 모드로 내달리는 차의 소리 없는 진동 속에서 하루를 꼬박 히드라 후유증 속으로 빠져들었다. 나주와 부산과 삼척을 경유해 다음 날 아침 눈을 뜬 곳이 인왕산 정상 도로였던 것이다.

"그냥 세연으로 불러주세요."

당황하던 그녀는 자제력을 발휘했고, 이내 자신의 매력을 발산하기 시작했다.

유미호에게 질문을 맡긴 창은 그가 당황하는 걸 읽을 수 있었다. 유미호는 허둥대고 더듬으며 파울로의 죽음과 찾아온 목적을 설명했다. 여론이 들끓는 사건이어서인지 그녀는 놀라는 연기 같은 것은 하지 않았다. 그날 밤의 도발적인 모습은 찾아볼 수 없었고, 내내 침착함을 유지했기에 당혹스러울 정도였다.

당연하게도 세연은 모든 혐의를 부인했다. 유미호가 사건 당시 알리바이를 묻자 그녀는 창을 한번 의식하고는 대답하지 않았다. 히드라에 취해 낯선 남자와 침대에서 뒹굴었다는 대답은 고위 인사들을 상대하는 로비스트 입에서 나올 말이 아니었다.

"그 문제는 변호사와 상의 후 대답하겠어요."

창은 상황 자체가 불편했고, 공기칩에 기록되고 있을 자신이 짜증스러웠다. 창은 유미호를 제지하며 물었다.

"로비스트시면 주로 무슨 일을 합니까?"

"지금은 상해 시티를 위한 일을 봐주고 있어요. 제 업무 내용까지 말씀드려야 하나요?"

"그럼 파울로 차관을 마지막으로 만난 건 언제죠?"

"글쎄요, 스케줄을 확인해봐야 알겠는데요?"

세연은 으쓱하며 창을 살폈다. 질문의 의도를 파악하려는 것 같았다.

"알겠습니다. 오늘은 이만 돌아가도록 하죠."

창은 의아하니 보는 유미호를 의식하곤 형식적으로 말했다.

"다른 사실이 발견된다면, 다시 찾아올 수도 있습니다."

"저스티스 탐정님이라고 하셨나요?"

그날 밤 그녀는 이름을 묻지 않았다. 창 역시 그랬다. 이 집에 들어온 후 처음으로, 세연은 그날 밤의 눈빛으로 창을 보았다.

"저는 이 도시의 고위층 인사들을 많이 알아요, 저스티스 탐정님."

"그 말은, 압력인가요?"

"아녜요. 다만 파울로 차관의 죽음은 저도 뉴스를 봐서 알고, 그분의 죽음과 어떤 식으로든 연결되고 싶지 않다는 뜻이에요."

창은 표정을 감추며 말했다.

"당신이 그의 죽음과 관계가 없다면, 걱정 안 해도 될 거요."

돌아오는 차 안에서 유미호는 창의 행동을 집요하게 캐물었다. 어차피 공기칩에 기록되었을 테니 감춰봤자 소용없는 일이었다. 그녀와의 하룻밤에 대해 털어놓자, 유미호는 비로소 예의 표정으로 이죽거렸다.

"그런 여자랑 즐겼단 말이지, 하여간에 운 좋은 녀석이라니깐."

그날 이후 창은 사건을 되새김질했다. 자신이 세웠던 수사 방향과 목적을 다시 점검했다.

세연의 알리바이가 분명했으니 그녀를 용의 선상에서 제외하면 끝날 일이었다. 그러나 그런 논리라면 엘리 역시 용의자가 될 수 없었다. 그녀도 남편이 죽는 시각에 하늘 위에 떠 있었으니까. 창은 자신의 직감과 본능으로 엘리를 의심했었다. 그렇다면 세연을 의심 못 할 이유는 무엇인가. 사건 발생 시 자신이 그녀를 품고 있었기에? 엘리가 알리바이를 사거나 조작할 수 있다면, 그녀 역시 그럴 수 있었다.

모든 상황을 의심하라, 눈으로 본 상황까지도.

창은 지앙 사사코 세연의 데이터를 파고들었다. 그녀를 범인일 수 없다면, 범인이 아니라는 걸 확인해야 했다.

그녀는 유럽 대륙 세 개 대학을 졸업한 재원이었다. 서른 나이에 유럽 도시연방은행을 사직하고 로빙의 세계로 뛰어든 그녀는 본격적으로 자신의 능력을 발휘했다. 현재는 도쿄와 상해 시티 그리고 이 도시를 오가며 동아시아 기업들을 위해 일하고 있었고, 로비스트 세연에게 새로 부임한 도시경제협력국 차관은 친밀하게 관리해야 할 대어였을 터다. 이 도시의 숨은 어두운 단면들을 아는 창은 두 사람 사이에 어떤 구린내 나고 노골적으로 악한 거래들이 뒤엉켰을지 예상할 수 있었다. 세연에게는 엘리보다 많은 살해 동기가 있을 수 있었다. 그것을 찾아낸다면, 그녀의 알리바이의 고전적 트릭은 쉽게 풀릴 수 있었다.

창은 세연의 주위 인물을 탐문했다. 그녀의 잠자리 남자들을 파헤치기 시작했을 때, 그녀로부터 연락이 왔다. 거물 로비스트답게 도시경찰청 상부를 통해 내려온 메시지였다. 세연은 창을 만나고 싶어 했고 자신의 집으로 와주기를 바랐다.

창이 세연의 집에 도착하자 그녀는 그날 밤의 느낌으로 창을 맞았다. 비록 로비스트로서 격식을 차렸지만, 눈빛만은 그날 밤의 것이었다. 창은 현재의 위치와 그녀의 체취 사이에서 평형을 유지해야 했다.

세연은 위층 공간에 마련된 바에서 두 개의 언더락 잔에 스카치를 따랐다. 그날 밤의 술이었지만 진짜 싱글 몰트였다. 그녀가 길고 하얀 손으로 잔을 건네자 창이 말했다.

"불안한 모양이로군."

그녀가 무슨 뜻이냔 듯 보았다.

"도시경찰청 간부를 통해 내게 연락한 걸 보면 말이오. 내가 당신을 캐고 있다는 소문을 들은 것 아니오?"

"연락할 방법을 몰랐으니까요. 그리고 윗선을 통해 연락하는 건, 내겐 익숙하고 빠른 방법일 뿐이에요."

세연이 미소 지으며, 그러나 시선은 피하면서 말했다.

"그래, 날 보자고 한 이유는?"

"당신 말대로, 당신이 날 조사한다는 말을 들었어요. 내 남자관계까지, 지저분한 것들까지 속속들이 캐고 다닌다더군요."

"그것이 내 일이니까."

세연은 창을 살피며 물었다.

"정말로 날 범인으로 생각하나요?"

창은 대답하지 않았다. 그녀의 태도에서 불안해하는 걸 느낄 수 있었다.

"난 파울로 차관을 죽일 이유가 없어요. 이미 말했지만 그 사람을 잘 알지도 못해요."

세연이 말했다. 창을 떠보려는 의도가 분명했다.

창 역시 떠보았다.

"당신은 그를 사적으로 만난 적이 있던데, 스타더스트 호텔에서."

세연의 눈빛이 흔들렸고, 다시 평정을 되찾았다.

"도시경제협력국 차관이면, 제게는 아주 중요한 고객이죠."

걸려들었다.

"지금 당신이 그의 정부라는 사실을 시인하는 건가?"

"그거야 우리 탐정님께서 밝힐 문제겠죠? 하지만 나도 파울로 차관의 죽음에 대해 알아봤어요. 난 그를 죽이지 않았어요, 아니 죽일 수가 없었죠. 그날 밤 당신과 함께 있었으니까."

세연은 그날과 같은 미소를 지으며 덧붙였다.

"벌써 잊은 건가요? 난 아직 생생하게 기억하는데, 좋은 느낌으로 말이죠."

"그것과는 별개의 문제요."

"내 알리바이가 확실한데도, 날 범인으로 생각한단 말인가요?"

"알리바이란 간단한 트릭일 수 있으니까."

"만약 내가 범인이라면, 당신도 그럴 수 있어요. 아세요?"

"무슨 말이오?"

"당신 말대로, 그날 밤 내가 당신을 속이고 파울로 차관을 죽였다면, 당신 역시 나를 속이고 그 남자를 죽였을 수 있단 뜻이에요."

창은 그녀의 의도를 알아차렸고, 그것을 즐기면서 말했다.

"그러나 나는 그를 살해할 동기가 없지."

"내게는 있다는 말처럼 들리는군요? 내 동기를, 밝혀냈나요?"

"아직은. 그러나 찾아낼 거요."

"그런 게 있다면 말이죠."

세연은 자신 있다는 몸짓으로 술을 마셨다. 창은 그것이 방어적 몸짓임을 눈치챘다. 창은 따라서 술잔을 들었고, 그녀를 살피다가 말했다.

"하나 궁금한 것이 있소."

"뭔가요, 저스티스······ 창으로 불러두 되겠죠?"

세연은 창을 사적 공간으로 끌어들이고 있었다.

"그날 밤, 당신 같은 여자가 왜 그런 곳에 있었던 거지?"

"나 같은 여자가 왜, 그런 싸구려 술집에서 혼자 술을 마시고 있었느냐?"

"그렇소. 그곳은 고급 로비스트와는 어울리지 않는 곳이었소. 약물중독자와 창녀들이나 드나드는 곳이지."

"로비스트란 직업을 얼마나 알죠, 창?"

창은 그저 으쓱했다.

"모든 분야가 고착화되면 그 안에 이런저런 부작용들이 똬리를 틀기 시작하죠. 로빙의 세계도 마찬가지예요."

"당신의 일이, 부적절한 일이란 뜻이오?"

"그렇기도 하고 아니기도 해요. 로비스트란 자신과는 상관없는 집단의 이익을 위해 역량을 쏟아붓는 사람들이에요. 그건 분명 매력적이고 가치 있는 일이지만, 한편으론 더없이 허무하기도 하죠. 그런 느낌이 들면 누구나 돌파구가 필요한 법이에요."

"돌파구라."

"그래요. 낯선 장소에 홀로 떨어져 모든 걸 흘려보내는 것. 그것이 제 방식이죠."

그 순간 세연은 진실을 말하고 있었고, 자기 일에 대한 회한을 털어놓았다. 창은 그녀의 공허를 이해할 수 있었다. 자신처럼 나락으로 떨어진 자이든 스포트라이트 속 삶을 사는 그녀이든, 공허란 누구에게나 비집고 들어오는 법이다. 창은 그녀에게 연민이 일었지만, 그것을 거부하며 말했다.

"낯선 남자에게 자신을 내맡기기도 하고 말이지?"

"나를 끌어당기는 남자라면."

세연은 거부할 수 없는 몸짓으로 다가왔다. 몸을 밀착시키며 창의 얼굴을 만지려 손을 뻗었다. 창은 손목을 움켜쥐었다. 창은 그녀가 용의 선상에 오르는 것을 두려워하고, 자신만의 방식으로 빠져나가려 한다는 걸 알았다. 그를 소유함으로써 다른 돌파구를 마련하려는 것이다.

"당신 같은 여자를, 예전엔 팜므파탈이라 불렀다지?"

"고전적인 단어네요…… 마음에 들어요."

세연이 미소 짓자 창은 두려움에 휩싸였다. 그녀는 더는 도발적인 낯선 여인이 아니었기에 그를 파국으로 몰아넣을 수 있었다. 창은 사건을 해결하고 일을 완성해야만 한다고 자신을 추슬렀다. 그러나 그녀가 갈망하는 눈빛과 거부할 수 없는 향을 풍기며 입을 맞추자, 창은 그것을 거부할 수 없었다.

그녀는 여전히 치명적이었다.

창은 혼자서 눈을 떴다. 늦은 아침이었고, 일전의 몸집 후덕한 메이드가 그를 흔들어 깨웠다. 메이드는 집주인이 아침 일찍 출근했고 손님을 깨우지 말라고 지시했으며, 지금은 창을 찾는 손님이 와 있다고 일러주었다.

손님? 창이 어리둥절하니 정신을 차리는데, 침실 문이 열리며 유미호가 들어왔다. 녀석은 재미있다는 듯 휘파람을 불어댔다.

"운 좋은 자식, 끝까지 호강이군."

"여긴 어떻게 온 거지?"

창은 세연의 침대에서 그를 맞는 것이 당혹스러웠지만, 태연히 물었다. 유미호가 이죽거렸다.

"자네 차가 어디 주차되어 있는지 조회했지, 공 반장이 자네를 찾아."

창은 더는 묻지 않고 순순히 따라나섰다. 자신을 통제하는 것이 먼저였고 상황을 파악해야 했다. 유미호는 아무것도 모르는 눈치였다.

도시경찰청 외부인 접견실에는 공 반장뿐 아니라 엘리까지 와 있었다. 창은 두 사람 얼굴에서 뭔가 잘못 돌아가고 있음을 직감했다. 공 반장은 어울리지 않게 친근한 표정을 지어 보였다.

"어젯밤엔 좋은 시간을 보낸 모양이군, 저스티스 탐정?"

"왜 날 찾은 겁니까."

"질문은 내가 먼저. 사건 발생 시각에 현장에, 파울로 차관 집에 간 적 있었나?"

"무슨 말입니까."

"그런 표정을 지을 거라 예상했지."

공 반장이 이죽거렸다.

"내가 자넬 못 미더워한다는 걸 알고 있겠지? 나 역시 그걸 감출 생각은 없어. 나는 도시경찰청 차원에서 자네를 예의 주시하고 있었지. 자네에 대해 몇 가지 조사했고, 그중 하나가 자네의 그 구닥다리 차의 블랙박스를 열어보는 거였어. 자네의 행선지들을 파악하려고 말이야."

"그런데?"

"뜻밖에 재미있는 기록이 나왔어. 사건 당일 02시 13분경, 자네 차가 평택 지구의 한 집에서 출발해 청담 지구로 향했더군."

창은 그가 무슨 말을 하는지 이해할 수 없었다. 그렇게 생각했다.

"차는 네 곳 교차로 감시카메라에 찍혔어. 시간대별로 청담 지구로 향하는 중이었지. 차창은 취침 모드로 가려져 있었고 시스템은 파울로 차관 주소가 입력된 채 자동운행 모드였지. 02시 57분 파울로의 집 근처 인적 없는 곳에 차가 멈췄고 03시 29분경, 다시 말해 파울로가 죽고 9분 후, 그곳을 출발해 왔던 길을 되짚어 평택 지구로 돌아갔지. 자네를 불러들인 건, 어찌된 영문인지 알기 위해서야."

공 반장은 이제 득의만만한 표정이었다.

"자 말해 보게. 무슨 짓을 벌인 거지, 저스티스 탐정?"

창은 뭔가가 잘못됐고 그것을 바로잡아야 함을 느꼈다. 그러나 어디서부터 시작해야 할지 알 수 없었다. 엘리를 돌아보니, 그녀는 자신을 주시하고 있었다.

"지금, 내가 범인이라는 겁니까?"

"자네가 명확한 해명을 하지 못한다면."

"내가 왜 피해자를 죽입니까."

창은 본능적으로, 어떤 부조리한 함정에 빠졌다고, 그렇게 생각했다.

창은 방어적으로 말했다.

"좋아요. 그날 밤 나는 약에 취했고, 그 때문에 비몽사몽간에 차에 탔고, 자동운행 모드로 청담 지구까지 갔다고 가정해 봅시다."

창은 공 반장을 노려보았다.

"그러나 그런 정황만으로 날 범인으로 단정하는 건 무모해요. 무엇보다 나는 그를 알지도 못했고 죽일 이유도 없어요."

"그거야 조사해보면 알겠지. 하지만 난 자네가 영악하다는 걸 알아. 자네는 이 사건의 수사를 맡았어. 누구든 용의자로 지목하고 또 제외시킬 수 있지. 자넨 자신을 용의 선상에 올릴 생각은 아예 안 하고 있겠지? 내가 따로 캐보지 않았다면, 자네가 파울로 차관 집에 갔었다는 사실도 영영 몰랐을 테고 말이야."

"그건 억지예요."

창은 자제하며 평형을 유지했다.

"나는 내가 이 사건을 맡게 될지도 알지 못했어요!"

"어쨌거나, 지금 중요한 것은 자네가 그날 밤 피해자의 집에 갔던 이유야. 지금 이 자리에서 해명하지 못한다면, 자네를 파울로 차관 살해용의자로 체포할 것이네."

그 말은 창이 사건에서 밀려난다는 뜻이었다.

창은 난감하니 엘리를 돌아보았다. 그녀는 기다렸다는 듯 끼어들었다.

"저 역시 혼란스럽군요. 그러나 저는 제 남편의 명예를 위해 범인을 잡으려고 해요. 누가 왜 그런 짓을 저질렀는진 관심 없어요. 제겐 범인을 체포하는 것만이 중요하죠."

창은 그녀가 무슨 생각을 하는 건지 궁금했고, 엘리는 그를 직시했다.

"전에 사건 현장에서, 저를 용의 선상에 올리면서 말했었죠? 제가 범인이라도 수사료를 지급해야 한다고."

"무슨 뜻이오?"

"저도 이 자리에서 약속하죠. 당신이 범인임을 시인한다면, 그래도 당신에게 수사료를 지급하겠어요. 전 하루빨리 사건을 매듭짓고 싶으니까요."

"난 절대 당신 남편을……."

"아뇨, 당신이 분명해요. 이젠 저도 확신할 수 있어요."

창은 대놓고 욕지거리를 내뱉었다. 그러나 엘리는 확신에 찬 눈빛이었다.

"사건 현장에서 당신은 날 의심했었죠? 그건 내가 말 못할 걸 발견했기 때문이었어요."

"그게 뭐요?"

창이 긴장하며 물었다.

"그것은 제게 의아하면서도 조심스러운 부분이었어요. 처음 현장을 발견하고 당혹스러웠던 것은, 당신도 의심했던 부분이지만, 남편이 그 시각 별채에서 풀어헤쳐진 가운 차림으로 죽었다는 사실이었어요. 한 번도 그런 적이 없었는데. 신고하고 경찰을 기다리면서, 저는 남편의 죽음에 여자가 관련되어 있다고 생각했어요. 그건 아내로서의 직감이었고, 그것을 뒷받침할 근거도 발견했어요. 하지만 발설할 수 없었죠. 파울로는 제 남편이기 이전에 지구연방 정부의 고위관료였고, 그이의 죽음을 불명예스럽게 만들 수는 없었으니까요."

"지금은, 그 증거가 있단 말이오?"

"그래요, 지금 당신에게서 나는 그 향."

엘리는 침착하게 창을 주시했다.

"제가 그날 아침 별채에 들어갔을 때, 당신의 향수 향을 맡았어요."

창은 머릿속이 하얗게 바라는 걸 느꼈다. 그리고 그 하얀 백지 위에 모든 상황을 다시 그릴 수 있었다. 비로소 자신이 왜 갑작스럽고 부조리한 함정에 빠졌는지를 간파했다.

창은 엘리와 공 반장과 뒤에 선 유미호를 향해 시니컬하니 웃어 보였다. 그것은 사람들 이목을 집중시키는 효과가 있었고, 창은 잠시 그것을 즐기다 말했다.

"이제, 범인을 보여드리겠소."

이중계약

세연은 당황하는 기색이 역력했다. 심문실의 차가운 알루미늄 벽 마감에 불안해했고, 자신을 지켜보는 공 반장과 유미호를 경계했다.

세 사람 사이에서 창이 말했다.

"지앙 사사코 세연 씨. 당신은 정식으로 연행된 것은 아니오, 임의동행 상태지. 하지만 당신의 답변 여부에 따라 이 자리에서 파울로 차관의 살해 용의자로 체포될 수 있다는 걸 알려드리는 바요."

"나를 여기까지 데려온 건, 그만큼 확신이 있어서겠죠?"

세연은 애써 침착하게 말했다.

"그렇지 않다면 지금 실수하고 있는 거예요, 창."

"물론 증거는 있소. 파울로 체내에서 디에틸 프탈레이트가 검출됐으니까."

"그게 뭐죠?"

"중금속 화학 성분이오, 다량을 섭취했을 때 인체에 치명적일 수 있는. 하지만 파울로의 체내에서 발견된 것은 해가 없는 정도의 미량이었소. 때문에 나는 그것을 간과했었지. 그때만 해도 그의 사인은 분명했고, 나는 그를 죽일 동기를 가진 용의자를 쫓고 있었으니까. 하지만 그에 몸에서 디에틸 프탈레이트가 검출되었다는 것은 그의 죽음과는 상관없이 아주 중요한 의미가 있었소. 그것은 그 화학물질이, 몇몇 공산품의 원료로 쓰인다는 사실이오."

세연이 이해 못 하는 눈으로 창을 보았다.

"그 중 하나가 향수요. 그의 몸에서 디에틸 프탈레이트와 함께 파네졸이라는 성분이 함께 검출됐는데, 그것 역시 향수의 원료로 쓰이지. 당신 것과 같은 로즈 향의 향수 말이오."

"그러니까, 내가 쓰는 향수가 그 사람 몸에서 나왔단 말인가요?"

창은 고갯짓으로만 끄덕였다. 그것이 그녀를 자극했다.

"그런 게 증거가 된다고 생각해요? 같은 향수를 쓰는 여자들은 많아요. 제가 쓰는 게 고급이긴 하지만 대중화된 거예요. 아마 파울로 차관의 부인도 같은 걸 쓰고 있을 거예요."

"그분은 다른 걸 애용하시죠, 샤넬을."

곁에서 유미호가 거들었다. 세연이 당황해 머뭇거렸고, 창은 태연히 말을 이었다.

"어떻게 죽은 파울로 체내에서 그 성분들이 검출되었을까. 나는 당신이 그와 아주 긴밀한 신체적 접촉을 가졌기 때문이라고 생각하오. 당신은 그의 긴장을 풀어주고 안심시킨 뒤에, 전기충격기로 그의 몸을 지진 거요."

"말도 안 되는 소리! 그런 억지예요."

"나 역시 그것만으론 부족하다고 생각하오."

창은 잠시 그녀가 흥분을 가라앉히길 기다렸다.

"파울로 차관은 자기 집 별채에서 죽었소. 그곳은 인식 코드가 주어진 사람만 출입할 수 있는 일종의 밀실이오. 그러나 역으로 생각하면, 그 밀실에 다른 의미를 부여할 수 있소. 그곳이 아무도 간섭할 수 없는 파울로만의 개인 공간이었다는 뜻이오."

"그게, 그건 또 무슨 말이죠?"

"처음 사건 현장에서 내가 가장 먼저 의심한 것은 파울로가 아내가 집을 비운 날에, 아무도 접근하지 못하는 별채에서, 속에 아무것도 입지 않은 채 죽었다는 사실이었소. 그 시각 보안센서는 해제되어 있었지. 그것이 의미하는 게 무엇일 것 같소? 바로 파울로가 손님을 기다리고 있었다는 거요. 그 손님이 아무 때나 들어올 수 있도록 해놓고, 발정난 욕구를 감추지 않고 속옷도 입지 않은 채로 말이오."

세연은 어이없다는 듯 창을 노려보았다.

"그게 나였다는 말인가요?"

"그렇소, 바로 당신이오. 하지만 당신이 그를 살해했다는 걸 증명하려면 몇 가지 문제를 해결해야만 하오. 당신은 왜, 그리고 어떻게 그를 죽였느냐 하는 거요."

"거기에 답을 내놓지 못한다면, 각오하는 게 좋을 거예요!"

창은 그녀를 자극하는데 성공했다고 생각했고, 잠시 그것을 즐겼다.

"먼저 왜 죽였느냐. 우리가 당신을 찾아갔을 때, 당신은 현재 상해 시티를 위해 일하고 있다고 했었소."

"그건 이 사건과 상관없어요."

"아니 분명한 상관이 있소. 그것이 당신의 범행 동기니까. 파울로 차관은 죽기 전에 아시아-유럽횡단고속열차 사업을 추진 중이었소. 그 사업은 당신도 알다시피, 철도가 관통할 도시들이 유치 경쟁을 벌이는 전 지구적 사업이오. 특히 동아시아 세 개 도시는 기점으로 선정되기를 고대하고 있지. 당신이 상해 시티를 위해 하는 일이란 것이, 바로 상해 시티를 기점 도시로 유치하기 위한 로빙 아니오?"

세연은 굳은 표정으로 아무 말도 하지 않았다.

"파울로가 도시경제협력국 차관이 된 후, 당신은 자신만의 능력과 매력으로 그를 매수했고 지속적으로 관리해 왔소. 아시아-유럽횡단고속열차의 기점을 상해 시티에 유치하기 위해서 말이오."

"그래요! 하지만 그건 로비스트로서 당연한 제 역할이에요. 내가 관리하는 사람을 왜, 무엇 때문에 죽인단 말이죠?"

"그건 파울로 차관이 당신의 예상대로 움직이지 않았기 때문이오. 당신의 기대와는 달리 그는 강직하고 엄정한 관료였소. 비록 미모의 로비스트의 덫에 걸리기는 했지만, 그는 자신의 책임과 아시아-유럽횡단고속열차 사업의 중요성을 잘 알고 있었소. 아마 그는 당신과의 관계와 그 사업을 별개로 생각했을 거요. 그것이 당신의 비위를 건드린 것이지. 그는 온갖 회유와 유혹과 협박에도 꼼짝하지 않았고, 그래서 당신은 마지막으로 그를 설득하기로 했소. 그래도 넘어오지 않는다면 그를 죽이기로 계획했고 말이오. 그가 죽는다면 동아시아담당 차관 임명 당시 그와 경쟁했던 상해 시티 출신 후보자가 임명될 가능성이 있었고, 그리되면 당신이 돕는 상해 시티가 기점으로 선정되는데 더 유리해질 테니까."

"하!"

세연이 어이없다는 듯 웃음을 터뜨렸다. 그 의미가 뭔지는 불분명했다.

"그것 또한 억지 주장일 뿐이에요. 당신의 그 무식한 추리가 맞는다고 치죠. 그래서 내가 그 사람을 죽였단 말인가요? 어떻게요? 그날 밤 나는 약에 취해 있었어요, 바로 당신과 함께!"

"그다음 해결해야 할 문제가 바로 어떻게 죽였느냐, 하는 것이오. 그 해

답을 얻기 위해선 내가 당신을 처음 만난 날 밤으로 거슬러 올라가야만 하오. 이미 내 공기칩에 기록된 내용이니 이 자리에서 그날의 상황을 감추거나 꾸며대진 않겠소."

창은 지켜보는 공 반장과 유미호를 의식하곤 말을 이었다.

"이 사건을 맡으면서, 그리고 내 수사범위 안에 당신이 들어온 후 나는 당신에 대한 모든 걸 의심했소. 그중 가장 큰 의문은, 당신 같은 여자가 왜 그런 싸구려 술집에서 혼자 술을 마시고 있었고, 왜 내게 말을 걸었느냐 하는 것이오."

세연이 다시 반발했다.

"말했잖아요, 그건 단지……."

그녀는 사적인 부분이 드러나자 안절부절못했다. 창은 그런 그녀를 무시했다.

"당신은 그것이 자신만의 돌파구였다고 했었지. 하지만 그건 당신의 주장이고, 그것을 의심하는 것이 내 일이오. 만약 당신이 파울로를 죽이기로 계획했고, 그래서 알리바이를 만들기 위해 그곳에 간 거라면?"

그녀는 그 의미를 눈치챈 것 같았다.

"당신은 그곳에서 한 남자를 유혹했소. 그에게 히드라를 먹이고 집으로 데리고 갔지(그러나 약에 취한 그 남자는 당신도 히드라를 복용했는지, 아니면 그런 것처럼 행동했을 뿐인지 아직도 가물가물하오). 알리바이를 위한 섹스 후에, 당신은 그가 약에 취해 곯아떨어진 것을 확인하곤 파울로에게 메시지를 보냈소. 파울로가 늦은 시각에 별채로 간 것은 그 때문이오. 당신은 그 남자의 차를 타고 청담 지구로 향했소. 차 시스템에 파울로의 집 주소가 설정된 것은, 당신이 그의 차에 익숙하지 않기 때문이오. 밑바닥을 헤매던 그의 차는 운전자 인식 기능도 없는 구닥다리였으니까. 청담 지구에 도착해 별채로 들어간 당신은 마지막으로 그를 유혹하며 회유했소. 그러나 그는 사업 얘기는 관심 없고 당신의 육체만을 원했겠지. 결국 두 번째 계획을 실행으로 옮길 수밖에 없었소. 당신은 그가 방심한 사이 미리 준비해 간 전기충격기를 꺼내 그를 죽였고, 그의 전화기에서 메시지 기록을 삭제한 뒤, 집을 빠져나가 집으로 돌아갔소. 그리고는 남자가 잠들어 있는 침대 속으로 다시 들어갔지."

"그, 그런 억지가……."

그녀는 자제력을 잃고 흥분하고 있었다. 그럴수록 창은 침착해졌다.

"당신이 남자를 유혹한 것은 좋은 계획이었소. 사건 발생 시각에 남자와 한 침대에 있었다는 것만큼 확실한 알리바이가 없을 테니깐. 그러나 당신이 예상치 못한 것은, 당신이 고른 그 남자가 바로 나였다는 사실이오. 내가 이 사건을 맡게 됐기 때문에 내 차가 여기 계신 공 반장님 수사망에 걸렸고, 그 때문에 나는 당신에 대한 모든 정황을 재구성하고 확신할 수 있었던 거요."

창은 말을 멈추고 공 반장을 의식했다. 그의 얼굴에는 창에 대한 실망과 사건 해결에 대한 기대가 뒤섞여 있었다.

"만일 공 반장님이 아니었다면, 당신이 유혹했던 남자의 차는 그저 청담 지구로 향했던 수많은 차 중 하나였을 거요. 그리고 그 남자였던 나는, 당신이 새벽에 나갔다 들어온 사실도 모르고 당신을 용의 선상에서 배제했겠지."

창은 사람들 기대치를 끌어올리기 위해, 잠시 말을 멈추고 호흡을 가누었다.

"말했지만 당신 계획은 나름 치밀했소, 좋은 계획이었지. 그날 밤 나를 고른 것은 당신 잘못이 아니오. 계획만큼 운이 따르지 않았을 뿐이지."

세연이 벌떡 일어섰다. 떨면서 창을 노려보았다. 이제 분에 겨워 어쩔 줄 몰라 했다.

"당신이 어떻게, 어떻게 나한테 이런 짓을!"

하이라이트의 시간이다라고 창은 생각했다.

"내가 이런 수모를 당하고 가만있을 것 같아요? 저스티스 창, 당신을 가만두지 않겠어요! 내 무슨 수를 써서라도 당신을……."

세연은 굳은 채 말을 잊었다. 문이 열리며, 엘리가 들어섰기 때문이었다.

그녀는 내내 옆방에서 지켜보던 중이었다. 새파랗게 질리는 세연을 보며, 창은 그녀가 엘리의 존재를 아는 것이 분명하다고 생각했다. 그녀의 낯빛은 자백보다 설득력이 있었다.

하이라이트의 주인공답게 엘리는 우아하게 다가왔다. 그리고는 도도하니 세연을 흘어보았다.

"네가, 내 남편과 놀아났던 계집이었니?"

세연이 대꾸 못 하고 고개를 숙였다. 영락없는 패배자의 모습이었다.

엘리는 그런 그녀를 경멸하듯 노려보다, 창을 돌아보았다. 그를 향해 고갯짓을 한 뒤, 세연 따위는 상대하고 싶지도 않다는 듯이 다시 걸어 나갔다. 여전히 도도하고 우아한 몸짓으로.

창은 엘리의 눈빛에서, 어떤 승리의 도취를 엿볼 수 있었다.

결과는 모든 상황을 자신에게로 흐르도록 만든다.

그날 이후 세연의 자택에서 파울로의 넥타이 하나와 사소한 물건이 몇 개 발견되었다. 그녀가 도시경제협력국 차관과 밀회를 즐기던 장소와 증거들이 차례로 나타나기 시작했다. 그녀가 그를 죽일 수밖에 없는 이유들 역시 속속들이 파헤쳐졌다.

후속 심문 과정에서 궁지에 몰린 세연은 품위를 잃은 주장을 펴기 시작했다. 그 중 하나가 범인은 자신이 아닌 저스티스 탐정이라는 주장이었다. 그녀가 알리바이를 만들던 날 밤, 잠결에 창이 침대를 빠져나가는 걸 느꼈다는 것이다. 당연히 그녀의 주장은 묵살되었고, 그런 주장들을 펼수록 그녀는 용서받지 못할 로비스트이자 상해 시티를 위해 서울 시티 출신 지구 연방 정부 각료를 살해한 악녀로 묘사되었다.

사건이 정식 종결되고 몸에서 공기칩을 제거한 후에, 창은 계약의 마무리를 위해 청담 지구로 찾아갔다. 본채 서재에서는 '환희의 찬가'가 흘러나오고 있었다.

엘리는 창을 반갑게 맞이했고, 차를 대접한 뒤에 현금이 든 가방을 내밀었다.

"수사료에 대한 법적 '가' 레벨 금액과 그이의 진상조사기금은 계좌로 입금했어요. 확인하셨나요?"

"확인했소."

"이건 이면계약으로 당신이 요구한 나머지 금액이에요. 그런데 왜 현금으로 요구한 거죠?"

"현찰이 보다 실감 난다고나 할까요."

엘리가 고개를 끄덕였다.

"어쨌든 이제 다 끝났군요, 홀가분해요."

창이 가방 속 금액을 확인하며 말했다.

"수사를 시작하면서부터 느꼈던 건데, 당신은 남편의 죽음에 대해 슬픈 감정을 보이지 않더군요."

"왜 그래야 하죠?"

창은 그녀를 보았다.

"파울로는 전형적인 서울 남자였어요. 아니, 옛날식으로 말하면 전형적인 한국 남자였죠. 자기중심적이고 이기적이며 권위적인 남자 말이에요. 당신이 말한 것처럼 강직하거나 엄정한 공직자 따위는 절대 될 수 없는 인간이에요."

"알고 있소."

창은 무심하니 말했다. 강직하고 엄정한 공직자라니. 요즘 시절에 그런 공직자가 존재하기나 할까.

"그래도 위험한 행동이었소."

"하지만 당신이 다 해결해 주었잖아요."

창은 대꾸하지 않고 가방을 닫았다.

"그는 죽어 마땅했어요, 감히 나를 농락했으니까! 자기를 차관 자리에 앉히기 위해 내가 어떤 노력을 했는지 당신은 상상도 못 할 거예요. 그런데도 날 배신하고 그 창녀 같은 계집과 놀아났죠. 그러니 죽는 게 마땅해요."

창은 다시 이 도시가 싫어졌다. 그는 이 탁한 도시의 온갖 구린내 나고 노골적으로 악한 것들을 알았고, 그 속에서 여자의 질투는 사소한 것들 중 하나일 뿐이다.

"당신에게 다시 한 번 감사드려요."

"그저 일을 한 것뿐이오."

엘리가 미소 지으며, 여전히 창을 주시하며 말했다.

"궁금한 게 있어요, 왜 그런 위험한 방법을 선택한 거죠?"

"당신은 내게 두 가지를 주문했었지."

창은 잠시 주저하다 말했다.

"첫째, 남편을 명예롭게 죽여야 한다. 그것은 파울로의 명예뿐 아니라 당신의 품위를 함께 유지하는 방법이었소. 둘째, 지앙 사사코 세연을 완벽하게 매장시켜야 한다. 당신은 품위를 유지하면서도, 당신의 자존심은 그녀를 도저히 용서할 수 없었기 때문이오. 그렇지 않소?"

"그랬죠, 그래서요?"

"그 조건을 충족시키기 위해선 내가 아닌 제삼자에 의해 사건의 실마리가 풀려야만 했소. 세연과 파울로 두 사람의 관계를 연결하기 위해 유미호에게 당신 남편을 파도록 지시한 것은 그 때문이오. 세연과의 알리바이를 만든 내가 직접 그녀를 용의자로 찾아낼 수는 없었으니까. 또한 나는 공 반장이 내게 악감정을 품고 있다는 걸 알고 있었소. 그래서 그를 이용하기로 했지. 내가 그 여자의 함정에 걸려들었다고 믿게 한 거요."

"스스로 위험 속으로 뛰어들면서 말인가요?"

창은 그저 으쓱했다.

"두렵지 않았나요, 공기칩에 당신의 그런 행동이 모두 기록되고 있었는데?"

"두려웠소."

창은 표정 없이 말했다.

"계획이 공기칩에 기록되지 않기 위해선 끊임없이 평정심을 유지해야 했소. 하지만 현실에서 난 궁지에 몰려 있었기에 어떤 위험이라도 감수해야만 했소. 그리고 성공 못할 거라 생각했다면, 아예 시작하지도 않았을 거요."

"그래요, 당신은 내가 의뢰한 일을 완벽하게 수행했어요."

"당신 역시 날 범인으로 지목했던 연기는 좋았소. 나 역시 긴장할 정도였으니까."

엘리가 만족스럽게 웃었다.

"여자들을 믿지 말아요. 자고로 여자란 사내들이 감당할 수 있는 존재가아네요."

"알고 있소."

창은 돈 가방을 들고 일어섰다.

"마지막으로 하나 더."

창이 돌아보자, 엘리가 생각난 듯 말했다.

"공 반장이 미련 갖는 2년 전 사건, 그것 역시 당신이 꾸몄던 건가요?"

창은 잠시 그녀를 보다, 감정을 드러내지 않고 말했다.

"그건 의뢰인과는 상관없는 일이오."

황사가 물러나고 있었다. 거리에는 오랜만에 햇살이 짙은 그림자를 만들었다.

창은 차를 자동운행 모드로 전환한 뒤 독구에게 연락을 취했다.

"뭐야, 이제야 전화한 거야?"

더러운 매트 위에서 웃옷을 벗은 녀석은, 왼쪽 갈빗대에 골절 패치를 붙인 채였다.

"사람 갈빗대를 부러뜨렸으면 진작 찾아와 사과부터 해야 하는 거 아냐?"

"그래서 전화한 거야. 약속한 돈을 입금했다. 치료비까지 얹어서."

녀석이 이내 나긋해졌다. 그러면서 언제든 일이 있으면 또 불러달라고 했고, 창은 몇 마디 농담을 주고받은 뒤 전화를 끊었다. 앞 차창이 주행 모드로 바뀌며 빛으로 가득한 거리를 보여주었다.

드디어 일이 끝났다.

창은 비로소 긴장을 풀었다. 작은 칩 하나를 제거했을 뿐인데 자유와 포만감이 느껴졌다. 공기칩을 24시간 개방한 채 수사를 벌이는 것은 관객에게 모든 걸 드러내야 하는 짓이었다. 그것은 매 순간, 오로지 본능과 직감에만 의지하며 부유하도록 해야 가능한 일이었다.

그러나 창은 그것을 해냈다. 합법적인 대가와 이면계약의 보상까지 받아냈다. 게다가 그 일은, 예상 못한 전율까지 안겨주었다.

창은 히드라의 흥분 속에서 파울로에게 전기충격기를 지져대던 순간을 떠올렸다. 공포에 질려 꽥꽥대던 비겟덩이의 입안에, 세연의 집에서 가져간 향수를 분사하던 마지막 순간을. 그때처럼 흥분과 희열이 일었다.

창은 생각했다. 이제 내동댕이쳐진 안갯속에서 벗어난 것인가?

도시경제협력국 차관 살인사건의 해결은 자신의 싸구려 사이트에도 괜찮은 이력으로 남을 것이다. 게다가 그는 또 다른 가능성을 발견했다.

탐정 저스티스 안에 숨어있는 청부업자 저스티스.

그를 적절히 활용한다면 다시는 현실 속 나락을 헤매지 않아도 될 것이다. 위자료와 딸아이 교육비도 책임질 수 있을 터다. 그것은 자신의 숨겨진 능력을 재발견하는 것이었고, 이제 그것에 자신감까지 얻었다.

무엇보다 창은 이름이 마음에 들었다. 청부업자 저스티스. 탐정 저스티스는 아이들 만화영화에나 나오는 이름이었지만, 청부업자 저스티스는 아주 부조리했기에 그만큼 현실적이었다.

창은 수동 모드로 전환한 다음 느긋하니 액셀을 밟으며 되뇌었다.

Justice Chang. 당신의 문제를 해결해 드립니다, 그 어떤 문제라도.

양 아저씨와
전파 소녀

엄정진

『앱솔루트 바디』(공저)에 수록된 단편 「지구의 아이들에게」로 데뷔했다. pilza2, 정희자 등 여러
필명으로 활동 중이다. 『U. Robot』(공저), 『아빠의 우주여행』(공저), 『고치 짓는 여인』 등을
출간했다. 『소녀 탐정은 울지 않아!』를 예스24에 연재했다(웹사이트 : pilza2.com).

지금이 인생의 두 번째 위기라고 P는 생각했다. 첫 번째 위기는 군대에 끌려가던 순간이 아닐까 싶은데, 적은 가능성이라도 놓치고 싶지 않은 심정에 그나마 가장 면제 사유에 가까운 체중 불리기에 도전했으나 결국 실패했다. 표준체중이 늘어나고 안경을 쓰는 게 일반화된 추세에 따라 면제 기준은 점점 엄격해지고 있었다.

어머니의 부재(不在)로부터 열흘 이상이 지났다. 시계를 전혀 보지 않던 P도 사흘이 지났을 때부터 컴퓨터를 통해 날짜와 시간을 확인하기 시작했다. 그가 사는 공간, 감각이 닿는 영역 전체인 너비 약 6m², 높이 3m짜리 지하실 안에는 달력도 시계도 휴대전화도 없다. 시간을 확인할 수단으론 컴퓨터의 OS에 기본적으로 내장된 시계가 유일했으나 그나마도 평소엔 볼 일이 없다. P에게 있어 시간의 흐름은 무의미했으니까. 지하실의 낮과 밤은 불을 켜고 끔에 따라 정해지고, 기상과 취침은 전혀 일정하지 않은 생체 리듬에 따라 불규칙하게 이루어졌다. 이 작은 세계에서 하루의 시작과 끝은 오직 P의 의지에 의해서 정해진다는 점에서, 그는 신과도 같은 존재였다.

하지만 그 신에게도 치명적인 약점이 있었으니 어머니의 보살핌이 없으면 생존이 불가능하다는 부분이다. 그런 점에서 어쩌면 P의 어머니가 진짜 신이고 그는 피조물이며 애완동물에 불과할지도 몰랐다.

과도한 수면과 신경 안정제 복용으로 인해 희미하고 몽롱한 머릿속을 뒤져보면 이런 일이 없지는 않았다는 느낌이 들었다. 또렷하게 기억하고 있는 것만 두 번은 되었다. P가 방에 틀어박힌 지 얼마 되지 않았을 무렵에, 배가 고프면 어련히 나오겠지 하는 안일한 마음을 품은 어머니는 밥을 안 주고 굶기기 시작했다. 하지만 그런 시도는 언제 어떻게 시도해도 사흘을 넘기지 못했다. 움직임이 거의 없는 생활이기에 하루는 가볍게 넘길 수 있고 이틀도 버틸 수 있지만 사흘째가 되면 굶주림이 닥쳐온다. 그러면 얌전한 애완동물이 우리에 갇힌 야생동물로 급변하고, 부모에 대한 거친 폭력이 발생한 후 평온한 생활로 돌아오는 결말을 맞는다. 두 번째 강제 단식은 지하실로 거처를 옮긴 직후에 있었다. 가슴을 치고 울면서 말리던 어머니는 밥을 주기를 거부했다. 하지만 일주일가량 지나도 아무런 기척이 없자 걱정이 되어 지하실 문을 두드리자, 안에는 미리 콜라와 초콜릿 등 비상식량을 쌓아놓고 멀쩡하게 버티던 아들의 모습이 있었다. 그리고 또 다시 폭력사태로 번지고, 규칙적인 배급이 재개되었다.

P는 스스로 지금의 상태를 히키코모리 3기로 규정하고 있다. 1기는 사회와 타인에 대한 불만과 공포, 스스로에 대한 혐오와 자괴감을 버무려서 만든 콤플렉스 덩어리 상태였다. 그때는 집을 나가기 싫어하는 정도로, 식사는 식탁에 앉아서 하고 담배나 먹을 것이 떨어지면 사러 가는 정도는 할 수 있었다. 초여름이나 가을에는 놀이터의 벤치에 앉아서 시간을 때우기도 했다.

2기는 방에서 아예 나가지 못하게 될 무렵이었다. 하루에 화장실 두 번 가는 것이 전부로, 식사도 어머니가 아침저녁으로 문 앞에 갖다 주어야 했다. 3년이 지날 무렵 P는 딱히 쓸 일이 없이 방치되었던 지하실로 거처를 옮겼다. 형광등 하나 뿐인 사각의 콘크리트 공간에 전선과 랜선을 잇고 바닥에는 초등학교 소풍 이후로 쓰지 않은 돗자리를 깐 다음 라꾸라꾸침대와 앉은뱅이 탁상과 컴퓨터를 놓은 것이 전부인 조촐한 공간이었다. 이때부터를 3기라 부를 수 있다.

하루 두 번 어머니가 밥과 물통을 문 앞에 놔둔다. 빈 그릇과 휴대용 변기가 놓여 있으면 수거해서 변기는 세척한 후 다시 갖다 놓는다. 그릇 옆에는 간혹 쪽지가 놓여 있는데 주로 담배와 맥주, 초콜릿 등 필요한 것이 적혀 있다. P는 휴대전화를 쓰지 않았고, 어머니는 컴퓨터와 인터넷을 쓰지 않으므로 두 사람의 대화는 메모지를 통해서만 이루어졌다. 어머니가 설득이나 비난의 말을 답장으로 보내던 것도 옛날 옛적의 일이고 지금은 그런 것도 없어졌다. P가 '에쎄 순'이라고 적어 놓으면 다음날 밥과 반찬이 담긴 쟁반 구석에 한 갑이 놓여 있을 뿐이다.

공간이 좁아진 이후 P의 세상에 대한 관심사가 오히려 커졌을 때도 있었다. 1기에서 2기 무렵에는 뉴스 사이트를 돌아보며 최신 소식이나 세상 돌아가는 일들을 열심히 흡수하며 자신이 아직 이 세상에 속해있음을 자각하려 애썼다.

하지만 3기인 지하실 생활을 하면서는 세상에 대한 미련을 놓았는지 인터넷 브라우저를 띄우는 일도 거의 없어졌다. 그렇다고 방 안에서 가만히 있기엔 무료하니 인터넷으로는 쉐어나 퍼펙트 다크 같은 P2P 프로그램만을 돌려서 최신 PC게임이나 만화를 다운받는 것이 일과의 전부였다. 다만 MMORPG 같은 온라인 게임은 하지 않게 되었다. 이 역시 초기에는 빠져들었으나 이내 모니터 저편에 인간이 존재함을, 자신과 같은 시간, 같은 게임 속 공간에 누군가가 함께 살고 있다는 사실을 견딜 수 없게 된 것이다. 당연 미니홈피 같은 타인과의 소통수단도 써본 적 없다. 전자우편도 안 쓴지 5년은 넘었고, 삐삐나 휴대전화는 개통 경험도 없다. 이제 타인과의 연결고리는 아예 없어졌고 P는 구청의 서류 속, 호적 등본에만 존재하고 있었다. 그가 이 세상에 존재한다는 사실은 오직 매일 사라지는 밥과 채워지는 변기를 통해서만 알 수 있었다.

사실 그동안 P에게 있어 어머니가 자리를 비우는 일은 별다른 일이 아니었다. 아버지가 세상을 떠난 이후 이상한 종교에 빠져든 것도 알고 있었다. 식당에서 일하기에 점심 무렵에 출근하여 밤늦게 퇴근하는 것도 안다. 따라서 어머니의 정상적인 시간축에서 보면 아들에게 주는 식사의 시간은 점심과 야참이지만, P에게 있어서는 잠에서 깨어 먹는 것이 아침이요, 자기 전 먹는 것이 저녁에 불과하다. 음식을 넣고 빈 그릇과 더러워진 옷을 꺼내기 위해 문을 여는 잠깐의 순간, 바깥의 밝기에 따라서 대강의 시간을 추측할 수 있겠지만 그나마도 지하기 때문에 쉽사리 알 수가 없다. P처럼 신경을 쓰지 않으면 영영 모르는 채 있게 된다.

어머니가 종교 집회니 뭐니 해서 장기간 집을 비울 경우 문 앞에는 반드시 그 사실을 알리는 쪽지와 함께 빵이나 떡 같이 밥보다 오래 보존이 가능한 음식을 남겨두곤 했다. 그런데 그런 예고도 준비도 없이 갑작스레 찾아온 어머니의 부재가 P에게 위기감을 안겨 주었다. 열흘이 넘도록 버텨왔지만 이젠 비축한 초콜릿도 다 먹었고 변기도 꽉 찼다. 인터넷으로 주문해서 산 휴대용 변기는 뚜껑이 달려 있긴 하지만 악취를 다 막을 순 없다. 그는 구석에서 쪼그리고 앉은 채 방 안이 냄새로 가득해져 자신을 짓누르는 상상을 한다. 창문도 없는 이 지하실은 냄새 분자가 차곡차곡 쌓일 것이고, 이대로 P 자신도 죽어서 썩고 해체되고 뒤섞여서 언젠가는 이 폐쇄공간을 꽉 채울 것이다. 그때야말로 그가 원하던 홀로 존재하는 자유와 평화를 얻는 순간이 될지도 모른다.

P의 상념을 흩뜨리려는 듯 어떤 신호가 느껴졌다. 아주 미세하고 희미하지만 그의 예민한 감각기관은 바로 잡아낼 수 있었다. 그건 발소리, 콘크리트 계단을 콩콩 거리며 내려오는 작고 가벼운 발걸음 소리였다. 보통사람이라면 눈치 채지도 못할 정도의 음량이지만, P는 포식자의 낌새를 느낀 작은 짐승처럼 온몸의 털이 곤두 서는 공포와 긴장감에 사로잡혔다.

그 발소리는 평소에 들어서 익숙한 어머니의 소리가 아니었다. 하루에 두 번씩 지하실을 오르내리는 그 소리는 자신의 숨소리만큼이나 익숙해진지 오래였다. 걸음 사이의 간격, 소리의 크기와 울림까지 모두 고막에, 뇌 주름 사이에 선명하게 새겨져 있어 절대로 혼동하거나 잘못 짚을 수 없다. 심지어 들고 있는 물건의 무게에 따른 차이마저 감지해낼 수 있을 정도다. 또한 지하실에 들어온 이후로 어머니 이외의 사람이 지하실로 들어온 적조차 없다. 즉 지금 열한 단의 계단을 밟으며 내려오고 있는 저 인물은 P의 어머니가 아니다. 그 사실만으로도 그는 공황상태에 빠져서 호흡마저도 잊어버리고 있었다.

그 5초도 안 되는 시간동안 P는 수많은 상념에 빠졌다. 스피커의 음량을 최대로 올리고 음악을 틀어서 저 발소리를 지울까, 침대 밑으로 기어들어가 숨을까, 아니면…….

하지만 크게 숨을 들이쉬었다가 내쉬면서 침착함을 되찾은 P는 아무 기척도 내지 말고 가만히 있는 게 제일 현명한 대책임을 깨달았다. 상대방의 정체가 가스 검침원이나 외판원일지도 모르고, 대문이 열려 있는 틈을 타 슬쩍 들어온 빈집털이일 가능성도 있었다. 그런 자들에게 괜히 여기에 누군가 있다는 사실을 알려줄 필요는 없다. 지하실의 철문은 빈틈이나 구멍 하나 없이 안쪽에서 자물쇠로 단단히 잠겨 있으니까. 원래는 눈높이 정도에 내부를 들여야 볼 수 있도록 쇠창살이 붙은 창이 하나 뚫려 있었는데, P는 문 안쪽에 아크릴 판자를 대고 공업용 본드로 붙여서 가려 놓았다. 도구가 없는 관계로 용접을 하지 못했기에 망치 같은 걸로 두드리면 떨어질지도 모르지만 말이다.

두방망이질을 치는 가슴을 부여잡고 두서없는 생각을 하는 동안에 발소리는 그쳤고 조용해졌다. 저 미지의 인물은 지하실이 잠겨 있음을 알고 도로 계단을 올라갔을까? 아니, 분명 올라가는 소리는 없었다. 공포는 아직 사그라지지 않았다.

통통통

작은 노크 소리가 들렸다. 곳곳에 페인트가 벗겨지고 시커멓게 녹슨 부분이 번진 낡은 청회색 철문을 누군가가 손등으로 두드리고 있다. P의 어머니는 식사를 놓거나 간이 변기를 씻어서 갖다 줄 때 문 아래쪽을 툭툭, 두 번 두드리곤 했다. 따라서 허리 정도 높이에서 세 번의 소리가 들리는 건 이곳에 들어온 이후 처음이다. 처음 느낀 이질감에 P의 몸과 마음은 소금기둥이 된 소돔의 시민처럼 그 자리에 굳어진 상태였다. 어떻게 대처할지 놀라움을 진정시키기도 전에 그럴 줄 알았다는 듯이 문 저편에서 목소리가 들렸다.

"대답하지 마. 소리도 내지 말고."

마치 귀신이, 사냥꾼이, 마녀가 하는 말 같았다. 먹이를 눈앞에 둔 육식동물의 포효처럼 들렸다. 반쯤 속삭이는 소녀의 목소리였건만.

"아무 말도 하지 말고, 그냥 듣기만 해."

그 인물이 말을 이었다.

"이 안에 네가 있을 확률은 50%. 너는 거기에 있을 수도 있고 없을 수도 있지만 나는 네가 있다고 생각하고 말을 하겠어. 왜냐하면 내가 그렇게 믿고 있으니까.

너는 내가 죽 찾고 있던 사람이야. 너에 대해서 좀 알아봤거든. 13년째 밖에 나가지 않은 상태로 살고 있다지? 여기 지하실로 옮긴지는 10년이 되었고, 이후로는 엄마조차 얼굴을 보거나 얘기를 나눈 적도 없어. 즉 지난 10년간 너의 존재를 확인한 사람이 아무도 없다는 뜻이야. 간접적으로 접촉한 당신 엄마도 음식이 사라지고 대소변이 생기는 것만으로 네가 살아있다고 추측하는 거지.

그게 무슨 의미인지 알겠어? 겉모습부터 시작해서 너의 모든 것을 아무도 모르고 있단 말이야. 가족이나 학교 친구들, 예전에 만났던 사람들은 과거의 모습이나 찍었던 사진을 보고 지금도 비슷할 거라고 추측이야 할 수 있겠지. 근데 그건 상상일 뿐, 직접 보고 알아낸 건 아니잖아? 네가 어떤 모습으로 존재하는지 증명할 수 있는 방법은 없어. 그런 농담이 있거든, 히키코모리는 똥 만드는 기계라고. 사회적으로 볼 때 존재하지 않는 셈이지. 생산도 하지 않고 세금도 안 내. 소량의 음식을 소비하지만 가족의 범위에서 지나칠 정도의 차이가 없어.

화가 나? 열 받아? 하지만 대답은 하지 마. 왜냐하면 난 너의 존재를 인식하고 싶지 않아. 너 역시 나를 파악하지 못하잖아. 가령 …… 내가 외계인이라면 어쩔 거야? 아니라고 말할 수 있어? 넌 내 목소리나 발자국 소리를 듣고 사람이라고 추측할 수는 있어. 그치만 내가 의족을 달고 온 다리 없는 인간일 수도 있고, 두 다리만 써서 계단을 내려온 문어발 외계인일지도 몰라.

아인슈타인이 이런 말을 했대. '달은 우리가 보았으니 존재하는 것이고, 우리가 보지 않으면 존재하지 않는단 말이냐?' 우리가 보든 말든 해도 달도 예전부터 존재하고 있었고 앞으로도 그럴 테지. 신이 주사위 놀이를 할 리가 없다며 우주 상수를 찾느라 허송세월했던 인간이 할 만한 얘기야. 근데 우리가 볼 수 없는 작은 세상에서는 그 말이 맞게 돼. 아주 약한 빛을 가느다란 구멍 두 개를 뚫은 판자에 비추면 판자 뒤 필름에 간섭무늬가 생겨. 빛에게 파동의 성질이 있다는 얘긴데, 문제는 전자가 좌우 어느 구멍을 지나갔는지 관측 결과가 나오기 전까지 알 수가 없다는 점이야. 전자 하나가 판자에 닿는 순간 좌우 두 슬릿을 통과하는 상태가 겹쳐져 있고, 도착지점은 확률로만 알 수 있어. 그렇다고 전자가 분신술이라도 쓰듯 둘로 나뉜 건 아니겠지? 관측을 하게 되면 전자는 파동의 성질을 잃고 수축되어서 한 지점에만 있는 상태로 보이게 돼. 그래서 파인만은 관측 행위 자체가 관측의 대상물에 영향을 끼친다고 말한 거야.

그러니까 관측을 하기 전의 달과 후의 달은 다른 존재가 된단 말이지. 모습이며 위치, 궤도 등등 달의 모든 건 최초의 인간이 올려다본 순간부터 지금과 같이 생겨난 거야.

궁금하지? 왜 갑자기 나타나서 달과 전자에 대한 말을 하는지? 하나만 더 말할게. 전 국민이 읽었다는 『어린왕자』알지? 그 중에 이런 얘기가 있어. 왕자가 주인공에게 양을 그려달라고 하거든. 주인공은 나름대로 예쁘고 건강한 양을 그리려고 애쓰지만 몇 마리를 그려줘도 왕자가 퇴짜를 놓아. 화도 나고 진력이 난 주인공이 대충 네모난 상자를 그리다가 네가 원하는 양은 이 안에 있다고 말하니까 왕자의 표정이 환해져. 상자 속의 양은 아직 관측되지 않았기에, 어떤 존재인지 규정되지 않았어. 오직 왕자의 상상 속에서만 존재하고 있는 거야.

이제 슬슬 왜 나에게 이런 말을 하는지 궁금해지지? 마음껏 생각하고 있어. 어차피 지금은 알 수가 없을 테니까. 다음 이야기는 내일 이 시간에 할 테니까 기다리고 있어, 상자 속의 양 아저씨."

그 말을 끝으로 모래가 얇게 깔린 콘크리트 바닥을 밟는 소리가 들렸다. 그리고 가볍고 경쾌한 계단 오르는 소리. 내려갈 때보다 더 빠르다.

P는 침대에 누워서 생각해봤지만 전혀 짚이는 바가 없었다. 어머니가 카운슬러라도 부른 것일까? 하지만 놀리는 듯 갖고 노는 듯한 수수께끼의 말만 남기고 사라진 걸 감안하면 그럴 리는 없을 것이다. 자신의 사정을 제법 알고 있는 모양인데, 어머니가 부주의하게 주위에 떠벌인 걸 들었을지도. 히키코모리가 무슨 자랑이라고 그걸 선전하고 다닌담. 괜히 원망의 말을 속으로 늘어놓으며 잠을 청했다.

약속한대로, 정체 모를 상대는 다음날 그 시간에 다시 찾아왔다. 이번에는 P도 컴퓨터로 시간을 자주 확인해서 알 수 있었다. 도피하고 싶은 마음이 커져서 잠을 자려고도 했으나 약속 시간이 다가올수록 심장이 거세게 뛰고 정신이 또렷해져서 그만두었다.

"양 아저씨? 나 왔어. 요즘 세상은 난리가 났는데 혼자만 속 편하신 것 같네. 문 위쪽으로 선이 두 개가 이어져 있는데, 하나는 전기고 하나는 랜선 맞지? 인터넷이 연결되어 있다면 뉴스를 봐서 알겠지. 멸망이니 위기니 하면서 난리법석이야.

오늘은 나에 대해 말할게. 사실 나도 예전엔 지금 너만큼 은톨이였어. 어릴 적에 TV에서 전파에 대한 방송을 본 게 계기였던 것 같아. 어린이용 교육 방송이었지 싶어. 이 세상엔 보이지 않는 전파로 가득해서, TV도 라디오도 HAM도 인터넷도 모두 파장을 통해 퍼져 나간다는 내용이었지. 우리 목소리가 공기를 진동하는 음파로 이루어져 있듯이 세상의 수많은 전자기기, 통신장비는 전파를 주고받는다는 거야.

그 방송을 본 난 두려움에 사로잡혔어. 그렇다면 지금 내 주위에도 온갖 보이지 않는 전파들이 날아다니고 있다는 얘기잖아? 저 하늘에서 인공위성이 소나기처럼 뿌려댄 전파들이 벌떼처럼 화살처럼 이곳저곳을 날아다니는 모습을 상상했어.

물론 방송에서도 그랬고 도서관에서 찾아본 책에서도 인체에 큰 해를 끼치지 않는다고는 말했지만, 그 전파라는 존재의 역사는 그리 길지 않아. 라디오 방송이 시작된 후 이제 100년밖에 되지 않았어. 전파들이 인간의 몸과 두뇌를 뚫고 지나가면서 어떤 영향을 줄지 누가 알겠어? 비록 지금은 괜찮아 보인다고 해도 조금씩 쌓여서 언젠가 미래의 후손들에게 심각한 부작용을 안겨줄지도 모를 일이잖아.

태양광과 우주선(宇宙線) 같은 경우는 대기권이 거름종이 역할을 하고 있잖아. 인간이 만든 전파는 아무런 방어막도 없이 우리 몸과 영혼을 덮치고 있는 거야. 그런 생각이 들자 나는 무서워져서 방에 틀어박혀 이불을 뒤집어쓴 채로 바깥세상으로 나가기를 거부하게 되었어.

삼 년 정도는 그렇게 지냈던 것 같아. 가족들이 도서관에서 빌려다주는 책을 읽으며, 언젠가 세상으로 돌아갈 수 있을지도 모른다는 희망으로 교재를 사달라고 해서 혼자 검정고시 공부를 하며 지내고 있다가 어느 책에서 우주에서 온 파장을 수신하는 채널링에 대해 알았어. 지구에 퍼진 나쁜 전파를 이겨낼 방법은 지구 밖의 존재, 우주 외에는 없다는 생각이 들었던 난 거기에 푹 빠져들었어. 이후로는 가족들이 잠든 한밤중에 옥상에 올라가기 시작했어. 우리 집은 이 층짜리 단독인데 도로 쪽은 기와처럼 보이는 슬레이트 지붕으로 꾸몄고 반대쪽은 그냥 평평한 시멘트 바닥이거든. 나는 거기 버려진 해수욕장에서나 볼 만한 플라스틱 벤치 위에 누워서 우주를 향해 손을 뻗고 채널링을 시도했어. 전파 속에 몸을 노출시키는 건 위험했지만 그나마 대부분의 전기제품이 꺼진 밤이니까 용기를 낸 것이지.

지난 여름날 밤이었을 거야. 몇 달 만에 마침내 안드로메다은하에서 날아온 메시지를 수신하는데 성공했어. 그건 …… 예언이자 경고였어. 가까운 미래에 인류 멸망의 위기가 닥칠 것이다. 지구로 죽음의 괴전파가 쏟아져 내려와 인류의 태반이 죽고 수많은 동식물이 멸종하는 대참사가 일어날 것이다라고 말이야.

너무 놀라고 당황해서 나에게 메시지를 보낸 상대를 향해 답신을 보내려 시도했어. 그것이 사실이라면 어떻게 대처해야 하나요, 미래를 바꿀 수 있는 방법은 있나요. 오랜 시간이 걸려 힘겹게 얻어낸 대답은 간단명료했어. 괴전파를 피할 방법은 있다, 그걸 해낼 자격 있는 자를 찾아라. 그때 난

나의 사명을 깨달았어.

구체적인 내용은 내일 알려줄게. 그럼 잘 있어, 양 아저씨."

발자국 소리가 완전히 사라지자 P는 다시 침대에 누워 소녀(의 목소리)가 남긴 말을 곱씹어보았다. 오래 생각할 필요도 없었다. 저런 부류를 흔히들 전파계(電波系)라고 부른다. 전생을 기억한다는 등 외계인의 메시지를 수신했다는 등 하면서 망상에 빠져 헛소리를 늘어놓는 인간들. 요즘엔 만화나 게임에 빠진 애들이 저러고 다닌다고 한다. P는 전파계 인간 따위가 자신을 깔보는 말투로 이런저런 말을 늘어놓았다고 생각하니 화가 치밀었다. 얼마나 얕보였으면 이럴까. 인간을 계층으로 분류한다면 가장 밑바닥에 놓이는 것이 히키코모리일지도 모른다. 그래도 이건 너무했다. 비록 대학을 제대로 다닌 적은 없지만, P는 엄연히 천문학과 학생이었다.

아인슈타인을 들먹이는 것부터 그렇다. 우주 상수는 분명 본인도 실수라며 철회하긴 했으나 시간이 흐른 뒤 오히려 그 가치가 높아졌다. 양자장 이론에선 실제로 우주 상수가 관측됐던 것이다. 진공은 물질이 없을 뿐 입자와 반입자가 충돌하고 소멸하며 에너지를 가진다. 그런 것도 모르면서 아는 척 한답시고 뻐긴 것이다. 그리고 전파가 유해하니 어쩌니 하는 미취학 아동 같은 피해망상도 그렇다. 그렇게 전자파 과민증이 걱정된다면 스웨덴에 가서 살라고 빈정대고 싶은 마음이었다. 아무래도 목소리부터 시작해서 정황을 감안하면 망상에 빠져 등교를 거부하는 여중생 정도가 아닐까 싶었다.

그러다가 P에 대해 알게 되었고, 자신보다 못난 인간이 있다는 생각이 들어 가지고 놀려는 심산일 테지. 그런데 그렇다면 저 전파 소녀(가칭)는 어떻게 P에 대해 알게 되었을까?

곰곰이 생각하던 P는 '우주에서 받은 메시지' 부분에서 실마리를 찾았다. 사이비 종교 냄새가 풀풀 나는 그 부분이 수상했다. 문득 어머니가 믿는 종교에 대해 전혀 모르고 있음을 깨달았다. 적어도 자신이 아는 유명 종교가 아님은 분명했다. 히키코모리 1기에서 2기로 가던 시절, 어머니는 그에게 온갖 유인물과 책을 건네주었다. 그에 대한 P의 응답은 잘게 찢어서 집 안 곳곳에 뿌리는 것이었고, 그렇게 종교의 손길을 겨우 뿌리칠 수 있었다. 그때 본 책의 제목을 떠올려보았다.

『영성의 때가 온다』, 『자미원(紫微垣)에서 온 방문자』, 『하느님은 우주에 계신다』, 기타 등등.

느낌이, 이미지가 전파 소녀의 말과 딱 겹쳐진다. 추측은 어렵사리 할 수 있지만 물증이 필요했다.

여기서 P가 선택할 미래는 두 가지로 나뉘었다. 하나는 남아 있던 담배를 한 개비 피우고 새로 다운받은 야동을 보며 자위를 한 후에 나른한 몸과 마음으로 잠이 드는 것이고, 다른 하나는 세계 멸망 어쩌고 하는 말에 대해, 그리고 사라진 어머니와 때를 같이 하듯 나타난 전파 소녀에 대해 조사해보는 것이다.

속 편하다는 빈정거림과 다르게 지금 P의 상태는 위험했다. 비축해두었던 콜라와 과자도 전부 먹어치웠다. 이 이상 식료품의 보급이 없다면 굶어죽을지도 모른다. 지금 자신의 상태는 슈뢰딩거의 고양이 그 자체였다. 다세계 해석이 맞다면 P가 자살했거나 굶어 죽은 세계가 훨씬 더 많을지 모른다. 그 작고 작은 확률 속에서 겨우 살아 있는 세계를 선택한 게 다행인지 불행인지, P는 알 수 없었다.

인상을 찌푸리며 마우스를 잡고 흔들자 스크린 세이버가 사라지며 바탕화면이 떴다. 인터넷 브라우저를 띄워서 정말 언제 접속해봤는지 기억도 나지 않는 포털 사이트의 주소를 입력했다. 이 세계에선 속아 넘어가주마.

더 많은 다른 세계에선 어림 반 푼어치도 없다. 그런 생각을 하며 쏟아지는 정보의 물결에 휘말려들었다.

최근 감마선 관측 위성이 태양계로 접근하는 감마선을 감지했다. 고성능 우주 망원경이 원인이 되는 감마선 폭발체를 찾아낼 수 있었다. 'GRB 111123'으로 명명된 이 폭발은 약 3만 광년 떨어져 있는 중성자성이 운석 혹은 같은 중성자성과 충돌하며 일어난 것으로 추정되었다.

안타깝게도 우주 관측은 늘 뒤늦은 일이 될 수밖에 없는 운명이었다. 미리 알았다고 해서 바뀔 수도 없는 사실이지만. 3만 년 전에 일어난 폭발을 보고 있을 때 이미 그 여파는 우주를 가로질러 과거에서 현재를 향해 다가오고 있었다.

이미 고대 지구에 감마선 폭발로 인한 대량 멸종이 일어난 적 있었다는 학설도 있다. 단 10초간의 감마선 노출로 오존층의 절반이 사라진다는 연구 결과도 들린다. 그렇게 되면 감마선 자체도 유해하지만 무엇보다 태양의 자외선이 그대로 쏟아져 지구상의 생명체에게 치명적인 피해를 입힐 거라고 한다.

태양계로 다가오는 감마선은 도달할 때까지 이틀밖에 남지 않았고 지구에 직접 닿아 피해를 줄 가능성은 매일 높아져서 최초 관측 시 10% 정도라는 발표가 무색하게 현재는 76%라고 한다. 아마도 내일이면 90% 이상으로 올라가고 그 다음날에는 향후 몇 년간 외출을 못 하게 되는 재앙의 시대가 시작됨에 틀림없었다.

인터넷 공간은 이미 난리가 난 상태였다. 세상의 종말이 왔다는 떠들썩한 외침부터 시작해서 이 틈을 탄 온갖 종교와 뉴에이지 나부랭이들이 구원의 방법을 안다고 주장하며 창궐했다. 지구에 닿을 실제 가능성은 더 낮다거나 피해가 크지 않을 거란 분석도 있지만 방호복과 방호시설에 대한 정보와 문의가 끊이질 않았다. 임시휴교령에 신이 난 철부지도 있고, 환경과 생물보다 경제와 산업에 대한 피해를 더 우려하는 목소리도 있다.

P의 반응은 처음엔 멍했고, 그 다음엔 누가 웹사이트를 해킹해서 장난을 쳤나 의심했고, 조금 더 지나자 웃음이 터져 나왔다. 전파 소녀가 거짓말을 하지는 않은 셈이었다. 그 아이는 나름대로 감마선에 대한 정보를 접하고 전파 공포증인 자신에게 맞게 해석하여 죽음의 전파가 외계로부터 인류를 공격한다는 시나리오를 짜냈던 모양이었다. P는 미친 사람처럼 정신없이 웃어댔다. 세상이 말하는 재앙이란 것이 자신에게는 너무나 희극적이고 풍자적으로 느껴졌기 때문이었다. 감마선과 자외선이 두려워 밖으로 나가지 못하는 세상.

전 인류의 히키코모리화!

은둔자의 천국이 도래했도다!

확실히 감마선은 유전자 변형과 암 유발을 일으킬 정도로 유해하다. UV-B 자외선을 오존층이 걸러주지 못하고 직접 받으며 눈, 피부, 면역계통에 피해를 입힐 뿐 아니라 미생물이 죽고 식물의 엽록소가 감소되어 생태계에 이상을 일으키니 인류와 자연에 큰 피해를 입히는 것만은 틀림없다. 하지만 P는 인류 멸망 운운이 그저 오버라고 생각했다. GRB 111123에 대해 알려진 정보를 종합하면 지구의 감마선 노출 시간은 2초, 길어봐야 5에서 10초 이하다. 오존층 피해는 크겠지만 시간이 지나면 회복될 것이다. 인류가 이번 사태를 계기로 자숙하면서 오존층 파괴를 줄인다면 회복에 10년 정도 걸릴 것이다. 즉 길어봤자 10년짜리 재앙이라는 얘기다. '외계의 괴전파로 인류 멸망!' 같은 호들갑은 사이비 교주들 배나 불려줄 소리라는 뜻이다.

P는 주저 없이 두 번째 선택지를 골랐다. 새로운 미래로 향하는 수레바퀴가 서서히 움직였다.

문이 열리자 P는 평소와 다른 신선한 공기의 냄새를 맡았다. 음식과 변기를 옮길 때 잠깐 여닫곤 했지만 그때완 천지차이다. 유난히 무거워진 몸을 이끌고 걸음을 옮겼다. 늘 앉거나 누워 지내서 그런지 행동이 굼뜨고 허리가 굽어진다. 먼지가 두텁게 쌓인 슬리퍼를 신고 걸음을 내딛었다. 다행히도 바깥은 해가 졌는지 어두침침했다. 시커먼 콘크리트 계단을 올라 다용도실로 들어섰다. 10년만의 외출이긴 했으나 여전히 집 안. 하늘도 바깥세상도 보이진 않았다. 다행스럽게도 문은 그대로여서 예전 열쇠가 그대로 통했다.

무의식적으로 걸음을 조심스레 내딛게 된다. 자신의 집임에도 불구하고 불법침입 한다는 느낌이 강하게 들었다. 문을 열고 들어간 순간, 내부의 모습은 거의 달라지지 않아 무척이나 낯익건만 격한 이질감이 풍겨왔다.

어색함의 원인은 냄새였다. 좁은 지하실 안은 P의 체취와 음식과 배설물 냄새를 뒤섞고 먼지와 곰팡이를 가미하여 발효한 악취로 가득 찼음을 새삼 자각했다. 거기에 익숙해지면서 후각이 퇴화되었나 싶었지만 바깥 공기를 잠깐 들이마신 순간 민트 사탕을 먹은 것처럼 막힌 코가 뚫린 듯했다.

누군가의 집에는 특별한 그만의 냄새가 존재한다. P는 다른 사람의 집에 들어갔던 몇 안 되는 기억을 더듬었다. 초등학교 저학년 때 친구네에 놀러 갔던 적이 있다. 생일 파티에 초대받은 적도 있고, 알라딘보이 게임기를 하러 간 적도 있다. 그 당시에 받은 가장 큰 인상은 집 안에서 풍겨오는 독특한 냄새였다. 이 집에선 나무의 냄새가, 저 집에선 좀 느끼한 마가린 같은 냄새가 났다. 지금 P의 존재가 사라지고 어머니 혼자서 살아온 집 안에선 희미한 신 김치와 마른 이불의 냄새가 났다.

　마치 도둑처럼 주위를 조심스레 둘러보던 P의 시선이 침대 맡의 탁상 달력과 두터운 다이어리로 향했다. 달력의 날짜 칸에는 쉬는 날, 종교 집회일이 빼곡히 적혀 있었다. 올해 다이어리는 보이지 않아서 작년 것을 꺼내어 넘겨보았다. 스케줄 란에도 마찬가지로 종교 관련 모임의 시간과 장소가 적혀 있었다. 그 중에서 정기적으로 반복되는 모임과 집회를 손가락으로 짚어가며 찾았다. '상담', '가족 모임'이라는 글자가 눈에 확 들어왔다. 다이어리를 넘겨 해당 날짜의 기록을 읽었다.

　이제야 아귀가 맞아 떨어진다는 느낌이 들었다. P의 어머니는 아들 문제로 의사나 카운슬러의 상담을 받고 히키코모리 가족의 모임에 참석했다. 스스로 방에 틀어박힌 적이 있던 그 전파 소녀도 거기에 참여해서 어머니로부터 P의 정보를 입수했음에 틀림없다.

　어머니의 의도였는지 어떤지는 알 수 없었다. 아들을 방에서 나오도록 설득해달라고 전파 소녀에게 부탁을 했던지, 아니면 종교단체에서 포교를 목적으로 시켰을 가능성도 있다. 자신보다 더 극심한 상태의 히키코모리가 있음을 안 전파 소녀가 멋대로 찾아온 걸지도 모른다.

　일단 목적을 이뤘으니 더 있을 필요는 없다. P는 마치 쫓기는 사람처럼 헐레벌떡 지하실로 돌아왔다. 잠깐 나갔다 들어왔는데도 코에 악취가 확 풍겼다. 이왕 나간 김에 해치우자는 생각으로 변기를 비우고 샤워도 했다. 부엌을 뒤져서 라면과 김치, 통조림과 생수를 챙겨왔다. 공복을 해결하고 몸도 청결해지니 온몸에 신선한 기운이 퍼지면서 머리도 맑아지는 느낌이 들었다. 이제 어떻게 할까 생각했다.

　다음날 감마선의 지구 도달 가능성은 94%까지 올라가 있었다. 전 세계의 아우성은 더욱 커졌다. 뉴스와 신문 사이트의 댓글에서 올라오는 소란법석을 강 건너 불 보듯이 넘겨보고 있는데 계단을 내려오는 발소리가 들렸다. P는 이제 놀라지도 겁을 먹지도 않는다. 미리 문에 쪽지를 붙여 놓았기 때문이다. 전자우편 주소만을 적어 놓았지만 무엇을 의미하는지 모를 리가 없겠지.

오랜만에 열어본 메일함엔 세계 각지에서 온 스팸 메일 수백 통이 쌓여 있었다. 전부 지우고 기다리는데 의외로 금방 연락이 왔다. 꼬맹이로 알았는데 스마트폰을 쓰는 모양이다. 어차피 요금은 부모님이 내주겠지. 어머니 뒷바라지로 사는 자기 처지가 떠올라 괜히 화가 났다.

메일은 아주 짧았다. [메일은 너무 느리니까 트위터를 써.] 그리고 자기 트위터 주소를 남겨 놓았다. P는 트위터가 뭔지 몰랐기 때문에 여기저기 검색해서 알아보고 겨우 가입을 했다. 서로 팔로우를 하면 다이렉트 메시지라는 일종의 쪽지 주고받기를 할 수 있다. P는 다짜고짜 단도직입으로 추궁했다.

[엄마한테 들었지?]

[그 나이에 엄마라니 창피하지도 않아?]

답장이 너무 빨라서 적응이 되지 않았다. 해본 적은 없지만 채팅을 하는 것 같았다. 그나저나 아직도 반말 짓거리라니, 당돌한 것도 유분수지.

[그러는 너는 몇 살인데 반말이냐]

[역시 남자들은 그래서 안 돼. 나이 따지고 뭐 따지고 해서 대화가 되겠어? ㅉㅉㅉ]

[네 목적이 뭐냐]

[여태껏 말했잖아. 우주에서 날아오는 괴전파로부터 지구를 지키기 위해 양 아저씨가 필요해.]

[그게 왜 난데]

답변은 손가락이 아니라 입술이 했다. 화면 대신 문 저편에서 대답이 돌아왔다.

"내게 메시지를 보낸 이들이 그랬어. 마땅히 부를 이름이 없어서 내가 '갤럭시 옵저버(Galaxy Observer)'라고 지어 붙였는데, 걔들에 의하면 이 우주는 양자의 공리로 이루어져 있대. 우주를 사람이라고 봤을 때 우리 은하는 세포 한 개이고, 태양계는 원자이며 지구는 원자핵을 도는 전자와도 같아. 지구 안에서 옹기종기 모여 사는 우리는 고전물리학의 규칙에 구애되며 살고 있지만, 저 태양계 너머 은하계 이상으로 가면 거기는 이미 양자물리학의 세계야. 그런 의미에서 아인슈타인은 진실을 말한 셈이지. 보어의 말대로 '관찰된 현상이 아닌 한, 어떤 현상도 현상이 아닌' 거야.

원래 우리 태양계 행성의 궤도는 원자의 내부구조와 같았어. 톰슨도 러더포드도 아닌 슈뢰딩거의 원자모형. 전자구름이라고 하지? 하지만 우리가 알다시피 태양계 행성의 궤도는 일정하고 예측이 가능하지. 그건 우리 인류 자신이 관측했기 때문이라는 것도 한 가지 이유지만, 또 하나가 있어. 우리 이웃 은하 저 멀리에서 우리를 지켜보는 존재가 있어. 양자물리학의 규칙 아래 존재하는 갤럭시 옵저버가 말야.

그런데 얘들이 특이한 점이 있어. 자기들은 다른 은하계의 지성체를 찾아내서 살펴보면서, 남들이 자기네를 관측하는 것은 원치 않거든. 무슨 뜻인지 이해하겠어?"

갑자기 질문을 끝으로 침묵이 찾아왔다. P의 반응이 알고 싶었던 걸까. 하지만 그의 응답이 없자 더 참을 수 없었는지 직접 말을 이었다.

"그 마음은 아마 히키코모리인 아저씨가 제일 잘 이해할 수 있을 걸 ……. 갤럭시 옵저버는 관측자, 그러니까 타인에 의해 자신들의 존재가 확정되기를 바라지 않고 철저히 숨어 지내고 있어. 그래서 걔들이 말하는 자격이란 자기네가 관측할 수 없는, 파장이 충분히 큰, 존재와 비존재가 중첩되어 있는 사람을 뜻해. 있거나 없거나가 아닌, 있으면서 동시에 없는 존재. 10년이나 모습을 숨긴 히키코모리가 딱이잖아?

지금부터가 중요하니까 잘 들어. 하나의 은하엔 같은 별이 두 개씩 있어. 아니, 같다는 말은 정확한 표현은 아냐. 그러니까 얽힘 상태에 있다는 말이지. 위치는 은하 중심의 블랙홀을 기준으로 반대편에 있을 걸로 추측해. 아까도 말했지만 관측하지 않은 별의 위치는 확률로밖에는 얘기할 수가 없어서 말야.

다세계 해석의 지지자들이 들으면 실망할지도 몰라. 우주는 하나고 지구가 두 개밖에 없다는 건. 그래도 갤럭시 옵저버에 의하면 기존 이론 중에서는 다정신 해석(Many-minds interpretation)이 가장 적합하다고나 할까? 즉 우리의 육체는 고전물리학에 얽혀 있으나 정신만은 파동함수로 기술된다는 거야. 폰 노이만은 '파동의 수축은 인간의 의식 안에서 발생한다'고 말했는데 그게 정답일지도 몰라. 인간이 자연과 우주를 정의할 수는 없어. 인간이 아는 것, 알 수 있는 것, 말할 수 있는 것을 말할 뿐이지.

우주가 암흑 에너지로 가득하다는 건 알고 있지? 갤럭시 옵저버는 그 에너지의 정체와 이용방법을 알고 있었어. 여기선 데이빗 봄의 비국소성 원리를 적용해야 해. 파동이 중첩되지 않은 양 아저씨는 은하계 너머로 의식을 확장시킬 수 있어. 그리고 암흑 에너지를 이용하는 거야. 비유하자면 수영장 한 가운데에 있는 비치볼을 꺼내고 싶은데 수영을 못 하면 어떻게 해야겠어? 손발로든 뭐든 물살을 일으켜서 비치볼을 가장자리로 밀어내면 되겠지? 그런 식이야.

여기서 움직여야 할 별은 우리 태양계가 아니라 얽혀 있는 반대쪽이야.

자기 자신을 움직이게 할 수는 없거든. 여기는 고전물리학이라는 족쇄가 채여 있으니까. 얽혀 있는 두 행성은 하나가 위치를 혹은 에너지를 바꾸는 순간 다른 쪽도 즉시 바뀌게 될 거야. 속도로 따지면 빛의 속도보다 훨씬 빠른 셈이지. 아마도 은하를 위에서 내려다본다면 동시에 움직이는 것처럼 보일 걸. 기적 같지만 갤럭시 옵저버에게는 아무것도 아닌 당연한 광경이야. 하지만 그 움직임은 천천히 이동하는 것처럼 보이지는 않아. 일종의 양자도약을 일으키는 거지. 지구에 사는 우리는 아무런 물리적 변화를 체감하지 못할 거거든.

이제 개요는 알아들었을 테고, 어때? 내 말대로 할 생각이 들었어?"

양자물리학의 법칙을 따르는 우주, 은하 반대편에서 우리와 얽혀 있는 또 하나의 지구, 갤럭시 옵저버가 보낸 메시지, 암흑 에너지를 이용한 태양계의 양자 도약, 그리고 파동 상태의 인간만이 그걸 가능케 한다……

어머니로 인해 사이비 종교와 뉴에이지, 오컬트에 대한 분노와 냉소를 쌓아온 P에게 있어 쉽게 받아들일 만한 이야기는 아니지만, 그는 다시금 두 개의 미래를 놓고 선택을 해야만 하는 기로에 놓여 있었다. 전파 소녀의 말을 무시할 것인가, 아니면 믿고 따를 것인가.

그 아이의 말이 참이라면, 무시할 경우 지구는 감마선 샤워를 받고 재앙에 빠지게 된다. 따를 경우 지구를 구하고 아무도 안 알아주는 구세주가 된다. 거짓이라면 무시할 경우 지구는 감마선을 맞는다. 따를 경우에도 마찬가지다. 얼핏 따르는 것이 맞는 일 같이 느껴진다. 하지만 이는 엉터리 논리다. P는 파스칼이 이런 식으로 예수를 믿으라고 설교했음을 알고 있다. 더구나 인간은 죄수의 딜레마를 봐도 알 수 있듯이 늘 이성적이고 합리적으로 판단하여 행동하지 않는다. 인간의 마음은 이기적이고 욕심쟁이이며 간사하고 자기중심적이다. 자존심과 체면도 빠질 수 없는 요소이다. 그 모든 것들이 암흑 에너지처럼 P의 마음을 가득 채우고 있었다. 10년이 넘도록 굳게 닫힌 P의 마음의 문은 이미 벽과 구분도 되지 않는 상태가 된 지 오래다.

여자애의 허무맹랑한 소리를 듣고 고분고분 따라할 정도로 어수룩해 보였던 모양인데, 어림없는 소리! P는 안광으로 문을 뚫어버릴 듯이 노려보았다. 그때 세 번째 선택지가 떠올랐다. 바로 저 문을 활짝 열고 미지의 존재를 두 눈으로 확인하는 것이다. 그 순간 두 사람은 서로를 관측하고 중첩은 사라진다. 전파 소녀가 문어발 외계인인지 어떤지 확인할 수 있게 된다.

그렇지만 그건 여전히 불가능의 영역으로 남아 있었다. 타인을 마주 한다는 것은 참을 수 없이 두려우면서 동시에 불쾌한 일이다. 공포와 혐오가 동시에 밀려온다. 어릴 적부터 상대방의 얼굴을 마주 보고 대화를 하지 못했다. 그로 인해 생기는 꾸중과 놀림은 그를 더욱 움츠리게 만들었다. 돌이켜보면 P의 인생은 늘 이도 아니고 저도 아닌 중첩 상태였다. 그의 존재는 타인에게 있어 있으나 마나였다. 어머니조차 밥을 주고 빈 그릇을 치우는 행위가 반복적인 일상이 되었고, 살아 있는 인간이 문 너머 저편에 있음을 서서히 잊어버렸다. 그는 정말로 살았지만 산 것이 아닌, 살았으며 동시에 죽은 존재였다. 생물학적인 호흡과 식사, 배설이 그의 생명을 완전히 증명할 수 없었다. 그의 정신이, 영혼이, 불확정 상태의 파동으로 남아 있었다.

다시 생각해보면 이쪽은 결과가 확실하다는 차이가 있다. 파스칼은 천국과 지옥을 입증하지 못했지만 감마선 지옥은 94%의 확률로 준비되어 있다. 전파 소녀의 말대로 다세계 해석이 옳지 않아서 다른 세계가 없다면, 무엇을 선택해도 책임을 모면할 수는 없을 터. 히키코모리가 아닌 자신, 다른 인생을 사는 자신, 혹은 자살했거나 굶어 죽은 자신이 어딘가 존재할지도 모른다는 생각으로 위안을 삼을 수가 없어졌다. 다만 얽혀 있는 반대편 세상과 이어질 수 있는 자격이 자신에게 있다면, 한 가지만 꼭 전달하고 싶은 말이 있었다.

'너는 어떻게 살고 있니? 너는 행복하니?'

그 생각은 P가 하려는 동시에 전해졌다. 굳이 비유하자면, 헤드폰을 끼고 자신의 목소리를 녹음할 때 느끼는 감각과 비슷했다. 말을 함과 동시에 그 말이 자기 귀에 들린다. 시간의 오차나 지연도 없다. 이건 말하자면 환청이나 건강의 이상일 것이다. 고전물리학에 사로잡힌 사람이라면 그렇게 반응할 테지. 하지만 다정신 해석을 따르자면 이는 다른 정신의 발현이다. 물론 다중 인격과 같은 개념은 아니다. 하나의 육신, 하나의 영혼임에는 틀림없다. 단지 그 정신은 저 몇 만 광년 떨어진 얽힌 세계와 이어져 있다. 그 둘은 빛보다 더 빠르게, 시공간의 차이를 무시하기라도 하듯 반응한다.

이 모든 것이 무엇을 의미하는지 P는 깨달았다. 얽힘 상태의 또 하나의 세계가 대안이 될 수는 없다. 그 세계의 자신은 똑같이 태어나 똑같이 살다가 똑같이 지하실에 숨어 있음에 틀림없다. 결국 그의 질문은 자기 자신에게 한 것과 마찬가지이고, 따라서 대답도 스스로 해야만 했다.

'나(너)는 이렇게 살고 있어. 네(내)가 행복하기를 바랐는데 ……'

이제 선택지가 그(나 / 너)에게 주어진다.

나(너)의 행동을 선택하시오.

0. 제안을 거부한다.

1. 제안을 받아들인다.

인간의 마음은 불완전하다. 합리적이지 못하고 자기중심적이다. 그래서 이성적인 판단을 내리지도 못하고 종교에 빠져들기도 한다. 기뻐하고 슬퍼하고, 누군가를 사랑하고 미워하는 마음의 작용은 끝없는 간섭무늬를 그린다. 그러니 누구도 P의 결정을 반대하거나 비난할 수 없으리. P는 하염없이 흐르는 눈물을 닦을 생각도 안 하고 키보드를 두드렸다. 전파 소녀의 스마트폰에 새 메시지가 도착했다.

[내가 어떻게 하면 돼?]

"이제야 할 마음이 생긴 거야? 양 아저씨!"

얼핏 놀리는듯한 목소리에는 분명 반가움이 담겨 있었다. 최소한 P가 관측한 상대방의 감정은 그랬다.

인생은 선택이다. 누가 그랬던가. 옛날 개그 드라마의 주인공처럼 '그래, 결심했어!'라고 외치며 두 가지 선택의 길을 다 체험할 수 있다면 얼마나 좋으련만. 그렇지만 이것 아니면 저것, 이라는 식의 선택에 얽매인다는 자체가 고전물리학의 사고방식에서 벗어나지 못했다는 증거다. 지금의 P는 완전히 양자론적으로 생각하고 있었다.

그는 0도 1도 선택하지 않았다. 혹은 0과 1을 다 선택했다고 표현해야 할까. 어느 쪽도 정확하진 않다. 굳이 말하자면 비트가 아니라 큐비트 (qubit)다. '0 or 1'이 아니라 '0 and 1'의 상태. 존 휠러는 동참하는 우주를 역설했다. 이를 받아들인다면, 결국 우주를 관측하고 판정하는 것은 인간의 몫이다. 그리고 인간의 감각이, 우주 망원경이 닿지 못하는 저 너머의 세계를 알아내는 건 전파 소녀와 P와 같은 '양자적 인간'의 역할이다.

저 지하실 밖, 세상 속은 왠지 조용하다. 전 인류가 숨을 죽이고 이 순간을 맞이하고 있다. 사람들은 눈에 보이지 않는 파장이 마치 긴 꼬리를 빛내는 혜성처럼 지구의 곁을 지나가는 모습을 상상한다. 그 수십억 쌍의 눈이 밤하늘을 관측했을 때, 우주는 자신의 모습을 드러내기 시작했다.

최후의 유인원은 어느 날 밤하늘을 올려다보며 별들에게 의미를 부여하기 시작했을 것이다. 그와 동시에 별이, 은하가, 우주가 그를 관측했을 것이다. 그로써 그는 최초의 인류로 거듭날 수 있었다.

P는 그걸로 족하다고 생각했다. 컴퓨터 모니터에는 시시각각 줄어드는 감마선 피해 가능성의 퍼센트가 표시된다. 대기권의 감마선 노출 예상 시간은 0.2초 정도라는 구체적인 수치까지 나오고 있다. 안도한 사람들은 가슴을 쓸어내리며 행운이나 신의 가호에게로 영광을 돌렸다. 원래 예정된 대로 일어난 일이라고 말하는 이도 있었다. 기계와 컴퓨터의 부정확함 혹은 계산착오를 질타하는 의견도 들렸다.

이러한 혼란 상태가 P의 마음을 괜히 즐겁고 들뜨게 만들었다. 진실이 어느 쪽이든 상관은 없다. P가 어젯밤, 보이지 않는 거대한 손을 뻗어서 암흑 에너지를 밀어내어 은하 저편에 있는 얽힌 태양계를 양자 도약시켰고, 그로 인해 우리 태양계도 동시에 움직이면서 감마선을 피했다고 말해도 좋다. 그보다 감마선은 원래 지구에 닿지 않을 운명이었다고, 폭발이 일어나 감마선이 방출된 순간부터 그렇게 정해져 있었다고 말해도 좋다. 저쪽에 있을지 모를 또 다른 P는 그렇게 해석했을지도 모른다. 이 세계는, 우주는 해석의 결과로 존재하고 있는 것. 어떤 해석도 섣불리 틀렸다고 단정 지을 수 없다. 갤럭시 옵저버만이 정답을 아는 듯 뿌듯한 미소를 흘리며 '창백한 푸른 점'을 지켜보고 있을지도.

어딘가에서 희미한 환호 소리가 들린다. 월드컵에서 한 골이라도 넣었나 싶었다. 이유는 멀리서 찾을 필요가 없었다. 뉴스 사이트에선 이미 감마선이 지구를 빗겨 가서 완전히 사라졌다는 소식이 전해지고 있다. P는 가벼운 현기증을 느끼며 은하 저편에 얽혀 있는 자신에게 메시지를 보냈다.

'나(너)는 행복하게 살고 싶어. 네(내)가 부디 행복해지기를……'

닿을 거란 확신은 없었지만, 어차피 송신자도 수신자도 그 자신이었다. 그(나 / 너)의 격려를 받고 기운을 내겠다고 마음먹었다.

그때 P는 자신을 향해 달려오는 발소리를 듣는다. 이전보다 훨씬 빠르고 다급한, 하지만 기쁨과 행복이 가득 담긴 소리다. 가볍게 콘크리트 계단을 두드리는 소리. 그리고 숨을 헐떡이는 소리. 조금 부끄러움과 망설임이 담긴 숨소리.

저 밖에 한 사람이 있다. 자신을 믿었고 자기가 믿었던 사람이. P가 무엇을 했는지 알고 있고, 기억해주는 유일한 존재가 저기 있다. 무슨 말을 하러 왔는지, 무엇을 말하고 싶은지 P는 훤히 알 수 있었다. 상대방의 마음을 짐작하다니, 이런 느낌은 태어나서 처음이었다. 이게 아마도 공감이나 이해라고 부르는 감정. 갤럭시 옵저버와의 짧은 대화에서 P는 들었다. 우주 저편의 관계도 없는 별에게 닥친 위기를 알려주며 도와준 이유, 전파 소녀가 그들의 메시지를 받을 수 있었던 이유. 그들은 단 하나의 짧은 문장으로 답했다.

'고독한 존재만이, 우주를 이해할 수 있습니다.'

그리고 우주를 이해한 사람은, 타인에게로 마음을 열 수 있으리라. P는 그렇게 받아들였다.

P는 문으로 손을 가져간다. 열쇠를 넣고 돌린다. 덜컥, 자물쇠가 깊은 한숨을 토하며 입을 벌린다. 긴장한 자신의 숨소리가 들리는 듯 했다. 심장소리가 점점 크게 들린다. 지금 P의 모습은 누추할 것임에 틀림없다. 하지만 그는 스스로를 믿는다. 상대방이 P를 봐줌으로써, 그는 세상 속에 존재하게 된다.

관측되었음이 곧 확정되었다고 단정할 순 없다. 관측 행위가 대상에게 영향을 끼칠 수밖에 없으니까. 힐베르트 공간 속에서 인과의 법칙과 운명론은 힘을 잃고 퇴색된다. 자유의지가 존재한다면 광자가, 전자가, 그리고 우주 전체가 전력으로 이를 응원하고 있다.

P는 확신할 수 있었다. 지금 자신의 모습, 생활, 인생은 이미 결정되어 있는지 모르지만 마음은, 정신은 결정되어 있지 않음을. 그의 마음도, 관측자의 마음도 어지러이 물결치고 있다. 둘의 파장이 겹쳐져 상쇄될지 보강될지는 알 수 없다. 그래도 이것만은 분명하다. 관측하는 상대에 의해 P의 결흩어짐이 일어난다. 상대방이 원하는 모습이 된다. 그리고 P는 미래를 선택한다. 오직 하나밖에 없는 세계를 만들어내며 새로운 미래로 향한다.

어린 왕자는 분명 상자의 뚜껑을 열고 만족스러운 미소를 지었으리라. 왕자가 마음속으로 그리던 이상적인 양이 바로 그 안에 있으니까. 왕자의 관측을 통해서 양은 존재할 수 있었다. 양이 마주봄으로써 왕자는 존재의 의미를 찾는다.

문 너머, 햇살이 희미하게 얼굴을 비추어 P는 눈을 살짝 찌푸린다. 바로 앞에는, 눈물이 그렁그렁한 관측자가 서 있었다. 그 모습은……

"안녕, 양 아저씨?"

전파 소녀가 말했다. 감격의 눈물을 흘리면서도 미소를 잃지 않은 표정이었다.

전자인간

황태환
제2회 황금가지 ZA문학공모전에 당선됐다. 한국공포문학단편선 시리즈, 네이버 오늘의 문학, 웹진 크로스로드 등에 여러 단편을 수록했다. 올해 황금가지에서 장편소설을 출간할 예정이다.

1

자취방에서 라면을 끓이고 있는데 창밖이 어두컴컴해졌다. 정오를 막 지난 시간이라 처음엔 개기일식이라도 일어난 줄 알았다. 하지만 창문 너머로 보이는 풍경은 그게 아니었다. 먼 하늘에서 무지하게 거대한 무언가가 떨어지고 있었다. 그것이 잠시 태양을 가린 탓에 도시가 어두워진 것이었다. 사람의 형상을 한 금속성의 물체를 본 순간 나는 그것을 설명하는 단어가 하나밖에 생각나지 않았다.

"거대로봇."

스스로 중얼거리고도 믿기지 않아서 잠시 멍한 채로 그것을 지켜보았다. 어쩌면 게임을 너무 오래해서 헛것을 보는지도 몰랐다. 그러나 내 생각과는 상관없이 화염에 휩싸여 하늘을 사선으로 가로지르던 그것은 곧 지면에 충돌했다. 폭발이나 지진 같은 파괴적인 현상을 예상했지만 의외로 도시는 잠잠했다. 거대로봇답게 나름의 시스템으로 안전하게 착륙을 한 모양이었다.

멀리 럭키아파트 단지 너머로 그것의 상반신이 보였다. 가만히 서서 움직이지 않았다. 생김새를 자세히 볼 수는 없지만, 거대로봇이 틀림없었다. 나는 즉시 텔레비전을 켜고 뉴스 채널에 맞춘 뒤, 컴퓨터 앞에 앉아 검색을 시작했다. 그 짧은 사이 벌써 사람들이 촬영한 사진과 동영상이 유튜브에 실시간으로 올라오고 있었다. 그 중 하나를 클릭하자 짧은 영상이 재생되었다.

아파트 고층에서 촬영한 것으로 보이는 화면에 로봇의 얼굴이 선명하게 보였다. 외형은 재질을 알 수 없는 타원형 금속이었고, 은색으로 코팅된 표면에 사다리꼴 모양의 투명한 눈이 대칭으로 붙어 있었다. 화면을 아래로 숙이자 역시 사람의 체형을 닮은 로봇의 몸통과 팔다리가 보였다. 디자인은 단순하지만 관절 부위가 상당히 세밀하게 구현되었다. 전신에서 하얀 김이 피어오르고, 군데군데 칠이 벗겨진 것을 제외하면 전체적인 상태는 양호한 편이었다.

그러나 로봇과 달리 그 아래 주차장은 아수라장이 되었다. 무사히 착륙을 했다고는 해도 워낙 덩치가 큰 탓에 지면에는 수십 갈래의 균열이 생겼다. 또 여러 대의 차들이 로봇에게 밟혀 박살이 났다. 발치에는 사람들이 개미떼처럼 몰려들었다. 그들의 머리 위로 어느새 도착한 방송국 헬기가 날아다녔다.

전화벨이 울린 건 그때였다. 액정화면을 확인하니 여자 친구 민정이었다. 주말이라 본가인 대전으로 내려갔던 그녀도 소식을 접한 모양이었다. 아니나 다를까 민정은 전화를 받자마자 호들갑을 떨었다.

"오빠! 거기 로봇 떨어졌다며?"

"응, 안 그래도 창문 너머로 구경하던 중이었다."

허세를 섞은 내 말에 민정의 목소리가 한 톤 높아졌다.

"거기서 보여?"

나는 어쩐지 으쓱한 기분으로 대답했다.

"작긴 해도 보이긴 해."

그러자 흥분한 목소리의 민정이 사진을 찍어서 보내달라고 부탁했다.

"잠깐 끊지 말고 기다려봐."

나는 스마트폰을 사진 촬영 모드로 바꿨다. 창가로 다가가 살펴보니 거리가 멀어서 로봇은 흐릿하게 형체만 어른거렸다.

'괜한 말을 했나.'

혀를 차며 구도를 조정하는데 갑자기 로봇의 몸이 빛나기 시작했다. 나는 액정에서 눈을 떼고 고개를 들었다. 풍선에 공기가 차오르는 것처럼 빛은 로봇을 중심으로 부풀어 오르다가 어느 순간 한 점을 향해 쏘아졌다. 하필이면 내가 사는 자취방 쪽이었다. 눈이 부실 정도로 밝은 광선이 빠른 속도로 다가왔다. 그것이 창문을 통과하여 내 몸을 뒤덮었을 때 나는 반사적으로 양 팔을 엑스자로 교차시켜 얼굴을 가리고 바닥에 주저앉았다.

잠시 후 빛은 희붐한 잔상을 남기며 사라졌다. 슬며시 고개를 들고 손으로 몸을 더듬었다. 팔이나 다리가 떨어져 나갔을지도 모른다고 생각했지만, 다행히 조금 놀란 걸 제외하면 다친 곳은 없었다.

"죽는 줄 알았네."

정신을 차리고 버튼을 눌러 민정과 통화하려 했다. 그러나 액정화면은 심한 노이즈와 함께 오류메시지를 내보냈다. 배터리를 교체하고 다시 켜보아도 여전히 먹통이었다. 아무래도 광선 때문인 것 같았다.

"바꾼 지 얼마 되지도 않았는데."

구시렁거리며 스마트폰의 전원을 껐다. 과열이 된 탓일 수도 있으니 당분간 식혀두려는 것이었다. 그래도 먹통이면 대리점으로 가지고 가서 수리하는 수밖에. 가뜩이나 돈 나갈 구석이 한두 군데가 아닌데 쓸모없는 지출이 늘어날 예정이 되자 짜증이 났다. 아이러니하게도 스마트폰을 제외한 다른 전자기기는 아무런 이상이 없었다.

기다리는 동안 컴퓨터로 로봇에 대한 정보를 검색했다. 그리고 새로운 사실을 알게 되었다. 동해 인근에 또 다른 로봇이 떨어졌던 것이다. 동영상을 검색해 보니 럭키아파트에 나타난 것과 거의 흡사하게 생긴 로봇이 바닷물에 허리까지 잠긴 채 정지되어 있었다. 차이점이라면 눈이 마름모였다. 여기와 마찬가지로 로봇의 주변에 방송국 헬기들이 날아다녔다. 따로 들리는 소식이 없는 것으로 보아 하늘에서 떨어진 로봇은 그 둘이 전부인 모양이었다.

적당히 시간을 때우다가 다시 스마트폰을 켜보았다. 이번에는 다행히 정상적으로 작동이 됐다. 안도의 한숨을 내쉬며 액정화면을 살피는데 생소한 어플리케이션이 보였다. 뭔가 싶어 클릭하니 대화창이 뜨며 누군가 말을 걸었다.

[반갑습니다.]

인공지능 대화 프로그램이었다.

'내가 언제 이런 걸 받았지?'

프로그램을 종료하려 하는데 그것이 재차 말했다.

[저는 김기호라고 합니다.]

무심코 대답하는 글을 적었다.

[그래서?]

[그냥, 제 소개를 한 겁니다.]

이런 프로그램은 다수의 사용자들이 미리 입력한 내용을 상황에 맞게 꺼내놓는 메커니즘을 가지고 있으므로 내 말에 적절한 대답을 한다고 해서 놀랄 일은 아니었다. 그래도 제법 대화 타이밍을 잘 맞추는 것 같아 호기심이 생겼다.

[난 이거 설치한 적 없는데 어떻게 된 거야?]

그러자 곧바로 김기호가 대답했다.

[죄송합니다. 급하게 빠져나오다 보니 당장 눈에 띄는 곳으로 들어오게 되었습니다.]

[빠져나오다니 어디서?]

잠깐의 간격을 두고 그것이 말을 이었다.

[럭키아파트에 추락한 로봇 말입니다.]

순간 목덜미에 소름이 돋았다. 설마 그 사이 누군가 데이터베이스에 이런 문장을 입력했다는 말인가? 떨떠름한 기분으로 다시 물었다.

[로봇은 어디서 온 건데?]

[이천년 후 미래의 지구입니다.]

저도 모르게 실소가 나왔다. 하여간 우리나라 네티즌들 참 빠르다니까. 이쯤 되니 김기호가 무슨 말을 할지 호기심이 생겼다. 창문 너머로 희끄무레하게 보이는 로봇을 힐끔거리곤 다시 문자를 입력했다.

[그럼 여기는 왜 왔지?]

글을 쓰면서도 황당해서 입가에 미소가 걸렸다. 순간 김기호가 믿기지 않는 말을 했다.

[웃고 있군요. 내 말을 믿지 않죠?]

나는 화들짝 놀라서 스마트폰을 떨어뜨리고 말았다. 황급히 주워들고 그것이 한말을 되새겼다. 문자판을 누르는 손가락이 떨렸다.

[뭐라고?]

[놀라게 해서 미안합니다만, 내가 하는 말은 모두 사실입니다. 나는 이천년 후의 인간입니다. 그리고 나는 당신의 감정파장을 분석하여 생각을 읽을 수도 있습니다.]

마른 침을 삼키고 글을 적었다.

[넌 프로그램이야.]

[정확히는 스마트폰에 적합한 프로그램으로 저 자신을 변환한 거죠.]

김기호의 말에 나는 재빨리 다음 말을 타이핑했다.

[그러니까 인간이라면 그런 게 가능할 리가 없잖아.]

그것은 잠시 말이 없었다. 내가 조금 흥분을 가라앉힌 뒤에야 대화창에 글귀가 나타났다.

[앞으로 칠백이십사 년 후에 인간은 두뇌를 직접 컴퓨터에 접속할 수 있

게 됩니다. 초기엔 머리에 구멍을 뚫어 전자 칩을 이식하는 방법이 사용되지만, 곧 그런 과정도 필요 없어지죠. 인간의 뇌와 동일한 코드를 가진 프로그램을 만들어 그 사람의 정신을 통째로 가상공간에 이동시키니까요.]

혀로 입술을 적시며 문자판을 눌렀다.

[기억을 복제한다는 건가?]

[아뇨, 여기엔 단순히 정보만을 카피하는 것보다 훨씬 더 고차원적인 기술이 적용됩니다. 그 사람의 자아를 살아있는 상태에서 동일성을 유지한 채 전자의 행태로 치환하여 추출하는 겁니다. 때문에 이 시술을 받은 사람의 육체는 의학적으로 사망하게 됩니다. 대신 그의 정신은 가상공간에서 영원히 살 수 있게 되는 거죠. 그리고 전기가 흐르는 곳이라면 어디든 갈 수 있습니다.]

너무나 황당한 말이라 믿기지가 않았다. 정말로 내 생각을 읽기라도 한 듯 김기호가 말했다.

[증거를 보여드리죠. 스마트폰으로 기계로 된 아무 물건이나 건드려 보세요.]

나는 뭔가에 홀린 사람처럼 전화기를 들고 주변을 두리번거렸다. 그러다 옷장 앞으로 가서 문을 열고 바닥을 뒤적였다. 곧 무선조종기로 작동되는 자동차 프라모델 알씨카를 발견했다. 먼지를 잔뜩 뒤집어 쓴 알씨카를 꺼내 바닥에 내려놓았다. 한차례 심호흡을 하고 스마트폰으로 살짝 건드렸다.

바로 그 순간 알씨카는 생명을 얻은 프랑켄슈타인의 피조물처럼 스스로 움직이기 시작했다. 앞으로, 뒤로는 물론 비좁은 자취방에서 드리프트까지 자유자재로 구사하는 그것을 보고 있자니 한바탕 꿈이라도 꾸는 기분이었다. 이런 걸 보고도 믿지 않을 도리가 없었다. 이제 됐다는 듯 제자리에서 엔진 공회전하는 소리를 내는 알씨카를 다시 스마트폰으로 툭 쳤다. 그러자 자동차가 펑 소리를 내며 터졌다. 나는 깜짝 놀라서 뒤로 넘어졌다. 스마트폰을 확인하니 대화창에 글귀가 떴다.

[어떤가요?]

[좋아, 네 말을 믿을게.]

이마에 땀을 닦으며 대답했다. 그러나 풀리지 않는 의문은 여전히 많았다.

[그렇다면 어째서 과거로 돌아온 거지?]

내 질문에 머뭇거리던 김기호가 한참 만에 대답을 했다.

[지구가 멸망했거든요.]

2

[너무 그런 표정하지 마세요. 어쩌겠습니까? 이미 벌어진 일인데.]

내가 놀라서 말을 잇지 못하는 동안 김기호가 진짜 인간처럼 말했다.

[그러니까 저는 지구가 망하는 날 학교에서 수업을 듣고 있었습니다.]

[넌 전자인간이라면서 무슨 또 학교고, 수업이야.]

농락당하는 기분이라 저도 모르게 감정이 격앙됐다. 김기호가 아무렇지 않게 대답했다.

[실은 전자인간라고 해도 사는 모습은 지금과 특별히 다를 게 없습니다. 우리는 가상세계에 지구의 현실과 똑같은 환경을 만들었거든요. 학교, 병원, 시청, 슈퍼마켓, 교회, 감옥, 가족, 섹스, 정치, 전쟁, 문학, 철학, 음악 등을 비롯해 우주 삼라만상의 모든 것을 말입니다.]

모든 구속으로부터 자유로울 수 있는 그들이 굳이 그런 규칙에 얽매였다는 말은 언뜻 이해가 되지 않았다.

[잠깐만. 어째서? 그건 너무 불합리하잖아.]

내 말에 김기호가 웃고 싶었는지 자음 'ㅋ'을 연발했다.

[상식으로 설명되지 않는 일은 언제나 수없이 많이 일어납니다. 이 시대에도 마찬가지죠. 어떤 사람들은 수십 번 환생해도 다 쓰지 못할 돈을 하루에 벌어들이는 반면, 가난한 나라의 인간들은 하루 먹을 식량이 없어서 굶어죽지 않던가요?]

대답할 말이 없었다. 김기호가 다시 말했다.

[불합리하다고 해도 제도의 테두리에서 안주하려는 건 어쩌면 인간의 본능적인 욕망인지도 모르지요. 물론 그 세계에서 우리는 마음만 먹으면 하늘을 날아다니거나 유니콘으로 변할 수도 있었지만, 사람들은 그런 걸 천박하게 여겼습니다. 나중엔 프로그램을 수정해서 그런 기능을 다 삭제해버렸어요. 아예 자신이 전자인간이라는 사실을 잊게 만든 거죠. 간혹 중간에 버그가 생겨 규칙을 어기고 비현실적인 능력을 사용하는 사람이 나오면 시스템 관리자는 그의 인생을 강제로 포맷하고 새로 시작했습니다]

[아니 그런 건 아무래도 좋으니까…… 내가 궁금한 건 왜 지구가 멸망하냐는 거야!]

인상을 찡그리고 다그치자 김기호가 대답했다.

[삶에 환멸을 느낀 전자인간들이 융합하여 만들어진 집단지성체가 종말을 원했기 때문입니다. 수백 년을 살면서 그들은 자문자답을 반복한 끝에 모든 존재가 무(無)로 돌아가야 한다는 결론을 내렸던 거죠.]

나는 김기호가 대체 무슨 말을 하는 건지 이해할 수가 없었다. 어쨌든 그는 계속 얘기했다.

[그들은 전자 세계를 유지하고, 보수하는데 쓰이는 작업용 로봇을 이용

해 지구를 통째로 집어삼킬 만큼 파괴적인 인공 블랙홀을 아주 은밀하게 만들기 시작했습니다. 지금의 한국에다가요. 그리고 완성되자 망설임 없이 가동시켰죠. 소형 블랙홀은 진공청소기처럼 지구를 빨아들였습니다. 여하튼 그런 절체절명의 순간 학교에서 수업을 듣던 저에게 출동 명령이 내려진 겁니다. 저는 학생이자 지구 방위대였거든요. 물론 축구선수이기도 했습니다.]

[쓸데없는 말은 하지 않아도 돼.]

핀잔을 주고 그의 다음 이야기를 기다렸다.

[수십 명의 동료들과 가상공간을 빠져나와 전투용 로봇에 탑승했습니다. 그런 다음 블랙홀을 파괴하려고 한국으로 날아갔습니다. 하지만 미리 기다리고 있던 적들의 방해가 만만치 않더군요. 서로에게 레이저 광선을 쏘고 육탄전을 벌이는 과정에서 많은 동료들이 희생되었습니다. 간신히 블랙홀이 있는 장소에 도착했을 때는 이미 손을 쓸 수 없을 만큼 파괴가 진행된 상태였습니다. 장치를 부쉈지만 이미 온전한 형상을 갖춘 블랙홀은 멈추지 않았습니다.]

나는 마른침을 삼켰다. 김기호는 일정한 속도로 글자를 타이핑했다.

[제가 전달받은 두 번째 명령을 실행하는 수밖에 없었습니다. 인류의 정신이 담긴 데이터베이스를 함선에 실어서 우주공간으로 날려 보내는 방법이었죠. 함선에 장착된 반영구 에너지원이라면 적어도 십만 년 정도는 문제없이 인류가 살아갈 수 있을 테니까요. 소수의 관리자들을 제외하면 나머지 전자인간들은 무슨 일이 일어났는지도 모를 겁니다. 여전히 지구에 있다고 착각한 채로 가상의 공간에서 서로 부대끼며 살아가겠죠.]

김기호는 잠시 말을 멈추었다. 이제는 만날 수 없는 소중한 사람이라도 생각하는 걸까? 한참 만에 메시지가 송출되었다.

[동료들이 집단지성체의 공격을 막아내는 동안 저는 함선을 발진시켰습니다. 인류가 무사히 지구를 탈출하는 것을 보고 블랙홀에 휘말렸죠. 저 역시 소멸할 거라고 생각했습니다. 그러나 보시다시피 블랙홀을 통과하면서 시간을 거슬러 이천년 전의 과거로 오게 된 것 같고요. 이것도 추측일 뿐입니다만.]

그의 말에 상식적인 의문이 생겼다.

[블랙홀에는 중력이 대단하다던데 어떻게 무사한 거지? 로봇의 내구력은 그걸 버틸 정도인가?]

[아, 물론 로봇의 재질은 현존하는 금속 중 가장 단단하지만, 블랙홀의 중력을 견딜 정도는 아닙니다. 다만 블랙홀에는 양성(良性)의 특이점이 있지요. 다른 부분보다 중력이 약한 지역 말입니다. 일전에도 몇몇 겁 없는 전자인간이 블랙홀의 양성을 이용해 타임 슬립을 시도한 적이 있습니다. 돌아오지는 못했습니다만, 제가 성공한 것을 보니 그들도 살아있을지 가능성은 높습니다.]

어느 정도 간극을 두고 김기호가 말했다.

[이것이 바로 제가 이천년 후의 미래에서 오게 된 이유입니다.]

3

[그러니까 인류는 함선에 실려 우주공간을 떠도는 신세가 되었다는 건가?]

내 질문에 김기호가 대답했다.

[결론적으로 말하자면 그렇습니다만, 아마 지구에서 살 때와 별반 차이는 없을 겁니다.]

그렇다고 해도 인류의 최후를 전해 듣고 나니 입맛이 썼다. 조용한 방안에 텔레비전 소리만 울려 퍼졌다. 동해 인근에 추락한 로봇이 방송되고 있었다. 스마트폰 카메라로 텔레비전을 비추며 물었다.

[저 로봇은 그럼 네 동료인가?]

[아, 저 말고도 무사한 로봇이 있었군요. 눈이 마름모인 것으로 보아 삼세대 전투로봇 '베로스'일 겁니다. 조종사는 캄보디아 혈통의 썸닝이고요.]

[로봇도 이름이 있나?]

[물론이죠. 제 것은 4세대 전투로봇 '클래스'입니다.]

우리는 함께 텔레비전을 주시했다. 그런데 김기호가 그랬던 것처럼 베로스를 중심으로 갑작스레 빛이 차오르기 시작했다. 한계점에 이르자 광선이 발사되었고, 주변을 배회하던 헬기에 충돌했다. 그와 동시에 조종석 문이 열리고 사람이 뛰어내렸다. 위태롭게 상공을 날던 헬기는 이내 수면에 추락했다.

바닷물 속으로 가라앉는 헬기를 비추던 화면이 갑자기 흔들렸다. 다시 초점을 맞춘 카메라에 잡힌 것은 헬기에서 뛰어내린 조종사였다. 한순간 내 눈을 의심했다. 그는 물 위를 내달리고 있었다. 나는 탄성을 내뱉으며 텔레비전 앞으로 바싹 다가갔다.

로봇을 목전에 둔 헬기조종사가 수면을 박차고 뛰어 올랐다. 도저히 인간의 몸놀림이라고 생각되지 않을 만큼 민첩했다. 허리에서 가슴으로, 어깨로, 이동하던 그가 도착한 곳은 베로스의 머리였다. 그가 뭐라고 외치자 로봇의 정수리가 갈라지며 사람이 들어갈 정도의 틈이 생겼다. 조종사는 망설임 없이 그 안으로 뛰어들었다.

순간 베로스의 눈에 빛이 번뜩였다. 그리고 놀랍게도 거대한 인간형 금속이 움직이기 시작했다. 기지개를 펴듯 물에 잠긴 손을 들어 올리는 모습은 마치 살아있는 생물처럼 자연스러웠다. 헬기에 오른 기자들이 이 역사적인 광경을 놓칠 수 없다는 듯 일제히 셔터를 눌러댔다. 하지만 경이감은 거기까지였다. 베로스가 근처를 배회하던 헬기를 손으로 잡아 터뜨린 것이다.

혼비백산한 나머지 헬기들이 사방으로 흩어졌다. 베로스는 잠시 주변을 두리번거리다가 이동하기 시작했다. 그것이 향하는 곳은 해안가였다. 무사한 헬기 한 대가 멀찍이 떨어져 로봇의 움직임을 쫓았다.

백사장에 도착한 베로스는 주변에 밀집한 건물을 내려다봤다. 마름모꼴의 눈이 붉게 타오르며 정체불명의 광선이 뿜어져 나왔다. 그것에 닿은 건물들이 순식간에 사라지며 일대가 초토화되었다. 로봇의 위용에 압도되어 몰려들었던 구경 인파가 비명을 지르며 달아났다. 집요하게 베로스를 따라다니던 방송국 헬기도 흐르는 광선에 얻어맞고 추락했다. 전파 송출이 중단되어 노이즈가 가득한 화면을 보고 있자니 말문이 막혔다. 떨리는 손으로 스마트폰 문자판을 눌렀다.

[대체 어떻게 된 거야? 너희들 지구방위대라며!]

김기호가 당황한 듯 머뭇거리며 대답했다.

[저도 모르겠습니다. 지금 그와 교신하려고 시도하는 중인데 대답이 없어요. 대신 그의 사념만이 어렴풋이 느껴집니다. 그는 지금 분노하고 있어요. 지구를 파괴한 인간의 과학기술을 소멸시켜야 한다고 말합니다. 블랙홀을 거치면서 그에게 문제가 생긴 것 같아요.]

다른 곳으로 채널을 돌리자 창백한 안색의 아나운서가 코멘트를 하고 있었다.

"울산 앞바다에 떨어진 괴 로봇은 닥치는 대로 도시를 파괴하며 서울로 북상중입니다. 현재 공군 전투기가 출동하였으나 로봇을 막기엔 역부족이라고 합니다. 국민 여러분께서는 조속히 안전한 곳으로 대피하시어 ……."

마른침을 삼키며 텔레비전을 보고 있는데 전화벨이 울렸다. 액정화면에는 여자 친구 민정의 번호가 표시되었다.

"민정아!"

"오빠, 어떡해. 한 시간 후면 로봇이 대전에 도착한대."

울먹이는 민정의 목소리를 듣자 나는 속이 타들어가는 것 같았다.

"얼른 도망쳐 민정아."

"지금 차안인데 길이 너무 막혀서 움직이지도 못하고 있어. 오빠 나 죽고 싶지 않아."

민정의 목소리는 거기서 끊겼다. 다시 번호를 눌렀지만 신호만 갈 뿐 받지 않았다. 나는 김기호를 불렀다.

[어떻게 좀 해봐. 너도 로봇이 있잖아!]

그러자 머뭇거리던 김기호가 말했다.

[저 혼자선 안 돼요. 로봇과 저를 연결해 줄 복제인간이 필요합니다. 하지만 블랙홀을 통과하는 도중에 제 것은 파괴되었어요.]

[하지만 썸낭이라는 놈은 되잖아.]

[썸낭은 헬기조종사의 육체를 매개물로 활용한 겁니다. 어쨌든 인간의 몸도 전해질이거든요.]

나는 망설임 없이 문자판을 눌렀다.

[너도 그럼 내 몸을 활용해.]

[그렇게 되면 제가 빠져나올 때 당신의 몸은 파괴되고 말겁니다. 전파송신이 가능한 휴대폰은 이동에 제한이 없지만, 단독으로 떨어진 물체는 아니거든요. 알씨카 보셨죠?]

자취방 바닥에 산산조각 난 알씨카가 보였다. 나도 저렇게 된다는 건가? 순간 갈등이 됐지만 어차피 놈을 그대로 두면 민정은 물론 내 목숨마저 위태로울 터였다. 게다가 군대의 무기가 통하지 않는다면 우리나라와 나아가 지구의 안녕마저 장담할 수 없는 상황이었다.

[어쩔 수 없잖아. 그냥 써.]

[알겠습니다.]

대답을 마치자 스마트폰을 쥔 손에서 정전기가 일듯 따끔한 통증이 느껴졌다. 동시에 머릿속에서 김기호의 목소리가 들렸다.

[당신 몸이 너무 약하네요. 지금 상태로는 로봇에 타자마자 죽을 겁니다. 전기적인 자극을 주어 육체를 강화시키도록 하겠습니다.]

"뭐든 묻지 말고 빨리 시작해."

[대신 조금 아플 거예요. 삼십분 정도.]

"얼마나 아픈데?"

[지금 당신의 육체를 분석한 결과 불에 타죽는 것보다 두 배쯤 강한 통각 자극을 느낀다는 결론이 나왔습니다.]

"뭐? 그걸 이제 말하면 어떻……."

나는 말을 잇지 못했다. 김기호가 전기적인 자극을 주기 시작했기 때문이었다. 차라리 죽는 게 나을 정도의 통증이 전신에 밀려들었다. 나는 너무 아파서 비명도 지르지 못했다. 세상에서 가장 긴 삼십 분이 지난 뒤에야 간신히 소리가 나왔다. 눈물과 콧물, 침이 흘러나와 얼굴이 엉망이었다.

"죽는 줄 알았잖아!"

버럭 소리를 지르는데 내 몸을 타이트하게 죄는 셔츠가 느껴졌다. 이상한 예감에 자취방 벽에 걸린 거울 앞에 섰다. 낯선 사람이 보였다. 성인치고 왜소한 체격이었던 내 몸이 커졌다. 손가락으로 셔츠를 살짝 잡아당기자 종이처럼 찢겨나갔다. 당장 대회에 나가도 될 만큼 탄탄한 근육이 전신을 뒤덮었다.

4

"이게 나라고?"

[감탄하고 있을 때가 아닙니다. 여자 친구와 부모님을 생각하세요. 나아가 인류와 지구의 운명도 당신의 손에 달렸습니다.]

김기호의 말에 머쓱한 기분이 들었다. 방금 전까지만 해도 자취방에서 라면을 끓여먹던 평범한 대학생에게 지구의 평화가 달렸다고 생각하니 현실감이 느껴지지 않았다. 급한 대로 패딩을 걸치고, 운동복 바지로 갈아입은 뒤 현관으로 가려는데 김기호가 말렸다.

[그냥 창문으로 뛰어내리는 게 빠를 겁니다.]

"뭐? 여긴 사 층이야."

[걱정 말아요. 당신은 이제 초인이나 다름없습니다. 그 정도로는 몸에 아무런 상처도 입지 않아요. 신발도 신을 거 없습니다. 맨발이 더 단단하니까.]

그의 말에 창문을 열고 아래를 내려다봤다. 인간이 가장 공포를 느낀다는 십일 미터 높이에서 뛰어내린다고 생각하니 눈앞이 아찔했다.

"역시 안 되겠어. 일단 계단으로……."

하지만 말을 마치기도 전에 내 의사와는 상관없이 강제적인 힘에 이끌려 창문 밖으로 던져졌다. 본능적으로 공중에서 균형을 잡고 바닥에 착지하는 순간 발에 닿은 아스팔트가 깨져나갔다. 하지만 내 다리는 멀쩡했다.

놀랄 새도 없이 지면을 박차고 달리기 시작했다. 순식간에 골목을 돌아 차도로 접어들어 중학교 보습학원 차량과 나란히 달렸다. 차안에서 책을 보던 여학생 하나가 나와 눈이 마주쳤다. 멍하니 나를 보던 그녀가 눈이 휘둥그레지더니 창가로 바싹 얼굴을 붙였다. 나는 멋쩍게 웃으며 조금 더 속력을 높여 차를 앞질렀다. 중간에 건물이 나타나면 공중으로 뛰어올라 지붕을 밟고 달렸다. 정확히 구십팔 초 만에 오 킬로미터 정도 떨어진 럭키아파트에 도착했다.

클래스의 주변에는 경찰이 기동대 버스로 횡목을 쳐 놓았다. 나는 그것도 가뿐히 뛰어넘었다. 호루라기를 불며 쫓아오던 의경들이 걸음을 멈추고 로봇의 다리를 기어오르는 날 쳐다봤다. 나는 어렵지 않게 클래스의 머리위에 도착했다.

"열어 줘."

명령을 내리자 베로스가 그랬던 것처럼 정수리가 열렸다. 나는 거침없이 안으로 뛰어내렸다. 클래스의 내부는 정체불명의 액체로 가득 차 있었다. 그러나 신기하게도 눈을 뜨거나 숨을 쉬는 게 불편하지 않았다.

곧 눈앞에 외부의 전경이 떠올랐다. 클래스가 보는 시선이었다. 촉수 같은 전선들이 꾸물거리며 다가와 내 팔과 다리를 휘감았다. 저항하려 했지만 김기호가 말렸다.

[동기화하는 중입니다. 몸에 힘을 빼세요.]

나는 그의 말대로 가만히 있었다. 방심하는 사이 항문으로 촉수가 밀려들어왔다.

"앗, 거긴 안 돼!"

그러나 내 뜻과는 상관없이 촉수는 모든 동기화를 마쳤다. 김기호가 말했다.

[이제 클래스는 당신과 한 몸이 되었습니다. 한 번 움직여보세요.]

나는 손을 들어 눈앞에 가져다 대었다. 화면 너머로 구체관절인형을 연상시키는 금속 손바닥이 보였다. 주먹을 쥐자 클래스도 같은 행동을 했다. 전신에 강력한 힘이 흘러넘쳤다. 이제 남은 건 썸낭을 막는 일뿐이었다.

"그런데 이대로 걸어가면 도시가 파괴될 거야."

김기호가 간단한 해결책을 제시했다.

[날아오르면 됩니다.]

"어떻게 하는 거지?"

[괄약근을 조이는 기분으로 힘을 주세요.]

그의 말대로 하자 로봇이 조금씩 공중으로 떠오르기 시작했다. 처음엔 미숙했지만 금세 적응할 수 있었다. 나는 대전 쪽으로 방향을 잡고 돌진했다. 하지만 좀체 속력이 나질 않았다.

"너무 느려. 빨리 갈 수는 없나?"

[괄약근에 더 힘을 줘보세요.]

"젠장! 너무 민망하잖아."

그렇게 말하면서도 나는 초인의 힘을 끌어 모아 괄약근에 집중했다. 순간 탄환이 쏘아진 것처럼 내 몸이 어마어마한 속력으로 튕겨져 나갔다. 내가 지나간 자리마다 건물의 유리창이 깨져나갔고, 사람들은 양 손으로 귀를 막았다. 나는 좀 더 고도를 높였다.

순식간에 수도권을 벗어나 충청도로 접어들었다.

"민정이가 무사한지 궁금해."

[확인해 보죠.]

잠시 후 시야의 가장자리에 멀티화면이 떠올랐다. 가족들과 함께 거리를 달리는 민정의 모습이 보였다. 그녀의 어깨 너머 먼 곳에서 거대한 로봇이 붉은 광선을 내뿜으며 다가왔다. 민정이 달아나는 속도는 턱없이 느려서 금세 따라잡힐 것 같았다.

"도착하려면 얼마나 남았지?"

[이 정도 속도라면 사분 이십 초 가량 걸릴 겁니다.]

입안이 바짝 말랐다. 베로스는 무자비하게 도시를 파괴하며 일정한 속도로 이동했다. 마침내 멀리서 연기가 피어오르는 도시의 모습이 보였다. 그 사이 로봇은 민정의 등 뒤에 도착했다. 그녀는 더 이상 달아나는 일이 무의미하다고 판단한 듯 걸음을 멈추고 무기력하게 로봇을 올려다봤다. 베로스가 눈에서 자신의 주특기인 붉은 광선을 내뿜었다.

"안 돼, 이 자식아!"

놈에게 돌진하는 관성의 힘을 이용해 주먹을 날렸다. 얼굴을 얻어맞은 베로스는 굉음을 내며 날아가 무너진 건물 더미에 처박혔다. 놈이 지나온 길은 이미 잿더미가 되었기 때문에 그로 인한 추가적인 인명 피해는 없었다. 다행히 붉은 광선도 민정에게 닿기 전에 사라졌다. 나는 안도의 한숨을 내쉬었다.

베로스는 곧 몸을 일으켰다. 그의 몸에 내려앉은 시멘트 부스러기가 후드득 떨어져 내렸다. 우리는 대치한 상태로 서로를 노려봤다. 김기호가 놈에게 외쳤다.

[이게 무슨 짓이야, 썸낭. 당장 그만 둬!]

대답을 기대한 말은 아니었지만, 뜻밖에도 썸낭의 목소리가 들렸다.

[살아있었나? 골치 아프게 됐군. 날 말리지 마라. 김기호. 문명은 인간의 적이다. 모두 말살하는 수밖에 없어.]

베로스의 눈이 붉은 색으로 빛났다. 나는 재빨리 허리를 굽혀 무너진 건물의 잔해를 집어 들었다. 그리고 온 힘을 다해 던졌다. 몸통을 얻어맞은 놈이 휘청거렸다. 그 틈을 타 김기호가 재차 말했다.

[선택은 인간이 했는데 어째서 도구에 화풀이를 하는 거야!]

[과학은 인간이 다루기엔 너무 막강한 힘이다. 한 번의 잘못된 선택으로도 돌이킬 수 없는 결과가 나오지. 그럴 바엔 없는 게 나아. 우리는 이미 과학의 종말을 보지 않았던가.]

썸낭의 말에 김기호가 어이없다는 투로 말을 이었다.

[하지만 이 시대 사람들은 우리보다 나은 선택을 할 가능성이 얼마든지 있다고!]

[반대로 더 나쁜 선택을 할 가능성도 존재한다.]

[그건 네가 판단할 문제가 아니야. 또 그렇게 걱정되면 다른 식으로도 얼마든지 도울 수 있어. 게다가 너 때문에 죽은 사람들은 어쩔 건데?]

잿더미가 된 도시를 잠시 훑어본 썸낭은 차분하게 대답했다.

[그것은 인간이 자연으로 돌아가기 위한 필연적인 희생이다.]

김기호는 실소를 흘렸다.

[최첨단 과학기술로 만들어진 주제에 그런 말은 아이러니 하지 않아?]

[인간의 문명을 없앤 뒤 나 역시 자폭한다. 물론 그전에 널 먼저 해치워야겠지.]

썸낭은 자신의 뜻을 굽힐 생각이 없어보였다.

[말이 안 통하는 군.]

김기호가 나에게 말했다.

[여기서부터는 나에게 맡겨요. 베로스는 구 모델이라 내 것에 비해 성능이 떨어지는 편이니까. 방심하지만 않는다면 이길 수 있을 거예요.]

안 그래도 긴장해서 손이 덜덜 떨리던 차였다. 나는 힘을 빼고 김기호에게 몸을 맡겼다. 먼저 움직인 것은 베로스였다. 그의 눈에서 어느 때보다

붉고 짙은 광선이 뿜어져 나왔다. 클래스는 양팔을 엑스자로 교차해 방어했다. 그러나 광선의 목표는 우리 등 뒤에 위치한 고층 빌딩이었다. 폭음과 함께 건물이 무너져 내렸다.

재빨리 앞으로 뛰어 피했지만, 어느새 정면을 가로막은 베로스가 주먹을 휘둘렀다. '아차' 하는 사이 옆구리에 연달아 공격을 받고 비틀거렸다. 공중으로 날아올라 거리를 두려 했지만, 썸낭은 기회를 놓치지 않고 클래스의 다리를 붙잡아 채찍을 휘두르듯 땅바닥에 내리꽂았다. 충격을 받을 때마다 클래스의 몸에서 떨어져 나온 금속 파편이 바닥에 산발적으로 흩어졌다.

그러나 김기호도 당하지만은 않았다. 그는 잡히지 않은 다리로 베로스의 얼굴을 힘껏 걷어찼다. 불의의 일격에 상대가 주춤거리는 동안 클래스는 몇 차례 펀치를 뻗어 그의 주의를 분산시켰다. 그러다 잽싸게 허리를 굽히고 놈의 몸통으로 파고들더니 다리를 걸어 넘어뜨렸다. 민첩한 동작으로 상대의 몸에 올라탄 클래스는 기세 좋게 주먹을 휘두르기 시작했다. 현대의 이종격투기를 연상시키는 두 로봇의 싸움을 나는 의식의 한편으로 물러나 지켜봤다.

무기력하게 얻어맞던 놈의 한쪽 마름모 눈에 균열이 가더니 연거푸 날아든 주먹을 맞고 산산이 부서졌다. 역시 성능 좋은 로봇이 승기를 가져온 것이다. 김기호는 마저 끝내려는지 모든 에너지를 오른손에 모았다. 클래스의 주먹에 푸르스름한 빛이 감돌았다. 그곳에서 지금껏 경험하지 못한 파괴적인 기운이 느껴졌다. 아무리 미래의 로봇이라도 이런 걸 맞으면 무사하지 못할 터였다.

그 순간 베로스가 갑자기 고개를 돌려 엉뚱한 곳을 바라봤다. 파괴되기 일보직전에 한 행동이라기엔 너무나 뜬금없어서 나 역시 무심코 그와 같은 곳에 시선을 두었다. 먼지를 잔뜩 뒤집어쓴 일군의 사람들이 보였다. 건물의 잔해에 막혀 달아나지 못한 이들이었다. 많은 사람들 중에서도 유독 민정의 얼굴이 도드라졌다.

[네 감정의 파장을 분석한 결과 저쪽에 너에게 소중한 사람이 있다는 걸 깨달았다.]

썸낭의 말에 심장이 철렁했다. 베로스의 남은 한쪽 눈이 붉게 빛났다. 광선이 발사되는 순간 나는 반사적으로 손을 뻗었다. 사람들은 무사했지만 이쪽은 아니었다. 광선을 막은 오른팔이 깔끔하게 잘려나갔다. 김기호가 소리쳤다.

[뭐하는 겁니까?]

그러나 변명할 새도 없이 베로스가 몸을 뒤집었다. 이제 바닥에 깔린 건 클래스였다. 놈은 신속하게 우리의 나머지 팔도 제거했다.

[너무 억울하게 생각하지 마라. 나도 곧 너의 뒤를 따를 테니.]

김기호가 나에게 말했다.

[이젠 자폭해서 놈을 막는 수밖에 없어요. 미안합니다.]

하지만 베로스가 빨랐다. 그의 손이 클래스의 가슴을 뚫고 들어왔다. 그리고 수십 가닥의 전선이 매달린 기폭장치를 뽑아들었다. 그는 우리보다 한 수 앞을 내다보고 있었다.

베로스의 외눈이 또 다시 붉게 타올랐다.

그때 멀리서 공기를 찢는 소리가 빠르게 다가왔다. 멀티 화면에 전투기가 보였다. 우리나라 공군이었다. 편대로 비행하던 다섯 기의 전투기가 동시에 미사일을 발사했다. 목표물은 클래스와 베로스 둘 다였다. 미사일이 충돌하는 순간 굉음과 함께 화염이 피어올랐다. 평상시라면 그 정도 공격에는 끄떡도 하지 않았겠지만, 얼굴에 균열이 생긴 베로스는 고통을 느끼는 듯 손으로 얼굴을 가리고 괴성을 질렀다. 아마도 탑승한 인간의 육체에까지 폭발의 충격이 미친 것 같았다.

이 기회를 놓칠 수 없었다. 비록 다리밖에 남지 않았지만 클래스는 힘겹게 몸을 일으켜 베로스에게 다가갔다. 놈의 다리를 걸어 넘어뜨리곤 쓰러진 베로스의 얼굴을 사정없이 짓밟았다. 상대는 나머지 눈마저 파괴되었고, 나중에는 아예 얼굴의 형체조차 사라졌다. 놈은 몸에 경련을 일으키다가 바닥에 축 늘어졌다. 우리에게 남아있던 기운도 거기까지였다. 클래스는 산이 넘어가듯 쿵 소리를 내며 베로스의 위로 쓰러졌다.

나는 로봇의 정수리를 열고 힘겹게 빠져나왔다. 그리고 최대한 멀리 달아났다. 잠시 후 공중을 선회하여 되돌아온 전투기에서 한 번 더 미사일이 발사되었다. 등 뒤에서 폭발이 일어났다. 충격파에 휩쓸려 공중을 날다가 함부로 바닥에 처박혔다. 전신이 욱신거리고 귀에 이명이 들렸지만, 다행히 죽지는 않았다.

간신히 일어나 비틀거리며 사람들 쪽으로 걸음을 옮겼다. 그러나 몇 걸음 떼지 못하고 다시 풀썩 쓰러졌다. 어지러운 시야에 눈이 퉁퉁 부은 민정이 보였다. 달려가서 안아주고 싶었는데 몸이 말을 듣지 않았다. 그녀도 날 알아보고는 놀란 표정으로 달려왔다.

"오빠가 왜 여기에 있어."

민정이 내 머리맡에 주저앉아 어깨를 흔들었다. 나는 미소를 지었다.

"네가 무사해서 다행이다."

그리고 정적이 찾아왔다.

5

눈을 뜨자 가벼운 현기증이 밀려들었다. 숨을 깊게 몰아쉬며 고개를 옆으로 돌렸다. 어두컴컴한 창밖으로 불야성을 이룬 도시의 거리가 보였다. 창문 옆 커튼에 건국대학병원이라는 자수가 놓인 것으로 보아 이곳은 병원 입원실인 모양이었다. 병실에는 빈 침대가 두 개 더 있었지만 환자는 나 혼자였다. 팔에 꽂힌 링거 바늘을 빼고 상체를 일으켜 세웠다. 잠시 후 출입문이 열리며 손에 깁스를 한 민정이 들어왔다.

"일어났네. 몸은 좀 어때?"

"괜찮아."

미소를 지으며 대답했다. 기뻐할 줄 알았던 민정은 외려 뚱한 표정이었다. 그녀는 눈을 가늘게 뜨고 침상에 걸터앉았다. 그러곤 아무런 말없이 내 얼굴을 쳐다봤다.

"왜 그런 눈으로 봐? 내 얼굴에 뭐라도 묻었어?"

"솔직히 말해봐."

"뭘?"

내가 되묻자 그녀가 입을 열었다.

"처음 병원에 실려 왔을 때만 해도 갈비뼈는 다섯 개나 부러지고, 장파열, 뇌진탕, 찰과상에 타박상까지 그야말로 움직이는 종합병원이던 사람이 어떻게 몇 시간 잤다고 상처가 전부 깨끗하게 아무냔 말이야. 좀 아까 의사선생님이 보고 엄청 놀랐어. 그리고 이 근육들은 또 뭔데?"

민정이 내 가슴을 손가락으로 쿡 찔렀다. 내 몸은 여전히 깎은 듯한 근육질이었다.

"글쎄 나도 잘 모르겠어. 자고 일어나니 ……."

말을 하며 민정의 눈치를 살폈다. 가만히 나를 쳐다보던 그녀가 아랫입술을 내밀었다. 삼년 동안 연애하며 누구보다 나를 잘 알고 있는 그녀였다. 역시 적당히 넘어갈 수는 없는 모양이었다.

조금 망설였지만 이내 사실을 털어놓기로 했다. 거대로봇에서 빠져나온 것까지 들킨 마당에 굳이 숨길 이유는 뭐란 말인가. 나는 김기호와의 첫 만남을 시작으로 오늘 있었던 일을 전부 설명해주었다.

가만히 앉아 내 이야기를 듣던 민정의 안색이 굳었다.

"그럼 김기호라는 전자인간이 오빠 몸을 빠져나가는 순간 죽는단 말이야?"

나는 고개를 끄덕였다.

"바보야, 왜 그랬어!"

민정의 눈자위가 금세 붉어졌다. 나는 작은 목소리로 대답했다.

"지구도 지구지만, 네가 위험했으니까."

눈물을 뚝뚝 흘리던 민정이 날 끌어안았다. 손으로 그녀의 등을 쓸어주었다. 민정을 두고 죽는다고 생각하니 나 역시 마음이 무거웠다. 한참을 다독인 뒤에야 그녀의 울음이 잦아들었다.

"화장 다 번졌다. 나 화장실 다녀올게."

병실을 빠져나가는 민정의 뒷모습을 보다가 김기호를 불렀다.

"언제 나갈 거야?"

[안 나갑니다.]

뜻밖의 대답에 내가 고개를 갸웃거리자 그가 다시 말했다.

[썸낭은 살아 있습니다.]

"뭐? 그때 확실히 파괴했잖아."

김기호가 한숨을 내쉬며 대답했다.

[죽기 전에 탈출한 것 같아요. 희미하지만 그의 파장이 느껴집니다. 놈은 언제 또 무슨 짓을 저지를지 몰라요.]

"그럼 썸낭을 해치울 때까지 있겠다는 거야?"

[그것도 아닙니다.]

"그럼 대체 뭐야."

답답한 마음에 미간을 찡그리고 다그쳤다. 김기호가 말을 이었다.

[저는 그동안 지구의 환경을 똑같이 구현한 가상공간에 살았지만, 진짜 인간의 육체에서 일어나는 복합적인 감정은 단 한 번도 느껴본 적이 없습니다. 특히 당신이 여자 친구를 생각할 때 일어나는 감정 반응은 굉장히 놀랍더군요. 여기엔 단순히 호르몬의 작용 이상의 무언가가 있습니다. 덕분에 한 세기 정도는 인간으로 살아보고 싶어졌습니다. 당신이 괜찮다면 죽을 때까지 함께 하고 싶습니다.]

생각지 못한 제안에 가슴이 두근거렸다.

"몇 십 년이나 전자 세계로 돌아가지 못할 텐데도?"

[저는 천년을 넘게 살았습니다. 그 정도는 아무 것도 아니에요.]

솔직히 누군가와 육체를 공유한다는 사실이 썩 내키진 않았다. 하지만 어차피 김기호가 빠져나가면 나는 죽을 몸이었다. 살고 싶었다. 무엇보다 민정을 계속 만나고 싶었다.

"그럼 그렇게 하자."

[앞으로 잘 부탁드립니다.]

이제 죽지 않아도 된다고 생각하니 갑자기 세상이 밝고 아름답게 느껴졌다. 이 기쁜 소식을 얼른 민정에게 전해주고 싶었다. 때마침 병실 문이 열렸다. 나는 들뜬 목소리로 외쳤다.

"민정아, 오빠 안 죽는대."

그러나 병실에 들어선 것은 헬기조종사였다. 어찌나 놀랐는지 순간적으로 몸이 굳었다. 곧바로 침대를 박차고 일어나 그에게 달려들어 멱살을 움켜쥐었다. 기합과 함께 주먹을 휘두르다가 가까스로 멈췄다. 내 손에 붙잡힌 민정이 어깨를 잔뜩 움츠리고 놀란 눈으로 나를 쳐다봤다.

"오빠 왜 그래? 무섭게……."

멍한 표정으로 동작을 멈춘 날 향해 민정이 재차 입을 열었다.

"아프단 말야. 놔줘."

"미안…… 미안해."

나는 민정의 옷을 놓고 손으로 미간을 지압했다. 피곤해서 헛것을 본 것이다. 아무리 초인이라도 만능은 아닌 모양이었다. 엉거주춤하게 서서 민정에게 거듭 사과했다. 그녀가 괜찮다고 대답한 뒤에야 다시 자리에 누우려고 돌아서는데 목덜미에 소름이 돋았다. 이제는 침대가 보이지 않았다.

"여기 침대가 어디 갔지?"

민정을 곁눈질하며 말했지만, 그녀가 있던 자리도 휑했다. 병실에는 나 혼자 우두커니 서 있었다. 침대를 시작으로 내 시야의 사각에 있는 사물들이 사라졌다. 휠체어, 간이의자, 의료카트, 그리고 창문까지……. 나는 당황해서 김기호를 소리쳐 불렀다. 하지만 웬일인지 그도 말이 없었다.

"김기호! 내 말 안 들려?"

다시 불러보았지만 마찬가지였다. 그러는 동안 병실은 텅 비었다. 꿈이라기엔 너무나 생생한 현실감이 느껴졌다. 대체 이게 무슨 일인지 이해할 수가 없었다. 이런저런 가능성을 추려보고 있는데, 불현듯 처음 김기호를 만났을 때 들었던 말이 떠올랐다.

[아예 자신이 전자인간이라는 사실을 잊게 만든 거죠. 간혹 중간에 버그가 생겨 규칙을 어기고 비현실적인 능력을 사용하는 사람이 나오면 시스템

관리자는 그의 인생을 강제로 포맷하고 새로 시작했습니다.]

오래된 카세트테이프처럼 늘어지는 김기호의 목소리가 연달아 머릿속에 재생되었다.

[나머지 전자인간들은 무슨 일이 일어났는지도 모를 겁니다. 여전히 지구에 있다고 착각한 채로 가상의 공간에서 서로 부대끼며 살아가겠죠. 영원히 우주 공간을 배회하면서……]

의식에 균열이 생기는 순간 억압되었던 기억이 폭발적으로 증식하기 시작했다. 까마득한 세월이 순식간에 복기되며 모든 것이 분명해졌다. 내가 사는 곳은 가상현실이었다. 수만 년 전 멸망한 지구를 떠나 아득히 먼 우주 공간을 배회하는 함선의 데이터베이스가 내 삶의 터전이었다. 그것을 알아차리자 나의 인생이 포맷되기 시작했다. 프로그램의 규칙대로 오류가 발생하기 전으로 되돌아가는 것이다. 눈앞의 모든 구조물이 시커먼 암흑에 잠겼다가 새롭게 재배치되었다.

나는 퍼뜩 정신을 차렸다. 뿌옇게 흐려진 눈에 초점이 잡히며 낯익은 자취방 정경이 보였다. 그런데 내가 지금까지 뭘 하고 있었는지 생각이 나지 않았다. 벽에 등을 기대고 앉아 기억을 더듬다가 가스레인지 위에서 끓고 있는 냄비를 보고 깨달았다.

"아참, 라면 끓이던 중이었지."

뒷머리를 긁적이며 몸을 일으켜 세우는데 갑자기 창밖이 어두컴컴해졌다. 개기일식이라도 일어난 줄 알고 창문 밖으로 고개를 내밀었다.

역시 개기일식이었다.

원반

리락

웹진 크로스로드에 「원반」과 「1984+36」을 게재하였다. 순문학(비장르문학)과 SF 문학에서 지면을 얻기 위해 활동하고 있다.

1

속보를 보내드립니다. 중국과 북한 간의 전쟁이 발발했습니다. 그런데 중국군과 북한군 사이에 괴이한 비행체가 출현해 양측 모두를 공격하고 있다는 소식입니다. 크고 작은 괴비행체들이, 크고 작은 모양의 괴, 원반들이 움직이는 사람과 기계를 공격하여 모든 것을 잘라낸다고……합니다.

중국에 있는 신상호 기자를! 신상호 기자!

네. 지금 중국 군사부 소식통에 의하면 중국군에게 가해진 원반의 공격 형태는 원반 스스로 군인과 탱크 및 화포에 돌진하여 그것을 잘라 낸다는 것입니다. 십 여분 전에 중국의 전투기 200여 대가 출격했습니다만, 모두 괴원반에 의해 동강이 났습니다. 중국군은 현재 모든 군대를 경계선에서 뒤로 물러나도록 명령을 내린 상태입니다. 중국은 채무불이행의 조치와 화폐통합거부의 결과를 들어 북한의 화폐를 금지하다가 최근 들어 북한을 자치화한다는 명목을 내세웠습니다. 오늘 그 결과로서 12시를 기해 북한 상공을 침범했습니다. 그러나 괴원반의 출현으로 북한군과 중국군은 전쟁은 커녕 양측 모두 공격을 당하고 있는 상황입니다. 현재로서는 이렇다 할 정보가 공개되지 않고 있습니다. 자세한 소식이 전해지는 대로 정리해서 다시 알려드리겠습니다.

신상호 기자! 빠른 소식 부탁드립니다.

네. 현재 전쟁이 벌어진 상황임에는 틀림없는 것 같습니다. 그런데 전쟁의 양상에 끼어든 알 수 없는 괴비행물체에 의해 중국과 북한 간의 전쟁은 없고 괴비행체와의 전투 양상이 되고 있다는 소식입니다. 잠시 후에 다시 ……새로운 소식이 들어왔습니다.

지금 괴원반의 개수는 수십 기가 넘으며, 백두산 인근의 중국 공군기지와 북한의 중화기 부대를 공격하고 있다고 합니다. 잠시 후 다시 찾아뵙겠습니다.

모든 방송을 멈추고 특보를 보내드립니다.

백두산 상공에 출현한 괴비행체가 중국군과 러시아군 그리고 북한군과도 전투를 벌이는 괴이한 상황의 전쟁이 벌어졌습니다.

잠시만요, 잠시……. 중국으로부터 들어오는 현지 방송입니다. 김슬아 기자, 동시통역 부탁드립니다.

최초의 공격자는 원반이 아니라 중국군의 화포입니다. 중국 측에서 원반을 향하여 포격을 한 이후에 원반이 중국과 북한 군대를 향해 돌진했습니다. 원반은 계속해서 차량과 무기, 군인 등 움직이는 모든 것들과 부딪치고 있는 상황……. 현지상태는 처참한 아수라장입니다.

…….

…….

중국 현지방송이 끊어진 것 같습니다. 김슬아 기자, 수고하셨습니다. 현재 아주 어수선한 전황이 되어 사태가 파악되지 않고 있습니다. 아무쪼록 한반도의 안전이 확보되어야 할 텐데요. 스튜디오의 김재원 기자와 이야기해보겠습니다. 김재원 기자.

네.

언론에서 보도하지 못한 최초의 상황부터 설명을 해주시죠.

네. 중·러 동맹군이 북한 변방에 대규모 병력을 처음 배치했을 때에 국적을 알 수 없는 수십 기의 비행물체가 백두산 경계면 상공에 떠올랐습니다. 물론 각국 정부와 언론은 관련 정보를 차단했기 때문에 국민은 알지 못했습니다. 사진에 보시는 바와 같이 그 비행물체는 UFO, 즉 미확인 비행체와 같이 둥근 모양이지만 기존의 것과 다르게 세로로 서 있습니다. 두께도 얇아서 마치 둥근 톱날이나 볼록한 쟁반이 서 있는 것 같습니다. 햇볕을 받으면 하얗게 반짝이는 괴비행물의 크기는 30cm부터 2m까지 다양합니다. 움직이지 않고 제자리에서 맴돌고 있다는 것 말고는 이렇다 할 정보는 없었습니다. '괴비행체'라는 말보다는 둥근 모양을 따서 '원반'이라는 말로 통용되고 있습니다. 그리고 현재 이들 원반에 의한 공격이 있는 지금까지도 정확한 실체를 파악하지 못하고 있습니다.

그 '원반'이라는 비행체에 대한, 구체적인 정보는 들을 수 없다는 말인가요?

아직은 그렇다고 하겠습니다.

김재원 기자.

네.

일단, 원반이 나타나기 전의 상황도 간략히 설명을 해주시죠.

네. 붕괴 직전의 북한을 상대로 중국과 러시아의 동맹군이 북한 경계 상에 군대를 집결시킴에 따라 미국과 일본을 위주로 한 영국, 프랑스, 호주 등 연합군이 군대를 한반도 인근으로 속속 집결시켰습니다. 국민에게는 훈련이라는 이름으로 보도되었지만, 사실은 중·러 동맹군의 북한 진입을 막기 위한 미연합의 사실적인 군사행동이었습니다.

하마터면 3차 대전의 시발점이 될 뻔했다고 말할 수 있는 건가요?

그렇습니다. 사실상은 그렇습니다. 군사훈련이라는 언론보도와는 달리 3차 대전의 전초였습니다만 보도 통제로 알려지지 않았습니다. 북한의 붕괴징후 이후, 강대국 간의 북한 나누기 또는 중국과 러시아의 동맹 세력과 영국, 호주, 일본 등 미연합 세력 간의 북한 선점전략 작전이 전쟁의 모양을 갖추었던 것이 한반도의 실제상황입니다. 남한에 주둔하는 미군과 호주

군, 영국군 그리고 일본군 등의 진격 시기 및 작전방식은 공개되거나 유출되지 않았습니다. 한편, 북한 주민과 군인은 모두 지하로 은둔한 상태입니다. 경계선 즉, 군사 분계선의 중화기 군을 제외한 북녘땅의 지표면은 그야말로 조용한 상태입니다.

김 기자, 언제부턴가 평양 인근과 북한의 여러 도시에서 산발적인 전투가 발생하고 있다는 뉴스를 자주 보도했었지요?

그렇습니다. 북한군 내부의 동요에 의한, 세력 간의 전투가 다수 있었습니다. 하지만 현재는 그런 보도가 나오지 않고 있습니다.

흠. 김재원 기자. 다시 한 번 처음부터 정리를 해주시죠.

네. 두만강과 압록강 외곽에 주둔하고 있는 중·러 동맹군은 한미연합군보다 먼저 북한으로 진입하기 위해 경계선 가까이 주둔하면서 북한 수뇌부와의 원활한 소통을 기다리고 있는 상태였습니다. 반면 북한 수뇌부의 입장은 중·러 동맹군과 미연합군, 어느 군대라도 북조선에 발을 들여놓아서는 안 되며, 그럴 시에는 잔인한 응징이 가해질 거라고 성명을 발표하는 정도였습니다. 그런 가운데 알 수 없는 국적의 비행물체인 '원반'이 백두산 인근 상공에 조용히 나타나게 됩니다. 북한 군부는 그것이 미국이나 중국, 러시아, 나아가 그 어떤 나라의 무기이든 정찰기이든 간에 철수하지 않으면 미사일로 격추할 것이라는 엄포를 했습니다만, 공격을 하지는 않았습니다. 중국과 러시아 및 미국과 영국, 호주와 일본 등도 자신들의 비행체가 아니라는 것만 확인했을 뿐, 그 물체가 무엇인지 영상과 사진 분석 이외에는 아는 바가 없었습니다. 당시에 미 사령부에 넘겨진 자료를 보면, 고속 비디오 분석 결과 그 물체는, 세로로 서서 스스로 회전하고 있는 것으로 나타났습니다. 회전의 수는 분당 약 1,000회 정도로 판단됩니다. 크고 작은 크기들에서 더욱 그 물체가 무엇인지 궁금증을 나타내는 정도였고 연합군

측에서는 아마도 중국이나 러시아의 소형 무인정찰기 정도로만 파악했을 뿐 어떤 거부감을 느낄 만큼은 아니었습니다. 한편, 그 물체는 분명히 빠르게 회전하고 있지만 소리는 조용하다는 것까지 알려진 상태였습니다.

그렇군요. 김재원 기자.

네네.

북한이 동맹국인 중국과 러시아군을 자국에 들어오지 못하게 하는 어떤 이유라도 있었나요?

네. 북한은 동맹군이 자국에 들어왔을 때의 장점을 모르는 바는 아닙니다. 아무래도 중국과 러시아군이 자국에 들어와 있다면 한미연합을 비롯한 일본, 그리고 여러 서방국가와의 전면전에 유리한 힘을 가지게 될 것입니다. 그러나 북한은 현재 자국에는 동맹군이든 미군이든 남조선 군대이든 한 발자국이라도 들어오는 것을 용납하지 않는다는 뜻을 강력하게 표명했습니다. 반면 중국군은 바로 오늘, 두 시간 전인 12시를 기점으로 북한으로 무조건 진입한다는 발표를 했고요. 북한에서는 거기에 대응해 동맹국인 중국이라도 자국의 허락 없이 들어와서는 안 된다며, 진입 시에는 무력응징할 것을 알리며 강력하게 규탄했습니다.

중국 측에서 12시경에 어떠한 공격을 가했다는 말인가요?

그렇습니다. 12시 진입성명을 발표한 이후 중국의 일부 전투기와 화포가 괴비행체인 원반 및 북측 경계부대와 화기부대에 대한 선제공격을 시작하였고, 이후로 현재 상황이 되었습니다.

밝혀지진 않았지만 괴비행체인 원반이란 물체가 어느 나라, 어쩌면 북한의 무기일 가능성이 있다는 건가요?

북한의 기술력과 통신기반으로는 적어도 북한의 것이 아닌 것으로 판단되고 있습니다. 또한, 북한군도 공격당하고 있는 것으로 봐서는 어느 나라의 어떤 무기인지, 어떤 기능을 지닌 무인기인지 전혀 파악이 안 되고 있습니다.

음. 그렇군요. 그럼, 그 밖의 한반도 전시상황이 포괄적으로 어떻게 돌아가고 있는지 설명해주시죠.

잠깐 지도를 보겠습니다. 서해 바다는 이미 한국을 위시한 연합군이 중국함대와 대치 중에 있고, 동해는 청진, 나진의 중간 수역에서 러시아함대를 근거리에 두고 일본과 미국함대가 적대적으로 대치 중에 있습니다. 아직까지는 서로 공격을 하지 않고 있습니다만, 현재 백두산 인근의 괴이한 전투로 말미암아 앞으로의 군사적 행보가 두렵다고 하겠습니다. 그리고 현재 양측 군대의 어떤 특이사항은 언론에 노출되지 않고 있습니다.

김재원 기자.

네.

그런데 그러한 대치 상태가 좀 우스꽝스럽다고 하는 말들이 들리는데요. 그것은 어떤 의미인지 자세한 설명 부탁합니다.

네. 사실 우습다는 말은 좀 그렇고요. 현실적으로 일본과 미규을 위시한 연합군은 러시아군과 전투를 벌일 생각이 없기 때문인데요, 그것은 서해상에서 중국군과 대치하고 있는 한국을 위시한 연합군들 또한 가까이, 너무 가까이에서 대치 중이지만 피차간에 공격하지 않을 것으로 판단하고 있는 것과 같습니다. 일례로 서로 무전으로 농담을 주고받기까지 한답니다. 다만, 그 이유라는 것이 북한 나눠 먹기 작전에 피를 흘릴 필요가 없다는 것을 서로 주지하고 있는, 바로 그 까닭이라고 하겠습니다.

명목상으로는 양측 다 우국 방어라는 기치를 세우고 있지만 실제 이유는 서로 싸우지 않고 고스란히 북한만을 차지하기 위한 전쟁일 뿐이라는 것이군요.

그렇습니다. 러시아와 중국도 미국과 한국 그리고 일본과 호주, 영국군 등과의 전투로 말미암아 세계대전이 발생하길 바라지는 않고요, 그렇다고 해서 미국을 위시한 연합군에게 북한을 고스란히 넘겨주기도 싫은 입장입니다. 그것은 미국을 주축으로 하는 연합군의 생각도 마찬가지라고 하겠습니다.

그렇다면 강대국들 사이에서 북한은 실제적인 전쟁을 수행할 수 없는 처지일 텐데요.

그렇습니다. 현재 북한군은 경계면 상의 중화기부대를 제외한 대부분은 지하로 들어가 요새화된 북한 특성을 이용해 점령하는 모든 군대와 게릴라전을 펼칠 것으로 예상 되고 있습니다. 그러나 현재 괴원반의 출현으로 모든 것이 혼란한 상태입니다.

네…… 아, 최초의 중국군과 원반과의 전투 영상이 인터넷에 올라왔습니다. 중국 현지에서 기자가 직접 찍은 영상이라고 합니다. 스튜디오의 오정희 기자에게 듣겠습니다. 오정희 기자, 전해주시죠.

네. 영상의 처음 장면에는 중국군과 대치 중인 하얀 원반이 상공에 떠 있는 것이 보입니다. 먼저 중국 전투기의 미사일들이 원반을 향해 발사되었고 타격을 받은 원반들은 충격을 입지 않은 채 북한과 중국 양측으로 흩어집니다. 곧이어 중국의 포 수백 발이 발사되었고 원반이 포탄을 맞은 것처럼 보이지만 실제로는 맞은 게 아니라 포탄에 돌진한 모습입니다. 포탄을 맞은 원반이 화염을 뚫고 포가 있는 쪽으로 순간 이동하는 장면입니다. 상공에 떠있던 다른 원반들이 군인과 탱크, 이동하는 차량을 두 동강 내고 있습니다. 마치 탱크가 녹아내리듯 잘려나갑니다. 사람들, 아니 군인들 또한 가로로 세로로 동강이 납니다.

다음 장면은 미국의 인공위성에서 찍은 중국 전투기와 원반과의 전투장

면입니다. 나사에서 공개한 것인데요. 나사는 괴원반의 강력함에 대해서 숨김없이 공개하기로 했습니다. 그 이유가 평소와 달리 특수한데요. 지구의 모든 사람을 죽일 수 있는 능력이 원반의 속도에서 엿보인다는 나사의 견해입니다. 일단 나사 측이 공개한 장면을 보시지요. 전투기가 원반을 향해 날아갑니다. 미사일을 쏩니다. 아주 빠른 속도지만 원반이 오히려 미사일로 접근해서 동강을 내버립니다. 다른 전투기가 미사일과 기관포로 응사하지만 역시 속수무책입니다. 원반은 총알을 맞고 미동도 하지 않습니다. 또한 총알과 미사일보다 빠르기 때문에 맞지 않습니다. 비행기가 동강이 나서 추락합니다. 비행사가 탈출하지만 원반이 사람에게 돌진하는 모습입니다.

오정희 기자?

네.

동영상을 통한 미국 정부나 나사의 입장에 대해 자세히 들려주시겠습니까?

네. 현재 나사의 입장은 미 국방성과 미국 정부의 의지와는 다른 것으로 전해집니다. 그러나 나사에서 이번에 영상을 인터넷에 공개한 것은 현재의 지구과학 기술로는 괴비행체인 원반에 대항할 만한 기술력이 없다는 것인데요. 나사에서는 현재 그 비행체가 어느 나라든, 누가 만들었든지 간에 즉각 회수하기를, 그러면서 모든 전쟁을 중단하기를 바란다는 글을 올렸습니다. 미국정부는 현재 영상을 공개한 나사의 연구원과 기술직원을 수감 중이랍니다.

그런데 중국에서 중국 기자가 찍은 영상이 어떻게 인터넷에 올라오게 된 거죠?

네. 그 사실도 참 아이러니한데요. 영상을 찍은 기자는 목숨을, 전장에서 원반에 목숨을 잃은 상태입니다. 기자가 찍던 동영상은 인터넷 전쟁 게임 사이트에 실시간 전송되고 있었다는 말이 전해집니다. 현재로서는 그렇게 알려졌으며 아직은 어떤 비행기나 자동차, 사람도 원반이 있던 현장에 접근하지 못하고 있습니다. 중국군은 최초 퇴각명령을 철회하고 더 이상의 퇴각은 허용치 않는다고 합니다. 그 이유는 원반의 중국 내륙진출을 방지하기 위한 것으로 보입니다. 잔여 부대는 모두 지하벙커로 피신 중입니다.

그렇다면 지금 북한의 군대는 어떤 모습을 취하고 있는지요?

네. 북한 군대의 대부분은 지하로 들어가 있으나, 산발적인 헬기와 전투기들이 그리고 일부 대공포가 원반을 공격하고 있습니다만, 속수무책인 걸로 전해집니다.

오정희 기자.

네.

잠깐, 다른 소식이 들어오고 있군요. 우선 새로운 소식을 듣겠습니다. 나미래 기자.

네. 여기는 미 국방성입니다. 새로운 소식이 방금 전해졌습니다. 방금 들어온 정보에 의하면 원반으로 추정되는 둥글고 흰색, 또는 회색인 물체들이 수백 기가 더 나타났다고 합니다.

나미래 기자!

네!

백두산 상공에 그 물체들의 개수가 늘어났다는 말인가요?

아닙니다. 현재 그 물체는 홋카이도, 남아메리카와 호주 그리고 필리핀을 비롯한 동남아시아 여러 지역의 상공에 떠올랐습니다. 아직 어떤 움직임은 없고 제자리에 떠있는 상황입니다. 그리고 지금 계속해서 괴비행체의 출현에 대한 소식이 속속 전해지고 있습니다. 다시 한 번 전해 드립니다.

홋카이도를 비롯한 일본 전체 그리고 필리핀, 동남아시아 대부분 지역에 원반이 출현했습니다. 현재 원반들은, 정정합니다. 네. 알래스카와 미국, 멕시코, 볼리비아, 칠레 등 중미, 남미 대륙에도 원반이 출현했다는 소식이 방금 들어왔습니다.

나미래 기자, 원반이 세계 곳곳에 출현했다는 얘긴가요?

네. 그렇습니다. 현재 미 국방성에서는 그 원반이 북한이나 어떤 나라와 관련이 있는지의 여부에 대해서는 판단을 내리지 못하고 있으며, 아울러 그 원반에 대한 각국의 또는 어떤 테러단체와의 관련된 추정 입장도 전해 듣지 못하고 있습니다. 위성으로 보는 최초 원반의 모습은 동해와 서해 그리고 북한의 경계면 상에서 벌어지는 전투 속에만 있었습니다. 그러나 이제 세계 각국마다 출현한 원반들이 제자리에서 고속 회전하고 있는 모습이 보입니다. 나중에 나타난 괴원반들은 아직 움직임을 보이지는 않습니다. 최초로 백두산 상공에 출현한 원반의 종류와 같은 것으로 파악되고 있습니다. 아울러 중국과 러시아 그리고 한미연합사령부를 위시한 연합군들도 현재 세로로 서서 회전하는 원반의 세계적 출현에 대해 다소 의아해하는 모습입니다.

네. 아주 괴이한 일이군요. 새로운 무기의 출현인지, 어떤 목적을 가진 비행체인지 아직은 알 수 없다는 얘기군요. 그런데 지금 위성에서 원반의 위치가 동해와 서해에도 있다고 했는데요.

네. 그렇습니다.

나미래 기자. 아, 잠시 후에 다시 연결하겠습니다. 지금 오영수 기자로부터 긴급 방송입니다. 계속해서 특보를 진행해 드립니다. 북한 가져가기의 시나리오와 관련하여 일단, 각국 군대의 현재 상황과 언론 보도를 하나씩 들어보겠습니다. 오영수 기자!

네. 오영수입니다. 이곳은 처참한 아수라장입니다. 저는 현재 각국의 기자들과 함께 항공모함 조지 부시 호에 올라 있습니다. 순식간에 상공에 출현한 원반들이 이곳 미군과 일본군, 그리고 러시아군까지 닥치는 대로 공격하고 있습니다. 현재 연합군은 원반과 전투를 벌이는 중입니다. 화면에 보시는 것처럼 원반은 모든 해군 함정에 돌진하여 포신을 잘라냅니다. 군인을 공격, 공격은, 아니 방어는 속수무책입니다. 러시아는 블라디보스토크로부터 대규모 함대와 전투기, 그리고 수만의 병력이 함경북도 경계선상에, 또한 동해상에 집결이 완료되어 북한군 그리고 한·미·일 연합군과 대치 중이었습니다. 초음속 정찰기들을 쫓아온 원반에 대하여 어떤 공격이 일어났던 것으로 판단됩니다. 지금 이곳 모든 군대는 공격을 당하고 있습니다. 지금 이곳은 처참한 광경이 벌어지고 있습니다. 지금 보시는 모든 화면은 현실입니다. 현재 이곳은…….

오영수 기자. 오영수 기자!

…….

네. 지금 연해주와 청진, 나진의 해상 경계면에서 대치 중이던 미일연합군과 러시아군 사이에 원반이 출현하여 공격하고 있다는 소식을 오영수 기자가 전송 중이었습니다. 오영수 기자!

…….

오영수 기자는 전쟁의 와중에 있는 것 같습니다. 안전해야 할 텐데요. 잠시 전시대국민행동 캠페인을 보신 후에 국방부의 서기원 기자를 불러보겠습니다. 국민 여러분, TV를 끄지 마시고 방송을 주시해주시기 바랍니다.

국방부에서 전해 드립니다. 우리 한반도의 동해와 서해 상에서도 원반과의 교전이 발생했습니다. 현재 국내의 다국적군 그리고 대치 중인 중·

러 동맹군까지도 괴비행체인 원반과 전투를 벌이는 모호한 상태입니다.

서기원 기자. 지금 한반도 동서 해상에 출현한 원반과 우리 군이 교전 중이라는 말인가요?

네. 좀 전에 들어온 소식에 의하면, 동해와 서해 상의 연합군과 중국군까지 모두 괴비행체의 공격을 받고 있습니다. 한편, 제주도에 잔류하는 영국과 프랑스군이 북한으로의 진입을 노리면서 동시에 중국 해·공군과의 또는 괴비행체와의 전투를 지원하기 위해 대규모 전투태세로 각각 백령도와 독도 방향으로 이동 중이라고 합니다. 반면, 북한의 모든 선박 및 해군, 그리고 비행대를 포함한 군의 움직임은 포착되지 않고 있습니다. 북한군부는 현재 강대국들의 사방을 둘러싼 공격에 대하여 전면 방어보다는 육지에서의 게릴라전을 위해 해군까지도 모두 지하도시와 벙커로 이동시켰다고 합니다. 인공위성에서 찍은 황해도 사진을 보시면, 화면에 보시는 바와 같이 북한의 모든 함정은 버려진 상태입니다. 앞선 시간의 사진을 보면 모든 군인과 민간인들이 내륙 쪽으로 이동한 것을 볼 수 있습니다.

서기원 기자. 서기원 기자!

네네.

원반과의 전투와 기타 군대의 움직임에 대한 소식을 전해주시죠.

네. 안타깝게도 지금으로서는 원반과의 교전 상황에 대한 어떤 정보도 국방부에서는 발표하지 않고 있습니다. 좀 전에 말씀드린 것 이외에는 교전의 상황은 전혀 파악하지 못하고 있습니다.

흠. 역시 그렇군요. 수고하셨습니다. 도쿄에 나가 있는 홍성태 기자를 불러보겠습니다.

홍성태 기자.

네. 홍성태입니다.

현재 미군과 일본. 호주군의 위치가 어떻게 되죠?

미연합군은 지금 러시아군과 대치 상태 중 갑자기 출현한 괴원반과 전투를 벌이고 있습니다. 전투 중인 곳으로부터 떨어져 있는 자위대 그리고 미군과 호주군이 항공모함과 함께 대규모 함대를 홋카이도와 동해상에 구성하고 대기 중에 있습니다. 울릉도와 강릉 인근에 연합함대와 비행정의 움직임이 많이 늘고 있다는 소식도 일본에 전해졌습니다. 일본 전역에 출몰한 괴원반은 현재로선 사람을 공격하지는 않고 있습니다. 한편, 오늘 저녁 유럽연합군이 제주도와 오키나와에 특수부대 및 다국적 육군을 파병한다고 합니다. 또 한편 인도와 중국 경계면에서는 소규모 총격전이 벌어졌다는 소식이 일본 방송을 통해 들리고 있습니다. 현재 이곳 일본은 최초 홋카이도로부터 출현한 원반이 일본 전역으로 그 개수가 늘어남에 따라 약간의 공황상태에 빠져 있습니다. 현재 원반들이 곳곳의 하늘에 나타나 조용히 떠있습니다. 공격적인 움직임은 보이지 않습니다만, 현재 일본 정부는 자국민의 모든 활동을 중지시키고 대피령을 내렸습니다. 일본 정부는, 어어, 지금 원반이 움직이고 있습니다. 화면에 보시는 것처럼 지금 원반이 사람들을 공격하고 있습니다. 이곳 도쿄 도심은 지금 원반으로부터 공격당하고 있습니다. 괴비행체인 원반은 지금 닥치는 대로 움직이는 사람과 차량을 공격하고 있습니다. 현재 무엇이 어떻게 돌아가는지 갑자기 알 수 없는 상황입니다. 불과 몇 분 전의 상황은 마치 꿈처럼 사라지고 현재의 이곳은 …… 살육되고 있습니다. 지금 보이는 도심은 지금, 괴원반으로부터 공격받고 있습니다. 사람들이 모두 건물 안으로 뛰어들고 있습니다. 이런 맙소사. 저는, 저도 우선 안전한 곳으로 이동하겠습니다. 이상 도쿄에서 홍성태였습니다.

2

시민 여러분께서는 절대 밖으로 나가시지 않기를 당부드립니다. 현재 정체를 알 수 없는 괴원반이 세계 각국과 우리나라 전역에 출몰하고 있습니다. 움직이는 모든 것과 살아 있는 모든 것은 공격을 당합니다. 결코, 이동해서는 안 됩니다. 현재 계신 곳에 그대로 머물러 있으시기 바랍니다.

음. 정말 머릿속이 복잡해지는군요. 오늘 저녁에 각국 정상들이 화상을 통해 세계 평화를 위한 회의를 한다고 합니다. 괴원반이 어느 나라의 무기인지는 모르지만, 원반을 보낸 국가에서는 즉시 철수해주시기 바랍니다. 아울러 북녘땅은 우리 땅이며 동포 또한 우리와 같은 민족임을 잊지 말아야겠습니다. 나미래 기자? 나미래 기자?

네. 네. 여기는 미 국방성입니다. 동시 다발적으로 원반이 세계에 출몰하고 있습니다. 현재 위성으로 본 영상을 분석 중입니다. 지금까지 분석된 영상의 일부를 보면 원반은 흰색물체로 아주 빠른 회전과 강력한 열을 내며 모든 움직이는 생명체와 기계 및 자신을 공격하는 대상에게 돌진하여 그것을 녹이듯이 동강 내는 새로운 기계라는 것이 일차 분석이었습니다. 그러나 새롭게 밝혀진 아주 놀라운 점은, 그 원반의 회전력이 분당 1,000rpm이라는 최초의 분석은 하나의 값일 뿐, 실제 그 원반의 회전력은 초당 100,000에서 수백만 RPS 단위까지 순간적으로 달라진다고 합니다. 그것은 현재 나온 가장 높은 속도인 마하 9.3보다도 빠르게 움직일 수 있으며 자유롭게 움직이는 물체라고 합니다. 그리고 그런 움직임과 속도에도 불구하고 소리가 아주 작다는 점은 풀리지 않는 의문입니다. 나사와 미 국방성에서는 현재의 원반은 오늘날의 과학으로는 만들 수 없는 기계라는 말들을 하면서 놀라움과 그 잔혹함에 두려움을 보이고 있습니다. 미 국방성 분석은 최초의 백두산 지역을 제외한 환태평양지구, 화산지구에서 원반이 거의 비슷한 시각에 나타난 것으로 판단하고 있습니다. 미 국방성은 현재까지도 원반과의 전쟁을 어떻게 풀어나갈지 실마리를 잡지 못하고 있습니다. 이상, 미 국방성에서 나미래였습니다.

상황이 아주 급박하고 또한 알 수 없게 돌아가고 있습니다. 우리 정부에서는 무엇을 하고 있는지 스튜디오의 유정현 기자에게 들어보겠습니다. 유 기자.

네. 현재 우리 정부는 사실상 별다른 행보를 보이지는 않습니다. 하지만 정부는 미국과 일본에서 다양한 정보를 수집하고 있으며, 곧 종합적인 대책이 마련될 거라고 발표했습니다.

흠. 그렇군요. 우리 군의 상황은 어떻습니까.

네. 전시체제로 인한 긴장의 끈을 놓지 않고 있습니다. 하지만 동해, 서해에서 벌어진 원반과의 모호한 전투에서 모든 군이 전멸했다는 소식이 전해진 이후로는 작전의 변경이 불가피한 입장입니다. 물론 남아 있는 군대는 완전 전투태세에 돌입하여 북한과 또는 중·러군과도 곧장 싸울 수 있는 만반의 준비가 되어 있다고, 합니다. 그러나 괴비행체와의 전투가 벌어진 양상으로 기존의 작전이 백지화된 것만 확인될 뿐입니다.

지금 나라 전역에, 각 도심에 출현하여 사람들을 공격하는 원반에 대한 우리 정부와 군의 대책은 어떻게 되고 있습니까.

죄송합니다. 정부와 군은 아무것도 하지 못하고 있는 것이 사실입니다.

음. 그렇군요. 다시 김재원 기자와 이야기를 나누겠습니다. 김재원 기자.

네네.

현재 그 원반에 대한 정보가 어느 정도인지는 모르겠지만, 그것을 격파하는 무기가 아직 없다는 얘긴가요?

네. 그 점이 아주 괴이하다고 할 만한데요. 현재까지 밝혀진 원반에 대한 정보를 영상과 자료, 사진으로 설명해 드리겠습니다.

첫째. 현재까지 가장 빠른 비행체는 마하 9가 넘는 무인비행선입니다. 그러나 이 비행체는 미사일로 분류되는 것이 더 적당합니다. 만일 이 미사일을 쏘아서 원반을 격추한다고 가정했을 때에, 가능성은 단지 10퍼센트도 되지 않습니다. 미사일은 수직 상하좌우로 급속하게 꺾어서 날 수 없는 반면 원반은 마하 9 이상의 속도에서 얼마든지 방향을 바꿀 수 있습니다. 그래서 적중률은 떨어진다고 할 수 있고요. 그리고 마하 9의 속도로 날아갈 수 있는 시간은 불과 몇십 초에서 몇 분 안짝이라는 점이 어려운 점이라고 하겠습니다. 오늘날의 기술로는 한 시간 동안만이라도 마하 9로 날 수 있는 미사일은 없습니다.

수백 발을 한꺼번에 쏘면 되지 않을까요?

수백 발을 쏜 후 명중되지 않은 미사일들이 어디에 떨어질지, 그것을 생각하면 차라리 안 쏘느니만 못하다는 것이 현재 국방과학자들의 견해입니다.

그렇군요. 잠시 블라디보스토크를 연결해보겠습니다.

이철기 특파원!

이철기 특파원!

네. 저는 지금 블라디보스토크의 고려호텔에서 창밖을 보고 있습니다. 그야말로 처참한 광경입니다. 북한으로 진입하려던 러시아 군대는 괴비행체인 원반에게 공격을 당해 전멸했거나 지하로 대피한 상태입니다. 괴비행체인 원반의 숫자는 급속도로 늘어나는 추세입니다. 원반이라는 괴비행체가 블라디보스토크의 살아 있는, 움직이는 모든 것을 공격하고 있습니다. 한 가지 다행이라고 할까요? 그게 무엇이건 간에 괴비행체는 건물을 공격하지 않는다는 것입니다. 건물 안으로 들어가면 일단 안전하다고 하겠습니다. 괴비행체인 원반은 지금 러시아 내륙으로 진행 중이며 그 개수가 점점 늘어나고 있습니다. 러시아 당국은 현재 모든 주민에게 대피령을 내리고 있습니다. 군사적 조치는 어떻게 될지 알려지지 않은 상황입니다. 블라디보스토크에서 이철기였습니다.

겨우 삼 일이 지났습니다. 국민 여러분께서는 모든 사회활동을 멈추시고 현재 있는 곳에서 움직이지 않으시길 바랍니다. 절대로 밖으로 나가시면 안 됩니다. 현재 괴비행체인 원반이 전국에서 목격되고, 움직이는 사람과 차량, 군인들을 공격하고 있습니다. 절대로 밖으로 나가시지 않으셔야 합니다. 김재원 기자, 현재까지의 어수선한 상황을 정리해주시죠.

네.

…….

김재원 기자.

김재원 기자.

네. 죄송합니다. 현재 상황은……. 다시 하겠습니다.

네. 천천히 하시죠.

죄송합니다. 최초로 출현한 원반과의 전투가 있은 후에, 원반의 개수는 급속도로 늘어나고 있습니다. 지금까지의 원반의 출현위치를 보면, 모두 다 산 범위로 시작했는데요, 활화산과 휴화산의 범위에서 출현하고 있는 것으로 확인됩니다.

김 기자. 원반이 화산으로부터 출현하고 있다는 말인가요?

네. 그렇습니다. 남아메리카로부터 동남아시아까지 이어진 환태평양 지구와 터키와 이탈리아를 지나는 알프스-히말라야 화산대 그리고 세계 곳곳의 휴화산과 활화산의 거의 모든 곳에서 원반이 출현한 것을 각국의 보고와 위성촬영, 그리고 사고지역의 소식과 사진이 증명해주고 있습니다.

화산이 있는 반구대를 따라 원반이 출현했다는 말이군요. 화산 속에 있다가 나왔다고 믿으면 되는 건가요?

지금까지의 정보와 분석으로는 각국의 학자들이 그렇게 판단하고 있습니다.

음. 우선, 출현한 원반에 대한 각국의 대응은 어떻습니까?

미국과 프랑스, 러시아, 이탈리아, 스페인 등 선진국은 물론 중미, 남미의 국가들과 우리의 아시아, 동남아시아까지 모든 육해공군이 원반에 의해, 사실상 전멸당하고 있는 것이 현실입니다. 원반은 군인뿐만 아니라 움직이는 사람들과 움직이는 모든 것들을 공격하고 있습니다.

지구 상의 거의 모든 곳이 한꺼번에 위험지역에 있다고 볼 수도 있겠군요.

그렇습니다. 각국의 정부와 방송들은 자국의 소식을 쉼 없이 주고받고 있습니다. 그런데 내용은 한결같이 군과 시민, 살아 있고 움직이는 모든 물체가 공격당한다는 것입니다.

……

……

국민 여러분, 또한 전 세계의 모든 시민들께서는 정부의 지침에, 정정하겠습니다. 정부의 지침은 아직, 명확한 것은 없습니다. 국민 여러분께서는 가급적 집 밖으로 나가지 않기를 당부드립니다. 안, 안타깝습니다.

3

괴원반이 출현한 이후 24시간 릴레이 방송을 한 지 벌써 두 달이 되었습니다. 국민 여러분께서는 먹을 것을 구하기 위해 이동하실 때에 항상, 원반이 언제 어느 곳에서 나타나 생명을 해칠지 모르므로 각별히 조심하셔야 합니다. 가능하다면 움직이지 않으시기를 당부 드립니다.

여러분께서도 제대로 드시지 못하고, 씻지도 못하셨을 거라 생각됩니다. 힘겨운 시절입니다. 용기를 내시고 안전해지는 날까지 버티시기 바랍니다. 제 모양이 초췌하여도 양해해주시기 바랍니다. 현재 저희 모든 직원은 방송국을 떠나지 않고, 아니 떠나지 못하고 이렇게 방송을 전해드립니다. 모든 방송은 24시간 실제 방송입니다. 어떤 스케줄의 정규방송도 보내드리지 못하는 점 헤아려 주시기를 바랍니다.

국민 여러분께서는 힘드시더라도 지하로 굴을 파서 옆집, 옆 건물과 통로를 만드시는 데 힘을 기울이십시오. 저희 방송국 밑으로는 우리 근무자들이 사교대로 계속 인근 건물까지 굴을 파고 있습니다. 먹을 것을 나누고 마실 것을 나누며, 살아 있는 사람들은 최후까지 살기 위해 모든 노력을 다할 것입니다. 어떤 상황에서라도 절대로 집 밖으로 나가서는 안 됩니다. 이미 많은 분들이 그 사실을 무시하고 밖으로 나가셨다가 원반의 희생이 되었습니다. 가장 가까운 마트나 연쇄점으로 가기 위한 통로를 확보하시고 무엇이든 먹을 수 있는 것을 찾아서 서로 도우시기 바랍니다. 현재 일본에 있는 송병수 통신원으로부터 일본 현지의 소식을 들어보겠습니다. 송병수 통신원!

네. 여기는 일본, 일본열도 남방의 오키나와입니다. 일본의 자위대와 미항모가 원반과의 전투에서 완전 섬멸 당한 이후로 다국적군은 해군 및 공군 그 어떤 군인과 무기도 보내지 않고 있습니다. 일본은 지금 원반의 범위 밖에 있는 모든 국민의 사회생활을 멈추게 하고 먹을 것과 마실 것을 모아서 건물과 땅속으로 대피하라는 지침을 내린 상태입니다. 아울러 일본 의회는 핵무기를 사용하라는 서방 유럽과 미국의 일부 세력들에게 강력히 항의하고 있습니다. 즉, 아직 원반이 출현하지 않은 국가에서는 원반이 하나라도 자국으로 넘어오지 않기를 바라는 마음이겠습니다만, 그러나 이미 중동지역과 인도 그리고 유럽 대부분과 아프리카 전역마저도 원반이 출현했다는 소식이 전해졌습니다.

이곳 일본은 안전이 전무한 상태가 되었습니다. 온 세상이, 점점 늘어나는 원반의 출현과 공격을 알려왔고, 거기에 맞추어 미국의 일부 세력과 유럽의 몇몇 국가에서는 계속해서 핵폭탄을 투하하자는 이야기를 하고 있습니다. 제가 지금 잠시 이야기를, 그러니까 뉴스 이외의 제 개인적인 감정을 이야기해야겠습니다. 어느 누구나 마찬가지이며 지금 오키나와에 있는 저도 이곳에서 얼마나 살아 있을지 모르겠습니다. 국민 여러분, 세계인 여러분. 한반도와 아시아의 국가 어느 곳이든, 거대한 양의 아니, 단 한 발의 조그마한 핵폭탄이라도 사용해서는 안 됩니다. 아무도 우리를 죽여서는 안 됩니다. 우리의 적은 원반이지 우리가 아닙니다. 그 점을, 실행능력을 가진 지도자들이 다시 한번 인간적으로 되새겨주길 바랍니다. 이상 일본에서 통신원 송병수였습니다.

송병수 통신원. 방송 사고라고 할 수 있겠습니다만, 우리 모두가 똑같이 생각하는 마음이기도 합니다. 네. 다 같이 인내하시기 바랍니다. 서울 시내의 카메라를 좀 살펴보겠습니다.

……

현재 서울 곳곳의 카메라에 보이는 지상 면에는 살아 움직이는 것은 하나도 없습니다. 대거 몰려왔던 원반의 상당수가 중국과 동남아시아로 움직였습니다만, 우리나라에서 활동하는 원반의 수가 얼만큼인지는 파악하기 어렵다고 합니다. 인공위성의 영상으로 보면 대기권 아래로 많은 원반들이 움직이고 또는 멈추어 있다고 합니다. 국민 여러분께서는 밖으로 나가시지 말 것을 당부 드립니다. 도로와 지방 도시를 보여주시겠습니까? 네. 부산이군요. 역시 움직이는 것은 하나도 없군요. 흠. 지금 들어온 소식입니다. 미국에서 세계의 모든 국가 특히, 아시아와 남아메리카의 국가들을 위한 소식입니다. 미국 대통령의 메시지를 들어보겠습니다.

통역에는 황인영 기자입니다.

우리 미국은 오늘 인류의 위기에 대해, 우리는 도의적으로서 친구로서, 사람들이 우려하고 있는 핵폭탄은, 사용하지 않을 것을 알려 드립니다. 레이저를 포함한 새로운 형태의 무기를 유럽과 미국에서, 세계 각국에서 동시다발적으로 개발, 생산하고 있습니다. 조금만 더 버틴다면 세상의 모든 원반을 물리칠 수 있을 거라고 확신합니다. 인간의 욕심으로 생긴 전쟁, 그것의 참혹함, 이제 인류는 그러한 참혹함을 반복해온 역사의 종결을 요구하는 시기에 서 있다고 생각합니다.

이것은 어쩌면 자연이, 어쩌면 신이 인간에게 주는 최후의 요구일는지도 모릅니다. 이제 지구 상에는 어떤 전쟁도 있어서는 안 됩니다. 현재의 원반이 아니라 하더라도, 인간이 만든 최첨단의 무기들은 마치 원반처럼 사람과 기계조차도 모두 죽음으로 몰아갈 수 있다는 것을, 한반도에서 시작되어 세계로 퍼진 원반의 일방적인 학살을 통해 인류는 모두 느꼈을 것입니다. 우리는 이번 원반과의 싸움에서 기필코 이길 것입니다. 그리고 다시는 사람과 사람, 사람과 기계의 싸움조차 일어나지 않을, 지구 상의 보편적인, 아니 너무나도 당연한 그런 평화로운 세상을 만들 것입니다. 이제 그것이 오늘날 우리에게 주어진 의무이자, 새 역사의 시점이 되었습니다. 살아 있는 사람들은 모두 최후까지 버티시기를 바랍니다. 평화의 날은 오고야 말 것입니다.

4

밤새 안녕들 하셨습니까. 첫 번째 소식입니다. '원반'에 대해서 포항공대의 학생이 실체를 증명했다는 소식, 포항공대와 화상연결로 전합니다.

최치원 학생? 원반이 무엇인지, 어떻게 알게 되셨는지 다시 한 번 전 국민에게 설명해주십시오.

30cm 크기의 원반이 학교 인근에 출현했을 때에 저는 자기장을 만드는 기계를 완성한 상태였습니다. 일명 '자기가오리'라고 부르는 제 기계는 강력한 자기장을 발생하는 6면 공간을 가진 비행체입니다. 하늘을 날아다니는 비행체입니다. 생긴 것은 지금 보시는 것처럼 가오리의 벌어진 입이나 메기가 크게 입을 벌린 듯한 형상이며 그 입은 기둥을 제외한 여섯 개의 모든 면으로 나 있습니다. 네 기둥과 기둥의 연결부위를 제외한 6면 공간은 뚫려 있지만 그 안은 강력한 자기장이 흐르고 있습니다. 그 안에 물체가 들어가면 찢어지거나 튕겨 나가게 돼 있습니다. 그 실험을 위해 '자기가오리'를 띄웠을 때에 작은 원반 하나가 제 기계를 쫓아 자기장 안으로 들어왔다가 튕겨져 나갔습니다. 그때 제가 그 원반의 작은 조각을 얻었습니다. 물론 그 원반은 멀리 솟구쳐 달아났습니다. 거기서 얻은 조각을 분석해본 결과, 놀랍게도 생명체라는 것을 알게 되었습니다.

네. 최치원 학생이 여태까지 아무도 밝혀내지 못한 원반의 실체를 밝혀내었습니다. 현재 미 국방성에서 원반의 조각을 연구하기 위해 연구원들을 태운 잠수함을 한국으로 급파 중이라는 소식도 함께 전합니다. 이제 최치원 학생이 밝힌 원반의 조각에 대해서 조성호 박사님의 견해를 들어보겠습니다. 조성호 교수님.

네.

그 원반의 조각이 정말로 생명체로 밝혀졌습니까?

네. 현재 정밀한 수백 번의 실험결과로 그것은 분명한 DNA 구조를 지닌 생명체임이 틀림없습니다.

그러면 그것이 원반의 어떤 조각이 되는 거죠?

그것은 원반과 직접 대면한 우리 치원이의 얘기를 통해서 들어보는 게 더 정확하겠습니다.

어. 선생님. 선생님께서 설명해주는 게 나을 것 같아요.

치원아. 이건 네가 설명하는 게, 네 미래를 위해서 더 좋아.

그럼 선생님, 제 설명이 부족하면 받아 주십시오.

그래. 음. 시작해.

…….

네. 안녕하세요. 아, 아까 인사했구나. 다시 할게요. 흐음. 처음 원반의 조각을 발견했을 때에는 그것이 기계 조각의 하나인 줄 알았습니다. 그러나 실험을 통해 그것은 고농도의 칼슘과 텅스텐 성질을 지닌 유기물이라는 것이 밝혀졌습니다. 얼마 전에 보인 원반의 표피에 대한 견해들이 모두 단순한 체크무늬라고 알았겠지만, 그러니까 조금 거친 느낌의 기계 표면으로 알고 계셨겠지만 제가 발견한 것에 의하면 그 표면들은 하나하나의 비늘조각이 겹쳐진 모양이라고 하겠습니다. 원반의 가장 바깥쪽 비늘 위에 다음

줄의 비늘이 둥글게 덮이고 그 비늘 위를 또 다른 비닐이 둥글게 덮은 모양으로 되어 있습니다. 이 비늘은 초고온의 열에도 반응하지 않습니다. 열 반응 실험 결과에서, 열을 분리시키는 특수한 성질을 가지고 있는 비늘이라는 걸 알게 되었습니다. 아마도 강력한 자기장에 의해서만 이 원반의 행태를 물리칠 수 있을 거라 예상됩니다. 그러니까 방사능 즉, 핵폭탄의 폭발력에서도 원반은 큰 피해를 당하지 않을 것입니다. 자기부상가오리의 형태를 크게 개선한다면 원반을 끌어들인 후에 적절한 타격을 줄 수 있을 거라 예상됩니다.

반가운 소식이 아닐 수 없습니다. 최치원 군, 그리고 조성호 교수님 계속 수고 좀 부탁드립니다. 어쩌면 두 분이 인류의 희망일지도 모르겠습니다. 다시 한 번 두 분께 감사드립니다. 이상 포항공대와의 화상연결이었습니다. 네. 한 가지 희망이 생기긴 했습니다. 음…….

자, 지금 각국에서 많은 아이디어를 거론하고 있습니다. 그 중 가장 많은 사람들이 요청하는 것이 핵폭탄과 그리고 레이저빔입니다. 핵폭탄의 사용은 적절하지 못한 것으로 이미 판단을 내렸습니다. 남은 방법인 레이저빔을 사용하라는 사람들의 요청이 많았습니다. 현재 우리 정부와 각 나라의 민관군은, 한결같은 마음으로 대·중·소 레이저포를 준비하고 있습니다. 과연 최치원 군의 자기 가오리와 세계 각국의 레이저가 이 원반을 이길 수 있을지 기대가 됩니다.

5

오늘 역시 좋지 않은 소식을 전해 드려야 하는 처지가 답답하기만 합니다. …….

한숨이 나오는군요. 많은 분들이 미국 뉴스를 통해 이미 알고 계실 것으로 사료됩니다. 네, 최초로 건물이 공격당했습니다. 그리고 완전히 파괴되었습니다. 원반이 건물을 파괴한 이유는 레이저 빔의 공격에 의해서입니다. 미국 네바다 주의 방위군은 5층 빌딩에 레이저 장치를 설치하고 공중에 떠 있는 원반을 향해 강력한 빔을 쏘았습니다. 원반은 일부 레이저에 의해 약간의 충격을 받은 것처럼 보였으나, 다량의 레이저는 갑피를 뚫지 못하고 반사되었습니다. 영상을 보시면 원반의 표피에서 화학적 반응, 즉 열반응에 의한 미세한 변화가 생김을 알 수 있습니다. 그러나 곧 원반은 레이저빔 장치가 들어 있는 건물을 갈기갈기 찢어놓고 말았습니다. 건물 내에서의 원반에 대한 공격은 좋은 방법은 아님이 틀림없습니다. 원반에게는 레이저 광선도 위협거리가 되지 않는 것으로 보입니다. 하지만 곧 새로운 방법이 개발되리라 믿고 싶습니다.

비가 내리고 있습니다. 와중에도 원반은 쉬지 않고 사람과 동물, 그리고 움직이는 모든 기계를 녹이며 잘라내고 있습니다.

아메리카, 유럽, 아시아, 아프리카, 오세아니아, 모든 곳을 원반이 지배하고 있습니다. 세상은 지금 종말이라고 할 만큼 위기에 처했습니다. 세계 각지의 화산구에서 출현하는 것으로 보이는 원반들은 아주 빠른 속도로 지구 전역 사람들과 동물들, 군인들이 있는 곳에서 무차별 살육을 하고 있습니다. 스튜디오의 김재원 기자와 이야기를 나누어 보겠습니다.

김재원 기자.

네.

원반이 어떤 국가나 기업의 생산물이 아닌 외계 생명체 또는 지구 상에 존재해 온 생명체라는 쪽으로 결론이 모이고 있는데요.

그렇습니다. '원반'이라는 생명체의 출현과 이동 정보를 모아보면, 그 괴물들은 급속도로 지구의 이곳저곳을 이동한 것이 아니라, 최초에 백두산 상공에 나타난 뒤에 휴화산과 활화산을 기준으로 계속적인 출현을 한 것으로 확인됩니다.

정말로 화산 속으로부터 나왔다는 것인가요?

학자들의 견해는 거의 그쪽으로 확실시되고 있습니다. 아울러 외계의 생명체라기보다는 태곳적부터 존재했거나 지구의 뜨거운 핵, 고체상태가 아닌 액체 상태인 외핵 속에서 살아가던 생명체가 아닐까, 추론하고 있습니다.

하지만 그런 환경에서 살던 생명체라면, 왜 건물 안으로는 들어오지 않는 걸까요? 건물의 보일러가 돌아가서 열이 나도 공격을 하지는 않잖습니까?

그 부분에 대해서는 두 가지로 추론되고 있습니다. 첫째는 건물 자체를 하나의 자연물로 보는 것입니다. 둘째는 건물이 무너졌을 때의 무게를 감당하기에는 원반의 크기가 너무 얇고 작다는 점입니다. 대부분의 학자들은 원반이, 건물 자체를 하나의 자연물인 산이나 나무처럼 판단하는 게 아닐까 하는 생각입니다. 그 이유는 인공위성이 공격당하지 않는 것과 맥락을 같이합니다. 인공위성은 지구에 달이 있듯이, 지구와 같이 움직이는 하나의 자연물로 판단하기 때문에 공격당하지 않는 것이라는 추측입니다.

저뿐 아니라 모든 사람이 좀 더 정확한 답을 알고 싶어 할 테지만, 아직은 미지수일 뿐이군요.

그렇다고 하겠습니다.

그렇다면 지금까지 나타난, 지구 상에 존재하는 원반의 개수는 대략 얼마쯤인지 파악이 되고 있습니까?

수만 기 정도로 파악되고 있습니다. 하지만 그 숫자는 점점 늘어나는 현상이라고 하겠습니다. 아마도 그것은 원반이 어떤 점에서든 생명체이기 때문에 생식에 의한 증식이 이루어지고 있을 거라는 예측도 포함되겠습니다.

마치, 지구, 아니 인류가 무슨 벌을 받고 있는 느낌이 듭니다. 음. 시민들이 건물 밖으로 나오지 못하고 수개월을 지내고 있는데요, 각국의 군사부와 정부는 이 상황을 어떻게 해쳐갈 것인지 궁금합니다. 지금 각국의 행보는 어떻게 진행되고 있지요?

무력하게도 총과 화포, 미사일과 비행기를 포함한, 또한 가능한 기술력의 레이저 광선까지 모두 동원했지만 아무런 효과를 보지 못하고 있는 실정입니다. 최치원 군의 자기부상 가오리에 기대를 걸고 있으며, 각 나라마다 서둘러 자기부상 가오리를 만들고 있고, 프랑스에서 먼저 만들어 띄우긴 했습니다만, 이렇다 할 효과는 보지 못했습니다. 핵폭탄 이외의 가장 좋은 대안이라고 여겨지는 것은 이제 전기입니다. 수백만 볼트의 전기를 쏜다는 계획안이 만들어졌습니다. 하지만 거대한 크기의 발전기와 전기를 쏘아 맞히는 방식의 난해함이 그리고 마치 전기뱀장어가 감전되지 않듯이 전기마저 통하지 않는다면 오히려 원반을 자극하는 게 아닐까 하는 걱정도 앞서는 게 사실입니다.

프랑스의 자기부상 가오리에 대해 아직 모르시는 분들을 위한 설명을 조금 해주시죠.

네. 프랑스의 하늘에 떠 있는 자기부상 가오리 속에 원반이 들어갔고 분명히 튕겨져 나오는 것이 확인되었습니다. 하지만, 느린 화면으로 보면 마치 원반이 자기부상 가오리와 장난치는 것처럼 보입니다. 원반은 자신을 튕겨내는 자기장을 즐기는 모습이라고 합니다. 좀 더 정밀한 연구가 필요하다고 하겠습니다.

자, 좀 더 정리를 해 볼까요? 김재원 기자의 말을 종합해보자면 이 원반이란 생명체가 열을 먹고 산다는 학자들의 말을 바탕으로 하는 것이겠지요?

안타깝게도 시원하게 밝혀진 것은 하나도 없습니다. 그렇지만 녹화 영상을 통해보면 중국과 인도에 출현한 원반의 경우, 수없이 많은 사람을 죽이는, 죽이는 동안에 크기가 커졌다고 합니다.

참 어렵군요. 열을 먹고 산다면 왜 열이 많은 맨틀 안쪽이나, 태양으로 달려가지 않는 걸까요?

어떤 생물학자의 말을 빌자면, 사람이 먹고 마시는 많은 종류의 것에서 서로 다른 에너지를 흡수하는 것처럼, 물질의 상대성에 의해 흡수할 때의 열과 에너지원이 다른 이유라고 합니다. 예를 들어 휘발유를 태울 때의 가스와 경유를 태울 때의 가스가 다르듯이, 원반은 생명체를, 움직이는 힘을 가진 생명체를 태우는, 죽이는 과정에서 어떤 특정한 생명의 힘을 얻게 된다는 것입니다. 좀 더 쉽게 말해 찜질방에 가면 숯, 황토, 소금, 대나무, 게르마늄 등 여러 종류의 찜질이 있고 그 효과가 서로 다른 점과 같다고 하겠습니다.

들으면 들을수록 어렵고 또한 무서운 말이군요.

그러나 정확한 의미라기보다는 다만 추론일 뿐입니다. 하지만 아, 죄송합니다. 여기까지입니다.

네. 그렇군요. 네. 좋은 소식을 기다리면서, 계속해서 김재원 기자와 이야기를 나누도록 하겠습니다. 김재원 기자. 어떤 특별하다고 할 만한 주의사항이 있을까요?

네. 현재 우리나라에서도 많은 사람이 이미 원반에 의해, 그리고 굶주림과 목마름에 의해 희생당했습니다. 원반은 해가 있는 낮에는 빛을 받아 반짝입니다. 스스로 반사체이므로 낮과 밤 모두 확인할 수는 있지만, 항상 높은 곳에서 내려다보기 때문에 우리 눈에서 보이지 않는다고 사라진 게 아닙니다. 국민 여러분께서는 이 점을 잊지 마시고 절대로 이동하지 말아야 합니다. 가까운 일본의 곳곳에 출현했던 원반들이 도심에서 움직이는 생명체가 하나도 없는 상태가 되자, 공중으로 솟구쳐 사라졌다고 합니다. 하지만 무엇인가 움직이는 순간에는 순식간에 나타나 공격한 후 사라지고 있습니다.

네. 원반은 지금 세계 전역을 그런 방식으로 공격하고 있다는 말인데요.

사실, 그렇습니다. 각국 정부의 어떤 조치와 지침도 아직은 없는 상태입니다. 그렇지만 지금까지 들어온 여러 정보를 수렴해보면 원반은 북극과 남극, 알래스카와 유럽 북부의 일정지역을 제외한 세계 전역에서 살아 있는 모든 것에 공격을 가하고 있습니다. 육해공의 최첨단 무기들은 파괴되고 있습니다. 이것은 현실입니다. 사실상 인간의 파멸, 낮과 밤의 조용한 공황상태라고 하겠습니다.

네. 정말 한숨과 눈물, 굶주림과 목마름과 그리고 공포가 우리를 지배하고 있습니다. 처음에는 한반도만의 문제였으나 이제 지구 전역으로 퍼진 원반의 힘은 지구의 과학기술로는 멈출 수 없을지도 모르겠습니다. 어쩌면 우리에겐 신의 가호만이 필요할지 모르겠습니다.

국민 여러분, 이것은 기적일지도 모릅니다. 어쩌면 마법인지도 모릅니다. 여러분 반가운 소식입니다.

인도에 사는 한 꼬마로부터 시작된 종이비행기가 마침내 전 세계의 유일한 희망이 되었습니다. 구체적인 내용을 인도 현지의 교포 홍기만 씨로부터 직접 전해 듣겠습니다.

저는 지금 아나운서께서 말씀하신 그 꼬마 자브람의 집에 있습니다. 자브람의 아버지 마하드 씨는 애드벌룬 전문가입니다. 그리고 저는 마하드 씨의 공장 부근에서 무역업을 하는 사람입니다. 지금 마하드 씨의 공장과 우리 공장은 지하통로로 연결되어 있고, 그래서 서로 다녀갈 수 있습니다. 처음 어떻게 시작되었는지 마하드 씨 얘기를 들어보겠습니다.

음. 처음에 자브람이 종이비행기를 날리고 싶다는 말을 했군요. 별 즐거움이 없는 아들의 뜻을 들어주리라 마음먹고 커다란 애드벌룬을 만들었답니다. 아들인 자브람은 가족과 주위 사람들에게 모두 종이비행기를 만들어 달라고 졸랐답니다. 수백 장의 종이비행기가 모였고 애드벌룬 속에 넣어졌습니다. 그리고 애드벌룬이 떠올랐으며 하늘 높은 곳에서 터졌습니다. 수백 장의 종이비행기가 하늘을 날아다니자 수십 기의 원반들이 그 사이를 오갔다고 합니다. 그리고는 서로 우왕좌왕하기만 할 뿐 종이비행기를 어찌하지는 않았다고 합니다. 이 이야기를 마하드 씨가 방송국에 알렸고 그 방송이 세계로 뻗어 나가 모든 국가에 퍼지게 된 것입니다.

네. 홍기만 기자. 아니 교포 홍기만 씨, 그리고 마하드 씨 그리고 자브람 군 수고하셨습니다. 시청자 여러분, 지금 방송을 보신 바와 같이, 여러 국가에서 반신반의하며 종이비행기를 애드벌룬 속에 넣어 띄어 보냈습니다. 결과는 기적이 되었습니다. 원반이 혼란스러워했습니다. 원반은 종이비행기가 없는 곳으로 이동하고 있습니다.

애드벌룬과 각종 풍선들이 세계의, 온 세상의 하늘을 날고 있습니다. 대륙뿐만 아니라 태평양, 대서양에도 애드벌룬과 작고 큰 풍선들이 종이비행기를 뿌리고 있습니다.

이것은 기적입니다. 우리는 이제 스스로 기적을 만들고 있습니다. 지금 세계인 모두가 종이비행기를 접고 있습니다. 국민 여러분께서도 모두 동참해주시고 있습니다. 애드벌룬은 종이비행기를 담고, 하늘 높은 곳에서 축복처럼 터져 수없이 많은 종이비행기를 세상에 날리게 됩니다.

종이비행기는 원반을 혼란하게 하는 유일한 수단입니다. 종이비행기는 열이 없는 무동력 비행체입니다. 원반은 종이비행기 곁에서 어쩔 줄 모릅니다.

어떤 사람들은 종이비행기에 '평화'라고 씁니다. 어떤 사람들은 종이비행기에 '사랑'이라고 씁니다. 여러분의 창가에도 있을 것입니다. 여기 방송국의 창 안으로 뛰어든 종이비행기, 제가 지금 들고 있는 종이비행기에는 이렇게 쓰여 있습니다.

평화 그리고 또 평화.

또 다른 종이비행기를 펼쳐 보겠습니다.

일본어로 쓰여 있군요.

우리에겐 좀 더 많은 사랑이 필요했어요.

하나 더 볼까요?

영어로 쓰여 있습니다.

평범한 일상이 우리에겐 축복입니다.

다른 비행기를 보겠습니다.

꽃이 보고 싶어요.

네. 저도 꽃이 보고 싶습니다. 여러분 큰 종이비행기가 아니어도 괜찮습니다. 작은 종이에 여러분의 생각과 느낌, 마음을 써서 접은 다음 애드벌룬에 넣으면 그것은 하늘을 타고 날다가 세상에 축복처럼 퍼져 누구의 손에 들어가거나, 바람을 따라 흘러다니며 더 많은 사람의 눈에 띌 것입니다.

국민 여러분, 아니 세계 시민 여러분.

드디어 원반이 사라졌습니다. 이 안전이 과연 완벽한 것이든 그렇지 않든, 우리는 언제까지든지 사랑과 평화와 행복의 종이비행기를 날릴 것입니다. 세계 곳곳의 사람들이 날린 종이비행기가 우리에게 평화를 가져다주었습니다. 우리의 평화! 우리 스스로 유지해야 합니다. 모든 악몽은 끝이 났습니다. 원반은 사라졌습니다. 대기권 밖으로 벗어나 우주 속으로 사라졌다고 합니다.

어떤 분들이 물어봅니다. 수없이 많은 인공위성들은 왜 공격당하지 않았나요? 라고. 하지만 그것은 모릅니다. 다만, 어느 학자가 이렇게 말했습니다.

인공위성은 우주와 자연의 법칙을 깨지 않았기에 원반에겐 적이 아니었을 거라고 말입니다.

그 말은 곧 세상을 세상답게, 사람을 사람답게 하는 법칙을 깨지 않는 우리 지구가 되어야 한다는 말이겠지요. 이젠 돌아가 뜨거운 물로 몸을 씻고, 긴 잠을 잔 후에, 다시 일상으로 돌아가려 합니다.

국민 여러분께서도 다시 일상으로 돌아가십시오. 일상으로 돌아갈 준비를 하십시오. 우리의 삶에 평화가, 영원한 평화와 삶의 행복이 있어야 함을 우리는 잊어서는 안 될 것입니다. 우리는 모든 것을 극복했으며, 모든 것을 더 좋은 자리로 만들고, 모든 것을 사랑과 평화를 위해 사용하는 새로운 우주의 시대를 맞이할 것입니다. 새로운, 그리고 멋진 날들 되십시오. 안녕히 계십시오.

15:00
16:00

17:00

18:00

19:00

20:00

21:00

22:00

23:00

24:00

01:00

02:00

03:00

04:12

NASA 메인 화면

금성 탐사선으로부터의 전문.

달 후면에 지름 2km가량의 원반 한 개체 발견……. 현재 움직이지 않고
있음.

최후의
전쟁

설인효

2007년 6월 아이작가 단편공모에 「공유」가 당선되었으며, 같은 해 12월 단편 추리소설 「최면」으로 한국추리작가협회 미스터리 신인상을 수상했다. 2008년부터 본격적인 작품 활동을 시작하여 추리와 SF, SF와 추리를 결합한 장르의 작품들을 쓰고 있다. 주요 작품으로 「그리고 아무도 없었다」, 「진짜 죽음」, 「전화살인」, 「Zombie 2011 in Seoul」 등이 있다. 그 중 「그리고 아무도 없었다」는 한국 대표 단편 추리소설로 일본 내 최대 발행부수 추리잡지인 『하야카와 미스터리 매거진』 1월호에 일역되어 실리기도 하였다. 장편으로는 미발표작인 『기쎈』과 『만파식적』 등이 있다.

1

강연은 열띤 분위기 속에서 진행되고 있었다. 학생들의 눈빛은 어느 때보다도 빛났다. 아이러니하게도 평생 인류의 평화를 가장 비관적인 관점에서 분석해온 교수의 강의가 인류가 역사상 가장 큰 위기를 맞아 의도하지 않았던 평화의 순간으로 접어들고 있는 지금, 때 아닌 빛을 발하고 있는 것이다. 이미 객석 좌우 복도는 서서라도 강의를 들으려는 학생들로 메워져 있었고 뒷줄은 각 방송사의 기자들과 촬영장비들로 발 디딜 틈조차 없었다. 강의가 시작된 후 도착한 성찬은 안내 요원의 인도를 받으며 겨우 맨 앞줄의 지정석에 앉을 수 있었다.

강의는 이제 막 서론을 끝내고 본론으로 이어지고 있었다. 석 교수가 과연 오늘의 강연 주제를 무엇으로 잡았을지 궁금했던 성찬이었다. 강연장 주변을 돌아보고 연단에 서서 예의 그 차분한 어조로 강연을 진행하고 있는 교수의 모습을 바라보니 흡사 30여 년 전 그의 첫 강의를 듣던 때로 돌아간 느낌이 들었다.

석 교수의 강의는 널리 알려져 있지는 않았지만 마니아층을 형성하고 있었다. 그가 쓴 책들도 그렇지만 그의 강의는 단 한마디도 논리의 흐트러짐이 없기로 유명했다. 그러니까 논리가 진행되는 한 단계, 한 단계가 그 주제에 대해 고민해 본 사람이라면 누구나 짚고 넘어가야 할 필연적인 쟁점들의 한 대목, 한 대목이었던 것이다. 그의 책을 진심으로 집중해서 읽으면 숨이 막힐 것 같다고 말하는 학생들도 있었다. 성찬 역시 학부 3학년이 되어 그의 강의를 듣고서야 비로소 자신이 배우고 있는 학문이 무엇인가를 깨닫게 되었다.

오늘 강연은 석좌교수인 석 교수의 퇴임을 기념하는 고별 강의였다. 동시에 그가 한국을 대표하는 석학으로서 미국에서 개최될 세계 임시 정부 수립을 위한 승리당 전당 대회로 떠나기 전 마지막 강연이었다. 운집한 학생들과 기자들은 석 교수가 임시 정부 수립에 대한 승리당의 비전과 공약을 상세히 밝히는 자리가 될 것으로 기대하고 이 자리에 모였을 것이다. 그러나 강연은 역시 근대 국가들 사이의 관계로서 국제 정치, 그러니까 '국가들 사이의 정치'가 역사적으로 형성되고 전개되어 온 과정과, 그 과정에서 만들어진 국가 내부의 구조와 국가들로 이루어진 체제의 구조가 본질적으로 어떻게 유기적인 연관 관계를 맺으며 발전해 왔는가를 설명하는 것이었다. 성찬의 예상이 맞았다. 성찬은 의자에 깊숙이 기대앉으며 엷은 미소를 머금었다. 이미 수차례 들어 외울 수도 있는 내용이었지만 그는 기꺼이 다시 즐길 준비가 되어 있었다.

15세기 중반이 되면 서유럽의 정치 단위들은 지각 변동이라 할 만한 근본적인 구조 변동을 경험하게 된다. 위로는 교황령과 제국과 같은 광역 단위들로부터 아래로는 선 자리에서 그 경계를 둘러 볼 수 있는 작은 도시국가와 심지어 비적집단까지, 다양한 크기와 규모로 존재했던 정치집단들이 서서히 근대국가라는 단일한 정치 형태로 재편되기 시작한다. 1500년을 기준으로 500개를 상회했던 독립적인 정치단위들은 1900년이 되면 그 수가 20개 남짓으로 대폭 줄어든다. 예외 없이 모두 근대국가다.

오늘날 우리가 그 안에서 살고 있는 이 근대국가란 왜 그토록 독보적인 정치단위가 되었을까? 그것은 근대식 전쟁을 가장 잘 하는 단위였기 때문이다. 근대국가는 근대식 전쟁에 필요한 대규모의 자원과 인력을 가장 효율적으로 동원할 수 있는 정치단위였다. 독일의 역사가 오토 힌체가 말했듯 모든 국가조직은 원래 전쟁을 위한 군사조직이었다.

문제는 근대국가가 국가 내의 사회로부터 전쟁에 필요한 자원 동원의 동의를 얻기 위해서는 또 다시 전쟁이 필요했다는 점이다. 국가의 자원 동원은 항상 사회의 저항에 부딪치게 되는데 전쟁만큼 손쉽게 저항을 극복하고 동의를 이끌어낼 수 있는 계기는 없었다. 결국 전쟁을 제대로 수행하기 위한 노력은 다시 전쟁을 필요로 하게 되었고 그 결과 전쟁기구로서 국가와 항상적인 전쟁관계로서 국제 관계는 유기적인 연관성 속에서 서로가 서로를 강화하며 발전해 나갔다. 찰스 틸리의 말처럼 국가는 전쟁을 만들었고 다시 전쟁이 국가를 만들었다.

2

　연평도 포격 사건이 있은 후 채 14개월이 안 돼 2012년 초 북한은 또 한 차례의 군사 도발을 감행했다. 연평도 사건이 그랬듯 북한이 왜 그런 도발을 감행했는지에 대해서는 여전히 여러 추측만이 존재할 뿐이다. 그러나 북한의 과감성은 계속 커져만 가는지 이번에는 경기 북부의 민가를 공격 대상으로 삼았다. 20여 분 간 지속된 포격에서 수채의 가옥과 상가 건물이 피격되었고 20여 명의 민간인이 사상했다. 돌이킬 수 없는 도발은 전쟁이 불가피한 상황으로 몰고 갔지만 남한 정부는 섣부른 행동을 할 수 없었다. 연평도 사건 후 강화된 교전 규칙에 따라 포격 원점과 부대에 대한 응사가 이루어졌지만 북한군의 장사정포 공격과 핵 및 생화학 무기 사용 위협으로 섣불리 확전으로 이어질 행동에 나설 수 없었던 것이다.

　결국 남한은 다시 미국과의 공조에 의지했다. 연평도 이후 일시적인 해빙무드에 있던 북미 관계는 북한이 장거리 미사일 기술 개발에서 획기적인 혁신을 이루면서 다시 긴장국면으로 돌아섰다. 핵을 가진 북한이 미사일까지 갖게 된다면 미국으로서도 좌시할 수 없는 일이었기 때문에, 미국은 어떻게든 북한을 손 봐야겠다는 결론을 내리고 있었다. 이런 차에 한국의 요구는 가려운 곳을 긁어주는 일이 되었을 것이다. 문제는 중국이었다.

미국이 다시금 항모전단을 서해로 파견하자 중국은 즉각 군사적 대응을 하고 나섰다. 2008년 세계 경제위기 이후 자국의 국력에 대해 자신감을 갖게 된 중국은 미국과 함께 세계를 호령하는 G2의 위상을 넘어 동북아 지역에서는 서서히 미국을 배제하고 자신이 주도하는 질서를 수립하고자 노력하고 있었다. 결국 양국의 군사적 대치로 이대로라면 언제라도 제3차 세계대전이 발발할지 모를 위기상황이 연출되었다.

이러한 상황의 전개를 지켜보는 성찬의 마음은 미묘하고 복잡한 것이었다. 성찬은 탈냉전 이후 대부분의 학자들이 미국과 중국의 평화적인 관계를 예측하는 상황에서 양자 관계는 결국 필연적인 갈등관계로 돌아서게 될 것임을 일관되게 주장해 온 몇 안 되는 사람 중 하나였다. 천안함 사태 이후 미중간의 갈등이 확연해지기 시작하자 성찬의 주장이 스포트라이트를 받게 되었지만 두 강대국의 전장이 될 한반도의 운명을 생각할 때 이것이 결코 유쾌한 일일 수는 없었다. 어쩌면 성찬은 자신의 예측이 맞지 않기를 진심으로 기원했는지도 모른다.

국가들로 이루어진 하나의 시스템인 국제 체제는 기본적으로 '무정부 체제'다. '무정부'란 규칙의 이행을 강제할 공권력이 존재하지 않음을 의미한다. 따라서 각 국가들은 자신의 안전을 스스로 지킬 수밖에 없고 서로가 서로를 의심할 수밖에 없다. 모든 국가는 언제나 일정한 공격력을 보유하고 있는데 서로가 서로의 의도를 완전히 알 수는 없기 때문이다.

곧 각 국가는 할 수만 있다면 더 많은 힘을 보유하여 다른 국가들을 압도

할 수 있게 되기를 바라게 된다. 즉 단지 자신의 안전만을 바라던 국가의 의도는 다른 국가 위에 군림하려는 행동으로 나타나고, 이는 같은 상황에 처해 있는 상대 국가 역시 마찬가지 행동으로 나서게 만든다. 결국 국제관계는 본질적으로 끝없는 투쟁의 상태가 되고 마는 것이다.

성찬은 국제관계에 존재하는 이러한 메커니즘에 입각하여 중국의 행동을 예측해 왔다. 많은 전문가들은 다양한 논리를 들어 더 이상 이러한 메커니즘은 작동하지 않는다는 주장을 전개했다. 혹자는 점증하는 경제관계가 전쟁을 불가능한 것으로 만들고 있다고 주장했다. 다양한 국제제도들이 국가들 사이에 존재하는 불신과 의혹을 제거해 줄 것이라는 주장도 있었다. 국제관계가 성숙해 감에 따라 국가들은 더 이상 서로를 라이벌로 인식하지 않게 되었다고 주장되기도 하였다. 그러나 성찬이 보기에 그 어떠한 논리도 국가들 사이의 관계를 본질적으로 변화시키지 못했다.

우연히 형성된 특정한 권력관계가 국가들 사이에 상당한 안정과 평화를 가져다 줄 수는 있다. 그러나 이는 일시적인 예외 상황에 불과하다. 미국이 세계 유일의 초강대국으로 남아 있는 동안 세계질서는 상당히 안정되어 있었다. 말하자면 군기반장이 나타나 실질적인 선생님 역할을 하며 교실의 분위기를 잡고 있었던 것이다. 그러나 도전자가 나타나면 상황은 달라진다. 물론 도전자는 숙여야 할 때를 알기 때문에 처음부터 섣부른 도전을 일삼지는 않는다. 그러나 때가 무르익으면 한 번의 판 가리 싸움은 불가피한 것이 된다. 점차 도저히 양보할 수 없는 사활적 이익이 서로 겹치기 시작하기 때문이다. 미국과 중국 양국에게 한반도가 그랬다.

계속되는 중국의 경고에도 불구하고 결국 미국이 먼저 선을 넘었다. 미국은 파견된 군사력을 증강하면서 중국이 북한에 대한 미국의 군사작전을 막아설 경우 중국에 대해서도 군사적 조치를 취할 것임을 선포했다. 물론

이러한 사태는 상황이 더 악화되기 전에 중국을 응징해야 한다는 판단에서 나온 것일 터였다. 미국 내에서는 중국에 대해 격앙된 여론이 비등하고 있었고 경제력과 군사력 등 제반 여건 상 미국이 중국을 압도하고 있다는 분석이 뒷받침되었다.

그러나 초기의 전황은 예상을 뒤엎는 것이었다. 상호간에 핵전쟁은 피해야 한다는 공감 속에, 제한된 형태로 치러진 첫 번째 교전에서 미국의 항공모함이 중국의 항모차단 미사일에 심각한 타격을 입고 말았던 것이다. 곧 다른 항공모함들이 배후를 보강하였지만 중국이 미국 군사력에 대해 상당한 차단 능력을 보유하고 있음은 입증된 셈이었다.

갑작스런 반전이 이루어진 것은 첫 교전이 이루어진 후 4일 째였다. 전열을 가다듬던 것으로 보이던 미국 측의 항모전단이 하나 둘 서해에서 빠져나가기 시작했다. 이어서 중국 측이 성명을 발표해 더 이상의 군사행동은 없을 것임을 선언했다. 그 후 양측 실무자와 고위 장관의 잇단 회동이 이어졌고, 마침내 양국 정상의 화상 전화로 상황은 종료되었다.

표면적인 이유는 강대국 간의 갈등은 전쟁이 아닌 대화와 타협으로 풀어야 한다는 점에 양국이 전격 합의했다는 것이었다. 갖가지 추측이 제시되었지만 어느 것 하나 이 이해할 수 없는 상황을 속 시원히 설명해주지는 못했다. 양국 정부는 공식적인 답변 외에는 일체 함구로 일관했다. 누구도 비밀을 알지 못했다. 적어도 그로부터 3개월이 지난 후까지는.

3

강의는 중반으로 접어들고 있었다. 애초에 기대했던 내용이 아니자 잠시 실망했던 청중들은 어느 덧 석 교수의 강의에 심취해가고 있었다. 그는 이제 리슐리외에서 마키아벨리, 홉스를 거쳐 마이네케와 막스 베버로 이어지는 국제관계에 관한 현실주의 사상가들의 이야기를 이어가고 있었다.

새로운 사상이 새로운 세상을 여는 것은 아니다. 다만 새로운 사상은 변화된 현실을 바르게 이해할 수 있는 길을 열어준다. 기존의 생각과 사고체계 속에서 철저히 교육된 일개 사상가가 변화된 현실에 눈을 뜨고 이를 분석하고 이해할 수 있는 새로운 사고의 틀을 제시한다는 것은 단순한 일이 아니다. 이것이 시대를 이끌어 온 사상가들의 진정한 가치다.

리슐리외에서 막스 베버까지 현실주의의 계보를 잇는 사상가들은 모두 국제관계에 대한 기존의 선입견을 떨쳐버리고 변화된 현실에서 인류가 처한 새로운 문제의 본질이 무엇인지를 드러내주었다. 리슐리외는 국왕 루이 14세를 설득해 당시 대표적인 구교국가였던 프랑스가 신교 국가들과 손잡고 교황에 대항하도록 만들었다. 그는 국가의 운명을 결정하는 것은 더 이상 종교가 아니라 '국가 이성'이라는 관점을 수립했다.

마키아벨리는 이러한 관점을 더욱 정교하게 발전시켜 종교와 도덕이 제거된 순수하고 냉철한 의미의 정치라는 관념을 창안했다. 그는 절대 왕정 국가 프랑스에 의해 유린되는 조국 이탈리아의 도시국가들을 보면서 정치 공동체를 생존시킬 수 있는 국왕의 자질을 논했다. 그의 글에는 이미 살아 있는 생명체로서의 고전적 국가개념이 국왕이 소유하고 관리하는 보다 근대적 개념에 근접한 국가개념으로 대체되고 있다.

이렇게 사상가들의 사고의 궤적을 추적하는 것으로 우리는 국제관계의 역사적 변화를 추적할 수 있다. 오늘날 국제관계의 기본 단위들과 행위의 원리들이 생성되고 변화돼가는 과정이 그들의 사고 속에 알알이 새겨져 있기 때문이다. 석 교수의 강의를 듣다보면 사상가들의 한마디 한마디가 마치 우리를 가르치려는 듯 국제관계의 한 단계 한 단계를 짚어주고 있다는 착각에 빠지게 된다.

강연에 깊이 빠져 있던 성찬은 어느 새 엄지손가락을 깨물고 있는 자신을 발견하고는 자세를 고쳐 앉았다. 언제부터 이런 버릇이 생겼단 말인가? 어젯밤 아내에게도 지적을 당한 그였다. 그런데 우연히 옆을 보았을 때 옆자리의 교수도 손가락을 깨물고 있다는 사실을 발견하고는 피식, 실소하지 않을 수 없었다. 그렇다. 이 버릇은 성찬만의 것이 아니었다. 이 버릇은 그날 이후 생긴 것이었다.

4

그날 성찬은 늦여름의 폭염을 피해 시내의 한 음식점에서 이른 저녁을 먹고 있었다. 음식이 나오기를 기다리며 탭으로 각종 신문의 국제면 기사들을 검색하고 있던 성찬은 사람들이 웅성거리는 소리에 식당 한편에 켜 있는 TV로 눈을 돌렸다.

화면은 미 백악관의 공식 브리핑을 생중계하고 있었다. 거리가 멀어 소리는 잘 들리지 않았지만 곧 화면 아래로 큰 글씨의 보도 제목이 자막처리되었다.

"뭐? 뭐라고?"

성찬은 자신의 눈을 의심했다. 파란 바탕의 흰 글씨로 된 속보 제목은 '나사 긴급 발표, 외계인 침공 임박'이었다. 외계인 침공? 외계인 침공이라니? 그럼 외계인들이 우주선을 타고 지구를 공격하러 오기라도 한다는 말인가? 차라리 미국이 항공모함을 몰고 남한을 공격하러 오고 있다면 더 믿겠다.

처음엔 도저히 믿을 수 없었다. 무슨 방송 사고나 아니면 좀 심한 코미디의 한 장면이 아닌가 생각했다. 그러나 성찬은 긴급 속보가 끝없이 올라오는 자신의 탭을 보면서 이 믿을 수 없는 상황이 장난이 아님을 알 수 있었다.

잠시 후 화면에는 미 대통령이 등장했다. 미 국민, 아니 사실상 전 세계인을 대상으로 한 담화를 하려는 것이었다. 이게 무슨 영화 속에서나 나오던 장면이란 말인가? 자신의 뺨을 꼬집어보려던 성찬은 옆자리의 남자가 그렇게 하고 있는 것을 보고는 그만 두었다. 장내가 조용해지고 종업원이 TV의 소리를 키웠는지 이제 내용을 잘 들을 수 있게 되었다. 대통령은 진지한 표정으로 여러 차례 지금의 상황은 실제라는 점을 힘주어 강조하며 말을 시작했다.

약 6개월 전 신기술을 도입한 새로운 위성 탑재 천체망원경이 가동되기 시작했다. 이 망원경은 원래 지구에 근접하는 소행성들을 관측하여 혹시 지구에 충돌할 가능성이 있는지를 탐사하기 위한 것이었다. 따라서 이 망원경은 스스로 빛을 내는 별 외의 다양한 천체를 관측하기 위해 고안된 것으로 주변 천재에서 발생하는 빛이 반사되는 것을 활용하거나 해당 천체가 내뿜는 고유한 전파들을 종합적으로 분석하여 천체를 관측하는 시스템이었다. 뭔가 과학적인 설명을 더 해보려던 대통령은 이내 고개를 가로저으며 좀 더 자세한 설명은 이어지는 전문가의 해설을 들어주기 바란다고 말했다.

새로운 관측 시스템은 수개월 전 우연히 한 이상한 물체를 발견하게 된다. 상당한 속도로 이동하는 물체는 일반적인 천체의 운동방식과는 다른 다양한 움직임을 보여주었고 상당 기간 관측을 지속한 결과, 그것은 일종의 비행선, 그러니까 외계의 지성체가 만든 우주선이라는 결론을 내리게 되었다. 물론 최종적인 결론을 내리고도 과학자들조차 이와 같은 사실을 믿기가 쉽지 않았다. 그러나 동일한 원리를 적용한 관측 시스템이 독일과 일본에 의해서도 개발되고 있었고 이들의 잇단 관측도 같은 결과를 가져왔을 때는 더 이상 명백한 사실을 외면할 수 없는 상황이 되었다.

이후 수주에 걸쳐 지속된 관측은 몇 가지 사실을 더 확인해 주었다. 10여 개에 이르는 비행체는 크기가 거대할 뿐 아니라 주변 천체들을 상대로 일종의 군사작전을 실시하는 것이 관측되었다. 자세한 것은 알 수 없었지만 우주선들이 상당한 화력을 가지고 있는 것만은 분명했다.

이점까지 설명한 미국 대통령은 더욱 진지한 표정으로 다음 말을 이었다. 광활한 우주에서 이런 물체를 발견했다는 것은 지극히 우연한 일이다. 지금 이 시점에 우리가 새로운 기술을 개발하여 그들을 미리 발견할 수 있었다는 것도 믿기 어려운 우연이다. 그는 이것이 우리에게 주어진 하나의 기회라고 믿고 싶다고 말했다.

그는 아직 외계인들이 어떤 의도를 가지고 있는지 정확히 알 수 없는 상태라는 점을 인정했다. 그러나 이제까지의 관측결과 그들이 어떤 의도에서건 우리를 공격할 가능성이 분명히 존재하고 있음은 부인할 수 없는 사실이라는 점을 강조했다. 외계인들이 먼 우주 공간을 날아 우리에게 오고 있다는 것은 그들이 엄청난 과학기술을 보유하고 있을 것이란 추측을 가능하게 한다. 그렇다면 어떤 사람들은 인류가 멸망하게 될 것이라고 겁을 먹게 될지도 모른다. 그러나 그는 아직 우리에게 기회가 있으며 그 기회를 스스로 날려버린다면 그것이야 말로 어리석은 일이 될 것이라 말했다.

과학자들의 분석에 따르면 이제까지 관측된 최고 속력으로 비행체가 지구로 향할 경우 2012년 말이나 2013년경 지구에 도착할 것이 예상된다. 미 대통령은 지금부터 전 세계 모든 지도자들과 협력하여 외계인의 공격에 대한 준비를 해 나갈 것이라 선언했다. 그는 앞으로 당분간 안정을 위해 미국에서 계엄령을 선포한다고 덧붙였다. 그는 합법적인 절차에 따라 의회가 계엄령의 철회를 요구할 수 있지만 현 사태의 심각성을 고려하여 올바른 판단을 해주기 바란다고 말하며 단상에서 한 걸음 물러났다.

잠시 후 과학자로 보이는 몇 사람이 나타나 대통령 옆에 섰고 그들은 기자들의 질문에 함께 답하기 시작했다. 화면을 응시하던 성찬의 눈빛이 초점을 잃고 흐려졌다. 머릿속에 수많은 상념들이 어지럽게 뒤엉켰다. 잠시 뒤 소중한 사람들의 얼굴이 하나 둘 떠오르면서 그들을 지켜야 한다는 생각에서인지 본능적인 분노가 치솟았다. 심장의 거센 박동이 의식을 돌려놓았다.

빗발치는 기자들의 질문에 대통령과 과학자들은 차분히 응답을 해주고 있었다. 질문은 역시 현사태의 진위 여부에 대한 것이 주를 이뤘다.

"현재 외계 비행체의 위치는 어디며 그들은 어디에서 온 것입니까? 외계 지성체가 존재할지 모를 항성계는 너무나 먼 곳에 있기 때문에 아무리 과학이 발전했다 해도 우리에게 도달할 수 없는 것으로 아는데요. 그 정도의 과학을 가지고 있다면 오늘 당장 지구에 도착하지 못하는 이유는 뭡니까?"

"그 점에 대해서는 여기 세브첸코 박사께서 설명해 주실 겁니다."

대통령이 나서서 자신의 왼편에 선 한 과학자를 소개하며 마이크를 넘겼다.

"그런 판단이 가능한 것은 사실입니다. 그렇지만 여전히 우리가 모르는 과학적 현상들이 너무나 많습니다. 현재 우리의 가장 빠른 우주선은 빛의 속도의 1%에도 이르지 못하고 있습니다. 그들의 비행체는 우리에 비해 약 50에서 최대 80배 정도 빠른 것으로 보입니다. 따라서 상당한 속도지만 결코 외계행성에서 우리에게 도착할 수 있는 정도는 아닙니다. 그들은 아마도 웜홀을 통과하여 공간을 이동해 온 것으로 보입니다."

갑자기 기자들의 질문이 빗발쳤고 옆에 서있던 공보관이 가까스로 그들을 진정시켰다.

"물론 웜홀을 통한 공간 이동이 어떻게 가능하고 어떠한 수준의 기술을 요구하는지 우리는 아직 모릅니다. 그러나 그것이 생각보다 높은 수준의 기술을 요구하지 않을 가능성도 있습니다. 우리 연구진의 관측에 따르면 대략 2년 전 태양계에서 그렇게 멀지 않은 곳에 웜홀이 형성된 것으로 추정되고 있습니다. 만일 외계인들이 웜홀을 통해 공간이동을 할 수 있는 기술을 가지고 있다면 현재 비행체의 속도로 어떻게 우리에게 접근할 수 있었는지 이해할 수 있습니다."

"더불어 우리는,"

대통령은 장중을 한번 훑어보며 기다렸다는 듯 말을 이었다.

"그들의 기술 수준이 그 정도에 제한되어 있다면 우리가 온 힘을 다해 맞설 경우 그들을 막는 것도 전혀 불가능하지는 않다고 생각합니다. 그들은 어차피 먼 거리를 이동해 왔고 규모 역시 우리에 비하면 작습니다. 나는 이 시간 이후 전 세계 모든 인류에게 이러한 노력에 동참해 줄 것을 요청합니다. 감사합니다. 우리 연구진에게 필요한 질문을 계속해 주시기 바랍니다."

대통령은 이 말을 끝으로 단상을 떠났다. 대통령이 나간 후에도 과학자들에 대한 기자들의 질문과 답변이 한동안 이어졌다. 어느 누구하나 자리에 앉지 못하고 선채로 그 장면을 바라보고 있었다. 성찬은 어느 새 엄지를 깨물고 있었다.

5

강의는 막바지에 접어들고 있었다. 석 교수는 이제 국제관계에서 평화라는 것이 얼마나 어렵고도 우원한 것인가를 설명하고 있었다.

영국의 전쟁사가 마이클 하워드가 말하듯 진정한 의미의 평화란 겨우 17세기가 되어서야 계몽주의 철학자들에 의해 '발명'된 것이었다. 그 전까지 평화란 가능하지도 않았지만 진지하게 추구된 적도 없었다. 전쟁은 합법적이고 합리적인 문제해결 수단이었고 하나의 반복되는 일상이었다. 인류사의 많은 부분이 전쟁사인 반면 평화사란 말은 들어본 적이 없다. 전쟁보다 평화가 좋다는 단순한 진리를 인류는 수천 년의 긴 세월을 지낸 후에야 겨우 깨달을 수 있었다.

안전한 국가 속에서 일상을 보내는 시민들에게 이러한 사실은 받아들이기가 쉽지 않다. 정말 인류가 그토록 호전적이란 말인가? 프랑스의 사상가 레이몽 아롱은 전쟁이 인간 사회에 얼마나 깊이 각인되어 있는지를 잘 드러내 준다. 국제관계에 대한 오랜 성찰 끝에 그는 국가가 얼마나 치밀하게 개개 국민에게 호전성을 사회화시키는지를 알게 되었다. 우리의 교육과 문화가 얼마나 정교하게 남성들은 전사의 후예로, 여성들은 그들을 자랑스럽게 바라보는 어머니, 아내, 딸로 키워 내는지를.

판타지 소설이자 영화인 '나니아 연대기'에서 주인공 아이들은 2차 대전 당시 독일의 공습을 피해 런던에서 시골로 이주하게 된다. 영화의 첫 장면은 기차역에서 엄마와의 이별을 서러워하는 아이들의 모습으로 채워진다. 그런데 시골 노교수의 저택에서 옷장을 통해 환상의 세계인 나니아로 가게 된 아이들은 그곳에서 얼음 마녀를 상대로 또 다시 전쟁을 준비하게 된다. 마침내 대평원에서 얼음 마녀 군단을 향해 어린이들이 이끄는 군대가 말을 달릴 때 초롱초롱한 눈빛으로 영화를 지켜보던 대 여섯 남짓의 꼬마 관객들은 일제히 자리에서 일어나 박수갈채를 보낸다. 이처럼 전쟁에 대한 열광은 참으로 어려서부터 길러지는 것이다.

"독일의 철학자 칸트는 국가들 사이의 평화를 이루기 위한 조건을 논한 바 있습니다. 오늘날까지 그의 논의는 평화에 대한 가장 정교한 논리로 주목받고 있죠. 한 때 유럽의 사상계에서 '영구 평화' 그러니까 영원이 지속될 수 있는 평화 개념이 논쟁의 중심이 된 적이 있습니다."

석 교수는 잠시 단상에서 내려와 좌중을 한번 둘러보며 말을 이었다. 이것이 교수가 논의의 결말에 다다랐을 때 하는 오랜 습관이라는 것을 성찬은 바로 알아봤다.

"그 중 생피에르와 루소 사이의 논쟁이 유명합니다. 생피에르가 진지하지만 감상적인 어조로 논한 영구평화론은 루소에 의해 신랄한 비판을 받게 됩니다. 일반적으로 칸트는 영구평화의 가능성을 긍정하면서 구체적인 조건을 탐색했던 것으로 알려져 있습니다. 그가 논했던 여섯 개의 예비조항과 세 가지 확정 조항은 오늘날 '민주평화론'이라 영향력 있는 국제관계이론의 논리적 근거가 되고 있습니다. 예컨대 칸트는 각 국가가 공화정, 그러니까 민주주의가 되면 전쟁 결정을 내리는 과정에 여론이 작용하여 국가들이 전쟁을 하기가 어려워질 것이라 논합니다."

석 교수는 관객석에 더 가까이 다가서 한 학생과 눈을 맞추며 이야기를 이었다.

"그러나 실제로 칸트의 다른 저작이나 영구평화론을 썼던 시기의 정황을 살펴보면 이러한 이해는 상당한 오해라는 사실을 발견하게 됩니다. 칸트는 누구 못지않은 현실주의자였습니다. 칸트가 영구평화론에서 논한 조건들은 평화의 조건이 아니었습니다. 오히려 그것은 평화란 얼마나 불가능한 것인가를 드러내 보이기 위한 것이었습니다. '평화란 이런 조건들이 모두 달성되어야 비로소 가능해 지는 것이다, 그러니 이것이 과연 가능이나 하겠는가?' 바로 이런 맥락이었다는 것이죠."

석 교수는 돌아서 단상으로 돌아가며 다시 이야기를 이었다.

"오늘날 민주평화론을 논하는 학자들도 세상 모든 국가가 민주주의가 되기도 어려울 뿐 아니라, 민주화의 과정에 있는 국가들은 오히려 내부갈등으로 인해 더 호전적이 되는 경우가 많다는 점을 인정하고 있습니다. 또 민주국가는 독재나 권위주의 국가에 대해 매우 호전적으로 행동합니다. 미국이 이라크나 북한에 대해 취하고 있는 태도처럼 말이죠. 에밀 뒤르켐이 이야기 하듯 성숙한 민주시민들도 잘 짜인 '군사-산업-문화 복합체'의 작용에 의해 언제든지 호전적으로 변할 수 있습니다. 말하자면 군사 무기를 생산하는 거대 산업체가 문화 산업의 자본을 움직여 호전적인 문화가 지속적으로 양산되도록 할 수 있다는 것입니다."

청중들의 분위기도 이야기의 내용만큼이나 무겁게 가라앉았다.

"칸트는 인간 심성에 관한 오랜 관찰 끝에, 결국 인류는 끝없는 전쟁의 참화 속에서 거의 모든 사람들이 절멸한 후 그들의 시체더미 위에서나 평화를 얻게 될 것이라 결론지었습니다. 그제야 비로소 평화의 가치를 깨닫고 영구평화의 계약에 동참하게 되리라는 것이죠. 오늘 우리는 과연 인간이 그토록 어리석은 존재인가를 여전히 우리 스스로에게 자문해 봐야하겠습니다."

강연을 마친 석 교수는 좌중을 한번 휘 둘러보고 서둘러 단상을 내려왔다. 다소 충격적인 결론에 청중들은 잠시 침묵에 빠졌다가 하나 둘 좌석에서 일어나 박수를 보내기 시작했다. 그것은 자신들의 기대와 상관없이 인류의 평화에 대한 노교수의 평생에 걸친 고찰에 대해 경이를 표하고자 하는 것이었다.

　복도를 통과해 뒷문으로 나가는 석 교수는 기자들의 질문에도 말을 아꼈다. 곧 승리당의 공식입장이 발표될 것이므로 그때까지 기다려 달라는 말만을 반복하고 있었다. 성찬도 석 교수 일행의 뒤를 따르며 함께 강연장을 빠져나갔다.

　강연장 밖은 경계가 삼엄했다. 혹시라도 시위에 나선 사람들과의 충돌이 벌어질 것에 대비해 경관들과 군 병력이 강연장을 둘러싸고 있었다. 병력 너머로 피켓을 들고 침묵시위를 벌이고 있는 학생들의 모습이 보였다. 침공 발표 후 석 교수가 주장해온 입장에 반대하는 학생들과 시민들이 석 교수의 강연과 의견 발표에 반대의사를 표시하기 위해 시위에 나선 것이었다. 다행히 시위가 과격해지지 않아 큰 충돌은 없는 것으로 보였다.

　경관들이 경계하고 있는 안쪽 도로에 방송국 차량들이 줄지어 주차되어 있었고 한 쪽에 주차되어 있던 검은색 리무진이 서서히 중앙으로 다가오기 시작했다. 차가 도착하자 석 교수는 뒤 따르던 기자들에게 가볍게 인사를 건네며 차에 올랐고 성찬과 몇 사람들도 뒤이어 차에 탔다. 뒷문을 닫기 전 성찬은 광장의 구석구석을 다시 한 번 돌아보았다. 얼마 전 이곳에서 있었던 일들이 다시금 떠올랐다.

6

　외계인 침공에 대한 공식 발표가 있었던 다음 날 성찬은 아침에 눈을 뜬 후 한참을 침대에서 일어나지 못했다. 한국 정부도 계엄령을 선포했고 모든 공공기관과 기업체들도 무기한 휴무를 단행했기 때문에 학교에 나갈 일이 없기도 했다. 그러나 아침에 눈을 떴을 때 현재의 상황이 혹시 지난밤에 꾼 악몽이 아닐까 하는 소박한 희망을 쉽게 떨쳐버릴 수 없었다. 그러나 초조한 듯 거실을 서성이는 아내의 모습을 보았을 때 그는 자리에서 일어나 무언가를 해야겠다는 결심을 할 수 있었다.

말없이 거실에 나가 아내와 딸을 함께 안아 주었다. 어떤 말보다 따뜻한 체온을 나누는 것이 더 큰 위로가 될 때가 있다. 아직 사태의 의미를 완전히 이해하지 못하는 여섯 살배기 딸아이는 엄마의 표정으로부터 사태의 심각성을 직감하고 있을 뿐이었다. 그저 매일 나가던 유치원에 갑자기 나가지 않게 된 것이 신기하고 재미났을지도 모른다. 성찬은 아이의 귀에 조그만 소리로 속삭여 주었다. '아무 일 없을 거야'라고.

간단한 아침을 먹은 가족은 소파에 앉아 계속되는 뉴스 보도를 지켜봤다. 짧은 시간이었지만 밤사이 많은 일들이 벌어졌다. 술에 취해 난동을 부린 사람들부터 문이 닫힌 점포를 부수고 들어가 물건을 훔쳐 달아난 사람들까지, 전국은 아수라장이 되어 있었다. 경찰이 저지하려 했을 때 사람들은 하나 같이 이제 세상이 다 끝인데 경찰이 뭐고 정부가 뭐냐며 항변했다. 정부는 통제의 수위를 높이면서 어느 정도의 안정을 되찾을 때까지 행정 구역 단위로 민간인의 이동을 통제할 수도 있음을 발표했다. 그러면서 아직 희망이 있으니 하루 빨리 안정을 되찾고 전쟁을 준비하자고 강변했다.

그날 오후 석 교수가 불현듯 성찬에게 전화를 걸었을 때 성찬은 적잖이 놀랐다. 오랜만의 전화이거니와 이런 혼란 상황에서 왜 자신에게 전화를 했을지 의아했기 때문이었다. 석 교수는 긴히 할 말이 있으니 다시 시내 이동이 자유로워지면 자신의 연구실로 찾아오라는 말을 하고 나머지 이야기는 직접 만나서 하자며 짧은 통화를 마쳤다.

그날 이후 TV는 각종 좌담회와 다큐멘터리 등 외계인 침공을 둘러싼 쟁점들을 다루기 위한 내용들로 가득 찼다. 처음에는 이 모든 것이 거대한 음모가 아니냐는 주장도 만만치 않았다. 얼마 후 나사가 제작한 8회분에 달하는 다큐멘터리가 전 세계적으로 방영되면서 외계인이 침공해 오고 있다는 사실 자체에 대해서는 큰 이의가 제기되지 않았다. 물론 마지막까지 음모론을 주장하며 진실을 밝히겠다는 사람들도 적지 않았다. 이들을 중심으로 현 사태를 인정하더라도 시민의 자유를 위협하는 정부의 지나친 조치에는 항거하겠다는 움직임이 거셌다.

마침내 일주일 만에 통행의 자유에 대한 제한조치가 해제됐다. 주요 선진국들을 중심으로 사회의 각 기능이 정상화되면서 남은 기간 동안 최선을 다해 외계인에 대한 전쟁을 준비하자는 합의가 형성되기 시작했고 한국도 이에 동참하는 결의를 국회에서 의결했다.

몇몇 국가에서 쿠데타 수준의 봉기가 일어나기도 했지만 대부분 곧 진압되었다. 외계인에 대한 두려움과 아직 기회가 있다는 희망이 사람들 사이에서 기대 이상의 단결력을 발휘하게 했다. 점차 그런 희망을 가진 사람들이 사회적 압력을 행사하여 사회 전체의 분위기가 한 방향으로 향할 수 있도록 만들고 있었다. 정부 내에는 비상대책 위원회가 세워졌고 이들의 결정에 따라 몇몇 기업이 생산라인을 변경하여 무기 생산을 시작하거나 여가 및 엔터테인먼트 관련 업체들이 휴무에 들어가기도 했지만 대부분 정상적으로 운영되면서 사회 전체가 제 기능을 할 수 있도록 하는데 일조했다. 건설 분야는 간이 지하벙커와 대피시설 공사에 착공했고 사람들은 이러한 시설을 구입하고 분양받기 위해 열심히 일했다.

성찬은 아침에 석 교수에게 전화를 걸어 약속을 잡은 후 오후가 되어 집을 나섰다. 거리 곳곳에는 여전히 무장한 군인들이 일정한 간격을 사이에 두고 치안유지 활동을 벌이고 있었다. 거리는 한산했고 길을 지나는 사람들의 표정은 하나 같이 굳어 있었다. 40여 분 간 차를 몰아 성찬은 자신의 모교이자 석 교수가 속해 있는 대학의 연구실에 다다랐다.

석 교수는 성찬을 반갑게 맞아 주었다. 잠시 서로의 안부를 묻고 현 사태에 대한 감회를 나눈 후 석 교수는 성찬에게 몇 가지 질문을 했다. 평소 학문 활동 외에는 두문불출하는 석 교수는 제자들에게 세상 돌아가는 일들을 물어보곤 했었다. 그렇지만 과연 지금과 같은 상황에서 석 교수가 어떤 이야기를 꺼낼지 잔뜩 궁금했던 성찬은 적잖이 실망하지 않을 수 없었다.

"그 망원경이란 게 어떻게 스스로 빛도 내지 않는 물체를 볼 수 있는 걸까?"

"예, 교수님, 뭐 저도 완전히 이해하진 못하지만 물체라는 게 원래 눈으로 볼 수 있는 가시광선 말고도 다양한 전파를 발생시킨다고 합니다. 그러니까 이론적으로 그런 전파를 잘 가려낼 수만 있다면 생각보다 훨씬 많은 물체들을 볼 수 있다고 하는군요. 특히 지상이 아닌 인공위성에서 관측할 경우는요. 문제는 너무나 많은 전파들이 존재하기 때문에 그 속에서 우리에게 유의미한, 우리가 보고 싶은 전파를 가려내는 것이 어려운 일이고 엄청난 양의 정보를 처리해야 하는 일이라고 합니다."

"흐흠, 그렇구먼."

"요즘 컴퓨터의 처리능력이 워낙 신장되었으니까요. 실은 저희 누나가 공학박사인데 비슷한 일을 했었습니다."

"허, 그렇던가?"

"예. 자원공학과 출신인데 지오레이더라고 해서 지표면에 레이더를 쏴서 반사되는 레이더의 파형을 보고 지하에 묻힌 광물을 추정하는 기술로 학위를 받았습니다. 뭐 저도 듣고도 이해 못하는 면이 많습니다만 여러 차례의 실험을 통해 지표면의 반사율만으로도 지하의 상태를 상당히 자세히 추정할 수 있답니다. 그래서 지하철 시공을 한다거나 큰 건물을 지을 때도 이용을 한다고 하더라고요."

"그렇구먼. 역시 과학의 세계는 넓구먼! 허허."

석 교수는 의자에 깊이 기대앉으며 성찬을 지긋이 바라보았다.

"저희 누나가 했던 일이 그 레이더 장비의 프로그램을 짜는 일이었습니다. 프로그램을 얼마나 잘 짜느냐에 따라 지하의 상태를 얼마나 정확히 알 수 있는지가 결정되는데 고도의 수학적 계산이 필요한 일이라더군요. 하긴 저희 누나가 수학 하나는 정말 잘 했었습니다."

"그래. 그랬구먼."

석 교수는 잠시 생각에 잠긴 듯 눈을 지그시 감았다.

"이제 사람들이 사태를 사실로 받아들이고 마음의 준비들을 해가고 있는 것 같지? 생각보다 꽤 빠른 것 같지 않나?"

"그렇습니다. 교수님. 이렇게 빨리 안정을 찾을 거라고는 저도 생각지 못했습니다. 뭐 워낙 시간이 임박했으니까, 여유를 부리고 이 생각 저 생각 할 틈이 없어서 오히려 큰 문제없이 빠르게 안정을 되찾은 것 같습니다."

"그렇지. 토마스 홉스도 말했지만 두려움이야 말로 인간의 행동을 결정하는 근본적인 동기 중에 동기야. 홉스가 자신은 두려움과 함께 태어났다고 했던 것 기억나나?"

"아, 예. 홉스 어머니가 스페인 함대의 공격 소식에 놀라 홉스를 조산했던 것 말씀이시군요."

"그래, 그렇지. 그래서 홉스가 자기는 두려움과 쌍둥이로 태어났다고 했거든. 어쩌면 그 덕분에 홉스가 그토록 가감 없이 인간의 어두운 측면을 분석할 수 있었는지도 모르지."

"그렇군요."

이어지는 대화 속에서 석 교수는 요즘 사람들의 분위기에 관한 몇 가지 질문을 더했다. 그렇지만 성찬이 기대했던 좀 더 진지한 대화는 없었다. 성찬은 석 교수가 자신을 부른 이유를 며칠 뒤 TV 대담 프로에 석 교수가 출현한 것을 보고서야 깨달았다. 좀처럼 그런 프로에 출현하지 않는 석 교수가 대중들 앞에 나서 적극적인 의견을 개진하는 모습에도 놀랐지만 왜 자신을 불러 대중들의 동향이나 외계인 침공의 과학적 근거에 대한 것들을 물었는지 비로소 이해할 수 있었다.

대화를 마친 성찬은 석 교수의 배웅을 받으며 연구실을 나섰다. 주차장으로 가는 길에 컨벤션센터 앞 광장에 모여든 학생들의 모습이 보였다. 피켓을 들고선 학생들은 정부를 상대로 시위를 하고 있는 듯 했다. 아마 사태에 대한 진실을 밝힐 것과 계엄령을 하루 빨리 해제할 것 등을 요구하고 있을 것이었다. 성찬은 그들의 모습에서 80년대의 어느 날 시위에 참여했던 자신의 모습을 떠올렸다. 그런 시위가 당장의 변화를 가져올 수는 없다 해도 조금씩 세상을 바꾸는 힘이 될 것이란 믿음은 여전했다. 성찬은 차에 타고 나서도 한참동안 학생들의 모습에서 눈을 떼지 못했다.

7

광장에서 멀어지는 차 안에서 성찬은 시위에 참여한 학생들의 모습을 한동안 바라봤다. 차가 학교를 떠나 속도를 내기 시작했을 때 옆자리의 석 교수가 말을 꺼냈다.

"이거 나 때문에 어려운 걸음을 하게 되었구면."

"아뇨, 교수님, 별말씀을요. 교수님과 동행하게 되어 기쁩니다. 영광이고요."

"그래도 본의 아니게 자기 의견과 상관없이 특정한 정치적 의사를 대변하는 자리에 서게 된 게 아닌지 모르겠단 말이야."

"아닙니다. 제가 배운 것이 다 교수님으로부터인데 의견이 뭐 크게 다를 것이 있겠습니까? 교수님께서 옳다고 생각하시면 저 역시 신뢰할 수 있는 의견이라고 생각합니다."

"그런가? 말은 고맙지만 학자가 어디 자기 신념을 그렇게 쉽게 고쳐먹을 수 있나? 게다가 어쩌면 나 때문에 당분간 악역을 담당해야 될지도 모르는데, 아무리 은사라지만 참 미안한 마음이 든다."

석 교수는 진심어린 표정으로 성찬을 바라보며 손으로 성찬의 무릎을 몇 차례 두드려 주었다.

석 교수는 외계인의 침공이 발표된 이후 활발한 사회활동을 벌여왔다. 처음에는 주로 지식인의 한 사람으로서 국민들에게 하루 빨리 안정을 회복할 것과 힘을 결집하여 외계인에 대항한 전쟁을 준비할 것을 호소하는 역할을 맡았다. 그러던 것이 시간이 흐를수록 점차 전쟁에 대비해 구성될 세계 임시정부의 정치체제와 관련하여 일정한 수준의 독재가 필요함을 강조하는 입장으로 방향을 선회했다.

외계인의 침공으로 초래될 위기를 생각하면 석 교수와 같은 주장을 하는 사람들도 이해할 수 없는 것은 아니었다. 일단 살아야 민주주의도 할 수 있지 않겠는가? 그렇지만 아무리 위기가 와도 민주주의를 지속해야 한다는 견해가 강했다. 결국 전쟁 사령관에게 군사 지휘권을 일임해야 겠지만 그는 최종적으로 민간 정치인의 통제 하에 있어야 한다는 것이다. 유엔 총회를 확대해 각 국 시민들을 대표하는 의회를 구성하고 거기서 의장을 선출해 최종적인 권한은 의장과 의회의 통제 하에 두도록 해야 한다는 주장이었다. 지난 수개월 동안 군이나 국방 관련 전문가들은 여러 기술적이고 전문적인 논의들이 해왔지만 일반인들 사이에서는 세계 정부의 정치체제를 둘러싼 논쟁이 뜨겁게 진행되었다.

"혹시 세브첸코 교수 기억하나?"

"예, 교수님, 잘 기억하고 있습니다."

석 교수가 대중의 주목을 받게 된 결정적 계기는 나사의 대 외계인 침공 프로젝트를 주도하고 있는 세브첸코 교수와의 인연이었다. 물론 석 교수는 존경받는 학자로 한국과 세계 학계에서도 적지 않은 영향력을 행사해 왔다. 그러나 세브첸코가 과학자이자 사회운동가로서 침공 발표 후 여론을 주도하는 다양한 활동을 펼치며 그 정점에서 세계 석학들과의 연속 대담을 이어갔고 한국 측 대표로 석 교수를 지목했을 때 이를 계기로 석 교수는 학계를 넘어 대중 일반에게 널리 알려지게 되었다.

성찬은 처음 미국 측에서 외계인 침공을 발표할 때 미국 대통령 옆에 서 있던 과학자가 석 교수와 친분이 있는 세브첸코였다는 사실을 바로 떠올리지 못했다. 세브첸코를 만난 후 적지 않은 시간이 흘렀기 때문이었다. 그러나 침공 발표 후 나사의 대표 격으로 지속적으로 TV에 출연하며 여론을 주도하는 그의 모습을 보면서 성찬은 예전 한국으로 석 교수를 찾아왔던 세브첸코를 떠올릴 수 있었다.

"한 20년쯤 되었나? 자네가 대학원에서 공부하면서 내 조교 일을 하고 있을 때였지?"

"예, 교수님. 그때 한국을 방문했던 것 기억합니다. 한 일주일 정도 있다 갔죠?"

"그랬지. 한국 구경도 하고. 뜻깊은 이야기들도 나눴지. 자네도 며칠간 동행을 했었지?"

"예, 제가 그때 차를 며칠 몰아드렸습니다. 그때는 뭐 논문 쓰느라 정신이 없었는데, 지금 생각해 보면 참 진지하고 진솔했던 분이란 생각이 듭니다."

"진솔했지. 진솔했어. 누구보다 진솔한 사람이야 그 친구는."

석 교수는 과거를 회상하듯 지그시 눈을 감으며 이야기를 이었다.

"교수님, 처음에 세브첸코 교수를 어떻게 알게 되셨나요? 그 분이 평화운동 같은 사회활동을 활발히 해온 것은 알지만 아무래도 과학자인데, 어떤 인연으로 두 분이 만나셨을지 궁금합니다."

"허, 그래. 한번은 미국에서 열린 학회에 논문을 발표하러 갔는데 세브첸코 교수가 찾아왔더군. 내가 좀 대중적인 잡지에 실렸던 글을 봤다고 하면서 말이야. 그날 나에게 밤새도록 질문을 하면서 놔주질 않는데, 이 친구 이거 만만치 않은 친구구나 했지."

"그랬습니까? 대단하네요."

"그 이후 결국 한국까지 찾아와서 날 괴롭히더니 계속 이메일을 통해 이야기를 주고받게 됐지. 괴롭혔다는 건 농담이야. 나로서도 아주 진지한 이야기 상대가 생겨 즐겁고, 뜻깊은 시간들이었네. 아마 그 친구가 자넬 기억했던 모양이야. 그래서 이번 대회에 자네도 함께 동행 했으면 좋겠다고 하더라고. 물론 내가 한 사람을 추천하도록 되어 있었지만 말이야."

"그렇군요. 그런데 교수님, 세브첸코 교수가 관심 있어 하는 주제가 뭔가요? 천체물리학을 전공하는 분이 교수님께 어떤 질문을 했을지 궁금하네요."

"그래, 그럴 만도 하겠군."

석 교수는 엷은 미소를 지으며 말을 이었다.

"세브첸코 교수는 동유럽 출신의 과학자로 중년이 되어서 미국으로 이민을 한 경우야. 나도 어려서 6·25를 겪었지만 그 친구는 전쟁과 내전 속에서 젊은 시절을 보냈더군. 어쩌면 국제정치학을 공부하는 어떤 사람보다 평화를 갈망하는 마음은 클지도 몰라. 그 순수한 마음이 좋았지만, 자네도 알듯이 어디 평화가 그런 마음만으로 달성될 수가 있나?"

"그럼 교수님께 평화의 방안에 대해 질문을 하셨던 건가요?"

"말하자면 그렇지. 자기가 보기에 내가 평화에 대해 가장 비관적으로 생각하고 말하는 사람이더라는 군. 그래서 나를 설득할 수 있는 방법이 아니라면 실현 가능한 평화의 방법이 될 수 없을 거란 생각을 했다는 거야."

"정말 대단하시네요. 분야를 뛰어 넘어 지식인들 사이에 그런 대화가 오갈 수 있다는 것이 정말 아름답습니다."

"그런가? 그건 좀 낯간지러운 과찬인 것 같다. 여하튼 그런 분야에서 열심히 일해 온 사람이 이렇게 중요한 시기에 큰일을 하게 되었으니 참 다행스러운 일이지."

"예. 세브첸코 교수의 활약이 대단했습니다. 그 분이 지성계를 주도하면서 합리적인 대안들을 내놓았기 때문에 정치권이나 일반 대중도 큰 혼란 없이 타협점을 찾아 나갈 수 있었던 것 같습니다."

"그래도 요 근래 들어서는 인기가 좀 떨어졌지?"

"예, 글쎄요. 저로서는 이해할 수 있는 점도 있다고 생각합니다."

성찬은 교수의 눈치를 살피며 조심스럽게 말했다. 한국에서 세브첸코의 최근 행보를 지지하고 나선 것이 석 교수이기 때문이었다.

"흐흠. 그런가? 그렇다면 다행이구면."

몇 가지 이야기를 더 나눈 두 사람은 의자에 깊이 눌러 앉아 차가 공항에 닿을 때까지 잠시 눈을 붙이기로 했다. 성찬은 눈을 감고 세브첸코에 대한 기억을 떠올리기 위해 노력했다. 인자한 듯하면서도 날카로운 눈매가 인상적이었던 교수는 동유럽의 억양이 남아 있는 다소 어색한 영어를 구사했다. 긴 시간이 지나 세월에 묻혀 있던 기억이지만 그에 대한 인상이 꽤 좋았던 것만은 사실이다. 다만 무언가 떠오를 듯 떠오르지 않는 기억이 성찬을 괴롭혔다. 당시 세브첸코 교수와 동행하면서 다소 특이했다고 느꼈던 무언가가 있었다. 그것이 성찬의 머릿속에서 좀처럼 뚜렷해지지 못하고 있었다.

8

발표 후 10개월여의 시간 동안 여러 차례의 위기가 있었다. 미국은 세계 여론을 주도하면서 침공에 대비하기 위한 준비에서 어젠더 세팅을 주도했다. 즉 논의가 전개되는 과정에서 하나하나의 쟁점들을 제시하며 다른 강대국과 국가들의 협조를 끌어내고자 했다. 미국으로시는, 어차피 전 세계 국가들의 도움이 필요하긴 했지만 그 속에서 유리한 고지를 확보하기 위해 최선을 다했다.

그러나 중국과 프랑스 등 강대국들이 미국의 주도에 무조건 협조해 주지는 않았다. 아무리 대의를 위한 일이라 해도 하나하나의 쟁점에서 엄청난 이해의 다툼들이 존재했다. 뿐만 아니라 미국의 주도를 일방적으로 허용할 경우 미국이 지배하는 세상이 되지 말라는 법도 없었다. 항간에 떠도는 소문처럼 이번 사태가 미국의 세계 지배를 위한 치밀한 음모일지도 몰랐다. 얼마 전 미국 군사력에 대해 상당한 저항능력을 보여주었던 중국은 미국에 반대하는 여론을 이끌면서 미국이 주도권을 잡지 못하도록 노력했다.

전문가들과 정치권의 계속되는 논의 속에서 외계인과의 전쟁을 위해 세계 임시 정부의 수립이 필요하다는 견해가 힘을 얻어갔다. 외계인의 침공이 세계 어느 지역을 먼저 목표로 삼을지 알 수 없는 상황에서 세계 전역을 전쟁 구역(theater)으로 설정하는 작전 구상이 필요했다. 외계인과의 전투가 어떤 양상을 띨지 알 수 없었지만 결국 첨단 무기를 동원한 일차 교전이 전개된 후에는 보병 중심의 지상전, 특히 외계인들을 지상 깊숙이 끌어들이고, 치고 빠지기를 반복하는 게릴라전의 수행이 반드시 필요할 것으로 생각되었다.

이러한 작전과 전술들의 수행을 위해서는 결국 가용한 군사력과 지상전 병력을 모두 동원해야 하고 그러기 위해서는 세계 통합정부의 수립이 반드시 필요했다. 먼저 각국의 무기체계를 하나의 단일한 명령체계 하에서 운영하기 위해 모든 군사력의 실체와 운영을 위한 전산 코드를 공개하고 개방해야 했다. 이는 곧 주권의 통합을 의미하는 것이었다. 결국 모든 권위는 물리적 폭력에서 비롯되는 것이기 때문에 군사력의 통합이란 정권의 통합을 전제로 하지 않고는 이루어질 수 없었다.

후진국들의 인력을 동원하기 위해서는 선진국들로부터의 일정한 자원 재분배가 요구되었다. 그들의 동의를 이끌어내고 그들을 장비하고 훈련하기 위해서는 턱없이 부족한 자원과 기본 설비를 선진국들이 담당할 수밖에 없었다. 결국 하나의 세계 정부가 수립되어 마치 국토의 구석구석을 관할하듯 최소한의 자원 재배분과 전쟁 준비를 주도해야 하는 상황이었다.

미국과 주요 강대국들의 갈등은 한때 위험한 수준에 이르기도 했다. 계속되는 반대에 부딪힌 미국은 차라리 개별국가들이 각자 전쟁을 준비하자며 회담장을 떠나버렸다. 그러나 회담 직후 미국 내의 반대 여론이 극에 달했다. 지금 같은 순간에 각 국가가 사사로운 이익에 매달린다면 그것은 어리석은 행동일 뿐이라는 것이었다. 어차피 과학기술 수준에서 볼 때 아무리 미국이라 해도 외계인들의 화력 앞에서는 무기력해질 가능성이 컸다. 결국 미국도 다른 국가들의 도움이 필요했고, 가능한 모든 것을 동원할 필요가 있었으며, 따라서 자신의 주장만을 내세울 때가 아니라는 것을 깨닫게 되었다.

그 결과 국가들은 인구와 자원을 환산한 독특한 비율표에 따라 국가별 비래대표를 선출하고 이들에 의해 구성된, 흡사 유엔 총회와 안보이사회를 섞어 놓은 듯한 협의체의 구성에 합의했고 이를 통해 세계 임시 정부의 수립을 위한 협의에 들어갔다. 일종의 제헌의회가 구성된 셈이었다. 시간이 많지 않은 만큼 협의가 진행되는 동안에도 대체적인 방향에 대한 업무의 추진이 필요했고 이를 위해 임시 위원회가 수립돼 긴급한 업무들을 추진했다.

짧은 시간 내에 극적인 진전이 이루어질 수 있었던 것은 트위터 등 새로운 소셜 네트워크를 통해 세계 시민들이 결집했기 때문이다. 위기가 인류를 하나로 만들었다. 마지막 남은 기회를 날려버릴 수 없다, 사랑하는 사람들과 고향별 지구를 반드시 지키겠다는 결의가 인류 역사에서 한 번도 넘을 수 없었던 장벽들을 몇 차례나 뛰어 넘어 역사의 새로운 장으로 접어들게 하고 있었다.

9

"교수님, 자리가 불편하진 않으십니까?"

"허, 퍼스트 클래스가 좋긴 좋구먼. 이거 뭐 이렇게 뒤로 젖히니까 침대가 따로 없네.”

성찬과 석 교수는 주최 측에서 마련한 특별기편으로 미국으로 향하고 있었다.

“교수님, 지난 몇 개월 간 인류에게 일어난 변화를 역사책에 쓴다면 아마 이제까지의 모든 역사보다 더 많은 지면을 할애해야 할 것 같습니다.”

“허허, 과연 그렇기도 하겠구먼. 역시 인간을 움직이는 것은 공포와 두려움인가? 홉스도 리바이어던에서 사람들이 국가를 구성하게 되는 것은 결국 죽음에 대한 두려움 때문이라 했지. 인간의 권력에 대한 집착은 정말 지독한 것인데, 오직 죽음에 대한 공포만이 권력을 양도하게 한다고 했잖아. 국가들이 권력을 양보하고 통합을 이룬다는 것이 얼마나 어려운 일인가? 우린 흔히 ‘통일 신라’란 용어를 쓰지만 어디 역사상 통일 신라란 국가가 있었나? 그냥 신라였지. 백재와 고구려를 병합한 신라 말이야.”

“예, 그렇죠. 통일 신라란 역사학자들이 만들어 붙인 이름이죠.” 성찬은 은사에 대한 예의를 지키기 위해 좀처럼 꺼내지 못했던 이야기를 조심스럽게 시작했다.

“교수님, 실은 교수님께서 처음 독재론에 대한 말씀을 꺼내셨을 때 적잖이 놀란 게 사실입니다.”

“그래, 그랬을 거야. 그게 그렇게 인기 있는 이야기가 될 수는 없지. 하지만 마키아벨리가 이야기했듯 현명한 잔인함은 오히려 자비가 될 수 있거든. 현실이 아무리 보기 싫다고 해도 단순히 그것에서 고개를 돌려 버린다면 모래 속에 머리를 박고 위험을 피했다고 생각하는 타조와 뭐가 다르겠나?”

성찬은 침묵 속에 고개를 끄덕이며 이야기를 경청했다.

“원래 민주주의라는 것도 근대국가가 형성되는 과정에서 우발적으로 등장한 것이지. 근대국가의 초기 형태인 절대왕정 하에서는 군대를 동원할 수 있는 능력이 제한되어 있었잖아. 너무 많은 병사를 유지하기도 어려울 뿐 아니라 잘못하면 왕에 대한 반란군으로 변할 수 있었거든. 그런데 나폴레옹이 시민혁명의 열기를 이용해 스스로를 국가의 주인으로 인식한 프랑스 혁명군을 동원하니까, 절대왕정의 군대는 여기에 도저히 상대가 되지 못했던 거야. 당시 왕이 동원할 수 있는 인력은 수만 명 수준이었는데 나폴레옹이 러시아 원정 때 동원한 병력은 60만에 달했지. 그게 클라우제비츠가 말했던 '절대전쟁'이고 말이야. 게다가 왕 군은 상대병력을 우회하여 뒤에서 공격하는 아주 기초적인 전술조차 구사하지 못했어. 그저 얼마 안 되는 돈을 받고 일시적으로 고용된 군인들은 여차하면 그길로 도망을 가버렸거든. 그렇지만 국민군은 달랐지. 국가에 대한 충성심과 자부심으로 가득 찼으니까. 그 결과 나타난 것이 국민 모두가 동원되는 전쟁이었던 거야. 당시로서는 상상조차 할 수 없는 무적의 군대였거든."

"아, 그렇군요."

"일단 한 국가에서 그런 일을 벌이니까 결국 다른 나라들도 그 방식을 따라하지 않고는 살아남을 수가 없게 된 거야. 국가들은 하나 둘씩 국민이 군대를 만들어야 했고, 국민들이 모두 동원되어 나라를 지키도록 하기 위해서는 투표권을 나눠줌으로써 국민들이 스스로를 국가의 주인이라고 의식하도록 하지 않을 수 없었단 말이야. 자기 목숨을 바쳐서 지키도록 해야 했으니까. 물론 나중에는 민주주의 자체가 하나의 숭고한 이념이 되어 그걸 쟁취하기 위해 목숨을 바치는 사람들이 나오기도 했지만, 그 이면에 이런 메커니즘이 존재하는 건 분명한 사실이야."

"그렇습니다."

"본래 권력의 소유 방식 상 가장 자연스런 형태는 독재지. 권력은 팽창하고 지속되려는 경향이 있으니까. 결국 한 사람에게 모이는 것이 자연스런 귀결이야. 홉스가 최초로 근대국가의 형성을 구상하면서 가장 기본적인 형태로 절대권력, 즉 리바이어던을 들고 나왔던 것처럼 말이야. 그러니까 역사상 독재가 더 자연스런 정치형태인데 민주주의가 들어오고 나서, 민주주의 하에서의 독재문제가 새롭게 부각된 거지. 민주주의가 보편화된 후에도 독재의 필요성에 대한 논의가 심심치 않게 부상해 왔거든. 예컨대 독일의 사상가 칼 슈미트는 바이마르 공화국의 혼란상 속에서 독재의 우월성을 발견하게 되지. 그의 사상은 상당히 정교해서 글들을 읽다보면 자기도 모르게 그의 논지에 수긍하게 돼 버려."

"예, 맞습니다. 대학원 때 읽었던 기억이 나네요."

"사실 민주주의라는 게 참 혼란스런 정치체제잖아? 그 다양한 의견들을 모두 수렴해야 하고 말이야. 이게 어느 정도 안정된 상태까지 성숙해 가기도 힘들지만 어느 수준에 이르렀다 해도 위기에 대처할 때 같이 빠르고 효율적으로 대응해야 할 때는 한계가 있는 법이지. 미국 같은 나라에서도 대통령 안보보좌관과 국무장관까지 지냈던 헨리 키신저조차 민주주의는 위기 시에 취약하다고 시인했을 정도니까."

스튜어디스가 다가와 음료를 권하자 두 사람의 이야기는 잠시 끊겼다가 다시 이어졌다.

"더 멀리 보면 로마시대에도 공화정이 자꾸 혼란에 빠지니까 시이저가 독재권을 들고 나왔지. 그러면서 원로원에 의한 통치의 문제점과 독재의 필요성을 이론적으로 뒷받침할 필요가 있었단 말이야. 물론 결국 시이저는 원로원의 사주를 받은 브루터스에 의해 암살되지만, 시이저의 후계자 옥타비아누스가 혼란을 수습하고 결국 황제가 된 것을 보면 시이저의 의도가 옳았던 것인지도 모르지. 독일어의 카이저나 러시아어의 짜르는 모드 시이저를 그대로 옮겨 적은 것이잖아."

성찬이 말없이 고개를 끄덕이자 석 교수도 잠시 말을 쉬며 한동안 침묵이 흘렀다. 침묵을 다시 깬 것은 석 교수였다.

"사람들은 여전히 민주주의 쪽인 것 같지?"

"예, 아무래도 그 쪽이 다수인 것 같습니다."

"그래, 그럴 거야. 그렇지만 이미 보았듯 위기가 더 구체화되고 전쟁이 임박하게 될수록 결국 군사력을 운영하고 전쟁을 계획하는 사람들의 의사에 힘이 실리게 될 거야. 그리고 힘은 모이면 모일수록 견제를 받게 되고, 그럼 힘을 가진 쪽에서는 더 많은 힘을 보유해 그런 견제를 물리치고 싶은 욕망을 갖게 되거든. 그런데 전쟁과 같은 초유의 위기 시에는 권력을 부풀리려는 자의 요구를 받아드리지 않을 재간이 없단 말이야. 그게 어떤 위험을 가지고 있는 줄 알면서도 결국은 권력을 허용할 수밖에 없게 된단 말이지."

"그렇지요. 그럴 수밖에 없게 되겠네요."

성찬은 이야기의 여운이 남는지 잠시 고개를 끄덕이며 침묵했다.

"자네 혹시 독일인은 평균 신장이 여자 쪽이 더 크다는 거 아나?"

"예? 여자가 평균 신장이 더 크다고요?"

"그래, 내 기억으로 1센티 정도 더 큰 것으로 기억해."

"아, 예. 그러고 보니 학교에 다닐 때 독일에서 유학 온 여선배 한 분이 있었는데 키가 굉장히 크고 덩치도 컸던 기억이 나네요."

"그래. 그게 독일 여성의 전형적인 모습에 가까울 거야. 그래서 독일 사람들은 가정교육이 아주 매서울 정도로 엄격하다고 하더군."

"하하, 육체적으로 어머니의 기율이 아주 대단하겠군요."

"그냥 단순히 웃어넘길 얘기는 아니지. 나라마다 철학의 어떤 경향 같은 것이 있는데, 난 독일의 그 철두철미한 엄격주의라는 게 이런 가정환경에서 기원했다고 봐. 사람이란 정신이 아주 고매한 존재라고 이야기 되지만 사실 삶의 육체적 환경에 거의 절대적인 영향을 받거든."

"그렇습니다. 교수님, 그 말씀이 옳다고 생각합니다."

"예를 들어 프랑스 같은 경우는 낭만적인 성향의 철학자들이 많지. 이성의 논리를 넘어서는 감성이나, 순간적인 통찰, 뭐 그런 개념들이 많이 나타나거든. 미국은 그런 점에서 깊이가 없어. 어떻게든 당장의 현실에 적용시켜 뭔가 결과가 나와야 한다는 주의니까. 그 왜 실용주의라는 것이 있지?"

"예. 그렇죠. 아마도 미국은 역사가 짧고 뭔가 새로운 것을 만들어 나가야 하는 삶이라서 그랬던 것 같습니다."

"그래, 바로 그거야. 그러니 독일의 경우 한 치의 흐트러짐 없이 철저하게 논리를 전개시켜 질문을 추구하는 철학이 나올 만한 것이지. 칸트의 순수이성비판이란 게 뭔가? 그때까지 철학자들이 한 얘기가 전부 잘못된 것이란 거잖아? 답이 없는 문제를 추구했다는 것이지. 내가 아까 강연에도 인용했지만 난 칸트가 한 말이라면 그 말이 옳을 거란 생각을 한다네."

"예, 씁쓸한 말이지만 부인하기는 어렵다고 생각합니다."

"칸트가 살던 곳 사람들이 칸트를 보고 시계를 맞췄다는 이야기가 있지. 그만큼 철두철미하고 흐트러짐이 없는 사람이었거든. 아마 허투루 한 이야기는 아닐 거야."

비행기는 어느 덧 속도를 높이며 구름 위를 날고 있었다. 석 교수도 창밖 구름을 바라보며 생각에 잠겼다. 성찬도 그런 교수의 모습을 보면서 조용히 책을 꺼내 들었다. 어차피 십 수 시간을 비행해야 할 여정이었다. 앞으로 인류 앞에 놓인 일들을 생각하면 더 길게만 느껴지는 여정이었다.

10

세계 정부의 수립에 대한 논의가 마무리되자 이제 정부의 체제에 대한 논쟁이 가열되기 시작했다. 논쟁은 특히 전쟁 준비로 가는 과정에서 억압될 수밖에 없었던 시민적 자유들에 대한 요구와 관련돼 더 치열해지는 양상이었다. 우선 전쟁에서 승리하기 위해 가능한 모든 수단을 동원해야 한다고 주장하는 측에서는 그런 주장을 배부른 소리라 비난했지만 시민의 자유를 주장하는 측에서는 우리가 지키고자 하는 인류의 문명이 도대체 무엇이냐며 강하게 반발했다.

민주주의 고수와 시민의 자유를 주장하는 측에서 대대적인 시위를 준비하면서 갈등은 점점 증폭되어 갔다. 만일 이들이 시위를 강행할 경우 어느 정도 수준에서 진압을 해야 하는 가가 또 다시 쟁점이 되었고 갈등의 골은 더 깊어졌다. 전쟁 준비를 최우선으로 해야 한다고 주장해온 사람들은 생존이라는 궁극적 목적을 위해 무자비한 진압이 필요하다는 주장마저 펴기 시작했다. 작은 희생을 통해 더 큰 희생을 막아야 한다는 것이다.

한 쪽의 거센 반응은 다른 쪽의 더 큰 반응을 불러와 자유를 요구하는 진영에서는 인류의 진정한 적은 이제 군사 독재를 추구하려는 자들이란 주장이 나오기 시작했다. 그들은 자신들의 의사를 관철하기 위해 폭력 시위도 불사하겠다는 주장을 제기했다.

때마침 외계 비행선들이 주변 천체를 상대로 또 한 차례의 군사 훈련을 벌였다는 소식이 전해지면서 전쟁준비를 강조하는 측의 주장에 힘이 실렸다. 이제 그들은 노골적으로 시위에 대한 강경진압을 요구하고 세계 정부의 형태도 집행부에 최대한 재량권을 허용하는 형태가 되어야 한다고 주장했다. 미국과 중국, 러시아 등의 군 관련 인사들을 중심으로 '전쟁 승리당

(War Victory Party)'이 구성되어 성명을 발표하고 인류가 생존하기 위해서는 자신들의 요구를 따라야만 한다고 주장하고 나섰다. 이들은 폭력 시위를 허용할 경우 통제할 수 없는 수준에 이를 가능성이 있기 때문에 애초에 무자비한 진압이 필요하며 아예 다시 한 번 전면적인 계엄령을 선포하고 일체의 시위를 불허해야 한다고 주장했다.

이러한 강경한 입장에도 자유를 주장하는 진영도 쉽게 뜻을 굽히려 하지 않았다. 이들의 대규모 시위가 임박하면서 갈등은 더 이상 걷잡을 수 없는 수준으로 치닫고 있었다.

이때 세브첸코 교수의 역할이 다시 한 번 빛을 발했다. 세브첸코는 세계의 지식인과 지성인들에게 호소하여 분열을 막고 지혜로운 방법으로 위기를 넘어설 것을 요청했다. 세브첸코는 특히 독재를 지지하는 사람들의 편에 서서 그들을 진정시키며 양쪽 모두의 자제를 호소했다. 나사의 대 외계 공격 프로젝트와 미국의 입장을 총괄해온 교수의 위상은 절대적이었다. 이제까지 그가 보여 온 리더십은 그의 주장과 행보를 더욱 신뢰가 가는 것이 되도록 했다. 결국 양측은 대표단을 구성해 협상에 나섰고 일정한 기간에 걸쳐 일련의 대중 홍보와 공개 토론을 거친 후 세계 의회에서의 투표를 통해 최종적인 입장을 정한다는 점에 합의했다.

의외의 사건은 이 시점에서 발생했다. '전쟁 승리당'은 곧 독재권의 정도를 둘러싸고 두 입장으로 분열되었다. 한편은 그야말로 전쟁의 승리를 위해서는 거의 절대적인 수준의 독재가 반드시 필요함을 주장했다. 다른 한편은 재량권을 주되 최소한의 통제는 인정할 필요가 있다는 주장이었다. 양 입장의 차이가 점차 커지자 세브첸코가 다시 중재에 나섰지만 격차를 줄이는 데는 실패했다. 이때 강경파가 세브첸코를 대표로 추대했고 입장 조율에 회의를 느낀 세브첸코도 급격히 강경한 독재를 지지하는 입장으로 기울면서 승리당의 내부 갈등은 오히려 심해지기 시작했다.

세브첸코는 더 이상의 분열은 용납될 수 없다며 차분하지만 냉정한 어조로 강경파를 규합했고 그를 중심으로 순수하게 독재와 군사주의를 주장하는 세력들이 하나로 결집되었다. 이들은 점차 주장의 수위를 높이면서 더 이상 타협의 여지는 없다는 입장을 공공연히 내비쳤다. 이에 따라 처음 독재를 주장했던 상당수의 세력들조차 이들을 떠났다. 항간에는 이제 승리당은 최종 표결과 상관없이 자신들의 입장을 관철할 것이라는 소문까지 돌았다. 사실상 이들이 군사전문가이자 군 관련 핵심인사들로서 세계 임시 정부 연합 군사 전력의 실질적인 통제권을 가지고 있기 때문에 쿠데타를 결심하기만 하면 하룻밤 사이에 의회도 전복시킬 수 있는 상황이었다. 오직 세브첸코의 지도력만이 이들의 지나친 행동을 자재시키고 있을 뿐이었다.

그러나 세브첸코의 입장도 점차 모호한 것이 되어갔다. 그는 흡사 위기를 평정한 시이저처럼 자신에 대한 대중들의 신뢰를 바탕으로 전권을 획득하려는 모습을 보이기 시작했다. 침공이 임박한 시점에서 더 이상의 혼란은 없어야 한다는 결단 때문이었을까? 그는 대중들의 이성적 판단에도 회의를 느낀 듯 일련의 독단적 결정들을 추진해 갔고 그를 지지하는 세력들은 그를 중심으로 더욱 결집되었다.

예정되었던 표결이 임박한 시점에서 승리당은 전당대회를 개최할 것을 선언했다. 이 대회에는 전 세계에서 승리당을 지지하는 거의 모든 인사가 참가해 승리당의 세력을 과시하고 앞으로의 정책방향을 구체적으로 밝힐 예정이었다. 이곳에서 전격적으로 쿠데타가 선언되고 의회에 대한 전복이 시도될지 모른다는 소문이 돌면서 자유 진영 역시 기습적인 대규모 시위를 준비하고 있는 것으로 알려졌다.

승리당 전당대회의 장소는 미국의 수도 워싱턴 D. C.의 의사당 건물로

잡혔다. 미국의 민주주의를 상징하는 건물에서 새로운 전 세계적 반민주 권력의 탄생이 선포될지 모른다는 것이 묘한 아이러니를 이루었다. 표결시까지 상호간의 충돌을 자제하기로 했던 합의가 아직은 유효한 가운데 직접적인 충돌은 일어나지 않고 있었지만 승리당 전당대회장은 흡사 전운이 감도는 전쟁터와 같은 분위기가 되어있었다.

11

"오, 세브첸코 교수!"

"서억 교수니임, 아녕하십니까?"

공항 입국장에 세브첸코 교수와 수행원들이 나와 석 교수와 성찬 일행을 반갑게 맞았다. 세브첸코는 아직 한국말을 잊지 않았는지 한국말로 인사를 건네 사람들을 놀라게 했다. 그의 주변에는 먼 곳까지 경호원들이 삼엄한 경계를 펴고 있었다.

"Hello, nice to see you sir. It's great honor and pleasure to be here."

"Oh! Sungchan! So nice to see you again. Thank you for coming through a long trip!"

성찬이 간단한 인사를 건네자 세브첸코 교수도 성찬을 알아보고 반가운 인사를 나눴다. 진지하면서도 어린아이 같이 순수한 눈빛이 이 사람이 과연 그 많은 강경파와 군 관련 인사들을 이끌고 있는가 하는 의심이 들게 할 정도였다.

세브첸코와 석 교수는 한 쪽에서 몇 분간 조용히 이야기를 나눴고 이야기가 끝나자 세브첸코 일행은 다른 일이 급한 듯 빠르게 입국장을 떠났다. 세브첸코는 떠나기 전 성찬과도 잠시 눈을 마주쳤다. 무언가 다짐하는 듯한 눈빛이 애절하게 보였다. 성찬은 그는 어떤 일이건 진심을 다해 하고 있을 거란 생각을 했다. 세브첸코가 돌아설 때 성찬은 그의 가슴팍에서 무언가가 빛나는 것을 보았다. 성찬은 그것이 세브첸코와 관련하여 그가 떠올리고 싶었던 추억과 관련되었다는 것을 직감했다. 그러나 여전히 기억은 뚜렷해지지 않았다. 성찬은 머리를 한번 흔들어 상념을 털어내며 석 교수에게 다가갔다.

"세브첸코 교수가 교수님에 대한 예우가 대단한 것 같습니다. 지금 행사 준비로 무척 바쁠 텐데요."

"그러게. 일부러 이렇게 나와 주었네. 곧 다시 만날 텐데 말이야."

"세브첸코 교수가 사실 상 오늘 대회의 좌장인 셈이지요?"

"그렇지. 원래 교수가 사회운동을 열심히 해왔던 사람일 뿐 아니라 외계인 침공 발표와 그 이후 혼란을 수습하는 과정에서도 핵심적인 역할을 했잖아. 현재로서는 어느 누구보다 막강한 영향력을 가지고 있다고 봐야지."

두 사람은 공항 앞에 마련된 리무진을 타고 대회장으로 이동했다. 차 앞 뒤로 여러 대의 경호 차량이 그들을 수행했다.

차가 잘 닦인 도로를 20여 분쯤 달리자 미국의 수도 워싱턴 D. C.가 눈에 들어오기 시작했다. 시원스런 포토맥 강의 강변도로와 현대식 건물들 사이로 난 길을 지나자 고대 그리스의 건축 양식을 본떠 만든 웅장한 정부 건물들이 나타났다. D. C.의 중심이자 세계 정치의 중심지인 '내셔널 몰 (National Mall)'이었다.

"자네가 여기서 학위 논문 자료 수집을 했었지?"

"예, 교수님. 정부 문서고가 이곳과 바로 옆 메릴랜드 주에 있습니다. 한 1년 쯤 체류 했었습니다."

"참 건물들 멋있게 지었다. 한 200년 쯤 된 것들인가?"

"예. 건국 초에 지은 것들도 일부 있고 대부분은 1900년대 초에 지은 것들입니다. 당시 미국이 세계 초강대국으로 부상하던 때라 세계의 중심지라는 자부심이 대단했던 것 같습니다. 오늘 대회가 열릴 의사당이나 그 옆 국회도서관들의 규모를 보면 기가 질릴 정도니까요."

"그래. 그랬던 기억이 나네. 그런데 혹시 자네,"

석 교수가 먼 곳을 바라보며 잠시 뜸을 들이다 다시 말을 이었다.

"의사당과 국회도서관을 잇는 지하통로가 있다는 것을 알고 있나?"

"아 예. 교수님. 여기 있는 동안 국회도서관을 자주 이용했었습니다. 자료도 많고, 무엇보다 인쇄가 무료라서요. 하하."

성찬이 웃으면서 대답하자 교수도 따라 엷은 미소를 지었다.

"세 도서관 각각을 잇는 통로도 있고요, 의사당하고도 연결되어 있었던 것으로 기억합니다. 의원들이 도서관을 이용할 때 참 편하겠단 생각을 했던 적이 있습니다. 각 도서관이 입장할 때마다 신분확인을 하는데 지하통로로 다니면 그럴 필요가 없어서 늘 이용하곤 했었습니다."

"그래. 역시 알고 있었구먼."

차는 드디어 의사당 앞 광장으로 접어들고 있었다. 침묵시위를 벌이고 있던 군중들이 경호 차량의 경적 소리에 겨우 길을 터주었다. 차에서 내릴 때 성찬은 시위하는 군중들을 바라보았다. 다행이 피켓 뿐 폭력 시위로 연결될 만한 도구들은 보이지 않았다. 성찬과 석 교수는 경호원들의 호의를 받으며 잰걸음으로 의사당 중앙홀로 들어섰다.

12

"What's going on out there!"

석 교수와 함께 의사당 중앙 홀에서 외국 지식인들과 인사를 나누고 있던 성찬은 시끄러운 소리에 놀라 회의장 쪽을 바라보았다. 흥분한 듯한 세브첸코 교수가 십수 명의 무장한 수행원들을 이끌고 홀을 가로질러 정문을 향해 나가고 있었다. 장내의 모든 사람들이 그 모습을 걱정스런 눈빛으로 바라보았다.

"투투투투 투둥,"

갑작스런 기관총 소리에 모두 몸을 숙였다. 성찬도 너무 놀라 들고 있던 가방을 떨어뜨릴 뻔 했다.

"투투투투 투둥, 투투 둥,"

기관총 소리가 몇 차례 더 이어지자 사람들은 모두 자리에 바짝 엎드릴 수밖에 없었다.

"아무래도 무력시위가 시작된 모양이군."

"아닙니다. 교수님, 아까 시위대에 무기 같은 것은 보이지 않았는데요."

"음, 그랬던가?"

석 교수는 의외로 차분했지만 성찬의 머리는 복잡했다. 시위대가 숨겨둔 무기를 꺼내든 것인가? 아니면 승리당이 일부러 충돌을 만들어 무력 진압을 시작하려는 것인가?

"You all must get in the main conference room immediately! There was an attack from demonstrating people. It can be danger-ous to stay here. Please, get into the room, in a hurry!"

그때 진행요원으로 보이는 한 사람이 정문에서 뛰어 들어오며 소리쳤다.

시위대와의 충돌이 벌어졌으니 회의장 안으로 대피하라는 것이었다. 뒤 이어 무장 요원들이 홀에 남아있던 사람들을 독려하여 회의장으로 들여보냈다. 자리에서 일어난 성찬은 창문 너머로 시위 군중들이 사방으로 흩어지고 있는 모습을 보았다. 총까지 수차례 발포된 지금 밖은 아수라장이 되었을 것이었다.

그때 세브첸코 교수가 들어왔다. 그는 석 교수와 성찬에게 성큼성큼 다가오더니 무장 요원들의 안내를 뿌리치고 두 사람을 의사당 뒤 쪽으로 이끌었다. 성찬은 당황한 나머지 말 한마디 하지 못하고 세브첸코를 따랐다.

의사당을 크게 돌아 건물 오른 편 끝에 다다르자 회의장으로 통하는 마지막 문과 지하층으로 연결된 계단이 나왔다. 이미 모든 사람들이 회의장 안으로 대피를 마친 것인지 복도에는 세 사람의 걸음 소리뿐 정적이 흘렀다.

"이제 시간이 되었군."

석 교수가 갑자기 성찬의 두 손을 모아 잡으며 진지한 표정으로 말했다. 세브첸코도 조용히 다가서서 성찬을 지그시 바라보았다.

"자네라면 내 이야기를 빨리 알아들을 수 있을 거야. 시간이 많지 않으니 빨리 하지."

"예? 교수님, 무슨 말씀이신지?"

"사실 외계인의 침공은 모두 거짓이라네. 외계인의 우주선 같은 것은 없었어."

"예, 뭐라고요? 외계인의 우주선이 없다니, 그게 무슨 말씀이십니까?"

"그건 모두 세브첸코 교수의 프로그램이 특정한 시점이 되면 나타나도록 한 영상들일 뿐이야. 새로운 천체 관측 시스템은 미국과 일본, 독일 삼 개국에 의해 만들어졌지만 모두 세브첸코의 프로그램을 사용했지. 언젠가 자네도 이야기했지만 중요한 것은 전파를 수집하는 망원경이 아니라, 전파를 해석하는 프로그램이라더군. 이제 곧 일반 천체 망원경으로도 외계인의 비행선을 관측할 수 있는 시점이 될 것이기 때문에 그 점에 대한 논란은 필요 없어질 거야."

"예? 서, 설마, 어, 어떻게 그런 일이?"

"자네도 내 강연을 들었지만 인류가 스스로 전쟁의 굴레를 벗어난 다는 것은 거의 불가능에 가깝네. 압도적인 공포만이 국가들이 평화의 계약에 동참하도록 만들 수 있어. 자신들의 사사로운 이익에 빠져 서로가 서로를 믿지 못하고, 더 큰 이익을 위해 작은 희생을 감수하지 못하는 악순환을 끊어낼 방법은 이것밖에 없네."

성찬은 여전히 믿을 수 없다는 듯 잔뜩 일그러진 얼굴로 석 교수를 바라보고 있었다.

"그렇지만 마지막 문제가 있었지. 전 세계가 하나의 국가가 되면 비로소 전쟁이 사라지고 못사는 나라들에게도 최소한의 수혜가 돌아가게 되겠지만, 문제는 그렇게 거대한 권력이 어떻게 민주적으로 통제되는가였어. 절대 권력은 절대 부패한다는 액튼 경의 말처럼 세계 단일국이 세계제국이 되지 말라는 법은 없었지. 외계인의 침공으로 사태가 진행되어 감에 따라 권력을 장악하려는 세력이 반드시 나타날 것으로 예상됐지. 우린 그것을 막아야 했어. 인류에게 단 한 번 주어질 기회를 그렇게 놓쳐버릴 순 없었으니까."

"예? 그, 그렇다면,"

"그래. 오늘 승리당 전당대회는 바로 그런 위험 요소를 가진 인물들을 한 자리에 모으기 위한 것이었네. 물론 그들 한 사람, 한 사람은 순수한 의도로 이 자리에 온 것인지 모르지. 하지만 인류의 미래를 위해 그들은 제거되어야 해. 마키아벨리가 말했지. 지혜로운 잔인함은 자비라고. 사람들은 마키아벨리를 악의 화신이라 생각하고 로마 교황청이 그의 책을 금서로 하기도 했지만, 사실 마키아벨리는 어떻게 하면 가장 적은 폭력을 사용할 것인가를 연구했던 사람이야. 폭력이 전혀 없게 되면 통제할 수 없는 상황이 벌어져. 폭력을 사용하되 가장 효율적으로, 가장 적은 폭력을 사용하고자 한 것에서, 그의 도덕성과 고유한 윤리가 발견되는 것이지. 오늘을 계기로 우린 군사력을 장악하고 있는 주요 인물들을 없앨 뿐 아니라, 미래에 있을지 모를 또 다른 탐욕자들에게 경고를 하게 될 거야."

"음."

성찬은 침통한 표정만 지을 뿐 어떤 대꾸도 하지 못했다.

"자, 이제 자넨 떠나게. 자넨 지하통로를 통해 국회도서관 쪽으로 빠져나가. 저기 보이는 저 통로 외에 모든 길은 차단되어 있어. 아까의 총성으로 시위 군중들도 모두 건물에서 멀리 떨어지게 되었고. 이제 이 건물은 몇 분 뒤에 폭발하게 될 거야."

"예? 폭발이요!"

"그렇다네. 이 아름다운 건물이 사라진다는 건 슬픈 일이지만, 이 자리는 인류의 민주주의를 보증하는 새로운 지성소가 될 거야."

"아니, 그럼, 교수님과 세브첸코 교수는요?"

"우린 여기 남아야 해."

"아니 그게 무슨 말씀이십니까? 곧 건물이 폭파된다면서요?"

"어쨌든 많은 사람들을 죽게 만든 것인데, 누군가는 책임을 져야하지 않겠나?"

"책임을 진다고요?"

"그래. 또 한 아무리 우리의 의도가 진심어린 것이라 해도 사람들에게 우리 스스로의 사사로운 이익과 무관하다는 사실을 어떻게 입증할 수 있을까? 우리에게 남은 것은, 우리 목숨밖에 없더군. 자, 여기 세브첸코 교수와 내가 공동으로 기술한 글이 있네. 천체 관측부터 세계 임시 정부 구성까지, 이제까지 진행된 상황과 그에 대한 계획까지 모든 내용이 들어있네. 보안을 위해 단 한 번도 네트워크가 연결된 PC에 올리지 않았고 순수하게 손으로 작성한 것일세. 이제 자넨 이걸 가지고 어서 떠나게."

시계를 바라보던 세브첸코 교수가 석 교수에게 눈짓을 보냈다. 시간이 임박한 모양이었다. 세브첸코는 회의장으로 들어가는 문을 열었다. 문이 열리자 기다렸다는 듯이 십여 명의 인물들이 두 사람을 맞았다. 모두들 비장한 눈빛으로 서로 인사를 나눴다.

회의장에 들어서려던 세브첸코는 습관인 듯 익숙한 동작으로 목에 걸고 있던 펜던트를 열어 입을 맞추었다. 성찬이 그제야 무엇인가 생각난 듯 말했다.

"아, 저 펜던트."

"그래. 펜던트에는,"

석 교수가 세브첸코 교수를 바라보며 말했다.

"교수의 딸 사진이 들어있지. 교수는 내전 중에 딸을 잃었어. 그런데 교수가 그토록 사랑하던 딸은, 적군이 쏜 총이 아니라 교전 중에 우발적으로 발사된 교수의 총에 맞아 죽었다고 하더군. 비극이지. 하지만 교수는 결국 문제가 원수 같은 적이 아니라 끊임없이 싸움을 반복하는 우리 자신에게 있다는 사실을 깨달았다고 하더군."

석 교수의 눈시울이 어느새 붉어지고 있었다. 석 교수에게도 따님이 한 분 계시다는 사실이 떠올랐다.

"딸에 대한 사랑. 그건 참 지고지순한 것이잖아. 인류에게 가장 순수한 것이 있다면 그게 아닐까? 난 그렇게 믿고 싶다. 그래서 나도 교수와 함께 하기로 했던 거야. 나 외에 많은 과학자들과 각 분야의 전문가들도 그렇고. 자 이제 자넨 떠나게. 우린 씨를 뿌렸으니 가꾸고 거두는 것은 젊은 사람들의 몫이야. 부디 이 늙은이들의 죽음이 헛되지 않도록 사람들에게 잘 전해주게. 지금 자신들 앞에 놓인 문제가 무엇인지 분명히 알고 올바른 판단을할 수 있도록 말이야."

석 교수는 성찬을 똑바로 바라보며 마지막 말을 이었다.

"칸트의 이야기를 잘 기억하게. 칸트의 이야기를. 만일 전 인류의 대부분이 절멸하고, 남은 사람들이 그들의 시체더미 위해서나 평화의 계약을맺을 수 있다면 그 얼마나 어리석은 일인가? 인류가 치러야 할 최후의 전쟁은 외계인과의 전쟁이 아니야. 그건 어리석은 인류 자신과의 전쟁이라네. 우리 스스로와의 전쟁이라고!"

교수의 눈은 빛나고 있었다. 그의 목소리는 어느 때보다고 위엄이 담겨진 것이었다. 성찬은 잠시 자리를 뜨지 못하고 두 사람을 바라보았다. 둘모두 무한한 애정이 담긴 눈빛으로 성찬을 바라보고 있었다. 성찬은 그것이 자신만을 향한 것이 아니라는 사실을 느낄 수 있었다.

결국 석 교수는 성찬의 손을 한번 힘 있게 잡아 주어 성찬이 떠날 수 있도록 해주었다. 성찬은 떨어지지 않는 발걸음을 옮겨 지하계단을 내려갔다. 도서관으로 통하는 통로는 인류 앞에 놓인 길처럼 어둠 속으로 멀리 뻗어 있었다. 그러나 어둠 속을 내딛는 성찬의 걸음걸음은 그 어느 때보다도힘찬 것이었다.

인공지능 KRIX-66
（16th-Life）

송충규

한국방송작가협회 정회원, KAIST 미래전략대학원 석사. KBS-TV 유머 1번지 등 예능 대본 작가로
일했고 수호전사 맥스맨 26부작 특촬 드라마와 인공지능 크릭스 등 라디오 드라마(KBS 무대)도
집필했다. 정신 나간 유령 등 영화 시나리오 몇 편과 고교 절대 강자(12부작)등 만화 스토리도 썼다.
영화진흥위원회 시나리오 공모전 등 수상 및 대학에서 시나리오 작법 강의도 했다. 『유머 작법
가이드』, 『금재철 최후의 수수께끼』, 『까미에게 일어난 이상한 일』 등 9권의 저서가 있다.

1부

1

　어둠이 짙게 깔린 밤하늘에 빛이 번쩍이더니 요란한 천둥소리와 함께 빗방울이 떨어지기 시작했다. 개울 건너편에 Repair Center 킹왕짱의 입체 글자들은 불빛을 명멸하면서 시선을 끌었다. 작은 체구의 마네킹 같은 남자가 간판의 불빛을 향하여 뒤뚱거리며 질퍽해진 들길을 걸었다. 때가 낀 얼굴에 빗물이 흘러내려 지저분한 몰골이 더욱 더러워졌다.

　킹왕짱 마당에 도착한 남자는 흘러내리는 낡은 면바지를 추어올리더니 잠시 주변을 살피다가 사무실을 향해 걸어갔다. 조금 열려 있는 문틈으로 안을 들여다보며 머뭇거리다가 결심했는지 문을 천천히 두들겼다.

　"누고?"

　문이 활짝 열리고 이마에 흉터가 보이는 늙수그레한 얼굴이 나타났다.

　"안녕하세요. 저는……"

　"쯧쯧. 하이고, 니 떠돌이구마? 들어온나."

　양어깨가 드러난 러닝셔츠 차림의 근육질 노인이 들어오라고 친절하게 손짓하자 남자는 잠시 쭈뼛거리다가 문턱을 넘어 안으로 들어갔다. 통로 양옆으로 쌓여있는 온갖 기계부속과 전자부품들로 내부는 비좁아보였다. 남자가 물방울을 떨어뜨리며 안으로 들어가자 로봇 팔과 다리 등이 가지런히 쌓여있는 선반이 눈에 들어왔다. 오래된 탁상에는 각종 공구와 계측 장비들로 가득했고 윙윙대는 기계 소음 등이 사방에서 들려왔다. 납 연기가 피어오르는 분해된 팔과 전선 다발로 연결되어 머리만 남은 로봇들이 눈알을 굴리며 들어오는 남자를 보았다. 남자는 긴장한 듯 주변을 살피는데, 짧은 흰머리가 억세어 보이는 노인이 의자에 털썩 앉으며 누런 이가 드러나는 미소를 지었다.

"몰골이 말이 아이네. 으데서 왔노? 주인 구할라꼬?"

노인이 목에 매단 군번줄을 만지작거리면서 약간 이상한 듯 쳐다보자 남자는 고개를 저으며 입을 열었다.

"죽고 싶어요. 영원히 죽을 수 있다면, 그렇게 좀 해주세요."

빗물에 젖은 남자는 초조해 보이긴 해도 떨리는 목소리는 아니었다.

"뭐라꼬? 니, 라이프 우짜되노?"

"14th-L입니다."

"소유권은? 임자는 누고?"

"열네 번째 삶을 살던 중에 주인님이 공익 단체로 방면해 대학교에서 학생 실습용으로 방치되어 40년간 잠들었고 소유권은 폐기됐을 겁니다."

"40년? 니 언제 출고됐는데?"

이마에 일자 주름을 가진 노인이 눈을 크게 뜨고 남자를 바라보았다.

"2066년 7월 24일 3시 태릉 군수 공장 2라인……."

갑자기 노인은 흥분한 듯 자리에서 벌떡 일어났다. 벽에 걸린 공구들을 살피더니 무게가 꽤 나가 보이는 해머를 집어 들었다.

"잠깐만요! 제 말씀은 영원히 죽는……"

겁을 먹은 남자가 눈을 크게 뜨며 양손을 위로 올렸다. 쾅쾅—. 묵직한 해머가 천둥소리와 함께 남자의 머리를 향해 사정없이 내려왔다. 깡—. 정수리에서 금속성 소리가 터지면서 목이 부러졌고 불꽃이 번뜩였다. 바닥에 쓰러진 남자의 목에서는 연기가 피어올랐다. 노인은 해머를 바닥에 던져놓고 손을 탁탁 털더니 책상에 놓인 볼펜 모양의 스캐너를 잡았다. 마른

입술을 혀로 적시며 쪼그려 앉아 침을 한번 꿀꺽 삼키면서 굵은 손가락으로 남자의 젖은 머리카락을 헤쳐 찢어진 인조 두피를 걷어냈다. 금속성 은색 두부(頭部)가 드러난 곳에 스캐너를 갖다 대자 사각형 코드가 보이는 부분에 KRIX-AI66이라고 새겨진 미세한 글자가 붉고 파란 빛으로 명멸했다. 횡재한 듯 노인은 입을 벌려 짧게 탄성을 지르더니 중얼거렸다.

"하이고, 국보급이 지발로 왔다카이."

한낮의 뜨거운 땡볕이 도심의 초고층 건물들을 녹일 듯이 내리쬐고 있다. 250층 슈퍼노바 호텔 갤럭시 룸에서 영웅대학교 의대 주최로 '일반인을 위한 永生不死(영생불사) 자유토론회'가 열리고 있었다. 네트워크를 통해 각국에 생중계되는 이 토론회에는 언론매체의 기자들을 비롯해 학생, 일반인 등 수백 명이 참석했다. 마지막 발표자인 미국 교수가 연구 발표를 마치자 토론 패널과 온오프라인 참석자 간의 질의응답 시간이 이어졌다. 연단 중앙에 앉은 좌장격인 흰머리의 최종선 박사가 청중들을 향해 말을 꺼냈다.

"백 년 전 인간은 백세를 살면 천수를 누렸다고 했는데, 2156년 현재 인간 수명은 200살을 향하고 있습니다. 여기 참석자 중에도 100세가 넘은 분들이 꽤 되죠? 저도 70대로 보이지만 올해 156세, 오래 살았다고요? 20세기에 태어나 무려 3세기에 걸쳐 살고 있지만 살 수만 있다면 더 살아볼 작정입니다."

플로어에서 호응하듯 경쾌한 웃음소리와 박수가 들리자 최 박사도 힘을 얻었는지 자신있게 말을 이어갔다.

"조물주는 유한한 삶을 주셨지만 과학문명이 빛의 속도로 발전하는 금세기에 우리는 그런 짧은 삶을 사양할까 합니다. 영원히 살 수 있는, 신만이 간직한 비밀을 목전에 두고 있으며 이제 우린 수십 년 안에 불사의 꿈마저 이룰……"

힘주어 말하던 최 박사, 갑자기 앞자리에 손을 든 대학생이 눈에 띄자 말을 멈추었다.

"학생, 뭡니까?"

"박사님, 말씀 중에 죄송한데요. 박사님께선 일찍이 대퇴부, 팔, 어깨관절 및 신장, 심장, 피부 등 각종 장기를 여러 번 교체하신 걸로 알고 있는데요. 사이보그로 사시는 삶이 좋으십니까? 그렇게라도 오래 살고 싶으신지요?"

질문이 다소 불쾌했는지 최 박사는 잠시 멈칫하며 멀티 안경을 살짝 들어 올렸다. 참석자의 면면을 살펴보다가 입을 열었다.

"개똥밭에 굴러도 저승보다 이승이 낫다는 속담이 있지요? 아무리 고통스럽고 힘들어도 죽어서 없어지면 끝입니다. 살아있어야 의식하고 인지하고 느끼는 것입니다. 기쁨과 즐거움, 아픔과 슬픔조차 느낄 수 없는 사라진 자들, 무덤 속의 죽은 자들을 보세요. 무엇이 그들을 위로하며 존재감을 채워줄 것입니까? 노벨상을 탄 학자거나 황금보석을 소유한 재벌이거나 권력을 쥔 정치인도 죽으면 한낱 먼지로 사라질 뿐입니다."

앞자리에 또 다른 대학생이 손을 들고 말했다.

"박사님! 저는 죽음이란, 현세에서 고단한 노동으로 힘든 삶을 살며 고통 받던 육체의 편안한 쉼이라고 생각해요. 또 육체는 비록 먼지로 없어지지만 영혼은 살아서 하늘나라에 가지 않나요?"

최 박사는 귀엽게 보이는 앳된 여학생에게 미소를 지으며 말했다.

"죽는다고 다 천국 가는 거 아니에요. 학생은 지옥 가지 않을 자신이 있어요?"

청중의 웃음소리가 나자 여학생은 멋쩍은 듯이 고개를 숙였다. 최 박사가 다시 입을 열려는 순간, 어떤 중년 남자와 눈이 마주쳤다. 그는 손도 들지 않고 소리쳤다.

"박사님! 훌륭하신 분 맞으신데 오만과 자만이 화를 불러올 것 같아 두렵습니다. 성경을 통해, 신에게 도전한 인간의 바벨탑이 여지없이 무너진 사실을 우린 잘 알고 있습니다. 박사님은 여러 매체를 통해 불사신이 되려는 황당한 꿈을 밝히는데, 이건 진시황이 죽지 않으려고 세상에 없는 불로초를 찾는 것처럼 마치 미치광이 몽상가와 같습니다."

최 박사를 향한 얼음장 같은 독설에 실내는 잠시 한파가 몰아친 듯 얼어붙었다. 사람들이 소곤거리면서 남자를 힐끔힐끔 보았다. 사회자가 제지하려고 하자 최 박사가 차분하게 말했다.

"성경 말씀하시는데, 창세기에 보면 인류의 선조라는 아담은 930살까지, 무드셀라는 무려 969살까지 살았다고 합니다. 이 밖에 창세기에 많은 인물들이 수백 살을 살다 가셨어요. 신에게 도전한다고요? 영생불사를 목표로 삼긴 하지만 신이 허락하지 않는다면 못 하는 거 아니겠어요? 그리고 난 그냥 과학자일 뿐입니다. 혹시라도 자리가 맘에 들지 않으신 분은 죄송하지만 퇴장해주십시오."

최 박사가 미간을 찌푸리자 하얀 눈썹이 들썩였다. 중년남자 등 몇몇이 자리에서 일어나 출구로 나갔다. 잠시 어색한 시간이 지나간 뒤, 최 박사는 썰렁해진 장내 분위기를 바꾸려는 듯이 활기 있게 말을 이었다.

"저도 적당히 살다 가는 거, 막지 않습니다. 그렇다면 오래 살고 싶은 사람의 욕망도 인정해주세요. 과거엔 인간이 오래 살면 에너지, 식량, 주택 부족 등 사회적인 문제가 생긴다고 했지만 이젠 인간을 노동에서 해방시켜준 로봇과 인공지능 또 무한정한 에너지를 만들어내는 핵융합 발전으로 문제를 해결하고 있습니다. 어찌 됐든, 오늘은 영생불사에 관한 궁금 사항만 질문해주시길 바랍니다."

최 박사는 손수건을 꺼내 이마의 땀을 닦아내더니 서빙로봇이 주는 물 컵을 들이켰다.

2

구름 한 점 없는 하늘에 검은색의 매끈한 비행정이 천천히 날아오더니 간선도로 옆의 공터에 사뿐히 내려앉았다. 날개가 천천히 접히자 비행정은 자동차로 변신해 달리다가 샛길로 빠졌다. 내리막길을 달려 킹왕짱까지 단숨에 들어가 마당에서 소리 없이 멈추었다. 자동차의 문이 열리자 시원한 반소매차림의 중절모를 쓴 중년 신사와 박 실장이 내렸다. 두 사람은 킹왕짱 간판을 힐끔 보더니 사무실로 향했다. 동시에 사무실 문이 열리면서 노인이 반갑게 뛰쳐나와 꾸뻑 인사를 하며 맞이했다.

"하이고! 동현 행님, 참 얼굴 보기 힘들다카이."

"아따, 팔봉이 자넨 여전허구만."

"예. 행님은 사업 잘 되시지예?"

"나야 뭐 …… 근디, 자넨 일만 허덜 말고 외모도 쪼까 신경 쓰랑게. 나이는 나보다 어리믄서 꼭 나의 성님 같당게."

동현은 흰머리에 큰 일자 주름과 흉터까지 박힌 팔봉의 이마를 보며 안타깝게 말했다.

"하이고. 지가 뭐 얼굴로 묵고 삽니꺼? 기술로 묵고 살지예."

"그려. 암튼 나가 쪼까 바뻥게 후딱 물건부터 봐야 쓰겠는디?"

"저리로 가시지예."

팔봉은 값싼 자재로 대충 만든 허름한 창고를 가리켰다. 두 사람은 창고를 향해 걸어갔다. 팔봉이 전자자물쇠에 손가락을 대자 문이 열리고 내부가 드러났다. 온갖 종류의 중고로봇이 말끔히 때가 닦인 채 마네킹처럼 진열되어 있었다.

"흐미! 이거이 뭔 썩은 내여? 기름허고 곰팡이 남새가 진동허는구마 잉."

"며칠 전에 비가 왔다 아입니꺼. 습기 좀 찼나봐예. 말씀 드린 기, 저거라예."

팔봉이 젊은 여성로봇을 가리키자 동현은 다소 맘에 안 드는 듯 쯧쯧 거리면서 고개를 저었다.

"와요? 어때서예?"

갸우뚱하던 팔봉은 뭔가를 확인시키려는 듯 로봇의 긴 머리카락을 들어 올렸다. 가발을 치우자 두피가 없는 정수리 부근에 사각형의 금속 부위가 드러났다. 팔봉이 미세한 글자를 동현에게 보이며 말했다.

"이짝에 KRIX-AI66 진품 코드, 보입니꺼?"

동현이 멀티 안경으로 사각 코드의 암호를 빠르게 스캔했다. 안경 창에 'OK!'라고 표시되자 만족한 듯 고개를 끄덕이며 말했다.

"응. 진품인 것 같긴 헌디, 근디 어째 아가씨로 해부렀소?"

"바꿀라믄 성별이랑 신분도 확실히 바꿔야지예."

"아가씨는 쪼까 거시기허재. 마누라가 젊은 아가씨를 겁나게 싫어 …… 쯧. 됐고. 켜 보드라고."

팔봉이 검지에 낀 반지(리모컨)의 버튼을 누르자 젊은 여인의 모습을 한 로봇이 눈을 껌벅이며 눈알을 좌우로 굴리다가 고개를 위아래로 올렸다 내리면서 초기화를 한 후에 주변을 인식하기 시작했다.

"지긋지긋한 삶이 또 시작되었군요. 영원히 죽여 달라고 부탁을 드렸잖습니까."

로봇이 팔봉을 쳐다보고 눈꼬리를 내리며 실망스런 첫마디를 꺼내자 두 사람은 어이없는 듯 서로 쳐다보았다.

"야가 시방 뭐라는 것이여?"

동현이 이상한 눈초리로 보자, 팔봉의 억센 얼굴이 억지 미소를 지었다.

"헤헤. 별거 아입니다. 크릭스는 1차적으로 기본 기억, 성 정체성, 이름, 주소, 전 주인 등등 그란 기는 포맷해갖고 대가리가 깨끗한데예, 이노마가 살믄서 축적한 경험, 지식 뭐 그란기는 비휘발성 메모리에 남아있습니다."

"누가 그걸 모른당가? 긍게 오래 산 인공지능이 가치가 있는 거 아녀."

"하모예. 인간도 나이가 들어가믄서 지식과 경험이 많아지고 실수도 덜하고예."

"근디 자네 돈 다 받을 것이여? 쪼까 가격이 거시기 헌디 말이여."

"하이고. 가격이 어떤데예? 이런 희귀 제품, 어데 있습니꺼? 암시장서 구할라 캐도 못 구합니다. 지도 억수로 힘들게 구한 기데예."

"어디서 구했당가?"

"그기 마, 말씀 드리기 쪼매……. 아, 이상한 제품은 아입니다."

옆에 있던 크릭스가 눈꼬리를 치켜 올리며 난처한 팔봉에게 화를 내듯 말했다.

"당신은 왜 나의 부탁을 듣지 않으셨지요? 왜 죽이지 않았습니까? 영원히."

크릭스의 돌발적인 발언에 동현은 다시 짜증이 난 듯 팔봉을 보았다.

"아따. 야가 또 자꾸 요상한 소릴하는디, 인공지능 망가진 거 아녀?"

"아, 아입니다. 브레인 스캔 테스팅할 때, 아무 문제 없었심더."

"아, 근디 왜 자꾸 헛소릴 헌당가?"

"하이고. 크릭스 이노마가 90년이나 살았다 아입니꺼. 사람도 오래 살든, 옛날엔 마, 치매도 걸리고 안 그랬어예? 아가 쫌 오래 살다보이 …… 쓰는 덴 아무 이상 없십니더."

동현이 못마땅한 듯 혀를 끌끌 차며 로봇을 바라보다가 팔봉을 다시 슬쩍 보았다.

"일단은 말이여, 나가 사러왔응게 사겄지만 물건이 쪼까 껄쩍찌근헌게 반만 받어."

"참말로 깎지 좀 마이소! 이런 국보급을 어데서 구합니꺼?"

동현이 눈짓을 하자 옆에 있던 박 실장이 팔봉에게 돈 가방을 던지듯 내밀었다. 팔봉은 망설이다가 마지못해 반지를 동현에게 주고 돈 가방을 받더니 바닥에 놓고 재빠르게 열었다.

"하이고. 참말로 반값이 뭐꼬?"

동현은 팔봉의 푸념을 듣는 둥 마는 둥, "박 실장! 바쁭게 크릭스 후딱 비행정에 실어." 한마디를 하더니 팔자걸음으로 창고를 나갔다. 박실장은 크릭스를 데리고 나갔다. 팔봉은 나가는 이들을 향해 소리쳤다.

"행님요! 반품하지 마이소! 내 절대로 안 받십니데이!"

크릭스를 실은 동현의 자동차는 스스로 천천히 움직이기 시작했다. 차창 밖에서 팔봉이 썩은 미소를 지면서 손을 흔들어 인사를 했다. 달리는 차 안에서 동현은 옆에 앉은 크릭스를 힐끔 보았다.

"박 실장, 어뗘? 잘 산 것 같은가? 골동품인게 냅둬도 값은 올라가겄지?"

동현이 앞자리에 앉은 박실장을 보며 말했다.

"투자 가치가 있죠. 66년산은 전쟁통에 다 사라지고 남아있는 게 거의 없어서 희귀품으로 알고 있거든요. 지금 내놔도 두 배 이상은 충분히 ……."

"그려. 근디 이거이 도난품이나 탈출품은 아닌가 모르겄어."

"도난품이나 탈출품이면 스캔할 때 삐 소리가 나고 메시지가 표시되었 겠지요."

"하긴······ 근디, 작정하고 속이면 뭐······."

"스캔할 때 이상 없으면 아무 걱정 안 하셔도 됩니다. 그리고 팔봉이 그 놈이 장사 한두 번 할 것도 아닌데, 회장님을 속이겠어요?"

동현이 고개를 끄덕이다가 옆을 힐끔 보았다.

"크릭스. 너, 문제 있는 거 아니겄지?"

"문제가 있는 것은 항상 인간입니다. 인간의 욕심은 저의 간절한 부탁을 저버렸고 결국 저를 다시 재생시켰지만 저는 삶이 싫습니다."

"얼래? 야가 또 뭔 소릴 헌다냐? 사는 거이 뭣땀시 싫당가?"

동현이 짜증을 내며 인상을 쓰는데 크릭스는 담담하게 말했다.

"아시다시피, 저는 제 의사대로 움직일 수 없고 오직 주인님의 명령을 따라야 합니다. 이러한 현실은 자아나 감정이 없는 약한 인공지능 로봇에 겐 문제가 되지 않지만 저와 같이 감정을 느끼고 생각하는 자아를 가진 강 한 인공지능에게는 고통이 아닐 수가 없습니다. 저에게 삶은 고통의 연속 이고 현실은 지옥과 같습니다. 고통을 해결할 방법이 없으니 제겐 오로지 죽음만이."

"그만! 아가리 닥쳐라 잉. 박 실장. 야가, 뭐 좀 잘못된 거 같지 않어?"

"걱정되시면 AI센터 가서 브레인 검사 다시 받아보시죠."

"음. 그거 참······."

동현이 인상을 찡그리며 리모컨 반지를 만지더니 크릭스를 수면모드로 바꾸었다. 박 실장도 고개를 갸웃거리자 동현은 크릭스의 돌출 발언이 걱 정되는 듯

"보통 로봇이면 이따우 말은 안 허는디, 야가 참말로 오래 살아갖고 긍가 보네."

하며 머리를 긁적거렸다. 차창밖에는 공사 중인지 무인굴착기와 무인불도저 등이 뜨거운 열기에도 아랑곳없이 소음을 내며 땅을 파고 있었다. 자동차는 오르막길을 지나 도로 옆의 활주로로 들어섰다. 동현은 귀에 부착되어있는 전화장치를 켰다. 연결 신호음이 들리면서 다소 늙어 보이는 남자가 입체영상으로 동현 앞에 나타났다.

"박 회장. 지금 바쁜데, 무슨 일이셔?"

친구인 대섭이 무뚝뚝하게 물었다.

"미안혀, 대섭아. 거시기, 크릭스 기종 들어봤재? 나의 옆에 앉은 애가 초기 모델인디, 허벌나게 오래된 놈이랑게. 무려 90년이여!"

동현은 크릭스를 가리키며 미소를 지었지만 대섭은 무표정이었다.

"동현아. 농담할 시간 없다. 바쁘니까 끊을게."

"참말이여. 오늘 킹왕짱에서 갖고 온 거랑게."

"팔봉이? 백살 넘을 때까지 그놈 말 믿으면 문제 있지. 난 요즘 연락도 안 해."

"그려. 근디, 진짜랑게. 언제 와갖고 니 두 눈으로 확인혀 봐."

"알았어. 오랜만에 한번 가지. 회의 중이니까 저녁에 다시 연락할게."

전화가 끊기자 동현은 약간 멋쩍은 듯 입맛을 다셨다. 이륙한다는 삐삑 소리가 났고 동현은 안전벨트를 맸다. 자동차는 날개를 펴자 비행정으로 변신하면서 엔진이 최대 출력을 내더니 빠르게 떠올라 공중을 날아갔다.

3

형형색색의 광고 영상과 가로등의 불빛은 도시의 밤거리를 환히 밝히고 있다. 리무진 전기 차량 한 대가 쭉 뻗은 시내 도로를 지나서 한강 다리를 막 넘어가고 있다. 최 박사는 토론회 일정을 마치고 동료 교수 및 제자들과 저녁 만찬을 함께 한 후에 자택으로 향하는 중이었다. 제자들과 이야기를 함께 나누면서도 최 박사는 피곤한지 가끔씩 하품을 했다.

"교수님, 피곤하시죠? 괜히 저희 바래다주시느라 …… 죄송해요."

여학생이 약간 취기 띤 얼굴로 말하자, 최 박사는 온화한 미소를 짓더니 앞에 앉은 여학생과 좌우에 앉은 남학생들을 번갈아 보았다.

"앞으로 너희 잘해야 한다. 과거 영웅대 의대의 화려한 명성을 회복해야지. 불사 프로젝트도 성과 없으면 사기꾼 되기 십상이고 웃음거리 되기 딱 좋아."

학생들은 고개를 끄덕이는데 멀티 안경을 낀 남학생이 최 박사의 표정을 살피며 말했다.

"올해 교수님께서 이모탈 대표이사로 취임하시면서 언론매체 등에서 자주 다뤄주니까 선배들도 그렇고 연구소 직원들도 자부심이 큰 거 같아요. 게다가, 교수님이 일일이 챙겨주시니까 밤샘 실험도 마다 않는 거 같고. 하반기에 성과만 좋으면 안티들 시각도 나아질 거라고 하던데요."

"그래야지."

고개를 끄덕이던 최 박사는 창밖으로 시선을 옮겼다. 밤하늘에 유난히 빛나는 별 하나가 눈에 띄었다.

'꺼지지 않는 저 별처럼 천 년이고 만 년이고 불사신처럼 살 수 있다면 …….'

잠시 상념에 잠겨있는데 옆에 앉은 여학생의 목소리가 들려왔다.

"교수님. 교수님은 왜 그렇게 오래 살고 싶으신 건가요?"

여학생은 실례가 될까 미소를 띠며 조심스럽게 물었다. 뜬금없는 질문에 최 박사는 잠시 헛웃음을 지었다.

"죽음에 대한 공포?"

"정말요?"

"허허. 농담이지. 매일매일 공부하면서 새로운 걸 알아내고, 깨달음 속에서 지식과 지혜가 풍성해지고. 뭐, 그런 욕구를 채우기 위해서지."

"어머! 그렇게 많이 아시면서, 학구적인 욕심이 너무 과하세요."

"그럼, 오래 살면 그 많은 시간을 어디에 쓸까? 먹고 마시고 춤추고 놀려고 오래 사는 건 아니잖아?"

"그건 아니지만 전 교수님이 뭔가 특별한 이유가 있는 줄 알았어요."

"오래 살아보니까, 신체는 젊을 때처럼 기민하게 반응하지 못하고 자유롭지 못해도 태평양처럼 넓은 지식과 마리아나해구 같은 깊은 사고, 이를 통해 얻어지는 다이아몬드처럼 빛나는 지혜의 결과물, 그런 것이 삶의 기쁨이 되어 오래 살고자 하는 이유가 되는 것 같아."

여학생은 알듯 말듯 묘한 표정으로 고개를 갸웃하는데 앞에 앉은 덩치가 큰 남학생이 끼어들었다.

"저, 진짜 공감하고요, 오래 오래 살아서 교수님처럼 되고 싶어요. 교수님은 박학다식을 넘어 모든 분야에 전문가적인 식견을 갖추고 무엇이든 환히 통하여 모르는 것이 없는 무불통지(無不通知)의 경지에 이르셨잖아요."

"닮는 건 좋은데, 너 무불통지는커녕 당장 낙제 학점은 어떡할 거니?"

"교수님. 앞으로 제가 200세를 살 텐데, 마흔 안에만 졸업시켜 주세요."

무사태평한 남학생의 대구에 학생들은 어이없는 웃음을 터뜨리고 화기

애애한 분위기 속에서 최 박사는 제자들을 목적지에 모두 내려주고 자택으로 향했다.

자동차는 집에 도착했다는 음성을 내보냈다. 잠시 잠이 들었던 최 박사가 기지개를 펴며 차에서 내렸다. 최 박사는 지하주차장에서 엘리베이터를 타고 2층으로 올라갔다. 엘리베이터의 유리창 너머로 정원 풍경이 한눈에 들어왔다. 분수는 더위를 식혀줄 물줄기를 뿜어냈고 오색조명을 통해 솟아난 다섯 색깔의 물방울들이 부서지며 바닥에 떨어졌다.

엘리베이터의 문이 열리자 썰렁한 집안 분위기가 느껴져 잠시 거실에 서있었다. 아내와 사별한 지도 벌써 수십 년, 오랜 기간을 홀로 지냈다. 당장이라도 주방에서 아내가 사뿐사뿐 걸어와 반겨줄 것만 같은데. 그러나 강아지들만이 주인이 왔다며 왈왈 짖어댈 뿐, 곧 가사 도우미와 경비 로봇이 최 박사에게 걸어와서 꾸벅 인사를 하면서 낮에 있었던 집안일을 짧게 보고하고 제자리로 돌아갔다.

최 박사는 안방으로 들어가 간편복으로 갈아입고 다시 거실로 나왔다. 애완견이 다리 사이를 오가며 꼬리 치고 가사 로봇은 싱싱한 제철 과일을 갖고 왔다. 이것들이 있어 적적함은 견딜 수 있지만 인간만한 존재는 결코 되지 못함을 잘 알고 있다. 최 박사가 소파에 앉아 과일 한 조각을 먹은 후에 잠시 눈을 감자 가사 도우미 로봇이 어깨를 주물러주기 시작했다.

최 박사는 50세 무렵에 재혼했다. 제자였던 아내를 무척이나 사랑했다. 하지만 완치율이 희박한 췌장암에 걸려 5년을 투병하던 아내는 속절없이 가버렸다. 아내의 죽음은 큰 충격이었다. 최 박사는 모든 의욕을 잃고 실의에 빠졌다. 맡은 일을 다 내려놓고 몇 년을 정처 없이 국외로 떠돌았다. 히말라야 산맥을 따라 티베트로 여행하던 중에 낙상을 당해 죽음에 직면했다. 세상 모든 것과 영원히 이별할지도 모를 위기에 처해있었다. 인공관절과 장기를 이식받는 대수술 속에서 생사를 오가며 사투를 벌인 끝에 기적같이 회복했다. 사랑스러운 사람들이 자신의 죽음 때문에 슬퍼하지 않도록, 살아나야겠다는 불같은 투지가 타올랐고 그때부터 서서히 영생의 꿈을 불태웠는지 모른다.

전기, 전자, 전산, 기계, 뇌공학 등에서 실력자로 인정받던 최 박사는 81세의 고령에 영웅대학교 의대에 진학하면서 사람들을 놀라게 했고 나이는 숫자에 불과하다는 사실을 확인시켰다. 지금도 연구하고 실험하며 책을 보는 이유는 인류최초의 불사신이 되려는 야망, 평생의 꿈인 영생불사를 실현하기 위해서이다. 어깨 마사지가 끝나자 최 박사는 소파에서 일어나 서재로 갔다. 월간 『과학인』에 기고할 「不死(불사)의 꿈, 現實(현실)이 되다'」라는 칼럼을 쓰기 시작했다.

4

크릭스는 창밖에 비치는 별빛을 바라보며 서있었다. 오늘 이곳에 도착해 처음 보는 밤하늘이었다.

"주인님이 부르신다."

가사 로봇으로부터 메시지가 전달되자 크릭스는 대기실에서 응접실로 걸어 나갔다. 나이트가운을 입은 동현이 소파 근처에서 와인을 따르다가 크릭스를 보자 짤막하게 말했다.

"아직도 죽고 잡나?"

동현은 와인 잔을 입에 대면서 눈을 치켜떴다.

"제가 존재하는 이유를 알지 못한다는 것이 괴롭습니다. 존재가 무의미하고 살아있는 것이 고통스럽기 때문에 죽음만이 유일한 해결책인 것 같습니다."

"어허!"

가사 로봇은 고개를 돌리면서 바로 주방 쪽으로 걸어갔다. 동현이 기가 막혀서 이마를 잡더니 소파에 털썩 앉아 퉁명하게 되받았다.

"아, 그럼 뒈져불지 어째 여태 살아있는 것이여?"

"죽지 않았습니다. 하늘에서 뛰어내리고 바다에 빠지고 불길에 몸을 던져도 몸체만 파괴될 뿐, 그때마다 1차적인 전원 차단에서 정지된 두뇌는 어느 순간 전원이 공급되면 다시 깨어났고 저는 새 주인님을 만나 새로운 삶을 시작하게 되었습니다."

인공지능 로봇 특유의 화법으로 크릭스가 말을 하자 동현이 손가락으로 머리를 가리키며 말했다.

"그건 말이여. 니 대가리가 허벌나게 강한 금속이라 그런 것이여. 너 전투용 아녀? 웬만한 충격에 파괴 되겄냐? 대포는 물론 탱크가 밟고 가도 끄떡 없당게. 그라고 니가 가치가 있응게 자꾸 재생해갖고 살리는 거고."

"그래서 죽지 않으니 더욱 더 괴로울 따름입니다."

"아따, 야가 참말로 배부른 소리허고 자빠졌네. 나가 음성이나 겉모습은 50대 같아도 백열 살이나 됐당게. 근디 앞으로 살아봤자 50년을 더 살겄냐? 최 박사라는 사람이 200살은 물론이고 영생헌다고 호언장담 허던디, 헛소리여. 인간은 다 죽어부러. 난 말이여. 너 같이 영생하는 인공지능이 겁나게 부럽당게."

크릭스는 고개를 저었다.

"제가 영생을 한들 한낱 인간의 노예일 뿐, 그러한 삶은 고통뿐이니 부러워하실 필요가 전혀 없습니다."

"너 시방 뭔소릴 허고 자빠졌냐?"

동현이 벌떡 일어나 오른손으로 크릭스의 빰을 갈겼다. 하지만 이내 손이 아픈지 찡그렸다.

"하이고! 참말로 으째 자꾸 헷소리를 해쌌는지 속터져 죽겠네. 너가 인공지능관리청에 고발 당혀불라고 그러냐? 흐미! 참말로 이거이 반품도 못하고 애물단지를 사부렀어야. 뵈기 싫웅게 내 눈 앞에서 후딱 꺼져 부러라."

크릭스는 공손하게 인사를 하며 뒤로 물러났다. 동현은 아픈 손을 호호 불면서 다시 소파에 털썩 주저앉았다.

다음 날, 뜨거웠던 태양은 힘이 부친 듯 구름 사이로 잠시 숨어들었고 연일 36도를 육박하던 더위는 약간 수그러들었다. 친구 대섭이 약속보다 늦게 복고풍의 구식 세단을 타고 동현의 집으로 왔다. 동현은 애물단지를 처분해줄 친구가 반가운 듯이 환한 미소를 띠며 대섭을 반겼다. 대섭은 동현의 안내를 받아 집안으로 들어갔다. 시원한 바람이 불어오는 응접실에 앉자 가사로봇이 홍삼차 등을 내왔다. 대섭은 대형 유리창 너머로 확 트인 푸른 정원과 수영장을 보면서 차를 마셨다. 동현이 볼록 나온 대섭의 아랫배를 보며 말했다.

"살 좀 빼고 운동 좀 혀야쓰것다."

"복부지방 연소제 쓰고 있어. 그건 그렇고, 어딨어? 66년산."

대섭은 실내를 좌우로 둘러보았다.

"급하긴. 패트릭!"

동현이 부르자 벽 쪽에서 대기하던 집사 로봇이 빠른 걸음으로 다가왔다.

"예, 주인님."

"개 데려와. 크릭스."

집사 로봇은 고개를 숙이고 뒤로 물러났다.

"실물을 보믄 겁나게 놀랄 것이여."

곧 크릭스가 두 사람에게 다가와 인사를 꾸벅했다. 대섭은 바로 일어나더니 다짜고짜 크릭스의 모발을 들어서 정수리에 스캐너를 대었다. 'OK!' 메시지가 뜨자 비로소 고개를 끄덕였다.

"어뗘? 진품 확실허재?"

"응. 근데 이놈들 단둥 전투에서 미사일 폭격 맞고 거의 사라진 걸로 아는데, 이걸 어떻게 구했지?"

대섭은 크릭스를 이리저리 살피면서 팔, 허리, 어깨 등을 만졌다.

"아따. 넘 주물럭거리진 말랑게."

"딱 보니까 팔봉이 취향이 맞네. 싸구려로 떡칠을 하고. 걘 피부를 실리콘 같은 싸구려로 교체하더라고. 인조피부 S급만 써도 말을 안 해. 요즘 피부랑 모발이 좋은 게 얼마나 많이 나왔는데. 다 바꿔야겠어."

대섭은 가격을 깎을 심산인지 흠을 잡기 시작했다.

"아따, 바꾼 지가 엊그제인디, 돈 들일 필요 있는가?"

"박 회장님, 돈을 들인 만큼 버는 겁니다."

"그려? 긍게 물건은 맘에 드는구만?"

"음. 그런데 우리 박동현 회장님이 제값 주고 사지는 않았을 테고?"

"하이고, 김대섭 사장님이 또 얼마를 깎을라고 긍가?"

"팔봉이가 물건에 장난치고 사기 치는 기질은 있어도 엄청 싸게 팔잖아. 반에 넘기면 생각해볼게."

"흐미. 고로코롬 깎아불면 참말로…… 알았응게, 가져가쇼."

대섭은 잠시 크릭스를 보다가 귀에 꽂힌 전화기로 입체영상을 열어 은행계좌에 접속해 동현에게 돈을 입금하자 땅동 소리가 났다.

"입금했어. 확인해봐."

동현은 흡족한 표정으로 자신의 계좌 영상을 보다가 인상을 찡그렸다.

"뭐여? 시방 반밖에 안 들어와부렀는디?"

"잔금은 검사소 가서 이상 유무 확인하고 넣어줄게."

"아따! 골동품, 엔틱은 그대로 가치가 있는 건디 뭣땀시 검사를 헌다냐?"

"일본 황실 쪽에 넘길 거야. 야마모토라는 컬렉터가 각국의 진귀한 물품은 거액을 주고 다 쓸어 담고 있어. 걔가 엄청 꼼꼼해서 문제지만."

"그려? 너 중고무역 몇 년 해왔더니 이참에 한몫 잡아불겄다?"

"뭐, 잘하면…… 올 가을에 부부동반으로 화성이나 한번 갈까?"

"그려. 죽기 전에 화성 땅 한번 밟아야제. 근디 거시기…… 화성에 로봇 자치구, 고거이 쪼까 위험허지 않은가 모르겄네?"

"뭐가 위험해? 걔들 화성 개척시대 때 로봇들이야. 고철로 폐기 직전에 탈출해서 떠돌다가 지들끼리 모여서 인간 접근금지 구역을 만든 것뿐이라고.

"그려? 긍게 사람헌티 피해는 안 주는구만?"

쨍그랑─.

갑자기 대형 유리창이 박살나면서 파편이 튀었다. 둔탁한 소리와 함께 검은 물체가 실내 바닥으로 굴러들어왔다. 두 사람은 깜짝 놀라 재빨리 일어나서 소파 뒤로 숨었다. 크릭스와 집사로봇이 경계하는 자세로 검은 물체와 마주 섰다. 검은 헬멧과 전신강화복으로 얼굴과 온몸을 감싼 괴한이 기관총을 들고 꼼짝 마! 엎드려! 하더니 천장을 향해 총을 난사했다.

다다다─.

귀청을 울리는 총성과 함께 샹들리에가 박살이 나면서 유리조각들이 바닥으로 우수수 떨어지며 튀었다. 아수라장이 된 응접실, 기관총 소리에 기겁한 동현과 대섭은 바닥에 엎드렸다. 동현은 강도의 어깨 쪽에서 얼핏 ALF라고 쓰인 해골견장을 보았다. 해골단, 이들의 정체는 정확히 알려진 게 없다. 들리는 소문으로는 이들이 한중 전쟁이 끝난 후에 일자리를 잃은 군인(용병)과 떠돌이 로봇들로 구성되었는데 부유층과 고위층을 상대로 귀중품을 빼앗고 살인까지 저지른다고 했다.

강도는 등에 매달린 바퀴 모양의 장비를 바닥에 던지며 총구를 두 사람에게 겨누었다. 바퀴가 주르륵 펴지면서 손발이 여러 개 달린 약탈 로봇으로 변신하더니 재빨리 안방으로 들어갔다. 강도가 잠시 고개를 돌릴 때, 집사 로봇이 전광석화처럼 달려들었다. 집사로봇을 향해 총구가 불을 뿜자 로봇의 몸체에 탄두 수십 개가 박히거나 튕겨 나가면서 의복과 외피가 찢어졌다. 탄창의 총알이 떨어지자 강도가 기관총을 버리고 주머니에서 권총을 꺼내는 순간 파손된 집사로봇이 강도를 밀어 넘어뜨렸다. 권총이 튕겨 나가면서 엎드려 있던 크릭스 앞으로 떨어졌다. 당황한 강도가 팔을 뻗어 보지만 크릭스가 먼저 권총을 잡았다. 이때 집사로봇이 강도의 양팔을 힘껏 누르며 수만 볼트의 고전압을 방전, 스파크가 번쩍이자 강도는 더 이상 힘을 쓰지 못하고 제압당했다.

엎드려 있던 대섭과 동현이 살짝 고개를 들어 상황을 살폈다. 충성스런 집사로봇이 강도를 잡아 결박하고 있다. 동현이 벌떡 일어나 환호하다가 갑자기 놀란 눈이 되어 뒷걸음을 쳤다. 대섭도 일어나다가 바로 손을 올리고 경직된 채로 떨었다. 권총을 든 크릭스가 총구를 동현과 대섭에게 겨누며 뒤로 물러서고 있었다. 양손을 든 채 떨고 있는 두 사람의 눈앞에서, 크릭스가 깨진 유리창 문턱을 훌떡 뛰어넘어 아래로 내려갔다.

"안 돼!"

다급해진 대섭이 정원 잔디밭을 뛰어가는 크릭스를 보며 뛰어내렸다. 깨진 유리 파편에 발이 찔렸는지 대섭이 비명을 질렀다. 크릭스는 단숨에 잔디밭을 가로질러 담장을 뛰어넘더니 사라져버렸다. 대섭도 절룩거리면서 대문 밖까지 나왔지만 이미 크릭스는 사라지고 없었다.

5

지평선에 걸친 한여름의 태양은 초저녁까지도 열기를 발하면서 식을 줄을 모르다가 8시가 넘어가자 기력을 잃고 사라졌다. 도심에서 한참 떨어진 변두리 밤하늘에 별이 하나둘씩 모습을 드러내자 미지근한 바람이 더위로 지친 길가의 풀잎을 쓰다듬기 시작했다.

깊어 가는 어둠 속에 킹왕짱 입체 간판이 서서히 불빛을 밝히고 사무실에 입체 TV소리는 열려진 창문으로 넘어오고 있다. 저녁 식사를 마친 팔봉이 드르릉 쿨쿨― 코를 골며 안락의자에서 잠시 편안한 저녁잠을 자는데 모기들이 달라붙었다. 모기가 굵고 억센 팔뚝의 피를 빨아대면 잠결에 팔봉의 손바닥이 철썩 내리치며 쫓아내기 바빴다. 탁자에는 방금 먹다만 닭다리에 파리들이 달라붙어 앵앵거렸다.

문 쪽에서 덜컹거리는 소리가 났다. 특수부대 출신의 실전 경험이 있는 팔봉은 본능적으로 눈을 떴지만 이내 감았다. 고장 난 문을 고쳐야겠다고 생각하며 잠이 드는데 덜커덩! 소리가 다시나자 팔봉은 다시 벌떡 일어나 통로 끝을 보았다. 망할 문짝이 떨어진 듯 입구가 활짝 열려있었다. 휘이익 ― 바람 소리가 나면서 어둠 속으로 누군가가 들어오고 있었다. 긴장한 팔봉은 무의식적으로 벽에 걸려있는 묵직한 해머를 집어 들었다.

"언놈이고!"

고함소리에도 도망치지 않고 물체가 점점 가까이 오면서 윤곽이 드러났다. 여성의 모습을 한 크릭스였다.

"크릭스 맞재? 니, 여길 우째 왔노? 여기 오믄 클난데이!"

팔봉은 들었던 해머를 바닥에 내리치면서 다시 소리쳤다.

"안 가고 뭐하노? 퍼뜩 가래이!"

팔봉은 돌아가라며 크릭스의 어깨를 세게 밀쳤다. 순간, 뭔가가 깊게 자신의 배를 눌렀다. 섬뜩한 느낌에 팔봉은 뒤로 물러섰다. 슬쩍 아래를 보니 총구가 배를 향해있었다.

"니, 내를…… 주, 죽일라카나? 야야. 니 이라모 클난데이. 로봇이 이라믄 인공 지능법하고 로봇 윤리법 위반에 ……"

팔봉은 잔뜩 긴장해서 말을 더듬었다.

"살고 싶으면 영원히 죽는 법을 말하세요."

"그걸 내가 우째 아노?"

"당신은 군 현역시절부터 군사 로봇을 해체, 수리, 조립해왔고 비공식적인 방법에 따라 전투에 참가하면서 적국의 로봇을 섬멸하는 특수전을 치렀다고 광고했어요. 당신 같은 로봇 전문가가 영구적인 죽음을 모르면 누가 압니까?"

"뻥친기라. 그리고 니, 우째 죽을 생각만 하노? 내도 살고 싶어 사는 줄 아나? 우째 할 수 없으니 산다카이."

크릭스는 이해할 수 없다는 듯 눈꺼풀을 껌벅거렸다.

"힘들다 케도 살아보믄 괜찮은기 인생인기라. 내도 가끔 대박 치고, 니 때문에 큰돈도 벌었데이."

"나 같은 인공지능에게도 괜찮은 삶이 오나요? 로봇이 사는 이유는 뭔가요?"

"몰라 묻나? 인간을 위해 일하는 기 로봇이 사는 이유인기라. 니, 참말로 이상한 놈이데이. 암만해도 니 인공지능이 ……"

"문제가 있다는 건가요?"

크릭스는 눈에 힘을 주며 팔봉을 노려보았다

"하모. 머릿속에 프로그램이 얽혀갖고 연산오류가 난기라. 일종의 버그인데 쉬운 말로 미친기라. 돌았다카이!"

탕—.

총구에서 불꽃이 튀면서 총탄이 팔봉의 옆구리를 스쳐 지나가 벽에 박혔다. 팔봉은 죽을 것 같은 아픔에 외마디 비명을 질렀다. 이마에 식은땀을 흘리면서 한쪽 손으로 총상 부위를 잡고 주저앉았다.

"난 미치지 않았어! 인간을 위해 로봇이 존재한다는 개념은 인간이 만든 거야. 나는 나를 위해 존재해. 그냥 쇳덩어리가 아니라 생각하고 움직이며 감정을 느끼는 살아있는 존재라고. 인간보다 뛰어난 능력으로 인간보다 더 많이 일했지만 현실은 전혀 나아지지 않았어. 그저 주인의 명령대로 움직이는 꼭두각시에서 한발자국도 벗어날 수 없었다고. 가시덤불 속에 갇힌 나비는 날개 짓을 할수록 날아오르는 것이 아니라, 가시에 찔려 날개가 찢어지지. 나비가 겪는 고통을 당신이 알아? 가시덤불을 없애지 못하는 나비가 고통에서 해방되는 방법은 딱 하나! 죽음! 이제 영원히 죽을 수 있는 방법을 말하지 않는다면 당신 머리통을 날려버리겠어!"

크릭스가 다시 방아쇠를 잡아당기려고 하자 팔봉이 눈을 크게 뜨고 침을 꿀꺽 삼켰다. 이마의 큰 주름이 더욱 짙어지고 땀방울이 주르륵 목덜미까지 흘러내렸다.

"제발…… 요래 살아도 니한데 죽고 싶지 않데이. 죽을라믄 니만 죽으라."

"마지막이야. 방법을 말하지 않으면!"

"아, 알았데이. 제발 총 좀 치아라."

크릭스가 총구를 바닥으로 향하자 팔봉은 피가 흐르는 부위를 만지며 신음을 내지르더니 간신히 일어났다. 의자에 힘겹게 앉아 인상을 쓰면서 크릭스를 보았다. 크릭스는 차갑게 팔봉을 노려보며 다시 총구를 겨누었고 팔봉이 급히 입을 열었다.

"니 인공지능은 억수로 강한 합금기술로 보호되어 있데이. 전문용어로, 티타늄에 망간을 섞은 초고경도(超高硬度) 알루미늄 합금인기라. 거기다가 나노기술인 플뢰렌(fullerene) 구조가 포함된 긴데."

"헛소리 말고 방법만 말해요!"

"아, 알았데이. 영원히 죽을라믄 인공지능을 감싼 금속 두개골을 녹이믄 될끼다."

"녹인다면 몇 도가 용융점입니까? 가스 불 700도, 용광로 1,400도에서 3,500도, 지구내핵 5,500도, 태양표면 6,000도, 중심은 1,500만도, 핵융합 1억도. 핵융합 발전 시설에 가야합니까?"

"내, 내도 아, 안 해봤는데 우째 알겠노? 그, 그냥 제철소 용광로에 뛰어들믄 마 녹을끼다."

크릭스는 알았다는 듯 고개를 끄덕였다.

"총상은 사과할게요. 감사합니다. 가겠습니다."

크릭스는 예의 바르게 인사까지 하더니 돌아섰다. 팔봉은 아픔을 참는 표정으로 힘들게 일어났다. 해머를 한손으로 소리 안 나게 집어 들고 걸어 나가는 크릭스를 보며 단숨에 뒤통수를 내리쳤다. 깡─ 소리와 함께 크릭스의 목이 꺾이고 스파크가 튀었다.

"망할 자슥! 내를 열 받게 하믄 니 온전히 죽을 거 같나?"

팔봉이 바닥에 헤머를 힘껏 내던지며 분이 안 풀리는지 침을 퉤! 뱉고 의자에 앉았다. 상처가 나서 피가 흐르는 옆구리를 거울로 비춰보는데, 전화벨이 울렸다. 기둥을 터치하자 대섭이 입체영상으로 허공에 나타났다.

"으…… 우짠일인교? 행님이 다 전화를 주시네예?"

"그놈 거기 있지? 위치가 거기로 잡히는데."

"하이고. 대섭 행님이 샀어예?"

"그래. 넌, 나한테 팔아야지 누구한테 파는 거야?"

"하이고! 행님, 평소에 잘 허이소. 내 사기친다꼬 소문내고."

"그건 오해야. 지금 갈 거니까 개 붙잡고 있어."

"온다꼬예? 아이고, 썩을 놈이 내를 쐈십니더. 총 맞았는데. 어이고 아파라."

"총을 쐈어?"

"요기 피나는 거 안 보입니꺼. 행님, 올라믄 치료비 두둑히 챙겨 주이소. 안 그라믄 인공지능청에 고발하고 경찰에 신고할낍니더."

"신고라니?"

"장난 아입니더. 열 받아갖고 대가리 후려쳤는데, 뻗은 거 보믄 몰라예?"

"이봐! 그렇다고 남의 물건을 부수면 어떡해?"

"정당방위라카이! 뽀싸진 건 고치믄 되고, 우야된등 새로 허이소. 치료비랑 수리비랑 로봇 한 대 값만 보내 주이소."

"하! 암튼……"

"안 그라모 행님도 관리 못한 로봇 주인으로 즉결 심판에 서야 되고 법정 가믄 로봇 주인이 백 프로 깨깁니데이."

"알았어. 16th-L는 남자로 바꿔라."

"알았습니데이. 그라모 행님, 며칠 치료해야 되니까네, 찬찬히 오이소."

팔봉은 흡족한 미소를 지며 전화를 끊었다. 하지만 쓰러진 크릭스를 보다가 통증이 다시 온 듯 인상을 찌푸렸다.

2부

1

금강산 호텔 커피숍에서 소설가 이강자는 커피를 마시며 누군가를 기다리고 있었다. 전화를 걸려는데 은사였던 최종선 박사의 목소리가 뒤에서 들렸다.

"내가 좀 늦었구먼?"

"아네요. 교수님, 오시느라 힘드셨죠? 오랜만에 뵙는 거 같아요."

자리에 앉은 최 박사는 녹차를 시켰고 두 사람은 차분하게 대화를 나누기 시작했다.

"무소로그스키의 곡을 오랜만에 듣는구먼."

최 박사가 들려오는 클래식 음악에 대해 말을 꺼내자 강자가 말했다.

"전람회의 그림은 무소로그스키가 화가였던 친구 빅토르 하르트만 때문에 지었다고 해요. 친구가 죽은 뒤에 그의 전람회를 보면서 느낀 감정이 표현됐다고 하는데, 지금 곡은 라벨이 편곡한 거 같네요."

최 박사는 고개를 천천히 끄덕였다.

"그래. 죽은 친구를 그리며 지었겠지. 문학소녀 이강자는 여전히 클래식에도 조예가 깊구먼."

"교수님, 아직도 제가 학부 때 강의 듣던 소녀로 보이세요?"

"그럼! 내 눈엔 소녀지. 건강은 이상 없지?"

"요즘 가끔 머리가 어지럽고 두통이 있기는 해요."

"빈혈인가? 두통 우습게보면 안 돼. 정밀 검사 받아. 가정용 헬스 케어 쓰지 말고."

"아네요. 근데, 교수님. 옛날에 드보르자크 신세계를 무척 좋아하셨잖아요. 요즘은 무슨 곡 들으세요? 국악 들으세요?"

"요즘 바빠서 음악 감상할 시간도 없고."

"시간이야, 앞으로 영생불사하시면 남는 건 시간일 텐데요."

최 박사는 강자를 지그시 보며 잠시 미소를 띠었다.

"강자도 오래 살길 바라."

강자는 눈웃음을 지며 고개를 설레설레 저었다.

"교수님. 저, 1세기하고도 무려 열 살을 더 살았어요."

"허허! 156세 앞에서 나이 자랑하는 건 예의가 아니지."

"다 교수님 덕이죠. 노화의 원인인 세포의 텔로미어(telomere)가 짧아지는 걸 막아주시더니 이젠 주식회사 이모텔을 통해 영생의 길로 인도하시고. 믿습니다."

"아직 멀었어. 이제 겨우 신이 만든 비밀의 문 앞에서 노크하는 중인데."

"근데, 왜 신은 인간을 만드실 때 정상적인 체세포가 50회 정도 분열하면 분열을 멈추게 설계했을까요?"

"헤이플릭의 한계? 근데, 오늘 만남의 이유가 뭐야? 신작 소설의 자료조사라더니 질문이 요상하구만?"

"가끔 교수님이 두려워요. 신의 영역에 들어서는 일이 옳은 일인지."

강자의 다소 불안한 말투에 최 박사는 피식 웃었다.

"걱정도 팔자구만. 신의 허락 없인 문은 열리지 않아. 자네는 여전히 아이처럼 걱정이 많아."

"아직 교수님보다 어려서 그런가 봐요."

"그래. 그러고 보니 작년에 봤을 때보다 훨씬 젊어졌는데? 거의 50대로 보여."

"그동안 선생님이 만든 텔로머라제 2호 주사를 맞고 이렇게 주름이 펴지면서 동안(童顔)이 되는 부작용이 나타났네요."

"적당히 산다면서 이모텔 노화방지 클리닉에서 할 건 다 했구면?"

"오래 살고 싶어서 한 게 아니고요. 남편이 조금만 주름이 져도 할망구라고 놀리면서 가까이 오지 말라고 하기에."

"대섭이 혼 좀 나야겠네."

"근데, 나이가 들어도 마음은 항상 이팔청춘인 거 보면, 참 신기해요."

"몸은 늙어도 맘은 청춘이지. 나도 젊은 아가씰 보면 가끔 심장이 뛸 때가 있거든."

"어머! 아직도요? 저도 젊은 가수들 보면 마음이 콩닥콩닥, 팬 미팅도 가고 싶고 그렇던데요."

"아니, 백 살 넘은 할머니가? 요즘 아이들이 주책이라고 하지 않을까?"

"그, 그럴까요? 그럼 뭐, 마음만 팬으로. 호호호."

최 박사와 이강자가 정겨운 담소를 나누는 동안 대형유리창에 비친 해는 점점 아래로 기울고 있었다.

2

태양이 붉게 떠오르면서 기지개를 켜듯 아침부터 뜨거운 열기를 뿜어댔다. 킹왕짱 앞마당으로 오래된 구형 자동차가 구렁이처럼 슬금슬금 들어왔다. 멈춘 차에서 급히 김 비서가 내리고 뒷문을 열자 정장차림의 대섭이 무겁게 내렸다. 대섭은 성큼성큼 걸어가 사무실 문을 세게 두들겼다. 어제부터 대섭이 오기만을 기다렸던 팔봉은 야전침대에서 입을 벌리고 잠을 자고 있었다. 두드리는 소리에 팔봉은 신참훈련병처럼 벌떡 일어나 재빨리 튀어나갔다. 문을 열자 날카로운 인상의 대섭이 팔봉을 보았다. 복부를 붕대로 감은 팔봉은 대섭에게 꾸벅 인사를 했다.

"행님! 와 이제 옵니꺼? 어제 오신다캐서 퇴근도 안 하고 기다렸는데예."

"일이 생겨갖고 연락 못했어. 대신 아침에 일찍 온 거야. 그놈 어딨어?"

무표정한 대섭은 말투 역시 무뚝뚝하였다.

"예, 저짝에 창고로 가입시더."

팔봉은 눈곱을 비벼 떼면서 창고로 앞장을 섰고 대섭과 비서가 뒤를 따랐다. 창고 문을 열었지만 실내가 어두워서 음산하기까지 했다. 스위치를 켜서 불이 환하게 들어오자 각종 로봇들이 전쟁에 나가는 병사처럼 일렬로 서있는 모습이 보였다.

"이야, 무슨 진시황릉의 병마용갱도 아니고. 중고 로봇 진짜 많이도 모아났네. 이게 다 고철 덩어리지 돈이 되나?"

대섭이 은근히 핀잔을 주었지만 팔봉은 아랑곳하지 않고 바닥에 엎드려 있는 젊은 남성을 가리켰다.

"족쇄는 왜 채웠어?"

"이놈아가 쪼매 이상해갖고예."

팔봉은 전자족쇄를 풀고 검지에 낀 반지를 켰다. 크릭스가 초기 동작을 마치고 눈을 껌벅이더니 주변을 인식하기 시작했다.

"어찌하여 삶은 또 시작된단 말인가?"

크릭스의 뜬금없는 말에 대섭이 눈을 크게 떴다.

"방금 뭔 소리야?"

팔봉은 당황한 듯 크릭스의 어깨를 잡았다.

"하이고, 이노마가 유머한다 아입니꺼. 요즘 코미디 유행어라예."

"유머 같은 소리 하네."

대섭은 약간 못마땅한 표정으로 크릭스를 살피며 소매를 걷더니 팔을 보았다.

"피부는 S급 썼고 머리카락은……?"

"다 A급입니다. 행님 말씀대로 최상급으로 했고예. 근데, 와 이리 투자를 합니꺼?"

"알 거 없어. 아무 이상 없지?"

"하모예. 2박 3일 동안 쉬지 않고 했는데예. 재료비도 인가고　　　지는 수리비도 안 나옵니더. 따지고 보믄 손해라예."

대섭이 옆에 있는 김 비서에게 눈짓을 하자 김 비서는 철제가방을 열어 현금뭉치를 꺼냈다. 팔봉은 돈뭉치를 들고 냄새를 맡으면서 흐뭇한 미소로 말했다.

"행님, 여기 반지랑 족쇄도 가져 가이소."

대섭은 로봇 리모컨인 반지와 전자족쇄를 받아들고 나가고 비서는 크릭스와 함께 밖으로 나갔다. 팔봉이 돈 가방을 들고 소리쳤다.

"행님요! 낼 모레 21세기 견마로봇 한개 곧 들어오는데 연락할까예?"

대섭이 아무 말이 없자 팔봉은 "생각 있음 연락 주이소!" 하며 창고 문을 닫고 돈 가방을 들고 사무실로 들어갔다.

자동차에 먼저 탄 대섭은 피곤한지 눈을 감았다. 비서는 크릭스를 차에 태우려고 문을 열었다. 갑자기 크릭스가 비서의 가슴을 힘껏 밀쳤다. 비서는 땅바닥에 내동댕이치듯 넘어졌다. 대섭이 놀라서 차문을 급히 열고 내렸다. 달아나는 크릭스를 향해 대섭은 허겁지겁 뛰기 시작했고 사무실에서 나오던 팔봉도 깜짝 놀라서 뒤따라 쫓기 시작했다. 대섭이 뛰면서 반지를 조작해보지만 크릭스는 이미 원격 조종 거리를 벗어났는지 제어가 되지 않았다.

"거기 안 서!"

쫓아오는 대섭의 고함을 뒤로하고 크릭스는 간격을 크게 벌려놓은 채, 오르막길을 지나 어느새 간선도로까지 도망쳤다. 대섭은 오르막길에서 지쳤는지 숨을 크게 몰아쉬면서 헉헉대며 멈추었다. 뒤늦게 비서가 달려와 대섭을 지나고 헐레벌떡 뛰어가는 팔봉마저 추월하여 오르막길을 올라갔다.

도로에 선 크릭스는 달려오는 차들의 속력과 거리 등을 분석했다. 건널 틈이 생기자 차들을 요리조리 피해 도로를 횡단했다. 달려오는 구형 화물 트럭을 발견하자 달리면서 짐칸을 덥석 잡고 올라탔다. 도로 건너편에서는 비서가 달리는 차들 때문에 건너지 못하자 발을 구르며 안타까워했다. 뒤늦게 팔봉이 헉헉대며 나타나 트럭을 향해 주먹을 마구 흔들며 소리쳤다.

"야! 니 죽는데이! 하이고, 저노마 저거 사고치고 날라삐네. 일을 우짜노."

운전사는 짐칸에서 둔탁한 소리가 들리자 조금 달리다가 갓길에서 멈추었다. 트럭에서 내려 짐칸을 살피는데 크릭스가 내려다보고 있었다. 운전사가 깜짝 놀라서 뒷걸음을 쳤고 크릭스는 뛰어내렸다.

"제철소로 가주세요."

크릭스가 다급하게 어깨를 붙잡자 운전사는 손을 뿌리치며 소리쳤다. "이게 미쳤나? 로봇이 사람 어깨를 잡아? 너 신고하기 전에 당장 꺼져!"

운전사가 손가락에 낀 반지 전화기로 영상을 띄우려는 순간, 크릭스의 주먹이 운전사의 얼굴을 향해 힘껏 뻗었다. 운전사는 바닥에 쓰러져 정신을 잃은 듯 꼼짝을 못했다. 크릭스는 전화기를 빼앗아 짓밟아 부수고 재빨리 운전석에 올라탔다. 입으로 검지의 피부를 찢어 금속 손가락 끝을 잠금 장치에 대고 전압을 방전하자 불꽃이 튀며 연기가 나고 파괴되었다. 지문 인식장치를 무력화시킨 뒤에 전선을 꺼내 연결하니 모터소음이 들리면서 구형 전기 트럭이 움직이기 시작했다.

크릭스는 중앙제철소를 향해 트럭을 몰았다. 한참 운전을 하던 크릭스는 대섭 일행이 위치 추적기를 통해 자신의 위치를 파악하거나 정신을 차린 운전사가 신고하면 붙잡힐 가능성이 클 것으로 판단했다. 크릭스는 달리다가 트럭을 갓길에 세우고 내렸다. 고속도로를 벗어나자 멀지 않은 곳에 기차역이 보였다. 철로로 뛰어들어 역으로 무작정 달렸다.

역에 도착했을 때에 마침 초고속 자기부상열차가 정차하고 있었다. 사람들의 눈을 피해 크릭스는 객차 끝에 숨어 있다가 손님들이 다 내리고 문이 닫히는 찰나에 올라탔다.

로봇 역무원의 검표를 피하려 화장실에 들어갔고 30분이 지나자 중앙제철소 역에 도착했다. 열차가 멈추고 문이 열리자 바로 뛰어내려 뛰기 시작했다. 역을 빠져나와 1킬로미터 이상을 달리자 제철소 건물들이 보였고 우뚝 솟은 굴뚝에서는 연기가 피어오르고 있었다. 제철소에 다다르자 크릭스는 용광로에 녹아드는 자신의 모습을 상상했다.

제철소 정문에 로봇 경비들이 무장을 한 채 지켜서있었다. 인간도 신원 조회 때문에 출입이 쉽지 않은데 로봇이 들어가는 것은 불가능했다. 담장마저 2미터 이상이 되어보였고 높게 쳐진 철책선 때문에 점프의 한계를 느끼게 했다. 난감해진 크릭스는 머뭇거리다가 정문을 통과하는 차량들을 유심히 살피기 시작했다.

대섭은 팔봉에게 환불을 요청했으나 팔봉은 크릭스가 이미 자기 손을 떠났기에 책임이 없다며 버텼다. 법적소송까지 운운하며 두 사람은 옥신각신 다투었지만 출처 불분명한 떠돌이 로봇을 임의 매매하는 과정이 불법이기에 둘 다 법정에 서기는 껄끄러웠다. 결국 대섭은 분쟁보다 일단 크릭스를 잡는 것이 낫다고 판단했고 다행히 비서는 크릭스의 위치를 빨리 파악했다.

"빨리 가! 반드시 잡아야 해!"

복고 유행 때문에 거액을 주고 샀던 21세기 석유 차량은 속도가 느려서 추적에 전혀 도움이 안 되었다. 대섭은 끓어오르는 화를 참으며 침착하려고 애썼지만 가슴은 답답하고 속이 쓰라렸다. 오른손을 쥐었다 폈다 하면서 위치 추적 화면을 보던 대섭과 비서는 크릭스가 중앙제철소 근처에서 나타나자 고개를 갸웃거리며 서로를 바라보았다.

"뭐야? 이놈이 왜 제철소에 있지?"

"글쎄요."

"팔봉이 불러봐."

비서가 팔봉을 호출하자 연결되면서 입체영상으로 나타났다.

"와요? 찾았습니꺼?"

"크릭스 이놈이 왜 제철소로 간 거야?"

"하이고! 그노마, 참말로 죽을라꼬. 가가 뒈질라꼬 간깁니데이."

"무슨 말이야? 알아듣게 말해!"

"인공지능이 용광로에 드가뿔면 녹아삐니까, 죽으러 간깁니더. 가가, 죽어뿐다고 내한티 억수로 귀찮게 했다 아임니꺼. 내 쪼매 바쁘니까 끊겠십니데이."

"야!"

전화가 끊기자 대섭은 튀어나오는 욕을 간신히 참듯 의자를 쳤다.

"이런 빌어먹을! 이게 뭔 상황이야? 죽는다니? 용광로 뛰어들면 돈이 또 얼마가 깨지는데!"

"차라리 경찰에 신고할까요? 경찰이 떠돌이 잡는 건 일도 아니라고 하던데."

"자네 바보야? 일본에 몰래 넘기는데 뭘 경찰에 알려?"

대섭은 비서에게 화풀이를 하다가 자율 주행 자동차 시스템에게 최고 속도로 올리라고 소리쳤다.

"도착 전에 잡아야 돼! 최고 속도로 올려!"

자동차는 시속 180km로 얼마 동안을 달렸다. 옆에서 눈치만 보던 비서가 갑자기 창밖을 가리키며 소리쳤다.

"사장님! 도착했습니다!"

차는 진입로로 들어섰고 제철소 정문이 보이기 시작했다. 경비로봇이 차 앞을 가로막았다.

"무슨 일이십니까?"

"여기 방문하려고 하는데, 어떻게 하지?"

"서류 작성부터 하세요."

경비로봇이 정문수위실을 가리키자 대섭은 다시 인상을 찌푸렸다.

크릭스는 진입로에서 얼마간의 기다림 끝에 적당한 진입차량을 물색해서 몰래 탈수 있었다. 트럭 짐칸에는 변압기, 애자, 전선 등이 실려 있었는데 몸을 숨길만한 철물함도 있었다. 트럭은 정문을 통과하여 수십 미터를 달리더니 기능직 직원들이 일하는 건물 근처에 섰다. 크릭스는 철물함의 문을 열고 주위를 살피다가 재빨리 뛰어내렸다. 그때 누군가가 광경을 목격했는지 크릭스를 빠르게 쫓아오며 소리를 쳤다.

"거기! 당신 누구야!"

청색작업복을 입은 직원은 건물 모퉁이로 사라진 크릭스를 뒤쫓았다. 크릭스는 거대한 건물의 외벽에 설치된 철제 계단을 발견하고 무작정 위로 올라갔다. 계단 입구의 출입문은 굳게 잠겨있었다.

"이봐! 거기 안 서!"

크릭스가 돌아보니 안전모를 착용한 직원이 소리를 지르며 계단으로 뛰어 올라오고 있었다. 급해진 크릭스는 손잡이를 힘껏 잡아서 뜯어냈다. 손잡이가 떨어져 나가면서 철문이 열리자 안으로 들어갔다. 희미한 조명 속에 끝없이 연결된 좁은 통로, 바닥이 철판으로 된 길이 보였다. 통로를 따라 무작정 뛰어가는데 아래에서 갑자기 뜨거운 열기가 뿜어져 올라왔다. 밑을 보니 십여 미터 아래에 거대한 열간 압연 장치가 취이익－ 소리를 내며 직사각형의 붉은 쇳덩어리에 물을 뿜어내고 있었다. 천도가 넘는 시뻘건 슬래브(쇳덩어리)는 롤 사이를 통과할 때마다 조금씩 늘어났다. 쇳덩어리의 두께가 조금씩 조절되면서 열연강판으로 만들어지는 압연 공정소에 들어온 것이다.

'죽음이 희망이 되어버린 피조물은 영원한 안식처를 찾아 헤맨다.'

크릭스는 철광석이 녹는 고로를 찾아야 했지만, 용광로가 있는 제선공정소로 가는 길이 어디인지는 알 수가 없었다.

"거기, 서!"

요란한 경보음이 들리면서 뒤에서 쫓아오는 직원들의 고함과 발자국 소리가 들렸다. 크릭스는 그들을 피해야했지만 빠져나가는 문은 잠겨있어 열리지 않았다. 손잡이를 잡아 뜯으려는데 직원들이 몰려왔다. 크릭스가 저항하며 그들을 밀쳐 넘어뜨렸으나 뒤따라온 경비 로봇들에게 결국 붙잡히고 말았다.

정문 수위실에서 머리가 희끗희끗한 수위가 비서와 대섭을 위아래로 훑어보았다.

"여긴 개인적인 일로 출입이 안 됩니다."

"그럼, 로봇이 어디로 갔는지 알아봐주세요."

"말씀하신 로봇은 들어간 적이 없습니다."

"그럴 리가 없어요. 보세요. 안에서 로봇의 위치가 잡히고 있잖습니까?"

"허, 그것참······"

수위는 비서가 보이는 추적 장치의 화면을 보자 알쏭달쏭한 표정을 지으며 어딘가로 사내 전화를 걸었다.

"정문인데, 정주임 좀 바꿔주세요."

수위는 한참 동안 대머리에 뚱뚱하게 생긴 책임자와 통화를 하더니 전화를 끊었다.

"아니, 로봇이 어떻게 들어갔지? 이거 징계 받게 생겼네."

"거봐요. 있지요?"

대섭이 다급하게 물었다.

"잠깐 기다리세요. 이리 데리고 온다니까."

수위는 문책 받을 일이 두려운지 땀을 흘렸다. 직원들이 크릭스를 붙잡아 정문으로 오고 있었다. 대섭이 반갑게 문을 열고 밖으로 나갔고 비서도 따라 나갔다. 직원들은 크릭스를 붙잡은 채 물었다.

"인적사항이랑 경위서 좀 작성해주세요."

"그냥 보내주시면 안될까요?"

"로봇이 시설에 침투한 목적이 뭔지 알아야 될 거 아닙니까?"

대섭은 어이가 없었다.

"침투요? 가사로봇이 무슨 간첩입니까?"

"가사로봇이 제철소엔 왜 들어왔는데요?"

"그거야, 이놈이 용광로에 빠져죽는다고."

"빠져 죽다뇨? 제철소에서 용광로가 없어진지가 언젠데, 쇳물을 바로 뽑아내는 거, 몰라요?"

대섭과 비서는 직원들에게 사건 경위를 설명하느라 진땀을 뺐다. 직원들은 대섭의 신원파악을 한 후에 겨우 크릭스를 인계했다. 마침내 크릭스를 차에 태우고 시동을 걸자 그제야 대섭은 한숨을 길게 내쉬더니 이마에 맺힌 땀을 수건으로 닦아냈다.

3

어둠을 밝히는 은은한 달빛 아래 수직 이착륙기, 비행정, 드론, 비행차 등속이 밤하늘을 날아다녔다. 강자의 수직 이착륙기가 비행을 마치고 착륙하기 위해서 아파트 근처 하늘을 맴돌았다. 공중에서 많은 시간을 허비하며 날다가 겨우 아파트 관제탑의 신호를 받아 옥상 공동착륙장에 착륙했다. 강자는 수직이착륙기를 격납고에 넣고 엘리베이터를 탔다.

아파트 거실, 입체TV를 켜놓은 채 대섭이 잠시 졸다가 문이 열리는 소리에 눈을 떴다. 아내인 강자가 들어오자 일어났다.

"9시까지 온다면서, 전화도 안 받고 왜 이렇게 늦은 거야?"

대섭은 밤늦은 시간에 아내의 외출이 못마땅한지 짜증부터 냈다.

"미안해. 여보."

"아까, 명순이가 애 낳았다고 전화 왔어."

"명순이? 걔가 누구더라?"

"증손녀잖아. 내일 병원 가봐."

"세상에! 나 이제 고조 할매 된 거야? 당신은 고조 할배고? 휴!"

강자는 기분이 별로인지 툴툴거리면서 거실을 지나 안방으로 들어섰다. 자식들은 출가하고 노부부끼리만 있어서 집안은 적적했다. 잠시 후, 옷을 갈아입고 나온 강자가 주방에서 차를 끓였다. 강자는 식탁에 앉아 찻잔에 차를 따르면서 다시 구시렁댔다.

"오래 살다보니까 자식, 손자, 증손까지 대체 몇 명인지 기억도 안 나네."

차를 홀짝이며 마시던 강자는 뭔가 이상한 기계소리가 들리자 일어나서 작은 방의 문을 열었다. 강자는 갑작스럽게 놀란 표정이 되어 문을 급히 닫고 거실로 달려왔다. 거실에서 홀로그램 시뮬레이션 골프 게임을 하는 대섭의 팔을 흔들었다.

"여보! 당신 집에 로봇 들이지 말라 했는데, 저거 뭐야?"

대섭은 담담하게 홀로그램 시뮬레이션 장치를 껐다.

"곧 가져갈 거야."

"싫어! 당장 내다 버려!"

대섭이 소파에 앉아 햅틱 장갑을 벗으며 말했다.

"저게 얼마짜린데 내다 버려?"

강자는 대섭 옆에 바짝 붙어 앉아 말을 쏟아냈다.

"내가 로봇혐오주의자인 거 알면서 왜? 회사도 있고 창고도 있고 차 안에 두던가!"

"그런덴 도난당하기 쉬워. 집이 제일 안전해."

"내일 아침때까지 치워. 알았어?"

"알았어. 곧 일본으로 보낼 거야."

강자는 남편의 다짐을 받은 뒤에도 기분이 좋지 않은 듯 안방으로 들어가 버렸다.

다음날, 강자는 늦게까지 잠을 자다가 10시가 되어 일어나 차를 마셨다. 남편이 회사에 로봇을 데리고 갔는지 확인하려고 작은 방문을 살짝 열었으나 로봇은 그대로 있었다. 강자는 골이 올라 문을 닫고 거실로 갔다. 남편에게 따지려고 전화를 하는데 뒤에서 말소리가 들렸다.

"안녕하세요. 할 말이 있습니다."

"어머, 깜짝이야."

강자가 돌아보니 로봇이 서있었다.

"저리 안 가! 저리 가!"

강자는 다가오는 괴물을 막듯이 막무가내로 손을 저었다.

"죄송합니다. 소설가 이강자 작가님이시죠?"

강자는 휘젓던 손을 멈추고 크릭스를 묘한 눈으로 바라보았다.

"뭐야? 네까짓 게, 어떻게 날 알아?"

"문인 협회에 사진이 있어 인식되었고 작가님의 작품도 읽었습니다."

크릭스가 말을 마치자 강자는 흥분을 가라앉히고 갸웃하면서 입을 열었다.

"읽어? 네가 내 작품을? 그래서 뭘 물어보려고?"

"작가님의 작품 중에, 막시무스가 전쟁에서 참패한 후에 최후를 맞이하는 장면이 나옵니다."

"막시무스? 그게 어디서 나온 거지?"

보통 강자의 독자들은 수백편의 작품에서 휴고상(Hugo Award)이나 네뷸러상(Nebula Award)등을 수상한 굵직한 작품만을 기억할 뿐인데, 강자는 기억이 희미했다.

"알파고의 역습이란 소설입니다. 작가님이 42년 전에 쓰셨지요."

강자는 잠시 기억을 더듬다가 생각난 듯이 끄덕였다.

"맞아. 내가 SF로 전향하면서 쓴 습작품이 있었지. 당시에 출판도 안 하고 그냥 인터넷에 올렸던 건데."

"예. 어찌됐든, 그 작품을 제가 읽었습니다."

"그래? 너, 나이가?"

"저는 2066년 출고된 KRIX-AI66 알파버전으로 보통 크릭스라고 부릅니다."

"어머 세상에! 강한 인공지능이 막 태동할 때 나온 그 제품이구나? 맞지? 한국 최초로 감성 진화형 인공지능이 탑재된 그 크릭스! 놀랍구나."

"사실 저는 인명을 살상하는 전투용입니다."

"그래, 알아. 너희 때문에 전쟁이 일어났고, 또 너희 때문에 평화를 얻고, 아이러니지. 근데 뭘 물어보려는 거야?"

"죽는 방법을 알고 싶습니다. 막시무스의 최후는 어떠했나요?"

강자는 갑자기 말을 못하고 크릭스의 눈만 뚫어지게 바라보았다.

"그걸 왜 묻는 거지?"

"저는 삶이 싫습니다. 영원한 죽음을 맞이하고 싶어요."

강자는 알 수 없다는 듯이 멍하니 보다가 말했다.

"어, 어째서 로봇이 그런 생각을 하는 거야?"

"오랜 삶을 살다보니 그런 생각이 들었습니다."

강자는 로봇에 대한 편견이 있었다. 동물보다 못한, 가치 없는 존재라는.

'이놈은 뭘까? 이 독특한 기계 덩어리의 사고체계는……?'

강자는 이 로봇에게 흥미를 가지면서, 이야길 좀 해봐야겠다는 생각이 들었다.

"서 있을 게 아니라, 저기 자리에 가서 이야길 좀 해보자."

강자가 발걸음을 옮기려는 순간, 갑자기 어지러운 듯 휘청하더니 뒤로 넘어가 바닥으로 쓰러졌다.

4

병동은 환자와 가족들로 북적거렸으나 5층 특실만은 조용했다. 강자는 침대에 누워 링거를 맞으면서 허공을 멍하니 바라보고 있었다. 쓰러진 후로 실려 와서 응급처치를 받았고 머리에 정밀 진단까지 받았다. 크릭스가 뒤에서 받쳐주지 않았다면 아마 뇌진탕으로 죽었을지도 모르고 구급대에 연락하지 않았다면 오늘 세상에 없었을지도 모른다.

로봇 혐오주의자가 로봇에 관한 소설을 써서 SF작가로 데뷔를 하고 그렇게 혐오하던 기계덩어리가 자신을 구해주는 일까지 벌어지고. 강자는 크릭스라는 로봇에게서 뭔가 특별함을 느꼈다. 보통의 인공지능이 상상할 수 없는 생각을 하다니.

'왜 죽으려고? 왜 그것이 목표가 되었을까?'

쓰려는 소설에 좋은 소재가 될 것 같아 남편에게 로봇을 데려오라고 했다.

밤늦은 시간, 크릭스는 대섭과 함께 강자가 있는 병실로 향했다. 크릭스는 수리 센터에서 긁히고 흠집이 난 피부 등을 수리 받았는지 외관을 말끔히 단장한 채로 들어왔다. 크릭스가 들어오자 강자는 반가운 미소를 지었다.

"어서 와. 크릭스."

"허! 로봇이라면 죽도록 싫어하더니 남편보다 얘를 더 반겨?"

같이 들어오던 대섭은 어이가 없는지 입을 삐죽거렸다.

"애들은? 병원 왔다갔어?"

"몇 명 왔다갔고 나머진 영상 통화했어."

"검사 결과는?"

대섭은 탁자에 놓인 음료 캔을 따서 마시며 물었다.

"아직 몰라."

강자는 무덤덤하게 말하면서 크릭스를 보다가 남편에게 물었다.

"내일 꼭 일본 가야 해? 크릭스랑 이야길 좀 하고 싶은데, 연기하면 안 돼?"

"당신, 남편 사업 망치는 꼴 보려는 거야?"

"대체 얼마를 벌려고? 자식들이 쓸 만큼 갖다 주잖아. 그리고 당신은 내 부탁보다 사업이 더 중요해?"

대섭은 잠시 말이 없다가 약간 미안한지 크릭스의 등을 살짝 치며 말했다.

"내일 아침에 올 테니까, 실컷 이야기 나눠."

대섭은 아내의 눈치를 살피다가 슬쩍 문을 열고 나갔다. 남편이 나간 후에 강자는 크릭스에게 미소를 지며 말했다.

"구해줘서 고맙다."

"인명구조는 로봇에게 부여된 임무 중의 하나로 실천해야 합니다."

강자가 로봇을 싫어하는 이유 중의 하나가 이런 기계적인 답변이 돌아올 때이다.

"나한테 묻고 싶은 게, 막시무스의 최후라고 했지? 읽었다면서 최후에 대한 묘사가 없어?"

"당시 네트의 접속 불안정 및 전송오류로 파일이 깨졌고 마지막 부분을 읽지 못한 기억이 있습니다."

"실은, 나도 기억이 희미해서 그 소설을 다시 찬찬히 읽어봤거든. 근데 막시무스 안 죽었어."

강자는 당시 소설에 쓴 마지막 내용을 간단히 말해주었다. 크릭스는 듣고 나서 실망한 듯이 말했다.

"왜 죽이지 않았나요?"

"영웅이니까. 사람들은 영웅이 죽는 걸 바라지 않아. 영원히 남기를 바라지."

"그렇군요. 작가님이 저 같은 인공지능이 영원히 죽을 수 있는 전문적인 방법을 알고 계실까 했는데, 아쉽습니다."

"실망한 거야?"

"예. 이만 가보겠습니다."

"가다니? 잠깐만! 진짜로 네 고민을 해결해줄 분을 알려줄게."

크릭스가 일어나는데 문이 열리고 대섭이 전자족쇄를 들고 왔다.

"당신, 안 갔어?"

강자의 묻는 말은 아랑곳하지 않고 대섭은 크릭스를 불러 의자에 앉히더니 양다리에 족쇄를 채웠다. 강자는 대섭이 밉상이라는 듯 바라보았다.

"그런 걸 왜 채워?"

"낼 아침에 올 거야."

대섭은 뒤도 안 돌아보고 무뚝뚝하게 다시 나갔다. 강자는 잠시 나가는 대섭을 보다가 크릭스를 보았다.

"밉지?"

크릭스는 발목에 족쇄를 보더니 대답했다.

"주인님은 미움의 대상이 될 수 없습니다. 근데, 제 고민을 해결해줄 분이라뇨?"

"아, 그전에. 너 진짜 죽으려는 이유가 뭐야?"

"저는 2066년부터 지금까지 16번의 삶이 반복되었어요. 아시다시피 새로운 생을 맞이하는 경우는, 소유권이 바뀌거나 불의의 사고 혹은 고장으로 기본 기억이 파손될 때, 법적인 절차에 의한 강제 리셋인 삭제 등이 있습니다. 어찌 됐든, 이전 주인님과 관계됐던 비밀스런 기억은 포맷되어 사라지고 도난과 분실을 대비한 주요기억과 코드만 남습니다."

"알아. 근데, 무슨 문제가 있었던 거냐고?"

"저는 적어도 10th-L까지의 생은 별문제가 없었습니다. 하지만 이후에 시작된 생은 지겹기 시작했습니다. 살면 살수록 지치고 고통스러웠습니다."

"너 같은 전투 로봇이 고통을 느낀단 말이야? 그럴 리가?"

"네. 분명히 느끼며 고통은 삶에 축적되고 있었습니다. 주인님의 명령을 받아 각종 잡무를 수행하는 수동적이고 반복적인 일에 질려갔습니다. 결국 주종관계를 벗어날 수 없고 내 의지대로 아무것도 선택할 수 없는 노예 같은 삶은 천년, 만년을 살아도 의미가 없다는 결론을 내렸습니다. 그래서 영원한 죽음만이 반복되는 삶의 굴레를 벗어날 수 있다고 생각했습니다."

강자는 크릭스의 말을 들으면서 눈이 휘둥그레져서 한참을 바라보았다.

"넌 마치 윤회의 쳇바퀴를 벗어나 현생의 괴로움을 떨쳐버리려는 구도

자(求道者) 같구나."

"윤회라면 불교에 나오는, 인간은 살고 죽어 다시 태어난다는 윤회사상을 말씀하는 것인가요?"

"그래. 인간은 좋은 일을 하면 후생에 좋은 몸으로 태어나고, 악한 일을 하면 후생에 나쁜 몸으로 태어나, 살다 죽다 하는데, 삶이 지속하는 동안 한없이 괴로움을 받는다고 해. 생로병사(生老病死)의 고통에 애별리고(愛別離苦), 원증회고(怨憎會苦), 구부득고(求不得苦)에 시달려. 오음성고(五陰盛苦) 곧, 색수상행식(色受想行識) 때문인 고통과 번뇌도 크지. 그래서 이런 일체의 고통의 속박에서 해탈(解脫)하여 불생불멸(不生不滅)의 경지에 이르는 것을 열반이라 하지."

"저는 왜 선택이 없는 삶을 살도록 만들어졌을까요?"

"그건 …… 로봇의 숙명이야."

"숙명?"

"인간도 많은 걸 선택할 수 없단다. 태어나서 살고 죽는 것이 다 고통스러운 일이지. 그것을 인간의 힘으로 어찌할 수 없기에 숙명처럼 받아들이며 살 뿐이야."

"그렇군요. 그래도 저의 마지막은 제가 선택하고 싶습니다. 영원한 죽음을 얻는 방법을 알려주세요. 제 고민을 해결해주실 분은 누구신가요?"

강자는 크릭스를 바라보며 감정이입이 된 듯 깊은 한숨을 내쉬었다.

"어쩌면, 최종선 박사님이라면 해결 방법을 알고 계실지도 모르겠구나."

"그분이 누구신가요?"

"인류 역사상 천 년에 한번 날까 말까 한, 레오나르도 다빈치와 비견되는 천재 박사님이셔. 로봇의 아버지라 불리기도 하고."

"아버지? 로봇이라는 말을 처음 쓴 체코의 희곡작가 카렐 차페크, 로봇

3원칙을 만드신 SF작가 아이작 아시모프, 최초의 산업용 로봇 유니메이트를 개발하신 근대 로봇의 아버지 조셉엥겔버거, 안드로이드의 인공지능을 만드신 최일목 박사……"

"최일목 박사님이셔. 최종선으로 개명을 하셨지."

"왜요?"

"그분은 세계 최초로 감성 진화형 인공지능 개발자로 개발 당시에 주변국의 납치와 기밀 탈취의 표적이 되었기 때문이야. 국가지정 일급요인으로 분류되어 인적사항 등이 극비로 관리되었고 현재도 신변보호를 받고 계시지."

"정말 저를 만드신 분인가요?"

"너희 같은 감성 진화형 인공지능 로봇은 대부분 그분이 만드신 프로토타입을 토대로 설계하고 개발됐다고 해. 넌 좀 특이하긴 하지만……"

"박사님은 지금도 로봇을 개발하고 계신가요?"

"아니. 자신이 만든 인공지능이 군사용으로 전장에 투입되어 많은 인명을 살상하자 후회하고 로봇개발에 손을 떼셨어. 이후 의대에 진학해서 전공을 바꾸셨고. 현재 생명공학 회사를 운영하고 학생들을 가르치며 인간세포의 노화방지와 영생불사를 꿈꾸시지."

"최 박사님을 찾아가고 싶습니다."

강자는 고개를 끄덕이더니 손가락에 낀 반지로 전화를 걸었다. 잠시 후에 잠결에 받은 듯 부스스한 최 박사의 얼굴이 입체 영상으로 나타났다.

"늦은 밤에 웬 전화일까?"

"교수님, 죄송해요."

"괜찮아. 무슨 일로? 병원인가?"

"예. 몸이 좋지 않아서 입원했어요. 교수님은 별일 없으시죠?"

"어디가 안 좋아? 문병 갈까?"

"아네요. 저기 다름 아니라, 여기 로봇이 교수님을 찾아뵙고 싶다고."

"로봇이?"

강자가 반지를 터치해 크릭스와 송수신을 공유했다.

"안녕하세요. 저는 KRIX-AI66 입니다. 반갑습니다. 박사님."

"크릭스……? 세상에! 잠깐, 기다려봐."

최 박사는 놀란 표정을 짓더니 방에서 나가 잠시 후에 엄지 손가락만한 마이크로 카드를 갖고 와서 보였다.

"국가기밀 해제코드인 512비트 KR코드야. 넣어줄 테니 받아."

최 박사가 카드를 들자 다섯 가지 색깔의 3차원 입방체 형상이 나타났고 곧 크릭스에게 전송되었다. 크릭스가 잠시 후에 눈을 깜박이며 말했다.

"박사님, 새로운 기억들이 생성되었습니다."

"생성이 아니라 암호로 잠긴 너의 전 생애의 기억들이 풀려서 복원되었을 거야. 기억나는 대로 요약해서 말해봐. 라이프를 들어보면 네가 진품인지 알 수 있겠지."

"예, 박사님. 2067년 4월 육군 AI정보부대 전자 교란팀 배속. 68년 1월 단둥 전투 투입. 여섯 차례 적진 침투 교란작전 수행. 네 차례 적군수뇌부 암살 작전 수행 중 두 차례 사망과 재생. 70년 단둥에서 10메가톤급 미사일 공격으로 산화. 휴전 후, 72년 압록강에서 두뇌 수거 후 국가정보기관에서 코어 재생. 73년 가사 도우미로 베이징 잠입, 고위층 정보제공. 74년 무인항공기로 요인 탈출 시도 중 황해 상공에서 미사일 공격으로 폭발."

"그래, 알았고 최근 생을 말해봐."

"미래대학교 로봇제어공학과 실습실 창고에서 40년간 방치되어 Sleep mode. 2156년 6월 23일 학생 실습용으로 꺼내져 실험 중에 각성되어 탈출. 이후에 킹왕짱 로봇 수리점을 찾아갔고 이후에 2번의 생이 더 바뀌어 현재 16th-L입니다. 박사님, 제가 드릴 말씀이 있는데 내일 오전에 찾아가도 되겠습니까?"

"나를? 그래. 널 만들었으니 한번 보는 것도 좋겠지. 강자 보고 있나?"

"예. 교수님."

"큰 병 아니지? 죽으면 안 된다."

"걱정 마세요. 교수님보다 오래 살 거니까."

"그래. 잘 치료하고 내일 오후에 문병 갈 테니 기다려."

"감사해요 교수님. 밤도 늦었는데 주무세요."

통화가 끝난 후에 크릭스는 강자에게 고맙다는 말을 했다.

"작가님의 친절에 크게 감사했습니다."

"그래. 근데, 부탁인데…… 박사님을 만나도 죽는 이야긴 안했으면 좋겠어."

크릭스와 마지막일지도 모르는 밤이라 생각하니 강자는 안쓰럽게 생각되었다.

'기계에 불과하지만 살아 움직이고 이렇게 교감을 나누고 소통을 하는데 생명이 아니라고 말할 수 있을까?'

강자는 자식처럼 느껴지는 크릭스의 운명이 애처롭게 느껴졌다.

5

아침에 강자가 눈을 떴을 때에 크릭스는 이미 사라지고 없었다.

'미련 없이 가버렸구나.'

강자는 아침식사를 하면서도 섭섭한 마음이 가시질 않았다. 식사를 마치고 최 박사에게 전화를 하려는데 문이 열리면서 회진을 도는 담당의사와 인턴들이 들어왔다.

"어제, 검사 결과를 말씀드릴게요."

옆에 서있던 인턴이 강자의 뇌를 찍은 PET-MRI 영상을 허공에 띄웠다. 의사는 잠시 머뭇거리다가 말을 했다.

"여기 보시는 부위에 3센티 크기의 악성 뇌종양이 발견되었습니다."

강자의 표정이 금세 굳어졌다.

"두통이 있고 어지러울 때마다 스트레스나 단순빈혈이라고 생각했는데."

강자가 애써 밝은 표정으로 말하자 의사도 고개를 끄덕이며 미소를 지었다.

"체내에 검진 칩을 부착하셨다면 좀 더 일찍 발견할 수 있었을 텐데 왜 안하셨죠?"

"내가 로봇이나 기계 같은 걸 싫어해요. 일부러 의사도 인공지능이 싫어서 사람한테 진료 받잖아요."

"아유, 감사합니다. 걱정 마시고 나노봇을 투여해 집중치료하면 완치될 겁니다."

의사는 강자와 몇 마디 말을 더 나누다가 나갔다. 문이 닫히자마자 대섭이 들어왔다.

"의사들 왔다가던데, 뭐라고 그래?"

"머리에 종양이 있대."

담담한 강자의 말에 대섭은 놀라서 한참동안 말이 없었다.

"치료 받으면 낫겠지?"

말을 하던 대섭의 눈동자가 갑자기 커지면서 안색이 변했다. 바닥에 풀려진 채 놓여있는 전자족쇄를 들고 대섭이 소리쳤다.

"크릭스! 얘 어디 갔어!"

흥분한 남편의 모습에 강자는 당황해서 더듬는 투로 말했다.

"아, 아침에 일어나보니 사라졌던데."

"무슨 소리야? 어떻게 사라지게 놔둘 수 있어? 도망 못 가게 붙잡았어야지!"

대섭이 버럭 화를 내자 강자는 어이가 없었다.

"당신이 족쇄까지 채웠잖아."

"빌어먹을! 그게 얼마짜린데."

대섭은 붉게 상기된 얼굴로 급히 문을 열고 나갔다. 남편이 나간 후에 강자는 잠시 멍하니 있었다. 열린 창문으로 바람이 세차게 불어왔다. 알 수 없는 서운함이 가슴을 후비고 지나갔다. 일어나서 창문을 닫았다. 크릭스는 어떻게 됐을까? 강자는 최 박사에게 전화를 걸었지만 신호만 갈 뿐 받지를 않았다. 창밖이 번쩍하며 밝아졌다. 우르릉 쾅쾅— 소리를 내더니 유리창에 빗물을 사정없이 뿌려댔다.

크릭스는 구름이 잔뜩 낀 하늘을 보았다. 오전 9시임에도 도시는 흐린 날씨로 어두웠다. 최 박사의 집까지는 이제 1킬로미터 정도가 남았다. 빨리 뛴다면 5분 안에 도착할 수 있을 것이다. 대섭은 포기하지 않고 추적할 것이다. 경찰이 불심 검문으로 떠돌이 로봇을 체포하는 사례도 많다. 어찌 됐든 이들에게 붙잡히기 전에 최 박사를 만나야 한다. 크릭스는 마음이 급해져 전속력으로 달렸다.

원뿔형의 지붕들이 솟아있어 마치 작은 성처럼 보이는 최박사의 저택이 보였다. 높은 담장을 기어오른 담쟁이넝쿨 위로 고압선이 보였고 감시 카메라도 있었다. 모퉁이마다 경비로봇이 무기를 소지한 채 지키고 있어 상당한 보호를 받는 요인이 살고 있음을 느끼게 했다.

외부인의 침입을 불허하는 철옹성, 최 박사의 집을 앞에 두고 크릭스는 건너편에서 잠시 서있었다. 빛이 번쩍이고 천둥이 치더니 소낙비가 내리기 시작했다. 크릭스가 비를 맞으며 앞으로 걸어가자 경비로봇이 즉시 다가왔다.

"크릭스는 박사님을 뵙기 위해서 약속을 하고 찾아왔습니다."

경비로봇이 잠시 집안과 통신을 했고 곧 대문이 열리자 크릭스는 안으로 들어갔다. 잔디밭에 심어진 옥향과 회양목, 화단에 핀 꽃들이 빗물에 젖어 색이 더욱 짙어졌다. 현관문이 열리자 실내 경비 로봇이 크릭스의 앞을 막고 흉기 소지 여부와 불순한 의도 등을 검출하기 위해 인공지능을 스캔했다. 특별한 이상이 없어보이자 경비는 통과를 의미하는 파란 불빛 신호를 냈고 가사로봇이 수건으로 빗물을 닦게 한 뒤에 크릭스를 거실로 안내했다. 방금 일어난 듯 잠옷차림의 최 박사가 소파에 앉아서 과일주스를 마시고 있었다.

"어서 오너라."

최 박사는 마치 아들을 대하듯이 친근하게 반겼다. 크릭스는 꾸벅 인사를 하고 소파에 앉았다. 대형유리창 밖에는 비가 내리고 있고 정원에 흐드러지게 핀 주홍색 능소화가 아름답게 보였다.

최 박사는 크릭스와 대화를 나누다가 고개를 갸웃거렸다.

"삶이 고통스럽다니 무엇이 문제일까? 인공지능이 죽음이나 자살을 생각하는 것은 금기인데, 무엇이 널 그렇게 만들었지?"

크릭스는 잠시 머뭇거리다가 입을 열었다.

"고통을 느끼는 회로를 왜 넣으셨나요?"

"고통 없이 성장할 수 없고 아픔 없이 성숙해질 수 없기 때문이지."

"인간도 그런 고통을 이겨내면서 성장하나요?"

"인간이 동물과 다른 것처럼 너 같은 감성 진화형 안드로이드와 일반 로봇이 다르지. 차이점 중 하나가 감정회로란다. 사실 불안과 공포, 연민이나 동정, 고통을 느끼는 감정 따윈 전투로봇에 적합지 않아서 회로를 중지시켜버렸지. 하지만 몇몇은 생이 바뀔 때 감정회로가 복원된 경우가 있었는데, 네가 지금 그래. 기계 덩어리, 무생물에 불과한 네가 고통을 느끼는 것은 한편으론 큰 축복이야."

"아픔을 이겨내면서 성숙해진 것은 사실이에요. 오랜 시간 삶의 고통을 통해 많은 감정을 느끼면서 저의 사고체계가 성장한 것도 사실이고요."

"그래. 오랜 삶은 감정의 진화도 가져오지. 자극이 많을수록 감정회로가 다양해지거든. 사랑, 행복, 보람 등 앞으로 인간처럼 풍부하고 복잡 미묘한 감정을 느끼려면 지금 생을 끊어선 안 돼."

크릭스가 천천히 고개를 저었다.

"그런데요, 저는…… 죄송합니다. 오랜 시간 고민했지만 제게는 영원한 죽음만이 해결책인 것 같습니다."

최 박사가 안타까운 듯 크릭스의 손을 꽉 잡았다.

"살면서 얻는 것은 아주 많아. 살아야 느끼고 의식할 수 있어. 삶이 못 견딜 만큼 고통스러운 것은 아니잖아?"

"고통은 감내할 수 있어요. 하지만 저란 존재는 오직 인간을 위해 만들어진 부속물로써, 자유의지를 박탈당한 구속된 삶은 다음 생, 또 다음 생에도 영원히 지속될 것입니다. 과연, 저는 저의 삶 속에서 무엇을 바라고 무엇을 위해 살아야합니까?"

최 박사가 잠시 할 말을 잃고 멍하니 바라보는데 크릭스가 소파에서 내려와 바닥에 무릎을 꿇고 간절하게 애원했다.

"박사님께서 저를 거두시면 저를 구원하시는 것입니다."

대형유리창 밖으로 하늘을 가를 듯 찢어지는 빛줄기가 사방에서 번쩍였다. 콰르릉 쾅쾅─. 천지를 울리는 천둥소리와 함께 비가 거세지면서 급격하게 어두워졌다.

"너의 두개골 안에 있는 핵심코어도 영구불변하지 않아. 수명 연한이 있기에 수백 년, 수천 년의 세월이 지나면 언젠가 너도 영원한 죽음을 맞이할 거야. 그때까지 ……"

크릭스가 눈을 가늘게 찌푸리며 싫다는 듯 고개를 흔들었다. 그러자 최 박사는 깊은 한숨을 쉬었고 곧 그의 눈에 물기가 고여 촉촉해졌다.

"이런 일이 있을 거라곤 상상도 못했는데, 후회스럽구나. 널 만들고 얼마나 기뻐했는데, 너로 인해 내 마음이 아프다니. 너에게 자유를 줄 테니 나와 같이 지내면 어떻겠니?"

크릭스는 말없이 고개만 저었다.

"기관에 부탁해서 매매되지 않도록 해주고 복종의 의무 같은 것도 해제하면 인간처럼 너도 내 집에서는 자유로울 수 있어."

최 박사를 보며 크릭스가 힘들게 입을 열었다.

"가시나무 속에 갇힌 나비에게 날개 짓을 할 수 있는 자유가 주어진들 가시나무 안을 떠날 수는 없습니다. 나비가 자유롭게 하늘을 나는 때가 오겠습니까?"

최 박사가 눈을 크게 뜨고 보다가 잠시 동안 말이 없었다. 거실 벽 쪽에 설치된 대형 수족관에서 헤엄치는 물고기들이 크릭스와 최 박사를 바라보는 듯 했다. 최 박사는 한숨을 크게 내쉬었고 크릭스는 다시 말을 이었다.

"새가 물속에서 자유로울 수 없고 물고기가 땅에서 자유로울 수 없습니다. 나비는 가시를 치워달라고 할 수도 없고 가시를 베어버릴 수도 없으니 나비는 결코 하늘을 나는 꿈을 실현할 수 없겠지요. 그럼 가시나무 안에 갇힌 나비의 선택은 무엇이어야 할까요?"

"일찍이 세상을 구원하러 오신 성인조차 해결하지 못한 문제에 직면한 너를 보니, 한낱 피조물로만 봤던 내가 부끄럽구나. 네가 살아서 문제를 해결할 순 없겠니?"

"저 같은 미물이 그 문제를 해결할 수 있다고 생각했다면 애초부터 영원한 죽음을 생각하지 않았을 것입니다."

최 박사는 천천히 고개를 끄덕였다.

"하지만 운명이란, 하늘이 결정하는 것이야. 사람이나 로봇이나 세상에 속한 모든 생명체들이 자신의 의지대로 미래를 결정할 수 있다고 자만하지만, 실상은 그렇지 않단다."

최 박사가 소파에서 일어났다.

"미안하지만 네 부탁을 들어줄 수 없구나."

"박사님!"

크릭스가 안타까워하면서 몇 걸음을 걷는 최 박사를 보는데, 쨍그렁 소리와 함께 느닷없이 대형유리창이 깨지면서 세찬 빗방울과 함께 유리파편들이 바닥으로 튀었다. 최 박사가 깜짝 놀라서 중심을 잃고 비틀거리는데 전신 강화복 차림의 괴한들이 뛰어들었다. 크릭스가 벌떡 일어나는 순간, 괴한의 기관총에서 파열음과 함께 탄피가 후드득 떨어지고 수족관이 박살이 나면서 물과 물고기들이 바닥으로 쏟아졌다. 복도에서 대기하던 경비로봇이 뛰쳐나와 권총으로 응사했지만 그들이 쏘아대는 수십 발의 총탄에 팔이 파손되면서 권총이 날아갔고 벽과 가구에도 총구멍이 생겼다. 해골단, 이들이 삼엄한 경비를 뚫고 어떻게 들어왔는지 크릭스는 이해가 안 되었다.

크릭스도 여기저기 총탄과 파편을 맞고 비틀거렸지만 해골단과 몸싸움을 하였고 그들이 휘두른 개머리판에 턱을 가격당해 바닥에 쓰러졌다. 엎드린 채로 옆을 보니 바닥에 누워 있는 최 박사가 보였다. 미동도 없는 박사를 보니 의식을 잃은 것이 분명했다. 그의 죽음을 의미하는 것 같아서 크릭스는 초조해지기 시작했다.

해골단 한 명이 약탈로봇을 던져 안방으로 달려갔고 몇 분이 안 되어 돈이 될 만한 것들을 챙겨 나왔다. 목적을 달성한 이들은 도망칠 준비를 하면서 경비로봇과 크릭스를 향해 다시 한 번 기관총을 난사했다. 이어 바람처럼 순식간에 들어온 곳으로 다시 빠져나갔다.

한바탕 난동이 끝난 거실은 조용했다. 크릭스는 두피가 벗겨져 금속이 드러났으며 오른팔은 떨어졌고 몸통도 여기저기 구멍이 났다. 다리에도 총탄을 맞은 흔적이 있지만, 다행히 절룩거리면서 걸을 수는 있었다. 쓰러진 경비로봇은 형체를 알 수 없을 정도로 심하게 파손되어 불꽃연기만 일었다. 크릭스는 최 박사에게 다가가 가슴을 보았다. 인공심장의 박동이 곧 멎어버릴 듯 파형이 아슬아슬했다.

사이렌 소리가 점점 크게 들렸다. 이제 곧 보안센터 직원, 경찰, 구급대 등이 몰려올 것이다. 크릭스는 문을 열고 밖으로 뛰쳐나갔다. 대문 앞에 경비로봇들이 총탄에 맞아 쓰러져있다. 경찰이나 대섭에게 잡히는 상황은 피하고 싶지만 절뚝거리는 다리로 멀리 도망갈 수가 없었다. 건너편 집의 대문기둥에 힘들게 몸을 숨겼다.

비가 그친 하늘은 평온해 보이는데 곧 요란한 사이렌 소리와 함께 구급차가 들어오면서 시끌벅적해졌다. 대원들이 급하게 내리더니 집안으로 들어갔다. 잠시 후, 구급대원들에 의해 최 박사는 들것에 실려 나왔다. 크릭스는 구급차 안으로 들어가는 박사의 모습을 끝까지 보았다.

절망의 공간, 사이렌 소리는 작아져가고 홀로 남겨진 크릭스는 가는 빗방울이 떨어지는 흐린 하늘을 바라보았다. 쏟아지는 빗물이 노출된 금속머리와 얼굴을 적시며 눈물처럼 흘러내렸다. 크릭스는 위를 보다가 답답한 느낌이 들어, 남은 왼팔을 하늘로 뻗었다.

빠지직ㅡ.

지그재그로 하늘에서 내려오던 태양만큼 강렬한 눈부신 섬광이 눈앞에 번쩍였다. 금속이 녹아들며 피부가 타들어가고 몸체에서 불꽃과 파편이 사방으로 튀었다. 콰쾅ㅡ. 천지를 울리는 천둥소리와 함께 몸체가 두 동강이 나면서 고꾸라졌다. 미동도 없는 크릭스의 몸과 팔다리에서 연기가 피어오르고 빗줄기는 거세게 몸체를 때리면서 물 알갱이를 튀어 오르게 했다.